BASTEI LÜBBE

Weitere Bücher des Autors in der Verlagsgruppe Lübbe:

Der Pompejaner, 1986
Sixtinische Verschwörung, 1988
Das Pharaokomplott, 1990
Das fünfte Evangelium, 1993
Der grüne Skarabäus, 1994
Der Schatz des Priamos, 1995
Der Fluch des Kopernikus, 1996
Der Spiegelmacher, 1998
Purpurschatten, 1999
Der König von Luxor, 2001

Über den Autor:

Philipp Vandenberg, geboren 1941 in Breslau, landete gleich mit seinem ersten Buch einen Welterfolg: DER FLUCH DER PHARAONEN war der phänomenale Auftakt zu vielen spannenden Thrillern, historischen Romanen und Sachbüchern, die oft einen archäologischen oder kirchengeschichtlichen Hintergrund haben. Vandenberg zählt zu den erfolgreichsten Schriftstellern Deutschlands. Seine Bücher wurden in 33 Sprachen übersetzt. Der Autor, ein passionierter Sammler von Automobilen, lebt mit seiner Frau Evelyn in einem tausend Jahre alten Dorf zwischen Starnberger- und Tegernsee oder in einem Turm der längsten Burganlage Deutschlands, in Burghausen.

PHILIPP VANDENBERG

DIE AKTE GOLGATHA

ROMAN

BASTEI LÜBBE

BASTEI LÜBBE TASCHENBUCH
Band 15381

1. Auflage: Oktober 2005

Vollständige Taschenbuchausgabe der unter dem Titel
DIE AKTE GOLGATHA
im Gustav Lübbe Verlag erschienenen Hardcoverausgabe

Bastei Lübbe Taschenbücher und Gustav Lübbe Verlag
in der Verlagsgruppe Lübbe

Lektorat: Daniela Bentele-Hendricks
Umschlagmotiv: © Visum Plus 24 / B. Arnold
Satz: Kremerdruck GmbH, Lindlar
Druck und Verarbeitung: Ebner & Spiegel, Ulm
Printed in Germany
ISBN 3-404-15381-2

Sie finden uns im Internet unter
www.luebbe.de

Der Preis dieses Bandes versteht sich einschließlich
der gesetzlichen Mehrwertsteuer.

Flugangst

Es war einer jener Horrorflüge, die den Wunsch wach werden lassen, nicht geboren zu sein. Dabei hatte alles so harmlos angefangen. LH 963 war pünktlich um 15 Uhr 10 bei sonnigem Herbstwetter gestartet, und der Flug über die Alpen nach Rom versprach pures Vergnügen. Ich hatte in Tivoli, hoch in den Albaner Bergen, ein Hotelzimmer gebucht, um in der Abgeschiedenheit des malerischen Ortes über meinen neuen Roman nachzudenken, einen Stoff, der mir schon seit zwei Jahren im Kopf herumging. Doch es kam anders.

Kaum hatten wir den Alpenhauptkamm überquert, begann die Lufthansa-Maschine, ein Airbus neuesten Baujahrs, plötzlich zu rütteln und zu schütteln. Über den Sitzreihen leuchtete die Schrift »Bitte anschnallen« auf und über Bordlautsprecher meldete sich der Kapitän: »Meine Damen und Herren, ich bitte Sie, umgehend Ihre Plätze einzunehmen und sich anzuschnallen. Über Oberitalien hat sich ein extremes Tiefdruckgebiet gebildet, und wir erwarten heftigste Turbulenzen.«

Was das Fliegen anbelangt, zähle ich nicht gerade zu den Mutigsten – ich habe in Afrika und Asien so meine Erfahrungen gemacht –, und so ist es mir zur Gewohnheit geworden, stets angeschnallt zu fliegen. Leicht beunruhigt blickte ich aus dem Fenster in eine bizarre Landschaft aus grauen Wolkentürmen; doch schon bald nahmen mir feuchte Nebelschwaden die Sicht. Der Himmel verfinsterte sich, das Schütteln des Flugzeugs wurde immer heftiger, und ich würde lügen, wenn ich behauptete, dass mir die Situation nichts ausgemacht hätte. Bei solchen Gelegenheiten greife ich zu einem Taschenspielertrick, den mir vor vielen

Jahren ein amerikanischer Psychiater während eines Fluges nach Kalifornien verriet: Ich nehme den nächstbesten Gegenstand und drücke diesen in meiner Hand, bis es schmerzt. Die Konzentration auf den Schmerz lässt jede Flugangst vergessen. Wieder ging ein Rütteln durch die Maschine. In der Innentasche meines Sakkos bekam ich gerade noch meine Kreditkarte zu fassen. Ich legte sie in die flache Hand und drückte zu. Einen Augenblick schien es mir, als hielte ich ein zweischneidiges Messer in meiner Rechten, aber der Schmerz genügte, um mich von der höchst unangenehmen Situation abzulenken.

Wie aus der Ferne nahm ich die Gläser, Tabletts und Bestecke wahr, welche plötzlich, losgelöst von der Schwerkraft, sich selbstständig machten, gegen die Decke knallten und dort kleben blieben, als wäre dies die selbstverständlichste Sache der Welt. Aus den hinteren Reihen hörte man Angstschreie. Ein Luftloch – das Flugzeug befand sich in freiem Fall.

Ich vermag nicht zu sagen, wie lange dieser schwerelose Zustand dauerte. Ich saß regungslos da, die Kreditkarte in meiner Hand. Doch dann erwachte ich aus meiner selbst verordneten Lethargie: Mein Sitznachbar zur Rechten, dem ich bisher keine Beachtung geschenkt hatte, griff unversehens nach meinem Unterarm und umklammerte ihn mit aller Gewalt, als suchte er Halt in diesem angsteinflößenden Zustand der Schwerelosigkeit. Ich sah ihn an, aber der Fremde blickte starr geradeaus. Sein Gesicht war aschfahl, er hatte den Mund leicht geöffnet, und man konnte sehen, dass sein grauer Oberlippenbart zitterte.

Zehn, vielleicht fünfzehn Sekunden mag der freie Fall gedauert haben – es kam mir vor wie eine Ewigkeit –, dann ging ein heftiger Ruck durch das Flugzeug, es gab einen Knall, und die Gegenstände, welche eben noch an der Decke klebten, polterten zu Boden. Getroffen schrien einige Passagiere auf. Und im nächsten Augenblick war der Spuk vorüber. Ruhig, als wäre nichts gewesen, glitt das Flugzeug dahin.

»Bitte entschuldigen Sie mein ungebührliches Verhalten«, meldete sich mein Nachbar jetzt zu Wort, nachdem er meinen Unterarm losgelassen hatte, »ich dachte wirklich, wir stürzen ab.«

»Ist schon in Ordnung«, erwiderte ich generös und sorgsam darauf bedacht, meine Hand zu verstecken, in der sich, noch immer schmerzend, meine scharfkantige Kreditkarte befand.

»Sie kennen wohl keine Flugangst?«, begann der Nachbar nach einer Pause, in der er wie ich den Fluggeräuschen lauschte, ob nicht neuerliche Turbulenzen zu erwarten seien.

Haben Sie eine Ahnung, wollte ich spontan antworten, aber aus Furcht, die verbleibende Flugzeit könnte sich im wechselseitigen Austausch von schrecklichen Flugerlebnissen erschöpfen, erwiderte ich knapp: »Nein.« Als ich ihm noch einmal aufmunternd zunickte, fiel mir auf, dass er mit der anderen Hand ein Manuskript oder irgendwelche Aufzeichnungen an sich presste wie ein Kind, das fürchtet, man wolle ihm sein Spielzeug wegnehmen. Schließlich winkte er die Stewardess herbei, ein ungewöhnlich hübsches, dunkelhaariges Mädchen, hob Zeige- und Mittelfinger nach oben und bestellte zwei Whisky. »Sie nehmen doch auch einen?«, fragte er.

»Ich trinke keinen Whisky«, wiegelte ich ab.

»Macht nichts. Nach diesem Erlebnis vertrage ich auch zwei.«

Während der Mann zu meiner Rechten bedächtig, jedenfalls keineswegs in einem Zug, wie ich das erwartet hätte, beide Whiskygläser leerte, bot sich mir Gelegenheit, ihn näher zu betrachten.

Sein intelligentes Gesicht und die teuren Schuhe standen im Gegensatz zu seinem etwas vernachlässigten Äußeren und erschienen mir nicht weniger rätselhaft als sein eigentümliches Verhalten: Ein Mann mittleren Alters, mit empfindsamen Zügen, fahrigen Bewegungen und unsicherem Verhalten, ein Typ, an dem die Zeit nicht spurlos vorübergegangen war. Es schien, als habe er meine abschätzenden Blicke bemerkt, denn nach einer Weile des Schweigens wandte er sich mir wieder zu, richtete sich in seinem Sitz auf und deutete eine leichte Verbeugung an, eine Geste, die einer gewissen Komik nicht entbehrte, und mit ausgesuchter Höflichkeit sagte er: »Mein Name ist Gropius, Professor Gregor, aber das ist vorbei, verzeihen Sie.« Er beugte sich vor und steckte das Manuskript in eine Aktentasche aus braunem Leder, die unter dem Sitz stand.

Um der Konvention Genüge zu tun, nannte ich ebenfalls meinen Namen, und aus reiner Neugierde fragte ich zurück: »Wie darf ich das verstehen, Professor: Was ist vorbei?«

Gropius machte eine wegwerfende Handbewegung, als wollte er sagen: Ich will nicht darüber reden. Doch weil ich ihn weiterhin erwartungsvoll ansah, meinte er schließlich: »Ich bin Chirurg – oder besser, ich war es. Und Sie? – Einen Augenblick, lassen Sie mich raten ...«

Irgendwie wurde mir die Sache unangenehm, aber da das Gespräch nun einmal in Gang gekommen und ich auf meinem Fensterplatz noch immer angeschnallt war, setzte ich mich in Positur, als wollte der andere ein Foto von mir machen, und dabei grinste ich ihm ins Gesicht.

»Sind Sie Schriftsteller?«, fragte Gropius plötzlich.

Ich stutzte. »Ja. Woher wissen Sie das? Haben Sie eines meiner Bücher gelesen?«

»Ehrlich gesagt, nein. Aber ich habe Ihren Namen schon einmal gehört.« Gropius lächelte. »Und was führt Sie nach Rom? Ein neuer Roman?« Der Mann, der eben noch aschfahl und halb tot neben mir gesessen hatte, wurde auf einmal lebendig. Aus meiner Erfahrung wusste ich, was nun kommen würde, das, was neun von zehn Menschen sagen, die einem Schriftsteller begegnen, nämlich: »Wenn ich Ihnen mein Leben erzähle – darüber könnte man einen Roman schreiben!« Aber es kam nicht. Vielmehr stand noch immer die Frage des Professors im Raum.

»Ich reise gar nicht nach Rom«, entgegnete ich also wahrheitsgemäß, »auf dem Flughafen wartet ein Leihwagen, mit dem fahre ich nach Tivoli.«

»Ah, Tivoli«, sagte Gropius anerkennend.

»Sie kennen Tivoli?«

»Nur von Fotos. Muss wunderschön sein, Tivoli.«

»Um diese Zeit vor allem ruhig. Ich kenne da ein kleines Hotel, ›San Pietro‹, nahe der Piazza Trento. Die Besitzerin, eine typische italienische Mama, macht die besten Spaghetti alla pescatore, und die Aussicht von der Terrasse des Hotels ist einfach überwältigend. Dort werde ich versuchen, mich meinem neuen Roman zu widmen.«

Gropius nickte nachdenklich: »Ein schöner Beruf!«

»Ja«, erwiderte ich, »ich wüsste keinen schöneren.«

Eigentlich hätte ich da bereits hellhörig werden müssen, weil der Professor sich in keiner Weise für den Inhalt meines neuen Romans zu interessieren schien; aber vermutlich war er beleidigt, weil ich meinerseits mich so gar nicht für den Grund seiner Reise und seine näheren Lebensumstände interessierte, jedenfalls brach er unser Gespräch und jedes weitere Kennenlernen abrupt ab, indem er noch einmal sagte: »Sie nehmen es mir doch nicht übel, dass ich mich eben so an Sie geklammert habe!«

»Ist schon in Ordnung!«, versuchte ich Gropius zu beschwichtigen. »Wenn es Sie beruhigt hat.«

Aus dem Lautsprecher quäkte die Ankündigung, dass wir in wenigen Minuten auf dem »Leonardo da Vinci«-Flughafen landen würden, und kurze Zeit später kam das Flugzeug vor dem gläsernen Terminal zum Stehen.

Im Flughafengebäude ging jeder von uns seiner Wege. Ich hatte das Gefühl, dass der kleine Vorfall Gropius ziemlich peinlich war, doch was mich betrifft, hatte ich die Angelegenheit schon am nächsten Morgen beinahe vergessen; beinahe deshalb, weil mich die Bemerkung des Professors, das sei alles vorbei, irgendwie nachdenklich gemacht hatte.

Gleich nach dem Frühstück setzte ich mich mit einem Stapel weißen Papiers, dem Schrecken eines jeden Autors, an einen grün gestrichenen Holztisch, den mir Signora Moretti, die Besitzerin des Hotels, vorne an die Balustrade der Terrasse gerückt hatte. Von hier ging der Blick über die Dächer von Tivoli nach Westen, wo sich Rom im Herbstdunst versteckte.

Ich kam mit meiner Arbeit, die nur unterbrochen wurde von langen Spaziergängen, gut voran. Am fünften Tag – ich saß gerade in der Mittagssonne und schrieb die letzte Seite meines Exposés – hörte ich hinter mir auf der Terrasse plötzlich Schritte, die sich zögernd näherten und schließlich stehen blieben. Ich spürte förmlich die Blicke in meinem Rücken, und um die unangenehme Situation zu beenden, wandte ich mich um.

»Professor, Sie?« Überrascht legte ich meinen Stift zur Seite. Weit weg mit meinen Gedanken, in die Geschichte meines Romans verstrickt, machte ich wohl einen ziemlich verwirrten Eindruck auf den unerwarteten Besucher. Gropius versuchte jedenfalls, mich mit ein paar unbeholfenen Handbewegungen zu beschwichtigen, und nach einigen höflichen Redewendungen, welche nur einem Mann mit allerbesten Umgangsformen zu Eigen sind, kam er schließlich zur Sache:

»Sie wundern sich vermutlich, warum ich Sie so einfach aufsuche«, begann er, nachdem ich ihm einen Stuhl angeboten und er in steifer Haltung Platz genommen hatte.

Ich hob die Schultern, als sei mir die Angelegenheit eher gleichgültig, eine Reaktion, die ich schon wenig später bereute; kein Wunder, wusste ich zu diesem Zeitpunkt doch noch nicht, was auf mich zukommen sollte.

Zum ersten Mal, seit wir uns vor ein paar Tagen im Flugzeug begegnet waren, musterte mich der Professor mit festem Blick. »Ich suche einen Mitwisser!«, sagte er leise, aber umso eindringlicher. Der Tonfall seiner Stimme verlieh den einfachen Worten etwas Geheimnisvolles.

»Einen Mitwisser?«, fragte ich erstaunt. »Und wie kommen Sie gerade auf mich?«

Gropius blickte sich um, als suchte er nach unerwünschten Zeugen unseres Gesprächs. Er hatte Angst, das wurde mir schnell klar, und die Antwort schien ihm nicht leicht zu fallen: »Ich weiß, wir kennen uns kaum, eigentlich kennen wir uns überhaupt nicht; aber das kann auch von Vorteil sein in Anbetracht der Situation, in der ich mich befinde.«

»Ach?« – Ich gebe zu, im Nachhinein betrachtet muss meine Reaktion ziemlich überheblich gewirkt haben, und ich bin froh, dass ich nicht so spontan reagierte, wie ich es eigentlich vorhatte. Die geheimniskrämerischen Bemerkungen des Professors gingen mir auf die Nerven, und es lag mir auf der Zunge zu sagen: Mein lieber Professor, Sie stehlen mir meine Zeit. Ich bin hier um zu arbeiten. Guten Tag. – Aber ich sagte es nicht.

»Ich habe lange überlegt, ob ich Sie mit meiner Geschichte belasten soll«, fuhr Gropius fort. »Aber Sie sind Schriftsteller, ein Mann mit Fantasie, und um sich das, was ich zu berichten habe, vorstellen zu können, bedarf es wirklich viel Fantasie. Dabei ist jedes Wort wahr, so unglaublich es auch klingen mag. Vielleicht werden Sie mir auch nicht glauben, vielleicht werden Sie mich für verrückt halten oder für einen Alkoholiker im fortgeschrittenen Stadium. Wenn ich ehrlich bin, bis vor einem Jahr hätte ich nicht anders reagiert.«

Die eindringliche Rede des Professors nahm mir allen Wind aus den Segeln. Ich merkte, dass meine Neugierde plötzlich geweckt war, und mein anfängliches Misstrauen wich dem Interesse an dem, was der merkwürdige Professor zu erzählen hatte. »Wissen Sie«, hörte ich mich plötzlich sagen, »die besten Geschichten schreibt immer noch das Leben. Ich weiß, wovon ich rede. Kein Schriftsteller vermag so verrückte Geschichten zu erfinden, wie sie das Leben vorgibt. Im Übrigen gehört es zu meinen wenigen guten Eigenschaften zuhören zu können. Schließlich lebe ich von

Geschichten, ehrlich gesagt, ich bin sogar süchtig danach. Also, was haben Sie zu berichten?«

Der Professor begann umständlich sein Sakko aufzuknöpfen, eine zunächst nebensächliche Handlung, die mich nicht sonderlich interessierte, bis mit einem Mal ein Bündel Papiere unter dem Kleidungsstück sichtbar wurde.

Nach allem, was ich im Umgang mit Menschen je erlebt hatte, war dies die wohl ungewöhnlichste Geschichte, die mir je widerfahren ist, und auch mit dem Einsatz größter Fantasie fand ich keine Erklärung für das Verhalten des Professors. Ich muss gestehen, ich wäre weniger verwundert gewesen, hätte Gropius eine Pistole hervorgezogen und den Lauf mit einem fadenscheinigen Ansinnen auf mich gerichtet. So aber klopfte der Professor mit der geballten Faust auf die Papiere und sagte nicht ohne Stolz: »Das ist eine Art Tagebuch der zweihundert schlimmsten Tage meines Lebens. Und wenn ich es lese, erkenne ich mich selbst nicht mehr wieder.«

Staunend, ja ratlos, blickte ich abwechselnd auf die Papiere und das Gesicht des Professors, der zweifellos meine Unsicherheit genoss wie ein Duellant, der seinem Gegner eine Niederlage beigebracht hat. Und so kam es, dass einige Zeit verging, bis ich meinem Gegenüber die nahe liegende Frage stellte: »Und was ist der Inhalt dieses Manuskripts?«

Inzwischen war es Mittag geworden, und auf der westwärts gewandten Terrasse tauchten die ersten Sonnenstrahlen auf. Im Innern des Hotels, in dem nur drei Zimmer belegt waren, machte sich die Signora bemerkbar. Mit einem nicht enden wollenden Redeschwall erbot sie sich, mir und meinem Gast eine Pasta zu servieren, natürlich Spaghetti alla pescatore.

Nachdem Signora Moretti gegangen war, wiederholte ich meine Frage, aber Gropius wich aus und antwortete mit einer Gegenfrage, die ich zunächst nicht verstand: »Sind Sie eigentlich ein frommer Mensch?«

»Bei Gott, nein«, erwiderte ich, »wenn Sie damit fragen wollen, ob ich ein Anhänger der Kirche bin.«

Der Professor nickte. »Das meinte ich.« Und nach kurzem Zögern: »Es könnte nämlich sein, dass mein Bericht Sie in Ihrem Innersten verletzt, mehr noch, dass Ihr Glaube zutiefst erschüttert wird und Sie die Welt danach mit anderen Augen sehen.«

Befallen von einer gewissen Ratlosigkeit gegenüber dem seltsamen Professor, versuchte ich aus der Art seiner Rede, aus seinen sparsamen Gesten meine Schlüsse zu ziehen – wenn ich ehrlich bin, mit geringem Erfolg. Je länger ich Gropius meine Aufmerksamkeit schenkte, desto rätselhafter erschien mir sein Verhalten, desto faszinierter hörte ich ihm aber auch zu. Ich hatte nicht die geringste Ahnung, worauf er hinauswollte, aber für den Fall, dass Gropius nicht verrückt war – und er machte wirklich nicht gerade den Eindruck –, musste er eine äußerst brisante Entdeckung gemacht haben.

»Man hat mir zehn Millionen Euro Schweigegeld geboten«, sagte der Professor in einem Tonfall, der kaum eine Emotion erkennen ließ.

»Ich hoffe, Sie haben das Geld genommen«, erwiderte ich mit ironischem Unterton.

»Sie glauben mir nicht«, meinte der Professor. Er klang enttäuscht.

»Doch, doch!«, beeilte ich mich zu beteuern. »Ich wüsste nur allzu gerne, worum es eigentlich geht.« Seine Frage nach dem Grad meiner Frömmigkeit deutete ja in eine gewisse Richtung; aber mir wurden im Laufe meines Lebens schon eine Menge Skandale im Zusammenhang mit der Kirche zugetragen, von denen der eine oder andere sogar in einem Buch seinen Niederschlag fand, seien es Finanzskandale der Vatikanbank, Klöster für schwangere Nonnen oder ein Versandhaus für Spezialkleidung masochistischer Mönche. Was sollte mich da noch schrecken!

Ohne sich von seinem Stuhl zu erheben, reckte Gropius den

Hals und blickte über die Balustrade in Richtung der Piazza Trento. Dann wandte er sich mir zu und sagte: »Entschuldigen Sie mein seltsames Verhalten. Ich leide noch immer ein bisschen unter Verfolgungswahn; aber wenn Sie meine Geschichte gehört haben, werden Sie mir das nicht verübeln. Sehen Sie die beiden Männer da unten?« Gropius machte eine kurze Kopfbewegung hinunter zur Straße, wo sich zwei dunkel gekleidete Männer vor einem unscheinbaren Lancia unterhielten. Als ich mich über die Balustrade beugte, um einen Blick auf die Straße zu werfen, wandten die Männer mir wie zufällig den Rücken zu.

Vorübergehend geriet unsere Unterhaltung ins Stocken, weil die Signora mit breitem Lächeln und den üblichen Floskeln einer italienischen Köchin die Spaghetti servierte. Dazu tranken wir Frascati, nach Landessitte mit Wasser vermischt, und danach, wie sich das gehört, einen bitteren, schwarzen Espresso.

Es war still geworden, in den umliegenden Häusern wurden die hohen, meist grün gestrichenen Fensterläden geschlossen: Siesta. Die Männer vor dem Haus hatten sich getrennt. Jetzt standen sie rauchend und im Abstand von hundert Metern auf der Straße herum. Ein dreirädriger Lieferwagen knatterte über das Pflaster. Irgendwo krähte ein heiserer Hahn, als fürchte er um sein Leben. Aus dem unteren Stockwerk, wo sich die Küche befand, war das Rumoren der Spülmaschine zu vernehmen.

Der Mann an meiner Seite gab mir weiter Rätsel auf, und ich wusste wirklich nicht, wie ich ihm begegnen sollte. Wir hatten während des Essens über Belanglosigkeiten geredet, aber genaugenommen hatte Gropius mir die Tür zu seinem Leben noch keinen Spalt geöffnet. Und so fragte ich unwillig – schließlich war er gekommen, um mir irgendetwas Bedeutsames anzuvertrauen – in eine längere Pause hinein: »Wer sind Sie, Professor Gropius? Ich bin nicht einmal sicher, ob das Ihr wirklicher Name ist. Aber vor allem: Was haben Sie mir zu sagen? So reden Sie endlich!«

Da gab sich Gropius einen Ruck. Man konnte förmlich sehen,

wie er alle Hemmungen, die ihn bis zu diesem Zeitpunkt gequält hatten, abstreifte. Behutsam legte er das Manuskript vor uns auf den Tisch und beschwerte es mit beiden Händen.

»Ich heiße wirklich Gropius, Gregor Gropius«, begann er so leise, dass ich näher rücken musste, um ihn zu verstehen. »Ich machte mit vierundzwanzig meinen Doktor der Medizin, mit achtunddreißig wurde ich Professor an einem Großklinikum in Süddeutschland. Dazwischen zwei Jahre Auslandsaufenthalt in renommierten Kliniken in Kapstadt und Boston. Kurz, eine Karriere wie aus dem Bilderbuch. Ach ja, und da war noch Veronique. Ich traf sie auf einem Kongress in Salzburg, wo sie als Hostess arbeitete. Eigentlich hieß sie Veronika, und von ihren Eltern, die außerhalb der Stadt ein Fiaker-Unternehmen betrieben, wurde sie Vroni gerufen. Aber daran wollte sie nicht erinnert werden. Wir heirateten vier Wochen nachdem ich meinen Doktor in der Tasche hatte, in Schloss Mirabell und mit einer von vier Schimmeln gezogenen Kutsche. Zu Beginn unserer Ehe ging alles gut. Veronique war außergewöhnlich attraktiv. Ich verehrte sie, und sie betrachtete mich als eine Art Wunderknaben; das schmeichelte mir natürlich. Rückblickend muss ich jedoch sagen, als Grundlage einer Ehe war beides zu wenig. Ich hatte nur meine Karriere im Kopf, und Veronique akzeptierte mich weniger als Partner denn als Sprungbrett in höhere Gesellschaftskreise. Nur gelegentlich oder wenn sie eine größere Summe Geld brauchte, täuschte sie Liebe vor; aber ein solches Ereignis musste dann wieder sechs Wochen reichen. Kinder standen übrigens nie zur Debatte. Kinder, pflegte sie zu sagen, sollten dankbar sein, wenn sie nicht in diese schreckliche Welt hineingeboren würden. In Wahrheit fürchtete Veronique um ihre Figur, da bin ich mir ganz sicher. Kurz, nach zehn Jahren war unsere Ehe am Ende, auch wenn keiner von uns das wahrhaben wollte. Wir wohnten zwar noch in unserem gemeinsamen Haus im vornehmsten Viertel der Stadt, aber gingen beide unsere eigenen Wege, und keiner von uns unternahm je den

Versuch, unsere Ehe zu retten. Um sich endlich selbst zu verwirklichen – so pflegte sie sich auszudrücken –, eröffnete Veronique eine PR-Agentur, in der sie Werbekampagnen für Firmen, Verlage und Schauspieler konzipierte. Dass sie mich allerdings gleich mit dem ersten Großauftrag betrog, fand ich schäbig. Ausgerechnet mit einem Sauerkrautkonservenfabrikanten. Gut, er hatte Geld wie Heu und überhäufte sie mit teuren Geschenken; dabei hatte es Veronique bei mir nie an etwas gemangelt. Ich rächte mich auf meine Weise, indem ich eine niedliche Röntgenassistentin mit nach Hause brachte. Sie war fast zwanzig Jahre jünger als ich, und als Veronique uns überraschte – sie kam unerwartet von einer Geschäftsreise zurück –, da schlug die langjährige Gleichgültigkeit von einem Tag auf den anderen in Hass um. Ich werde nie das Feuer in ihren Augen vergessen, als sie zischte: ›Diese Geschmacklosigkeit wirst du mir büßen! Ich mache dich kaputt.‹ Ich muss gestehen, ich nahm ihre Drohung damals nicht ganz ernst. Aber dann, keine drei Wochen später, es war der vierzehnte September, den Tag werde ich nie vergessen, weil er mein Leben veränderte, erinnerte ich mich plötzlich an Veroniques Drohung, und ich versuchte …«

An dieser Stelle unterbrach ich den Professor, der immer lebhafter zu erzählen begann, getrieben von einer seltsamen Unruhe. Ich hatte längst die Überzeugung gewonnen, dass dieser Mann weit davon entfernt war, mir einen Bären aufzubinden. Jedenfalls faszinierte mich sein Bericht ungemein, und meine Erfahrung (oder war es mein sechster Sinn?) im Umgang mit Menschen sagte mir, dass hinter dieser Geschichte viel mehr steckte als ein Allerwelts-Ehedrama. Gropius war nicht der Typ, der einen Fremden, und ein Fremder war ich für den Professor noch immer, grundlos in sein aus den Fugen geratenes Privatleben hineinzog. Auch sah ich in ihm nicht den Mitleid heischenden Egoisten, der sein Schicksal als das schlimmste von allen beweint. Deshalb bat ich den Professor um Erlaubnis, mir Notizen machen zu dürfen.

»Das brauchen Sie nicht«, sagte der Professor. »Ich habe Sie aufgesucht, um Ihnen meine Aufzeichnungen zu überlassen. Ich glaube, bei Ihnen sind sie in den richtigen Händen.«

»Wenn ich Sie recht verstehe, Professor, wollen Sie Geld für Ihre Geschichte!«

»Geld?« Gropius lachte bitter. »Geld habe ich genug. Wie ich schon sagte, hat man mir für zehn Millionen den Mund verboten – allerdings zu einer Zeit, da noch niemand ahnen konnte, wie die Geschichte ausgehen würde. Nein, ich möchte nur, dass die Wahrheit ans Licht kommt, und Sie können das bestimmt besser in Worte kleiden als ich.«

»Die Wahrheit?«

Ohne Umschweife begann Gropius nun zu erzählen, stockend zuerst, dann immer schneller werdend und Bezug nehmend auf Querverbindungen in einem ungeheuerlichen Gewirr von Abenteuern und Intrigen. Als er zum Ende kam, war es kurz vor Mitternacht. Wir sahen uns lange an. Gropius leerte sein Glas und sagte: »Danke, dass Sie mir so lange zugehört haben.« Dann erhob er sich. »Ich denke, wir werden uns in diesem Leben nicht mehr wiedersehen.«

Ich lächelte. »Vielleicht im nächsten.«

Gropius reichte mir die Hand und verschwand in der Dunkelheit. Mich fröstelte. Schon merkwürdig, dachte ich. Da fahre ich nach Italien, um einen neuen Roman zu schreiben, und dann bekomme ich eine wahre Geschichte geschenkt, die alles, was man sich auszudenken vermag, in den Schatten stellt.

Kapitel 1

Eintausendsechshundert Gramm braunes, wabbelndes, menschliches Gewebe in einer kalten Kristalloidlösung – eine menschliche Leber in einem hochformatigen Aluminiumkoffer mit der Aufschrift »Eurotransplant« auf dem Weg von Frankfurt nach München. Nachts um 2 Uhr 30 hatte der Fahrer im Klinikum der Johann Wolfgang von Goethe-Universität am Theodor-Stern-Kai das zur Transplantation bestimmte Organ übernommen. Jetzt jagte der schnelle Wagen in Richtung München über die Autobahn.

Für gewöhnlich werden Spenderorgane mit dem Flugzeug befördert; aber wegen des Nachtflugverbots in München hatte man den Weg über die Autobahn gewählt. Der Computer von ELAS, dem Leber-Zuteilungssystem von Eurotransplant, hatte den Altertumsforscher Arno Schlesinger als möglichen Empfänger ermittelt. Ein Gremium von drei Ärzten am Münchner Klinikum stimmte der Auswahl zu. Schlesinger, sechsundvierzig Jahre alt, stand seit vier Monaten auf der Warteliste, seit sechs Wochen lief er unter Dringlichkeitsstufe T2. Bei einem Unfall war seine Leber erheblich verletzt worden.

Wie stets blieb der Name des Spenders ungekannt. Nur soviel wurde bekannt: ein tödlicher Unfall. Hirntod gegen 23 Uhr. Blutgruppe des Spenders AB Rhesus negativ, verträgliches Antigenmuster mit A. Schlesinger, Klinikum München – so hatte die Datenbank von ELAS blitzschnell ermittelt.

Professor Gregor Gropius, als Transplanteur trotz seiner jungen Jahre eine Kapazität, war vom diensthabenden Assistenzarzt Dr. Linhart gegen 5 Uhr 30 aus dem Bett geklingelt worden. Er hatte geduscht, eine Tasse Pulverkaffee in sich hineingeschüttet, einen grauen Zweireiher angezogen, die passende Krawatte vor dem Spiegel zurechtgerückt, und jetzt steuerte er seinen dunkelblauen Jaguar vom Münchner Villenvorort Grünwald in Richtung Norden.

Die Straßen waren feucht, obwohl es nicht geregnet hatte. Der verhangene Himmel kündigte einen diesigen Tag an. Es war die sechzehnte oder siebzehnte Lebertransplantation in seiner kurzen erfolgreichen Laufbahn, wie immer war Gropius angespannt. Er hatte kaum Augen für den einsetzenden Berufsverkehr, überfuhr, ohne es zu bemerken, eine rote Ampel und schaltete das Autoradio aus, als der Nachrichtensprecher neue Anschläge in Israel verkündete.

Der diensthabende Arzt hatte bereits das Operationsteam zusammengetrommelt. Für Fälle wie diesen gab es einen Notplan, der, einmal in Gang gesetzt, mit präzisem Automatismus ablief. Die Nachtschwester hatte Schlesinger gegen sechs Uhr geweckt, vom diensthabenden Stationsarzt wurde der Patient ein letztes Mal mit der anstehenden Operation vertraut gemacht. Die Narkoseärztin verabreichte ihm eine Beruhigungsspritze.

Im Abstand weniger Minuten bogen der Fahrer von Eurotransplant und Professor Gropius in die Lindenallee ein. Gropius wählte den Weg zum rückwärtigen Personalparkplatz. Der Fahrer aus Frankfurt lieferte den Aluminiumkoffer mit dem Spenderorgan in der Notaufnahme ab. Er wurde bereits erwartet.

Zwischen dem Eintreffen des Spenderorgans in der Klinik und dem Beginn der Operation vergehen in der Regel nicht mehr als fünfundvierzig Minuten. Auch an diesem Morgen nahmen die letzten Untersuchungen und das Präparieren der Spenderleber nicht mehr Zeit in Anspruch. Um 7 Uhr 10 lag das Organ in OP 3 zur Verpflanzung bereit.

Gropius hatte in der Teeküche von Station 3 noch ein frugales Frühstück hinuntergeschlungen, zwei Brötchen mit Käse, einen Joghurt und mehrere Tassen Kaffee, dann begab er sich in den

Vorraum zum Umkleiden und Waschen. Er war ein Morgenmuffel, aber die Mitarbeiter in seiner Umgebung wussten das und verhielten sich entsprechend, indem sie es bei einem kurzen »Morgen« beließen.

Ein Team von fünf Ärzten, zwei Anästhesisten und vier Schwestern stand bereit, als der Professor um 7 Uhr 15 den OP betrat. Der Patient lag abgedeckt unter einem grünen Laken. Mit einem Handzeichen gab Gropius der Narkoseärztin das Zeichen zu beginnen. Minuten später nickte die Anästhesistin, der Professor setzte den ersten Schnitt.

Es war kurz vor Mittag, als Professor Gregor Gropius als Erster aus dem Operationssaal in den Vorraum trat. Er hatte den Mundschutz herabgezogen und hielt die Arme hoch wie ein von der Polizei gestellter Gangster. Sein grüner Kittel war blutbefleckt. Eine Schwester trat hinzu und befreite den Professor von den Gummihandschuhen und der OP-Kleidung. Auch die anderen Mitglieder des Operationsteams fanden sich einer nach dem anderen in dem Vorraum ein. Jetzt herrschte gelöste Stimmung.

»Mein Patient und ich danken der gesamten Mannschaft für die tatkräftige Mitwirkung!« Gropius führte die Hand mit militärischem Gruß zur Stirn; dann verschwand er, erschöpft und mit Ringen unter den Augen, in seinem Zimmer.

In den letzten Tagen hatte Gropius wenig geschlafen, und wenn, dann nur schlecht. Das hing weniger mit seiner verantwortungsvollen Tätigkeit zusammen als mit Veronique, die ihm das Leben zur Hölle machte. Dieser Tage erst hatte er sich dabei ertappt, dass er darüber nachdachte, Veronique zu beseitigen, irgendwie, Ärzte kennen da die verschiedensten Methoden. Aber dann, wieder bei klarem Verstand, hatte er diese Gedanken bedauert, und seither war er ziemlich durcheinander, wurde von Albträumen verfolgt und von der Gewissheit, dass nur einer von ihnen diesen Kampf heil überstehen würde, Veronique oder er.

Achtzehn Jahre Ehe waren eine lange Zeit, die meisten Ehen hielten heutzutage nicht einmal so lange, doch nun war sie eben am Ende. Aber mussten sie sich deshalb bis aufs Messer bekriegen? Mussten sie mit allen Mitteln versuchen, das Leben des anderen zu zerstören? Der Aufbau seiner Karriere hatte viel Mühe gekostet – von Geld ganz zu schweigen. Und jetzt wollte Veronique alles daran setzen, diese Karriere zu zerstören?

Gropius nahm eine Captagon, wollte gerade zum Telefon greifen, um sich einen Kaffee kommen zu lassen, als das graue Gerät vor ihm einen piepsenden Laut von sich gab. Der Professor hob den Hörer ab: »Ich möchte die nächste halbe Stunde nicht gestört werden …« Er stockte. Und nach einer langen Schrecksekunde sagte er leise und mit einer gewissen Ratlosigkeit in der Stimme: »Das darf doch nicht wahr sein. Ich komme.«

Zur selben Zeit betrat Veronique Gropius ein Bistro in der Nähe des Englischen Gartens. Sie war der Typ Frau, auf die sich alle Augen richteten, wenn sie ein Lokal betrat, nicht nur die Augen der Männer. Auch wenn sie an diesem Tag, entgegen ihrer sonstigen Gewohnheit, eher dezent gekleidet war, erregte ihre aparte Erscheinung im dunklen Kostüm Aufsehen.

Nur ein paar Tische waren um die Mittagszeit in dem Lokal, einem typischen Studenten- und Intellektuellentreff, besetzt, und so fiel Veronique der glatzköpfige, magere Mann an einem Tisch in der Mitte des Raumes gleich auf. Er sah genau so aus, wie er sich am Telefon beschrieben hatte, jedenfalls bestimmt nicht so, wie man sich gemeinhin einen Privatdetektiv vorstellt.

»Madame Gropius?«, sagte er fragend, während er sich von seinem Tisch erhob. Die Anrede wirkte etwas ungewöhnlich, passte aber irgendwie zu dem vornehm gekleideten, gepflegten Mann.

»Herr Lewezow?«, fragte Veronique zurück.

Lewezow nickte und schob der Dame vorsichtig einen Stuhl hin.

Einen peinlichen Augenblick musterten sie sich gegenseitig, dann meinte Veronique schmunzelnd: »So sieht also ein Privatdetektiv aus. Sie sind mir doch nicht böse, wenn ich sage: so ganz anders als im Fernsehen.«

Lewezow nickte: »Sie haben wohl eine Pfeife rauchende schmuddelige Type in Lederjacke und Jeans erwartet!« Dabei zog er angewidert die Augenbrauen hoch. »Ich mache das auch noch nicht allzu lange – worunter die Qualität meiner Ermittlungen jedoch in keiner Weise leidet, ganz im Gegenteil. Ich darf«, Lewezow holte unter dem Tisch eine dünne Mappe hervor, »ich darf Ihnen einige Referenzen vorlegen.«

Während Veronique Gropius die Aufträge, Dankschreiben und Preisliste in der Mappe überflog (in der Tat befanden sich respektable Leistungen darunter), fragte sie, um Zeit zu gewinnen: »Wie lange machen Sie das schon? Ich meine, als Privatdetektiv wird man schließlich nicht geboren.«

»Vier Jahre«, erwiderte der Glatzkopf, »davor war ich Tanztherapeut und davor Tänzer an der Staatsoper. Nach dem Tod meines Freundes habe ich buchstäblich den Boden unter den Füßen verloren. Ich brachte keine Pirouette, keinen Sprung mehr zustande. Aber ich will Sie nicht mit meiner Lebensgeschichte langweilen.«

»Keineswegs!« Veronique lächelte und gab Lewezow die Mappe zurück.

»Sie machten am Telefon eine Andeutung«, bemerkte der Detektiv, um zum Thema zu kommen.

Veronique holte tief Luft, und während sie in ihrer flachen schwarzen Handtasche kramte, begann sie zu erzählen, wobei sich ihr Gesichtsausdruck von einem Augenblick auf den anderen veränderte. Die eben noch ausgeglichenen Züge nahmen plötzlich eine sichtbare Strenge, ja Härte an. Dann zog sie aus der Tasche ein Foto hervor und reichte es dem glatzköpfigen Mann.

»Das ist Professor Gregor Gropius, mein Mann – Exmann

sollte ich wohl besser sagen. Unsere Beziehung besteht seit langem nur noch auf dem Papier, unsere Ehe wird nur noch per Telefon abgewickelt.«

»Gestatten Sie mir eine Frage, Madame, warum lassen Sie sich nicht scheiden?«

Veronique faltete die Hände, dass ihre Knöchel schneeweiß hervortraten. »Da gibt es ein Problem. Wir haben bei unserer Eheschließung vor achtzehn Jahren Gütertrennung vereinbart. Wissen Sie, was das bedeutet, Herr Lewezow?«

»Ich kann es mir denken, Madame.«

»Mein Mann geht aus einer Scheidung als reicher Mann ohne Verpflichtungen hervor, und ich kann wieder von vorne anfangen.«

»Sie üben keinen Beruf aus?«

»Doch. Seit zwei Jahren betreibe ich eine PR-Agentur. Das Geschäft läuft nicht schlecht, aber im Vergleich zu dem Vermögen, das Gregor inzwischen angehäuft hat …«

Lewezow kniff die Augen zusammen. »Ich fürchte, dass es im Fall einer Scheidung kaum eine Möglichkeit gibt, legal an das Geld Ihres Mannes oder auch nur an einen Teil heranzukommen.«

»Ich bin mir dessen bewusst«, fiel Veronique dem Detektiv ins Wort, »das ist auch die Auskunft meiner Anwälte. Wie Sie sagten, besteht *legal* kaum eine Möglichkeit. Man müsste Gropius eben so weit bringen, dass er sich freiwillig bereit erklärt, mit mir zu teilen – mehr oder weniger freiwillig, meine ich natürlich.«

»Jetzt verstehe ich. Auch im Leben eines Professors gibt es wie im Leben jedes Menschen dunkle Flecken, die besser nicht an die Öffentlichkeit kämen. Habe ich Recht?«

Augenblicklich erhellten sich Veroniques Züge, und ein hinterhältiges Lächeln huschte über ihr Gesicht. »Genauso ist es. In diesem besonderen Fall könnte es Gropius sogar Kopf und Kragen kosten. Das Problem ist nur, ich habe keine Beweise.«

»Beweise wofür?«

Veronique blickte zur Seite, ob ihr Gespräch nicht belauscht würde, und begann leise: »Gropius ist Professor am Klinikum der Universität. Er führt im Jahr einige Dutzend Organtransplantationen durch. Gregor verpflanzt Nieren, Lebern und Lungen von einem Menschen auf den anderen, wobei die Spender meist tot sind.«

Lewezow schluckte.

»Allerdings ist der Bedarf um ein Vielfaches größer als die Anzahl von Spenderorganen, sodass Organe auf dem schwarzen Markt gehandelt werden wie Gebrauchtwagen oder Antiquitäten mit Preisen bis hunderttausend Euro.«

Lewezow begann sich Notizen zu machen, schließlich blickte er auf und sagte: »Wenn ich Sie recht verstehe, vermuten Sie, dass Ihr Exmann mit Organhändlern gemeinsame Sache macht.«

Veronique sah Lewezow ohne jede Regung ins Gesicht.

»Und wenn ich Sie weiter richtig verstehe«, setzte der seine Rede fort, »möchten Sie – vorausgesetzt Ihre Vermutung sollte sich als richtig erweisen – Gropius mit Ihrem Wissen …«

»… erpressen! Sprechen Sie es ruhig aus. Ich will nicht, dass mein Mann mich nach achtzehn Jahren Ehe wie einen Dienstboten mit drei Monatsgehältern abspeist, verstehen Sie?«

Mit der flachen Hand fuhr sich Lewezow über den gepflegten, kahlen Schädel, während seine Augen auf den Notizen vor sich auf dem Tisch ruhten. »Keine leichte Aufgabe«, knurrte er nachdenklich vor sich hin, »ich möchte Sie darauf hinweisen, dass dies einen nicht unerheblichen Aufwand erfordert.«

»Am Geld soll es nicht scheitern«, entgegnete Veronique, »schließlich geht es um viel.«

Lewezow nickte stumm.

»Das Foto können Sie behalten. Und hier«, sie zog ein gefaltetes Papier aus ihrer Handtasche – »hier habe ich alle Namen und Adressen des persönlichen Umfelds meines Mannes aufgeschrieben, einschließlich der kleinen Schlampe aus der Klinik, mit der er zweimal die Woche das Bett teilt.«

Mit Staunen überflog Lewezow die Angaben, und anerkennend bemerkte er: »Höchst professionell, Madame, wirklich, höchst professionell!«

Veronique machte eine unwillige Geste, als wollte sie sagen: Bitte sparen Sie sich Ihre Komplimente. Stattdessen schob sie ihrem Gegenüber einen ausgefüllten Scheck über die Tischplatte und meinte: »Fünftausend. Das sollte fürs Erste genügen. Später rechnen wir ab.«

Es gab kaum etwas, das Lewezows depressive Stimmung mehr verbessern konnte als Geld. Nach alter Gewohnheit pflegte er Schecks zu küssen. Das tat er auch diesmal, bevor er mit den Worten verschwand: »Madame, ich bin sicher, Ihnen behilflich sein zu können.«

Als Professor Gropius den Intensivraum betrat, war Arno Schlesinger bereits tot. Das EKG gab einen konstanten hohen Pfeifton von sich. Gropius stieß den Pfarrer, eine hoch aufgeschossene schwarze Gestalt mit weißem Halskragen, der ein unverständliches Gebet lispelte, beiseite.

»Wie konnte das passieren?«, herrschte der Professor seinen Oberarzt Dr. Fichte an.

Dieser, ein jungenhafter Typ mit dunklem Kraushaar und im selben Alter wie Gropius, schüttelte den Kopf. Ratlos blickte er auf Schlesinger, der mit halb geschlossenen Augen und offenem Mund, den Kopf zur Seite gekippt, in einem Gewirr von Kabeln und Schläuchen dalag. Leise, kaum hörbar, sagte er: »Plötzlich auftretende Tachykardie, kurzzeitiger Pulsus dicrotus, wenig später Herzstillstand. Ich habe keine Erklärung.«

»Warum haben Sie mich nicht eher gerufen?«, wandte sich Gropius der Aufsichtsschwester zu.

Die Schwester, eine wohlbeleibte Blondine, die schon viele Patienten hatte sterben sehen, erwiderte eher teilnahmslos: »Tut mir Leid, Herr Professor, es ging alles so schnell.« Und nicht weniger teilnahmslos und mit einem Fingerzeig auf die Leitungen, mit denen der Tote noch immer verkabelt war, sagte sie: »Dann kann ich wohl abstecken.«

Während die Schwester das EKG ausschaltete und die Kabel einsammelte, traten Gropius und sein Oberarzt ans Fenster und blickten ins Freie. Ohne seinen Kollegen anzusehen, fragte der Professor: »Was ist Ihre Meinung, Fichte?«

Der Oberarzt zögerte.

»Sie brauchen mich nicht zu schonen!«, ermunterte Gropius seinen Oberarzt.

»Vermutlich eine Blutung der Ösophagus-Varizen.«

Gropius nickte. »Nahe liegend. Aber ich glaube nicht daran. In diesem Fall hätte ich mir einen Vorwurf zu machen.«

»Ich wollte Ihnen damit keinesfalls irgendeine Schuld …«, beeilte sich der Oberarzt hinzuzufügen, aber Gropius unterbrach ihn.

»Schon gut. Sie haben völlig Recht. Eine Blutung ist nahe liegend. Und deshalb werde ich eine Obduktion veranlassen.«

»Sie wollen …«

»Das bin ich meinem Ruf schuldig. Ich möchte nicht, dass irgendwann einmal das Gerücht aufkommt, Gropius habe in einem bestimmten Fall schlampige Arbeit geleistet. Ich bestehe auf einer Obduktion.«

Als die blonde Schwester merkte, dass das Gespräch ins Grundsätzliche ging, zog sie es vor, den Intensivraum zu verlassen. Langjährige Erfahrung in ihrem Beruf hatte sie gelehrt, dass derartige Gespräche unter Ärzten meist ein unrühmliches Ende nehmen, ohne dass je das Wort fallen würde, worum es eigentlich geht: Kunstfehler.

Mit seiner Entscheidung, eine Obduktion vornehmen zu lassen, wollte Gropius von vornherein Gerüchten den Wind aus den

Segeln nehmen. Für ihn stand zunächst einmal fest, dass er keinen Fehler gemacht hatte. Aber woran war Schlesinger so plötzlich gestorben?

Die Frage beschäftigte Gropius weiter; sie würde morgen im Laufe des Tages beantwortet werden. Wer unter dem Tod eines Patienten leidet, pflegte er zu sagen, sollte nicht Arzt werden. Das hatte nichts mit Kaltherzigkeit zu tun oder gar Unmenschlichkeit, ein Klinikum war ein großes wirtschaftliches Dienstleistungsunternehmen, in dem nicht alles gelang.

Trotz dieser Abgeklärtheit gegenüber dem einzelnen menschlichen Schicksal versetzte der Fall Schlesinger den Professor in unerklärliche Unruhe. Dies hier war eine Routine-Operation gewesen, die völlig ohne Komplikationen verlaufen war. Trotzdem war der Patient gestorben, und sein Gefühl sagte Gropius, dass da irgendetwas nicht stimmen konnte.

Missgelaunt kam Gropius gegen 20 Uhr nach Hause. Seit Veronique ihn verlassen hatte, kam ihm das Haus wie leer geräumt vor, obwohl sie nur die Möbel ihres eigenen Zimmers mitgenommen hatte. Er hatte den Raum seither nicht mehr betreten – warum, konnte er selbst nicht sagen. Ohne hinzusehen, schaltete er das Fernsehgerät ein, aus der Küche holte er ein Glas Rotwein, dann ließ er sich erschöpft in einen Ohrensessel fallen und starrte vor sich hin ins Leere. D.T. nannte er seinen Zustand des Alleinseins scherzhaft gegenüber Freunden, wobei D. für *Delirium* und T. für *tremens* stand; aber das war wirklich scherzhaft gemeint in Bezug auf einen Zustand, in dem sich jeder Mann zu befinden glaubt, dem die Frau davongelaufen ist.

Gropius nahm einen Schluck und stellte das Glas ab, als das Telefon läutete. Er schaute auf die Uhr und entschied, nicht abzuheben, denn er hatte keine Lust, mit jemandem zu reden, und für den Fall, dass es Rita war, die Röntgenassistentin, auf Sex schon gar nicht.

Nach schier endlosem Klingeln kam der Apparat endlich zum

Schweigen, aber nur, um nach einer kurzen Unterbrechung erneut seine Nerven zu strapazieren. Verärgert meldete sich Gropius. »Ja?«, bellte er in den Hörer.

Niemand antwortete. Gropius wollte gerade schon wieder auflegen, als er eine Stimme vernahm.

»Wer ist da?«, kläffte er nun ziemlich ungehalten.

»Eine Nachricht für Professor Gropius«, hörte er eine kalte, leicht verzerrte Stimme sagen. »Es geht um den Tod Schlesingers.«

Mit einem Mal war Gropius hellwach. »Wer sind Sie? Was wissen Sie über den Patienten? So reden Sie doch!«

»Schlesinger starb an einem Leberkoma. – Sie trifft keine Schuld. – Deshalb sollten Sie alle weiteren Nachforschungen einstellen. – Es ist in Ihrem eigenen Interesse.«

»Verdammt, wer sind Sie?«, rief Gropius in höchster Erregung.

Der Anrufer hatte aufgelegt.

Verwirrt presste Gregor Gropius den Hörer auf das Gerät, als wollte er verhindern, dass der Anrufer sich erneut meldete. Wer war der seltsame Anrufer? In seiner Ratlosigkeit rief Gropius alle Stimmen ab, die sein Gehirn gespeichert hatte. Der Vorgang dauerte einige Minuten, dann gab er auf. Er ergriff sein Glas, leerte es in einem Zug und schaltete das Fernsehgerät aus. Vom Charakter alles andere als ein Hasenfuß, bekam er es plötzlich mit der Angst zu tun, er fühlte sich beobachtet und ließ mit einem Knopfdruck die Rolladen des Hauses herab.

Wer in aller Welt wusste von Schlesingers Tod? Und wer konnte eine so präzise und durchaus mögliche Todesursache nennen? Dafür gab es nur eine Erklärung: Es musste jemand aus dem Kollegenkreis sein. Die Rivalität unter Medizinern wird nur von jener unter Hollywoodstars übertroffen. »Fichte, Oberarzt Dr. Fichte«, murmelte Gropius halblaut vor sich hin. Aber schon im nächsten Augenblick verwarf er den Gedanken. Wollte Fichte an seinem Stuhl sägen, so hätte er doch größtes Interesse an der

Aufklärung des Todes von Schlesinger, jedenfalls wäre es unsinnig, ihn aufzufordern, alle Nachforschungen nach der Todesursache einzustellen.

Unruhig wie ein Raubtier ging Gropius im Salon auf und ab. Er hielt die Hände hinter dem Rücken verschränkt und schüttelte fassungslos den Kopf. Veronique! Mehr als einmal hatte sie ihm ins Gesicht gesagt, dass sie ihn hasste. Beim ersten Mal hatte es geschmerzt, schließlich hatten sie sich einmal geliebt; aber nach mehrmaliger Wiederholung hatte selbst dieser Treffer an Wirkung verloren. Ohne Zweifel wäre Veronique zu einer groß angelegten Intrige fähig. Sie hatte sie ja sogar angekündigt. Aber war sie in der Lage, den Tod eines Patienten zu inszenieren? Veronique hatte kaum Kontakte in die Klinik. Den Umgang mit Ärzten schätzte sie nicht. »Alles Spießer«, meinte sie einmal, »nur Innereien und Karriere im Kopf, widerlich!« Nein, auch Veronique schied als Urheberin dieses Anschlags aus. Und der mysteriöse Anruf machte in diesem Zusammenhang noch weniger Sinn.

Mit dieser unbefriedigenden Erkenntnis ging Gropius zu Bett; aber er lag lange wach. Das Geschehen um den Tod des Patienten hatte ihn mehr aufgewühlt, als er zunächst dachte. Bis es hell wurde, döste er im Halbschlaf vor sich hin.

Am nächsten Morgen in der Klinik empfing ihn seine Sekretärin, eine mütterliche Fünfzigerin – etwas anderes hätte Veronique nie zugelassen – wie stets mit aufgesetzter guter Laune und der Mitteilung, das Obduktionsergebnis im Fall Schlesinger stehe fest, Professor Lagermann bitte um Rückruf.

Lagermann! Obwohl er ihn noch gar nicht gesprochen hatte, war seine Stimme Gropius sofort gegenwärtig. Lagermann könnte der geheimnisvolle Anrufer gewesen sein! Mit gespielter Ruhe betrat Gropius sein Zimmer und schloss die Tür hinter sich. Er sah, dass seine Hand zitterte, als er die Nummer des Pathologen wählte.

»Es wird Sie nicht überraschen, Herr Kollege, wenn ich Ihnen die Todesursache im Fall Schlesinger nenne«, begann der ohne Umschweife, »der anatomische Befund lautet Leberkoma.«

Gropius brachte kein Wort hervor, und Lagermann fragte zurück: »Sind Sie noch da?«

»Ja, ja«, stammelte Gropius und versuchte mühsam, aber vergebens sich einen Reim auf das soeben Gehörte zu machen.

»Was Sie allerdings überraschen wird, ist der histologische Befund: Das Spenderorgan war nicht clean. Ich konnte Chlorphenvinphos in hoher Dosierung nachweisen. Vermutlich eine Injektion in das präparierte Organ. Der Patient hatte keine Überlebenschance. Unter den gegebenen Umständen war es meine Pflicht, den Staatsanwalt einzuschalten. Mein schriftlicher Bericht folgt.«

»Lagermann!«, murmelte Gropius, nachdem er den Hörer aufgelegt hatte. Er spürte kalten Schweiß im Nacken. »Lagermann?«

In den folgenden Tagen überstürzten sich die Ereignisse dermaßen, dass es Gropius später schwer fiel, alles in eine chronologische Abfolge zu bringen. Es begann mit einer peinlichen Situation, die sich durch eine Verkettung unglücklicher Umstände ergab, wie sie unseliger nicht hätten ablaufen können.

Beinahe wie im Traum hatte Gropius die Tagesarbeit verrichtet und sich dabei mehrfach ertappt, dass er jeden, der ihm begegnete, misstrauisch musterte, ob der bereits von dem Vorfall wusste. Dabei gewann er den Eindruck, dass die meisten Kollegen ihm geflissentlich aus dem Weg gingen.

Am späten Nachmittag saß Gropius in seinem Besprechungszimmer, einem nüchternen Raum mit Stahlrohrmöbeln und schwarzen Ledersesseln, vor sich auf dem Schreibtisch die Transplantationsakte Schlesinger, und zermarterte sich das Gehirn mit der immer wiederkehrenden Frage: Wie konnte das geschehen? Wer hatte Interesse daran, ein Spenderorgan zu vergiften? Beinahe hätte er das zaghafte Klopfen an der Tür überhört, verunsichert rief er: »Ja bitte?«

Plötzlich stand Rita vor ihm, die Röntgenassistentin, gerade mal halb so alt wie er, bildhübsch und horoskopgläubig, eine seltene Kombination, weil es meist Defizite sind, die den Weg zum Horoskop bereiten. Jedenfalls wusste er, seit sie sich näher kannten – ja, sie hatten ein Verhältnis –, dass er Jungfrau, Aszendent Löwe war mit der Sonne im ersten Haus; aber das war ihm jetzt auch keine Hilfe.

Als Gropius das rothaarige Mädchen im weißen Kittel erblickte, sprang er erschreckt auf und trat ihm entgegen: »Habe ich dir nicht gesagt, in der Klinik kennen wir uns nicht«, zischte er leise.

»Ich weiß«, erwiderte Rita, »aber man tuschelt auf den Stationen, es sei etwas Furchtbares passiert, ein Mord!« Sie schlang die Arme um Gropius' Hals.

Er wehrte sie ab, indem er das Mädchen an beiden Handgelenken fasste. »So, man tuschelt«, bemerkte er unwillig.

»Was ist wahr an diesen Gerüchten?«, rief das Mädchen mit dünner Stimme.

»Nichts! Das heißt, ja, es ist etwas passiert. Ein Spenderorgan war vergiftet. Der Patient ist kurz nach der Operation gestorben. Jetzt weißt du's!« Gropius' Worte klangen ungehalten und überreizt.

In ihrer Aufregung hatten die beiden nicht bemerkt, dass zwei weitere Gestalten den Raum betreten hatten. Vor ihnen standen wie aus dem Boden geschossen Gropius' Sekretärin und ein dem Professor unbekannter Mann. Immer noch hielt Gropius die Arme des Mädchens an seine Brust gepresst.

»Ich habe angeklopft«, meinte die Sekretärin entschuldigend, wobei sie die kompromittierende Haltung ihres Chefs mit einem strafenden Blick quittierte.

»Schon gut«, erwiderte Gropius. Er entließ das Mädchen aus

seiner Umklammerung und sagte an Rita gewandt: »Wir unterhalten uns später über Ihr Problem!« Rita verschwand.

»Das ist Staatsanwalt Renner«, sagte die Sekretärin mit einer Handbewegung auf den Fremden.

Gropius musterte den Staatsanwalt, einen jungen, drahtigen Typ mit randloser Brille und strengem Bürstenhaarschnitt, und während er das tat, wurde ihm die Fadenscheinigkeit seiner Bemerkung Rita gegenüber bewusst. »Ich habe Sie erwartet«, wandte er sich dem jungen Mann zu, »bitte nehmen Sie Platz.«

Markus Renner stand erst am Anfang seiner Karriere, aber sein Verhalten wirkte alles andere als zurückhaltend. »Sie wissen, worum es sich handelt«, begann er ohne Umschweife. »Welche Erklärung haben Sie für den Vorfall? Sie müssen sich selbst nicht belasten und können jederzeit die Aussage verweigern; aber nach Lage der Dinge ermittle ich wegen fahrlässiger Tötung. Vermutlich kommt es zur Anklage. Wollen Sie aussagen?«

Die Sätze des Staatsanwalts schwirrten wie abgeschossene Pfeile durch den Raum, geradlinig und zielsicher, und sie trafen Gropius in seinem Innersten. »Ich habe nicht die geringste Erklärung für diesen Vorfall«, erwiderte er zögernd, »und Sie können mir glauben, dass *ich* zuallererst an einer Aufklärung des mysteriösen Geschehens interessiert bin. Schließlich geht es um meine Reputation als Arzt.«

Renner nickte zufrieden. »Dann darf ich Sie bitten, mir die Transplantationsakten zu überlassen. Ich brauche den Namen des Operateurs, der die Spenderleber entnahm, die Namen aller am Transport des Organs von Frankfurt nach München Beteiligten und die Namen aller, die hier in der Klinik mit dem Organ in Berührung kamen oder gekommen sein könnten.«

Mit einem säuerlichen Lächeln im Gesicht schob Gropius dem Staatsanwalt die Akte über den Tisch. »Hier finden Sie alle Unterlagen.«

Beinahe gleichgültig und mit einer Kaltschnäuzigkeit, die man einem Mann seines Alters kaum zugetraut hätte, nahm Renner die Akte in Empfang. Als handelte es sich um einen Werbeprospekt oder dergleichen, ließ er die einzelnen Seiten durch die Finger gleiten, dann erhob er sich mit den Worten: »Professor, ich möchte Sie bitten, sich zur Verfügung der Staatsanwaltschaft zu halten. Ich darf doch davon ausgehen, dass Sie die Stadt in den nächsten Tagen nicht verlassen?«

Gropius nickte unwillig, und nicht weniger unwillig knurrte er: »Wenn es denn sein muss.«

Mit einer Floskel und ohne einen Händedruck verabschiedete sich Staatsanwalt Renner. Er hatte kaum die Tür hinter sich geschlossen, als Gropius halblaut hinter ihm herrief: »Schnösel!« Er hatte eine Riesenwut im Bauch.

Aufgebracht wischte er sich mit dem Handrücken über die Stirn, als wollte er seine finsteren Gedanken auslöschen. Schließlich begann er auf ein Papier Rechtecke und Linien zu zeichnen und Pfeile, die sich wie verirrt durch ein Labyrinth bewegten: den Weg des Koffers mit dem Spenderorgan vom Eintreffen in der Klinik bis zum Operationssaal. An manchen Stellen markierte Gropius ein X, an anderen ein Fragezeichen. Das Labor im dritten Stock, wo eine letzte histologische Untersuchung stattgefunden hatte, umrundete er mit einem Kreis. Von hier auf dem Weg zum OP markierte er jede Tür mit einem Ausrufungszeichen. Nachdem der Laborbericht alle Werte bestätigt und keine Abnormitäten aufgeführt hatte, musste der Anschlag auf diesem letzten Weg verübt worden sein.

Gropius wartete bis zum Schichtwechsel um 20 Uhr. Danach kehrte auf allen Stationen Ruhe ein. Lautlos machte er sich mit seinen Skizzenblättern auf den Weg. Er hätte nie für möglich gehalten, dass er einmal heimlich wie ein Dieb durch seine Station schleichen würde, um sich irgendwelche Notizen zu machen. Aus Furcht, er könnte bei seiner seltsamen Tätigkeit entdeckt werden, schlenderte er mehrmals scheinbar ziellos durch die Gänge, wobei er sich den Anschein gab, eine wichtige Akte zu studieren. In Wahrheit notierte er jede Tür und die Bedeutung des dahinter liegenden Raumes, und dabei ließ er weder WCs noch Besenkammern aus.

Erleichtert, weil ihm niemand begegnet war, der Verdacht schöpfen konnte, strebte er gerade dem Lift zu, als ein Mann um die Ecke bog, den er um diese Zeit hier zuallerletzt erwartet hätte.

»Sie, Herr Staatsanwalt?«

Markus Renner grinste hinterhältig und rückte seine Brille zurecht. Mit zusammengekniffenen Augen musterte er die Skizzenblätter, welche Gropius in den Händen hielt, und bemerkte von oben herab: »Wie es scheint, hatten wir beide den gleichen Gedanken!«

Gropius zog es vor zu schweigen. Was immer der Staatsanwalt auch mit seiner Bemerkung hatte sagen wollen, er hatte keine Lust, Erklärungen abzugeben. Dies hier war immer noch seine Klinik. Von Anfang an war ihm dieser karrieresüchtige Schnösel unsympathisch gewesen – und nicht nur deshalb, weil ein Todesfall sie zu Gegnern gemacht hatte; das nassforsche Auftreten des jungen Mannes missfiel ihm. So kam es, dass die unangenehme Begegnung in Schweigen endete und jeder seiner Wege ging.

Als Gropius kurz vor 22 Uhr nach Hause kam, wartete Rita vor der Haustür. Er war nicht einmal überrascht. Es hatte zu regnen begonnen, und das Mädchen war völlig durchnässt.

»Ich dachte, an einem Tag wie diesem könntest du ein bisschen Aufheiterung vertragen. Aber ich kann auch wieder gehen, wenn du willst.«

Das hatte etwas Rührendes. »Nein, nein, komm schon herein!«

In Augenblicken wie diesem fragte sich Gropius, ob ihr Verhältnis nicht doch mehr war als purer Sex. Denn das hatte er Rita gegenüber unumwunden zugegeben. Von einer ernsthaften Beziehung wollte er nichts wissen. Gewiss, er war scharf auf sie, aber von Liebe konnte keine Rede sein. Rita hatte das nicht allzusehr erschüttert. Sie war seiner Ehrlichkeit mit der Bemerkung begegnet, sie könne warten.

»Du musst das verstehen«, begann Gregor Gropius, als sie im Haus waren, »das hat nichts mit dir zu tun, aber im Augenblick ist mir nicht gerade nach Vögeln zumute.«

»Hm.« Rita schob die Unterlippe vor wie ein kleines Mädchen. Sie wusste sich auch in einer Situation wie dieser in Szene zu setzen.

»Du solltest ein heißes Bad nehmen und deine Kleider kurz zum Trocknen aufhängen«, sagte Gregor und nahm das Mädchen in die Arme.

Rita entkleidete sich vor seinen Augen – was ihn an diesem Abend aber nicht aus der Fassung brachte – und hängte ihre nassen Sachen über den Heizkörper im Flur.

Wie schön sie ist, dachte Gropius. Weiter kam er nicht. Das Telefon holte ihn in die Wirklichkeit zurück. Noch bevor er seinen Namen nannte, vernahm er aus dem Hörer eine Stimme, die er schon einmal gehört hatte: »Eine Nachricht für Professor Gropius. – Es geht um den Tod Schlesingers. Schlesinger starb an einem Leberkoma. – Sie trifft keine Schuld. – Deshalb sollten Sie alle weiteren Nachforschungen einstellen. Es ist in Ihrem eigenen Interesse.« Dann brach die Verbindung ab.

Wie versteinert blickte Gropius auf das nackte Mädchen. Er hatte noch den ersten Anruf im Gedächtnis. Dies war genau derselbe Wortlaut. Eine Tonbandstimme!

»Etwas Unangenehmes?«, fragte Rita.

»Ja«, antwortete Gregor abwesend.

»Willst du, dass ich gehe?«

Gropius blickte zur Seite und nickte.

Etwa zur selben Zeit hingen Professor Lagermann und Oberarzt Dr. Fichte am Tresen einer Bierkneipe in der Innenstadt. Sie hieß »Extrablatt« und war ein ebenso beliebter wie verrauchter Treff von Journalisten, weil die wichtigsten Zeitungen nur wenige Minuten entfernt lagen. Nie im Leben wären Fichte und Lagermann Freunde geworden, dafür waren beide einfach zu verschieden, aber das Schicksal hatte sie insofern zusammengeschweißt, als Fichtes Vater und Lagermanns Mutter Geschwister waren, womit ihnen der nur mit Mühe nachvollziehbare Verwandtschaftsgrad von Cousins zukam. In der Klinik verschwiegen beide diese Tatsache, und sie hatten unterschiedliche Gründe dafür.

Während Fichte, genannt »Bäumchen«, ein ausgesprochener Frauentyp war, hatte Lagermann dem anderen Geschlecht schon lange abgeschworen. Ob aus Überzeugung oder der Not gehorchend, vermochte niemand zu sagen, auch Fichte nicht. Augenzwinkernd bezeichnete sich Lagermann als zeugungsfähigen Protestanten. Im Übrigen hatte er einmal seinem Cousin gestanden, welche Frau lasse sich schon aus freien Stücken mit einem Leichenschneider ein. Er könne, hatte er gemeint, sich auch nicht vorstellen, dass eine Frau abends nach der Arbeit frage: Na wie war's heute?, und dass er zwischen Suppe und Pasta antworte: Heute hatte ich mal wieder Herz und Nieren oder einen vollen Magen auf dem Tisch.

Lagermann betrachtete seinen Beruf als Broterwerb, keinesfalls als Berufung, er war da, wie die meisten Pathologen, so hineingerutscht, einer musste die Arbeit ja machen. Dass sein Ehrgeiz sich in Grenzen hielt, muss daher ebenso wenig erwähnt werden wie die Tatsache, dass er dem Alkohol mehr zusprach, als es dem Organismus eines erwachsenen Mannes zuträglich war.

Fichte war das ganze Gegenteil: Nicht sehr groß, aber weltoffen und lebensfroh, hatte er eine attraktive Frau und zwei allerliebste Töchter, und seine Karriere stand ganz oben als Lebensziel. Und obwohl Gropius dieser Karriere eigentlich im Wege stand, schien Fichte Gropius zu mögen, jedenfalls beteuerte er das bei jeder Gelegenheit.

Walter Lagermann hingegen machte aus seiner Abneigung gegen Gropius keinen Hehl, ohne seine Gefühle näher zu begründen. Und so hatte er sich spontan bereit erklärt, als Daniel Breddin, ein Reporter der *Bild*-Zeitung, mit dem er schon öfter zu tun gehabt hatte, anrief und um ein Gespräch bat. Dass Fichte dabei war, störte nicht weiter, jedenfalls aus Lagermanns Sicht. Die beiden trafen sich alle paar Wochen auf ein Bier, und Lagermann sah keinen Grund, dieses harmlose Vergnügen ausfallen zu lassen.

Daniel, genannt »Danny« Breddin, sein träges dickliches Aussehen stand im starken Gegensatz zu seinem aufgeweckten, scharfen Verstand –, Danny kam gleich zur Sache: »Über dpa lief heute die Meldung von einem mysteriösen Todesfall im Universitätsklinikum. Was ist da dran, Professor?«

»Es war Mord«, bemerkte Lagermann sachlich, und Fichte fiel ihm sofort ins Wort: »Aber Walter! So kann man das nicht sagen.«

Beschwichtigend hob Lagermann die Hände: »Also gut, dann will ich mich anders ausdrücken: Ein Patient hat eine Lebertransplantation nur eine Stunde überlebt. Bei der anschließenden Obduktion habe ich in der transplantierten Leber eine hohe Dosis eines Insektizids festgestellt. Mit anderen Worten, das Organ war vergiftet!«

Breddin bekam große Augen, er witterte eine Sensationsgeschichte. »Der Tod ist also nicht auf einen ärztlichen Kunstfehler zurückzuführen?«, meinte Breddin fragend.

Lagermann hob theatralisch die Schultern, sodass sein breiter Schädel beinahe zwischen den Achseln verschwand. »Gregor Gropius besitzt an und für sich einen hervorragenden Ruf!«, erwiderte er in einem Tonfall, der seine Aussage eher in Zweifel stellte.

Darauf griff Fichte in die Diskussion ein und erklärte an den Reporter gewandt: »Sie müssen wissen, mein Cousin Walter

Lagermann und Gregor Gropius können sich nicht leiden, oder besser: Walter mag Gropius nicht, Sie verstehen. Tatsache ist, dass das transplantierte Organ präpariert war, vermutlich durch eine Injektion. Über den Täter und seine Motive kann man nur spekulieren. Jedenfalls ist der Fall dem Renommee unserer Klinik nicht gerade zuträglich. Ich darf Sie aber bitten, dass Sie mich aus Ihrem Bericht heraushalten. Es wäre mir äußerst unangenehm, wenn der Verdacht aufkäme, ich wollte Gropius in den Rücken fallen. Nach meiner Auffassung trifft Gropius keine Schuld.«

Lagermann grinste breit, kippte einen Klaren in einem Zug hinunter und polterte los, während sein wütender Blick abwechselnd zu Breddin und Fichte wanderte: »Gropius war der verantwortliche Leiter der Operation, also muss er auch dafür gerade stehen, wenn etwas passiert. Oder sehe ich das falsch? Im Übrigen verstehe ich nicht, warum du Gropius schonen willst. Ich bin überzeugt, er würde, wenn er einen Weg fände, die Verantwortung auf dich abwälzen.«

»Du bist ja verrückt!« Wütend knallte Fichte sein Bierglas auf die Theke, beugte sich zu Lagermann hinüber und zischte so, dass Breddin es nicht hören sollte: »Hör auf zu trinken, Walter. Du redest dich noch einmal um Kopf und Kragen!«

Lagermann verzog das Gesicht und stieß Fichte von sich: »Quatsch. Ich rede was und mit wem *ich* will!«

Da griff Fichte in die Tasche, legte einen Schein auf den Tresen und sagte an Breddin gewandt: »Sie dürfen nicht alles glauben, was mein Cousin im Laufe eines Abends erzählt. Er trinkt manchmal ein bisschen viel und weiß am nächsten Morgen nicht mehr, was er gesagt hat. Und jetzt entschuldigen Sie mich.«

Dass Fichte seinen Cousin Lagermann einfach stehen ließ, kam gar nicht selten vor. Angeheizt von der nötigen Menge Alkohol, war dessen Redefluss kaum zu bremsen, und dabei wurde er allzu leicht ausfällig.

Kaum war Fichte verschwunden, sah Breddin seine Stunde gekommen, mehr aus Lagermann herauszuholen, als dem später lieb sein konnte. Deshalb stellte er unumwunden die nächste Frage: »Hat Professor Gropius eigentlich Feinde?«

»Feinde?« Lagermann schluckte. Er war bereits an dem Punkt angelangt, wo es ihm schwer fiel, eine kluge Antwort zu geben. Nach einer Weile scheinbaren Nachdenkens platzte es aus ihm heraus: »Ja, mich natürlich. Als Freund würde ich ihn jedenfalls nicht betrachten.« Dabei lachte er endlos lange und gekünstelt, sodass andere Gäste im Lokal bereits aufmerksam wurden.

»Und außer Ihnen?«

Lagermann machte eine wegwerfende Handbewegung. »Sie müssen wissen, unter den Medizinern einer Klinik bricht jeden Morgen der Dritte Weltkrieg aus. Die Kriegsgründe sind für Außenstehende lachhaft: ein besserer Parkplatz, ein teureres Auto, das besser gelegene Zimmer, die schönere Sekretärin, die prominenteren Patienten. Konkurrenzneid und Ruhmsucht treiben die seltsamsten Blüten. Einem armen Pathologen wie mir bleibt all das weitgehend erspart. Ich habe keine Konkurrenz, und den Ruhm kann mir niemand streitig machen, denn es gibt keinen. Oder kennen Sie einen berühmten Pathologen? Meine Patienten brauche ich nicht sonderlich behutsam zu behandeln – sie sind alle schon tot; und egal ob Penner oder Promi, sie unterscheiden sich nur durch das an der kleinen Zehe befestigte Namensschild.«

Lagermann blickte mit schweren Augenlidern vor sich auf die Theke, und ohne den Reporter anzusehen fuhr er fort: »Wissen Sie eigentlich, wie scheußlich so ein Mensch von innen aussieht? An seinem Äußeren hat der Mensch Jahrtausende gearbeitet, er wurde immer schöner, immer begehrenswerter. Denken Sie nur an den Diskuswerfer des Myron oder Michelangelos David! Aber unter der Haut sind wir noch genauso grässlich und unvollkommen wie vor einer Million Jahren. Haben Sie schon einmal das Herz eines Menschen gesehen, so einen von gelbem Fett umgebenen unförmigen Muskelklumpen, oder eine Leber wie ein im

Wald verschimmelter Schwamm oder verkalkte Arterien, die wie Unterwassergestrüpp in einem Tümpel aussehen? Und das alles tagtäglich zwischen Frühstück und Mittagessen!« Lagermann steckte den Zeigefinger in sein Schnapsglas und fuhr weinerlich fort: »Ich sage Ihnen, Breddin, all das können Sie nur mit dem nötigen Quantum Alkohol ertragen. Breddin?«

Lagermann blickte auf und suchte verwirrt nach seinem Gegenüber. Aber Breddin war längst verschwunden.

Am nächsten Morgen titelte die *Bild*-Zeitung: »Mysteriöser Todesfall in Uniklinik.« In dem Artikel wurde Professor Lagermann mit den Worten zitiert: »Der Fall wirft kein gutes Licht auf unsere Klinik! Es wäre wünschenswert, wenn der Schuldige bald ersetzt würde.«

An allen Straßenecken sprang Gropius die Schlagzeile entgegen, als er an diesem Morgen in die Klinik fuhr. Ihm war, als ob die Menschen an den Fußgängerampeln ihn anstarrten, und manche, schien es ihm, zeigten mit Fingern auf ihn und feixten schadenfroh. Um dem Spießrutenlauf zu entgehen, presste er die Stirn auf das Lenkrad, bis die Ampel auf Grün schaltete und er durch ungeduldiges Hupen in die Wirklichkeit zurückgeholt wurde. Als er ein Stück an der Isar entlangfuhr, überlegte er allen Ernstes, seinen Jaguar über die hohe Ufermauer in den Fluss zu lenken; aber ein Sturz in den Fluss brachte keineswegs die Gewissheit zu sterben. Und wäre es nicht viel mehr die Anerkennung seiner Schuld?

Verfolgt von derlei Gedanken nahm er den Weg in die Klinik, von alter Gewohnheit gelenkt wie ein Esel, der sogar blind seinen Stall findet. Später hatte er keine Erinnerung mehr, wie er den Weg zurückgelegt hatte. Er wusste auch nicht, wie es zu dem Folgenden kam.

Denn entgegen sonstiger Gewohnheit nahm Gregor Gropius, nachdem er seinen Wagen abgestellt hatte, nicht den Lift nach oben, er drückte viel mehr den Knopf nach unten, wo die Pathologie gelegen war. Wie ein Gespenst tauchte Lagermann in einem langen weißen Kittel am Ende des Ganges auf, der zum Sezierraum führte. Gropius hatte sich, als er in den Lift stieg, vorgenommen, Lagermann zur Rede zu stellen, mehr nicht. Aber nun, in dem von grellem Neonlicht erhellten Korridor, wo die Augen in abgedunkelten Höhlen verschwanden, standen sich beide plötzlich wie Duellanten gegenüber, wie Todfeinde, die den Augenblick abpassten, wer als Erster die Waffe ziehen würde. Gropius forcierte, als er Lagermann erkannte, seine Schritte. Nur keine Furcht zeigen. Aber Lagermann dachte nicht anders. Und so kam es, dass Gropius und Lagermann entschlossen wie zwei brünstige Hirsche aufeinander zu stampften, ohne zu wissen, wie die Begegnung enden würde.

Dann holte Gropius aus und schleuderte dem Gegner seine rechte Faust ins Gesicht. Lagermann, von seinem bodenlangen Kittel daran gehindert, die Balance zu halten, verlor das Gleichgewicht, knallte mit dem Schädel gegen die Wand und fiel wie ein Sack Mehl in sich zusammen.

Zum Glück für Gropius gab es für diesen Vorfall keinen Zeugen, und Lagermann hatte keine ernsthaften Verletzungen davongetragen. Aber Gropius wurde von der Klinikleitung noch am selben Tag bis zur endgültigen Klärung des Transplantationsskandals beurlaubt.

Der Zeitungsbericht in *Bild* erregte großes Aufsehen, und Breddin, dem man eine Spürnase für Skandale nicht absprechen konnte, ahnte, dass hinter dem eigentlichen Kriminalfall eine ganz andere Geschichte steckte. Gropius, den er telefonisch um ein Interview bat, hatte es abgelehnt, mit ihm zu sprechen, nun suchte er einen neuen Ansatzpunkt.

Das aber stellte sich als weit schwieriger heraus, als er zunächst angenommen hatte. Die Leute von Eurotransplant schwiegen wie ein Grab, was den Organspender anging, und das Münchner Klinikum hatte nach der provozierenden Schlagzeile seiner Zeitung einen Informationsstopp verhängt. Selbst Lagermann, den er noch am selben Tag telefonisch erreichte, gab sich mürrisch und meinte, er habe am Abend zuvor wirklich zu viel getrunken und noch mehr gesagt, vor allem habe er nicht erwartet, dass er, Breddin, ihn wörtlich zitiere. Das könne ihm, Lagermann, sehr schaden.

Inzwischen hatte die tägliche Telefonkonferenz des Blattes, bei der alle Außenredaktionen der Hamburger Zeitung miteinander verbunden sind, beschlossen, den Fall weiter heiß zu kochen, also die Leserschaft jeden Tag mit einem neuen Artikel über den Transplantationsskandal zu füttern.

In seinen Drehstuhl gelümmelt, die Füße auf dem Schreibtisch, behielt Breddin den Bildschirm seines Laptops im Auge, auf dem die Schlagzeile des heutigen Tages aufleuchtete. Mit einem Bleistift stocherte er auf einem weißen Blatt Papier herum, als hoffte er, das Schreibgerät würde sich mit einem Mal selbstständig machen und die Hintergründe der mysteriösen Tat niederschreiben.

Nach dem gegenwärtigen Stand der Recherchen gab es für Breddin zwei Theorien: Die nahe liegendste war natürlich, dass der Patient getötet werden sollte. Doch das wäre fraglos einer der ungewöhnlichsten Morde der Kriminalgeschichte, schließlich gibt es tausendmal einfachere Möglichkeiten, einen Widersacher ins Jenseits zu befördern. Außerdem hätte dies der Mithilfe mindestens eines Klinikangestellten bedurft, ein unkalkulierbares Risiko. Die zweite Möglichkeit schien da weit einleuchtender. Nach allem, was er von Lagermann gehört hatte, herrschte unter den Halbgöttern in Weiß erbitterte Rivalität. Was lag also näher, als dass *ein* Mediziner den anderen auf die geschilderte Weise ins Messer laufen ließ? Eine perfide Planung, die unter Insidern keinen allzu hohen und riskanten Aufwand erforderte.

Breddin war ein alter Hase in dem Geschäft. Er wusste, dass

Recherchen in einer Klinik äußerst schwierig sind, vergleichbar nur mit Nachforschungen im Vatikan, wo Schweigen zu den zehn Geboten gezählt wird. Während er also darüber nachdachte, wie er Lagermann doch noch zum Reden bringen könnte, und während er im Kopf die Kartei seiner Freunde und Bekannten durchging, von denen ein Reporter mehr oder weniger lebt, und jeden einzelnen Namen auf eventuelle Kontakte zum Klinikum abklopfte, kam ihm der Zufall in Gestalt einer hinreißenden jungen Frau zu Hilfe.

Sie hatte kupferrotes gewelltes Haar, und ihr üppiger Busen kam sogar unter dem sportlichen Trenchcoat zum Tragen. Sie schien äußerst erregt, als sie Breddins Büro betrat, und fragte aufgebracht: »Haben Sie den Bericht über den Transplantationsskandal geschrieben?«

»Ja«, erwiderte der Reporter, »mein Name ist Danny Breddin, und wer sind Sie?«

»Das tut nichts zur Sache«, erwiderte das Mädchen, »ich heiße Rita, das reicht.«

»Nun gut, Rita. Und was kann ich für Sie tun?«

»Es geht um Professor Gropius.«

»Sie kennen ihn?«

»Ja«, antwortete Rita. »Es ist eine Unverschämtheit, Professor Gropius zu beschuldigen. Das ist glatter Rufmord. Gropius ist das Opfer eines Komplotts geworden!« Ihre Stimme klang schrill.

Bis zu diesem Zeitpunkt war Breddin nur vom Äußeren der Unbekannten beeindruckt gewesen, doch nun begann er sich für das, was sie sagte, zu interessieren. »Ein Komplott? – Das müssen Sie mir näher erklären!«

»Da gibt es nicht viel zu erklären. Der Professor lebt seit ein paar Monaten von seiner Frau getrennt. Das wäre noch nichts Besonderes. Aber seine Frau hat gedroht, sie wolle ihn fertig machen. Wie ich Veronique Gropius kenne, geht sie dabei auch über Leichen.«

Breddin horchte auf. Wer war die Frau mit den roten Haaren, und welches Ziel verfolgte sie, wenn sie ihm das alles erzählte? Ein Ehedrama als Hintergrund des Skandals wäre ein gefundenes Fressen für die Zeitung. Stories wie diese passierten nicht jeden Tag.

»Rita«, begann er mit Engelszungen auf sie einzureden. »Ich bin sehr froh, dass Sie gekommen sind. Sie wissen offensichtlich mehr über den Fall. Wollen Sie mir nicht alles erzählen, damit die Wahrheit ans Licht kommt?«

Rita schüttelte unwillig den Kopf, und ungewollt entschlüpfte ihr dabei ein Schmunzeln, das jedoch schon im nächsten Augenblick zu einem Ausdruck zerrann, als empfände sie Schmerz. »Ich möchte nur«, sagte sie beinahe weinerlich, »dass Sie meine Worte ernst nehmen und den Professor nicht vorverurteilen.«

»Das habe ich nicht getan!«

»Sie haben Lagermann zitiert, von dem jeder weiß, dass er Gropius am liebsten an die Gurgel wollte. Lagermann streut sogar das Gerücht, Gropius habe mit der Organmafia zusammengearbeitet. Daran ist kein wahres Wort. Und wenn Sie *mich* fragen …«

»Ich frage Sie.«

»… ich würde der Exfrau des Professors durchaus zutrauen, dass sie einen Kollegen für sich eingenommen hat, vielleicht sind es auch zwei oder drei, denen der Ruhm, den sich Gropius erworben hat, ein Dorn im Auge ist. Aber ich glaube, ich habe schon viel zu viel gesagt. Leben Sie wohl, Herr Breddin.« Und wie der Schatten einer seltsamen Erscheinung verschwand Rita aus dem Raum.

Versonnen blickte Breddin auf die Schlagzeile auf seinem Bildschirm. Er lächelte zufrieden. Es sprach einiges dafür, dass der Fall eine ganz neue Wendung nehmen würde. Für Danny gab es keinen Zweifel – das rothaarige Mädchen war die Geliebte des Professors, vielleicht sogar der Scheidungsgrund. In drei von fünf Fällen ist der Scheidungsgrund eines Mannes rothaarig. Aber was ihn noch mehr hatte aufhorchen lassen, war das Gerücht, die Organmafia stecke hinter dem Attentat.

Das Thema Organhandel hatte schon des Öfteren die Spalten seiner Zeitung gefüllt. Tausende verzweifelter Patienten standen auf den Wartelisten der großen Kliniken, und jeder Vierte auf dieser Warteliste starb noch vor der rettenden Operation. Geschäftemacher, vorwiegend aus Russland, boten Organe zu irrsinnigen Preisen an, hunderttausend Euro, inklusive Operation. Im Angesicht des nahen Todes sind Menschen bereit, jeden Preis zu zahlen. War Gropius in diesen Organhandel verstrickt? Oder hatte er es abgelehnt, mit der Organmafia gemeinsame Sache zu machen?

Inzwischen war es Mittag geworden, die Tageszeit, in der Breddin klar zu denken begann.

Kapitel 2

Die Nachricht vom Tod ihres Mannes hatte Felicia Schlesinger gefasst aufgenommen, beinahe wie in Trance. Der Schock kam erst am folgenden Tag, als sie aus der Zeitung erfuhr, dass ihr Mann Opfer eines Anschlags geworden war. Schlimmer noch: Der ermittelnde Staatsanwalt hatte ihr ohne Regung mitgeteilt, Schlesingers Leiche sei vorläufig nicht freigegeben. Da wurde ihr erst klar, dass Arno nie mehr heimkommen würde.

In den folgenden Stunden und Tagen gingen ihr nebensächliche Dinge durch den Kopf: dass sie sich nicht einmal von ihm verabschiedet hatte, als er mit seinem alten Citroën in die Klinik fuhr, dass er ein kariertes Hemd zur gestreiften Krawatte trug und dass sie es versäumt hatte, ihm den Hausschlüssel mitzugeben. Der Tod war nie ein Thema gewesen für sie beide, seit jenem Unfall in Jerusalem, auch wenn Arno Monate auf ein Spenderorgan warten musste. Und wahrscheinlich hatten sie dadurch sogar glücklicher gelebt. Schlesinger hatte immer abgewiegelt, wenn sie sich nach dem Hergang des Unfalls erkundigte. Ein Unfall – so seine Worte – könne einen überall ereilen.

Nun saß Felicia in ihrem Haus am Tegernsee über Stapeln alter Fotos, Briefe und Akten und kramte in ihrer Vergangenheit, als könnte sie dabei die Antwort auf die Frage nach Arnos Tod finden. Sie hatten erst vor vier Jahren geheiratet, in Las Vegas. Die Adresse war ihr gegenwärtig wie ihr Geburtsdatum: Las Vegas Boulevard 1717, Chapel of the Flowers.

Erst drei Monate vorher waren sie sich zum ersten Mal begegnet, in Paris bei einem Kunstsammler, für den sie arbeitete. Von Liebe auf den ersten Blick konnte keine Rede sein, eher von

Neugierde und Faszination; denn beide waren auf ihre eigene Art selbstsüchtig und anspruchsvoll. Jetzt war sie vierzig und Witwe – eine schreckliche Vorstellung, weil Witwen gemeinhin als alt und verhärmt gelten.

Über ihre Zukunft brauchte Felicia Schlesinger sich keine Sorgen zu machen. Sie stand seit jungen Jahren auf eigenen Füßen und hatte sich als Kunstmaklerin einen Namen gemacht. Dass sie dabei manchmal mehr verdiente als Arno, hatte mit seiner Wissenschaft zu tun. Gelehrte werden selten fett.

Doch an diesem Freitagmorgen geriet ihr Weltbild ins Wanken. Sie wusste nicht, wonach sie eigentlich suchte – denn Geheimnisse hatten sie ohnehin nicht voreinander gehabt –, aber plötzlich während des Sortierens liegen gebliebener Post hielt sie einen braunen Umschlag in Händen mit der Aufschrift UBS und ohne jede weitere Angabe. Eher gleichgültig öffnete sie das Kuvert und entnahm einen Kontoauszug der Schweizerischen Bankgesellschaft. Felicia musste zweimal Anlauf nehmen, um die zehnstellige Zahl zu identifizieren: 10 327 416,46 Euro, zehnmillionendreihundertsiebenundzwanzigtausendvierhundertsechzehn Euro, der Saldo eines Kontos auf den Namen Arno Schlesinger.

Ungläubig schüttelte Felicia den Kopf. Was ging hier vor? Zehnmillionendreihundertsiebenundzwanzigtausendvierhundertsechzehn Euro! Ein Vermögen. Wie in aller Welt kam Arno zu so viel Geld? Er war doch gar nicht der große Moneymaker, der coole Geschäftsmann, der mal so nebenbei eine Million machte.

Unsicher, ja ratlos legte Felicia den Kontoauszug beiseite und wandte sich erneut den alten Fotografien zu: Arno und Felicia in New York, die beiden auf Mauritius oder vor einem Hotel in Ravello. Mit einem Mal kam es ihr vor, als wäre der Mann auf den Bildern ein anderer, mit einem Mal schlug ihre Trauer in Wut um, Wut auf sich selbst, weil sie nicht halb so schlau war, wie sie geglaubt hatte, zu naiv jedenfalls, um zu merken, dass Arno irgendwelchen einträglichen Geschäften nachging. Warum nur, warum hatte er sie über diese Summe in Unkenntnis gelassen?

Felicia stellte sich, ein Foto von Arno am Strand von Hurghada vor Augen, plötzlich die Frage, wer dieser Mann in der Badehose, mit dem sie vier Jahre verheiratet gewesen war, eigentlich war? Ein Hochstapler? Ein Betrüger? Resigniert musste sie sich eingestehen, dass sie ihren Mann offenbar nicht wirklich kannte. Nun gut, wir liebten uns, dachte sie, wir hatten passablen Sex miteinander und es gab kaum Streit; aber konnten wir deshalb behaupten, uns zu kennen?

Objektiv betrachtet hatten sie viel zu wenig Zeit füreinander. Arno trieb sich monatelang im Orient herum, leitete Ausgrabungen in Syrien und Israel, und wenn er nach Hause kam, diktierte er endlose Berichte, oder er brütete über seinen Büchern. Ihr eigenes Leben verlief nicht viel anders. Ständig auf Achse, vermittelte sie kostbare Gemälde, Skulpturen und Möbel unter Sammlern in ganz Europa. Ihre Diskretion wurde geschätzt und gut bezahlt. Mit Felicias Hilfe konnten Sammler anonym bleiben und Steuern und teuere Auktionshäuser umgehen, die bis zu vierundzwanzig Prozent für ihre Tätigkeit forderten. Sie selbst arbeitete für sieben Prozent des Schätzpreises, weshalb man sie in gewissen Kreisen auch »Miss Sieben Prozent« nannte.

An diesem Freitagmorgen wurde ihr jedenfalls klar, dass sie und Arno verheiratete Einzelgänger gewesen waren. Sie hatten Freunde, aber jeder nur die seinen.

Sie konnte seine nicht leiden, und er mochte ihre nicht. Sie hielt seine Freunde für Langweiler, die nur für ihre Wissenschaft lebten – *für* ihre Wissenschaft, wohlgemerkt, denn *von* ihrer Wissenschaft konnten sie sich kaum über Wasser halten. Er bezeichnete ihre Freunde als überspannte Zeitgenossen, die nicht wussten, wohin mit ihrem Geld. Dass sie über dieses Thema, an dem schon manche Ehe zerbrochen ist, nie in Streit gerieten, grenzte an ein

Wunder, entsprach aber den Tatsachen. Und das machte sie nachdenklich.

Schlesingers Tod erschien mit einem Mal in anderem Licht.

Gropius' Welt war aus den Fugen geraten. Während er in seinem Haus ratlos vor sich hin sinnierte, wurde er sich seiner Hilflosigkeit, ja seiner Ohnmacht immer stärker bewusst.

Da klingelte das Telefon.

»Staatsanwalt Renner.«

Ach Sie, Sie haben mir gerade noch gefehlt, wollte Gropius sagen, aber dann besann er sich doch eines Besseren und fragte höflich: »Was kann ich für Sie tun? Was gibt es Neues?«

»Neues? Haben Sie die Morgenzeitungen noch nicht gelesen, Professor?«

»Nein«, erwiderte Gropius, »ich will den Mist auch nicht lesen.«

»Sollten Sie aber, sogar in Ihrem eigenen Interesse. Was sagen Sie zu dieser Schlagzeile: ›Patient Opfer der Organmafia?‹«

Das Gespräch stockte.

»Haben Sie mich verstanden?«, erkundigte sich Renner nach einer schier endlosen Pause.

»Ja«, antwortete Gropius zögernd. Er wusste, dass er sich jedes Wort genau überlegen musste.

»Und was sagen Sie dazu, Professor?«

»Ich halte das schlichtweg für unmöglich. Nicht an unserer Klinik! Im Übrigen sähe ich keinen Sinn darin, ein Transplantationsorgan zu präparieren und einen Patienten zu töten.«

»Das sehe ich anders. Ich könnte mir die unterschiedlichsten Motive für diese ehrenwerten Herren vorstellen.«

»Sie machen mich neugierig, Herr Staatsanwalt!«

»Zum Beispiel könnte der hinterhältig herbeigeführte Tod eines Patienten eine Warnung an Sie sein, mit ihnen zusammenzuarbeiten.«

»Aber das ist doch nicht Ihr Ernst, Herr Staatsanwalt. Sie wollen mir doch nicht unterstellen, ich würde mit der Mafia zusammenarbeiten.«

»Ich unterstelle gar nichts, Professor Gropius! – Kennen Sie einen Dr. Prasskov?«

Gropius erschrak. Die Wirrnis, die seit ein paar Tagen von seinem Gehirn Besitz ergriffen hatte, machte ihn ängstlich.

»Prasskov?«, fragte Gropius unschlüssig zurück. »Was hat Prasskov mit der Sache zu tun?«

»Ich habe Sie gefragt, ob Sie mit einem gewissen Dr. Prasskov bekannt sind!«

»Ja. Flüchtig. Wir haben öfters zusammen Golf gespielt und manchmal anschließend einen getrunken.«

»So, so. Beim Golfen werden ja bekanntlich die besten Geschäfte gemacht.«

»Was heißt Geschäfte? Prasskov ist Schönheitschirurg. Er verdient sein Geld damit, reichen Damen die Kummerfalten aus dem Gesicht zu spritzen und sie an gewissen Stellen mit Silikon zu unterfüttern. Er macht seinen Job und ich den meinen. Ich verstehe Ihre Frage nicht. Was soll Prasskov mit meinem Fall zu tun haben?«

»Das will ich Ihnen sagen, Professor, die Organmafia ist fest in russischer Hand. Nach Unterlagen des Bundeskriminalamts agieren in Westeuropa drei rivalisierende Banden, die Ihnen für viel Geld jedes gewünschte Organ verschaffen. Ein Herz oder eine Leber auf Bestellung, lieferbar innerhalb zwei Wochen. Mord ist für sie kein Thema, sie gehen buchstäblich über Leichen.«

»Das mag ja sein; aber nicht jeder russische Arzt in Deutschland ist ein Mafioso!«

»Sicher nicht«, erwiderte Renner, und mit einem gewissen Triumph in der Stimme meinte er: »Aber dann können Sie mir vielleicht erklären, warum Dr. Prasskov so plötzlich von der Bildfläche verschwunden ist.«

»Was soll das heißen, Prasskov ist verschwunden?«

»Er ist weg, über Nacht. Wir haben heute Morgen seine Praxisräume in Grünwald durchsucht. Alle Achtung, Mobiliar und Apparaturen, alles vom Feinsten, aber keine Unterlagen, keine Dokumente, nichts, was auch nur den geringsten Hinweis auf seine Tätigkeit gegeben hätte. Was sagen Sie dazu, Professor?«

Gropius schnappte nach Luft. »Das ist in der Tat rätselhaft ...« Mit einem Mal kamen ihm die geheimnisvollen Anrufe in den Sinn, die Stimme vom Tonband, die wiederholte Drohung, all das trug in der Tat die Handschrift der ehrenwerten Gesellschaft. Aber Alexej Prasskov ein Mafioso? Für ihn war Prasskov ein netter Kerl, trinkfest und unterhaltsam, manchmal sogar witzig und geistreich; vielleicht war jedoch gerade das die Maske, hinter der sich ein Mafioso versteckte. Selten sehen Mörder aus, wie man sich Mörder vorstellt. Persönliche Dramen, das hatte Gropius schon immer gewusst, entziehen sich jeder Logik und Wahrscheinlichkeit. Sie stürzen über einen herein wie ein Unwetter im Hochsommer, unberechenbar und unabwendbar. »Ich bin völlig durcheinander«, sagte Gropius, nur um sein langes Schweigen zu überbrücken.

»Das wäre ich an Ihrer Stelle auch«, gab der Staatsanwalt kaltschnäuzig zurück. »Jedenfalls sieht es nicht gut aus für Sie, Professor. Aber Sie könnten Ihre Situation verbessern, wenn Sie ein Geständnis ablegten ...«

»Geständnis?« Gropius' Stimme überschlug sich. »Was für ein Geständnis? Mir wird ein verseuchtes Organ untergeschoben, und Sie verlangen von mir, ich soll ein Geständnis ablegen. Was in aller Welt wollen Sie hören?«

»Ich weiß es nicht. Vielleicht, dass man versucht hat, Sie zu erpressen, dass Ihnen nahe gelegt wurde, mit diesen Leuten zusammenzuarbeiten, was weiß ich.«

»Aber es gab keinen Erpressungsversuch! Ich wüsste gar nicht, wie ich der Organmafia von Nutzen sein könnte. Das

System von Eurotransplant ist offen für jeden, der damit zu tun hat. Jeder Vorgang, jeder Spender, jeder Empfänger ist jederzeit an jedem Ort über Internet abrufbar. Im Übrigen bedarf es eines Spezialistenteams, um ein Organ zu entnehmen, und eines weiteren Spezialistenteams, um ein Organ einem Menschen einzupflanzen.«

Renner gab ein hämisches Gelächter von sich. »Das ist mir nicht unbekannt, Professor, Sie vergessen nur, dass es um viel Geld geht, um sehr viel Geld sogar, und bei den Summen, die dabei im Spiel sind, werden auch Spezialisten schwach. Vor allem wenn sie aus Polen oder Russland kommen. Die polnische Grenze ist von Berlin nur hundertzwanzig Kilometer entfernt, und noch einmal dreihundert Kilometer und Sie sind in Russland. Dort kann ein Herzchirurg mit einer einzigen illegalen Organtransplantation mehr verdienen als mit fünf Jahren regulärer Klinikarbeit. Da verflüchtigen sich moralische Bedenken schneller als ein billiges Parfum.«

»Schön und gut. Aber können Sie mir sagen, welche Rolle ich dabei spielen sollte?«

Zum ersten Mal schien es, als fiele Renner die Antwort schwer. Schließlich erwiderte er: »Gestatten Sie, dass ich mit einer Gegenfrage antworte, Professor: Können Sie beschwören, dass alle Patienten, die in Ihrer Klinik das Zeitliche segneten, die Klinik auch mit all ihren Organen verlassen haben?«

Gropius begriff sofort, was Renner meinte, und seine Wut steigerte sich ins Unermessliche. Dieser junge Schnösel, dieser Karrierist brauchte Erfolgserlebnisse, er suchte einen Fall, mit dem er glänzen konnte. Wahrscheinlich hasste er alle Mediziner aufgrund eines traumatischen Erlebnisses oder weil er den Beruf selbst gerne ergriffen hätte. (Man weiß ja, dass Mediziner entweder vergöttert oder verachtet werden, dazwischen gibt es nichts, was man unter Ärzten und dem Rest der Welt als normal bezeichnen könnte). Natürlich war er gereizt, *über*reizt sogar, aber wer wollte ihm das verdenken, in dieser Situation und mit so einem Kontrahenten? Jedenfalls schleuderte er dem forschen Staatsanwalt ein paar Worte entgegen, die seine Lage nicht gerade verbesserten, ihm aber eine Genugtuung waren und sein Allgemeinbefinden deutlich anhoben, Gropius brüllte, ja er brüllte in den Hörer: »Renner, Sie sind ein Idiot, und ich muss mir von Ihnen solche unverschämten Verdächtigungen nicht gefallen lassen!« Und damit knallte er den Hörer auf das Telefon. Er dachte, der Apparat würde in tausend Stücke zerspringen.

»Prasskov«, murmelte er und schüttelte den Kopf.

Fassungslos starrte Felicia Schlesinger auf die neueste Schlagzeile der *Bild*-Zeitung. Die Meldung, ihr Mann könnte ein Opfer der Organmafia geworden sein, traf sie wie ein Schlag ins Gesicht. Den ganzen Tag und die folgende Nacht verbrachte sie damit, die Bruchstücke aus dem Leben Schlesingers, welche mit seinem Tod in Zusammenhang stehen konnten, zu einem Ganzen zusammenzufügen. Aber wie bei einem Puzzle, bei dem immer ein Teilchen zum Gesamtbild fehlt, kam sie nicht weiter, weil gerade dieses eine entscheidende Bindeglied fehlte, das dem Ganzen einen Sinn gab.

Vor allem das Geld, die zehn Millionen, hatten sie so aus der Fassung gebracht, dass ihr bei ihren Überlegungen bisweilen jede Logik abhanden kam. Natürlich wäre es denkbar, dass Arno Opfer irgendwelcher krimineller Machenschaften geworden war, und zweifellos hatte die Mordtat etwas Mafioses an sich. Ja, sie hätte das geglaubt, wäre sie nicht zufällig auf das geheime Konto gestoßen. Mafiosi zahlen selten zehn Millionen für einen Dienst, um dann den Empfänger dieses Vermögens umzubringen, schon gar nicht auf eine so umständliche Weise, die mit großer Gefahr verbunden war, entdeckt zu werden. Schlesinger war auch nicht der Typ, der sich mit der Mafia eingelassen hätte. Schon ein unbedeutendes krummes Ding mit der Steuer, bei dem es um gerade mal tausend Euro ging, ließ ihn tagelang nicht schlafen. Nein, zu Geld hatte Arno kein gesundes Verhältnis, und hätte sie selbst nicht gut verdient, ihr Lebensstandard wäre viel bescheidener gewesen.

Zum wiederholten Mal zog Felicia den Kontoauszug aus dem braunen Umschlag und las halblaut die Summe vor, als wollte sie sie verinnerlichen: zehnmillionendreihundertsiebenundzwanzigtausendvierhundertsechzehn. Für einen Altertumsforscher war die Summe so aberwitzig und unrealistisch, dass sein Tod in irgendeinem Zusammenhang mit dem Geld stehen musste.

Vielleicht, dachte Felicia, wäre es besser, die Sache auf sich beruhen zu lassen. Vielleicht sollte sie Arno ein würdiges Begräbnis bereiten und mit den Millionen ein neues Leben beginnen, aber eine peinigende Neugierde trieb sie dazu, nach der todbringenden Geldquelle zu suchen. Auch – dessen war Felicia sich von Anfang an bewusst – wenn sie sich dadurch selbst in Gefahr bringen sollte.

In Arnos Arbeitszimmer, dessen Wände, bis auf das breite Fenster mit Ausblick zum See, Bücherregale ausfüllten, gab es, von Folianten eingerahmt, einen offenen Aktenschrank, aus dem, festgehalten auf Stößen eng beschriebenen Papiers, die Arbeit eines halben Lebens hervorquoll. Sie hätte nie gewagt, auch nur ein Blatt herauszuziehen oder sich nach dem Inhalt dieser oder jener Aufzeichnung zu erkundigen. Dazu hatte sie zu viel Ehrfurcht vor Arnos Arbeit. Sie stand seinen Forschungen nie gleichgültig gegenüber, im Gegenteil, Felicia hätte sich manches Mal gewünscht, mehr an seiner faszinierenden Arbeit teilzuhaben.

Selten genug hatte er von seinen Ausgrabungen berichtet und von den Theorien, die sich aufgrund gewisser Funde ergaben. Dann hatte Schlesinger in einem Tonfall geredet, als sei er ein anderer, als käme er aus einer anderen Welt, und sie hatte ihm mit leuchtenden Augen zugehört wie ein Kind einem Märchenerzähler.

Felicia musste schmunzeln, als ihr der Satz in den Sinn kam, den Arno einmal zu Beginn ihrer Ehe gesagt hatte: Archäologen, hatte er mit ernstem Gesicht verkündet, dürfen von gestern sein und von morgen, nur nicht von heute. Es hatte damals einiger Zeit bedurft, Schlesingers Worte zu begreifen, aber allmählich war ihr aufgegangen, was er damit sagen hatte wollen, und sie hatte sich mit seinem oft seltsamen Verhalten abgefunden.

Die Unordnung, die man unter den Bergen von Papier vermuten konnte, war nur eine scheinbare, wie auch das Chaos in einem Ameisenhaufen nur scheinbar ist. In Wahrheit lebte Schlesinger mit den bisweilen sogar grotesken Zügen eines Pedanten, etwa, wenn jedes Objekt auf seinem Schreibtisch aus der Gründerzeit seinen exakten Platz beanspruchte. Arno hätte mit verbundenen Augen vor den Aktenschrank treten können und mit sicherem Griff das gewünschte Papier hervorgezogen – eine Fähigkeit, für die Felicia ihren Mann bewunderte.

Sich mit den Akten näher zu beschäftigen, erschien Felicia sinnlos, zumal die einzelnen Fächer ohnehin sorgfältig beschriftet und die Papierstöße mit Klebezetteln versehen waren. Sie trugen Aufschriften, die nur Eingeweihten etwas sagten, wie Gebel Musa oder Sinai oder Qumran oder Boghazköi. Dass die zehn Millionen ausgerechnet hier zwischen diesen Stößen eine Spur hinterlassen haben sollten, das konnte Felicia sich wirklich nicht vorstellen. Vor allem wusste sie nicht, wie ein solcher Hinweis überhaupt aussehen sollte.

Licht ins Dunkel konnte am ehesten die Schweizer Bankgesellschaft in Zürich bringen, die das Millionenkonto verwaltete. Also flog Felicia in die Stadt am gleichnamigen See, die sie gut kannte, weil mehrere ihrer Kunden dort lebten. Die Glitzerwelt der Bahnhofstraße, wo sich Cartier, Ferragamo und Louis Vuitton zwischen die Paläste der Banken und Versicherungen drängten, hatte sie stets weit weniger fasziniert als die Tatsache, dass unter dem Pflaster Gold und Devisen ruhten, genug, um die halbe Welt zu kaufen.

Die Halle der vornehmen UBS glich eher einem Ballsaal bei Tageslicht als der Schalterhalle einer Bank, und die Zuvorkommenheit, mit der die Banker ihren Kunden begegneten, war dem Umsatz, den das Unternehmen erzielte, angemessen. Gegenüber einem älteren Herrn mit randloser Brille, sein dunkler Anzug und die silberfarbene Krawatte ließen Zweifel aufkommen, ob er nicht im Hauptberuf ein Kammerorchester dirigierte, wäre da nicht dieses silberne Schild am Revers gewesen mit der Aufschrift »Herr Nebel«, gegenüber diesem an vergeistigter Vornehmheit kaum zu überbietenden Herrn Nebel wies sich Felicia als Erbin aus und legte die Urkunde vor, die das Ableben ihres Mannes bescheinigte. Der Dirigent erging sich daraufhin in Floskeln und bat um einen Augenblick Geduld; dann verschwand er, noch ehe Felicia überhaupt eine Frage stellen oder den Grund ihres Kommens nennen konnte, mit den Unterlagen, die sie ihm vorgelegt hatte.

Nach fünf Minuten kehrte der Banker zurück und händigte ihr die Dokumente aus. Er sagte mit einer gewissen Schüchternheit, die so gar nicht zu seinem Äußeren passte, in breitem Zürcher Dialekt: »Es ist da etwas sehr Merkwürdiges passiert, wenn ich mir die Bemerkung erlauben darf.«

»Das Geld ist weg«, fiel ihm Felicia ins Wort.

Herr Nebel faltete die Hände, und lächelnd erwiderte er: »Ach wo denken Sie hin! In einer Schweizer Bank geht kein Rappen verloren, nein, aber es existiert da ein Umschlag des Kontoinhabers, der für den Fall seines Ablebens seiner Ehefrau Felicia Schlesinger – das sind Sie – auszuhändigen ist. Das ist merkwürdig, nicht ...«

»Merkwürdig?« Felicia wusste nicht, wie sie reagieren sollte.

»Ja, merkwürdig; obwohl es mich nichts angeht. Man könnte meinen, dass der Kontoinhaber seinen Tod vorausgeahnt hat, oder? Ich darf Ihnen also den Umschlag aushändigen, und wenn Sie möchten, lasse ich Sie für ein paar Minuten allein.«

Felicias Hände zitterten, als sie den Brief in Empfang nahm.

Er trug Arnos Handschrift: *Für den Fall meines Ablebens an Frau Felicia Schlesinger auszuhändigen.*

Was hatte das alles zu bedeuten? Felicia spürte, wie ihr das Blut in den Kopf schoss. Umständlich, beinahe zärtlich öffnete sie den Brief mithilfe ihrer spitzen Fingernägel. Dabei blickte sie ängstlich nach allen Seiten, ob niemand sie beobachtete.

Auf ein Briefpapier der Bank waren mit flüchtiger Hand ein paar Zeilen hingeworfen:

Felicia, mein Mädchen!
Wenn du diese Zeilen zu lesen bekommst, hast du vermutlich aufregende Tage und Wochen (vielleicht sogar Monate) hinter dir. Das, mein Mädchen, konnte ich dir leider nicht ersparen. Ich habe sogar ein schlechtes Gewissen. Früher oder später müssen wir alle sterben. Du bist jung und kannst ein neues Leben beginnen, und dazu soll dir das Geld eine Hilfe sein. Ich wusste, du würdest dieses Konto früher oder später entdecken. Frage nicht, woher es kommt. Es ist da und gehört nun dir. Leb wohl. In Liebe, A.

Vor ihren Augen zerrannen die Zeilen wie Wassertropfen in einer Regentonne.

Verstohlen wischte Felicia sich ein paar Tränen aus den Augen. Niemand in der Halle sollte sehen, dass sie weinte.

Als Nebel an seinen Platz zurückkehrte, fragte er geschäftsmäßig: »Wie viel darf ich Ihnen aushändigen, gnädige Frau? Hunderttausend, eine halbe Million?«

Felicia überhörte die Frage. Ihr Interesse galt nicht dem Geld an sich, sondern der Frage, woher und auf welchem Wege die zehn Millionen auf dieses Konto gelangt waren, und sie erkundigte sich: »Können Sie mir sagen, von wem das Geld stammt? Ich meine, lässt sich zurückverfolgen, wer die Summe auf dieses Konto überwiesen hat?«

Nebel bediente den Computer, als glitten seine Finger über die Tasten eines Cembalos. »Das müsste möglich sein«, meinte er interessiert und nach einem weiteren Augenblick: »Die zehn Millionen Euro wurden am neunzehnten Juli vergangenen Jahres von Arno Schlesinger in bar eingezahlt. Die Echtheit der Scheine wurde geprüft. Sie brauchen sich also keine Sorgen zu machen.«

Als Felicia aus der Bank auf die Bahnhofstraße hinaustrat, schien die Sonne, aber ein kühler Wind fegte über das Pflaster. Das tat ihr gut; sie hatte das Gefühl, ihr Kopf würde jeden Augenblick zerspringen. Das geschäftige Treiben um sie herum war in weite Ferne gerückt. Sie hörte nur leise Töne und sah alles wie durch einen ockerfarbenen Schleier. »Warum«, murmelte Felicia im Gehen leise vor sich hin, »warum tut Arno mir das an?« Warum sagte er ihr nicht die Wahrheit? – Und wenn sie ihn eben noch geliebt hatte, jetzt hegte sie Zorn gegen ihn, Wut überkam sie, weil er noch im Tod sein Spiel mit ihr trieb.

Bei ihrer Rückkehr fand Felicia einen Brief von Professor Gropius vor, in dem dieser um ein Gespräch bat. Die Umstände hätten sie beide in eine Lage gebracht, die dringender Klärung bedürfe. Und da er dieses Ansinnen mit einfühlsamen Worten des Beileids verband, sah Felicia keinen Grund, ihm seinen Wunsch abzuschlagen.

Telefonisch verabredeten sie sich im Palmenhaus des Nymphenburger Schlossparks. Gropius hatte diesen Treffpunkt am anderen Ende der Stadt vorgeschlagen, weil er es für besser hielt, wenn man sie nicht zusammen sah, und sie hatte dem sofort zugestimmt.

Wenn der Herbst die Blätter gelb und rot verfärbt, beginnt im Schlosspark von Nymphenburg die schönste Jahreszeit. Japaner, Amerikaner und Italiener überlassen die Stille in den gepflegten Anlagen wieder den Einheimischen. Nur die Schwäne auf dem

Kanal trauern den Fremden nach, weil sie sich wieder selbst um ihr Futter kümmern müssen.

Nachdem er seinen Jaguar vor dem linken Seitenflügel des Schlosses geparkt hatte und durch das kunstvoll geschmiedete Tor in den Park trat, ertappte sich Gropius dabei, dass er sich im Kopf ein Bild machte von der Witwe Schlesingers. Nach ihrem kurzen Telefongespräch erwartete er eine vom Schicksal gezeichnete, in sich gekehrte Frau mit verweinten Augen und in Trauerkleidung.

Deshalb zeigte er sich verwundert, als, kaum hatte er an einem der Tische des Cafés im Palmenhaus Platz genommen, eine dezent geschminkte Frau mit offenen dunklen Haaren in grauem Rock und dunkelrotem Blazer auf ihn zutrat und freundlich lächelnd sagte: »Sie müssen Professor Gropius sein. Ich bin Felicia Schlesinger.«

»Sie?« – Seine dumme Reaktion war dem Professor sichtbar peinlich, und er beeilte sich, eine Entschuldigung anzufügen: »Verzeihen Sie, gnädige Frau, aber ich war mit meinen Gedanken weit weg und, wenn ich ehrlich sein soll, ich habe Sie mir auch anders vorgestellt. Bitte nehmen Sie doch Platz!«

Felicia kam der Aufforderung mit einem Schmunzeln nach und erwiderte freundlich: »Sie meinen, weil ich nicht in Schutt und Asche vor Ihnen erscheine? Ach wissen Sie, ich bin der Ansicht, Trauer ist eine Sache des Herzens, nicht der Kleidung.«

Durch die Glaswände der Orangerie fielen grelle Sonnenstrahlen und die vielgezackten Palmenblätter zeichneten skurrile Muster auf die weiß gedeckten Tische. So saßen sich die beiden, deren Schicksalswege sich so unerwartet und auf verhängnisvolle Weise gekreuzt hatten, einen langen Augenblick schweigend gegenüber. Schließlich begann Gropius: »Sie dürfen versichert sein, dass mir das alles unendlich Leid tut. Sie haben mein tiefes Mitgefühl, und ich wollte, ich könnte alles ungeschehen machen. Um dieses Gespräch habe ich Sie in der Hoffnung gebeten, wir könnten beide zur Klärung des Falles beitragen. Jedenfalls danke ich Ihnen schon jetzt, dass Sie gekommen sind.«

Nichts sagend hob Felicia die Schultern, und nachdem beide Cappuccino bestellt hatten, fuhr Gropius fort: »Ich möchte Sie nur bitten, nicht alles zu glauben, was die Zeitungen schreiben. Bisher ist nichts, aber auch gar nichts bewiesen, außer dass das Organ, welches ich Ihrem Mann eingepflanzt habe, vergiftet war. Die näheren Umstände, wie es dazu kommen konnte, und die Motive des Täters sind inzwischen Gegenstand staatsanwaltlicher Ermittlungen. Dass die Organmafia ihre Hand im Spiel gehabt haben könnte, ist Spekulation und entbehrt jeder Grundlage.«

Felicia spitzte die Lippen, blickte zur Seite und schwieg. Es war jene Art von Schweigen, das verletzender sein kann als ein böses Wort. Zweifellos wusste Felicia um die Wirkung ihrer Sprachlosigkeit, und sie kostete sie aus. Dabei hatte sie keineswegs geplant, sich so zu verhalten und Gropius mit Schweigen zu bestrafen. Ihre Reserviertheit entsprang eher einer gewissen Verlegenheit gegenüber dem Mann, der Schlesinger auf dem Gewissen hatte. Aber hatte er das wirklich?

Endlos schien der Augenblick des Schweigens. Und noch ehe Felicia einen Gedanken formulieren konnte, der die Peinlichkeit beendet hätte, kam Gropius ihr zuvor, indem er sagte: »Es soll alles andere als eine Entschuldigung sein, aber Ihnen ist sicher bekannt, dass Ihr Mann ohne Transplantation kaum länger als zwei Monate gelebt hätte.«

Felicia sah Gropius an. »Das wusste ich nicht. Arno hat den Unfall und seine Verletzung immer heruntergespielt. Er wollte mich nicht beunruhigen.«

»Unfall? Was heißt hier Unfall! Gnädige Frau, wenn Sie mich fragen, ist Ihr Mann Opfer eines Anschlags geworden.«

»Was soll das heißen? Arno sagte mir, er sei unter einen Geländewagen geraten, und jetzt behaupten Sie, es sei ein Anschlag gewesen. Ich weiß nicht, was ich glauben soll.«

»Ja, das ist eine merkwürdige Geschichte. In der Klinik versuchte Schlesinger uns weiszumachen, seine inneren Verletzungen rührten von einem Unfall her. Ich hatte da von vornherein meine Zweifel. Die Art der Gewebezerstörung ließ eher auf eine Explosion schließen. In der zerfetzten Leber fand ich schließlich ein Beweisstück für meine Annahme, einen Granatsplitter, vielleicht sogar ein Bombensplitter. Interessant, dass auch Sie davon nichts wissen sollten.«

Sichtlich mitgenommen erwiderte Felicia: »Verstehen Sie mich recht, Professor, ich habe meinen Mann geliebt. Aber er war nun einmal – wie soll ich sagen – ein Einzelgänger, und manchmal fragte ich mich, ob er mit mir oder mit seiner Wissenschaft verheiratet war.«

Gropius schmunzelte höflich und rührte in seiner Kaffeetasse, dann sagte er, während er Felicia mit festem Blick ansah: »Ich will natürlich nicht behaupten, dass die lebensbedrohenden Verletzungen bei der Explosion und das vergiftete Spenderorgan in einem Zusammenhang stehen. Aber Sie werden zugeben, dass das Ganze eine gewisse Abstrusität aufweist.«

Felicia stützte ihr Kinn auf die gefalteten Hände und blickte durch das Glasdach zum Himmel, als könnte dieser eine erklärende Antwort senden. Doch die blieb ihr versagt. Stattdessen überkam sie ein merkwürdiges Gefühl der Gemeinsamkeit. War ihr anfängliches Verhalten von Misstrauen geprägt, so verblasste ihr Argwohn allmählich zugunsten der Erkenntnis, dass ihr der Professor im eigenen Interesse behilflich sein könnte, Licht ins Dunkel von Schlesingers Vorleben zu bringen. Kein Zweifel, sie tanzten beide auf demselben Seil.

Ungeduldig nahm Gropius seine Rede wieder auf: »Gestatten Sie mir eine Frage, gnädige Frau. Gibt es rückblickend vielleicht noch andere Zufälligkeiten oder Merkwürdigkeiten im Leben Ihres Mannes?«

Spontan wollte Felicia antworten: Das kann man wohl sagen!,

aber sie zählte nicht zu den Frauen, die schneller sprechen als denken. Und obwohl sie das eben Gehörte in ihrem Innersten aufwühlte, hatte sie sich fest im Griff und erwiderte: »Durch das, was Sie eben gesagt haben, ergibt sich für mich ein ganz neues Bild. Um Ihre Frage zu beantworten, muss ich erst länger nachdenken.«

Gropius nickte. Das Treffen war besser gelaufen, als er erwartet hatte. Felicia Schlesinger hätte ihm auch abweisend oder mit schlimmen Vorwürfen begegnen können. So aber verabschiedete er sich von ihr mit einem angedeuteten Handkuss und dem gegenseitigen Versprechen, sich ein zweites Mal zu treffen.

Weder Gropius noch Felicia Schlesinger bemerkten, dass sie aus einiger Entfernung beobachtet und mit einem Teleobjektiv fotografiert wurden.

»Sie werden erstaunt sein«, sagte Lewezow mit stolzem Gehabe, »jedenfalls haben Sie Ihr Geld nicht umsonst ausgegeben.« Veronique Gropius und der Detektiv hatten sich in jenem Bistro am Englischen Garten eingefunden, in dem schon das erste Treffen stattgefunden hatte.

»Nun reden Sie schon«, meinte Veronique ungeduldig, »Sie machten da so eine Andeutung.«

Lewezow umklammerte einen großen Umschlag und wagte nicht, Veronique Gropius anzusehen. Er wollte etwas Wichtiges, etwas für *ihn* Wichtiges sagen. Schließlich würgte er umständlich hervor: »Es ist üblich, Detektivarbeit im Falle außergewöhnlicher Erfolge über die vereinbarte Summe hinaus zu honorieren. Darf ich annehmen …«

»Ach das ist es!« Veroniques fahrige Bewegungen verrieten große Aufgeregtheit, und während sie in der Handtasche nach ihrem Scheckbuch kramte, meinte sie giftig: »Lewezow, ich habe Ihnen doch gesagt, dass ich mich im Erfolgsfall nicht kleinlich zeigen werde. Also, was wollen Sie?«

Dem Detektiv kamen Zweifel, ob der Satz nur rhetorisch gemeint war oder ob sie eine konkrete Summe hören wollte. Aber weil es ihm um nichts anderes als um Geld ging und weil er von der Bedeutung seiner Recherchen überzeugt war, erwiderte er: »Noch einmal fünftausend.«

Veronique zog ihre dunklen Augenbrauen hoch, dass sie zwei Halbmonde bildeten, und sah den Detektiv von unten an: »Nun gut, sollten Ihre Beobachtungen für mich zum Erfolg führen, bin ich bereit, diese Summe zusätzlich zu bezahlen. Aber erst will ich wissen, was Sie herausgefunden haben.«

Da zog Lewezow sechs Fotos im Format 18 mal 24 aus dem Umschlag hervor und legte eines nach dem anderen vor Veronique auf den Tisch. Die Bilder zeigten Gropius mit einer Frau im Nymphenburger Schlosspark.

Veronique warf Lewezow einen misstrauischen Blick zu und sagte dann: »Gropius ist nun einmal ein Frauentyp, er hat viele Bekanntschaften, diese allerdings kannte ich noch nicht. Na ja, in diesem Fall kann man ihm einen gewissen Geschmack nicht absprechen.« Enttäuscht schob sie die Fotos zu Lewezow über den Tisch.

Der aber sah nun seinen großen Auftritt gekommen, und mit einem überlegenen Lächeln sagte er: »Es war nicht einfach herauszufinden, wer die Frau auf den Bildern ist. Mit einem gewissen Aufwand ist es mir schließlich gelungen.« Aus seinem Jackett zog er einen Zeitungsbericht über den Transplantationsskandal hervor und deutete auf ein Bild: »Hier, sehen Sie, diese Frau ist mit jener im Schlosspark identisch.«

Veronique las die Bildunterschrift: »Felicia Schlesinger, die Witwe des auf mysteriöse Weise getöteten Patienten.«

»Das darf doch nicht wahr sein!«, murmelte Veronique mehrmals leise vor sich hin, während ihr Blick unruhig zwischen dem Bild in der Zeitung und Lewezows Fotos hin- und herging.

»Wir wissen beide um den Verdacht, der sich dabei aufdrängt«, bemerkte der Detektiv mit ernstem Gesicht.

»Ich kann es nicht glauben.« Veronique schüttelte den Kopf. Sie hatte Gregor viel zugetraut, aber dass er fähig sein sollte, einen Mord zu begehen? Doch fraglos fügte sich alles nahtlos ineinander: Gropius hatte mit Schlesingers Frau ein Verhältnis, und er hatte nach einer raffinierten Möglichkeit gesucht, ihren Mann zu beseitigen. Gropius' Intelligenz sprach für diesen Plan. Er war nicht der Mann, dem man einen plumpen Mord zutrauen konnte. Gropius war ein kühler Analytiker, der selten direkt auf ein Ziel zuging. Er gehörte zu den klugen Menschen, die wissen, dass nur in der Geometrie eine Gerade die kürzeste Verbindung zwischen zwei Punkten ist und dass das Leben dieses Gesetz tagtäglich auf den Kopf stellt. Nur ein Mann wie Gropius, dachte Veronique, konnte einen so teuflischen Plan aushecken.

Lewezow holte sie in die Wirklichkeit zurück: »Ich meine, die Fotos sind natürlich noch kein Beweis dafür, dass der Professor Schlesinger auf dem Gewissen hat. Aber ein Zufall kann es ja wohl nicht sein, dass die beiden sich offenbar ziemlich gut kennen. Dazu kommen der ungewöhnliche Treffpunkt und die Tatsache, dass Gropius einen Umweg wählte, um nach Nymphenburg zu gelangen, als wollte er irgendwelche Verfolger abschütteln.«

»Und er hat Sie nicht bemerkt?«

»Unmöglich. Ich befand mich bei der Verfolgung nur selten in Sichtweite.« Lewezow zog einen silberfarbenen Knopf aus der Hosentasche hervor und hielt ihn mit spitzen Fingern vor Veroniques Augen. »Das ist ein Peilsender. Es ist mir gelungen, so ein Ding unter die Stoßstange seines Wagens zu kleben, als der Jaguar vor dem Haus parkte. Mithilfe eines Empfängers in meinem Wagen bin ich jederzeit über seinen Aufenthaltsort im Bilde.«

Veronique nickte anerkennend, füllte einen Scheck aus und reichte ihn Lewezow mit den Worten: »Gute Arbeit, wirklich, aber ich gehe davon aus, dass niemand, ich betone, *niemand* von der Sache erfährt!«

»Aber selbstverständlich.« Lewezow steckte die Fotos in den Umschlag und überreichte ihn Veronique. »Was Sie damit machen, ist Ihre Angelegenheit. Sollten Sie jedoch noch einmal meine Hilfe benötigen – ich bin immer für Sie da.«

Damit erhob er sich und verließ eilig das Lokal.

Nie hätte Veronique erwartet, dass der schwule Detektiv ihr in kurzer Zeit Material an die Hand geben würde, mit dem sie Gregor Gropius eine angemessene Abfindung abringen konnte. Lange genug hatte sie auf die Gelegenheit gewartet, ihn in die Knie zu zwingen. Jetzt war die Gelegenheit gekommen. Er musste, wollte er den Rest seines Lebens nicht im Gefängnis verbringen, auf alle Forderungen eingehen. Und ihre Forderungen würden nicht gering sein.

Gregors Stimme klang abgekämpft und unsicher, als sie ihn zu Hause anrief und eine Aussprache forderte. Das letzte Telefongespräch zwischen ihnen lag sechs oder sieben Wochen zurück, und natürlich war es wieder einmal um nichts anderes als um Geld gegangen. Für Gropius stand außer Frage, dass es auch diesmal um nichts anderes gehen würde; deshalb lehnte er Veroniques Ansinnen mit dem Hinweis ab, er habe zur Zeit viel um die Ohren und wenig Lust, über Geld zu reden. Was zu sagen sei, wäre ohnehin gesagt.

Er wollte gerade das Gespräch beenden und auflegen, als er Veronique am anderen Ende der Leitung rufen hörte: »Du solltest lieber nicht auflegen, sondern auf meine Forderung eingehen, wenn du nicht den Rest deines Lebens hinter Gittern verbringen willst.« Da hielt Gregor inne, und Veronique legte nach: »Du hast dir die Sache mit Schlesinger raffiniert ausgedacht, aber eben nicht raffiniert genug! Jetzt habe ich dich in der Hand!«

In einer anderen Situation hätte Gropius das Gespräch beendet, er hätte einfach aufgelegt und sich mit einem leisen Fluch abreagiert; aber im Moment fühlte er sich wie ein angeschlagener

Boxer, und Schläge, die er früher schweigend weggesteckt hätte, brachten ihn auf einmal ins Wanken. Jedenfalls ging er auf Veroniques Gerede ein und erwiderte mit gespielter Ruhe: »Ich weiß überhaupt nicht, wovon du sprichst!«

Da schüttelte sich Veronique vor Lachen; aber Veronique war eine schlechte Schauspielerin, und ihr aufgesetztes Gelächter klang dumm und peinlich. »Ich habe hier Fotos vor mir liegen, die nicht nur das Ende deiner Karriere bedeuten, sondern auch das Ende deiner Freiheit!«

»Fotos?«

»Achtzehn mal vierundzwanzig und in bester Schärfe.«

Gropius dachte nach. Er hatte beim besten Willen keine Vorstellung, was Bilder im Zusammenhang mit Schlesingers Tod zeigen könnten. Aber gerade diese Unsicherheit schürte seine Unruhe. Er sah, wie seine Hand, die den Hörer hielt, zitterte. »Also gut«, entgegnete er, und während er das sagte, tat es ihm bereits wieder Leid, »in einer Stunde im ›Hotel Vier Jahreszeiten‹.«

Das Foyer des »Vier Jahreszeiten«, im Herzen der Stadt an der vornehmen Maximilianstraße gelegen, war ein beliebter Nachmittagstreff der feinen Gesellschaft, Agenten und Schauspieler der umliegenden Theater handelten Verträge aus, dazwischen gab sich die mondäne Halbwelt, die hier nach Opfern Ausschau hielt, ein Stelldichein. Als Veronique mit fünfzehnminütiger Verspätung in der Drehtür erschien, streckte Gropius provozierend den Arm aus und blickte auf seine Uhr. Unpünktlichkeit war nicht die einzige Unart seiner Frau.

Gregor hatte Kaffee bestellt und für Veronique Pernod. Er war lange genug mit ihr verheiratet, um zu wissen, wonach ihr um diese Zeit der Sinn stand. Die Begrüßung fiel kühl aus. Während Gropius nur die Andeutung machte, sich von seinem Sessel zu erheben, dann aber sitzen blieb, verzog Veronique ihre Mundwinkel zu einem künstlichen Lächeln, aus dem nur Verachtung sprach, bevor sie ihm gegenüber Platz nahm.

In der Absicht, die Sache so schnell wie möglich hinter sich zu bringen, fragte Gregor geradeheraus: »Also – was willst du?«

Veronique blickte an Gropius vorbei. Obwohl sie überzeugt war, alle Trümpfe gegen ihn in der Hand zu halten, begegnete sie ihrem Mann noch immer mit einer gewissen Unsicherheit. Viele Jahre hatte sie ihn bewundert wie ein Kind den Vater, hatte seine Klugheit geschätzt und seine Strebsamkeit, und sein souveräner Umgang mit Menschen war ihr stets ein Vorbild gewesen. Nun spürte sie, dass sich diese Gefühle nicht einfach abschalten ließen, auch wenn sie ihn inzwischen hasste. Anders als Gregor hatte sie sich auf die Begegnung vorbereitet, sie hatte sich die passenden Worte zurechtgelegt und sich ausgemalt, wie er darauf reagieren würde, aber von alldem war ihr nur der eine Satz im Gedächtnis geblieben, und diesen einen Satz stieß sie in einem Tonfall hervor, wie ihn Bankräuber oder Geiselnehmer gebrauchen mochten: »Ich will eine Million!«

Gregor nickte verständnisvoll, ohne sich weiter aufzuregen, und Veronique hatte zunächst nichts anderes erwartet. Sie wusste, dass er sie mit dieser Forderung nicht ernst nehmen würde, und deshalb trieb sie das Ganze noch auf die Spitze, indem sie süffisant hinzufügte: »Natürlich zusätzlich zu der bereits von unseren Anwälten ausgehandelten Abfindung.«

Während sie das sagte, zog Veronique Lewezows Fotos aus der Handtasche hervor und legte sie vor Gregor auf den Tisch.

Fassungslos starrte Gropius auf die Fotos. Auch wenn er es verstand, seine Aufregung nach außen hin zu verbergen, fuhren tausend Gedanken wie Blitze durch sein Gehirn. Wie in aller Welt kam Veronique zu diesen Bildern? Wie lange schon wurde er beobachtet? Oder machten Felicia Schlesinger und Veronique sogar gemeinsame Sache?

Noch während er über die letzte Möglichkeit nachdachte, hörte er Veronique sagen: »Du hast mit Schlesingers Frau ein Verhältnis, und gemeinsam habt ihr den Plan ausgeheckt, ihren

Ehemann umzubringen. Keine schlechte Idee, den Nebenbuhler bei einer Operation sterben zu lassen. Und ein gefundenes Fressen für den Staatsanwalt!« Sie lächelte triumphierend, nicht ahnend, dass der Inhalt ihrer Worte fast etwas Erlösendes für ihren Mann hatte.

Gropius schwieg, es dauerte lange, bis er seine Gedanken neu geordnet hatte. Und Veronique feierte seine Sprachlosigkeit bereits als Sieg.

»Wenn ich dich richtig verstehe, möchtest du mir diese Bilder und dein Schweigen für eine Million verkaufen«, sagte Gregor schließlich, und seine Stimme klang seltsam unbeteiligt.

»Wenn du es so ausdrücken willst, ja. Ich wusste, wir würden uns verstehen.«

Bisher hatten sie sich in leisem Ton unterhalten. Jetzt auf einmal wurde Gropius' Stimme laut und eindringlich: »Hast du überhaupt noch ein anderes Interesse als Geld, Geld, Geld?«

»Zugegeben«, erwiderte Veronique und spitzte kokett die Lippen, »Geld ist derzeit mein Hauptinteresse. Als alleinstehende Frau muss man sehen, wo man bleibt.«

Und mit so einer Frau warst du über achtzehn Jahre verheiratet, dachte Gropius. Dann erwiderte er, durchaus in der Absicht, sie zu kränken: »Deine Hysterie beginnt mich allmählich zu langweilen. Wenn ich mit allen Frauen, denen ich in den letzten Jahren begegnet bin, ein Verhältnis hätte, würde ich wohl nicht mehr unter den Lebenden weilen, ich wäre an Entkräftung gestorben.« Und während er ihr die Fotos zurückgab, fuhr er fort: »Nur ein Mensch mit schmutziger Fantasie oder jemand, der im Kopf nicht ganz richtig ist, sieht in diesen Bildern den Beweis für eine intime Beziehung. Und was deine Mordtheorie betrifft, der Gedanke ist so absurd, dass ich gar nicht darauf eingehen möchte.«

Gropius winkte den Ober herbei, einen vornehmen weißhaarigen Mann, der den Eindruck vermittelte, als sei er im schwarzen Anzug schon zur Welt gekommen, und beglich die Rechnung.

Veroniques Gesichtszüge schienen zum Zerreißen gespannt, aus ihren Augen blinkte der pure Hass. »Ich werde dafür sorgen, dass die Bilder in der Zeitung veröffentlicht werden«, zischte sie, »dann bist du für dein ganzes Leben ruiniert!« Und beinahe weinerlich fügte sie hinzu: »Eine Million und du könntest glücklich werden mit dieser Schlampe!«

Aber das hörte Gropius nicht mehr. Er war grußlos aufgestanden und strebte der Drehtür des Foyers zu.

Kapitel 3

Heilmannstraße 30. Hinter der bürgerlichen Adresse im Münchner Vorort Pullach verbirgt sich eine höchst brisante Institution, der Bundesnachrichtendienst. Von außen wirkt die Anlage dieses nach der amerikanischen Central Intelligence Agency, kurz CIA, zweitgrößten Geheimdienstes des Westens eher provinziell. Hinter hohen grauen Betonmauern mit einem Bundesadler und einem schweren Eisentor, das in unregelmäßigen Abständen zur Seite fährt, um dunkle Limousinen passieren zu lassen, verstecken sich abgewohnte Gebäude aus den sechziger Jahren, und kaum jemand würde vermuten, dass hier Spione und Agenten aus aller Welt aus- und eingehen, Telefongespräche aus Alaska abgehört, Telefaxe und E-Mails aus Lateinamerika abgefangen und im Hinblick auf politische, wirtschaftliche oder militärische Brisanz aufgezeichnet und ausgewertet werden.

Spione stellt man sich gemeinhin als gutaussehende Kerle mit einer Pistole in der Rechten, den linken Arm um eine üppige Blondine geschlungen, vor, und so gesehen war der Mann, der kurz vor acht sein Reihenmittelhaus in dem genannten Vorort verließ und in seinen dunkelblauen BMW einstieg, alles andere als verdächtig. Auch trug er keinen wohlklingenden Namen, nein, er hieß schlicht Meyer, mit Ypsilon – so jedenfalls stand es auf dem Namensschild vor dem biederen Hauseingang. Von der Margarethenstraße kommend bog Meyer in die Heilmannstraße ein und gelangte so nach sieben Minuten Fahrzeit vor das wuchtige Gatter, das sich ihm bereitwillig und wie von Geisterhand öffnete.

Meyer, Vorname Heinrich, Alter fünfundfünzig Jahre, war

Leiter der Abteilung 2 des BND und als solcher Vorgesetzter von über tausend Spezialisten, Computerfachleuten, Elektronikern und Fernmeldetechnikern, denen nichts heilig war, was zwischen Nord- und Südpol unsichtbar durch die Luft schwirrt. Er belieferte die Abteilung 5 – Operative Aufklärung, eine von insgesamt sechs Unterabteilungen des Bundesnachrichtendienstes, die sich mit der organisierten Kriminalität, dem internationalen Rauschgifthandel, illegaler Migration, Geldwäsche und dem internationalen Terrorismus beschäftigte, einer Sparte, der seit dem 11. September 2001 besondere Bedeutung zukam.

SIGINT, so der Codename von Meyers Abteilung, einem Kunstwort aus Signal Intelligence, arbeitete mit dem teuersten technischen Aufwand und wurde deshalb von den Mitarbeitern anderer Abteilungen, die sich mit »menschlichen Quellen« oder der Auswertung der öffentlichen Medien beschäftigten, nicht selten beneidet.

Mit seinen fünfundfünfzig Jahren zählte Meyer, von dem niemand zu sagen wusste, er habe den Chef anders als in einem grauen Fünfzigerjahre-Anzug und korrekter Krawatte gesehen, zu den Älteren in seinem Gewerbe, ein alter Hase sozusagen, dem kaum einer etwas vormachen konnte. Sein Büro im obersten Stockwerk eines Plattenbaus hatte schon bessere Zeiten gesehen, keine Spur von Hightech, ein Flachbildschirm neben dem grauen Schreibtisch war das einzige Zugeständnis an die moderne Technik. Als Meyer das Büro betrat, blinkte am unteren Rand des Bildschirms ein LED, und Meyer tippte ein Codewort in die Tastatur des Computers. Darauf tauchte auf dem Bildschirm das Wort DRINGEND auf, und eine Sekunde später erschienen folgende Zeilen:

»E-Mail 4 Uhr 37 Mobilfunk westliches Mittelmeer Großklinikum MUC. Du hast wirklich gute Arbeit geleistet, aber zweifellos ist dies nur ein erster Schritt. Also dranbleiben und letzte Spuren beseitigen. Gegebenenfalls C4 zum Einsatz bringen. IND.«

Meyer überflog den Text ein zweites Mal. Dann griff er zum Telefon, tippte eine Nummer ein und meldete sich, als die Gegenseite abhob, mit Namen. Am anderen Ende der Leitung war der Diensthabende namens Hoveller. »In Sachen E-Mail Großklinikum. Warum bekomme ich keine näheren Angaben über Absender und Zielperson?«, fragte Meyer barsch.

Der so Gemaßregelte entgegnete umständlich: »Chef, wir haben da ein Problem. Der Absender setzte die E-Mail über ein Mobiltelefon ab, und der Empfänger hängt an einer Nebenstelle des Universitätsklinikums. Ich würde sagen, da waren Profis am Werk, mit allen Wassern gewaschen.«

»Scheint so«, brummte Meyer nachdenklich. »Wie es aussieht, fanden es die Herren auch gar nicht für nötig, ihre Botschaft zu verschlüsseln. Amerikanischer Plastiksprengstoff taucht schon lange nicht mehr unter dem Codenamen C4 auf. Die feinen Herren wissen doch ganz genau, dass uns nichts von ihrer Kommunikation entgeht. Aber was in aller Welt ist IND?«

»Negativ, Chef. Code ›IND‹ ist bei uns nicht gespeichert. Unsere Texterkennungsmaschinen reagierten nur auf Code ›C4‹.«

»Das macht die Sache nicht gerade einfacher.«

»Ich weiß. Mir scheint, wir haben es dabei mit neuer Kundschaft zu tun. Entweder handelt es sich um unglaubliche Dilettanten, oder diese Herren gehen mit besonderer Raffinesse vor.«

Meyer verzog sein Gesicht zu einer Grimasse, als bereiteten ihm die Gedanken über dieses Problem Schmerz. Abschließend meinte er: »Nun, diese Nuss werden wir auch knacken. Allerdings glaube ich, hier ist Eile geboten.«

Mit einer Kopie der abgefangenen E-Mail ging Meyer in die Lagebesprechung. Jeden Morgen Punkt neun trafen sich im Konferenzraum des Hauptgebäudes die Leiter der verschiedenen

Abteilungen zum Briefing, um ihre jeweiligen Aktivitäten mitzuteilen und zu koordinieren.

Meyers Fund sorgte für Unruhe. Ulf Peters, 33, mit offenem Hemd und schwarzer Lederjacke – so wie man sich einen Agenten vorstellt, war trotz seiner jungen Jahre Leiter der Abteilung 5 – Operative Aufklärung und damit zuständig für diesen Fall. Nach kurzer Beratung entschied er, das Zielobjekt der Sicherheitsstufe 1 zuzuordnen, und damit nahm ein kompliziertes Verfahren seinen Lauf.

Weil der Bundesnachrichtendienst dem Kanzleramt untersteht, verständigte Peters den Kanzleramtsminister mit dem Hinweis auf Sicherheitsstufe 1 und der gleichzeitigen Einschränkung, dass nähere Erkenntnisse noch nicht vorlägen. Durch das Zielobjekt Großklinikum sensibilisiert, gab das Kanzleramt die Meldung an das Bayerische Innenministerium weiter, das seinerseits das Landeskriminalamt einschaltete.

Im Landeskriminalamt war inzwischen der Transplantationsskandal im Klinikum aktenkundig, sodass sich der Verdacht, zwischen dem mysteriösen Tod Schlesingers und der nicht minder mysteriösen E-Mail könnte ein Zusammenhang bestehen, zwar nicht aufdrängte, aber auch nicht ausgeschlossen werden konnte. Nach kurzer Beratung des Bayerischen Innenministers und des Leiters des Landeskriminalamts wurde vereinbart, eine achtköpfige Sonderkommission einzuberufen, Leiter Wolf Ingram, ein Mann wie ein Kleiderschrank mit breitem Schädel und kurz geschorenen dunklen Haaren. Von Statur und Auftreten war man geneigt, Ingram als Mann fürs Grobe einzuschätzen, in Wahrheit verbarg sich unter der rauen Schale jedoch ein höchst sensibler Kern, jedenfalls hatte Ingram, stellvertretender Leiter des Dezernats 13, Organisierte Kriminalität, schon mehrere Sonderkommissionen geleitet und sein Gespür für komplizierte Zusammenhänge unter Beweis gestellt.

Ingram blieb wenig Zeit, sich in die Materie einzuarbeiten,

und seine achtköpfige Mannschaft, durchaus fähige junge Leute, erwies sich dabei auch nicht gerade als hilfreich, dennoch schien es angebracht, schnell und präventiv zu handeln. Dazu forderte Ingram eine Hundestaffel mit sechs Tieren an, die auf die Entdeckung von Plastiksprengstoff geschult waren. Seine Leute verteilte er auf acht Abteilungen des Klinikums, wo sie Namenslisten des in den vergangenen vierundzwanzig Stunden anwesenden Personals und aller stationären Patienten erstellen sollten.

Obwohl die an eine Nebenstelle des Klinikums adressierte E-Mail Gropius eher *ent*lastete als *be*lastete, schließlich hatte er die Klinik seit mehr als einer Woche nicht mehr betreten, betrachtete Ingram den in den Transplantationsskandal verwickelten Professor als Schlüsselfigur. Sein Instinkt und seine Erfahrung bestärkten ihn in der Auffassung, dass scheinbare Zufälle bei einem Verbrechen nur selten wirkliche Zufälle sind.

Während Ingram daranging, mit allen zur Verfügung stehenden Mitteln ein Persönlichkeitsprofil von Professor Dr. Gregor Gropius zu erstellen, eskalierte die Lage. In Crypto City im US-Staat Maryland hatte die NSA, die National Security Agency, der geheimste Geheimdienst der Welt, für den 38000 Mitarbeiter, 120 Satelliten und über alle Kontinente verteilt Hunderte von Lauschposten in Gestalt riesiger Parabolantennen spionieren, dieselbe E-Mail mit dem Hinweis auf den Plastiksprengstoff C4 abgefangen und Alarm geschlagen. Von der zuständigen Abteilung war fünfzig Minuten später eine Mitteilung an das Counter Terrorism Center (CTC) der CIA-Zentrale in Langley, Virginia, ergangen, welche, nachdem der in der E-Mail aufgeführte Code IND nicht entschlüsselt werden konnte, mit dem Vermerk »Dringender Handlungsbedarf« umgehend an den Bundesnachrichtendienst in Pullach weitergeleitet wurde.

Als der Hinweis aus Virginia beim BND einging, brüteten Experten der Abteilung 3, Auswertung, bereits über einem integrierten Lagebild, das heißt, sie versuchten alle verfügbaren Informationen zu einem, zumindest vorerst, noch löchrigen Ganzen zusammenzufügen, aus dem eine operative Basis zur Verhinderung eines Terroranschlags erstellt werden konnte.

Die wichtigste und daher auch schwierigste Frage, die sich den Experten von BND und LKA stellte, war jene nach dem Motiv. Warum sollte ausgerechnet das Klinikum, das weltweit einen hervorragenden Ruf genoss, eine Institution ohne Symbolcharakter, sieht man von der Rettung und Heilung von Menschen aller Rassen ab, warum sollte ausgerechnet diese Klinik als Ziel eines Terroranschlags vorgesehen sein?

In der Nacht hatten Sprengstoffexperten mit Hunden das Klinikum ohne Aufsehen zu erregen untersucht; allerdings mit unbefriedigendem Ergebnis, weil sich herausstellte, dass eine Klinik mit zahllosen Gerüchen behaftet ist, welche die Spürnasen der Suchhunde außer Gefecht setzen. Die Ermittler begründeten ihre Arbeit mit dem Hinweis auf den Transplantationsskandal, der ohnehin in allen Zeitungen stand, insofern war nicht zu befürchten, dass ihre Arbeit, die sich auf alle Abteilungen des Klinikums erstreckte, eine Panik auslösen würde. Von höchster Stelle war an die Beamten Weisung ergangen, das Wort »Terroranschlag« nicht einmal andeutungsweise zu erwähnen.

Inzwischen wurde Professor Gropius rund um die Uhr observiert. Gropius hatte den Vorgang bereits am zweiten Tag mitbekommen. In einem Villenvorort wie Grünwald ist es für einen Mann mit durchschnittlicher Beobachtungsgabe kaum möglich, eine Observierung nicht wahrzunehmen. Im Übrigen fühlte sich der Professor von dem grauen Audi und dem beigefarbenen BMW, die sich alle sechs Stunden ablösten, weniger belästigt als andere Anwohner der Straße, denen die fremden Fahrzeuge den Parkplatz nahmen. Insofern musste er davon ausgehen, dass sein Treffen mit Veronique, möglicherweise sogar jenes mit Felicia Schlesinger, beobachtet worden war. In seiner Situation erschien Gropius die Zusammenkunft mit Veronique bedenkenlos, sein

Treffen mit der Witwe Schlesingers hingegen konnte durchaus zu Irritationen führen. Und was im Verlauf der nächsten Tage passierte, war auch nicht gerade dazu geeignet, solche Irritationen zu zerstreuen.

Es begann mit einem Anruf Felicia Schlesingers, vier Tage nach dem ersten Treffen. Gropius hatte kein gutes Gefühl, als Felicia sich am anderen Ende der Leitung meldete, denn er musste damit rechnen, dass sein Telefon abgehört wurde.

Felicias Stimme klang anders als bei ihrer ersten Zusammenkunft ein paar Tage zuvor. Damals hatte er sich gewundert, wie souverän die Frau ihr Schicksal zu meistern schien, ohne kalt oder gar gleichgültig zu wirken. Doch diesmal glaubte Gropius Unruhe, ja Verzweiflung herauszuhören, als Felicia um ein neues Treffen bat. Sie habe beim letzten Mal den Eindruck gewonnen, dass sie ihm, Gropius, vertrauen könne. Und auf seine Frage, ob es im Leben ihres Mannes gewisse Merkwürdigkeiten gegeben habe, habe sie zunächst geschwiegen. Rückblickend gebe ihr Schlesingers Leben jedoch nicht weniger Rätsel auf als sein mysteriöser Tod.

Hätte Gropius geahnt, dass gegen ihn inzwischen von BND und LKA ermittelt wurde, er hätte sofort aufgelegt; aber in Felicia Schlesingers Andeutungen sah er einen neuen Hoffnungsschimmer, den Verdacht von sich zu lenken. Vielleicht genügte ein kleiner Hinweis, Licht in das undurchdringliche Dunkel der Affäre zu bringen. Deshalb hatte er auch keine Bedenken, als Felicia ihn bat, sie in ihrem Haus am Tegernsee aufzusuchen.

Das Haus lag hoch über dem See und war von der Uferstraße nur über einen schmalen, steilen Weg erreichbar, der mehrmals seine Richtung änderte. Gropius hatte Mühe, seinen schweren Wagen durch die Spitzkehren der Straße zu steuern. Oben angelangt bot sich ein atemberaubender Ausblick auf den See und die umliegenden Berge. Wer hier ein Haus sein Eigen nannte, gehörte nicht zum ärmeren Teil der Republik.

Zu seiner Verwunderung hatte Gropius kein verdächtiges Fahrzeug ausgemacht, das ihn auf dem Weg zum Tegernsee verfolgte, und als er jetzt an der Haustür mit dem dezenten Schild »Schlesinger« läutete, blickte er sich noch einmal nach allen Seiten um, ohne etwas Verdächtiges zu entdecken.

Felicia bat den Besucher in einen großen Raum, der von einer schrägen Holzdecke überspannt wurde und sich mit einer hohen Fensterwand zum Tal hin öffnete.

»Sie müssen das verstehen«, sagte Felicia, während sie an einem kleinen runden Tisch Kaffee servierte, »es ist nicht leicht für mich, mit der neuen Situation fertig zu werden, und natürlich war ich misstrauisch, als Sie mich um ein Treffen baten. Aber inzwischen habe ich den Eindruck gewonnen, dass Sie unter dem Tod Schlesingers beinahe ebenso leiden wie ich. Jedenfalls kann ich mir nicht vorstellen, dass ausgerechnet Sie in den Organhandel mit der Mafia verstrickt sein sollen.«

Erstaunt und beinahe übermütig fragte Gropius zurück: »Und was macht Sie da so sicher, gnädige Frau?«

Felicia blickte etwas verlegen aus dem Fenster, wo es zaghaft zu nieseln begann. »Sicher?«, wiederholte sie. »Sicher bin ich nicht. Es ist eher mein Instinkt, und der wird durch gewisse Umstände beeinflusst.«

Der Professor sah Felicia Schlesinger fragend an.

»Ach, wissen Sie, ich begann vor ein paar Tagen Papiere, Dokumente, kurz, die ganze Hinterlassenschaft meines Mannes zu sichten. Ich kam dieser Arbeit zunächst widerwillig nach, fühlte mich als Eindringling in das Leben eines anderen, aber dann sagte ich mir, Arno war dein Mann, früher oder später musst du dich mit seiner Hinterlassenschaft auseinander setzen. Also wühlte ich mich nächtelang durch sein Leben, und je mehr Papiere und Dokumente ich sichtete, desto fremder wurde mir der Mann, mit dem ich vier Jahre verheiratet war. Ja, ich habe eine Ehe mit einem Fremden geführt. Es geht nicht darum, dass jeder von uns seinem eigenen Beruf nachging, sein eigenes Geld verdiente und dass wir uns manchmal wochenlang nicht gesehen haben – das entsprach durchaus unseren Vorstellungen einer Beziehung, in der jeder auch seine Freiräume hat –, vielmehr musste ich plötzlich erkennen, dass Arno Schlesinger ein ganz anderes Leben führte, als er vorgab.«

»Eine andere Frau?« Gropius erschrak über seine eigene Frage und beeilte sich hinzuzufügen: »Oh, verzeihen Sie meine Indiskretion!«

Felicia rührte konzentriert in ihrer Kaffeetasse, und ohne aufzublicken meinte sie: »Eine andere Frau? – Wer weiß, jedenfalls würde es mich nicht wundern, wenn ich auch in dieser Hinsicht noch eine Entdeckung machen würde.«

»Sie meinen, Ihr Mann führte ein Doppelleben? An mehreren Orten, mit unterschiedlichem Umfeld? Verschiedenen Interessen?«

»Ich glaube, so könnte man das sagen.«

»Und sein Tod könnte damit in Zusammenhang stehen?«

»Jedenfalls ist das *meine* Erklärung.«

Gropius machte ein gequältes Gesicht, als wollte er sagen: Ich würde Ihnen nur allzu gerne glauben …

Da erhob sich Felicia Schlesinger und verschwand für einen Augenblick im Nebenzimmer. Als sie zurückkehrte, hielt sie ein paar geheftete Blätter Papier in der Hand. Sie wollte gerade etwas sagen, da meldete der Türgong einen Besucher. Felicia legte den Ordner auf den runden Tisch und ging zur Haustür.

»Der Paketdienst«, meinte sie entschuldigend, als sie zurückkam, und stellte ein gelbes Päckchen zur Seite. Dann nahm sie den Hefter in die Hand und sagte: »Hier, sehen Sie, ich bin eher zufällig darauf gestoßen. Ein Schweizer Konto auf den Namen Arno Schlesinger mit einer Einlage von 10,3 Millionen Euro.«

Gropius pfiff leise durch die Zähne, was überhaupt nicht seine Art war, aber es gibt Situationen, die ungewöhnliche Reaktionen hervorrufen. Dies war so eine Situation, und der Professor stellte die Frage: »Und Sie haben von diesem Konto nichts gewusst? Ich meine, zehn Millionen sind eigentlich genug, um sich in jungen Jahren zur Ruhe zu setzen. Sind Sie sicher, dass dieses Konto überhaupt existiert?«

Felicia hob beide Hände und nickte mit dem Kopf: »Ich habe mich bereits erkundigt. Mit dem Konto hat alles seine Richtigkeit. Außerdem konnte ich in Erfahrung bringen, wie das Geld auf das Konto gelangte. Arno hat es bar eingezahlt, einfach so, aus dem Koffer!«

»Und Ihr Mann hat nie eine Andeutung gemacht, dass Sie eigentlich steinreich sind – Sie verzeihen den Ausdruck.«

»Nie. Im Gegensatz zu mir lebte Arno eher bescheiden. Ich gebe für Kleidung und Schuhe viel Geld aus. Aber ich verdiene gut. Sollte ich es auf die Bank tragen und jeden Tag meine Kontoauszüge streicheln?«

»Ihr Mann hat das offensichtlich getan!«

»Scheint so«, bekräftigte Felicia, »aber das ist nicht alles.«

Sie nahm die Kontoauszüge und verschwand in dem Zimmer, aus dem sie die Unterlagen geholt hatte.

Unwillkürlich fiel Gropius' Blick auf das gelbe Paket. Die Ereignisse der letzten Tage hatten ihn sensibilisiert, hinter allem und jedem Verdacht zu schöpfen, und die soeben erhaltenen Informationen trugen nicht gerade dazu bei, seinen Argwohn zu zerstreuen. Deshalb schielte er auf das Paket, las die an Felicia Schlesinger gerichtete Adresse und den Absender, ein bekanntes Versandhaus.

Mit den Worten: »Es gibt noch weitere Rätsel in diesem Haus!«, kehrte Felicia aus dem Nebenzimmer zurück. In ihren Händen hielt sie einen Stoß Flugtickets. »Alle auf den Namen Arno Schlesinger, die meisten vom vergangenen Jahr: Rom, Paris, Turin, London, Tel Aviv, eines nach Miami und weiter nach Key West, sogar nie benützt. Aber – während dieser Zeit hielt sich Arno angeblich bei Ausgrabungen in Israel auf.«

»Sind Sie sicher?« Gropius sah Felicia prüfend an.

»Sicher, was heißt sicher«, murmelte Felicia ungehalten, und zum ersten Mal bemerkte Gropius eine dunkle Ader, die auf ihrer Stirn anschwoll. »Wir haben regelmäßig telefoniert, ab und zu kam ein Brief aus Israel. Warum hätte Arno mir dieses Theater vorspielen sollen? Wir führten keine schlechte Ehe, jedenfalls glaubte ich das bis zu seinem Tod. Aber vielleicht war ich zu gutgläubig und zu vertrauensselig, vermutlich war ich einfach zu dumm.« Felicias Stimme klang wütend und weinerlich zugleich, denn nichts kränkt eine Frau mehr als missbrauchtes Vertrauen.

Gropius schien gar nicht mehr zuzuhören. »Haben Sie das Paket erwartet?«, fragte er unvermittelt.

Weit weg mit ihren Gedanken, sah sie den Besucher an; dann nahm sie das Paket in beide Hände, las den Absender, schüttelte es hin und her und erwiderte: »Nein, keine Ahnung. Irgendein Versandhaus.«

Die Nervosität des Professors blieb auch Felicia nicht verborgen. Sie hatte Gropius als gestandenen Mann kennen gelernt, der in jeder Situation die passenden Worte fand. Jetzt entdeckte Sie Schweißperlen auf seiner Stirn, und sie sah, dass seine Hände zitterten.

»Was haben Sie, Professor?«, sagte Felicia und machte sich daran, das Paket zu öffnen, doch Gropius stürzte auf sie zu, entriss ihr das gelbe Etwas und stellte es vor der Fensterfront auf den Boden. Dann fasste er Felicia an beiden Handgelenken und sah sie durchdringend an. »Felicia! Das ist eine Bombe! Sie dürfen das Paket auf keinen Fall öffnen.« Felicia starrte ihn entsetzt an. »Was sollen wir tun?«

»Das Ding muss weg, raus damit!«

»Aber wohin?«, fragte Felicia, nun ebenfalls von Unruhe erfasst.

»Weg von hier, Hauptsache weg!« Gropius rannte vor das Haus, öffnete den Kofferraum seines Wagens, kam zurück und trug das Paket nach draußen, um es im Auto zu verstauen.

»Sollten wir nicht die Polizei einschalten?«, rief Felicia, während Gropius sich in den Wagen setzte und Gas gab.

»Später!«, hörte sie gerade noch Gropius' Antwort. Dann war das Fahrzeug um die nächste Biegung verschwunden.

Wie paralysiert steuerte Gropius den Jaguar auf der engen Bergstraße talwärts. Sein Ziel war eine abseits gelegene Kiesgrube. Er war sich in diesem Augenblick nicht mehr ganz sicher, ob er das Richtige tat. Vielleicht, dachte er, gibst du dich mit dieser Aktion der Lächerlichkeit preis. Vielleicht war das, was in den letzten Tagen auf dich einstürmte, einfach zu viel, zu viel, um es ohne psychischen Schaden wegzustecken. Vielleicht war es das Unsinnigste, was er überhaupt tun konnte, mit einer Bombe im Kofferraum durch die Gegend zu rasen, ohne Chance, wenn das Ding in seinem Rücken hochging. Die Angst verursachte ihm Übelkeit. Er wollte sich übergeben; aber sein Hals war wie zugeschnürt. Vor seinen Augen verschwamm im Nieselregen das schmale Band der Straße. Er lachte, Gropius lachte laut und unverschämt, wie man in Augenblicken großer Angst lacht. Er lachte, weil ihm durch den Kopf schoss, dass er in Panik vielleicht ein hoch explosives Paket spazieren fuhr und sein Leben am nächsten Baum aushauchen könnte, grundlos und ohne etwas erreicht zu haben.

So kam er auf die Uferstraße und schlug den Weg nach rechts ein. Er wusste, dass ein paar Kilometer nordwärts, in Gmund, eine Straße abzweigte in Richtung Schliersee. Kurz hinter der Abzweigung lag eine Kiesgrube, dort wollte er den Jaguar mit seiner gefährlichen Fracht abstellen und die Polizei benachrichtigen.

Kaum hatte Gropius die Abzweigung erreicht, da meldete sich Felicia Schlesinger am Autotelefon. Ihre Stimme überschlug sich: »Gropius, ein Unbekannter hat gerade angerufen, ob ich das Paket erhalten hätte. Ich sagte ja, und er meinte, wenn mir mein Leben lieb sei, sollte ich das Haus auf schnellstem Weg verlassen. Um 16 Uhr würde das Paket mitsamt dem Haus in die Luft fliegen.«

Gropius hatte jedes Wort gehört, aber er war zu keiner Reaktion fähig. Er lenkte seinen Wagen mit hoher Geschwindigkeit stur geradeaus.

»Gropius!«, vernahm er Felicias eindringliche Stimme, »Gropius, haben Sie mich verstanden?«

»Ja«, erwiderte Gropius zaghaft, »wie spät ist es?«

»Genau 16 Uhr.«

Gropius trat auf die Bremse. Rechterhand erkannte er den unbefestigten Weg, der zur Kiesgrube führte. Einem unerklärlichen Automatismus folgend, lenkte er das schaukelnde Fahrzeug in diese Richtung, brachte es auf halber Strecke zum Stehen, stellte den Motor ab, stieg aus, überlegte noch, ob er das Auto abschließen sollte, zog es dann aber vor wegzulaufen. Gropius rannte, er hetzte in die Richtung, aus der er gekommen war, überquerte die Straße und rannte weiter im regennassen Gestrüpp. Längst war er außer Sichtweite seines Autos, als ein Feuerblitz die Dämmerung zerriss, es folgten ein dumpfer Knall und eine Druckwelle, die ihn zu Boden warf. Instinktiv hielt er beide Arme über den Kopf, und sein Gesicht tauchte in feuchtes Moos. Er glaubte, das Bewusstsein verloren zu haben, aber allein der Gedanke belehrte ihn eines Besseren.

Nach einer Zeit, die er nicht mehr abschätzen konnte, wagte Gropius den Kopf zu heben. Vor sich sah er einen gewaltigen Feuerschein. Da begann er zu heulen wie ein kleines Kind. Der selbstbewusste Professor, von dem niemand aus seiner Umgebung sagen konnte, er habe ihn jemals überreizt oder gar fassungslos erlebt, schluchzte und ließ seinen Tränen freien Lauf.

Gropius kauerte mit angewinkelten Beinen auf dem Boden, er stützte sich mit den Händen ab und hatte, unfähig zu handeln, den Blick auf den Feuerschein hinter den Bäumen gerichtet. Das gewaltige Knacken des Feuers, das von kleineren Explosionen unterbrochen wurde, wirkte unheimlich.

»Professor Gropius!« Gregor erschrak, als er neben sich eine Stimme vernahm. Verwirrt und ohne seine Haltung zu verändern, wandte er den Blick zur Seite. Wie aus dem Boden gewachsen standen vor ihm im diesigen Zwielicht zwei Männer in dunklen Mänteln.

»Sind Sie o.k.?«, fragte der eine, und der andere fingerte irgendetwas aus seiner Manteltasche, hielt es Gropius entgegen und sagte: »Kriminalpolizei. Da haben Sie ja noch einmal Glück gehabt.«

Der Mann trat auf den immer noch am Boden Kauernden zu und half ihm auf.

»Glück, wieso Glück?«, fragte Gropius mit deutlichen Anzeichen von Verwirrung.

Die beiden Kripobeamten waren mit vergleichbaren Situationen eher vertraut, und sie schenkten den Worten Gregors keine Beachtung.

»Das Feuer!«, nuschelte Gropius und zeigte mit ausgestrecktem Arm in Richtung der Flammen, als hätten die beiden Männer nichts davon bemerkt.

Der eine fasste Gropius am Arm, um ihn wegzuziehen. »Schon gut«, meinte er beschwichtigend, »die Feuerwehr ist verständigt. Seien Sie froh, dass Sie den Anschlag überlebt haben. Kommen Sie!«

Als sei es von Bedeutung zu wissen, wie spät es war, warf Gropius einen Blick auf die Uhr. Die Zeiger standen auf 16 Uhr 19. Schweigend folgte er den Männern zur Straße. Dort wartete ein beigefarbener BMW, eines von jenen unauffälligen Fahrzeugen, die ihn seit Tagen verfolgten; aber das fiel ihm in diesem Augenblick nicht weiter auf.

Die Beifahrertür des Wagens stand offen, so als hätte man das Fahrzeug in höchster Eile verlassen.

Gropius wurde aufgefordert, auf dem Rücksitz Platz zu nehmen. Dann wendete das Fahrzeug und fuhr in Richtung

Autobahn. Während der Fahrt telefonierte der Beifahrer mit verschiedenen Dienststellen. Wagen mit Blaulicht und Feuerwehren kamen ihnen mit heulenden Sirenen entgegen. Als der BMW auf die Autobahn in Richtung München einbog, kam Gropius wieder zu sich, erst jetzt war er in der Lage, einen klaren Gedanken zu fassen.

Was passiert war, seit er Felicias Haus übereilt verlassen hatte, war ihm völlig entfallen. Jetzt versuchte sich mit aller Macht zu erinnern, aber es wollte nicht gelingen. Vor sich sah er immer nur dieses gelbe Paket mit Felicias Adresse und dem Absender des Versandhauses. »Ein gelbes Paket«, redete er leise vor sich hin, »ein gelbes Paket.«

»Was sagten Sie?« Der Beifahrer wandte sich um.

»Ach nichts. Ich versuche nur mich zu erinnern. Die Bombe war in einem gelben Paket versteckt, ja, es war ein gelbes Paket, adressiert an Felicia Schlesinger.«

Die beiden Kriminalbeamten warfen sich einen vielsagenden Blick zu, dann griff der Beifahrer zum Telefon und gab die Information weiter. Gropius hörte teilnahmslos zu, so als ginge ihn das Ganze nichts an.

Aber plötzlich stellte er die Frage: »Wieso waren Sie eigentlich so schnell zur Stelle?«

Ohne den Blick von der Straße zu nehmen – der Wagen fuhr mit hoher Geschwindigkeit –, erwiderte der Fahrer: »An Ihrem Wagen befand sich seit einigen Tagen ein Peilsender. Wir wussten immer, wo Sie sich gerade aufhielten. Haben Sie eine Ahnung, wer Ihnen diese Wanze ins Nest gesetzt haben könnte?«

»Wie?«, fragte Gropius erstaunt. »Wollen Sie damit sagen, dass der Peilsender von jemand anderem installiert wurde?«

Der Fahrer, ein junger Mann mit langen öligen Haaren, lachte gekünstelt. »Genau das. Ein billiges Ding mit keiner allzu großen Reichweite und mit jedem einfachen Scanner zu orten.«

»Wohin bringen Sie mich eigentlich?«, fragte Gropius nach

einer Zeit des Nachdenkens, die ihm jedoch keine neuen Erkenntnisse brachte.

»In unsere Dienststelle«, erwiderte der eine Kriminaler. »Ich glaube, Sie sind uns jetzt ein paar Erklärungen schuldig!«

»Erklärungen?« Gropius schüttelte den Kopf und versank ins Grübeln.

Das Gebäude in der Nähe des Hauptbahnhofs wirkte beengt, kalt und abweisend. Aber Wolf Ingram, der Leiter der Sonderkommission Schlesinger, zeigte sich höflich und zuvorkommend gegenüber Gropius, jedenfalls ganz anders als Staatsanwalt Renner, der ihm noch in äußerst unangenehmer Erinnerung war.

Mit der Routine eines erfahrenen Kripobeamten klärte Ingram Professor Gropius über dessen Rechte auf, bat das Gespräch aufzeichnen zu dürfen und stellte ihm eingangs die Frage: »In welcher Beziehung stehen Sie zu Frau Schlesinger?«

Die Frage war nahe liegend, und Gropius hatte sie erwartet. Deshalb gab er sich gelassen und antwortete: »In gar keiner, falls Sie *das* meinen. Sie kennen die unglücklichen Umstände, die uns zusammengeführt haben. Ich habe Frau Schlesinger vor ein paar Tagen zum ersten Mal gesehen. Ich dachte, die Witwe könnte die Umstände um den Tod ihres Mannes etwas erhellen. Nach wie vor bin ich nämlich der Ansicht, dass der Schlüssel zu dem Verbrechen bei Schlesinger selbst zu suchen ist. Für heute hatten wir eine zweite Zusammenkunft vereinbart.«

»Wer wusste davon?«

»Niemand, außer Frau Schlesinger und ich.«

»Und wie gelangte die Bombe in Ihr Auto?«

»Ich habe das Paket selbst in den Kofferraum gelegt.«

Ingram, der dem Professor an seinem Schreibtisch gegenübersaß, sah ihn scharf an.

»Das müssen Sie mir näher erklären!«

»Nun ja, wir unterhielten uns, und Frau Schlesinger machte

Andeutungen, dass ihr Mann sein eigenes Leben geführt habe, mit Verlaub, ein etwas eigenartiges Leben, das manche Frage aufwirft. Aber das geht mich nichts an. Plötzlich läutete es an der Haustür. Ein Paketbote brachte ein gelbes Päckchen, ungefähr zwanzig mal dreißig Zentimeter groß, an Felicia Schlesinger adressiert mit dem Absender eines Versandhauses namens ›Fontana‹.«

»Umso erstaunlicher, dass Sie das Paket in Ihr Auto luden.«

»Ich tat das nicht sofort! Auf meine Frage, ob Frau Schlesinger eine Sendung von dem Versandhaus erwarte, sagte sie nein. Das machte mich misstrauisch. Ich hatte ein ungutes Gefühl, und Sie werden mir nicht glauben, aber eine innere Stimme sagte mir: In dem Paket ist eine Bombe.«

Ingram musterte Gropius mit festem Blick.

»Ich weiß, was Sie jetzt denken«, nahm Gropius seine Rede wieder auf, »Sie glauben, ich bin verrückt oder ich habe mir irgendeine abenteuerliche Geschichte ausgedacht, so fragwürdig wie Humor in der Bibel!«

»Keineswegs!«, unterbrach ihn Ingram. »Die Ermittlungen in einem Fall wie diesem bestehen aus einer Aneinanderreihung von Fragwürdigkeiten, die jedoch in der Summe ein logisches Ganzes ergeben. Deshalb glaube ich Ihnen, Professor. Und wenn ich Sie richtig verstehe, wollten Sie das Paket, in dem Sie die Bombe vermuteten, möglichst schnell aus dem Haus schaffen. Wie reagierte Frau Schlesinger darauf?«

Gropius dachte nach. »Ich weiß es nicht mehr. Hier setzt mein Gedächtnis aus. Mein Handeln war nur von dem einen Gedanken bestimmt: Weg damit!«

»Und warum verließen Sie Ihr Fahrzeug, kurz bevor es in die Luft flog?«

Gropius hob die Schultern.

Seit Stunden versuchte Felicia Schlesinger vergeblich, Gropius am Autotelefon zu erreichen. Aber sie hörte immer nur dieselbe künstliche Stimme: »Der Teilnehmer ist vorübergehend nicht erreichbar.« Von Unruhe getrieben ging sie in dem großen Wohnraum mit verschränkten Armen auf und ab. Bisweilen blieb sie stehen und blickte durch die hohen Scheiben hinunter auf den See, wo am anderen Ufer die Lichter der Promenade aufleuchteten. Ihre Gedanken kreisten um das gelbe Paket, mit dem Gropius so überstürzt verschwunden war, und die Drohung des Unbekannten am Telefon. Noch immer kamen ihr die Ereignisse dieses Nachmittags völlig unwirklich vor, aber die beiden Teetassen auf dem Tisch machten unumstößlich klar, dass der Albtraum Wirklichkeit war, und je länger sie Gropius nicht erreichen konnte, desto mehr wuchs ihre Gewissheit, dass ihm etwas zugestoßen sein musste.

Gegen 19 Uhr schaltete sie das TV-Gerät ein. In den Nachrichten Alltägliches, ein Tankerunglück vor der Küste Westafrikas, ein Selbstmordattentat in Israel und schließlich die Meldung: »Auf einer Kreisstraße am Tegernsee explodierte am späten Nachmittag ein Kraftfahrzeug. Nach Angaben der Polizei handelte es sich um ein Bombenattentat. Die Detonation war so heftig, dass Teile des Fahrzeugs über hundert Meter weit geschleudert wurden. Von den Insassen fehlt bisher jede Spur.«

Felicia starrte hinaus in die Dunkelheit. Sekundenlang begriff sie gar nichts. Erst allmählich, während sie ihr Spiegelbild in der Scheibe betrachtete, drang die grausame Realität in ihr Bewusstsein. Um nicht zu straucheln, presste sie beide Hände gegen das Fensterglas. Gropius war tot. Aber eigentlich, dachte sie, galt der Anschlag doch mir! Ihr Magen rebellierte, als hätte sie ein Dutzend Heuschrecken verschluckt. Mit starrem Blick schleppte sich Felicia zu einem Ohrensessel und ließ sich hineinfallen wie ein schwerer Sack. Seltsame Gedankenfetzen durchkreuzten zusammenhanglos ihr Gehirn: Geld macht nicht glücklich und Geld unbekannter Herkunft schon gar nicht. Wer einen Mord begeht, begeht auch zwei! Was hatte Schlesinger ihr verschwiegen?

Plötzlich fühlte sich Felicia fremd und verlassen in dem großen Haus. Sie fröstelte. Angst kroch in ihr hoch, eine verschwommene Vorstellung von Männern, die sie jagten. Und wie im Traum, wenn eine unerklärliche Kraft die Beine schwer macht und einen hindert fortzulaufen, litt Felicia Todesangst.

Irgendwann, als die Spannung endlich nachließ, holte sie mit zitterndem Atem Luft und stand auf. Im Schlafzimmer packte sie Wäsche und ein paar Kleidungsstücke in eine Reisetasche; dann schlüpfte sie in einen leichten Mantel und betrat vom Flur her die Garage. Nachdem sie die Tasche auf dem Beifahrersitz ihres roten Golfs verstaut hatte, drückte sie auf einen Knopf, und das Garagentor fuhr nach oben. Sie wollte gerade einsteigen, als ihr von der Straße zwei Männer entgegentraten.

»Frau Schlesinger?«

»Ja?«, entgegnete Felicia zögernd.

»Mein Name ist Ingram, ich leite die Sonderkommission, die den Tod Ihres Mannes aufklären soll. Das ist mein Kollege Murau. Es hat sich eine neue Situation ergeben …«

»Ist er tot?«, unterbrach ihn Felicia.

»Wer?«

»Gropius!«

»Nein. Professor Gropius hat sein Fahrzeug wenige Augenblicke, bevor die Bombe hochging, verlassen. Er kam, wie man so sagt, mit dem Schrecken davon.«

Weil sie das Gefühl hatte zu fallen, lehnte Felicia sich gegen die Kühlerhaube ihres Volkswagens. Sie presste die gefalteten Hände zwischen ihre Knie und starrte vor sich auf den Boden.

Ingram hatte Verständnis für Felicias Verhalten, er ließ ihr Zeit, bevor er die Frage stellte: »Sie wollen verreisen?«

»Verreisen?« Felicia blickte irritiert. »Ich muss hier raus! Hören Sie, ich habe Angst, Angst, Angst!«

»Ich verstehe Sie«, erwiderte Ingram mit ruhiger Stimme, »trotzdem würde ich Sie bitten, uns ein paar Fragen zu beantworten. Es ist wichtig. Unter Umständen auch für Sie!«

Felicia kehrte mit den beiden Männern ins Haus zurück und bot ihnen einen Platz an.

»Wir haben uns eingehend mit Professor Gropius unterhalten«, begann Ingram, »er hat uns den Vorgang aus seiner Sicht geschildert. Jetzt würde ich gerne Ihre Version hören.«

»Und Gropius ist wirklich nichts passiert?«, erkundigte Felicia sich noch einmal.

»Nichts«, erwiderte Murau. »Wir fanden ihn auf dem Waldboden kniend, das Gesicht im Moos verborgen, gut hundert Meter von dem brennenden Autowrack entfernt.«

»Sie wissen«, fuhr Ingram fort, »dass der Professor Ihnen das Leben gerettet hat.«

Felicia wirkte angespannt. Mit gespreizten Fingern versuchte sie ihr zurückgebundenes Haar zu glätten, obwohl es dafür keinen Anlass gab. »Dann wissen Sie ja bereits alles«, sagte sie aufgebracht.

Ingram wiegte den Kopf hin und her. »Glauben Sie einem alten Hasen in dem Gewerbe, bei zwei Zeugen einer Tat gibt es drei Versionen des Hergangs. Haben Sie einen Verdacht, wer hinter dem Anschlag stecken könnte? Ich muss Sie das fragen: Haben Sie Feinde, denen Sie so etwas zutrauen würden?«

Den beiden Männern entging nicht, dass Felicia, während sie nachdachte, die geballten Fäuste gegeneinander presste, als hätte sie ein Geheimnis darin verborgen. »Nein«, antwortete sie schließlich, »ich habe mit Kunstsammlern zu tun, für die ich als Vermittler auftrete. Da werden Rivalitäten, wie sie überall vorkommen, eher mit dem Scheckbuch bereinigt als mit Sprengstoff. Wer mehr zahlt, geht als Sieger hervor.«

»Und Ihr Mann, hatte *er* Feinde?«

»Arno? Er war Altertumsforscher und beschäftigte sich mit Inschriften auf alten Gemäuern. Da gab es die eine oder andere Fehde in Kollegenkreisen, wenn er eine Theorie vertrat, die ein anderer ablehnte. Aber sind das Feinde? Feinde, die einem nach dem Leben trachten?«

Ingram zog einen Notizblock aus der Tasche. »Können Sie den Fahrer beschreiben, der das Paket gebracht hat? Was hatte er für ein Fahrzeug?«

Felicia pustete die Luft durch die Lippen. »Diese Frage habe ich mir selbst auch schon gestellt. Meine einzige Erinnerung ist, er war groß und schlank und trug einen grauen oder blauen Overall. Sein Auto, ein Kastenwagen, parkte in einiger Entfernung vom Haus. Ich habe mich einfach nicht darum gekümmert.« Und nach kurzem Nachdenken fügte sie hinzu: »Was ich nicht begreife, ist dieser Anruf!«

»Anruf? Welcher Anruf?«

»Gropius hatte gerade mit dem Paket das Haus verlassen, da läutete das Telefon, und eine Stimme sagte, um 16 Uhr würde die Bombe in dem Paket hochgehen, ich sollte das Haus so schnell wie möglich verlassen.«

»Wann war das?«

»Ein oder zwei Minuten vor 16 Uhr! Welchen Grund hatte der Unbekannte, mich zu warnen? Irgendein Verrückter schickt mir eine Bombe ins Haus, und dann warnt er mich davor! Das will mir nicht in den Kopf.«

Ingram ging auf Felicias Einwand nicht weiter ein. Als Experte auf dem Gebiet des Terrorismus betrachtete er den Vorgang aus einem anderen Blickwinkel. »Nun wussten Sie also«, begann er schließlich, »dass in dem Paket eine Bombe versteckt war. Sie wussten aber auch, dass Professor Gropius mit dem Ding in seinem Wagen unterwegs war. Das muss für Sie doch ein furchtbares Gefühl gewesen sein!«

»Gefühl?«, rief Felicia Schlesinger aufgebracht. »Da war keine Zeit für irgendein Gefühl. Mich verfolgte nur der eine Gedanke: Du musst Gropius warnen. Irgendwo hatte ich seine Visitenkarte. Es kam mir vor wie eine Ewigkeit, bis ich sie in meiner Handtasche fand; dabei dauerte es höchstens eine Minute. Schließlich erreichte ich Gropius am Autotelefon.«

»Sie konnten den Professor warnen?« Ingram war erstaunt. »Davon hat Gropius nichts gesagt.«

Einen Augenblick schien Felicia verwirrt. Natürlich hatte sie Gropius angerufen! Oder doch nicht? Die Absurdität der Ereignisse ließ sie an sich selbst und ihrem eigenen Handeln zweifeln. Doch dann kam ihr in Erinnerung: »Gropius fragte noch, wie spät es sei. 16 Uhr, sagte ich. Dann brach die Verbindung ab.«

Ingram und Murau warfen sich einen Blick zu, den Felicia nicht deuten konnte. Für Sekunden herrschte beklommenes Schweigen, und Felicia fragte sich verunsichert, welche Schlüsse die Kriminalbeamten aus ihrer Aussage ziehen könnten.

»Ich bin noch ziemlich durcheinander«, fügte sie schließlich hinzu. »Sie werden das sicher verstehen. Und deshalb möchte ich die Nacht lieber nicht hier im Haus verbringen, sondern in einem Hotel in der Stadt. Sie erreichen mich in den kommenden Tagen im ›Park-Hilton‹ in München.«

Noch während sie redete, piepste das Telefon. Felicia zuckte zusammen. Auch Ingram machte ein besorgtes Gesicht.

»Haben Sie etwas dagegen, wenn ich mithöre?«, fragte er beinahe im Flüsterton.

Felicia willigte ein, dann führte sie den Hörer zum Ohr. Ingram trat nahe an sie heran und lauschte.

Am anderen Ende meldete sich Gropius.

»Mein Gott!«, rief Felicia erleichtert. »Sie haben mir einen schönen Schrecken eingejagt.«

Als Ingram Gropius' Stimme erkannte, trat er diskret zur Seite.

»Ich hatte schon das Schlimmste befürchtet, als ich Sie am Telefon nicht mehr erreichen konnte«, sagte Felicia. Ihre Worte klangen gestelzt und unnatürlich. »Zwei Kriminalbeamte haben mich gerade vernommen. Jetzt will ich hier weg. Ich werde die Nacht im ›Park-Hilton‹ verbringen, obwohl ich sicher bin, dass ich keine Minute Schlaf finden werde. Und wie geht es Ihnen, Professor?«

Mit gespielter Gleichgültigkeit taten die Männer, als interessiere sie das Gespräch nicht im Geringsten, in Wahrheit versuchten sie sich aus Felicias Reaktionen ein Bild zu machen von dem Verhältnis, das zwischen ihr und Gropius bestand. So entging ihnen auch nicht, dass die beiden noch am selben Abend ein Treffen vereinbarten.

Kurz vor 22 Uhr betrat Professor Gropius die gedämpft beleuchtete Halle des Hilton-Hotels am Englischen Garten. Trotz fortgeschrittener Stunde herrschte noch Hochbetrieb. Eine japanische Reisegesellschaft samt einer Waggonladung Gepäck hinderte Gropius am Durchkommen, sodass er seine Arme zu Hilfe nehmen musste, um an das anvisierte Ziel, eine Sitzgruppe unter zwei riesigen Grünpflanzen, zu gelangen. Er wollte gerade Platz nehmen, als Felicia hinter dem Urwald hervortrat.

Sie wirkte auf ihn klein, blass und verletzlich, ganz anders als die selbstbewusste Frau, die er in Erinnerung hatte. Man merkte ihr an, dass der Tag sie in ihrem Innersten erschüttert hatte. Es tut mir Leid, sagte ihr unsicherer Blick, dass ich Sie in die Sache hineingezogen habe. Vielleicht sagte er aber auch: Sie haben mir das Leben gerettet. Wie soll ich Ihnen danken?

In Augenblicken wie diesem ist jedes Wort unpassend; deshalb schwiegen sie. Sie sahen sich nur an. Unwillkürlich tat Gropius einen Schritt auf Felicia zu. Und mit einer heftigen Bewegung fielen sich beide plötzlich in die Arme. Gropius bedeckte Felicias Gesicht mit Küssen, heftig und mit Leidenschaft, und Felicia erwiderte seinen Ausbruch der Gefühle, indem sie sich leidenschaftlich an ihn drückte. Beide vergaßen vollkommen, dass sich zahllose Blicke in der frequentierten Hotelhalle auf sie richteten.

Als Erster kam Gropius zur Besinnung. Verwirrt und ungelenk, als hätte er sich zu etwas Ungehörigem verstiegen, schob er Felicia von sich. Da kam auch sie zu sich. Verlegen zupfte Felicia an ihrer

Kleidung, sie verzog das Gesicht, wie Frauen dies beim Make-up vor dem Spiegel tun. Da hörte sie Gropius sagen: »Entschuldigen Sie mein unpassendes Verhalten. Ich weiß nicht, was plötzlich in mich gefahren ist.«

Im ersten Augenblick fand Felicia die Bemerkung beinahe beleidigend. Noch nie hatte sich ein Mann bei ihr für einen Kuss entschuldigt, noch dazu, wo sie ihn mit Leidenschaft erwidert hatte. Aber dann besann sie sich auf die besonderen Umstände, unter denen die leidenschaftliche Umarmung zustande gekommen war, und sie antwortete: »Auch ich habe mich zu entschuldigen.«

Als sie sich dann auf den eckigen schwarzen Ledersesseln gegenübersaßen, die Ellenbogen auf die Armlehnen gestützt, die Hände gefaltet, wirkten beide angespannt und verhalten. Keinem gelang es, den rechten Anfang zu finden.

»Ich musste fort«, begann Felicia schließlich, »ich habe es in dem Haus nicht mehr ausgehalten.«

Gropius nickte stumm.

»Tut mir Leid, dass Sie da in etwas hineingezogen wurden, womit Sie offensichtlich nichts zu tun haben. Ich habe nachgedacht, und nach unserem Gespräch und dem Bombenanschlag ist mir klar geworden, dass Sie mit dem Tod meines Mannes wirklich nichts zu tun haben.«

Gropius, der aufrecht und steif den Blick auf seine ungeputzten Schuhe gerichtet hatte, blickte auf. Er wollte Felicia nur allzu gerne Glauben schenken, doch inzwischen war *er* vom Gegenteil überzeugt. Es machte für ihn keinen Sinn, dass jemand zunächst Arno Schlesinger auf höchst riskante, ungewöhnliche Weise beseitigen wollte, um dann seine Frau auf nicht minder ungewöhnlich Weise umzubringen. Zwar hatte er nach dem Verhör bei der Kriminalpolizei den Eindruck gewonnen, dass selbst Ingram ihn nicht mehr als Schlüsselfigur des mysteriösen Geschehens betrachtete, aber er selbst konnte nicht mehr länger glauben, dass der Zufall ihm all das beschert hatte. Da gab es den Peilsender an seinem Wagen, die Stimme am Telefon, die ihm nahe gelegt hatte, seine Nachforschungen einzustellen, und Veroniques Erpressungsversuch.

Seine Gedanken wurden von einem gesprächigen Ober unterbrochen; ein glücklicher Umstand, denn er ersparte es Gropius, auf Felicias Bemerkung zu antworten.

»Champagner?«, fragte Gropius einladend. »Wir haben beide allen Grund, Geburtstag zu feiern.«

Felicia nickte.

Gropius bestellte eine Flasche Veuve Cliquot, und um sich und Felicia abzulenken, erzählte er, dass man im Keller der Witwe Cliquot in Reims hervorragend dinieren könne, wobei zu jedem Gang unterschiedliche Sorten Champagner serviert würden.

Felicia interessierte sich nicht im Geringsten für Gropius' kulinarische Empfehlung. »Haben Sie eine Erklärung, was den Anrufer bewogen haben könnte, mich vor der Bombe zu warnen?«, unterbrach sie seine Ausflüchte. »Es ist doch ein Widerspruch in sich, mir eine Höllenmaschine ins Haus zu schicken und gleichzeitig zu sagen: Vorsicht, hier ist eine Bombe!«

Nachdenklich verfolgte Gropius, wie der Ober die Champagnerflasche köpfte und die Gläser füllte.

»Man will Sie in Angst versetzen, damit Sie irgendwelchen Forderungen nachkommen. Werden Sie erpresst?«

»Nein.«

»Oder die Gangster wollten nur Ihr Haus in die Luft jagen, weil sie darin irgendein Beweismittel gegen sich vermuten.«

»Und warum wollten sie mich dabei verschonen?«

Gropius grinste: »Vielleicht aus christlicher Nächstenliebe. Wer weiß? – Oder ...«

»Oder?«

»Ich bin nicht sicher, ob der Anschlag nicht doch *mir* gegolten hat. An meinem Wagen befand sich ein Peilsender. Angeblich nicht von der Polizei installiert. Man wusste also immer, wo ich mich gerade aufgehalten habe.«

»Haben *Sie* Feinde, Professor?«

Gropius machte eine wegwerfende Handbewegung: »Offenbar mehr als ich befürchtet habe. – Aber jetzt müssen wir anstoßen – auf unser neues Leben!«

Die Gläser gaben einen jaulenden Klang von sich.

Kapitel 4

Der Anschlag auf Gropius, der eigentlich Felicia Schlesinger gegolten hatte, versetzte alle an der Aufklärung des Falles beteiligten Dienststellen in Hochspannung. Sprengstoffexperten des Landeskriminalamts analysierten in den Wrackteilen von Gropius' Jaguar Spuren des Plastiksprengstoffs C4, und damit bekam der Fall eine neue Dimension.

Immerhin lag der letzte Einsatz dieses gefährlichen Sprengstoffs in Deutschland fast zehn Jahre zurück. Sein unerwartetes Auftauchen in den Händen organisierter Verbrecher ließ daher alle Alarmglocken schrillen. Beim Bundesnachrichtendienst in Pullach beschäftigte sich ein Team aus vier Leuten mit der Entschlüsselung des Codes IND, hinter dem man den Absender der abgefangenen E-Mail vermutete. Dechiffrierer bedienten sich neuester Computerprogramme aus dem eigenen Haus, mit deren Hilfe in Sekundenschnelle Buchstabensysteme in Zahlensysteme verwandelt und durch Verschiebung der Zahlenreihen und Rückwandlung in das Alphabet neue Buchstabenkombinationen erstellt werden konnten.

IND verwandelte sich beispielsweise mit dem Faktor +2 in das Kürzel KPF oder mit dem Faktor -3 in FKA. Und obwohl die Experten ihr System mit dem (unterschiedlichen) russischen wie amerikanischen Alphabet abglichen, stießen sie dabei in ihren Computern auf keine neue Buchstabenkombination, die einen Sinn ergeben oder gar den Absender beim Namen genannt hätte.

Unter der Annahme, dass hinter den Anschlägen auf Arno Schlesinger und Professor Gropius derselbe Urheber steckte, erstellte im Landeskriminalamt an der Maillingerstraße ein so genannter Profiler eine operative Fallanalyse, kurz OFA genannt. Dem Fallanalytiker mit Namen Mewes, einem Kriminaloberrat mit der Erfahrung mindestens dreier Leben, sagten die Kollegen das zweite Gesicht nach, seit er zwei Jahre zuvor einen bestialischen Kindermörder, von dem drei Monate nach der Tat noch jede Spur fehlte, in seinem Verhalten so präzise beschrieben hatte, dass er wenige Tage später festgenommen werden konnte. Dabei konnte Mewes auf die Datenbank VICLAS zurückgreifen, in welcher Gewalt- und Serientäter erfasst sind. Im vorliegenden Fall erwies sich der Einsatz der Datenbank jedoch als Fehlanzeige. Vergleichbare Fälle dieser Art hatte es bisher nicht gegeben.

Auch Wolf Ingrams Sonderkommission an der Bayerstraße fischte bisher noch im Trüben. Die sprichwörtliche Suche nach der Nadel im Heuhaufen war ein Leichtes im Vergleich zu der Fahndung nach dem ominösen Paketdienst und seinem Fahrer, von dem nur seine große, schlanke Statur und ein grauer oder blauer Overall bekannt war, praktisch unbrauchbare Hinweise für jeden Kriminalisten. Ingram sah also die einzige Möglichkeit weiterzukommen in der Durchleuchtung des persönlichen Umfelds von Felicia Schlesinger und Professor Gropius.

Nach den ersten Verhören hatte der Leiter der Sonderkommission den Eindruck gewonnen, dass Gropius durchaus an der Aufklärung seines Falles interessiert war, während Felicia Schlesingers Auftreten eine gewisse Zurückhaltung erkennen ließ, als wollte sie gar nicht wissen, wer ihren Mann umgebracht hatte. So gesehen fokussierte sich der Verdacht weniger auf den kooperativen Professor als auf die undurchsichtige Witwe. Ingram ordnete an, ihr Haus am Tegernsee rund um die Uhr zu bewachen.

Was Gropius betraf, so setzte sich der Anschlag auf sein Leben erst viel später in seinem Gedächtnis fest. Der größere Eindruck, den dieser ereignisreiche Tag bei ihm hinterlassen hatte, war die unerwartete Leidenschaft Felicias, von der er jedoch nicht einmal genau zu sagen wusste, ob sich dahinter wirkliches Verlangen oder lediglich die Erleichterung, knapp dem Tod entronnen zu sein, verbarg. Sein Kopf war voll von düsteren Gedanken, für echte Gefühle blieb da kein Raum. Seit ihrem ersten Zusammentreffen war er Felicia stets mit der Reserviertheit eines Pfaffen begegnet, er hatte in ihr eine Schicksalsgenossin gesehen; auch wenn ihm ihr attraktives Äußeres nicht entgangen war, so blieb er weit davon entfernt, sie anziehend oder gar begehrenswert zu finden.

Wie es trotz allem zwischen ihnen zu jenem Gefühlsausbruch kommen konnte, das beschäftigte Gropius in den folgenden Tagen beinahe mehr als die Ursache, die sie zusammengeführt, und die Umstände, welche die kurze heftige Intimität ausgelöst hatten. Er selbst schwankte zwischen Reue, sich so gehen gelassen zu haben, und dem zaghaften Eingeständnis, dass er Lust empfand, sie zu spüren und zu liebkosen.

Natürlich war das unvorhersehbare Missgeschick – wenn wir es einmal so nennen wollen – ihrer Lage nicht gerade förderlich, denn seit seinem Verhör wusste Gropius, dass er unter Beobachtung stand. Und sicher hatten Ingrams Späher sie Champagner trinkend in der Hotellobby beobachtet und dachten nun darüber nach, welche Schlüsse sie aus all dem ziehen konnten. In Augenblicken wie diesen konnte Gropius der verfahrenen Situation, in der er sich befand, auch etwas Positives abgewinnen. Bisweilen dachte er sogar an ein Katz-und-Maus-Spiel mit seinen Verfolgern, und er schmiedete Pläne, wie er die unauffälligen Herren am besten abschütteln könnte; doch dann holte ihn die Realität wieder ein, und damit auch die Sorge, die Aufklärung des Transplantationsskandals könnte sich unendlich in die Länge ziehen und seine Rückkehr in die Klinik verhindern oder nach einer gewissen Zeit gar unmöglich machen.

Gropius war nicht der Mann, der die Dinge einfach auf sich zukommen ließ, schon gar nicht, wenn es um seine Existenz ging. Und die stand auf dem Spiel! Er wusste nicht, dass sich inzwischen vier verschiedene Stellen mit seiner Person beschäftigten, er sah auch keinen Zusammenhang zwischen der Operation und dem Bombenanschlag, obwohl ihm völlig klar war, dass diese Koinzidenz kaum ein Zufall sein konnte.

Von Felicia hatte Gropius erfahren, dass sie den Kriminalern längst nicht alles anvertraut hatte, was für die Lösung des Falles von Wichtigkeit sein konnte. Dass sie die zehn Millionen auf dem Schweizer Konto verschwieg, erschien ihm verständlich angesichts der horrenden Steuernachzahlungen, die unter Umständen auf sie zukamen. Doch dass sie Schlesingers offensichtliches Doppelleben verheimlichte, dafür fand Gropius weniger Verständnis, sah er doch darin den Schlüssel für die Lösung des Falles.

Vergeblich versuchte Gropius die persönlichen Informationen, die Felicia ihm anvertraut hatte, mit den kriminellen Vorgängen in Verbindung zu bringen, ohne jedoch einen roten Faden zu finden, der mögliche Schlussfolgerungen zuließ. Nach einem ganzen Tag intensiven Nachdenkens musste er eingestehen, dass er sich im Kreis drehte, ohne auch nur einen Schritt weiterzukommen.

Es war Abend geworden, als er ermüdet die Blätter, auf denen er alle Möglichkeiten notiert und skizziert hatte, beiseite legte und Rita anrief. Rita war immer zur Stelle, wenn man sie brauchte, und dies war so ein Abend.

Sie kam in einem dunklen Kostüm mit unverschämt kurzem Rock und schwarzen Strümpfen und machte eine Bemerkung darüber, dass Merkur und Venus gerade in irgendeiner Konjunktion stünden, was sich auf den Sex, den sie miteinander hatten, auf jeden Fall förderlich auswirkte. Dazu tranken sie einen Barolo von bester Lage.

Zwangsläufig kam das Gespräch auf die Stimmung in der Klinik, und Rita plauderte unbekümmert drauflos. Oberarzt Dr. Fichte, so sei gerüchteweise zu hören, habe sich um Gropius' Stelle beworben, obwohl diese vorläufig noch gar nicht zur Disposition stand.

Fichte? Ausgerechnet Fichte? Gropius schätzte Fichte als loyalen Mitarbeiter. Fichte kannte die Umstände, die zu seiner Beurlaubung geführt hatten, besser als jeder andere. Und besser als jeder andere wusste er, dass Schlesingers Tod kriminelle Ursachen hatte und damit außerhalb seiner Verantwortung lag.

»Ach komm, Gregor, es sind doch nur Gerüchte. Da wird vielleicht gar nichts dran sein«, meinte Rita, als sie sah, wie sich Gropius' Miene verfinsterte. Sie bedauerte es bereits, Gregor überhaupt davon erzählt zu haben, was man in der Klinik so munkelte. Sie hätte wissen müssen, dass er nicht gerade erfreut darauf reagieren würde, und hätte sich am liebsten noch im Nachhinein auf die Zunge gebissen. Jedenfalls war der Abend, der gerade so angenehm begonnen hatte, gelaufen.

Gropius nickte abwesend, kaute auf den Lippen und überlegte. Er musste Fichte zur Rede stellen und überlegte, ihn später anzurufen, aber dann besann er sich darauf, dass sein Telefon abgehört wurde, und er beschloss, Fichte noch am selben Abend aufzusuchen.

Nach einem flüchtigen Abschied von Rita legte Gropius ein paar Schritte bis zum Taxistand an der Hauptstraße zurück. Fichte lebte in einem Reihenbungalow auf der anderen Seite der Isar, nicht weit vom Klinikum entfernt. Ein- oder zweimal waren sie sich dort begegnet, weiteren Umgang oder gar Freundschaft hatte eine giftige Rivalität der beiden Ehefrauen verhindert.

In der Straße ähnelte ein Haus dem anderen, und vermutlich – so dachte Gropius mit einem Anflug von Humor – befanden sich auch alle Lichtschalter an der gleichen Stelle. Unsicher, wo genau Fichte wohnte, ließ Gropius das Taxi anhalten, als keine zwanzig Meter entfernt zwei Männer aus einem Haus traten. Er erkannte Fichte sofort an seiner kleinen Statur, aber auch der andere Mann kam ihm nicht fremd vor!

Gropius bat den Fahrer das Licht auszuschalten und verfolgte, wie die beiden über die Straße zu einem unter einer Straßenlaterne geparkten Auto gingen. Dort verabschiedeten sich die Männer mit Handschlag, und dabei fiel das Licht auf das Gesicht des anderen Mannes, der einen ganzen Kopf größer war als Fichte. »Prasskov!«, zischte Gropius leise und machte Anstalten, aus dem Taxi zu springen, als sein Verstand ihm Einhalt gebot.

Prasskov und Fichte? Was hatten die beiden gemein? Gropius hätte schwören können, dass sie sich nicht einmal kannten. Mit dieser neuen Situation konfrontiert, schossen tausend Gedanken durch sein Gehirn, Gedanken, die er noch vor wenigen Augenblicken als absurd, irreal und phantastisch abgetan hätte. Prasskov, der von der Polizei gesucht wurde, ging bei Fichte ein und aus!

Unsicher, wie er sich verhalten sollte, beobachtete Gropius, wie Fichte ins Haus zurückkehrte, während Prasskov seinen Wagen, einen schweren alten Mercedes, startete. In seinen Gedanken gefangen, war Gropius nicht in der Lage, eine Entscheidung zu treffen. Wie gelähmt sah er zu, wie der Wagen vor ihm anfuhr und den Weg stadteinwärts nahm.

Erst der Taxifahrer brachte ihn zur Besinnung: »Wollen Sie jetzt endlich aussteigen, oder haben Sie es sich anders überlegt?«, meinte er mit dem angeborenen Charme Münchner Droschkenkutscher.

»Ja«, entgegnete Gropius abwesend.

»Was, ja?«, hakte der Mann am Steuer nach.

Gropius sah die Rücklichter des alten Mercedes vor ihnen immer kleiner werden. »Folgen Sie diesem Wagen!«, sagte er plötzlich.

Und der Taxifahrer meinte zynisch: »Wie Sie wünschen.« Er sah gerade noch, wie das Fahrzeug vor ihnen an der nächsten Straßenkreuzung nach rechts abbog. Als er die Stelle erreichte und nach dem Mercedes Ausschau hielt, war das Auto wie vom Erdboden verschluckt.

Mitten in der Nacht wachte Gropius auf. Er hatte unruhig geschlafen, immer wieder von Träumen geplagt, in denen er mit einem Aluminiumkoffer voll menschlicher Organe, klumpigen Herzen, labberigen Lebern und speckigen Nieren verfolgt wurde. Er erkannte die Gesichter seiner Verfolger nicht, aber allein ihre Schatten wirkten bedrohlich. Auch das Ziel, das er mit dem unheimlichen Koffer zu erreichen versuchte, blieb ihm unbekannt, sodass er, schweißgebadet, froh war, die dunklen Gestalten abschütteln zu können.

Wieder und wieder ging ihm Prasskov durch den Sinn. Hatte er sich so in dem sympathischen Schönheitschirurgen getäuscht? Vielleicht hatte Prasskov seine Freundschaft nur deshalb gesucht, um ihn zu gegebener Zeit für seine Zwecke einzuspannen? Aber was für Zwecke sollten das sein? Jedenfalls erschütterte ihn die Tatsache, dass Prasskov mit Fichte offenbar gemeinsame Sache machte, bis ins Mark. Er wusste nicht mehr, was er denken sollte, aber mittlerweile schien ihm der Gedanke nicht mehr so abwegig, Schlesinger und er selbst könnten zwischen die Fronten der Organmafia geraten sein.

Wie betäubt und nur von diesem einen Gedanken besessen, schlich Gropius in die Küche im Erdgeschoss, holte eine Flasche Bier aus dem Kühlschrank und leerte sie, weniger weil er Durst hatte als aus Verzweiflung. Dann legte er sich wieder ins Bett und starrte, die Hände hinter dem Kopf verschränkt, auf den Lichtschein, der von der Straße ins Zimmer fiel und ein geometrisches Muster an die Decke zeichnete. Wider Erwarten schlief er ein.

Das grelle Licht der aufgehenden Sonne weckte Gropius, und er wunderte sich, dass er doch noch geschlafen hatte. Nach einem kurzen Aufenthalt im Bad bereitete er sein Frühstück – falls man eine Tasse Pulverkaffee und zwei angebrannte Scheiben Toast als solches bezeichnen will. Dabei kämpfte er mit dem Gedanken, ob er seine Beobachtung vom vergangenen Abend der Polizei melden sollte. Immerhin wurde Prasskov gesucht. Doch das heimliche Treffen zwischen Prasskov und seinem loyalsten Mitarbeiter, dessen unfreiwilliger Zeuge er geworden war, hatte ihn so aus der Fassung gebracht, dass er einfach nicht den Mut fand, Fichte zu denunzieren. Zudem hatte er nicht den geringsten Beweis für seine Behauptung. Und je länger er über die unerwartete Entdeckung nachdachte, desto klarer wurde Gropius, dass sie mehr Fragen aufwarf als beantwortete.

Es mag gegen zehn gewesen sein, als ihn die Hausglocke aus seinen Gedanken riss. Gropius erschrak. Seit ein paar Tagen jagte ihm alles Unerwartete einen Schrecken ein. Vor der Tür stand ein hagerer, glatzköpfiger Mann, gut gekleidet und von einnehmendem Äußeren, sodass Gropius keine Bedenken hatte zu öffnen.

»Mein Name ist Lewezow, und ich bitte meinen unangemeldeten Besuch zu entschuldigen«, sagte der Unbekannte mit einer höflichen Verbeugung, und noch ehe der Professor fragen konnte, was der Fremde denn wolle, fuhr dieser fort: »Ich würde Sie gerne sprechen. Es geht um Ihre Exfrau und um das Bombenattentat. Ich habe darüber in der Zeitung gelesen.«

»Schickt Sie Veronique?«, erkundigte sich Gropius abweisend.

»Oh nein, ganz im Gegenteil!«, wehrte der fremde Mann ab. »Ihre Frau wird mich verfluchen, wenn Sie davon erfährt, nein, ich komme aus freien Stücken und weil es mir ein Bedürfnis ist.«

Gropius musterte den Mann von oben bis unten und meinte schließlich: »Nun gut, kommen Sie herein. Ich hoffe nur, Sie wollen mir nicht meine Zeit stehlen.«

Nachdem sie im Salon Platz genommen hatten, begann Lewezow zu erzählen, das heißt, eigentlich fiel er mit der Tür ins Haus, als er sagte: »Die Fotos, die Sie mit Frau Schlesinger zeigen, stammen von mir. Aber bevor Sie jetzt auf mich losgehen, bitte ich Sie dringend, mich weiter anzuhören. Ich bin Privatdetektiv, ich lebe davon, dass ich andere Menschen ausspioniere, ich werde dafür bezahlt, dass ich Menschen Informationen verschaffe, die manchmal viel Geld wert sind. Es gibt anständigere Berufe, ich weiß, aber wie sagte der römische Kaiser Vespasian zu seinem Sohn Titus, der die Latrinensteuer seines Vaters kritisierte? – Geld stinkt nicht. Jedenfalls rief mich Ihre Exfrau vor kurzem an und beauftragte mich, Sie zu beschatten. Ich sollte ihr Material beschaffen, mit dem sie Sie erpressen konnte. Sie glaubt, Sie hätten Schlesingers Tod absichtlich herbeigeführt, weil Sie mit seiner Frau ein Verhältnis haben.«

»Und was hat Sie vom Gegenteil überzeugt, Herr …«

»Lewezow. – Nichts. Aber als ich von dem Bombenattentat hörte, drängte sich mir der Verdacht auf, Ihre Exfrau könnte dahinter stecken.«

»Das würden Sie Veronique zutrauen?«

Lewezow rieb sich verlegen die Hände. »Sie ist eine sehr kalte, berechnende Frau – jedenfalls habe ich sie so kennen gelernt. Und wenn ich mir die Bemerkung erlauben darf – ihr Hass auf Sie ist grenzenlos.«

Mit Daumen und Zeigefinger fuhr Gropius den Nasenrücken auf und ab, ein Zeichen großer Anspannung. Ziemlich starker Tobak an einem sonnigen Morgen, dachte er, ohne zu antworten, aber warum erzählt er mir das?

Als könne er Gedanken lesen, fuhr Lewezow fort: »Sie fragen sich natürlich, warum ich mich vor Ihnen oute. Wissen Sie, ich bin eben doch nicht abgebrüht genug für meinen Beruf als Schnüffler. Die Vorstellung, in ein Kapitalverbrechen verwickelt zu sein, bereitet mir Unbehagen, mehr noch, ich habe Angst. Wer das Verbrechen duldet, wird selbst zum Komplizen. Ich arbeite nicht mehr für Ihre Frau.«

Gropius war misstrauisch. Lewezows Worte klangen zu edelmütig in seinen Ohren. Warum sollte er ihm glauben? Detektive leben von der Bösartigkeit der Menschen, und Bösartigkeit ist ansteckend wie eine Seuche. Er schwieg.

Lewezow machte ein gequältes Gesicht: »Ich möchte Sie in diesem Zusammenhang über etwas informieren. Sie sollen wissen, dass ich einen Peilsender unter die Stoßstange ihres Jaguars geklebt habe.«

Gropius sah Lewezow entgeistert an: »Sie?«

»Ich wusste seit Tagen, wo Sie sich jeweils aufhielten. Also auch an dem Tag, an dem Sie Frau Schlesinger am Tegernsee besuchten. Ich wartete in der Nähe ihres Hauses und sah den Kurierfahrer, der das Paket brachte. Um genau zu sein, es waren zwei, einer blieb im Auto sitzen, während der andere das Paket ablieferte. Das machte mich stutzig. Ich habe noch nie einen Paketdienst mit zwei Ausfahrern gesehen. Aber ich konnte doch nicht ahnen, dass es sich dabei um ein Attentat handelte.«

Gropius war wie elektrisiert. »Können Sie den Mann oder das Auto der Täter beschreiben?«

»Ja gewiss, solche Beobachtungen sind ja mein Beruf. Der Mann war groß, trug einen schwarzen Overall und eine Schirmmütze. Bei dem Auto handelte es sich um einen Ford Transit mit der Aufschrift GT-German Transport. Als ich in der Zeitung von der Paketbombe las, versuchte ich etwas über diese Firma in Erfahrung zu bringen.«

»Und? So reden Sie schon!«

Lewezow nickte mit dem Kopf und lachte wichtigtuerisch: »Eine Firma dieses Namens gibt es nicht und hat es nie gegeben. Wenn Sie mich fragen, da waren Profis am Werk.«

Gropius dachte nach, endlich meinte er: »Haben Sie Ihre Beobachtungen der Polizei mitgeteilt?«

»Nein, warum sollte ich?«

Der Professor erhob sich und trat ans Fenster. »Verstehe ich Sie richtig, Sie möchten Ihre Aussage honoriert haben?«, fragte er, ohne Lewezow anzusehen.

»Wollen wir einmal so sagen: Vielleicht könnte ich Ihnen in Ihrer misslichen Lage zur Hand gehen.«

Lewezows Vorschlag kam unerwartet; und Gropius überlegte einen Moment, ob es ratsam war, diesem schwer durchschaubaren

Menschen zu trauen. Andererseits war Lewezow mit seiner Situation besser vertraut als jeder andere und würde eine willkommene Hilfe sein.

Zum Lunch waren Gregor Gropius und Felicia Schlesinger in einem Restaurant gegenüber der Oper verabredet. Seit ihrem heftigen Gefühlsausbruch in der Lobby des Hotels herrschte zwischen den beiden eine merkwürdige Spannung, keineswegs unangenehm, doch die Unbefangenheit – soweit man in ihrer Situation von Unbefangenheit sprechen konnte – war einer gewissen Unsicherheit dem anderen gegenüber gewichen.

Vielleicht wäre es besser gewesen, sie hätten sich ein paar Tage nicht gesehen, doch dazu war ihre Situation zu brisant. Felicia hatte ein weiteres Verhör hinter sich, bei dem sie der Polizei kaum Neuigkeiten verriet, und auch deren Hoffnung, sie würde sich in Widersprüche zu ihrer ersten Aussage verwickeln, ging nicht in Erfüllung. Dabei machte sie die erstaunliche Feststellung, dass sie, je mehr sie über Schlesinger und sein undurchdringliches Leben befragt wurde, auf Arno zunehmende Wut entwickelte. Das erschreckte sie, doch Gropius, dem sie ihre ausufernden Gefühle gestand, beruhigte sie mit der Feststellung, der Schock über den Tod eines nahestehenden Menschen sei in der Lage, das Gefühlsleben ins Gegenteil zu verkehren. Es sei gar nicht selten, dass Eheleute plötzlich Hass gegen den verstorbenen Partner entwickelten.

Als der Kellner das Essen abgeräumt hatte, zog Felicia aus ihrer Handtasche einen Terminkalender hervor und schob ihn über den Tisch. »*Sein* Terminkalender«, meinte sie eher beiläufig, »er wurde mir von der Klinik mit seiner Brieftasche, der Uhr und einigen Kleidungsstücken ausgehändigt.«

Gropius sah Felicia fragend an.

»Verstehen Sie mich nicht falsch«, meinte Felicia, »ich will einfach nicht wissen, was darin steht. Vielleicht finden Sie einen Hinweis auf irgendetwas, was uns weiterbringen könnte.«

Der Professor hatte Hemmungen, das schwarze Büchlein an sich zu nehmen und im Leben Schlesingers zu blättern. Doch dann überwog der Gedanke, dass Schlesingers Tod und *sein* Weiterleben eng miteinander verbunden waren, und er ließ die einzelnen Tage und Wochen durch die Finger gleiten. Während Felicia demonstrativ den Blick aus dem Fenster wandte, wo die Fassade des Opernhauses in der Sonne leuchtete, versuchte Gropius einzelne Eintragungen zu entziffern. Das war nicht leicht, denn Schlesingers Notizen waren kaum leserlich und manche sogar in griechischen oder hebräischen Schriftzeichen geschrieben.

»Ihr Mann war sehr gebildet, er sprach viele Sprachen?«, bemerkte Gropius fragend.

Felicia nickte. »Mehr als ein halbes Dutzend, sieben oder acht. Bisweilen machte er sich einen Spaß daraus, mir Zettel in fremder Schrift zu schreiben oder Zahlen in arabischer Schreibweise zu verwenden. Das machte mich wütend, und er empfand Vergnügen dabei.«

Akkurat und durchaus leserlich war der Tag verzeichnet, an dem Schlesinger das Klinikum aufgesucht hatte, sogar der Termin der Transplantation war mit einem X gekennzeichnet. Danach hörten die Eintragungen auf. Gropius hielt inne.

»Hier gibt es noch eine Eintragung: 23. November, 16 Uhr, Hotel ›Adlon‹, Prof. de Luca. Sagt Ihnen der Name etwas?«

Felicia überlegte kurz, dann schüttelte sie den Kopf und meinte: »Nie gehört. Wie ich schon sagte, ich kümmerte mich wenig um Arnos Termine. Ehrlich gesagt – es interessierte mich auch nicht.«

Gropius blätterte zurück. »Der Name Professore de Luca taucht sogar mehrmals auf.«

Eine Weile schwiegen beide vor sich hin, ein jeder mit den gleichen Gedanken beschäftigt: Wer war dieser Professore de Luca? Wusste er mehr über Schlesingers Doppelleben?

»Man müsste ihn einfach danach fragen«, bemerkte Gropius plötzlich und scheinbar zusammenhanglos.

Felicia sah Gropius an.

»Ich meine«, fuhr Gregor fort, »es ist vielleicht die einzige Chance, die wir haben. Heute ist der einundzwanzigste November. Wenn Sie einverstanden sind, fliege ich übermorgen nach Berlin, um de Luca zu treffen.«

»Das würden Sie tun? Selbstverständlich komme ich für alle Kosten auf!«

»Unsinn!«, sagte Gropius verstimmt. »Vergessen Sie nicht, dass *ich* an der Aufklärung dieser ganzen unerfreulichen Angelegenheit genauso interessiert bin wie Sie.«

Gropius war froh, seiner gewohnten Umgebung für zwei Tage zu entfliehen. Er hatte im »Adlon« ein Zimmer gebucht und sich vorgenommen, am Abend in die Oper zu gehen. Er brauchte einfach etwas Ablenkung.

Die Mittagsmaschine von München nach Berlin-Tegel war nur zur Hälfte ausgebucht und der sonnige Flug über dem Nebelmeer, das den Norden Deutschlands schon seit Tagen einhüllte, angenehm. Auf der Fahrt vom Flughafen nach Berlin-Mitte erfuhr Gropius vom Taxifahrer, einem typischen Berliner, der sein Herz auf der Zunge trug, alles, was einen Mann seines Standes aufregte, die hohen Mieten trotz Tausender leer stehender Wohnungen, die endlosen Umleitungen und dass die Stadt eigentlich Pleite war.

Im »Adlon«, der besten Adresse der Stadt, bezog Gropius ein Zimmer im fünften Stock mit Blick auf das Brandenburger Tor, das nach jahrelanger Restaurierung in lichtem Ocker erstrahlte. Vom Room-Service ließ er sich ein Clubsandwich kommen und einen Kaffee, in einem gemütlichen Ohrensessel döste er noch eine halbe Stunde vor sich hin und ging im Kopf noch einmal seinen Plan durch, den er sich für die Begegnung mit dem Professore de Luca zurechtgelegt hatte. Dann begab er sich in die Hotelhalle im Erdgeschoss, eine gewöhnungsbedürftige moderne Konstruktion mit einem Zwischengeschoss und einer großen Glaskuppel, die an Jugendstil erinnerte. Gropius nahm linker Hand vor der Rezeption an einem der kleinen Tische in einem lilafarbenen Sessel Platz, von wo er einen direkten Blick zum Eingang hatte, und wartete, was geschehen würde.

Eine Viertelstunde, längst war es 16 Uhr, geschah nichts. Gropius beobachtete das Kommen und Gehen, bekannte und unbekannte Gesichter, Schauspieler, Fernsehleute und Nobodys mit dicker Brieftasche. Mit freundlichem Lächeln bahnte sich ein weiblicher Page in dunkelroter Livree und Pillbox auf dem glatten Blondhaar den Weg durch das Foyer. Das Mädchen trug Handschuhe und ein Schild mit einem Messingrahmen. Gropius sprang auf: Auf dem Schild stand in Kreideschrift zu lesen: »Herr Schlesinger, bitte«.

Also hatte de Luca noch nicht von Schlesingers Tod erfahren, und ihm, Gropius, oblag es, ihn darüber zu unterrichten. Er meldete sich bei der Rezeption: »Sie suchen Herrn Schlesinger?«

Mit einer einladenden Handbewegung zeigte der Concierge auf eine dunkelhaarige Dame mit randloser Brille neben ihm am Empfangstresen. Gropius konnte seine Verwirrung nicht verbergen; aber noch bevor er irgendetwas sagen konnte, kam ihm die Dame zuvor und trat ihm mit den Worten entgegen: »Herr Schlesinger? Mein Name ist Francesca Colella. Ich komme im Auftrag von Professore de Luca. Der Professore hielt es für besser, nicht selbst zu erscheinen. Er lässt sich entschuldigen und sendet Ihnen beste Grüße.«

Einen kurzen Augenblick zögerte Gropius, ob er sich als Schlesinger ausgeben sollte; aber dann kamen ihm Bedenken, vor allem sah er keinen vernünftigen Grund für ein solches Versteckspiel, und er sagte: »Verzeihen Sie, aber mein Name ist Gropius. Ich komme im Auftrag Schlesingers.«

Die Italienerin blickte ernst. Die Situation gefiel ihr gar nicht. Schließlich erwiderte sie in vorzüglichem Deutsch, aber mit unüberhörbarem italienischem Akzent und einer gewissen Strenge: »Ich hoffe, Sie haben Vollmacht.«

Diese Worte machten Gropius stutzig, in Unruhe versetzt wurde er jedoch, als sie Platz nahmen. Es waren weniger die makellosen Beine der Signora als die Tatsache, dass sie mit der Linken einen schwarzen Aktenkoffer hielt, der mit einer Kette an ihrem Handgelenk befestigt war.

»Ich brauche keine Vollmacht«, erwiderte Gropius mit gespielter Gleichgültigkeit, und weil es ihm gerade einfiel, fügte er hinzu: »Ich bin Schlesingers Schwager und sein bester Freund.«

Die Signora nickte, dann hielt sie inne und fragte: »Was ist das, ein Schwager?«

»Ich bin der Bruder von Schlesingers Frau.«

»Ah, *cognato*!«

Gropius' Italienisch reichte gerade für drei Tage Florenz oder fünf Tage Rom, und da kam der Begriff *cognato* nicht vor. Aber um die unangenehme Situation zu beenden, meinte er zustimmend: »Ja, ja, *cognato*. Hat Arno Schlesinger nie von mir erzählt?«

Francesca Colella legte die gepflegten Finger ihrer rechten Hand auf die Brust, und mit übertriebener Geste, wie sie nur Italienerinnen eigen ist, sagte sie: »Ich kenne Herrn Schlesinger gar nicht. Professore de Luca hat mich nur für diesen Job engagiert. Ich bin Angestellte von VIGILANZA, einer Sicherheitsfirma in Turin, die sich mit dem Transport von Kunstgegenständen und Antiquitäten beschäftigt.«

Unwillkürlich wanderten Gropius' Blicke von ihrem linken Handgelenk zu ihrem stattlichen Busen, der unter einem schwarzen Blazer mühsam gebändigt wurde, und er fragte sich, ob man darunter die Großzügigkeit der Schöpfung oder eine großkalibrige Pistole vermuten durfte. »Ach so ist das«, erwiderte Gropius und hatte Mühe, seine Enttäuschung zu verbergen. Antiquitäten und Kunstgegenstände also. Was lag näher, als dass Schlesinger seinen geheimen Reichtum mit dem Schmuggel wertvoller Ausgrabungen erworben hatte. Vermutlich war der Fall Schlesinger doch nicht *sein* Fall.

»Sie wollen sicher zuerst die Ware sehen«, sagte Francesca Colella wie selbstverständlich, und Gropius antwortete verwirrt: »Ja natürlich.«

»Gibt es einen Raum, wo wir ungestört sind? Wohnen Sie hier im Hotel?«

»Ja«, erwiderte Gropius verdutzt.

»Also, worauf warten wir noch!« Die Signora erhob sich.

Gropius war nicht wohl bei der Sache, er fühlte sich in Hinterlist und Betrug verstrickt, und die selbstbewusste Italienerin schien ihm nicht geheuer. Er hatte gehofft, etwas über Schlesinger in Erfahrung zu bringen, nun wurde er, wie es schien, in einen miesen kleinen Antiquitätenschmuggel verwickelt. Aber er hatte das Spiel nun einmal begonnen, jetzt musste er es auf irgendeine Weise zu Ende bringen.

Schweigend durchquerten sie die Halle zu den rechter Hand gelegenen Lifts und fuhren in den fünften Stock. In Gropius' Zimmer angelangt, befreite sich Francesca mithilfe eines Schlüssels von dem angeketteten Aktenkoffer und stellte diesen auf den Schreibtisch vor dem Fenster.

»Sie haben das Geld?«, erkundigte sich die Signora.

»Wie viel?«, gab Gropius trocken zurück.

»Wie vereinbart: zwanzigtausend!«

Gropius zuckte unmerklich zusammen; aber der kurze Augenblick genügte, um mit einem Pokerface eine unverschämte Antwort zu formulieren: »Sagen wir zehntausend!«

»Das ist gegen die Abmachung!«, entgegnete Francesca heftig, und ihre dunklen Augen hinter den randlosen Gläsern funkelten bedrohlich. »Ich habe Order, die Ware nur gegen zwanzigtausend Euro auszuhändigen, ich dachte, die Sache sei klar.«

Auf Gropius wirkte die Situation ziemlich grotesk. Da pokerte er um ein Objekt, das er nie gesehen hatte und dessen Wert er überhaupt nicht kannte. Und das alles nur aufgrund eines Eintrags in Schlesingers Terminkalender.

Der Professor konnte seine Neugierde, was die Italienerin in ihrem Sicherheitskoffer herumtrug, kaum zügeln, und in ihrem eigenen Jargon richtete er an sie die Frage: »Darf ich die Ware einmal sehen?«

Nun war Gropius ungeübt in der Abwicklung dunkler Geschäfte, und er hätte erwartet, dass die kühle Signora sich zieren würde: Erst das Geld, dann die Ware oder so ähnlich. Deshalb versetzte ihn Francescas Antwort in Erstaunen. Sie sagte: »Aber selbstverständlich, Sie sollen schließlich nicht die Katze im Sack kaufen!«

Mit einem zweiten Schlüssel öffnete Francesca Colella die Schnappschlösser des Koffers. Im Gegensatz zu Gropius zeigte sie dabei nicht das geringste Anzeichen von Aufgeregtheit. Im Koffer kam eine Kassette aus mattem Metall zum Vorschein, etwa zwanzig mal dreißig Zentimeter, einer Geldbombe nicht unähnlich, wie sie in Banken Verwendung finden. Verschlossen war die Kassette mit einem sechsstelligen Zahlenschloss, das an die schmale Vorderseite eingelassen war. Gropius sah die Signora fragend an.

»Der Zahlencode ist auf das Geburtsdatum von Signor Schlesinger eingestellt, zur Sicherheit sozusagen. Auf diese Weise habe nicht einmal ich Zugang zu dem wertvollen Inhalt. Sie kennen doch das Geburtsdatum Ihres *cognato*?« Die Signora lächelte verschmitzt.

»Ja, das heißt nein, jedenfalls nicht genau«, stammelte Gropius herum, der sich überfahren fühlte und zutiefst verunsichert, ja, er begann zum ersten Mal zu zweifeln, ob er seinem Vorhaben, den Fall Schlesinger allein und ohne fremde Hilfe zu lösen, überhaupt gewachsen war. Irgendwie erinnerte ihn das alles an die Vorgänge zu Hause, bei denen sich ebenfalls Merkwürdigkeit an Merkwürdigkeit reihte. Aber, so sagte ihm eine innere Stimme, war nicht gerade das der Beweis, dass all diese Ereignisse in einem Zusammenhang standen?

Unschlüssig standen sich Gropius und die Italienerin gegenüber. Von einem Augenblick auf den anderen hatte sich zwischen ihnen eine unsichtbare Wand des Misstrauens aufgebaut. Schließlich ergriff Signora Colella die Initiative, sie griff zum Telefon und reichte Gropius den Hörer: »Dann rufen Sie Ihren *cognato* einfach an!«

Gropius nickte. Jetzt ging es darum, Zeit zu gewinnen. In seiner Bedrängnis kam ihm eine Idee: Er tippte seine eigene Nummer ins Telefon und wartete scheinbar geduldig. Nach einer Weile bemerkte er: »Tut mir Leid, es meldet sich niemand.« Inzwischen hatte er sich einen Plan zurechtgelegt, und er sagte: »Ich schlage vor, wir verschieben unseren Deal auf morgen. Bis dahin weiß ich den Code zum Öffnen des Schlosses, und ich werde noch einmal mit Professore de Luca Kontakt aufnehmen wegen des Preises.«

Mit gespitztem Mund und einem Blick zur Decke, als bereite ihr das eben Gesagte Kopfzerbrechen, erwiderte Francesca Colella: »Das ist zwar gegen die Abmachungen, andererseits sehe ich momentan keine andere Möglichkeit.«

»Sie wohnen in einem anderen Hotel?«, erkundigte sich Gropius vorsichtig.

Die Italienerin nickte mit dem Kopf und lächelte: »Ein Hotel wie dieses übersteigt den Spesenetat eines Wertkuriers bei weitem! Bitte haben Sie Verständnis, wenn ich Ihnen den Namen meines Hotels verschweige. Aus Sicherheitsgründen, Sie verstehen.«

Durchaus professionell, dachte Gropius und beobachtete, wie die Signora die Kassette in den Aktenkoffer einschloss und diesen an ihrem Handgelenk befestigte. »Dann darf ich Sie wohl heute Abend auch nicht einladen – aus Sicherheitsgründen? Es wäre mir ein Vergnügen ...«

»Natürlich nicht!«, entrüstete sich Francesca Colella. »So etwas ist uns strikt untersagt.«

Sie sagte es so, als hätte er ihr einen unsittlichen Antrag gemacht, dabei hatte er wirklich nur an ein nettes Essen gedacht. Gewiss, die Italienerin hatte jene geheimnisvolle, strenge Ausstrahlung, die bei einem Mann niedrigste Instinkte auslöst, aber Gropius war klug genug, zu wissen, dass solche Frauen ihre Rolle meist nicht spielen, sondern leben. Und was die gestrenge Signora Colella betraf, so schlief sie sicher mit ihrem Koffer am Handgelenk.

»Dann bleibt mir nur, Ihnen einen angenehmen Abend zu wünschen«, sagte er, bevor sie sich für den folgenden Tag – aus Sicherheitsgründen – in einem Lokal, dessen Adresse Francesca auf ein Blatt Papier kritzelte, verabredeten.

Die Lust auf Oper war Gregor Gropius vergangen. Nicht einmal das Kabarett im Europacenter, das er bei keinem Berlinbesuch ausließ, konnte ihn aus seinem Hotelzimmer locken. Stattdessen rief er Felicia Schlesinger an, um sie über den Fortgang der Dinge zu informieren.

Aus dem Hotel war Felicia inzwischen wieder ausgezogen, er erreichte sie in ihrem Haus am Tegernsee. Felicia war aufgebracht und den Tränen nahe. Wolf Ingram, der Leiter der Sonderkommission, hatte das Haus mit einer achtköpfigen Mannschaft auf den Kopf gestellt, jeden kleinsten Winkel durchsucht, sogar die Badezimmer und den Heizungskeller. Arnos Arbeitszimmer gleiche einem Schlachtfeld: Bücher, Akten, lose Blätter und durchwühlte Kartons. Sie hätte nie für möglich gehalten, dass neun erwachsene Männer sich so aufführen können. Dabei habe sie der Durchsuchung ausdrücklich zugestimmt, nachdem Ingram sie davon überzeugt hatte, dass der Bombenattentäter weder ihr noch Gropius nach dem Leben trachtete, sein Ziel sei es vielmehr gewesen, das Haus in die Luft zu jagen, weil er darin irgendwelche Spuren oder

Beweismittel eines anderen Verbrechens vermutete. Weder die eine noch die andere Erkenntnis habe etwas Beruhigendes an sich. Nach neun Stunden seien sie mit fünf Kisten – in der Hauptsache Akten und Archivmaterial aus Arnos Arbeitszimmer – abgezogen, eine Quittung über 74 Einzelposten hinterlassend. Sie könne sich freilich nicht vorstellen, dass in den Papieren irgendein Hinweis auf Schlesingers Ermordung zu finden sein sollte. Ob er selbst einen Erfolg zu vermelden habe, beendete sie ihren Redefluss.

Felicia glaubte, Gropius wolle sie auf den Arm nehmen, als er sagte, einen möglichen Erfolg habe nur die Tatsache verhindert, dass er Schlesingers Geburtsdatum nicht kannte. Und dann berichtete er, was sich an diesem Tag zugetragen hatte, von dem geheimnisvollen Kurier weiblichen Geschlechts und dem Metallbehälter, dessen Zahlenschloss sich nur mithilfe von Schlesingers Geburtsdatum öffnen ließ. Zwar fehle ihm jeder weitere Hinweis, doch hege er einen Verdacht: Schlesinger sei in einen groß angelegten, internationalen Antikenschmuggel verwickelt, bei dem es um Riesensummen gehe.

Während sie der vertrauten Stimme lauschte, versuchte Felicia Gropius' Erkenntnisse mit Gesprächen, Bemerkungen und Ungereimtheiten aus der Vergangenheit in Einklang zu bringen. Ganz abwegig war die Vermutung nicht. Sie wusste selbst nur zu gut, welche Summen auf dem Kunstmarkt in Umlauf waren und dass es einen grauen Markt gab für von den Nazis enteignetes Kulturgut und einen schwarzen Markt für heiße Ware aus Einbrüchen. Ihr selbst war schon einmal ein Gemälde von Raffael angeboten worden, das vor zwanzig Jahren noch in einem Museum in Dresden gehangen hatte und seither als verschollen galt. Es gibt auf jedem Markt schwarze Schafe. Warum nicht auch auf dem Markt der Ausgrabungen und Antikensammler?

Gropius hatte sich mittlerweile offenbar in einen wahren Fahndungsrausch hineingesteigert. Wie ein Spürhund, der Witterung aufgenommen hat, war er nicht mehr zu bremsen. Nachdem er die Forderung von zwanzigtausend Euro für die geheimnisvolle Kassette erwähnt hatte, mahnte Felicia, die Angelegenheit auf sich beruhen zu lassen oder die Information der Polizei weiterzugeben. Aber Gropius lehnte entrüstet ab. Man habe ja gesehen, was bei den Ermittlungen der Polizei rausgekommen sei: Nichts! Er, Gregor Gropius, werde den Beweis erbringen, dass der Tod Schlesingers das Werk organisierter Verbrecher sei und er folglich nicht verantwortlich gemacht werden könne. Dafür sei der Einsatz von zwanzigtausend Euro nicht zu hoch.

So endete das Gespräch mit einem leisen Missklang. Trotzdem legte Gropius den Hörer zufrieden auf. Er hatte den Code, der ihm die geheimnisvolle Kassette öffnen sollte: 12.10.57.

Früher als vereinbart erschien Gropius am folgenden Tag in dem Lokal, das Francesca Colella für ihn auf einem Zettel notiert hatte. Es befand sich unter den S-Bahn-Bögen in der Friedrichstraße, umgeben von zahllosen Antiquitätengeschäften unterschiedlicher Qualität. Man kann hier antiquarische Bücher und Zeitschriften und alte Möbelbeschläge erstehen, aber auch kostbare Jugendstillampen, alte Gemälde, historisches Reisegepäck und ebensolche Golfutensilien.

Unter normalen Umständen hätte Gropius einen halben Tag hier verbracht, er liebte Antiquitäten jeder Art, so aber zog er es vor, sich durchzufragen, bis er endlich fündig wurde. Das Lokal, ein beliebter Szenetreff, war von besonderer Originalität. An den Wänden, ja sogar an der Decke, hingen unzählige alte Spiegel und Reklameschilder, die an »Nivea«, »Persil«, »Maggi« und »4711« erinnerten. Weiße Kugellampen aus der vorletzten Jahrhundertwende warfen gedämpftes Licht auf altmodische Tische und Stühle. Bärtige und eigenwillig gekleidete Männer, an denen die Zeit deutliche Spuren hinterlassen hatte, plauderten lautstark, als hätten sie Wichtiges zu verkünden, mit auffallend hübschen Mädchen, die hier als Verkäuferinnen tätig waren, über günstige

Neuerwerbungen oder gute Geschäfte. Es roch nach kaltem Rauch und nach Knoblauch, der den Buletten, für die das Lokal berühmt war, die richtige Würze gab.

An einem länglichen, blanken Tisch in der hintersten Reihe nahm Gropius Platz und bestellte Berliner Weiße mit Schuss, grün natürlich. Er wunderte sich, warum die Italienerin ausgerechnet dieses Lokal ausgewählt hatte, ein Lokal, das im Minutenabstand, wenn über den Bögen die S-Bahnen hinwegdonnerten, von einem Erdbeben der Stärke 4 bis 5 erschüttert wurde; doch das schien jene, die ihre Tage hier verbrachten, nicht zu stören. Überhaupt war ihm Francesca Colella ein Rätsel. Ihr Auftreten nötigte ihm in gewisser Weise Respekt ab; denn während er sich in seiner Rolle höchst unwohl fühlte und sein Misstrauen gegenüber einer wildfremden Person, die da in sein Privatleben eindrang, zügeln musste, schien die Italienerin geübt in solchen Situationen. Sie zeigte die Gelassenheit eines Briefträgers, den der Inhalt seiner Post nicht im Geringsten interessiert. Dabei wusste sie vermutlich genau, was sie in ihrem Koffer spazieren trug, und sicher war dies nicht ihr erster Auftrag. Gropius fragte sich sogar, ob die Signora wirklich für das Werttransportunternehmen tätig war und ob sie nicht doch mit Professore de Luca in engerer Verbindung stand.

Der Name des Professore im Kalender Schlesingers war der einzige Hinweis, den er hatte. Offenbar gab es eine Vereinbarung zwischen de Luca und Schlesinger. Aber warum kam der Professore nicht selbst, sondern schickte stattdessen eine weltgewandte, attraktive Frau?

Je mehr er über den gestrigen Tag nachdachte, desto mehr kam ihm zu Bewusstsein, dass er sich nicht sehr geschickt verhalten hatte. Wo war sein Selbstbewusstsein, seine Ungezwungenheit im Umgang mit Menschen? Die kühle Signora hatte ihn ganz schön eingeschüchtert. Jetzt ärgerte er sich, dass er so verunsichert, verwirrt und zögerlich reagiert hatte.

Eine halbe Stunde mochte vergangen sein, eine Zeit unruhigen Wartens, in der Gropius jede Frau musterte, die das Lokal betrat, und hochschreckte, wenn das Telefon hinter dem Tresen an der linken Seite klingelte. Der pikante Bulettenduft, der sich seit geraumer Zeit verbreitete, machte ihn hungrig, und er bestellte zwei Fleischklopse mit Kartoffelsalat. Das Mädchen, das die Bestellung aufnahm, hatte lange blonde Haare bis zum Po und eine weiße Schürze umgebunden, die bis zu den Knöcheln reichte. Gropius blickte der Blondine hinterher und überlegte, ob sie wohl hübsche Beine hätte. Nervös ließ er den Zettel durch die Finger gleiten, auf dem er den Zahlencode notiert hatte, der die geheimnisvolle Kassette öffnen würde. Da kehrte das blonde Mädchen an seinen Tisch zurück und fragte: »Sind Sie Herr Gropius?«

Irritiert blickte Gropius auf: »Ja, warum?«

Die Blondine mit der langen Schürze legte ein Papier vor Gropius auf den Tisch: »Ein Telefax für Sie!«

»Für mich?« Verdutzt nahm Gropius das Schreiben in die Hand und las:

> »Signore! Ich glaube nicht, dass Sie der sind, der zu sein Sie vorgeben. Sollte Sig. Schlesinger an dem Deal weiter interessiert sein, möge er sich mit Professore de Luca direkt in Verbindung setzen. Francesca Colella.«

Auf der Straße Unter den Linden pfiff ein kalter Wind und wirbelte das Ahornlaub auf, das der Herbst in der Mitte der großen Allee übrig gelassen hatte. Gropius zog es vor, den Weg zum »Adlon« zu Fuß zurückzulegen. Der Wind kam ihm gerade recht, um sein Gehirn gehörig durchzupusten; wieder einmal war er am Ende seiner Überlegungen angelangt. Allmählich wurde ihm klar, dass er es hier mit einer Macht zu tun hatte, der er nur schwer beikommen konnte. Dabei erfasste ihn ein plötzliches Unbehagen, die Angst, er könne sich mit seinem Alleingang noch tiefer in düstere Machenschaften verstricken.

Seine Hände in den Manteltaschen vergraben, schlenderte Gropius auf dem sandigen Mittelstreifen entlang, als der Wind ihm eine Wolke Staub ins Gesicht wirbelte. Mit dem Handrücken versuchte er, der Tränen Herr zu werden, die der Luftsog verursacht hatte. Die Cafés und vornehmen Geschäfte auf beiden Seiten der Prachtstraße zerrannen wie Spiegelbilder in einer Wasserpfütze. Deshalb nahm er den dunkel gekleideten Mann an seiner Seite, mit dem er schon seit einiger Zeit die Richtung teilte, nur schemenhaft wahr. Auch dass dieser ständig auf gleicher Höhe mit ihm blieb, störte ihn nicht – bis der Mann plötzlich zu sprechen begann: »Professor Gropius? Ziemlich frisch heute, finden Sie nicht?«

Obwohl durch die unerwartete Anrede verunsichert, setzte Gropius seinen Weg fort. Er wusste nicht, wie ihm geschah, auch nicht, wie er reagieren sollte. In seinem Kopf jagte eine Frage die andere: Woher kannte der Fremde seinen Namen? Und wenn er ihn kannte, warum wählte er diesen ungewöhnlichen Weg, um mit ihm in Verbindung zu treten? Woher wusste der Mann überhaupt, dass er, Gregor Gropius, in diesem Augenblick über die Straße Unter den Linden schlenderte? Wurde er Tag und Nacht beobachtet? Von wem und mit welchem Hintergedanken? War nicht längst das eingetreten, was er gerade noch befürchtet hatte?

Ohne stehen zu bleiben, sah Gropius den Fremden von der Seite an: ein kleiner, untersetzter Mann mit dünnem, aber langem dunklem Haar, das er sorgsam von der einen auf die andere Seite gekämmt hatte. Sein Gesicht war auffallend blass und bildete zu seiner schwarzen Kleidung einen herben Gegensatz. Für einen Mann seiner Größe war der zweireihige Mantel, den er trug, viel zu lang, was seinem Gang eine gewisse, beinahe komische Feierlichkeit verlieh. Er wirkte nicht gerade unsympathisch, aber fraglos war er nicht der Mann, den Gropius unter normalen Umständen auf der Straße angesprochen und nach dem Weg gefragt hätte.

»Was wollen Sie?«, erkundigte er sich schließlich, nachdem er die äußere Erscheinung des Unbekannten registriert hatte, und um nicht den Eindruck zu erwecken, der Mann habe ihm einen Schrecken eingejagt.

»Ach, nichts Besonderes«, erwiderte der Unbekannte, »ich heiße übrigens Rodriguez.«

»Ich hoffe, Sie erwarten nicht, dass ich sage: Angenehm!«, knurrte Gropius verärgert und beschleunigte seine Schritte, als wolle er Rodriguez abschütteln.

Doch der kleine, schwarz gekleidete Mann hielt munter mit und tönte gegen den Wind, der vom Brandenburger Tor her wehte: »Ich will Sie warnen, Professor Gropius. Sie sollten Ihre Nachforschungen in Sachen Schlesinger einstellen. Sein Tod hat mit Ihnen nichts zu tun, und Ihre Chance, die Hintergründe aufzuklären, ist gleich null.«

Zunächst hatte Gropius nichts bemerkt, aber nun war er sich plötzlich ganz sicher: Die dunkle Stimme und die langsame Art zu sprechen – genau so hatte die unheimliche Stimme am Telefon geklungen, die ihn unmittelbar nach Schlesingers Tod gewarnt hatte. Am liebsten wäre er dem kleinen Männchen an die Gurgel gefahren und hätte aus ihm herausgepresst, für wen er arbeite und warum Schlesinger sterben musste, aber eine scheinbar nebensächliche Beobachtung hielt Gropius zurück: Bisher hatte er an einen Zufall geglaubt, aber nun verwarf er den Gedanken. Seit geraumer Zeit, seit dieser Rodriguez neben ihm hertrottete, fuhr auf der rechten Fahrbahn der Allee eine dunkle Limousine mit abgedunkelten Scheiben in Schrittgeschwindigkeit neben ihnen her. Gropius tat so, als ob er den Wagen nicht bemerkte, und setzte zielstrebig seinen Weg fort; doch er hatte ein mulmiges Gefühl.

»Die Geschichte wird nie aufgeklärt werden«, bemerkte der Fremde, und dabei blickte er ziemlich gleichgültig geradeaus.

Gropius konnte seine Wut kaum verbergen. »Wollen Sie damit sagen, dass ich den Makel, der an mir haftet, nie mehr loswerde? Hören Sie, wer immer Sie auch sein mögen, weder Sie noch irgendeine Organisation wird mich daran hindern, meine Unschuld zu beweisen!«

Der Mann sah Gropius an und lächelte mitleidig: »Wenn ich nur wüsste, wie ich Ihnen das ausreden könnte. Sie sind doch sonst so ein kluger Kopf, und jetzt benehmen Sie sich wie ein Don Quichotte.«

»Der kämpfte gegen Windmühlen, soviel ich weiß!«

»Eben. Und Sie wissen, wie der Kampf ausging!«

Inzwischen waren sie vor dem Hotel »Adlon« angelangt, wo gerade ein alternder Popstar von einer Gruppe kreischender junger Mädchen empfangen wurde. Gropius wandte sich um; aber da war Rodriguez schon verschwunden. Er nahm gerade noch wahr, wie die dunkle Limousine beschleunigte und davonfuhr.

Auf dem Weg zu seinem Hotelzimmer im fünften Stock wurde Gropius von einer bösen Vorahnung befallen. Der Lift brauchte unendlich lange, bis er sein Ziel erreichte. Schnellen Schrittes ging Gropius den Gang zu seinem Zimmer entlang, presste den Schlüssel in das Türschloss, stieß die Tür auf und schaltete das Licht ein. Er zögerte, das Zimmer zu betreten. Seit Tagen lebte er mit Einbildungen, Einbildungen, die sich mehr als einmal bewahrheitet hatten. Jetzt litt Gropius unter der Einbildung, jemand könnte in seiner Abwesenheit sein Zimmer betreten haben. Natürlich waren seine Nerven überreizt, natürlich hatte er Schwierigkeiten, mit den Ungereimtheiten, die seit kurzem sein Leben bestimmten, fertig zu werden. Nimm dich zusammen!, sagte er im Stillen zu sich und betrat das Hotelzimmer.

Die Beleuchtung verbreitete schattenlose Behaglichkeit, nichts Angsteinflößendes. Gropius hielt inne und lauschte. Am Fenster rauschte der Herbstwind, aus dem Badezimmer drang das Summen der Beleuchtung. Mit einem Ruck stieß er die Tür zum Badezimmer auf. Ein Handtuch war vom Halter geglitten. Eine verräterische Spur? Gropius öffnete den Wandschrank. Er fragte sich, ob er das Hemd nicht umgekehrt aufgehängt hatte, wusste es aber nicht sicher zu sagen. Auch der Pilotenkoffer, in dem er seine Reiseutensilien verstaute, zeigte keine Spuren.

Gropius atmete tief ein und presste die Luft lautstark aus den Lungen. Er war den Tränen nahe, nicht aus Trauer, aus Verzweiflung. In Berlin, dieser Drei-Millionen-Stadt, hatte er geglaubt sicher zu sein, fernab des Geschehens, das ihm so zusetzte. Jetzt fühlte er sich mehr beobachtet als je zuvor. Er griff zum Telefon: »Bitte machen Sie mir die Rechnung«, sagte er leise. »Ich reise ab, sofort.«

Kapitel 5

Vom Flughafen in München fuhr Gropius auf direktem Weg zu Felicia an den Tegernsee. Seit siebenundzwanzig Tagen lebte er nun in diesem Zustand der Anspannung. Er konnte sich gar nicht mehr erinnern, wie es gewesen war, ohne diese Angst und Unruhe zu leben, die ihn jetzt stets begleitete. Bisweilen schien es ihm, als bohre sich ein Stahlnagel in seinen Kopf und rühre darin herum, sodass Erinnerungen, Erlebnisse und Vermutungen sich zu einem zähflüssigen Brei vermengten.

Als Gregor ankam, hatte Felicia bereits die gröbsten Spuren der Hausdurchsuchung beseitigt. Nachdem er von der Erfolglosigkeit seiner Reise berichtet hatte, erzählte Felicia von einer interessanten Entdeckung. In der Brieftasche ihres Mannes, die ihr in der Klinik ausgehändigt worden war, habe sich auch ein Zettel mit einer Telefonnummer befunden. Weil kein Name dabeistand, habe sie dem Zettel zunächst keine Beachtung geschenkt, aber dann habe sie die Nummer mit der Vorwahl von Monte Carlo neugierig gemacht, sie habe einfach angerufen. Sie machte eine vielsagende Pause.

»Und?«, erkundigte sich Gropius ungeduldig. Nach zwei ziemlich frustrierenden Tagen in Berlin, die ihn eher in tiefere Ratlosigkeit gestürzt hatten als zur Klärung der Situation beizutragen, hatte Gropius nicht mehr den Nerv, sich auf die Folter spannen zu lassen. »Und, wer meldete sich?«

»Das Hausmädchen eines gewissen Dr. Fichte.«

»Fichte? Unser Fichte? Das kann nicht sein.«

»Das Hausmädchen sagte, Dr. Fichte halte sich derzeit in München auf. Ob ich Madame sprechen wolle. Ja, sagte ich, ich wolle.

Da meldete sich eine Frauenstimme. Ich wiederholte meine Frage nach Dr. Fichte, und die Frau antwortete in schlechtem Deutsch – sie war wohl Französin, Dr. Fichte sei in München erreichbar, und sie gab mir eine Münchner Nummer. Dann legte ich auf. Ich wählte die Nummer, und nun raten Sie mal, wer sich meldete?«

»Keine Ahnung!«

»Frau Fichte! Jedenfalls behauptete sie, Frau Fichte zu sein. Hier ist die Nummer.«

Gropius fuhr sich mit der flachen Hand übers Gesicht und stöhnte. Das war ein bisschen viel auf einmal, nein, das war schlichtweg *zu* viel!

Nach einer Weile des Nachdenkens schüttelte Gropius den Kopf und sagte: »Oberarzt Dr. Fichte? Dieser Musterknabe, dieser Spießer par excellence, diese kleinkarierte Krämerseele? Nein, das kann ich nicht glauben.«

Felicia hob die Schultern. »In jedem Spießer steckt ein kleiner Lebemann!«

»Aber doch nicht Fichte! Fichte in Monte Carlo, das ist wie ein Eskimo an der Copacabana oder wie ein Kardinal im Freudenhaus. Obwohl …«

»Obwohl?«

»Nun ja, wenn ich daran denke, dass ich Prasskov und Fichte zusammen gesehen habe und dass es offenbar Verbindungen zwischen Prasskov und der Organmafia gibt, dann gerät meine Meinung doch etwas ins Wanken. Sollte ich mich in Fichte so getäuscht haben?«

Nur mit Mühe konnte Gropius sich mit dem Gedanken anfreunden, dass sein Oberarzt vielleicht eine ganz andere Rolle spielte als jene, die er ihm bisher zugedacht hatte. Ein Doppelleben führte er auf jeden Fall. Selbst einem Künstler bereitete es Schwierigkeiten, aus der Physiognomie eines Biedermanns eine Teufelsfratze zu zaubern. Also doch? Fichte ein Handlanger der Organmafia?

Felicia verfolgte Gropius' Gedanken, als könnte sie auf seiner in Falten gelegten Stirn lesen. Nach ein paar stillen Augenblicken stellte sie die Frage: »Aber Schlesinger wurde doch ein legal zur Verfügung gestelltes Organ eingepflanzt? Sagen Sie mir die Wahrheit, Professor!«

»Ja natürlich, wo denken Sie hin!«, entgegnete Gropius irritiert. »In meiner Position hatte ich es nicht nötig, mich auf krumme Geschäfte einzulassen. Nein, ausgeschlossen. Das ist völlig absurd!«

»Ich dachte nur«, bemerkte Felicia entschuldigend. »Wie wir jetzt wissen, hatte Arno Geld genug. Er hätte sich eine Leber auf dem schwarzen Markt kaufen können, selbst wenn der Preis dafür eine Million gewesen wäre. Ich hätte ihm das nicht übel genommen bei der allgemeinen Organknappheit. Er wollte leben.«

Gropius reagierte ungehalten: »In einem deutschen Klinikum ist so etwas undenkbar. Arno Schlesinger wurde über das Zuteilungssystem ELAS ausgewählt, die Organverträglichkeit zwischen Spender und Empfänger war gegeben, und er verfügte über die erforderliche Dringlichkeitsstufe.«

Felicia fühlte sich gemaßregelt. Sie schwieg.

Da war es wieder, das Misstrauen, das sich immer wieder zwischen ihnen einschlich, sobald es Schwierigkeiten gab. Eigentlich hätten sie Verbündete sein müssen, zusammengeführt durch ein gemeinsames Problem. Doch die Unsicherheit, wie weit man dem anderen wirklich vertrauen konnte, entfernte sie voneinander. So hing jeder seinen eigenen Gedanken nach. Felicia wollte nicht begreifen, dass Gropius ergebnislos aus Berlin zurückgekehrt war; sie argwöhnte, dass es doch etwas gab, was er ihr verschwieg. Und Gropius hatte Schwierigkeiten, sich mit seinem Misserfolg abzufinden. Es wurmte ihn, dass Felicia mit der Entdeckung einer einzigen Telefonnummer unter Umständen mehr erreicht hatte als er mit seinen aufwändigen Nachforschungen.

Aber mitten hinein in sein Selbstmitleid, eine Eigenschaft,

die ihm bislang völlig fremd gewesen war und die er an anderen stets verachtet hatte, kam Gropius eine Idee. Von seinem Einfall fasziniert, erhob er sich, murmelte eine kurze Entschuldigung und fuhr nach Hause.

Beim Bundesnachrichtendienst in Pullach herrschte gereizte Spannung. Am späten Nachmittag hatte SIGINT eine weitere E-Mail herausgefiltert, deren Text im Normalfall nicht das geringste Interesse der Abteilung 2 gefunden hätte; doch der Code IND, mit dem auch diese elektronische Nachricht gezeichnet war und den Heinrich Meyer, der Leiter von Signal Intelligence, inzwischen in den Raster seiner Suchmaschinen aufgenommen hatte, ließ die Alarmglocken schrillen.

Meyer, wie immer im grauen Anzug, konnte sich ein süffisantes Grinsen nicht verkneifen, als er kurz nach 17 Uhr die aufgefangene Mail von seinem Bildschirm auf den Monitor von Ulf Peters legte, dem Leiter der Abteilung 5 – Operative Aufklärung. Peters, offiziell zuständig für den Fall, hatte sich an dem Code IND bereits die Zähne ausgebissen. Er war allen möglichen Spuren nachgegangen, die von Wirtschaftsspionage über Drogenhandel bis zum internationalen Terrorismus reichten. Peters war wirklich ein zäher Hund, der nicht so schnell aufgab – aber in diesem Fall hatte er entmutigt, um nicht zu sagen verzweifelt, beinahe aufgegeben, er hatte einfach keine Lust mehr, sich mit einem Problem zu beschäftigen, hinter dem vielleicht nur eine ganz harmlose Geschichte steckte. Insgeheim hoffte er, dass die Angelegenheit im Sande verlaufen würde, wo zwei Drittel aller aufgefangenen Nachrichten endeten.

Doch seine Hoffnung erfüllte sich nicht. Missmutig auf seine Ellenbogen gestützt, las er den Text auf seinem Bildschirm:

»E-Mail 16 Uhr 20. IND Klinikum MUC

Warten noch immer auf Vollzugsmeldung. Haben den Eindruck, es gibt zu viele Schnüffler auf der Welt. Es könnte angebracht sein, sich dieser mit sanfter Gewalt zu entledigen. Der Zweck heiligt die Mittel. IND«

Mit den Fingernägeln trommelte Peters auf die Tischplatte. »IND, IND«, wiederholte er im Flüsterton, während er unablässig auf den Bildschirm starrte.

Wenig später steckte Meyer seinen grau melierten Kopf zur Tür herein. »Und?«, fragte er herausfordernd, nachdem er die Tür hinter sich zugezogen hatte.

»Was und?«, entgegnete Peters genervt.

»Ich meine, haben Sie eine Spur, einen Anhaltspunkt?«

Peters las den Text auf dem Bildschirm zum wiederholten Mal, langsam, Wort für Wort, wie ein Gebet, als wollte er den Text verinnerlichen. Schließlich zeigte er mit dem Zeigefinger auf die Wörter »sanfte Gewalt«.

Meyer nickte. »Ist zwar nicht mein Job, aber verboten ist es auch nicht – mitzudenken, meine ich. Die Wortkombination ›sanfte Gewalt‹ ...«

»Ich weiß«, unterbrach ihn Peters. »Die Formulierung deutet in der Tat auf die ehrenwerte Gesellschaft hin.«

»Also Mafia.«

»Früher sprachen die Herren von ›killen‹, heute sind sie viel vornehmer, sie reden von sanfter Gewalt, aber sie meinen dasselbe. Ich glaube, wir müssen uns da auf einiges gefasst machen!«

»Und der Code IND?«

»Das ist kein Code, jedenfalls nicht im Sinne einer geheimen Organisation. Per Computeranalyse haben wir alle denkbaren, vor allem alle logischen Wortkombinationen in Deutsch und Englisch aufgelistet. Das Ergebnis war sehr ulkig: Von über tausend *möglichen* Kombinationen meldete das System etwa hundert Kombinationen, deren Bedeutung bekannt ist; aufgegliedert in die Sparten Terrorismus, Drogen, Handel und Wirtschaft blieb nicht *eine* sinnvolle Abkürzung im Raster hängen. Sorry, Fehlanzeige.«

Beinahe angewidert blickte Meyer auf den Bildschirm. Dabei kniff er die Augen zusammen und rümpfte die Nase: »Und wie bei der ersten Mail in einem Wortlaut gehalten, der in diesen Kreisen absolut unüblich ist. Klingt eher wie das Telegramm einer bösen Schwiegermutter.«

»Was es aber bestimmt nicht ist!«

»Natürlich nicht. Es muss sich dabei um eine Organisation handeln, die sich in absoluter Sicherheit wiegt. Absender wie beim ersten Mal ein Satellitentelefon oder Mobilanschluss im westlichen Mittelmeer, Empfänger eine Nebenstelle des Klinikums.«

Peters lachte verbittert: »Wie ich schon sagte, das sind eiskalte Profis. Die pflegen einen ganz neuen Stil des Verbrechens.«

»Sie sprechen im Plural, Peters?«

»Nun ja, in der ersten Mail tauchte kein persönliches Fürwort auf, das den Schluss auf *einen* oder *mehrere* Absender zuließ. Dafür wurde der Adressat mit ›Du‹ angeredet. Hier«, Peters deutete auf den Bildschirm, »in diesem Fall ist es genau umgekehrt. Der Adressat wird überhaupt nicht angesprochen. Dafür outen sich die Absender ›*wir* warten‹ und ›*wir* haben den Eindruck‹ im Plural. Mit anderen Worten, wir haben es im Klinikum vermutlich mit einem Schläfer zu tun, der wahrscheinlich von einer Organisation mit Sitz in Spanien gelenkt wird.«

»Immerhin mal was Neues«, bemerkte Meyer in einem Anflug von Sarkasmus. »Wie wollen Sie weiter verfahren?«

»Zunächst einmal wollen wir die Wortwahl der neuen Mail analysieren und mit der ersten abgleichen, und dann werden wir alle gemeinsam ein Gebet sprechen, damit die feinen Herren noch viele E-Mails schicken, die uns auf ihre Spur bringen.«

»Dann lassen Sie mich den Termin wissen.«

»Was meinen Sie?«

»Den Termin Ihrer Gebetsstunde, Peters! Ich will mich gern beteiligen.«

Rita war einfach immer da, wenn man sie brauchte, und manchmal schämte sich Gropius wegen seines egoistischen Verhaltens. Gewiss, er war ihr gegenüber immer ehrlich gewesen und hatte ihr keine Hoffnungen gemacht, dass aus ihrem Verhältnis jemals eine ernsthafte Beziehung werden könnte; aber das rothaarige Mädchen von der Röntgenstation schien zufrieden mit dem, was war, und wenn er sie »the sexiest girl in the world« nannte, war sie glücklich. Vielleicht hoffte sie auch, Gropius mit der Zeit noch umstimmen zu können. Es gibt eben Frauen, die hat kein Mann der Welt verdient.

Als Rita nach seinem Anruf bei Gregor eintraf, hatte sie eigentlich erwartet, sie würden zusammen die Nacht verbringen, deshalb konnte sie ihre Enttäuschung nicht verbergen, als Gropius sie in seinen Plan einweihte. Er benötigte eine Kopie der Warteliste von ELAS, dem Eurotransplant Liver Allocation System, und zwar eine Auflistung der Dringlichkeitsstufen T2 bis T4, unter Berücksichtigung des regionalen Bereichs Süddeutschland. Was sich kompliziert anhörte, konnte mit geringem Aufwand, unter Einsatz des Codes »PUGH«, von jedem Computer im Klinikum abgerufen werden. Dennoch bat er Rita, den Auftrag möglichst unbemerkt auszuführen.

Tags darauf erschien Rita bei Gropius in einem atemberaubenden eng anliegenden grünen Pullover, der geeignet war, einen normalen Mann um den Verstand zu bringen; aber normal war Gregor schon seit geraumer Zeit nicht mehr, und so hatte er – was Rita natürlich nicht entging – nur Augen für den Computerausdruck, auf dem etwa dreihundert Namen, Adressen, Telefonnummern, Dringlichkeitsstufen und Punktezahlen verzeichnet waren. Dreihundert Schicksale, von denen viele ein erbärmliches Ende nehmen würden, weil zu wenig Spenderorgane vorhanden waren.

Es gab nur zwei Möglichkeiten, von dieser Liste gestrichen zu werden, zwei Möglichkeiten, wie sie unterschiedlicher nicht sein konnten. Möglichkeit Nr. eins: durch eine erfolgreiche Organtransplantation. Möglichkeit Nr. zwei: durch Tod, weil kein Organ zur Verfügung stand.

Gropius wusste, seine Chance war nicht besonders groß, aber die Idee schien auch nicht aussichtslos. Er ging die alphabetische Liste durch, bis sein Blick plötzlich an Nr. 27 hängen blieb: Werner Beck, geboren 1960, wohnhaft in Starnberg, Am Wiesensteig 2, Dringlichkeitsstufe T2. Werner Beck? Gropius hielt verblüfft inne: der Sauerkrautkonserven-Fabrikant und Liebhaber Veroniques?! Zwar kannte er dessen Alter nicht, aber Gropius wusste, Beck lebte in einer großzügigen Villa am Starnberger See. Was ihn verblüffte, war nicht allein die Tatsache, dass Becks Name auf der Warteliste stand, noch mehr wunderte ihn die Dringlichkeitsstufe T2. T2, das bedeutete akute Dekompensation, also Leberversagen, ein Mann mit T2 war nur ein halber Mann oder nicht einmal das. Und mit so jemandem sollte Veronique ein Verhältnis haben?

Inzwischen hatte Gropius ein Gespür für Ungereimtheiten entwickelt, und dies war so eine Situation, die eine Reihe von Fragen aufwarf. Also setzte er sich in den alten japanischen Geländewagen, den ihm Veronique gelassen hatte, und fuhr auf der Autobahn in Richtung Süden. Der Spätherbst besann sich noch einmal eines Besseren und ließ die Bergkette der Alpen leuchten. Nach zehn Minuten Fahrt verließ Gropius die Autobahn, quälte sich durch den Stau in dem viel befahrenen Ort, in dem mehr Millionäre zu Hause sind als in jeder anderen deutschen Stadt, und fand nach kurzem Suchen den Wiesensteig, eine vornehme Straße mit prachtvollen Landhäusern, und gleich am Anfang das Haus Nr. 2.

Das hohe Eingangstor aus Schmiedeeisen stand offen, und auf dem Rasen, der das einstöckige Haus, unterbrochen von Hecken und niedrigen Bäumen, umgab, war ein ältlicher vornehm gekleideter Butler damit beschäftigt, die weißen Gartenmöbel einzusammeln und vor dem Kellereingang zu stapeln. In der Einfahrt parkte ein flaschengrüner Bentley Azure, ein Fahrzeug, das selbst in diesem Ort bewundernde Blicke auf sich zog.

Auch Gropius fand an dem schweren Wagen Gefallen, und so bemerkte er nicht, dass der Besitzer von hinten an ihn herantrat: »Sie gestatten!«

Der Professor erschrak beim Anblick des Mannes, bei dem es sich fraglos um Beck handeln musste. Er erschrak, weil er sich einen sportlichen jungen Mann vorgestellt hatte, noch dazu ein paar Jahre jünger als er. Doch hier stand ihm ein früh gealterter, verhärmter Mann mit spärlichem Haarkranz, zerfurchtem Gesicht und eingefallenem Brustkorb gegenüber, ein Mann gezeichnet von einem schweren Leberleiden. Er schenkte ihm keine Beachtung und lud seinen Golf-Bag auf die Rückbank des Bentley, als Gropius ihn anredete: »Herr Beck? – Mein Name ist Gregor Gropius.«

Beck erstarrte in seiner Bewegung, es dauerte einen langen Augenblick, bis er aus der offenen Tür seines Wagens emportauchte und ungehalten die Frage stellte: »Ja und?«

Erst jetzt kam Gropius in den Sinn, dass er auf das Gespräch mit dem Liebhaber seiner Frau in keiner Weise vorbereitet war, und so erwiderte er ebenso unpassend wie hilflos: »Ich hatte das Vergnügen, Ihnen meine Frau zu überlassen.«

»Ach«, antwortete Beck und musterte Gropius vom Scheitel bis zur Sohle. »Die hätten Sie besser behalten sollen, wirklich!« Unbeeindruckt schlug er die Beifahrertür zu und ging auf die andere Seite des Fahrzeugs.

Gropius meinte verdutzt: »Ich verstehe Sie nicht.«

»Was gibt es da zu verstehen?«, entgegnete Beck grimmig. »Es ist aus. Und nicht erst seit gestern!« Dann brach es auf einmal aus ihm heraus: »Als es mir dreckig ging, als die Ärzte mir noch ein knappes halbes Jahr gaben, da mimte Veronique die große Liebe.

Leider begriff ich viel zu spät, dass sie nur auf mein Erbe aus war. Vielleicht hätte ich öfter in den Spiegel schauen sollen, dann wäre mir klar geworden, dass sie nicht mich, sondern nur mein Geld wollte. Als dann mein neues Leben begann, war schnell Schluss mit der Liebe …«

»Was meinen Sie damit: Als Ihr neues Leben begann?«

Beck zuckte zusammen, dann meinte er schnodderig: »Ich wüsste nicht, was Sie das angeht. Wir haben nicht das Geringste miteinander zu tun. Halten Sie mich nicht auf, ich muss zum Golf!«

Gropius konnte sich gut vorstellen, wie peinlich Beck das unerwartete Zusammentreffen war. Er nahm es ihm nicht einmal übel, als dieser grußlos in seinen Bentley einstieg und mit aufheulendem Motor davonfuhr. Autos müssen häufig für die Leiden frustrierter Männer herhalten.

Im Garten des Hauses hantierte noch immer der Butler. Er hatte die Begegnung aus der Ferne verfolgt, ohne zu hören, worum es ging. In der Hoffnung, von ihm mehr über seinen Herrn zu erfahren, trat Gropius auf den Alten zu und begann ein nichtssagendes Gespräch. Der Butler antwortete pflichtbewusst höflich, bis er schließlich fragte: »Sie sind mit Herrn Beck bekannt?«

»Ja, über eine gemeinsame Bekannte. Wie ich höre, geht es ihm jetzt wieder gut, ich meine gesundheitlich!«

»Gott sei Dank! Es war ein Jammer, mitansehen zu müssen, wie Herr Beck von Tag zu Tag mehr abbaute.«

»Die Leber, nicht wahr?«

Der Butler nickte gedankenschwer und sagte, den Blick auf den Boden gerichtet: »Eine schwere Operation, aber alles ist gut gegangen, Herr Beck ist ja noch jung.«

»Und teuer!«

»Wie meinen?«

»Nun ja, nicht nur eine schwere Operation, auch eine teure.«

Da lachte der Butler, legte die flache Hand auf den Bauch und sagte: »Herr Beck pflegt immer mit der Hand auf den Bauch zu klatschen und zu sagen, Carl – ich heiße Carl –, hier trage ich ein halbes Haus spazieren.«

»So teuer?«, Gropius tat erstaunt.

Der Butler Carl winkte ab. »Nun traf es ja keinen Armen, Herr Beck konnte sich eine neue Leber leisten. Aber einer wie ich würde elend zugrunde gehen. So ist das Leben.« Carl machte Anstalten, seine Arbeit wieder aufzunehmen. »Sie entschuldigen mich!«

»Wissen Sie, wo Herr Beck operiert wurde?«, fragte Gropius nach.

Der Butler blieb stehen, drehte sich um und sah Gropius misstrauisch an. »Warum wollen Sie das wissen?«

»Es interessiert mich eben, nichts weiter.«

Der gerade noch so freundliche Mann legte den Kopf in den Nacken, senkte die Augenlider und antwortete abweisend: »Mein Herr, ich bin nicht berechtigt, über die Privatangelegenheiten von Herrn Beck Auskunft zu geben. Ich habe schon zu viel gesagt. Und jetzt ersuche ich Sie dringend, das Grundstück zu verlassen.«

»Schon gut«, meinte Gropius beschwichtigend, »ist ja auch nicht so wichtig.«

Gropius wandte sich um und ging. Er hatte genug gehört – sogar mehr als genug. Veronique war ein geldgieriges Frauenzimmer.

Gereizte Stimmung bei der Sonderkommission in der Bayerstraße. Ingrams Büro glich dem verstaubten Archiv eines Privatgelehrten. In der Ecke ein Gummibaum, Kakteen vor dem Fenster. Akten, Zeichnungen, Pläne und Papiere, die sie aus Schlesingers Arbeitszimmer mitgenommen hatten, insgesamt 74 Einzelposten, lagen über Tische und Fußboden verstreut oder waren mit Reißzwecken an Wände und Schränke geheftet. Darunter ein Zeitungsausschnitt mit der Schlagzeile: »Mysteriöser Todesfall in Uniklinik«. Ein halbes Dutzend erwachsener Männer versuchte, zum Teil halblaut, unverständliche Texte murmelnd, irgendetwas aus dem Wust von Papier zu erfahren, das Antwort auf die Frage gab: Warum war Arno Schlesinger auf so ungewöhnliche Weise umgebracht worden?

Wolf Ingram, der Leiter der Soko Schlesinger, verschwand beinahe hinter den Bergen von Papier, die sich auf seinem Schreibtisch türmten. Er war äußerst schlecht gelaunt und überdies zu der Erkenntnis gelangt, dass diese Papiere sie keinen Schritt weiterbrachten. Im Übrigen hätte die Sichtung der beschlagnahmten Akten dringend eines Fachmanns bedurft, der vermeintliche Kürzel oder Codes wie Jabrud oder Kara Tepe als harmlose Ausgrabungsstätten identifiziert und ihnen viel Rätselraten erspart hätte. Dass Schlesinger bei verschiedenen naturwissenschaftlichen Instituten Fundanalysen in Auftrag gegeben hatte, machte den Altertumsforscher auch nicht gerade verdächtig. Und so beschränkte sich Ingram darauf, aus dem Wust von Akten ein geografisches Profil zu erstellen, in dem Schlesinger sich bewegt hatte.

Es war also der denkbar ungünstigste Zeitpunkt, als Staatsanwalt Markus Renner im zweireihigen dunklen Mantel, in der Hand einen schwarzen Aktenkoffer, die Sonderkommission heimsuchte, um sich über den letzten Stand der Ermittlungen zu erkundigen. »Der Innenminister hat einen Zwischenbericht angefordert!«, sagte er mit einem gewissen Stolz. Dabei blitzten die randlosen Gläser seiner Brille bedrohlich.

»So, hat er das!«, knurrte Ingram verstimmt. »Dann sagen Sie dem Herrn Minister, wir hätten Hinweise auf vier Schädelfragmente eines Menschen gefunden!«

Der junge Staatsanwalt machte ein interessiertes Gesicht. »Schädelfragmente, das ist ja ungeheuerlich!«

»Hier, sehen Sie!« Unwillig fächelte Ingram mit einem Bogen Papier vor Renners Nase herum. »Der Mensch, von dem die Schädelfragmente stammen, lebte in Galiläa und gehörte zu den Paläanthropinen, weist jedoch bereits Merkmale der Neanthropinen auf. Schlesinger beschäftigte sich mit der Frage, ob der ursprüngliche Besitzer des Schädels eher ein Neandertaler oder schon ein Homo sapiens war. Den Schädel kann er übrigens im Archäologischen Museum in Jerusalem sehen, der Herr Minister!«

Die Männer der Soko brachen in lautes Gelächter aus, und Renner bekam einen roten Kopf. Mit Tadel in der Stimme bemerkte er: »Meine Herren, ich hielte es für angebracht, wenn Sie mit mehr Ernst an die Sache herangingen. Es geht nicht nur um Mord. Sollte sich erweisen, dass Schlesinger in ein Terrornetzwerk verstrickt war, und wir haben nur einseitig ermittelt, so sind Sie und ich unsere Jobs los.«

Da baute sich Ingram mit seinen hundert Kilogramm Lebendgewicht vor Renner auf, und mit vor der Brust verschränkten Armen sagte er: »Herr Staatsanwalt! Ich hatte in den letzten Tagen mehr mit alten Knochen zu tun als mit lebenden Menschen. Sie sind der erste lebende Mensch seit Tagen. Ich kann bald als Ausgräber in den Nahen Osten gehen. Sie sollten sich damit abfinden, dass die Beschlagnahme der Akten ein Schuss in den Ofen war.«

»Es war ein Versuch.«

»Ein Versuch!«, wiederholte Ingram verbittert. »Dieser Versuch kostete uns eine halbe Woche! Der Fall Schlesinger zeigt von Anfang an so ungewöhnliche Merkmale, dass auch der Lösung nur mit ungewöhnlichen Mitteln beizukommen ist.«

»Also, was schlagen Sie vor?«, fragte Renner überheblich.

Ingram nickte, als wolle er sagen: Ja, das wüsste ich auch gern. Aber er antwortete nicht.

»Sehen Sie«, erwiderte Renner arrogant, nahm seine Brille ab und begann die Gläser mit einem weißen Taschentuch zu polieren. »Sehen Sie«, wiederholte er triumphierend.

Ingram ließ sich wieder hinter seinem Schreibtisch nieder und fixierte den Bildschirm seines Computers, ein Modell, das bereits der Vergangenheit angehörte. Plötzlich fuhr er hoch, als hätte ihn ein Stromschlag getroffen, er beugte sich vor und las auf dem Bildschirm die eingegangene E-Mail:

»BND – SIGINT, Abt. 5 an Soko Schlesinger, Wolf Ingram – Heute Morgen um 6 Uhr 50 wurde folgende E-Mail mit dem Code IND ausgefiltert, Absender eine Nebenstelle des Münchner Klinikums. Zieladresse Spanien, Näheres nicht feststellbar. Wortlaut: ›Leider sind unsere Pläne gescheitert. Akten und Dokumente in falschen Händen. Jetzt ist mit dem Schlimmsten zu rechnen. Erbitte neue Anweisungen. IND.‹«

Ingram warf Renner einen undefinierbaren Blick zu, dann drehte er den Bildschirm zu ihm hin.

Nachdem er die Nachricht gelesen hatte, legte der Staatsanwalt die Stirn in Falten, und mit dem ihm eigenen Ton von Überheblichkeit meinte er: »Ingram, jetzt sind Sie und Ihre Mannschaft gefordert. Na dann viel Glück!«

Ingram, ein sonst eher zurückhaltender, höflicher Mann, auch wenn man bei ihm diese Eigenschaften nicht unbedingt vermutet hätte, wurde blass. Und Murau, der ihn besser kannte als jeder andere seiner Kollegen, wartete ängstlich auf eine Reaktion Ingrams. Er wusste, was es zu bedeuten hatte, wenn Ingram bleich wurde wie ein Waschbecken der Bahnhofstoilette, und auch diesmal war es nicht anders.

»Junger Herr«, begann Ingram in Anspielung auf das jugendliche Alter seines Gegenübers leise, um sogleich heftiger fortzufahren: »Seit Bildung der Soko vor zehn Tagen reißen wir uns hier den Arsch auf, um uns langsam an eine Lösung des Falles heranzutasten. Wir haben das halbe Klinikum auf den Kopf gestellt, in alten Matratzen gewühlt, Schränke ausgeräumt und Abfallbehälter durchsucht. Wir alle, die wir hier sind, können Karbol nicht mehr riechen. Wir haben«, er zog fünf dicke Aktendeckel aus seinem Schreibtisch und knallte sie vor Renner auf den Tisch,

»wir haben fast zweihundert Angestellte der Klinik überprüft, die unter Umständen Hinweise auf das Verbrechen geben konnten. Wir haben den Weg des Spenderorgans von der Entnahme in Frankfurt bis zum Augenblick, als es Schlesinger eingepflanzt wurde, minutiös rekonstruiert, mit jedem gesprochen, der mit der Organbox in Berührung kommen konnte. Und da kommen Sie frisch rasiert und in Ihrem Boss-Mäntelchen und wollen mir sagen: Jetzt sind Sie gefordert! Was glauben Sie, was wir in den vergangenen zehn Tagen gemacht haben, während Sie Ihre Akten von einer Seite des Schreibtischs auf die andere geschichtet haben? Dieser Fall ist nun einmal höchst außergewöhnlich und mit keinem anderen vergleichbar. Und wenn wir ehrlich sind: Bisher wissen wir eigentlich gar nichts, nichts, außer dass ein Mann auf seltsame Weise umgebracht wurde, ein Mann, den man auch mit weniger Aufwand und Risiko hätte beseitigen können. Und jetzt lassen Sie uns in Ruhe, wir haben zu tun!«

Während Ingrams Mitarbeiter um den Staatsanwalt einen Halbkreis bildeten und die Schelte feixend verfolgten, stand dieser da wie ein begossener Pudel. Aber kaum hatte Ingram geendet, ergriff er seinen Aktenkoffer, drehte sich um und stampfte zur Tür. Bevor er sie hinter sich zuknallte, sagte er leise und mit gepresster Stimme, die seine innere Erregung verriet: »Das wird noch ein Nachspiel haben! Ich bin Staatsanwalt und kein dummer Schuljunge!«

Das Haus in der Hohenzollernstraße hätte dringend eines neuen Anstrichs bedurft. Man konnte die gelbe Farbe, mit der es vor Jahrzehnten gestrichen wurde, nur noch ahnen. Um die Fenster herum, die von breiten Lisenen eingerahmt wurden, bröckelte der Putz. Kurz, es war keine sehr feine Adresse, die Gropius an diesem Donnerstag aufsuchte; aber hier wohnte Lewezow.

Sein Namensschild, von einer Visitenkarte ausgeschnitten und neben den Klingelknopf geklebt, fand der Professor ganz oben über etwa dreißig Knöpfen auf dem Klingelbrett. Es gab auch keine Sprechanlage, und so machte er sich auf den Weg, acht ausgetretene Treppen nach oben, ein klammes Treppenhaus, die Wände mit brauner Ölfarbe gestrichen, scharfkantige Messingschrauben auf dem Geländer, damit niemandem in den Sinn kam, es als Rutschbahn zu missbrauchen.

Als Gropius im vierten Stock auf den Klingelknopf drückte, erklang hinter der Wohnungstür, die schon den Ersten Weltkrieg überstanden und in Kopfhöhe ein schmales Milchglasfenster hatte, der Türgong mit der Melodie »An Elise« – ein Phänomen übrigens, weil zwei Drittel aller Türgongs in Deutschland Besucher mit dieser Melodie ankündigen, deren Titel jedoch kaum einer kennt.

Lewezow hatte Gropius erwartet. Die kleine Wohnung bestand aus zwei ineinander übergehenden Räumen mit schrägen Wänden und zwei Mansardenfenstern zum Hinterhof und war voll gestellt mit originellem Mobiliar, wie es auf Flohmärkten im Münchner Osten zum Verkauf angeboten wird. In einem Ohrenbackensessel, dessen Höhe einen ausgewachsenen Mann mit Hut überragte, nahm Gropius Platz und begann ohne Umschweife.

»Wie ich Ihnen schon am Telefon sagte, komme ich auf Ihr Angebot zurück, für mich zu arbeiten.«

»Das freut mich, Professor!« Lewezow, trotz fortgeschrittener Tageszeit in einem seidenglänzenden roten Morgenmantel und passendem blaugepunktetem Schal, machte eine kleine Verbeugung. »Wenn ich Ihnen behilflich sein kann – hier eine Liste meiner Aufwandsentschädigung.«

Gropius schenkte der Preisliste keine Beachtung, er faltete das Blatt in der Mitte und ließ es in seiner Jackentasche verschwinden. Aus der Innentasche zog er ein anderes Papier hervor und schob es zu Lewezow über den hochbeinigen Tisch. »Das ist eine Warteliste von etwa dreihundert Menschen, die auf eine Spenderleber warten. Ich bitte Sie, diese Liste höchst vertraulich zu behandeln. Mir ist bewusst, dass wir uns hier etwas außerhalb der Legalität bewegen. Aber es ist vielleicht die einzige Möglichkeit, den Hintermännern des Transplantationsskandals das Handwerk zu legen.«

Nach Art eines schlechten Schauspielers hob Lewezow abwehrend beide Hände: »Sie können sich auf meine Diskretion verlassen, Professor, und Sie werden zufrieden sein. Was soll ich tun?«

»Das ist, zugegeben, nicht ganz einfach. Es geht zunächst einmal darum, aus dieser Liste jene Leute herauszufiltern, die finanziell in der Lage wären, für eine neue Leber eine halbe Million auf den Tisch zu legen. Ich nehme an, das sind nicht allzu viele. Aber Ihre eigentliche Aufgabe besteht darin herauszufinden, ob einer von diesen Leuten sich tatsächlich bereits einer Transplantation unterzogen hat, und wenn ja, wo.«

Lewezow presste beide Hände vors Gesicht, als wollte er sich vor dem Professor verstecken. Als er wieder hervorkam, meinte er nachdenklich: »Das ist wirklich keine leichte Aufgabe. Wie lange geben Sie mir Zeit?«

Gropius hob die Schultern. »Es geht mir in erster Linie darum nachzuweisen, dass die Arme der Organmafia bis in unser Klinikum reichen. Dazu genügt ein einziger Patient, der das Geständnis ablegt: Ja, ich habe mir ein Organ gekauft, das mir dort und dort transplantiert wurde.«

»Ich verstehe. Nur ...« Dabei rieb Lewezow Daumen und Zeigefinger seiner Rechten aneinander und bekam große Augen. Er gehörte zu jener Spezies Menschen, die beim Thema Geld jede Würde verlieren.

»Ja, selbstverständlich!« Gropius zog einen Umschlag hervor und überreichte ihn Lewezow mit einer gewissen Verachtung im Blick.

»Sehr liebenswürdig«, dienerte dieser, »sehr liebenswürdig!« Ihm war Gropius' herabsetzender Tonfall durchaus nicht entgangen; aber das Leben war kein Zuckerschlecken und hatte ihn gelehrt, solche Tiefschläge zu ignorieren.

»Sie werden das schaffen«, bemerkte Gropius, wobei eher der Wunsch der Vater des Gedankens war. Es klang beinahe wie eine Beschwörung. Im Gehen meinte er: »Den Namen Werner Beck können Sie übrigens von der Liste streichen! Der Fall hat sich erledigt.« Er korrigierte sich: »Den Fall habe *ich* erledigt.«

Als er vor die Tür des Mietshauses trat, schien die Sonne. Er hatte seinen Geländewagen auf der gegenüberliegenden Straßenseite vor einem Blumengeschäft geparkt. Eine Straßenbahn dröhnte vorbei in Richtung Kurfürstenplatz und zog eine kalte Staubwolke hinter sich her. Der Boden vibrierte unter den Eisenrädern. Es gibt einnehmendere Straßen als diese, dachte Gropius, jedenfalls wird sie dem bedeutungsvollen Namen in keiner Weise gerecht. Er hatte die Straße fast überquert und fingerte in der Tasche seines alten Regenmantels nach dem Wagenschlüssel, als er aus dem Augenwinkel sah, wie eine dunkle Limousine von vorne auf ihn zuschoss. Intuitiv sprang er zur Seite, um dem aufheulenden Fahrzeug noch auszuweichen, doch das Manöver gelang nur unvollständig. Der vordere Kotflügel traf seinen Oberschenkel und schleuderte ihn rückwärts gegen sein geparktes Auto. Für einen Augenblick verlor er die Besinnung.

Das ging alles so schnell, dass Gropius von dem Vorgang kaum mehr als das Geschilderte mitbekam. Seine Beine zitterten, und er klammerte sich an den Außenspiegel seines Geländewagens, während er zaghaft alle Körperteile bewegte, ob sie noch heil waren. Als er wieder bei klarem Bewusstsein war, hielt er Ausschau nach dem dunklen Wagen – natürlich vergebens. Auf der Straße mit dem hochtrabenden Namen strömte der Verkehr, als wäre nichts geschehen.

Erschöpft setzte sich Gropius in seinen Wagen und ließ den Kopf auf das Lenkrad sinken. Sein Atem ging schwer, er hatte das Gefühl, nicht genügend Luft zu bekommen. Die Gedanken wirbelten durch seinen Kopf, ohne dass er auch nur einen hätte zu Ende denken können. Aber eines wusste er ganz genau: Dieser Unfall war kein Zufall.

Mit zitternder Hand drehte Gropius den Zündschlüssel und fuhr los. Er schenkte dem brodelnden Verkehr keine Beachtung. Sein Rücken tat weh, und er konnte das linke Bein kaum bewegen. Wie im Traum, mechanisch, nahm Gropius den Weg durch die City nach Hause in Richtung Süden.

Vergeblich suchte er nach einer Erklärung für den Vorfall. Sein Gehirn spulte mehrmals hintereinander die Namen all jener ab, die ein Interesse haben konnten, ihn zu beseitigen. Doch jedem Verdacht fehlte der Beweis. Schon viel zu lange bewegte er sich in einem Kreis von Verdächtigungen, Mutmaßungen und Ratlosigkeit – ein Zustand, der ihn allmählich krank machte, unsicher, ängstlich, ja hysterisch.

Wie er sein Haus in Grünwald erreichte, vermochte Gropius später nicht mehr zu sagen. Er erinnerte sich nur noch, dass er eine Flasche Bourbon an die Lippen setzte. Dann wurde ihm schwarz vor Augen.

Als er wieder zu sich kam, hatte Gropius jedes Zeitgefühl verloren. Ihm war, als hätte er irgendwann im Schlaf das Telefon oder die Türglocke gehört, aber vielleicht, dachte er, hatte er auch nur geträumt. Sein Körper schmerzte, und um seinen Schädel spürte er eine eiserne Klammer. Mit verschleiertem Blick nahm er die Whiskyflasche wahr, die vor seinem Bett auf dem Boden lag, ein Anblick, der ihn nachdenklich stimmte. Da schallte die Türglocke. Es klang gnadenlos schrill in seinen Ohren. Mühsam rappelte er sich hoch, ein stechender Schmerz in seinem Kopf ließ ihn leise aufstöhnen. Als das Läuten heftiger wurde, entschloss er sich aufzustehen. Das bereitete Schwierigkeiten. Erst jetzt merkte Gropius, dass er in voller Kleidung geschlafen hatte. Die Glocke schrillte immer heftiger.

»Ich komme ja schon«, knurrte Gropius, während er sich über

die Treppe nach unten quälte. Als er öffnete, stand Felicia vor der Tür. Sie war aufgelöst.

»Wo stecken Sie die ganze Zeit?«, rief sie aufgeregt. »Ich versuche Sie seit gestern zu erreichen!« Erst jetzt fiel ihr das jämmerliche Erscheinungsbild auf, das der Professor abgab.

Gropius machte eine einladende Handbewegung, die jedoch ziemlich tolpatschig wirkte, so als versuchte sich ein Landstreicher in feinen Umgangsformen. »Bourbon«, meinte er entschuldigend, weil er Felicias Blick auf sich spürte, »war wohl etwas zu viel des Guten, aber nicht grundlos!«

So hatte Felicia den Professor noch nie gesehen, selbst damals nicht, als er dem Sprengstoffanschlag nur knapp entgangen war. »Was ist passiert?«, erkundigte sie sich vorsichtig. »Sie sehen wirklich nicht gut aus.« Beunruhigt musterte sie den Professor.

Gropius schüttelte immer wieder den Kopf. Er begriff ja selbst nicht, was sich am gestrigen Tag ereignet hatte. Und dann begann er, wie ein wildes Tier im Salon auf und abgehend, zu erzählen: wie er Lewezow mit Nachforschungen in Sachen Organmafia beauftragt hatte, wie er über die Straße zu seinem Wagen ging und ein Auto mit hoher Geschwindigkeit auf ihn zuschoss, wie er gegen seinen Geländewagen geschleudert wurde und für Augenblicke die Besinnung verlor.

Mit Bestürzung verfolgte Felicia seinen Bericht. Gregors Unruhe versetzte auch sie in Angst, trotzdem überlegte sie, wie sie Gropius beruhigen konnte. »Eigentlich bin ich gekommen, um mich bei Ihnen zu entschuldigen«, sagte sie, um ihn auf andere Gedanken zu bringen.

»Entschuldigen? Wofür?« Gropius blieb mitten im Raum stehen und warf Felicia einen Blick zu, der einen erbarmen konnte.

»Vorgestern, Ihr überstürzter Aufbruch! Ich kann verstehen, dass Sie verärgert waren wegen meines Misstrauens. Es muss Sie sehr gekränkt haben, als ich Sie fragte, ob bei der Operation meines Mannes alles mit rechten Dingen zugegangen ist. Verzeihen Sie!«

Felicia trat auf Gropius zu, fasste seine Hände und sah ihn ernst an. Wie damals, im Hotel, als sie sich unverhofft in die Arme gefallen waren, spürte Gropius plötzlich eine elektrisierende Anziehungskraft, die von ihr ausging. Aber anders als damals wagte er nicht, sie zu umarmen. Er hatte noch nicht in den Spiegel geschaut, aber er konnte sich vorstellen, wie er aussah. Verlegen drehte er den Kopf zur Seite.

»Schon gut«, brummelte er. »Ich war Ihnen nicht böse, wirklich nicht. Und jetzt entschuldigen Sie mich, ich muss dringend unter die Dusche!«

Während Gropius bemüht war, seinen Kater mit abwechselnd kaltem und heißem Wasser zu vertreiben, suchte Felicia in der Küche nach etwas Essbarem, mit dem sie etwas Ähnliches wie ein Frühstück zaubern konnte. Küche und Vorräte zeigten die typischen Merkmale eines verlassenen Ehemannes, ein paar Konserven, in der Hauptsache aber Defizite. Und so war es wirklich beinahe Zauberei, was Felicia innerhalb kurzer Zeit auf den Tisch des Esszimmers brachte.

Kaffee duftete, ebenso Toast, dazu zwei gekochte Eier, ein Glas Honig und Corned Beef aus der Dose standen bereit, als Gropius frisch geduscht und mit neuem Lebensmut aus dem Bad kam. Gregor konnte seine Begeisterung nicht verbergen und küsste Felicia auf die Wange. Es war lange her, seit er an einem gedeckten Tisch so gepflegt gefrühstückt hatte.

Eine Weile saßen sich beide schweigend gegenüber. Dann begann Felicia vorsichtig: »Glauben Sie, dass man Sie umbringen wollte?«

Die Frage, am Frühstückstisch einfach dahingesagt, klang in ihrer Schlichtheit brutal, und Felicia bemerkte ihre Entgleisung sofort; deshalb fügte sie schnell hinzu: »Ich meine, könnte der Anschlag nicht auch eine Warnung sein, damit Sie Ihre Nachforschungen einstellen?«

»Davon bin ich sogar überzeugt!«, erwiderte Gropius. »Diese

Leute wollten mich nicht umbringen, sie wollten mir nur einen Denkzettel verpassen, einen Schuss vor den Bug sozusagen, um ihren Forderungen Nachdruck zu verleihen. Läge es in ihrer Absicht, mich zu töten, hätten sie nicht nur einmal die Möglichkeit dazu gehabt. Nein, allmählich wächst bei mir der Verdacht, diese Leute brauchen mich.«

Felicia lachte gequält: »Eine absurde Vorstellung.«

»In der Tat; aber nennen Sie mir einen anderen Grund für dieses merkwürdige Verhalten! Bei jedem neuen Ansatz meiner Nachforschungen kommt es zu einer unerwarteten Begegnung, die mir zeigen soll, dass meine Chance, diese Leute zu enttarnen, denkbar gering ist. Rückblickend glaube ich, der gestrige Anschlag könnte zum Ziel gehabt haben, mir alle Knochen zu brechen, um mich in meiner Beweglichkeit zu behindern.«

»Sie sagen das mit einer Gelassenheit!« Felicia musterte Gropius, der jetzt wieder besser aussah. Dann sagte sie: »Der Staatsanwalt hat die Leiche meines Mannes freigegeben. Ich habe eine Feuerbestattung angeordnet, ohne großes Brimborium.«

Gropius nickte peinlich berührt. Solange er seine Unschuld nicht nachgewiesen hatte, fühlte er sich immer noch schuldig.

»Und die beschlagnahmten Akten habe ich auch zurückbekommen. Angeblich wurde nichts gefunden, was die Polizei weiterbrachte.«

Nachdenklich stopfte Gropius ein Stück Toast in sich hinein. Man sah ihm an, dass er mit seinen Gedanken weit weg war. Plötzlich stellte er die Frage: »Hat sich Professore de Luca eigentlich gemeldet?«

Felicia blickte verwundert auf. »Nein, an de Luca habe ich gar nicht mehr gedacht.«

Gropius presste die Lippen aufeinander; dann sagte er: »Merkwürdig, finden Sie nicht auch? Schließlich ging es um zwanzigtausend Euro. Kein Brief, kein Fax, kein Anruf?«

»Tut mir Leid.« Felicia rieb an ihrer Nasenwurzel. Das tat sie meist, wenn sie nachdachte, und Gropius fand es amüsant. »Mich würde wirklich brennend interessieren«, meinte sie schließlich, »welche Kostbarkeit in der Kassette verschlossen war. Diamanten vielleicht? Mein Mann verstand von Edelsteinen so gut wie gar nichts. Diesen Ring«, sie legte ihre rechte Hand, an der ein Brillantring funkelte, mit gespreizten Fingern auf den Tisch, »diesen Ring habe ich mir selbst geschenkt. Arno hätte vermutlich ein Schmuckstück mit Glasperlen gekauft. Obwohl …«

Gregor sah Felicia fragend an: »Obwohl?«

»Wenn ich daran denke, was bisher über sein Doppelleben ans Tageslicht kam, dann kann ich nicht ausschließen, dass er auch mit Diamanten gehandelt und den Unwissenden nur gespielt hat.«

»Warum hätte er das tun sollen?«

Felicia schob die Unterlippe nach vorne. »Womit verdiente er zehn Millionen, ohne darüber ein Wort zu verlieren?«

»Da haben Sie Recht. So gesehen sind die zwanzigtausend Euro bei dem Geschäft in Berlin natürlich eine Kleinigkeit. Trotzdem ist es ein Rätsel, warum Signora Colella so mir nichts, dir nichts verschwand und de Luca nichts von sich hören lässt.«

»Er wartet auf Schlesingers Anruf!«

»Vielleicht.«

Während Gropius aus dem Fenster blickte, wurde er von Felicia genau beobachtet. »Ich glaube zu ahnen, was in Ihrem Kopf vorgeht«, sagte sie mit einem Gesichtsausdruck, der deutlich ihre Missbilligung erkennen ließ.

»So? Meinen Sie?« Gropius rang sich ein bitteres Lächeln ab.

Und Felicia entgegnete: »Wie lange wollen Sie eigentlich noch auf eigene Faust weitermachen? Es wäre besser, wir überließen das der Polizei. Finden Sie nicht?«

Der Professor holte tief Luft. Er war weit davon entfernt, einfach nur gegenteiliger Meinung zu sein. Zweifellos gab es erstrebenswertere Beschäftigungen, als sich mit einem unbekannten Gegner herumzuschlagen, der ein unbekanntes Ziel verfolgte. Doch er hatte seine Recherchen bereits so weit vorangetrieben, dass kaum noch eine Chance bestand, die Nachforschungen einzustellen, ohne sich selbst verdächtig zu machen. Plötzlich sagte er: »Ich fliege morgen nach Turin.«

Felicia sah Gropius an, als habe er ihr eine unerwartete Eröffnung gemacht. Dabei hatte sie geahnt, dass ihre Unterhaltung darauf hinauslaufen würde. »Sie geben wohl nie auf«, meinte sie resignierend.

»Nein, nie!«, erwiderte Gropius. »Und in diesem Fall schon gleich gar nicht.«

Felicia überlegte kurz, dann sagte sie entschlossen: »Also gut, wenn ich Sie nicht davon abbringen kann, dann komme ich mit. Schließlich ist es in erster Linie meine Angelegenheit!«

»Da wäre ich mir nicht so sicher«, entgegnete Gropius. »Ich glaube, dass die Geschichte uns beide angeht. Im Übrigen halte ich es für keine gute Idee, wenn wir zusammen nach Turin reisen. Früher oder später würde es doch herauskommen und einen falschen Eindruck vermitteln.«

Dem konnte Felicia nichts entgegensetzen. »Aber Sie halten mich auf dem Laufenden«, ermahnte sie den Professor, bevor sie das Haus verließ.

Kapitel 6

Flug LH 2760 startete um 10 Uhr 35 in München, ein Canada Air Jet mit achtundvierzig Sitzen und einer einzigen Toilette ganz hinten. Gropius hasste den Kurzstrecken-Jet mit geringer Spannweite, weil er unruhig in der Luft lag und auf geringste Turbulenzen mit Durchsacken reagierte, dass einem der Mageninhalt vom vergangenen Tag hochkam. Viel hätte nicht gefehlt, und Gropius hätte den Dienst der grauen Tüte vor sich im Gepäcknetz in Anspruch nehmen müssen. Nach eineinhalb Stunden landete das Flugzeug vorzeitig auf dem Turiner Flughafen Caselle, und Gropius bestieg ein Taxi in Richtung Lingotto, etwa zehn Minuten südlich des Stadtzentrums gelegen.

Wie die meisten Städte des italienischen Nordens empfing Turin den fremden Besucher mit gewaltigen Industrieanlagen, riesigen Wohnblocks und Hochhäusern in den Außenbezirken. Der Taxifahrer, ein, wie er mit heftigen Bewegungen beteuerte, geborener Turiner, trotz seines germanischen Aussehens mit blonden Haaren und blauen Augen, meinte, eine gute Stunde Fahrzeit müsse der Fahrgast schon rechnen, trotz einiger Abkürzungen, die nur ihm geläufig seien. Und dabei zwinkerte er Gropius, der auf dem Beifahrersitz Platz genommen hatte, zu. Er sollte Recht behalten.

Sie waren schon eine gute Stunde unterwegs, als der Fahrer, vom Corso Vittorio Emanuele kommend, in die Via Nizza einbog. Das Hotel »Le Meridien Lingotto«, das größte der Stadt, vermittelte von außen nicht unbedingt den Eindruck einer Luxusherberge, was daran liegen mochte, dass es aus dem Gebäudekomplex der alten FIAT-Automobilfabrik errichtet wurde. Das oberste

Stockwerk des rechteckigen Karrees diente früher als Teststrecke für Automobile, heute können Hotelgäste dort Sport treiben.

Gropius buchte für zwei Tage ein sonniges, komfortabel eingerichtetes Zimmer mit Blick in den Innenhof. In dieser Zeit, glaubte er, würde er de Luca aufspüren und in Erfahrung bringen, was in der zwanzigtausend Euro teuren Kassette verborgen war. Dass er von de Luca, dessen Vornamen er nicht einmal kannte, keine Telefonnummer oder Adresse hatte, machte die Sache nicht gerade einfacher, und auch seine Bitte an den Portier, er möge ihm die Nummer von Professore de Luca aus dem Telefonbuch heraussuchen, verlief ohne Ergebnis.

Aber da gab es noch Francesca Colella und die Sicherheitsfirma VIGILANZA. Unter dem Namen Colella fand Gropius drei Einträge im Telefonbuch. Eine Leitung blieb tot, als er die Nummer wählte, bei der zweiten hob niemand ab und die dritte erwies sich als Fehlgriff, weil der Tankstellenbesitzer, dem die Nummer gehörte, bei der Madonna und allen italienischen Heiligen beteuerte, weder eine Ehefrau noch eine Tochter namens Francesca zu haben, nicht einmal eine Schwiegermutter dieses Namens, die heiße seit vierundsechzig Jahren Clara. Blieb noch VIGILANZA.

Gropius hatte Francesca Colellas Bild vor Augen, als er die sechsstellige Nummer von VIGILANZA wählte: Das Auftreten der kühlen Brünetten in Berlin hatte ihn auf seltsame Weise fasziniert. Ihr sicherer Blick hinter den randlosen Brillengläsern erinnerte ihn an seine Biologielehrerin, in die er sich – er war damals dreizehn oder vierzehn – unsterblich verliebt hatte, als sie am Beispiel der Wilden Tulpe, von ihr *Tulipa silvestris* genannt, die Fortpflanzung mittels Bestäubung erklärte. Sein Interesse galt damals in der Hauptsache den Strapsbändern seiner Lehrerin, die unter ihrem engen, schwarzen Rock deutlich hervortraten. Unglücklicherweise fiel Frau Lankwitz, so hieß die Trägerin der sündhaften Haltevorrichtungen, seine unartige Verstörtheit auf. Zwar sagte sie kein Wort, aber der Blick, den sie ihm durch ihre funkelnden Brillengläser zuwarf und der ihm zu verstehen gab, dass sie seine Ungehörigkeit sehr wohl bemerkt hatte, jagte ihm einen wohligen Schauer durch den Leib. Die Folge des von seinen Mitschülern unbemerkten Ereignisses: Frau Lankwitz trug nie mehr Strapse – jedenfalls nicht in der Schule. Aber seitdem hatte er etwas für Frauen übrig, die so unnahbar auftraten wie Francesca Colella.

»Pronto!«, meldete sich Francesca mit strenger Stimme am Telefon.

Als Gropius seinen Namen nannte, entstand erst einmal eine lange Pause. »Ich glaube, Sie sind mir noch eine Erklärung schuldig«, meinte er nach einer Weile. »Wir waren verabredet, aber Sie sind nicht erschienen.«

»Ich habe Ihnen ein Fax geschickt«, erwiderte Francesca knapp. »Sie haben Ihre Rolle zu schlecht gespielt. Ich habe von Anfang an nicht geglaubt, dass Sie Schlesingers *cognato* sind, und dann wussten Sie nicht einmal den Zahlencode der Kassette. Dabei war dies die vereinbarte Kennung. Nein, Herr Gropius oder wie immer Sie heißen mögen, unser Auftraggeber meinte, ich habe richtig gehandelt. Was wollen Sie überhaupt von mir?«

»De Lucas Adresse!«

Signora Colella lachte auf: »Wenn Sie von Signor Schlesinger beauftragt sind, müssen Sie doch de Lucas Adresse kennen! Also, was wollen Sie?«

Nein, dachte Gropius, dieser Frau war mit einer einfachen Lügengeschichte kaum beizukommen. Also versuchte er eine andere Strategie. »Signora«, begann er einschmeichelnd, »ich würde Sie gerne heute Abend zum Essen einladen. Bitte schlagen Sie die Einladung nicht ab.«

Da brach Francesca erneut in heftiges Gelächter aus. Es klang, als benützte sie ihr Lachen als Schutzschild, jedenfalls tönte es alles andere als glaubhaft. »Nein, danke!«, erwiderte sie knapp.

»Warum nicht?«, fragte Gropius.

»Jeder persönliche Kontakt zu einem unserer Klienten ist uns aus Sicherheitsgründen verboten. VIGILANZA ist ein renommiertes Unternehmen, und ich kann es mir nicht leisten, meinen Job wegen eines warmen Abendessens aufs Spiel zu setzen. Und jetzt entschuldigen Sie mich.« Dann legte sie auf.

Verdammt! Gregor Gropius presste den Hörer in seiner Faust, als wollte er ihn zerquetschen. Signora Colella war der einzige Mensch in dieser fremden Stadt, der ihm weiterhelfen konnte. Er musste sie zum Reden bringen. Und er wusste auch schon, wie. Aus dem Telefonbuch kannte er die Adresse von VIGILANZA Art Logistics, Via Foligno, im Nordwesten der Stadt.

Die Firma, ein unscheinbarer Bau aus den sechziger Jahren, dessen Eingangsportal von deutlich sichtbaren Videokameras überwacht wurde, wirkte von außen so seriös und langweilig wie ein Pfarrhaus. Nur die weiße Neonbeleuchtung hinter den breiten Glasfenstern deutete auf eine gewisse Geschäftigkeit hin. Wie von Geisterhand betätigt schwang die undurchsichtige Glastüre zur Seite, als Gropius sich dem Eingang näherte. Im Innern eine geräumige Empfangshalle, der Boden in schachbrettartigem Marmor, an der rechten Seite ein Empfangstresen mit sechs bis acht Bildschirmen. Eine äußerst korrekt gekleidete Empfangsdame mit schwarzem Seidentuch im Ausschnitt ihres roten Blazers fragte Gropius, was sie für ihn tun könne.

Der Professor nannte seinen Namen und bat darum, Signora Colella zu sprechen. Man wies ihm einen Platz auf der Ledercouch zu, die links, gegenüber dem Tresen stand.

Es dauerte kaum zwei Minuten, als Francesca Colella auf der weißen Marmortreppe erschien. Mit strengem Blick und gedämpfter Stimme redete sie auf Gropius ein: »Ich bitte Sie inständig, mich hier nicht weiter zu belästigen. Sie bringen mich wirklich in allergrößte Schwierigkeiten!« Dabei reichte sie Gropius einen Zettel mit einem Namen und einer Adresse. Gropius glaubte zunächst, es handle sich um de Lucas Anschrift. Erst als

Francesca sich umwandte und im Gehen sagte: »Um 19 Uhr!«, erkannte Gregor den Namen eines Lokals: »Osteria Tre Fontane«, Corso Lombardia. Verblüfft blickte er der Signora nach, die auf dem oberen Treppenabsatz verschwand.

Die Straße mit dem hochtrabenden Namen Corso Lombardia wirkte in der Dunkelheit wenig einladend, und das Lokal, im Souterrain eines Eckhauses gelegen, machte, bevor man es betrat, auch nicht den besten Eindruck. Umso mehr überraschte Gropius die gediegene Einrichtung, holzgetäfelte Wände und Mobiliar im ländlichen Stil, nicht ohne Geschmack.

Gropius betrat die Osteria mit gemischten Gefühlen, das geplatzte Rendezvous in der Berliner Friedrichstraße war ihm noch allzu gut im Gedächtnis. Doch diesmal versetzte ihn Francesca in Erstaunen, sie war schon da, und sie schien wie ausgewechselt, gelöst, beinahe heiter.

»Wenn ich ehrlich sein soll«, begann Gropius das Gespräch, »ich war mir keineswegs sicher, ob Sie kommen würden. Nach den Erfahrungen, die ich in Berlin gemacht habe …«

Francesca blickte zur Seite, so als wäre ihr der Hinweis peinlich, dann sagte sie mit einem hintergründigen Schmunzeln: »In Berlin habe ich mich aus rein geschäftlichen Gründen verweigert, hier bin ich privat. Das möchte ich von vornherein klarstellen. Außerdem kam Ihr Besuch in der Firma einer Erpressung gleich.«

»Tut mir Leid, wenn Sie das so gesehen haben; immerhin war ich erfolgreich!«

»Wenn Sie es als Erfolg bezeichnen, mit mir Muscheln zu essen – übrigens, Sie sollten unbedingt die Muscheln probieren, sind Sie wohl leicht zufrieden zu stellen. Aber wie ich weiß, kommen Sie nicht ohne Hintergedanken. Allerdings muss ich Sie gleich zu Beginn enttäuschen. Von mir werden Sie die Adresse de Lucas nicht erfahren.«

»Dann wird es eben nur ein schöner Abend«, entgegnete Gropius charmant, auch wenn er keineswegs vorhatte, seine Absicht, der Signora die gewünschte Auskunft zu entlocken, aufzugeben. Francesca zeigte sich verwundert. Ein Ober mit kahl geschorenem Schädel nahm die Bestellung auf. Sie tranken weißen Soave.

»Sie müssen das verstehen«, nahm Francesca den Faden wieder auf, »ich brauche meinen Job und bin froh, dass ich ihn habe. Ich musste lange dafür kämpfen. Früher machte ich etwas ganz anderes.«

Gropius wagte nicht zu fragen. Er musterte sein Gegenüber mit Wohlgefallen. Francesca trug eine Jacke aus grünem weichem Leder auf der nackten Haut, und damit erübrigte sich die Frage, die er sich bei ihrer ersten Begegnung in Berlin gestellt hatte, ob ein Schulterhalfter oder eine Pistole oder beides für die unübersehbaren Ausbuchtungen verantwortlich war.

»Ich war Bankerin«, bemerkte die Signora, als hätte Gropius sich nach ihrem Vorleben erkundigt.

»Und das war Ihnen zu langweilig!«

»Keineswegs.« Francesca hielt inne, dann fuhr sie fort: »Man hat mich rausgeworfen, von heute auf morgen, fristlos. Es war meine Schuld. Ich habe einem Journalisten Auskunft über die Schulden eines prominenten Kunden gegeben. Die Sache flog auf, und ich wurde gefeuert. Jetzt werden Sie vielleicht begreifen, warum Sie aus mir nichts herausbekommen werden. Ich kann es mir einfach nicht leisten, noch einmal auf der Straße zu stehen. Ich habe für mich und zwei weitere Menschen zu sorgen.«

»Sie sind verheiratet?«

»Nein, das heißt ja, ach, ich will nicht darüber reden, verstehen Sie?«

»Ich verstehe.«

»Nichts verstehen Sie!« Francesca blickte zum ersten Mal verlegen drein: »Entschuldigen Sie, Signore, aber das ist ein Thema, über das ich nicht gerne rede.«

Gropius nickte. »Ich wollte sagen, ich verstehe das, mir geht es nicht anders.«

»Sind Sie verheiratet, Signore?«

»Nein, das heißt ja.« Er hob die Schultern.

Beide lachten. Aber in Francescas Lachen klang etwas Wehmut.

Der glatzköpfige Ober servierte Muscheln, und Francesca bewunderte das Geschick, mit dem Gropius den Schalentieren zu Leibe rückte. »Und Sie?«, fragte sie beiläufig. »Was machen Sie? Oder ist das ein Geheimnis?«

»Ich bin Chirurg am Klinikum in München. Ich verpflanze Organe, Herzen, Nieren, Lebern. Aber das ist vielleicht nicht das angemessene Gesprächsthema bei einem Essen wie diesem.«

»Aber nein, ich finde das hochinteressant!«, entgegnete Francesca. »Sie müssen mir über Ihre Arbeit erzählen, Professore!«

Eigentlich hatte Gropius gar nicht vorgehabt, von sich zu erzählen, doch die Stimmung in dieser kleinen Osteria lud dazu ein, sein Herz auszuschütten. Und ebenso die schöne Signora, die ihm aufmerksam zuhörte. Und so berichtete Gropius von seiner Arbeit, von dem mysteriösen Tod Schlesingers und seinen erfolglosen Bemühungen um eine Klärung des Falles, und dabei versetzte er Francesca in Erstaunen.

»Ich gebe zu«, meinte er, als er mit seiner Geschichte geendet hatte, »das klingt ziemlich unglaublich, aber es ist die Wahrheit. Ohne es zu wollen, bin ich in eine Sache hineingeraten, aus der ich nur schwer wieder herauskomme, es sei denn, ich finde eine Erklärung für alles. Dabei bin ich Chirurg und kein Geheimagent.« Er schüttelte den Kopf und wirkte etwas hilflos.

Während sich die Osteria allmählich füllte – offensichtlich hatte das Lokal einen guten Ruf –, musterte Francesca den Professore, als zweifle sie noch an seiner Geschichte. Gropius fing ihren kritischen Blick auf und wiederholte seine Beteuerung: »Es ist die Wahrheit.«

Nachdenklich aß die Signora an ihren Muscheln. Fasziniert beobachtete Gregor, wie sie die gelbbraunen Schalentiere mit ihren Lippen in den Mund sog. Dass eine Muscheln essende Frau so erotisch wirken konnte, hätte er nie für möglich gehalten. »Und Sie glauben, dass die Kassette, die ich in de Lucas Auftrag nach Berlin gebracht habe, mit Ihrem Fall in Zusammenhang steht?«, fragte sie jetzt und setzte ihr Weinglas an die Lippen.

Gropius ertappte sich bei dem Gedanken, dass die Frau, die ihm gegenübersaß, plötzlich wichtiger erschien als der Grund, der sie zusammengeführt hatte. Er merkte, dass seine Fantasie sich selbstständig machte; doch die Aussicht, diese kühle Schönheit aufzutauen, war ebenso wenig vielversprechend, wie der Versuch, die Arktis mit einem Kaminfeuer zum Schmelzen zu bringen. Deshalb beantwortete er höflich ihre Frage: »Mir bleibt nichts anderes übrig, als daran zu glauben. Ich muss jeder Spur nachgehen.«

»Aber Professore, ist das nicht Aufgabe der Polizei?«

»Natürlich, aber wenn ich der Polizei das Feld überlasse, bin ich pensionsberechtigt, bevor der Fall gelöst ist. Das ist bei uns nicht anders als in Italien. Die Polizei hat eine Sonderkommission eingesetzt, die mit Vorliebe Akten studiert, und der zuständige Staatsanwalt ist in der Hauptsache damit beschäftigt, die Tage bis zu seinem Vorruhestand zu addieren. Er ist ungefähr dreißig. Ich habe Angst, meinen Job zu verlieren und meine Professur dazu, wenn ich nicht den Nachweis erbringe, dass das Organisierte Verbrechen für Schlesingers Tod verantwortlich ist.«

Francesca beugte sich über den Tisch und näherte sich Gropius auf wenige Zentimeter. »Es ist gut, dass Sie *das* Wort nicht ausgesprochen haben, Professore. Niemand wagt es, es auch nur in den Mund zu nehmen – es sei denn, er gehört dazu.«

Gropius verstand, was sie meinte, und nickte.

Sie lächelte. Dann senkte sie ihre Stimme: »Luciano de Luca leitet ein Forschungsinstitut am anderen Flussufer. Er ist ein freundlicher, dicklicher Herr mit schütterem Haar. De Luca trägt eine schwarze Brille mit sehr starken Gläsern, die seine Augen klein erscheinen lassen wie Schweinsäuglein – ein netter, umgänglicher, älterer Herr. Das Institut liegt in einer Seitenstraße des Corso Chieri. Hier ist seine Telefonnummer. Wenn Sie mich verraten, habe ich übermorgen keinen Job mehr.«

Damit schob sie Gropius eine Visitenkarte über den Tisch.

Verblüfft ergriff der Professor Francescas Hand und küsste sie. Diese Frau war ein einziges Rätsel, und ihr Verhalten versetzte ihn in Erstaunen. Er nahm die Visitenkarte und steckte sie in sein Jackett.

»Aber fragen Sie mich bitte nicht nach dem Inhalt der Kassette«, meinte Francesca, nachdem sie eine Weile geschwiegen hatten. »Ich weiß es wirklich nicht.« Und als sie Gregors ungläubiges Schmunzeln bemerkte, fügte sie hinzu: »Ich hatte im vergangenen Jahr den Auftrag, eine ähnliche Kassette von Milano nach London zu bringen. Den Inhalt kannte ich nicht, nur den Versicherungswert: eine halbe Million. Der Empfänger war das Auktionshaus Sotheby's. Einen Monat später las ich in der Zeitung, was ich transportiert hatte: einen alten Briefumschlag mit einer Blauen Mauritius. Er wurde für eine Million versteigert, eine Million *Pfund*! Mir wird noch heute schwindlig bei dem Gedanken.«

Unter dem Tisch schob Gregor sein Bein zwischen die ihren. Egal, wenn sie dir jetzt eine Ohrfeige verabreicht, dachte er und sah sie herausfordernd an.

Francesca bemerkte seine Unverschämtheit sehr wohl, trotzdem ließ sie sich in keiner Weise aus der Ruhe bringen. Im Gegenteil, sie sagte mit einem Gesichtsausdruck, der schwer zu deuten war: »Signor Gropius, wollen Sie mich nach Hause begleiten?«

Das klang so, als wollte sie sagen: Jetzt ist aber Schluss, lass uns gehen! Genauso gut aber konnte es heißen: Komm, gehen wir einfach zu mir! Seine Antwort fiel deshalb genauso interpretationsbedürftig aus. »Ich könnte mir nichts Schöneres vorstellen, Signora!«

Mit diesen Worten winkte er den Ober herbei und beglich die Rechnung. Während sie dem Ausgang zustrebten, der nach oben führte, bemerkte Francesca: »Das Ambiente meiner Wohnung darf Sie nicht stören. Sicher sind Sie Besseres gewöhnt. Wohnungen in Turin sind teuer, und wie ich schon sagte, habe ich nicht nur für mich zu sorgen. Aber jetzt schläft meine Mutter schon. Es ist übrigens nicht weit von hier, nur zwei Straßen entfernt.«

Auf dem Corso Lombardia herrschte um diese Zeit, kurz vor zehn, reger Verkehr. Wie selbstverständlich hakte sich Francesca bei Gropius unter. Es war kühl geworden, und sie fröstelten. An der Einmündung einer schmalen Seitenstraße zog Francesca Gregor nach rechts und mit einem Fingerzeig auf ein altes Gebäude mit sieben Stockwerken meinte sie: »Wir sind da. Kommen Sie!«

Das Treppenhaus war mit kobaltblauen Kacheln gefliest und hallte wie eine Kirche. In der Mitte des Aufgangs gab es einen Lift, einen eisernen Käfig, bespannt mit Maschendraht. Der Lärm, den das Öffnen der Tür, ein eisernes Scherengitter, verursachte, hallte durch das Treppenhaus. Francesca drückte den Knopf zum fünften Stock und lächelte Gropius zu. Der empfand ihre Geste als Einladung und trat so nahe an sie heran, dass er ihren warmen Körper spürte. Francesca drehte den Kopf zur Seite, ließ Gregor aber gewähren.

»Sie machen mich verrückt, Francesca«, murmelte Gropius.

Francesca reagierte nicht. Sie sagte nur: »Darf ich bitten!« Und mit einem heftigen Ruck schob sie das Scherengitter des Aufzugs beiseite.

Ein spärlich beleuchteter, langer Gang führte zu einer weiß gestrichenen Wohnungstür, und mit einer stummen Geste forderte Francesca Gropius auf einzutreten. »Mama?«, rief sie leise fragend, und an Gropius gewandt sagte sie: »Um diese Zeit ist sie selten noch wach. Nehmen Sie Platz!«

Das Wohnzimmer hatte nur ein Fenster, aber vier Türen, zwei auf jeder Seite, und bot deshalb wenig Platz für Möbel. In der Mitte des Raumes standen sich zwei moderne Sofas gegenüber, dazwischen ein niedriger Tisch mit einer Glasplatte.

»Sie sagten, Sie lebten zu dritt in der Wohnung«, bemerkte Gropius in die Stille, die im Zimmer herrschte.

»Ja«, erwiderte Francesca, »meine Mutter, ich und mein Mann.«

Unmerklich zuckte Gropius zusammen; dann meinte er entschuldigend: »Ich dachte, Sie …«

»Was dachten Sie, Professore?« Sie trat auf Gropius zu, und der ließ sich bereitwillig zu einer der Türen auf der rechten Seite führen. Francesca öffnete sie. Im Innern des kleinen Zimmers brannte Licht. Gropius erschrak.

In einem Bett an der gegenüberliegenden Wand lag halb aufgerichtet ein Mann mit dunklen Haaren und bleichem Gesicht. Er zeigte keine Regung. Seine Augen waren weit geöffnet, ebenso sein Mund, die Arme lagen geradlinig auf der weißen Decke.

»Mein Mann Constantino«, sagte Francesca tonlos, und ohne Gropius anzusehen, fuhr sie fort, »er hatte vor einem halben Jahr einen Autounfall, seither liegt er im Wachkoma. Was das bedeutet, brauche ich Ihnen ja nicht zu erklären.« Sie sagte es ohne jede Bitterkeit.

Gropius schnappte nach Luft. Diese Frau brachte ihn total aus der Fassung. Noch vor einem Augenblick hatte er sie begehrt. Bedenkenlos war er ihr in ihre Wohnung gefolgt in der Absicht, mit ihr zu vögeln. Und Francesca, hatte er gedacht, sei einem Abenteuer nicht abgeneigt. Und nun?

Gregor Gropius fühlte sich erbärmlich. Ihm wurde klar, dass Francesca die peinliche Situation sorgfältig inszeniert hatte, um sich ihn ein für alle Mal vom Leibe zu halten. Nun deckte Scham seine Lüsternheit zu. »Entschuldigen Sie mein ungebührliches Verhalten«, stammelte er leise, kaum verständlich.

»Sie können ruhig laut reden«, entgegnete Francesca, »er kann uns nicht hören – behaupten jedenfalls die Ärzte.«

Gropius wandte sich ab, er vergrub die Hände in den Taschen, und den Blick auf das dunkle Fenster gerichtet, sagte er: »Ich weiß nicht, was Sie jetzt von mir halten, aber ich konnte doch nicht ahnen …«

»Natürlich nicht«, unterbrach ihn Francesca. »Ich mache Ihnen keinen Vorwurf. Es gibt Situationen im Leben, da wird jedes Gefühl von der Realität ausgelöscht.« Sie machte Anstalten, die Tür zu schließen, aber bevor sie die Klinke niederdrückte, steckte sie den Kopf durch den Spalt, als wollte sie nochmals nach dem Rechten sehen.

Ratlos, wie er sich verhalten sollte, stand Gropius herum, unfähig eine Entscheidung zu treffen. Francesca hatte ihn deutlich in seine Schranken verwiesen. Sie hatte ihm eine Ohrfeige verpasst, ohne ihn sichtbar zu verletzen. Dabei wusste sie ganz genau, dass Ohrfeigen, die nicht wehtun, im Innersten weit größeren Schmerz verursachen, eine Pein, die man oft jahrelang mit sich herumschleppt. Er hatte das Bedürfnis zu reden, Francesca zu erklären, wie sehr sie auf ihn gewirkt hatte und dass er keineswegs die Absicht gehabt habe und so weiter und so weiter. Doch jede Erklärung erschien ihm unangemessen. Und aus dieser Ratlosigkeit heraus, aus dem Gefühl, der Situation nicht gewachsen zu sein, reagierte Gropius linkisch, ungeschickt wie ein Pennäler. »Ja, dann ist es wohl besser, wenn ich jetzt gehe«, stammelte er.

Francesca sah ihn nur an und schwieg.

Wie benommen fuhr Gropius mit dem ächzenden Aufzug nach unten. Das kurze Stück bis zum Corso Lombardia legte er im Laufschritt zurück. Ihm schien es, als liefe er vor sich selbst davon. An der Ecke bestieg er ein Taxi und fuhr zu seinem Hotel.

Der nächste Morgen. Einen Augenblick lang, während er allmählich vom Schlaf in den Wachzustand emportauchte, überkam Gropius eine angenehme Erinnerung an Francesca, aber dann meldete sich sein Gedächtnis und wie eine schwere Last bedrückte ihn die Erinnerung an die vergangene Nacht. Er war wütend auf sich selbst, ein Zustand, der ihm für gewöhnlich fremd war.

Das Frühstück, schlicht wie in Italien üblich, nahm Gropius auf dem Zimmer ein. Er wollte niemanden sehen. Während er die Pfirsichmarmelade mit dem Löffel auf das angetoastete Weißbrot kleckste, musterte er Francescas Visitenkarte, das heißt, er betrachtete die Rückseite, auf der sie Namen, Adresse und Telefonnummer de Lucas notiert hatte.

Gropius überlegte, ob er Luciano de Luca anrufen und seinen Besuch ankündigen sollte, doch dann traf er die Entscheidung, den Professore vor vollendete Tatsachen zu stellen. Schließlich wusste er nicht, wie er sich mit ihm verständigen konnte und wie er auf die Nachricht von Schlesingers Tod reagieren würde.

Der Fahrer, der ihn zu de Lucas Institut am jenseitigen Po-Ufer brachte, war guter Dinge. Er fuhr einen alten FIAT aus den achtziger Jahren, was ihn jedoch nicht an seinem Glauben hinderte, einen Rennwagen zu besitzen. Jedenfalls startete er an jeder Ampel mit quietschenden Reifen und rief dazu verzückt: »O lala, Ferrari!«

Nachdem er den Po überquert hatte, fuhr er den Corso Casale ein Stück flussabwärts, bog rechter Hand in den Corso Chieri ab und brachte sein Fahrzeug vor der angegebenen Adresse zum Stehen. Das Instituto war eine zweigeschossige Villa, die sich hinter einer halbhohen Mauer und viel Buschwerk versteckte. »Instituto Prof. Luciano de Luca« stand auf einem korrodierten Messingschild, das ansonsten keinerlei Hinweis gab auf die Tätigkeit, die de Luca hinter den Mauern ausübte.

Als Gropius sich dem Eingang näherte, den ein hölzernes Tor verschloss, schlug innen ein Hund an. Es sollte für längere

Zeit das Letzte sein, was Gregor bei klarem Verstand wahrnahm. Denn noch bevor er auf den Klingelknopf der Sprechanlage drücken konnte, wurde er von einem heftigen Schlag in den Nacken niedergestreckt. Er verlor das Gleichgewicht und das Bewusstsein. Wie aus weiter Ferne hörte er heftige Kommandos, und ihm war, als würde ihm ein Sack über den Kopf gestülpt, und man zerrte ihn in ein Auto.

Auch später wusste Gropius nicht zu sagen, wie lange er in diesem Zustand der Ohnmacht zugebracht hatte. Er glaubte nur, als er wie ein Bündel verschnürt für Sekunden auf dem Rücksitz des Autos zu sich kam, Francesca säße neben ihm. Wie er zu dieser Überzeugung gelangte, wurde ihm nie klar, denn gesehen hatte er sie nicht. Es war nur so ein Gefühl. Aus der Ferne vernahm er einen seltsamen, durchdringenden Piepton. Dann versank er erneut in tiefe Dunkelheit.

Nach einer unbestimmten Zeit kam Gropius wieder zu sich. Er fröstelte in einem quadratischen hohen Raum ohne Mobiliar, durch dessen blinde Fenster mattes Tageslicht fiel. Das einzig Bemerkenswerte an diesem Raum war der blaugrüne Ölanstrich, der an zahlreichen Stellen von den Wänden blätterte.

Der Versuch, sich auf seiner Sitzgelegenheit zu bewegen, misslang. Gropius war auf einem knorrigen Holzstuhl festgeschnallt. Derbe breite Lederriemen pressten seine Unterschenkel gegen die Stuhlbeine. Sein Brustkorb wurde von einem Gürtel an der senkrechten Lehne gehalten. Die Schultern schmerzten, weil seine Handgelenke hinter der Stuhllehne gefesselt waren. Gropius bekam kaum Luft. Er lauschte in die Stille.

Während sich seine Gehirntätigkeit langsam wieder einstellte, während er nachdachte, auf welche Weise und warum er an diesen wildfremden Ort gebracht worden sein könnte, fiel sein Blick auf einen modrigen alten Schemel, der, weil er seitlich von ihm stand, und er sich kaum rühren konnte, seiner Aufmerksamkeit bisher entgangen war. Auf dem Schemel stand eine schmale weiße Plastikflasche. Daneben lag eine Injektionsspritze mit durchgedrücktem Kolben. Bei näherem Hinsehen erkannte Gropius die rote Aufschrift auf der Plastikflasche: Chlorphenvinphos.

Nein! Er weigerte sich, das, was er sah, zur Kenntnis zu nehmen, er bäumte sich auf gegen die grauenvolle Entdeckung, und eine innere Stimme schrie gellend: Nein, nein, nein! Arno Schlesinger war mithilfe von Chlorphenvinphos getötet worden. In Sekundenschnelle bildete sich kalter Schweiß auf Gropius' festgezurrtem Körper. Gegen jede Vernunft und unter Schmerzen versuchte er sich aus den Riemen zu befreien; aber schon bald gab er auf.

Das war's also, dachte Gropius, den Blick stumpf geradeaus gerichtet, und er begann – den Tod vor Augen zeigt der Mensch die unsinnigsten Reaktionen – die Meldung zu formulieren, die in ein paar Tagen in deutschen Zeitungen unter »Vermischtes« zu lesen sein würde: In der Umgebung von Turin fanden Spaziergänger die Leiche eines Mannes. Bei dem Toten handelt es sich um den zweiundvierzigjährigen Chirurgen Professor Gregor Gropius, dessen Name mit der Organmafia in Verbindung gebracht wird. Eine Obduktion der Leiche ergab, dass Gropius mit einem Insektengift getötet wurde. – Welch erbärmlicher Abgang!

Gropius bekam kaum Luft. Es roch penetrant nach Ginster. Sein Organismus, schien es, hatte mit dem Leben bereits abgeschlossen. Die Lungen verweigerten ihren Dienst. Mehr als einmal hatte er sich mit dem eigenen Tod auseinander gesetzt, sich ausgemalt, wie das sein würde, wenn er den letzten Atemzug tat. Er hatte sich eingeredet, dass er nicht merken würde, wenn es so weit war. Sterben, hatte er geglaubt, sei eine harmlose Angelegenheit, eine Art Einschlafen und Aufhören und dann permanentes Nichts. Anders als die meisten seiner Kollegen hatte er seine Berufswahl nicht aus Angst vor dem Tod getroffen, sondern aus Neugierde; aber jetzt hatte er wie alle anderen nur Angst, eine miese, beschissene Angst.

Irgendwann in den nächsten Minuten, malte er sich aus, würde ein Mann in den kahlen Raum treten, eine Strumpfmaske oder Kapuze über dem Kopf – man kennt das aus Filmen. Er würde die Injektion aufziehen, die Spritze an seinen Oberarm setzen – aus! Aber es kam anders. In dem leeren Haus hörte man plötzlich Stimmen, die Gropius in seiner Aufregung nicht verstand. Ihm war auch völlig gleichgültig, welche letzten Worte er in das ewige Nirwana, den Zustand der Freiheit von allen irdischen Leiden, mitnehmen sollte.

Hinter ihm wurde die Tür aufgestoßen. Zwei Männer traten auf ihn zu, der eine von rechts, der andere von links, doch keiner von beiden trug die erwartete Maskerade auf dem Kopf. Ihr Auftritt glich eher einer unerwarteten Theatervorstellung. Der rechte erschien klein und wohlbeleibt und trug die fein gebügelte Tracht eines Monsignore mit lila Bauchschärpe. Sein gerötetes Gesicht verriet permanenten Bluthochdruck. 190 zu 110. Er grinste hinterhältig. Der andere gab sich weniger klerikal, wenngleich sich sein weißer Priesterkragen deutlich von dem schwarzen Anzug abhob. Er war jung und kräftig und hatte lange schwarze Haare, als wäre er aus den siebziger Jahren übrig geblieben.

Für einen Moment schöpfte Gropius Hoffnung, obwohl ihn die Maskerade der beiden Männer eher verwirrte. Mit vor der Brust verschränkten Armen bauten sich die beiden vor Gropius auf und musterten ihn in seiner Hilflosigkeit. Gropius hörte, wie sein Puls in den Ohren pochte. Erwarteten die beiden, dass er sich rechtfertigte? Was wollten sie von ihm? Gropius zog es vor zu schweigen. Stolz – das Letzte, was ihm geblieben war.

Zwei, vielleicht drei endlose Minuten standen ihm die Männer regungslos gegenüber, bis der Jüngere wie auf ein geheimes Kommando plötzlich aus seinem Gesichtsfeld verschwand. Kaum war dies geschehen, wandte sich der Monsignore der Injektionsspritze auf dem Schemel zu. Mit weit aufgerissenen Augen, unfähig zu schreien oder um sein Leben zu flehen, beobachtete Gropius, wie der feiste Mann die Plastikflasche öffnete und die Spritze in die Hand nahm. Die Art und Weise, wie er mit dem Instrument umging, verriet, dass er so etwas nicht zum ersten Mal machte. Nachdem er fünf Kubik aus dem Plastikgefäß aufgezogen hatte, hielt er die Spritze senkrecht nach oben und drückte einen kleinen Strahl hervor. Dann trat er nahe an Gropius heran.

Mein Gott, dachte dieser, fünf Kubik, das reicht, um einen Elefanten zu töten. Gropius zitterte am ganzen Körper, alles in ihm vibrierte. Er schloss die Augen, wartete auf den finalen Stich, der dem Ganzen ein Ende bereitete, und überlegte noch kurz, wie lange es wohl dauern würde, bis er das Bewusstsein verlöre.

Das Warten zog sich endlos in die Länge. Er stand kurz davor, sich zu übergeben. Seine Gedärme begannen sich zu winden, als hätte er eine Riesenschlange verschluckt. Da hörte er eine Stimme. Sie klang widerlich hoch wie die eines Kastraten, und als Gropius die Augen öffnete, sah er dicht vor dem seinen das rote Gesicht des Monsignore, der in Deutsch, aber mit einem fremden Akzent, fragte: »Wo ist die Akte?«

Die Akte? Die Akte! Durch Gropius' Gehirn schossen zusammenhanglose, abgerissene Gedanken. Die Akte! Herrgott, von welcher Akte redete der schwammige Kerl? Im Augenblick war ihm nicht einmal klar, ob er, Gropius, oder Schlesinger die Hauptperson in diesem Verwirrspiel war. Doch plötzlich kam ihm eine Strategie in den Sinn, die vielleicht geeignet war, ihm das Leben zu retten.

»Die Akte?«, erwiderte er, unfähig, das Zittern seiner Stimme zu unterdrücken. »Sie erwarten doch nicht, dass ich die Akte bei mir habe.«

»Natürlich nicht!«, gab der Monsignore zurück. Die forsche Reaktion des Professors machte durchaus Eindruck. Um die Ernsthaftigkeit seiner Frage zu unterstreichen, fuchtelte der Monsignore mit der Injektionsspritze vor Gropius' Gesicht herum. »Ich will wissen, wo die Akte versteckt ist. Verraten Sie es uns, dann sind Sie ein freier Mann! Andernfalls …« Er setzte ein hämisches Grinsen auf.

Augenblicklich wurde Gropius klar, dass nur die Akte, was auch immer sich darin befinden mochte, dass diese gottverdammte Akte, die man in seinem Besitz vermutete, ihn vor dem Tod bewahren würde. Sie würden, sie konnten ihn nicht umbringen, solange sie nicht die Akte gefunden hatten. Sein Lebensmut, der ihn gerade verlassen hatte, kehrte auf einmal zurück. Er versuchte sogar ein überlegenes Lächeln aufzusetzen, als er sagte: »Herr, wer immer Sie sein mögen, und was immer Sie zu Ihrer merkwürdigen Maskerade veranlasste, Sie glauben doch nicht im Ernst, dass ich Ihnen das Versteck der Akte verrate. Dann ist mein Leben doch keinen Pfifferling mehr wert!«

Der Monsignore schien verblüfft über das raffinierte Vorgehen des Professors. »Also sagen Sie, wie viel Sie wollen«, krächzte er unwillig. »Noch einmal zehn Millionen?«

Gropius wusste nicht, was ihn mehr erschreckte, das Millionenangebot an sich oder die Erkenntnis, die sich daraus ergab: Diese Männer mussten Schlesinger umgebracht haben. Aber das warf eine andere Frage auf: Warum hatten sie zuvor Schlesinger mit Geld überschüttet? War Schlesinger einer aus ihren Reihen, einer, der sich von ihnen abgewandt hatte?

»Ich will kein Geld«, erwiderte Gropius mit gespielter Ruhe. Die Injektionsspritze vor Augen, sah er dem Fortgang der Dinge alles andere als gelassen entgegen. »Das Einzige, was ich will, ist meine Rehabilitierung als Chirurg. Dann sollen Sie die Akte haben. Ich lege keinen Wert darauf.«

»Das wird nicht möglich sein«, bemerkte der Monsignore schrill.

»Dann wird es mir auch unmöglich sein, Ihnen das Versteck zu verraten. Bleibt keine andere Wahl als mich zu töten. Worauf warten Sie noch? Übrigens – um keine Mißverständnisse aufkommen zu lassen – Frau Schlesinger hat von alldem keine Ahnung. Sie kennt weder die Bedeutung der Akte noch das Versteck.«

Der Monsignore schleuderte die Spritze wütend an die Wand und verschwand aus dem kahlen Raum. Im Nebenzimmer vernahm Gropius aufgebrachte Stimmen. Es mussten zwei oder drei sein. So verging eine Weile der Ungewissheit. Gropius fragte sich, ob er zu hoch gepokert hatte, schließlich hatte er es nicht mit Amateuren zu tun. Er wagte kaum zu atmen und hoffte irgendeinen Sprachfetzen zu verstehen – vergeblich. Die Männer redeten in einer ihm unbekannten Sprache aufeinander ein, nicht deutsch, nicht englisch, nicht italienisch.

Aus der Heftigkeit, mit der die Türe plötzlich aufgestoßen wurde, schloss Gropius nichts Gutes. Er sah nicht, was hinter ihm vorging, und musste mit dem Schlimmsten rechnen. Mit einem Ruck wurde ihm der Sack, mit dem er bereits Bekanntschaft gemacht hatte, über den Kopf gestülpt; dann befreiten sie ihn von seinen Fesseln. Ein brutaler Kerl packte ihn an den Oberarmen und riss ihn in die Höhe. Ein Schlag mit einem Knüppel oder einem Baseballschläger, exakt gegen den ersten Wirbel, streckte Gropius nieder, und er verlor erneut das Bewusstsein.

Lautes Hupen wie Babygeschrei holte ihn ins Leben zurück. Gropius vermochte kaum den Kopf zu bewegen, und das ungeduldige Hupen brachte seinen Kopf zum Zerspringen. Auf dem Rücken liegend und auf die Ellenbogen gestützt, versuchte er sich zu orientieren: Er lag mitten auf einem schmalen Feldweg, wie sie die einsam gelegenen Bauernhöfe im Norden Italiens miteinander verbinden. Vor ihm tuckerte ein dreirädriges Gefährt, das den Gemüsebauern zum Transport ihrer Ware dient, im Leerlauf. Der Fahrer versuchte, im Glauben, ein Betrunkener schlafe auf der Straße seinen Rausch aus, diesen mit seiner Hupe zu wecken.

Nur unter großer Anstrengung gelang es Gropius, sich hochzurappeln. Dann torkelte er auf den Fahrer des Kleinlastwagens zu und versuchte ihm klar zu machen, dass er nicht betrunken, sondern überfallen worden war. Der Versuch stieß auf Sprachschwierigkeiten, weil das Italienisch des Professors eher mangelhaft und der Dialekt des Bauern für einen Ausländer unverständlich war; aber ein Geldschein hellte das Gesicht des Landmannes sichtlich auf. Und als Gropius einen zweiten Schein zückte, erbot sich dieser sogar, den seltsamen Ausländer bis an den Stadtrand von Turin zu chauffieren, der, sagte er, etwa zwanzig Kilometer entfernt lag. Eine gute halbe Stunde würden sie schon brauchen.

Während der Fahrt durch wildes hügeliges Gelände erfuhr Gropius, dass ihn die Kidnapper südwärts in Richtung Asti gebracht hatten, wo sich leer stehende Landhäuser kilometerweit in der Landschaft verlieren. Die Fahrt bis zum südlichen Stadtrand dauerte beinahe eine Stunde, dann stieg Gropius in ein Taxi um und kam gegen 18 Uhr in seinem Hotel an.

Völlig erschöpft bestellte er sich etwas zu essen aufs Zimmer. Dann nahm er ein heißes Bad. Das Wasser tat seinem geschundenen Körper gut. In wohliger Wärme döste er vor sich hin. Nur langsam, ganz allmählich, kam ihm zu Bewusstsein, was passiert war. Nein, sagte er zu sich, du hast das alles nicht geträumt, das war kein Film, das war Realität: Man wollte dich umbringen, und in letzter Sekunde ist es dir gelungen, den Kopf aus der Schlinge zu ziehen.

Undurchsichtig erschien ihm die Rolle Francescas. Die kühle Signora hatte seine Leidenschaft geweckt; nun aber überwog das Misstrauen. Warum hatte sie zuerst gezögert, ihm dann aber so ohne weiteres de Lucas Adresse gegeben? War es wirklich ein Zufall, dass die Kidnapper ihm vor de Lucas Institut auflauerten? Auch damals in Berlin hatte ihn nach dem geplatzten Treffen mit Francesca ein Mitglied der ehrenwerten Gesellschaft angesprochen. Es war wie immer im Leben: Die schönsten Beine haben einen Pferdefuß.

Beinahe wäre Gropius in der Wanne eingeschlafen, da hörte er an der Zimmertür ein Geräusch. Da war sie wieder, die Angst vor dem Unbekannten, ein Gefühl, das er bis vor wenigen Wochen nicht gekannt hatte. Er richtete sich auf, sorgsam bedacht, kein Geräusch zu verursachen. Lautlos schlüpfte er in seinen Bademantel und spähte durch den Türspalt ins Zimmer. Seine Nerven waren nicht mehr die besten. Nicht an diesem Tag! Er hatte vergessen, die Sicherungskette an der Zimmertür vorzulegen. Jetzt machte er sich Vorwürfe. Er hatte keine Lust auf weitere Nackenschläge. Vorsichtig drückte er die Badezimmertür auf und starrte zum Eingang. Auf dem Boden lag ein Zettel, eine Hotel-Message unter der Türe hindurchgeschoben.

Gropius hob den Zettel auf: »Message 17 Uhr 30 – Anruf Signora Colella. Bittet um Rückruf.«

Die Nachricht war über zwei Stunden alt. Gropius kannte das von anderen Hotels. Was zum Teufel hatte das zu bedeuten? Wollte Francesca ihn vorführen, ihn demütigen? Oder sollte sie ein zweites Mal als Lockvogel dienen?

Aufgewühlt und hundemüde legte sich Gropius ins Bett. Da summte das Telefon. Gropius stülpte ein Kissen darüber. Mit Francesca wollte er nichts mehr zu tun haben. Er wollte nur noch nach Hause. Der nächste Flug ging morgens um 9 Uhr 10. Flug LH 5613.

Kapitel 7

Zurück in München war Gropius der Verzweiflung nahe. Auch unter Aufbietung aller Kräfte gelang es ihm nicht, sich auf die selbst gestellte Aufgabe zu konzentrieren. Wie sollte er Schlesingers Tod, Prasskovs Machenschaften, das offensichtliche Doppelspiel Fichtes, de Lucas ungeklärte Rolle, die üblen Erpressungsversuche Veroniques und nicht zuletzt die Jagd auf eine geheimnisvolle Akte, die ihn beinahe das Leben gekostet hätte, auf einen gemeinsamen Nenner bringen?

Unser Leben ist das Ergebnis von Zufällen, dem Sich-Kreuzen von Biografien und Ereignissen. Wenn diese Erkenntnis eines Beweises bedurfte, das war er. Längst hatte Gropius erkannt, dass die Kunst nun darin bestand, ausgehend von den Kreuzungspunkten alle Fäden bis zu ihrem Ausgangspunkt aufzurollen. Eine schier unlösbare Aufgabe für einen Einzelnen. Und zum ersten Mal, seit Aufnahme seiner Nachforschungen, trug Gropius sich ernsthaft mit dem Gedanken aufzugeben.

Hatte er den Bombenanschlag noch mit einer gewissen Kaltschnäuzigkeit weggesteckt, weil er glaubte, dass er nicht ihm galt, so hatten ihn das Attentat vor Lewezows Haus, vor allem aber die Entführung in Turin eines Besseren belehrt. Angst war ihm zum ständigen Begleiter geworden.

Aber selbst wenn er aufgab, wenn er von heute auf morgen alle Recherchen einstellen würde, wäre das keine Garantie für seinen Seelenfrieden. Er würde weiter mit dem Unbehagen leben – und mit der Angst. Als Student hatte er, weil es als schick galt, Sartre verschlungen, der behauptete, Angst sei die Angst vor sich selbst, vor den eigenen unvorhersehbaren Verhaltensweisen. Erst jetzt erkannte er den Wahrheitsgehalt dieser Worte. Nein, er würde nie aufgeben!

Bestärkt wurde Gropius in seiner Absicht durch einen Anruf Lewezows, er sei einem ganz großen Ding auf der Spur und er, Gropius, sei in eine Sache verstrickt, die seine Vorstellungskraft übersteige. Lewezow tat sehr aufgeregt.

Gropius rief den Privatdetektiv zu sich. Keine zwanzig Minuten später stand Lewezow vor der Tür.

»Das war keine leichte Aufgabe«, begann Lewezow noch bevor Gropius ihm einen Platz angeboten hatte. »Wohin ich auch kam, ich prallte gegen eine Wand von Schweigen und Ablehnung. Aber was ein guter Detektiv ist, der gibt nicht auf!«

»Der Reihe nach, Herr Lewezow! Wie sind Sie vorgegangen?«

»Ich habe mich zunächst an Ihre Empfehlung gehalten und in der Warteliste ein Dutzend potenzieller Organempfänger ausfindig gemacht, die nicht gerade zu den Ärmsten gehören, einen Bauunternehmer aus Stuttgart, einen Ziegeleibesitzer aus Niederbayern, einen Börsenspekulanten, einen Hotelbesitzer und so weiter, alles Leute mit Geld.«

Gropius nickte ungeduldig: »Ich kann mir vorstellen, dass diese Leute nicht gerade auskunftsfreudig waren, wenn Sie sie nach dem Zustand ihrer inneren Organe fragten.«

Lewezow machte eine fahrige Handbewegung. »Der Erste, den ich befragen wollte, ein Bauunternehmer, warf mich hinaus und hetzte die Hunde auf mich. So kam ich zu der Überzeugung, dass ich mich im Umfeld der Betroffenen umhören musste. Aber auch das brachte mich nicht weiter, und ich stellte mich schon auf eine längere Aufgabe ein, als ich eher durch Zufall mit dem Hausmädchen eines Brauereibesitzers, der ebenfalls auf der Liste steht, ins Gespräch kam. Sie war ein richtig dralles Mädchen vom Land mit einem kräftigen Haarkranz und erwies sich als äußerst auskunftsfreudig. Ja, meinte sie, Gruber, so heißt der Braumeister, habe vor kurzer Zeit eine neue Leber bekommen. Die alte, sagte sie, habe es nicht mehr gemacht. Aber das sei ganz schön teuer gewesen und etwas außerhalb der Legalität. Und dabei verdrehte sie die Augen.«

Gropius wurde unruhig: »Und konnten Sie Näheres in Erfahrung bringen? So reden Sie schon!«

Lewezow genoss solche Augenblicke. Augenblicke, die ihm, dem armseligen Schnüffler, der von Indiskretionen lebte, eine gewisse Wichtigkeit verliehen und das Gefühl, dass er gebraucht wurde. Deshalb sprach er betont langsam, als er fortfuhr: »Ich gab mir den Anschein, als wartete ich ebenfalls auf eine Lebertransplantation, ich verfluchte den Alkohol und gab zu erkennen, dass ich als Nr. 85 auf der Warteliste dem Tod geweiht wäre. Und dann stellte ich die Frage, wie der Braumeister zu seinem Organ gekommen sei. Das Mädchen blickte nach links und nach rechts – unser Gespräch fand zwischen Tür und Angel statt – und erwiderte im Flüsterton, in München gebe es einen Professor, der jedes gewünschte Organ beschaffen könne und transplantiere, allerdings für eine irrsinnige Summe, und die Patienten müssten unterschreiben, über den Vorgang Stillschweigen zu bewahren. Die Adresse der Klinik wisse sie nicht, aber der Name des Professors sei ihr im Gedächtnis geblieben: Fichte.«

Gropius sprang auf. Er hatte es geahnt. Dieser miese, kleine Fichte, den sie liebevoll »Bäumchen« nannten, arbeitete mit der Organmafia zusammen! Der Professor stampfte, die Arme vor der Brust verschränkt, im Raum auf und ab. Er kochte vor Wut, Wut auf sich selbst, weil er dem hinterhältigen Kerl nie misstraut und Ungereimtheiten in Bezug auf seine Person einfach ignoriert hatte. Nun sah er die Überstunden, die Fichte bereitwillig absolvierte, und die freien Tage, die er regelmäßig dafür in Anspruch nahm, in einem anderen Licht. Fichte führte als Arzt ein Doppelleben. Hier der biedere Oberarzt mit Gehaltsgruppe C 3, dort der geheimnisvolle Transplantationschirurg, der für seine Arbeit Unsummen kassierte. Ich beneide ihn, dachte Gropius, wegen seiner Nervenstärke; denn das System konnte nur so lange funktionieren, so lange es keine Komplikationen gab. Eine einzige Operation, die schief ging, hätte für Fichte das Aus bedeutet.

Jetzt machte auch der Tod Schlesingers Sinn. Offenbar war Fichte der Boden zu heiß geworden. Möglicherweise hatte er, Gropius, in seiner Unwissenheit eine Bemerkung gemacht, die Fichte in Aufruhr versetzte, sodass er diese teuflische Lösung ersann, um ihn aus seiner Position zu drängen. Natürlich, für Fichte war es ein Leichtes, die zur Transplantation bestimmte Leber mit einer Injektion zu vergiften! Dass ausgerechnet Schlesinger daran glauben musste, ein Mann, der offenbar selbst in dunkle Geschäfte verstrickt war, das war Zufall oder ein Beweis dafür, dass jeder von uns im Laufe seines Lebens irgendwann eine Leiche im Keller hat.

»Sie sagen gar nichts!«, bemerkte Lewezow vorsichtig. »Das ist es doch, was Sie wissen wollten.«

»Ja, ja«, erwiderte Gropius abwesend, »das haben Sie wirklich gut gemacht, Lewezow, gute Arbeit. Aber wo Fichte seine Transplantationen durchführt, konnten Sie nicht in Erfahrung bringen?«

»Tut mir Leid. Ich hatte den Eindruck, das Hausmädchen wusste es wirklich nicht. Wenn Sie es wünschen, werde ich noch weitere Namen auf der Liste unter die Lupe nehmen.«

Der Professor überlegte kurz, dann meinte er: »Ich glaube, Sie sollten besser Fichte beschatten. Aber gehen Sie dabei so diskret wie möglich vor. Fichte ahnt nichts von meinem Wissen. Er soll sich in Sicherheit wiegen, zumal sein Plan bisher scheinbar aufgegangen ist. Und halten Sie mich über jede neue Erkenntnis auf dem Laufenden!«

Kaum war Lewezow gegangen, kamen Gropius Zweifel, ob das schon die Lösung für alle zurückliegenden Ereignisse sein konnte. Gewiss, Fichtes Doppelspiel war beängstigend genug, aber bei nüchterner Betrachtung war mit der Erkenntnis, dass Fichte für die Organmafia arbeitete, nicht einmal die Hälfte des Geschehens zu erklären. De Lucas Kassette und seine eigene Entführung ließen nicht im Entferntesten auf einen Zusammenhang schließen. Und da gab es noch irgendwo so eine gottverdammte Akte, die irgendwelchen Leuten zehn Millionen wert war.

Wenn Lewezow ihn an der Nase herumführte? Der Kerl war hinter dem Geld her wie der Teufel hinter der armen Seele! Vielleicht hatte er sich die Geschichte nur aus den Fingern gesogen, um ihn bei Laune zu halten und um ihm ein paar weitere Schecks zu entlocken. Irgendwie arbeitete Lewezow zu perfekt. Er bekam einen Auftrag, und wenige Tage später lieferte er das gewünschte Ergebnis. Dabei hatte er es nicht mit einem Trachtenverein zu tun, sondern mit ausgekochten Mafiosi. Die Geschichte ließ Gropius keine Ruhe. Er brauchte Klarheit und musste Lewezow auf die Probe stellen.

Bereits am folgenden Tag bot sich die Gelegenheit. Allerdings war es Lewezow selbst, der den Anstoß gab.

Lewezow meldete sich am Telefon: »Ich soll Sie doch auf dem Laufenden halten, wenn es Neuigkeiten gibt, Professor! Ich weiß nicht, ob das von Belang ist. Aber wussten Sie, dass Fichte ein eigenes Flugzeug besitzt?«

Gropius schluckte. »Nach allem, was Sie bisher über Fichte in Erfahrung gebracht haben, wundert mich nichts mehr. Woher haben Sie Ihre Information?«

»Das erkläre ich Ihnen später. Fichtes zweimotorige Piper steht auf dem Flugplatz Jesenwang, vierzig Kilometer westlich von München. Er hat für heute 14 Uhr einen Flug nach Nizza angemeldet. Daraus mögen Sie Ihre Schlüsse ziehen, Professor! Ich melde mich.«

Gropius bedankte sich und legte auf. Die Nachricht, dass Fichte ein Flugzeug hatte, konnte ihn auch nicht mehr aus der

Fassung bringen. Dennoch setzte er sich in seinen Geländewagen und schlug den Weg in Richtung Westen ein. Hätte ihn jemand gefragt, warum er das tat, Gropius hätte geantwortet: Ich weiß es nicht.

Kurz vor 13 Uhr bog Gropius auf die A 96 ein. Der kalte Dezemberwind trieb die ersten Schneeflocken über das Voralpenland. Nach dreißig Kilometern verließ er die Autobahn und nahm den Weg über eine viel befahrene Landstraße nach Norden.

Jesenwang, ein oberbayerisches Dorf wie viele, wäre kaum erwähnenswert, hätte es nicht einen Flugplatz, der Sportfliegern, Geschäftsleuten und wohlhabenden Münchnern als Heimathafen für ihre Privatmaschinen dient. Gropius parkte sein Auto etwas abseits neben dem Hangar, von wo er freie Sicht auf das Rollfeld hatte. Eine einmotorige Cessna, eine ältere Beechcraft und eine zweimotorige Piper, die gerade betankt wurde, warteten vor dem Abfertigungsgebäude, zwei Dutzend weitere Kleinflugzeuge waren in einiger Entfernung auf der Graspiste geparkt. Keine Spur von Hektik, wie sonst auf Flughäfen üblich.

Gropius mochte wohl zwanzig Minuten gewartet haben – das Betanken der Piper Seneca II war gerade beendet, da trat Fichte aus dem Flughafengebäude, gefolgt von einer Frau. Im Laufschritt eilten beide zu der wartenden Piper. Fichte trug ein dunkles Lederblouson, auf dem Kopf eine Schirmmütze, in der Hand einen eleganten Pilotenkoffer. Die Frau hielt zum Schutz vor dem Schneeregen ein Tuch über den Kopf. Sie trug einen hellen Trenchcoat.

Während Fichte die Tür über der rechten Tragfläche öffnete und der Frau beim Einsteigen behilflich war, riss ihr eine eisige Windböe das Tuch vom Kopf. Gropius erstarrte. Was er sah, wollte nicht in seinen Kopf. Sein Verstand weigerte sich, das zu glauben, was er sah: Die Frau an Fichtes Seite war Veronique.

Atemlos und wie durch einen Schleier verfolgte Gropius das Starten der Motoren und die kurze Strecke, die das Flugzeug bis zur Runway zurücklegte. Er hörte das Dröhnen der Motoren, sah wie der Vogel nach kurzem Anlauf abhob; dann war es still, der Spuk vorbei.

Nichts. Gropius fühlte nichts, keinen Zorn, keine Wut, nicht einmal Selbstmitleid – nur eine große Leere. Er hatte den Faden verloren, absolut den Faden verloren. Emotionslos verfolgte er die holprige Landung einer kleinen Maschine, die zweimal wieder abhob, bevor sie endgültig am Boden blieb, da hielt dicht neben ihm ein alter Volkswagen: Lewezow.

Lewezow stieg aus, und Gropius kurbelte die Seitenscheibe herunter. »Ich hätte Sie hier nicht erwartet«, sagte der Detektiv. »Haben Sie gesehen, wer mit Fichte ins Flugzeug gestiegen ist?«

Gropius nickte stumm. Was sollte er schon sagen.

»Ziemlich feucht hier«, bemerkte Lewezow und hielt schützend die Hand über seine Augen. »Kommen Sie, hier gibt es eine Fliegerkneipe. Etwas Heißes kann uns nur gut tun.«

In dem Restaurant namens »Fly in« waren fast alle Tische besetzt, nur neben dem hinteren Fenster, das von der Wärme beschlagen war und den Blick nach draußen verwehrte, gab es zwei freie Plätze. Sie bestellten heißen Tee mit Rum. »Rum mit etwas Tee«, wie Gropius korrigierte.

»Ein alter Freund ist hier Flugleiter«, begann Lewezow, »und wir kamen eher zufällig auf Flugzeuge und ihre prominenten Besitzer zu sprechen. Dabei fiel der Name Dr. Fichte. Natürlich war ich sofort hellwach und versuchte Näheres über Fichte in Erfahrung zu bringen. Leider Fehlanzeige. Peter Geller – das ist der Name meines Freundes – wusste nur, dass das Flugzeug gut und gerne eine Million kostet und auf Fichtes Namen zugelassen ist. Wenn Sie wollen, können Sie sich mit Geller auch persönlich unterhalten. Kommen Sie, Professor!«

Gellers Büro lag im oberen Stockwerk des Towers und zeichnete sich durch große Enge aus. Nachdem Lewezow und Gropius den knapp bemessenen Raum betreten hatten, war das kleine

Zimmer voll. Geller, ein jugendlich wirkender Mann Mitte vierzig und in legerer Kleidung, saß vor einem Bildschirm und drei Telefonen und blickte kaum auf.

»Ach du schon wieder!«, meinte er schmunzelnd, und an den Professor gewandt erklärte er: »Sie müssen wissen, ohne Sticheleien geht es bei uns nicht. Was kann ich für Sie tun?«

Lewezow stellte den Professor vor, und Gropius sagte, es gehe um Fichte und sicher habe er bereits von Lewezow erfahren, worum es sich handle.

»Fichte?« Geller tat erstaunt. »Der ist gerade raus!« Dabei machte er eine Armbewegung himmelwärts.

»Ich weiß«, erwiderte Gropius, »mit meiner Frau. – Exfrau«, korrigierte er sich.

»Ach so. Tut mir Leid für Sie, Professor!«

Wenn Gropius etwas nicht vertragen konnte, dann war es Mitleid. Deshalb beeilte er sich zu beteuern: »Das braucht Ihnen wirklich nicht Leid zu tun.«

Geller nickte. »Verstehe.«

»Sagen Sie«, begann Gropius vorsichtig, »bei Ihnen werden doch alle Starts und Landungen im Computer gespeichert.«

»Ja.«

»Und jeder Pilot ist verpflichtet, seinen Zielflughafen anzugeben?«

»Schon aus Sicherheitsgründen, ja.«

»Dann könnten Sie mir also sagen, wohin Fichte in den – sagen wir – letzten drei Monaten geflogen ist.«

Geller sah Lewezow fragend an, und Lewezow nickte.

Etwas unwillig knurrte Geller: »Na gut, wenn ich Ihnen damit einen Gefallen erweise. Aber von mir stammt die Information nicht!« Der Flugleiter hackte lässig in seinen Computer, und nach wenigen Augenblicken spuckte der Drucker ein Blatt mit Zahlen und Namensreihen aus. Eines der Telefone gab einen leisen Summton von sich, gleich darauf tutete ein zweites.

Lewezow nahm Geller den Computerausdruck aus der Hand, Gropius bedankte sich, dann verschwanden beide nach unten.

Ihr Tisch in der Fliegerkneipe war inzwischen besetzt, aber ein anderer Fensterplatz war frei, und Lewezow und Gropius widmeten sich dem Computerausdruck. Die Aufzeichnungen gingen bis September zurück und umfassten insgesamt sechsundzwanzig Flugbewegungen: zwölf nach Nizza und vierzehn nach Prag.

Lewezow blickte auf und sah Gropius fragend an: »Verstehen Sie das, Professor? Ich meine, Nizza ist klar. Nizza ist der Flughafen für Monte Carlo. Hätte ich ein Appartement in Monte Carlo, würde ich auch jede freie Minute dort verbringen. Aber Prag? Was macht Fichte innerhalb von drei Monaten vierzehn Mal in Prag?«

»Das wüsste ich auch gerne«, sagte Gropius nachdenklich, »dann wären wir vermutlich einen großen Schritt weiter.« In seinem Kopf brodelte es. Unsicherheit, Argwohn, Verdacht und schlimmste Befürchtungen lösten einander ab. Und dass Fichte ausgerechnet mit seiner Exfrau ein Verhältnis haben musste – auf dem Papier war er schließlich noch immer mit ihr verheiratet –, das setzte dem Ganzen die Krone auf.

Auf dem Rollfeld wurde es allmählich lebendig. In kurzem Abstand landeten zwei einmotorige Maschinen, eine dritte wurde aus dem Hangar gezogen und betankt. Mit dem Ärmel seines Jacketts wischte Gropius den feuchten Beschlag von der Fensterscheibe. »Manchmal, in Augenblicken wie diesem«, sagte er, während er nach draußen blickte, »möchte ich in so einen Vogel einsteigen und einfach davonfliegen, weit weg, und meine Vergangenheit zurücklassen.«

Seit zwei Stunden versuchte Gropius vergeblich, Rita zu erreichen. Seine Stimmung war auf dem Nullpunkt, und er hatte nichts anderes als ihren sinnlichen Körper im Kopf. Er *musste* sie haben, noch heute. Endlich, nach seinem vierten oder fünften Anruf, hob Rita ab. Da war es bereits 22 Uhr.

»Ich komme«, sagte Rita wie immer, wenn er nach ihr rief, einfach: »Ich komme.«

Eine halbe Stunde später. Mit wehenden Haaren und einnehmendem Lächeln stand Rita vor der Haustür. Gropius küsste sie mit einer gewissen Unverbindlichkeit, wie er es immer tat, und ebenso routinemäßig fragte er: »Was willst du trinken?«

Rita schüttelte den Kopf, und Gropius sah sie fragend an.

»Ich möchte mit dir schlafen«, sagte Gropius ohne Umschweife. Er zeigte sich irritiert, weil Rita den Mantel anbehielt und den Kragen mit beiden Händen zusammenpresste. Auch ihr Blick, für gewöhnlich eine Herausforderung, war abweisend. Rita war einfach anders, zum ersten Mal, seit sie sich kannten.

»Ich weiß«, begann Gropius, »in letzter Zeit habe ich mich nicht sehr anständig verhalten. Aber du kennst die Gründe. Das hatte nichts mit dir zu tun.«

Noch immer im Mantel nahm Rita im Salon Platz. Mit einer abrupten Bewegung schlug sie die Beine übereinander, dann sagte sie ruhig: »Gregor, ich muss dir etwas sagen!«

Gropius setzte sich ihr gegenüber und erwiderte leise: »Ich höre.«

Rita räusperte sich. Dann sagte sie mit fester Stimme: »Ich werde heiraten.«

Ihre Worte hingen wie ein Unheil verkündendes Menetekel im Raum, jedenfalls schien es Gropius so. Er wusste nicht, wie er reagieren sollte, schließlich erlebt man so eine Situation nicht alle Tage: Die Frau, mit der man gerade ins Bett will, überrascht einen mit der Ankündigung, sie werde heiraten.

»Gratuliere!«, sagte er in dem Versuch, die Form zu wahren. »Das freut mich für dich!« Aber der Tonfall seiner Stimme verriet, wie sehr ihn die Nachricht verletzte. »Und warum erfahre ich das erst jetzt?«

»Weil ich mich erst letzte Woche entschieden habe.«

»Aha!« Gropius hob die Schultern und blickte indigniert zur

Seite. Nein, das war heute nicht sein Tag. Erst der Keulenschlag, den Veronique ihm versetzt hatte, und jetzt das!

»Und wer ist der Glückliche?«, erkundigte sich Gropius floskelhaft.

»Er ist Vermessungsingenieur beim Tiefbauamt. Ich machte von ihm eine Thorax-Aufnahme, da ist es geschehen.«

»Seit wann verliebt man sich in die Innereien eines Menschen?«, knurrte Gropius ungehalten.

Rita lachte. »Es war zunächst sein Äußeres, sein herzlicher Umgangston. Erst später gab er sein Innerstes preis. Ich verstehe deine Enttäuschung, Gregor, vor allem in deiner schwierigen Situation; aber wir wissen beide, dass unser Verhältnis nichts weiter war als eine Bettgeschichte.«

»Aber eine verdammt gute Bettgeschichte. Oder hast du deine Ansicht inzwischen geändert?«

»Keineswegs. Ich kann nicht einmal ausschließen, dass ich mir irgendwann einmal eine unserer gemeinsamen Nächte zurückwünsche. Trotzdem, ich kann nicht für den Rest meines Lebens eine willige Geliebte sein, die nach Belieben zur Verfügung steht.«

Natürlich hatte Rita Recht, dachte Gropius, und im Grunde konnte er ihr diesen Schritt nicht verübeln. Aber musste es gerade jetzt sein? Zu einer Zeit, in der sein Leben ohnehin aus den Fugen geraten war, in der er jeder Frau mit Misstrauen begegnete? Während er Rita jetzt ansah, liefen vor ihm wie im Film leidenschaftliche Szenen ab, Erlebnisse, die mit Veronique sogar in den besten Zeiten unvorstellbar gewesen wären, wie damals auf dem Flug nach Hamburg, wo sie es in der letzten Sitzreihe miteinander trieben, oder in dem Hotel in Paris, wo sie einen ganzen Tag nicht aus dem Bett kamen und Mühe hatten, ihre Absicht dem marokkanischen Zimmermädchen zu erklären, oder auf der Autobahn zwischen Florenz und Verona, wo er seinen Jaguar beinahe an die Leitplanke gesetzt hätte, weil Rita es während der Fahrt wissen wollte.

»Vielleicht können wir Freunde bleiben«, holte sie ihn in die Wirklichkeit zurück.

»Ja, vielleicht«, bemerkte Gropius leise. Er hasste diesen klischeehaften Satz, der in Kitschfilmen vorkommt, und im Augenblick war seine Enttäuschung viel zu groß, als dass er es ernst meinte.

Es gab sogar ein paar Tränen zum Abschied und eine zärtliche Umarmung. Dann war die Affäre mit Rita beendet.

Nach einem zweistündigen Flug landete Felicia Schlesinger gutgelaunt auf dem Münchner Flughafen. Sie kam aus Amsterdam und hatte erfolgreich den Verkauf zweier Niederländer des 17. Jahrhunderts aus der Sammlung eines Diamantenhändlers an einen Kölner Fabrikanten vermittelt, eine Transaktion, die ihr neben einer Provision in Höhe von hundertfünfzigtausend Euro auf dem Kunstmarkt eine beachtliche Reputation einbrachte.

Felicia bat Gropius zum Tee an den Tegernsee, um zu erfahren, was er in Turin bei Professore de Luca in Erfahrung gebracht hatte.

»De Luca war verreist, jedenfalls gelang es mir nicht, ihn zu sprechen«, kam Gropius ihrer Frage zuvor, als sie im Salon Platz genommen hatten. Er hatte sich fest vorgenommen, Felicia seine Entführung zu verschweigen, um sie nicht noch mehr zu beunruhigen.

»Dann waren Sie also ganz umsonst in Turin!« Felicia machte ein ernstes Gesicht.

»Das würde ich nicht sagen«, erwiderte Gropius, »immerhin weiß ich jetzt, dass de Luca eine höchst zwielichtige Figur ist und dass Signora Colella, die ich ja bereits aus Berlin kannte, mit ihm unter einer Decke steckt.«

»Also stammten die zehn Millionen von de Luca?«

»Das kann ich nicht sagen, nicht zu diesem Zeitpunkt. Vorläufig ist die Lage noch zu verwirrend. Im Übrigen hat sich eine völlig neue Situation ergeben, die bisher jedoch in keinem Zusammenhang mit de Luca zu stehen scheint. Möglicherweise kenne ich den Mörder Ihres Mannes!«

Felicias Gesicht erstarrte. Sie sah Gropius schweigend an.

»Nun ja«, meinte Gropius verlegen, weil ihm bewusst wurde, dass er sich mit seiner Aussage etwas zu weit vorgewagt hatte, »ich sagte möglicherweise. Jedenfalls gibt es gewisse Indizien, wenn auch keinen Beweis.«

»So reden Sie schon, Professor!«

»Fichte! Mein eigener Oberarzt. Er führt offenbar Transplantationen auf eigene Rechnung aus. Das kann ich ihm in mindestens zwei Fällen nachweisen.«

»Aber für eine Transplantation ist doch ein hoher Aufwand erforderlich. Ich meine, so etwas kann man doch nicht in einer normalen Arztpraxis ausführen! Und Arno starb schließlich nach einer Operation in Ihrer Klinik. Ich begreife die Zusammenhänge nicht.«

Gropius sah zu, wie Felicia Tee servierte. Schließlich erwiderte er: »Es gibt dafür eine einleuchtende Erklärung: Fichtes Anschlag auf Ihren Mann sollte *mich* treffen. Mit anderen Worten, Fichte nahm Schlesingers Tod in Kauf, um mich aus meiner Position zu verdrängen.«

»Das würden Sie Fichte zutrauen?«

»Nicht nur das!« Gropius senkte den Blick. Er überlegte kurz, ob er ihr seine Beobachtungen auf dem Flugplatz verheimlichen sollte, aber dann kam ihm zu Bewusstsein, dass Felicia früher oder später ohnehin davon erfahren würde, und so sagte er: »Offenbar trägt es zur Steigerung seines Selbstbewusstseins bei, dass er mit meiner Frau, ich meine *Ex*frau, ein Verhältnis hat.«

Felicia warf Gropius einen ungläubigen Blick zu. »Woher wollen Sie das wissen?«

»Woher?« Gropius lachte mit einer Bittermiene. »Ich habe mit eigenen Augen gesehen, wie sie zu Fichte ins Flugzeug stieg, es war übrigens sein eigenes, und sein Ziel war Nizza, eine halbe Stunde von Monte Carlo entfernt. Jene ›Madame‹, mit der sie in Monte Carlo telefonierten und die ein so unverständliches Französisch sprach, war vermutlich Veronique. Jetzt ist mir auch klar, warum sie auf einmal nicht mehr Veronika heißen wollte, sondern Veronique.«

Eine Weile schwieg Felicia. Sie suchte angestrengt nach einer plausiblen Verbindung zwischen Fichte und ihrem Mann, aber je mehr sie darüber nachdachte, desto unwahrscheinlicher kam ihr eine solche Verbindung vor und desto wahrscheinlicher erschien ihr Gropius' Theorie.

»Hat Arno Schlesinger vielleicht doch versucht, auf dem Schwarzmarkt eine neue Leber zu bekommen?«, fragte Gropius. »Immerhin fand sich Fichtes Telefonnummer von Monte Carlo in seiner Brieftasche. Ich meine, wozu brauchte er Fichtes Telefonnummer?«

Mit einer Geste der Hilflosigkeit hob Felicia die Hände. »Arno redete nur selten über seinen Zustand. Er machte auch keine Andeutung, wie schlimm es um ihn stand. Von der bevorstehenden Lebertransplantation habe ich erst wenige Tage vor der Operation erfahren.«

»Aber warum diese Geheimnistuerei?«

»Die entsprach durchaus seinem Naturell. Arno war nicht der Typ, der zugab, wenn es ihm schlecht ging. Er ließ sich nicht gern in die Karten gucken und umgab sich nur allzu gern mit Geheimnissen. Heute glaube ich, das war seine Art, Macht auszuüben. Es bereitete ihm ein höllisches Vergnügen, mehr zu wissen als andere. Vermutlich ist er deshalb auch Ausgräber geworden, er wollte Dinge entdecken, die niemand vor ihm kannte.«

Gropius nickte, dann fragte er eher beiläufig: »Hat Arno Schlesinger jemals eine Akte erwähnt, eine Akte von besonderer Wichtigkeit oder besonderem Wert?«

»Ich kann mich nicht erinnern«, erwiderte Felicia unsicher. »Ja, er trug manchmal irgendwelche Akten mit sich herum, in denen er seine Forschungsergebnisse festhielt, Zeichnungen, Fotografien und Protokolle. Aber das ist für einen Altertumsforscher nicht ungewöhnlich.« Mit einer Bewegung des Kopfes wies sie ins Nebenzimmer. »Sie haben ja seine Aktenschränke gesehen. Arno selbst behauptete, dahinter verberge sich ein wohlgeordnetes System. Ich habe es eher als Chaos bezeichnet. Aber warum fragen Sie?«

»Warum?« Gropius fühlte sich ertappt. Er verzog das Gesicht, als wollte er sich vor der Antwort drücken. Schließlich erwiderte er: »In Turin wurde ich nach einer wichtigen Akte gefragt, die sich angeblich in Schlesingers Besitz befand. Leider konnte ich nicht in Erfahrung bringen, worum es sich dabei handelt. Der Inhalt muss aber hochexplosiv sein.«

Felicia neigte den Kopf zur Seite und zog die Augenbrauen hoch. »Was sollte ein Ausgräber schon Hochexplosives zu bieten haben?«

»Immerhin wurden mir zehn Millionen Euro geboten, wenn ich die Akte beschaffe.«

»Zehn Millionen? Von wem?«

»Von de Luca und seinen Hintermännern.«

»Sagten Sie nicht, Sie hätten de Luca nicht angetroffen?«

»De Luca nicht. Aber seine Abgesandte, Signora Colella, ein hinterhältiges Frauenzimmer!«

»Ach«, antwortete Felicia provozierend, einfach nur »ach«, aber dieses »ach« klang so anzüglich, beinah spöttisch, dass Gropius ein gewisses Misstrauen herauszuhören glaubte, und nicht zum ersten Mal wurde er von Zweifeln geplagt, ob er überhaupt zum Lügen tauge.

Noch während er darüber nachdachte, verschwand Felicia wortlos in Schlesingers Arbeitszimmer und kehrte mit einem Brief zurück. »Der kam dieser Tage mit der Post. Ich habe ihm zunächst keine Bedeutung beigemessen; aber jetzt mache ich mir meine Gedanken.« Sie nahm den Brief aus dem Umschlag und reichte ihn Gropius.

Unter dem Absender »Bank Austria, Zentrale, Wien« mahnte das Geldinstitut den Ausgleich der Jahresmiete für das Schließfach Nr. 1157 an, andernfalls werde das Fach nach Ablauf einer Frist von drei Monaten gewaltsam geöffnet und sein Inhalt veräußert. Mit freundlichen Grüßen.

»Wussten Sie von diesem Bankschließfach?«, erkundigte sich Gropius vorsichtig.

»Nein«, erwiderte Felicia, »ich hatte davon ebenso wenig Ahnung wie von dem Millionenkonto in Zürich.«

»Dann erübrigt sich die Frage nach dem möglichen Inhalt und ebenso die Frage, warum Schlesinger ausgerechnet in Wien ein Schließfach unterhielt.«

Felicia nickte stumm; schließlich meinte sie: »Als Sie von der Akte erzählten …«

»Ich glaube«, unterbrach Gropius, »wir haben beide denselben Verdacht.«

»Haben wir etwa auch denselben Plan?« Felicia sah Gropius herausfordernd an. »Ich meine, wir könnten doch gemeinsam nach Wien reisen, um uns Klarheit zu verschaffen.«

Gropius reagierte verhalten: »Verzeihen Sie, Felicia, das halte ich für keine gute Idee!«

»Und warum nicht?«

»Nun ja, ich glaube, dass wir beide unter ständiger Beobachtung stehen.«

»Sie meinen die Polizei? Die hat die Observierung längst eingestellt.«

»Nein, die meine ich nicht.«

»Wer dann?«

Gropius schluckte. »Als ich in Berlin war, musste ich feststellen, dass ich beschattet wurde. In Turin war eine Meute zwielichtiger Gestalten hinter mir her. Glauben Sie, in Wien blieben wir unentdeckt?«

»Man müsste eben gewisse Vorkehrungen treffen!«

»Ja, ja«, erwiderte Gropius geistesabwesend. In seinen Ohren klang Felicias Einwand naiv und raffiniert zugleich. Naiv, weil sie es nicht mit irgendwelchen Gelegenheitskriminellen zu tun hatten, sondern mit Gangstern auf hohem Niveau. Raffiniert, weil er eingestehen musste, dass er bisher nichts unternommen hatte, um der ehrenwerten Gesellschaft zu entkommen oder diese auszutricksen. Und je länger er darüber nachdachte, desto mehr wurde ihm klar, dass er Felicia in dieser Situation nicht allein lassen konnte.

»Warum eigentlich nicht?«, meinte er schließlich mit einem angedeuteten Lächeln, das eine gewisse Souveränität vermitteln sollte. Dabei hatte er selbst noch keine Ahnung, wie sie sich verhalten sollten, falls die geheimnisvolle Akte wirklich in dem Bankschließfach auftauchte.

Die folgenden zweieinhalb Stunden verbrachten beide mit der Planung einer Reise, die keinen Zeugen haben durfte, und dabei entwickelte Felicia ungeahnte Fantasie und psychologische Raffinesse.

Reisen, so argumentierte sie, werden gemeinhin morgens angetreten, also sollten sie in den Abendstunden aufbrechen und sich den Anschein geben, als besuchten sie gemeinsam eine Abendveranstaltung. In der Staatsoper stand Mozarts »Zauberflöte« auf dem Spielplan. Beginn 19 Uhr.

Am folgenden Abend passierten Felicia Schlesinger und Gregor Gropius gegen 18 Uhr 30 die Schranke der Operntiefgarage in dessen Geländewagen. Gropius parkte sein Fahrzeug neben einem grauen Volkswagen mit Hamburger Kennzeichen. Sie waren dunkel gekleidet, sodass an ihrer Absicht, die Oper zu besuchen, kein Zweifel bestehen konnte. Nur zehn Minuten später herrschte in der Tiefgarage großer Andrang. Dieses Getümmel nutzten Gropius und Felicia, um zu ihrem Fahrzeug zurückzukehren, zwei kleine Koffer aus dem Geländewagen in den grauen Volkswagen, einen Leihwagen von Avis, umzuladen und die Tiefgarage mit diesem Auto auf demselben Weg zu verlassen, den sie eine halbe Stunde zuvor gekommen waren. Eine Stunde später befanden sie sich bereits auf der Autobahn in Richtung Wien.

Gropius liebte Wien, die Plätze und Gassen, in denen die Zeit vor hundert Jahren stehen geblieben zu sein schien, die Wienzeile, wo sich Pomp und Dekadenz die Hand reichten, die Eleganz der Kärntnerstraße und die Schäbigkeit der Außenbezirke und natürlich die Kaffeehäuser, in denen man zum Kaffee ein, zwei oder drei Glas Wasser serviert bekam und die neueste Zeitung, und wo niemand etwas dagegen hatte, wenn man, so zufrieden gestellt, einen ganzen Nachmittag dort verbrachte.

Von einer Telefonzelle hatte Felicia im Hotel »Interconti« zwei Einzelzimmer reserviert. Kurz vor Mitternacht erreichten sie das zwischen Stadtpark und einer Eisbahn gelegene Hotel und fielen todmüde ins Bett.

Beim gemeinsamen Frühstück am nächsten Morgen ertappte sich Gropius dabei, wie er jeden einzelnen Frühstücksgast – es waren nicht sehr viele, denn um diese Zeit, Anfang Dezember, war das Hotel nicht einmal zur Hälfte belegt –, wie er jeden Einzelnen musterte und einer eingehenden Prüfung unterzog. Doch die anderen Gäste waren in der Hauptsache mit sich selbst oder mit den ausliegenden Morgenzeitungen beschäftigt, sodass Gropius dem Tag beruhigt entgegensah.

Gegen zehn betraten sie das pompöse Bankgebäude am Opernplatz. Bevor Felicia an einen der Schalter trat, deren seriöse Gediegenheit selbst einem wohlhabenden Kontoinhaber das Gefühl vermittelte, er komme als Bittsteller, bemerkte Gropius mit ernster Stimme: »Also noch einmal, was immer die Akte enthalten mag, wir legen sie in das Schließfach zurück. Und keine lauten Diskussionen! Die Räume werden alle mit Kameras und Mikrofonen überwacht.«

»Ja. Wie besprochen«, erwiderte Felicia ebenso ernst.

Während Felicia sich auswies, Schlesingers Todesurkunde und ihren Erbschein vorlegte, beobachtete Gropius die Szene scheinbar uninteressiert aus sicherer Entfernung. Die Erledigung dieser Angelegenheit nahm fünfzehn Minuten in Anspruch, dann winkte Felicia Gropius zu sich und sagte mit einer Handbewegung zu einer streng gekleideten Bankangestellten mit schwarzen Haaren und roter Brille: »Die junge Dame wird uns zu den Schließfächern begleiten.«

Über eine Marmortreppe, die den Geruch eines Desinfektionsmittels verströmte und aussah, als führte sie zu einem Operationssaal, gelangten sie in das Untergeschoss der Bank bis vor eine Gittertür. Überwachungskameras an allen Ecken vermittelten den Eindruck, dass hier jeder Schritt, jede Bewegung beobachtet und aufgezeichnet wurde.

Gropius war aufgeregt, und in seiner Aufgeregtheit war er nicht einmal in der Lage, Felicias Gemütsbewegungen wahrzunehmen. Er hatte sich den Kopf zermartert, welch brisanten Inhalt die Akte enthalten könnte und welche Rolle der Aufbewahrungsort Wien dabei spielen könnte; aber alle Überlegungen hatten zu keinem brauchbaren Ergebnis geführt. Nachdem sie das Gitter passiert hatten, wandte sich die Bankangestellte nach links, wo sich hinter einem schmalen Durchgang ein grell beleuchteter Tresorraum mit Hunderten Schließfächern öffnete, im Ausmaß etwa sechs mal acht Meter. Gropius spürte ein Gefühl der Beklemmung in sich aufsteigen.

Fach 1157 lag im hinteren Bereich in Schulterhöhe, und die schwarzhaarige Bankerin zog sich, nachdem sie das Fach geöffnet hatte, diskret in den Vorraum zurück. Mit Spannung verfolgte Gropius, wie Felicia eine Aluminiumkassette herauszog und auf einem Bord abstellte. Nicht ohne Grund hatte die Kassette ein Format, welches einer hochformatigen Akte Platz bot.

Felicia wirkte gelassen, jedenfalls weit weniger aufgeregt als Gropius, als sie den Deckel, der an der hinteren Seite mit einem

Scharnier befestigt war, öffnete und einen Blick in die Kassette warf. In ein weißes, wattiertes Tuch eingewickelt, kam ein seltsames Etwas zum Vorschein, bei näherer Betrachtung ein handtellergroßes Hufeisen aus Elfenbein, gelblich-braun und stellenweise verwittert.

»Was ist das?«, fragte Felicia ratlos und ohne von Gropius eine Antwort zu erwarten.

»Vermutlich ein archäologischer Fund. Altertumsforscher wissen über so einen Gegenstand ganze Bücher zu schreiben.«

»Aber warum bewahrte er das gute Stück im Tresor auf? Und warum gerade hier?«

»Was uns unbedeutend erscheint, kann für einen Forscher wie Schlesinger durchaus von Wert sein. – Ein Hufeisen!« Er schüttelte den Kopf. »Ein Hufeisen.« Enttäuscht blickte Gropius zur Seite. Aus der Ferne vernahm er ein hämisches Gelächter, so als habe Schlesinger sie heimlich beobachtet und treibe seinen Schabernack mit ihnen. Er fühlte, wie das Blut in seinen Kopf schoss. »Ist das alles?«, murmelte er wütend vor sich hin. »Ist das wirklich alles?«

»Sieht so aus.« Während Felicia in der Verpackung des Hufeisens herumwühlte, bemerkte sie mürrisch: »Sie haben sich auch mehr versprochen, nicht wahr, Professor? Oder wissen *Sie* damit etwas anzufangen?«

Gropius zog die Augenbrauen hoch. »Nein«, erwiderte er, »beim besten Willen nicht. Kommen Sie!«

Hastig verschloss Felicia die Kassette und schob sie in das Fach zurück.

Um dem feuchten Dezembernebel zu entfliehen, der den malerischen Opernplatz in trübes Grau hüllte, durch das hier und da die festliche Weihnachtsbeleuchtung schimmerte, suchten sie das Café Sacher auf, dessen Eingang links vom Hoteleingang versteckt liegt. Ein unglaublich vornehmer Empfangschef, der hinter der Glastür darüber wachte, dass nur standesgemäße Kundschaft das berühmte Etablissement betrat, komplimentierte sie zu einem der begehrten Fenstertische. Ein zweiter nahm die Bestellung, zweimal Melange, entgegen, wobei es sich nach alter Wiener Kaffeehaustradition um starken Kaffee mit einer Schaumkrone aus aufgeschäumter Milch handelt.

Felicia machte einen niedergeschlagenen Eindruck. Jedenfalls dauerte es etliche Minuten, bis sich die maskenhafte Starre in ihrem Gesicht löste und einem versonnenen Lächeln Platz machte, das Gropius in dieser Situation überhaupt nicht deuten konnte. Aber noch bevor sich Gelegenheit bot, eine Frage, ihren plötzlichen Stimmungswandel betreffend, zu stellen, meinte Felicia kopfschüttelnd: »Es ist schon irgendwie absurd, wir haben die Aktion in bester James-Bond-Manier vorbereitet, um etwaige Verfolger abzuschütteln, und was finden wir? Ein altes verwittertes Hufeisen aus Elfenbein!«

Nachdenklich rührte Gropius in seiner Kaffeetasse. Dann erwiderte er, ohne Felicia anzusehen: »Vermutlich ist es wertvoller, als es aussieht. Aber wer kann das schon beurteilen. Und was Wien betrifft, so hatte Schlesinger vielleicht den gleichen Gedanken wie wir: Er wollte Spuren verwischen.«

Gropius blickte nachdenklich vor sich hin. Am Nebentisch kämpfte ein älterer Herr von gepflegtem Äußeren mit den Morgenzeitungen, wobei er weniger Zeit mit dem Lesen der Neuigkeiten zubrachte als mit dem lautstarken Umschlagen der einzelnen Seiten und dem anschließenden Nachhintenfalten derselben. Dazwischen kommentierte er die Überschriften je nach Zustimmung oder Abneigung mit unüberhörbaren Grunz- oder Zischlauten. Er saß mit dem Rücken zur Fensterfront, woraus man schließen konnte, dass er den Ausblick zur Genüge kannte. Ohne Aufforderung servierte der Ober dem eifrigen Leser bereits die dritte Tasse, wobei er nicht versäumte, ein dienerndes »Bitte sehr, Herr Professor!« hinzuzufügen, eine Anrede, die man sich in Wiener Kaffeehäusern allein durch das Tragen einer Brille verdient.

Nach flüchtigem Sichten legte der »Professor« die Zeitungen auf einem Stuhl ab, und dabei fiel Gropius' Blick auf eine Schlagzeile der *Kronenzeitung*, der er zunächst keine Beachtung schenkte, die aber, kaum hatte er den Inhalt begriffen, wie ein Funkenstrahl durch sein Gehirn schoss.

»Sie gestatten!« Ohne die Antwort des Tischnachbarn abzuwarten, nahm Gropius die Zeitung an sich und las: »Mysteriöser Mafiamord in Turin. Am Zusammenfluss der Flüsse Stura und Po im Norden von Turin wurde am Freitag ein Wagen mit der Leiche des Biochemikers Luciano de Luca aus dem Wasser gezogen. Der Wagen hatte ein Geländer der Uferstraße durchbrochen und war in die Flussmündung gestürzt. Ursprünglich hatte die Polizei angenommen, Professore de Luca, der in Turin ein Genlabor leitete, sei am Steuer von einem Herzinfarkt ereilt worden. Nach dem gestern veröffentlichten Obduktionsergebnis wurde de Luca jedoch durch eine Injektion des Insektengifts Chlorphenvinphos getötet. Der fingierte Unfall trägt die Handschrift der italienischen Mafia. Eine kriminaltechnische Untersuchung des Autowracks soll klären, wie es zu dem Unfall kam.«

Wortlos und bleich wie ein Handtuch reichte Gropius Felicia die Zeitung.

»Mein Gott!«, sagte sie leise, nachdem sie die Meldung gelesen hatte. »Ist das nicht jener de Luca, mit dem Arno sich in Berlin treffen sollte?«

»Jener de Luca, den ich in Turin nicht angetroffen habe! Aber dem nicht genug – de Luca wurde mit der gleichen Injektion getötet wie Schlesinger: Chlorphenvinphos!«

»Was hat das zu bedeuten?« Felicia sah Gropius lange durchdringend an. Wie eine Ertrinkende klammerte sie sich mit ihrem Blick an ihn. »Was hat das zu bedeuten?«, wiederholte sie mit leiser Stimme.

»Ich weiß es nicht«, antwortete Gropius tonlos, »ich weiß nur, dass ich nicht allzu weit von dem Zustand entfernt bin, den man als Irrsinn bezeichnet. Bis vor wenigen Minuten war ich der Ansicht, de Luca sei der Drahtzieher, und jetzt ist er selbst zum Opfer geworden. Felicia, ich begreife das alles nicht. Bisher glaubte ich, ich könnte meinem Verstand und den Gesetzen der Logik vertrauen; aber das ist – wie man sieht – ein Irrtum. Wer sind diese Leute, und welches Ziel verfolgen sie?«

Über den Tisch hinweg ergriff Felicia Gregors Hand; aber der war mit seinen Gedanken so weit weg, dass er die rührende Geste nicht einmal wahrnahm. »Ein bisschen Ablenkung könnte uns beiden guttun«, bemerkte Felicia zögernd. »In der Staatsoper steht ›Nabucco‹ auf dem Spielplan. Mögen Sie Verdi?«

Gropius starrte noch immer auf die Zeitung, die vor ihnen auf dem Tisch lag. »Ob ich Verdi mag?«, fragte er irritiert zurück. »Ja natürlich.«

»Gut, dann werde ich mich um Karten bemühen. Wir sehen uns im Hotel.«

Später erinnerte sich Gropius nur noch vage an den Abend in der Wiener Staatsoper, und das hatte einen verständlichen Grund. Während Augen und Ohren lustlos dem Geschehen auf der Bühne folgten, bei dem es um die Knechtschaft der Israeliten in Babylon und die Rivalität zweier Frauen um König Ismael geht, spulte Gropius in seinem Gedächtnis immer wieder den Ablauf der vergangenen Wochen ab. Wie im Zeitraffer reihte er die Ereignisse aneinander, hoffend, er könne so zu irgendeiner Erkenntnis gelangen, doch er sah sich getäuscht. Nabucco, dem König von Babylon, und seinen Töchtern Fenena und Abigail gelang es nicht, ihn von seinen Gedanken an Luciano de Luca und die zwielichtige Francesca Colella abzubringen.

»Der Opernbesuch war wohl doch keine so gute Idee«, meinte Felicia kleinlaut, nachdem sie ins Hotel »Interconti« zurückgekehrt waren und an der Bar im Erdgeschoss einen Schlummertrunk nahmen.

»Nein, nein«, unterbrach Gropius, »ich muss mich entschuldigen, ich hatte wirklich Schwierigkeiten, mich auf die Oper zu konzentrieren. Der Mord an de Luca hat mich zu sehr mitgenommen.« Zum ersten Mal an diesem Abend betrachtete er Felicia eingehend. Sie trug ein schlichtes schwarzes Kleid mit breitem Seidenkragen und schmalem spitzem Ausschnitt, der ein tiefes V zwischen ihre festen Brüste zeichnete. Getrieben von Angst und Neugierde hatte er verdrängt, dass Felicia eine Frau war, eine verdammt attraktive Frau. Minutenlang herrschte beklommenes Schweigen.

Das peinliche Erlebnis mit Francesca in Turin – damals wäre er am liebsten im Boden versunken – und Ritas unerwartete Abfuhr waren nicht gerade dazu angetan, sein Selbstbewusstsein Frauen gegenüber zu steigern. Und so hätte der Abend in Wien ein kaum erwähnenswertes Ende gefunden, hätte nicht Felicia völlig unerwartet die Initiative ergriffen.

Kurz nach Mitternacht, Gropius lag bereits im Bett, konnte jedoch keinen Schlaf finden, klopfte es an die Verbindungstür zwischen seinem und Felicias Zimmer. Als er nicht reagierte, wurde das Klopfen eindringlicher. Gropius sprang aus dem Bett, schlüpfte in seinen Bademantel und schob den Riegel der Verbindungstür zurück. Dann öffnete er. Vor ihm stand Felicia in einem dünnen, weißen T-Shirt, das gerade bis zum Ansatz ihrer Schamhaare reichte, mehr trug sie nicht.

»Ich habe Angst«, sagte sie leise und drängte sich in Gropius' Zimmer.

»Angst wovor?«, erkundigte sich Gropius, viel zu verblüfft, um sofort zu begreifen, dass Felicia nur einen Vorwand suchte.

»Jemand ist an meiner Tür. Ich habe es deutlich gehört!«

Mutig ging Gropius ins Nebenzimmer, riss die Tür mit einem heftigen Ruck auf und trat auf den Flur. Nichts.

»Sicher haben Sie sich getäuscht«, sagte Gropius, als er in sein Zimmer zurückkehrte. Erst jetzt, als er Felicia in seinem Bett vorfand, wurde ihm ihr Spiel klar.

Sie musste das Schmunzeln in seinen Mundwinkeln bemerkt haben, obwohl er sich große Mühe gab, die Situation zu überspielen, denn während sie einladend die Bettdecke lüpfte, damit er sich zu ihr legte, sagte sie: »Finden Sie mich denn kein bisschen anziehend, Professor Gropius?«

Doch, doch, wollte er sagen oder auch, ich bitte Sie; aber beides fand er in dieser Situation ziemlich albern, und er zog es vor, stillschweigend zu Felicia unter die Decke zu schlüpfen.

Den Kopf auf den linken Unterarm gestützt, sah Felicia Gregor mit großen Augen an. Der passte seine Haltung der ihren an, und während er unter der Decke mit der Linken nach ihren Brüsten tastete, die ihn seit ihrer allerersten Begegnung fasziniert hatten, erwiderte er ihren einladenden Blick.

Felicia genoss seine sanften zärtlichen Berührungen, und ihr Körper vollführte wellenartige Bewegungen, die sich von den Schultern bis zu den Zehenspitzen fortsetzten. Plötzlich spürte er, wie sich ihre rechte Hand an seinem Bauch nach unten tastete und dann – er hätte schreien können – mit beherztem Griff zufasste. In ihrer Hand fühlte sich Gregor wohl und gefangen zugleich.

»Und ich dachte schon, du bist schwul!«, lächelte Felicia.

»Bin ich auch«, gab Gropius schlagfertig zurück. »Bist du etwa ein Mädchen?«

»Iiiich? Wie kommst du darauf?«, rief Felicia übermütig, riss sich das T-Shirt vom Leib und setzte sich rittlings auf Gregor, der so tat, als sei er total überrascht, als hätte er das nie und nimmer erwartet.

Gregors Körper begann zu vibrieren, als er die Wärme ihrer Schamlippen spürte, die seinen Penis einzusaugen schienen. Er sah, wie sie die Augen schloss vor Lust. Sie verschränkte die Arme hinter dem Kopf und schaukelte mit ihrem Oberkörper abwechselnd nach beiden Seiten. Wie ihre Brüste dabei schwankten, wie Sonnenblumen im Herbst, das brachte ihn beinahe um den

Verstand. Gierig sog er den Anblick ihrer großen, dunklen Brustwarzen in sich auf.

»Du magst es«, flüsterte Felicia und hielt plötzlich inne. »Sag, dass du es magst!«

»Ja, ich mag es«, erwiderte Gregor schnell. Er war zu jeder gewünschten Antwort bereit, wenn sie nur weitermachte mit ihrem leidenschaftlichen Tanz auf seinem Körper.

Als hätte sie seinen Gedanken erraten, nahm Felicia das frivole Spiel wieder auf und bewegte sich im sanften Rhythmus einer Schlangentänzerin. Sie war sehr leise. Nur ihr Atem verriet, welche Lust sie selbst dabei empfand. Verzückt schloss Gregor die Augen. Weit weg, vergessen waren auf einmal die Ereignisse der letzten Wochen, das jähe Ende seiner Karriere und die ständige Angst. Dabei hatten sie eben diese Ereignisse zusammengebracht.

Mag sein, dass die Lust, die er mit Felicia empfand, eine halbe Stunde dauerte oder vielleicht nur fünf Minuten, sie war auf jeden Fall so groß und so überwältigend, dass Gropius an nichts mehr dachte, an den Faktor Zeit schon gar nicht. Als er endlich kam und das Gefühl hatte, in ihrem Inneren zu explodieren, stieß er wie von einem Pfeil getroffen einen kurzen Schrei aus, bäumte sich auf und sackte wie leblos in sich zusammen.

Vor Erregung zitterte Felicia am ganzen Körper. Auf seine Oberarme gestützt beugte sie sich über sein Gesicht, leckte mit der Zunge seine Lippen und bewegte ihr Becken behutsam vor und zurück, bis aus ihrem Mund ein unterdrücktes Stöhnen drang und sie glücklich auf ihn niedersank.

Als Gropius erwachte, brauchte er einen Moment, um zu begreifen, dass er das alles nicht geträumt hatte. Neben ihm lag Felicia auf dem Rücken, die Bettdecke zwischen den Beinen, mit nackten Brüsten, angewinkelten Armen und zerwühlten Haaren. Gregor hob leise den Kopf und betrachtete ihren wohlgeformten Körper in dem fahlen Morgenlicht, das durch das breite Fenster fiel. Bisher hatte er keine Gelegenheit gehabt, ihren Körper genauer zu betrachten, er hatte ihn nur gespürt und hatte sich seinen Gefühlen hingegeben. Nun aber verschlang er ihren Anblick wie ein Voyeur, der sich unbeobachtet fühlt, und mit dem Bewusstsein, dass das Objekt seiner Begierde sich seinen Blicken nicht verweigern konnte.

Felicia war eine schöne Frau. Sie hatte die zierliche Jugend hinter sich gelassen und stand in der Blüte ihrer Jahre. Ihre Schenkel waren geschwungen, die Hüften ausgeprägt und die Brüste voller süßer Versprechungen. Ihre Haut glänzte dunkel und seidig und lud zu zärtlichen Berührungen ein.

»Geilst du dich immer an wehrlosen, nackten Frauen auf?«, fragte Felicia plötzlich und ohne die Augen zu öffnen.

Gropius fühlte sich ertappt, und es dauerte ein paar Sekunden, bis er eine Antwort fand. »Nur wenn sie so aufregend sind wie du!«

Da schlug Felicia die Augen auf, und Gregor küsste sie auf den Mund. Beide sahen sich lange an.

»Ich wünschte«, sagte Gropius, »wir wären uns unter anderen Umständen begegnet.«

Kapitel 8

Frauen reagieren sehr unterschiedlich auf die erste Liebesnacht mit einem Mann. Was Felicia Schlesinger betraf, so nahm sie das unvorhergesehene Erlebnis in Wien zum Anlass, sich von der Hinterlassenschaft Schlesingers zu trennen. Noch immer war Arno in dem Haus gegenwärtig, das sie vier Jahre – zumindest zeitweilig, wenn er sich nicht gerade im Ausland aufhielt – mit ihm geteilt hatte. Sie konnte keinen Schrank öffnen, ohne auf seine Kleidung und Wäsche zu stoßen. Persönliche Gegenstände, Fotos, kleine Geschenke von seinen Reisen und Bücher, die ihr fremd waren, lagen herum und hielten die Erinnerung wach. In Gedanken fühlte sie sich von all den kleinen Dingen beobachtet, und dieses Gefühl bereitete ihr wachsendes Unbehagen. Weihnachten und Neujahr waren vorüber. Felicia hatte die Feiertage zusammen mit Gropius verbracht. Nun wollte sie alle Brücken in die Vergangenheit abbrechen, zumindest jene, die sie an einem Neuanfang hinderten.

Das war keine leichte Aufgabe. In der Ungewissheit, ob sie Schlesingers Schicksal eher beklagen oder ihrer Wut auf sein geheimes Leben freien Lauf lassen sollte, kam Felicia ein Briefumschlag zu Hilfe. Sie entdeckte ihn, während sie die Kleidung ihres Mannes in sechs große Kartons verstaute, ausgerechnet in jenem weißen Anzug, den er bei ihrer Heirat in Las Vegas getragen hatte. Der Brief trug eine israelische Marke und einen Poststempel, den Felicia nicht entziffern konnte. Der Absender lautete Sheba Yadin. Keine Ortsangabe, keine Straße.

Sheba Yadin? Felicia hatte den Namen nie gehört.

Einen Augenblick zögerte sie, ob sie den Brief aus dem Umschlag nehmen oder ob sie ihn ungelesen vernichten sollte. Angenehm würde er für sie bestimmt nicht sein. Nicht umsonst hatte er den Brief in einer Anzugtasche versteckt. Aber dann siegte ihre Neugierde. Felicia wollte Klarheit, wollte wissen, was sich hinter all den Ungereimtheiten verbarg, auf die sie nach Schlesingers Tod gestoßen war. Denn dass Arno noch ein anderes, ein zweites Leben geführt hatte, dessen war sich Felicia inzwischen sicher.

Hastig zog sie den Brief aus dem Umschlag. Eine schlichte Jungmädchenschrift in grüner Tinte kam zum Vorschein. Am Ende des Briefes ein roter Lippenabdruck. Felicia verschlang die ungelenken Zeilen in deutscher Sprache mit den Augen.

»Tel Aviv, 3. März. Mein über alles geliebter Maulwurf! Es sind nun schon sieben Tag vergangen, sieben Tage, in denen ich dich nicht mehr in mir gespürt habe, und ich weiß nicht, wie lange ich das noch aushalten kann. Dabei vergeht keine Minute, in der ich nicht an dich und unsere gemeinsamen Stunden in Jerusalem denke. Warum lässt du mich so leiden? Hast du nicht genauso das Bedürfnis, mich zu lieben? Oder hast du deine Pläne inzwischen geändert? Ist deine Frau etwa besser als ich? Sag mir, wenn es der Fall ist. Ich tue alles für dich. Wir können mit den Millionen ein neues Leben beginnen, irgendwo in Europa oder Amerika. Sei versichert, ich kann schweigen wie ein Grab. Solltest du jedoch dein Versprechen nicht einlösen und zu deiner Frau zurückkehren, wäre ich gezwungen, mein Verhalten zu überdenken. Du weißt, was dieses Wissen wert ist. Doch daran möchte ich überhaupt nicht denken. Ich liebe dich und will dich haben.
Dich, dich, dich! – Love, Shalom. Sheba.«

Vor Felicias Augen begannen die grünen Zeilen zu zittern. »Mein über alles geliebter Maulwurf!«, zischte sie leise vor sich hin, und nach einer Pause fügte sie mit unüberhörbarem Hass in der Stimme hinzu: »Diese miese kleine israelische Schlampe!«

In ihrer Wut knüllte sie den Brief zu einer Kugel, um ihn nach wenigen Augenblicken wieder auseinander zu falten und zu glätten wie eine Kostbarkeit. Dann las sie den Brief ein zweites Mal.

Du bist ein dummes Luder, beschimpfte sie sich selbst, nachdem sie geendet hatte, warum hast du Schlesinger vertraut. Kein Mann, der die Hälfte seines Lebens aushäusig verbringt, verdient so viel Vertrauen! Der Inhalt des Briefes schmerzte. Es tat weh, nicht, weil es der schriftliche Beweis war, dass Arno sie betrogen hatte, nein, ihre eigene Gutgläubigkeit und Naivität bereitete ihr körperliche Pein. Und wenn ihr der Gedanke, dass Arno unter Gropius' Händen zu Tode gekommen war, noch Probleme bereitet hatte, so hatte dieser Brief alle Bedenken zerstreut. Im Gegenteil, Felicia betrachtete Gregor als Rächer.

Ihre zwielichtigen Gedanken wurden vom Klingeln des Telefons zerrissen. Mit jugendlicher Stimme meldete sich ein Dr. Rauthmann vom Archäologischen Institut der Humboldt-Universität Berlin. Höflich entschuldigte er sich zunächst für die Störung, dann sprach er Felicia mit umständlichen Worten sein Bedauern über den Tod Schlesingers aus, den er und alle Kollegen sehr geschätzt hätten.

»Und was ist der Grund Ihres Anrufs?«, unterbrach Felicia die gestelzte Anteilnahme des Anrufers.

Der Mann am anderen Ende der Leitung machte eine lange Pause, schließlich rang er sich zu der Antwort durch: »Ich brauche Ihnen wohl nicht zu sagen, dass Ihr Mann zu den renommiertesten Forschern auf seinem Gebiet zählte. Er galt als Eigenbrötler, wie sie in der Wissenschaft heute eher selten sind. Aber Eigenbrötler, Männer, die ohne Rücksicht auf Konventionen ihr Ziel verfolgen, sind die wahren Helden der Wissenschaft. Ihr Mann hatte, wie Sie sicher wissen, auch manche Feinde, vor allem aufgrund seiner finanziellen Möglichkeiten. Sie erlaubten es ihm,

Projekte in Angriff zu nehmen, welche von staatlichen Institutionen auf die lange Bank geschoben wurden. Wir alle haben ihn deshalb beneidet. Denn während die meisten von uns ihrer Arbeit am Schreibtisch nachgingen, verrichtete Ihr Mann seinen Job als Ausgräber vor Ort. Er kannte den Nahen und Mittleren Osten wie seine Westentasche und bereiste Orte, die den meisten von uns nur aus der Literatur geläufig sind. Beneidenswert, wirklich beneidenswert! Er konnte sich die Forschungsaufträge und die Institutionen, mit denen er zusammenarbeitete, aussuchen. Aber was rede ich, das wissen Sie alles selbst!«

Der Lobgesang auf Schlesinger versetzte Felicia in Erstaunen; denn von Arno hatte sie, wenn er überhaupt von seiner Arbeit sprach, eher das Gegenteil vernommen. Mehr als einmal hatte er sich abfällig über die Wissenschaftsverwalter in den staatlichen Behörden und Instituten ausgelassen, sich sogar lustig gemacht über ihr einseitiges Denken und ihre beschränkten Möglichkeiten.

»Und was kann ich für Sie tun, Herr Dr. Rauthmann?«, fragte Felicia mit Nachdruck.

Rauthmann räusperte sich verlegen und suchte eine diplomatische Antwort: »Wie Sie wissen, arbeitete Ihr Mann zuletzt an einem Forschungsprojekt für die Universität Jerusalem. Darüber gab es bisher keine Veröffentlichungen. Wir, das heißt unser Institut, wären an dem Forschungsmaterial sehr interessiert. Sicher hat Ihr Mann eine Menge davon hinterlassen. Was gedenken Sie damit anzufangen?«

»Darüber habe ich mir noch keine Gedanken gemacht«, erwiderte Felicia.

»Ich verstehe. Bitte entschuldigen Sie meine Aufdringlichkeit. Wir möchten mit unserem Anliegen nur anderen Instituten zuvorkommen, die sich auch noch an Sie wenden werden. Davon bin ich überzeugt. Wäre es denn möglich, einmal einen Blick auf den wissenschaftlichen Nachlass Ihres Mannes zu werfen?«

Der fremde Anrufer schürte ihr Misstrauen, gleichzeitig machte er sie aber auch neugierig. Es schien, als wüsste dieser Dr. Rauthmann mehr über Schlesingers Arbeit, als sie ahnte.

»Ja, natürlich«, antwortete Felicia, »nennen Sie mir einen Termin.«

»Wie wäre es mit morgen, 14 Uhr?«

»Morgen?«, fragte Felicia verblüfft zurück.

»Ich habe zufällig morgen in München zu tun. Die Gelegenheit wäre günstig. Ich will Sie auch gar nicht lange aufhalten, sondern mir nur einen ersten Überblick verschaffen. Ich kann mir vorstellen, dass Ihr Mann eine nicht unerhebliche Menge von Dokumentationsmaterial hinterlassen hat. Also dann bis morgen. Und vielen Dank für Ihr Entgegenkommen!«

Kaum hatte sie aufgelegt, da überkamen sie Zweifel, ob sie diesem Dr. Rauthmann trauen konnte. Von der Auskunft besorgte sich Felicia die Nummer des Archäologischen Instituts in Berlin. Sie wählte die Nummer und verlangte Dr. Rauthmann zu sprechen. Als er sich meldete, legte sie auf. Dann rief sie Gropius an.

»Wie geht es dir? Was gibt es Neues?«, erkundigte sich Gropius, als er Felicias Stimme hörte.

»Eine ganze Menge!«, entgegnete Felicia. »Schlesinger war ein Schwein.«

»Um Gottes willen, was ist passiert?« Gropius hörte durch das Telefon, dass sie mit den Tränen kämpfte.

»Er hatte ein Verhältnis mit einer israelischen Schlampe!«

»Woher weißt du das?«

»Ich habe seine Kleidung in Kisten verpackt, und ausgerechnet in dem Anzug, den er bei unserer Heirat in Las Vegas trug, fand ich einen Liebesbrief von einer gewissen Sheba Yadin: Mein über alles geliebter Maulwurf! Wie albern!«

»Das tut mir Leid«, erwiderte Gropius.

»Muss es nicht!«, gab Felicia zurück. »Wenn es überhaupt noch einen Grund gegeben hätte, Arno zu betrauern, dann hat er den verwirkt. Er hat mich betrogen nach Strich und Faden, und ich dummes Luder habe diesem Mann vertraut. Wie konnte ich so naiv sein!«

»Wie kann ich dich trösten?«, fragte Gropius zärtlich.

»Komm zu mir und bleibe über Nacht. Es wäre mir lieb, wenn du morgen hier sein könntest. Ein Forscher aus Berlin hat seinen Besuch angekündigt. Er hat Interesse an Arnos wissenschaftlichem Nachlass. Sein Name ist Dr. Rauthmann. Ich habe mich erkundigt: Den Mann gibt es wirklich. Trotzdem ist er mir nicht ganz geheuer, obwohl er sehr viel über Arnos Arbeit weiß.«

»Ich komme«, erwiderte Gropius.

Als Gropius am nächsten Morgen in Felicias Bett aufwachte, brauchte er einige Sekunden, um sich zu erinnern, wo er war. Dann lächelte er. Es war lange her, seit er zum letzten Mal im Bett einer fremden Frau aufgewacht war. Aus der Küche drang von weit her leise das Zischen der Kaffeemaschine, und ein angenehmer Duft von getoastetem Brot wehte herüber. Gregor fühlte sich wohl wie lange nicht. Das Schicksal hatte ihn mit Felicia unter misslichen Umständen zusammengeführt. Aber nun schien es auf einmal, als könnten beide der Situation etwas Positives abgewinnen.

Der Blick über die Terrasse auf das jenseitige Ufer des Tegernsees war fantastisch. Die Morgensonne stand tief und warf ihre Strahlen durch die entlaubten Bäume auf die Berghänge. Es war kalt, aber es gab kaum Schnee in diesem Jahr; doch das störte weder Gregor noch Felicia. Für Wintersport hatten beide nichts übrig.

Mit einem Tablett so groß, dass sie es kaum fassen konnte, und in bester Laune erschien Felicia in einem weißen T-Shirt im Schlafzimmer. »Guten Morgen, die Hoteldirektion erlaubt sich, Ihnen das Frühstück samt Zimmermädchen zu servieren!«

Gropius musste lachen. Erst jetzt bemerkte er, dass Felicia unter dem Tablett nichts anhatte.

»Die Adresse sollte ich mir merken«, gab Gropius scherzhaft zurück und sah zu, wie Felicia das Tablett auf einem Beistelltisch abstellte. Übermütig streckte er die Hand nach ihr aus; aber Felicia wehrte ab mit den Worten: »Dem Personal dieses Hotels sind private Kontakte mit den Gästen streng untersagt.«

Gropius und Felicia frühstückten im Bett. Eigentlich hasste Gropius es, im Bett zu frühstücken, wegen der Krümel. Aber mit Felicia war alles anders. Ihm kam es vor, als führte er ein neues Leben. In solchen Augenblicken versuchte er die Vergangenheit zu vergessen; aber das gelang nur für Minuten. Dann kehrten die quälenden Fragen zurück, die ihn seit Wochen verfolgten und für die es keine Antwort gab. Dann starrte er, so wie jetzt, ausdruckslos vor sich hin und versuchte seine Gedanken zu ordnen.

»Woran denkst du?«, fragte Felicia, die ihn seit geraumer Zeit schweigend beobachtete.

Unmerklich zuckte Gregor zusammen. Er fühlte sich ertappt. Da saß er mit einer wunderbaren, halb nackten Frau im Bett, genoss ein opulentes Frühstück, die märchenhafte Aussicht auf den Tegernsee, aber in Gedanken war er weit weg – in Turin.

»Mir geht der Tod de Lucas nicht aus dem Kopf«, antwortete Gregor, ohne Felicia anzusehen. »Ich hätte schwören können, dass er zur ehrenwerten Gesellschaft gehört, jedenfalls sprachen alle Anzeichen dafür, und jetzt ist er selbst elend zu Tode gekommen. Was läuft da? Ich begreife es nicht!«

»Vielleicht gab es Differenzen unter den feinen Herrn, Streit oder einfach Meinungsverschiedenheiten. Es ist ja bekannt, dass diese Leute nicht lange fackeln.«

»Mag sein, aber in solchen Fällen pflegen Menschen ohne Aufsehen spurlos zu verschwinden. Man hört nie wieder etwas von ihnen. De Lucas Tod war spektakulär. Nicht von ungefähr berichteten alle Zeitungen über den Mord. Ich bin überzeugt, de Lucas Tod sollte ein Zeichen setzen.«

»Für wen?«

Gropius sah Felicia in die Augen. »Vielleicht für mich. Es wäre ja nicht die erste Warnung.«

Ängstlich, so als wollte sie ihn beschützen, nahm Felicia Gregors Rechte in beide Hände. »Wie lange willst du eigentlich noch weitermachen? Manchmal habe ich den Eindruck, du bist davon besessen, dich selbst zu zerstören. Warum gibst du nicht auf und überlässt alles Weitere der Polizei?«

»Der Polizei?« Gropius lachte verbittert. »Du siehst doch selbst, wie weit die Polizei bisher gekommen ist. Für die bin *ich* immer noch einer der Hauptverdächtigen. Ich säße längst hinter Gittern, wenn sie auch nur den geringsten Beweis hätten. Ich habe den Eindruck, bei der Polizei spielt man auf Zeit. Man hofft auf Kommissar Zufall, der die Hälfte aller Fälle löst. Doch bis es soweit ist, ist meine Karriere zerstört, und ich kann wie manch anderer Mediziner, der schon bessere Tage gesehen hat, als Pharmavertreter gehen und Landärzten die Vorteile eines neuen Abführmittels von Bayer oder Schering aufschwatzen.«

»Wenn du erst einmal als Leiche aus dem Fluss gezogen wirst wie de Luca, kannst du nicht einmal mehr das«, wandte Felicia ein. »Bitte – sei doch vernünftig!«

»Aber, Felicia, diese Leute hätten mich schon zehnmal töten können, sie haben es nicht getan. Warum? Weil sie mich brauchen. Aus irgendeinem Grund bin ich ihnen lebend wichtiger als tot!«

»Das klingt ja sehr ermutigend!«

Gropius hob die Schultern und blickte aus dem Fenster über den See. »Sie hätten mich schon zehnmal töten können«, wiederholte er gedankenverloren.

Dr. Rauthmann kam pünktlich wie vereinbart um 14 Uhr. Korrekt wie seine Umgangsformen war auch seine Kleidung: grauer Anzug, weißes Hemd und – welch ein Übermut – rotschwarz gestreifte Krawatte. Sein dunkles Kraushaar und der buschige Schnurrbart ließen ihn älter erscheinen, als er vermutlich war. Felicia schätzte ihn auf Mitte vierzig.

Mit einer angedeuteten Verbeugung überreichte er seine Visitenkarte, und Felicia stellte Gropius als einen Freund des Hauses vor, der ihr bei der Bewältigung der Aufgaben, die in Verbindung mit dem Tod ihres Mannes auf sie zukämen, behilflich sei.

Rauthmann wiederholte seine Entschuldigung, die er bereits am Telefon geäußert hatte, weil er so früh nach dem Ableben Arno Schlesingers vorstellig wurde. »Aber«, meinte er mit ernstem Gesicht, »das wissenschaftliche Material, das Ihr Herr Gemahl hinterlassen hat, ist für die Forschung zu bedeutsam, als dass man es anderen überlassen sollte. Übrigens ist unser Institut bereit und berechtigt, im Falle einer Schenkung oder Stiftung Spendenquittungen auszustellen.«

Gregor und Felicia sahen sich verwundert an. »Augenblick mal«, wandte Gropius ein, »Sie wissen doch noch gar nicht, was Arno Schlesinger hinterlassen hat!«

»Ich bitte Sie!« Rauthmann hob beide Hände. »Wir wissen, womit er sich beschäftigt hat. Und seine gelegentlichen Publikationen waren von außerordentlichem Interesse!«

»Womit hat sich Schlesinger denn zuletzt beschäftigt?«, wollte Gropius wissen.

Rauthmann gab sich zurückhaltend. Mit einem Schmunzeln, das weder Gropius noch Felicia zu deuten wussten, antwortete er: »Nun ja, Schlesinger widmete sich der Frühgeschichte des Nahen Ostens, aber einen Namen gemacht hat er sich als Bibelarchäologe. Nicht wahr, Frau Schlesinger?«

Felicia nickte geistesgegenwärtig. Dass Arno sich in der Hauptsache mit Bibelarchäologie beschäftigt haben sollte, war ihr neu, jedenfalls hatte Schlesinger nie darüber gesprochen.

»Sie müssen wissen«, fuhr Rauthmann an Gropius gewandt

fort, »Palästina und die Schauplätze des Neuen Testaments waren bis zum Ende des 19. Jahrhunderts archäologisch völlig unerforscht. Heute hat sich die Situation ins Gegenteil verkehrt. Heute zählen Israel und Palästina zu den archäologisch am besten erforschten Ländern. Und einen nicht unerheblichen Beitrag dazu hat Arno Schlesinger geleistet. Allerdings zahlte er auch einen hohen Preis.«

»Einen hohen Preis?« Gropius sah Rauthmann fragend an: »Wie meinen Sie das, er zahlte einen hohen Preis?«

Rauthmann warf Felicia einen Hilfe suchenden Blick zu, als habe er Hemmungen, Gropius' Frage zu beantworten. »Nun ja«, begann er zögernd, »die Sache mit dem Unfall. Zuerst hieß es, Schlesinger sei mit dem Jeep auf eine Landmine gefahren; aber das kann Ihnen Frau Schlesinger sicher besser erklären.«

»Keineswegs!«, protestierte Felicia. »Sie müssen wissen, mein Mann hat nie über den Unfallhergang gesprochen. Er sagte, er wolle mich nicht nachträglich beunruhigen. Es war also kein Unfall?«

Nervös zupfte Rauthmann an seiner Krawatte, dann sagte er leise: »Es war ein Bombenanschlag. Ich weiß es von Pierre Contenau, einem französischen Kollegen, der die Ausgrabungen in Beersheba leitet. Er war in der Nähe, als es passierte.«

»Ein Bombenanschlag?« Gropius verzog das Gesicht. »In dieser Ecke der Welt gehen doch jeden Tag Bomben hoch. Das muss ja nicht zwingend mit Schlesinger etwas zu tun gehabt haben!«

»Glauben Sie mir – es ist so, wie ich sage. Dort, wo Schlesinger seine Ausgrabungen durchführte, ist noch nie eine Bombe explodiert«, sagte Rauthmann mit Nachdruck.

Gropius überlegte. »Aber das würde doch bedeuten, dass sich der Anschlag gezielt gegen Arno Schlesinger richtete!«

»Oder gegen seine Arbeit.«

»Oder gegen beide!« Gropius schwieg einen Moment. Das alles machte keinen Sinn! Wer in aller Welt konnte ernsthaft daran interessiert sein, einen deutschen Archäologen bei Ausgrabungen in Israel in die Luft zu sprengen? Es sei denn …

»Darf ich Ihnen eine ernste Frage stellen?«, begann Gropius umständlich. »Gibt es in Ihrem Fachgebiet so etwas wie Konkurrenzneid? Ich weiß, wovon ich rede. Ich bin Arzt und ich glaube, es gibt keinen Berufszweig, in dem Konkurrenzneid so verbreitet ist wie unter der Ärzteschaft.«

»Natürlich gibt es das! Der Wissenschaftsbetrieb ist hart, die meisten Planstellen sind vergeben, es wäre töricht, das zu leugnen.«

Gropius nickte und wandte den Blick zur Seite; dann richtete er an Rauthmann die Frage: »War Arno Schlesinger in Archäologenkreisen beliebt?«

Rauthmann warf Felicia einen verstohlenen Blick zu, und die erwiderte seinen Blick und sagte: »Tun Sie sich keinen Zwang an, Dr. Rauthmann, Sie brauchen mich nicht zu schonen!«

Rauthmann schluckte. »Um der Wahrheit die Ehre zu geben: Arno Schlesinger war in Kollegenkreisen ebenso gehasst wie geachtet. Geachtet wegen seinem Wissen und seinem scharfen Verstand. Gehasst, weil er – verzeihen Sie, wenn ich so deutlich werde – sehr viel Geld einsetzte, um Grabungslizenzen zu erhalten, auf die andere Archäologen ein halbes Leben vergeblich warten.«

»Halten Sie es also für möglich, dass –«

»Nein!«, fiel ihm Rauthmann ins Wort. »Bei aller Rivalität, ich hielte keinen Forscher, den ich kenne, für fähig, einen Mord zu begehen, keinen!« Und an Felicia gewandt: »Wenn ich jetzt den Grund meines Besuchs in Erinnerung bringen dürfte …«

»Selbstverständlich.« Felicia erhob sich und bat Dr. Rauthmann ihr zu folgen. In geringem Abstand, gerade so, dass der Besucher nicht das Gefühl haben musste, unter ständiger Beobachtung zu stehen, folgte Gropius.

Rauthmann bekam glänzende Augen, als er die Akten sah, die

sich zu Hunderten in den Regalen des Arbeitszimmers türmten. Die meisten waren mit vergilbten Blättern gekennzeichnet, welche Hinweise auf den Inhalt gaben. Neben geografischen Angaben wie Salamis, Tyros oder Tell el-Farah konnte man Hinweise auf bestimmte Epochen lesen wie Mykenisch III A, Villanova-Kultur oder Badari-Kultur.

»Manches ist hier in Unordnung geraten«, bemerkte Felicia, als sie Rauthmanns staunenden Blick auffing. »Die Polizei hatte vorübergehend einige Akten beschlagnahmt, sie aber bald wieder zurückgebracht. Vermutlich sagten ihnen die archäologischen Begriffe wenig.«

Hier und da zog Rauthmann eine Akte hervor, blätterte in den Unterlagen und nickte anerkennend mit dem Kopf, um sie wieder an ihren Ort zurückzulegen. Gropius fiel auf, dass Rauthmann Felicias Aussage, die Polizei habe Akten beschlagnahmt, ohne Gegenfrage zur Kenntnis nahm. Er ließ sich durch nichts aus der Ruhe bringen und interessierte sich scheinbar wahllos für das eine wie das andere, wobei er eine Lesebrille benutzte, deren Gläser seine Augen vergrößerten wie die einer Eule.

»Sie nehmen doch einen Kaffee mit uns?«, fragte Felicia, und ohne eine Antwort abzuwarten, verschwand sie aus dem Raum.

»Tragisch, dass Schlesinger so enden musste«, bemerkte Rauthmann, als sie allein waren.

Gropius rätselte, ob der Besucher wusste, in welcher Beziehung *er* zu Schlesinger gestanden hatte. Er ließ den Satz ohne jede Stellungnahme im Raum stehen. Stattdessen erkundigte er sich ganz nebenbei: »Darf ich fragen, ob Sie nach etwas Bestimmtem suchen?«

»Ja gewiss«, erwiderte Rauthmann, ohne von seiner Arbeit abzulassen, »es ist das Lebenswerk eines bedeutsamen Forschers, an dem unser Institut interessiert ist.« Und nach kurzem Nachdenken: »Könnten Sie nicht für uns ein gutes Wort einlegen? Wenn Frau Schlesinger sich bereit erklärte, den wissenschaftlichen

Nachlass ihres Mannes in eine Stiftung einzubringen, hätte das für sie nicht unerhebliche Steuervorteile!«

»Ich verstehe!«, antwortete Gropius, ohne wirklich zu begreifen, was Rauthmann meinte. »Ich will sehen, was ich für Sie tun kann. Aber gestatten Sie *mir* eine Frage, dieser französische Archäologe …«

»Contenau. Pierre Contenau!«

»… dieser Contenau, halten Sie es für möglich, dass der Näheres über die Umstände des vermeintlichen Anschlags auf Schlesinger weiß?«

»Ich glaube, ja«, erwiderte Rauthmann, ohne zu zögern. »Nur hatte ich den Eindruck, dass er nicht bereit ist, etwas preiszugeben. Contenau erging sich nur in Andeutungen, die mich, ehrlich gesagt, nicht weiter interessierten. Ein etwas eigenartiger Mensch, dieser Contenau, wie alle Archäologen.«

»Und wo lebt dieser Contenau?«

»Soweit mir bekannt ist, die Hälfte des Jahres in Jerusalem, den Sommer verbringt er regelmäßig bei Frau und Tochter in Paris – beneidenswert.«

»Und Sie? Verzeihen Sie meine Neugierde.«

»Ich bin mit der Wissenschaft verheiratet – falls Sie das meinen. Die nimmt mich total in Beschlag. Leider fehlen unserem Institut die Mittel für Grabungskampagnen im Ausland, sodass sich meine Forschungen auf ein Terrain von ein mal zwei Meter beschränken – meinen Schreibtisch!« Er lachte etwas wehmütig.

Felicia kam mit dem Kaffee, und Rauthmann stellte seine Arbeit ein. An Felicia gewandt, sagte er: »Ihr Mann hat nicht unbedeutende Forschungen hinterlassen. Wenn Sie gestatten, wird Ihnen unser Institut in den nächsten Tagen ein schriftliches Angebot unterbreiten, wie und unter welchen Umständen dieser Nachlass in eine Stiftung eingebracht werden könnte. Diese Form hätte für Sie den Vorteil, dass der Name Arno Schlesinger gebührend gewürdigt wird, zum anderen könnten Sie daraus über Jahre hinweg Steuervorteile ziehen. Sie müssen sich keineswegs gleich entscheiden.«

»Wie fandest du ihn?«, fragte Felicia Gregor, nachdem der Besucher gegangen war.

»Schwer zu sagen«, entgegnete Gropius. »Anfangs machte er auf mich einen etwas zwielichtigen Eindruck, als wüsste er nicht so recht, was er eigentlich wollte.«

»Und jetzt?«

Gropius hob die Schultern. »Im Gespräch wirkte er durchaus glaubhaft. Rauthmann hat Recht, in diesen Akten steckt die Arbeit eines halben Lebens, und offenbar war Schlesinger wirklich ein sehr anerkannter Wissenschaftler.«

»Er war ein Schwein!«

»Das eine schließt das andere nicht aus. Auch Schliemann war ein mieser Charakter, aber ein genialer Archäologe. Napoleon war menschlich ein Schwein, trotzdem ein großer Feldherr. Oder Klaus Kinski, war er nicht ein Ekel und trotzdem ein überragender Schauspieler?«

Mit verschränkten Armen blickte Felicia aus dem Fenster. Leise sagte sie: »Welchen Grund hatte Arno, zu verschweigen, dass es ein gezielter Bombenanschlag war und kein Unfall?«

Gropius trat neben sie hin und legte ihr den Arm auf die Schulter: »Wenn wir das wüssten, wären wir einen großen Schritt weiter.«

Kurz vor 22 Uhr kehrte Gropius vom Tegernsee nach München zurück. Ein ungewisses Gefühl hatte ihn davon abgehalten, eine weitere Nacht mit Felicia zu verbringen. Schon von weitem sah er den Wagen, der mit Standlicht neben der Garageneinfahrt parkte, und einen Augenblick zögerte er, ob er nicht wenden und wieder fortfahren sollte. Doch dann erkannte Gropius im Innern des wartenden Fahrzeugs Dirk Lewezow. Seit Tagen hatte er nichts mehr von ihm gehört.

Als Lewezow Gropius erblickte, verließ er seinen Wagen und trat ihm entgegen.

»Den ganzen Tag versuche ich Sie schon zu erreichen, Professor! Es ist dringend!«

»Kommen Sie rein«, erwiderte Gropius. Mittlerweile kannte er den Privatdetektiv zur Genüge und wusste, dass er nur allzu gern dazu neigte, die Dinge zu dramatisieren. Vermutlich ging es auch diesmal nur um Geld und nichts anderes. »Was gibt es denn so Dringendes?«

»Ich brauche Geld!«, erwiderte der Detektiv in forderndem Tonfall.

»So, Geld brauchen Sie«, bemerkte Gropius spöttisch, »und ich dachte schon, Sie hätten eine wichtige Beobachtung gemacht, die mir weiterhelfen könnte.«

Lewezow setzte ein überlegenes Grinsen auf und nahm auf der Couch Platz. Dann sagte er, wobei er die Wichtigkeit seiner Aussage mit heftigen Armbewegungen unterstrich: »Ihr Kollege Dr. Fichte hat für übermorgen einen Flug nach Prag angemeldet. Ich weiß das von meinem Freund Geller. Fichte will mit seiner Piper Seneca II gegen zehn Uhr starten.«

»Interessant!« Gropius machte ein nachdenkliches Gesicht.

»Ich wollte Ihnen den Vorschlag machen, dass ich morgen nach Prag fliege, um mich an Fichtes Fersen zu heften, sobald er eintrifft.«

»Keine schlechte Idee, Lewezow, sogar eine brillante Idee. Wie viel brauchen Sie?«

»Fünftausend?«, erwiderte der Detektiv vorsichtig fragend. »Schließlich weiß ich nicht, was mich in Tschechien erwartet, und die Hotels in Prag sind nicht gerade billig!«

Gropius stellte einen Scheck aus und reichte ihn Lewezow.

»Ich möchte über jeden Schritt Fichtes in Prag informiert werden. Jede Kleinigkeit kann von Bedeutung sein. Ich vertraue Ihnen. Bitte halten Sie mich auf dem Laufenden. Vor allem möchte ich wissen, wann der werte Herr Kollege zurückkommt!«

»Sie können sich fest auf mich verlassen, Professor. Es wird mir ein Vergnügen sein zu beobachten, wie sich die Schlinge immer enger um Fichtes Hals zieht.«

Über Wien flog Lewezow am folgenden Morgen nach Prag. Der Flughafen Ruzyně, vierzehn Kilometer westlich von Prag an der Straße nach Kladno gelegen, ist ein hässliches Bauwerk wie die meisten Flughafengebäude aus der Zeit des Kommunismus. Dafür aber relativ übersichtlich und wenig geeignet, sich zu verirren wie in Frankfurt oder Paris Charles de Gaulle. Und so gelang es Lewezow in kurzer Zeit, das Gate ausfindig zu machen, das von Piloten und Passagieren der Privatmaschinen benutzt wird. Bei PRAGOCAR mietete er einen Leihwagen, einen unauffälligen beigefarbenen Skoda. Über Brevnov fuhr Lewezow in die Innenstadt und weiter südwärts zum Kulturpalast in Vyšehrad, wo sich in Sichtweite das Hotel »Corinthia Towers« befindet, ein Komplex aus zwei aneinander gebauten gläsernen Türmen mit fünfhundert Zimmern und direktem U-Bahnanschluss, in jeder Hinsicht ideal für einen Privatdetektiv.

Von früheren Aufenthalten war ihm Prag nicht unbekannt, und so verbrachte Lewezow den Nachmittag in den berühmten Kaffeehäusern der Innenstadt, dem »Kajetánka« am Hradschiner Platz, dem »Slavia«, von dem aus man auf das Nationaltheater blickte, auf Hradschin und Karlsbrücke, und dem »Alfa« am Wenzelsplatz. »Bei Fleck«, tschechisch »U Fleku« genannt, einem fünfhundert Jahre alten Bierlokal an der Křemencova mit verrauchten Schankräumen und unverwechselbarer Atmosphäre, aß er eine Kleinigkeit und trank ein Krügel dunkles Bier, dann zog er sich in sein Hotelzimmer zurück, nicht ohne dem Portier einen Weckauftrag für punkt sieben Uhr zu erteilen.

Lewezow tat gut daran, denn das kräftige tschechische Bier blieb nicht ohne Wirkung. Jedenfalls bedurfte es eines zweiten Anlaufs der Telefondame, um den verschlafenen Hotelgast wachzukriegen.

Mit dem Taxi traf Lewezow gegen 10 Uhr 30 auf dem Flughafen Ruzyně ein. Der Betrieb hielt sich in Grenzen, was dem Detektiv sehr entgegenkam. Lewezow sondierte noch einmal das Terrain, ging alle Wege ab, welche der Besucher aus Deutschland nach der Ankunft nehmen könnte, und vergewisserte sich, dass es keine Aufzüge oder Türen gab, die ihn an der direkten Verfolgung hindern konnten.

Zehn Minuten vor zwölf näherte sich ein Mann im schwarzen Mantel aus feinstem Tuch, hochgewachsen und von finsterem Blick. Es schien, als behielte er denselben Ausgang wie Lewezow im Auge, während er betont gelangweilt auf- und abging. Lewezow kannte den Mann nicht, folglich wusste er auch nicht, ob dessen Anwesenheit zufällig war oder im Zusammenhang mit seinem Auftrag stand. In sicherer Entfernung zog Lewezow seine Kamera mit dem Teleobjektiv aus dem Mantel hervor und schoss von dem Unbekannten einige Aufnahmen.

Er wollte die Kamera gerade verschwinden lassen, als aus dem Gate, das er seit geraumer Zeit unter Beobachtung hielt, Dr. Fichte in Begleitung eines Mannes heraustrat und geradewegs auf den wartenden Mann im dunklen Mantel zuging. Geistesgegenwärtig drückte Lewezow auf den Auslöser seiner Motorkamera. Dann verbarg er sie wieder unter seinem Mantel.

In angeregter Unterhaltung strebten die drei Männer dem Ausgang zu, von wo sie sich einem nahen Parkplatz zuwandten. Lewezow winkte ein Taxi herbei und gab dem Fahrer unter Zuhilfenahme eines 20-Euro-Scheins zu verstehen, er möge sich an die Fersen der drei Männer heften. Es dauerte nicht lange, und die Männer bestiegen einen dunklen Mercedes. »Folgen Sie dem Fahrzeug!«, bedeutete Lewezow dem Fahrer.

Dem Droschkenkutscher mit wirren Haaren und zerknittertem Gesicht bereitete die Verfolgung sichtlich Spaß. Von der ihm gestellten Aufgabe begeistert, wechselte er ständig die Fahrspur, ignorierte ein paar rote Ampeln und gelangte so dicht hinter dem schwarzen Mercedes auf den Wenzelsplatz, wo der Wagen vor dem Hotel »Europa«, einem Prachtbau mit üppiger Jugendstilfassade, anhielt.

Aus sicherer Entfernung beobachtete Lewezow, wie ein Kofferträger das Gepäck der Ankömmlinge in das Innere des Hotels brachte. Dann betrat er die Halle und setzte sich in einen der Ledersessel, von dem er den Empfangstresen im Blick hatte. Während Fichte und sein Begleiter den Meldezettel ausfüllten, kam der dritte Mann dieser Aufgabe nicht nach. Entweder wohnte er schon länger in diesem Hotel oder er hatte nur die Aufgabe, die beiden anderen hierher zu bringen.

Lewezow wiegte sich in Sicherheit, er wusste, dass Fichte ihn nicht kannte, und auch die beiden anderen Männer hatte er nie gesehen. Deshalb erhob er sich und ging mit auf dem Rücken verschränkten Armen in der Halle auf und ab, als erwarte er einen Hotelgast. In Wirklichkeit versuchte Lewezow den einen oder anderen Gesprächsfetzen der drei Männer aufzufangen.

Dabei musste er sich etwas ungeschickt angestellt haben, jedenfalls redete ihn plötzlich der Portier in deutscher Sprache an. »Mein Herr, kann ich Ihnen helfen?«

Lewezow erschrak, er fühlte sich ertappt, aber nach einer Schrecksekunde hatte er die Situation wieder im Griff und antwortete: »Nein danke, ich erwarte jemanden.«

Im selben Augenblick verabschiedeten sich die drei Männer voneinander, um auf ihre Zimmer zu gehen. Sie wirkten nervös. Lewezow bekam gerade noch mit, dass sie sich für 15 Uhr verabredeten, um gemeinsam nach Pode..., den genauen Namen konnte er nicht verstehen, zu fahren. Dann verschwanden sie im Lift.

Wie sollte er der Situation am besten begegnen? Lewezow dachte nach. Schließlich trat er auf den Portier zu, der ihn kurz zuvor angesprochen hatte. Er machte seinen Job zwar erst seit ein paar Jahren, aber Lewezow wusste sehr genau, wie man am besten eine Auskunft erlangte: nie mit einer direkten Frage, immer mit einer vorausgehenden Behauptung. Deshalb redete er den Portier an: »Bei Ihnen ist gerade ein Dr. Fichte aus München abgestiegen. Wer sind eigentlich die beiden Männer in seiner Begleitung?«

»Gewiss, mein Herr!«, erwiderte der Portier, nachdem er einen Blick auf den Bildschirm seines Computers geworfen hatte. »Soll ich Sie mit seinem Zimmer verbinden?«

»Nein, vielen Dank!«, erwiderte Lewezow. »Mich interessieren nur die Namen der beiden anderen Männer, die sich gerade in seiner Begleitung befanden.«

»Ich bin nicht befugt, Namen unserer Gäste …«

»Ich weiß«, unterbrach Lewezow den pflichtbewussten Portier, er zog einen Geldschein aus der Tasche und schob ihn verstohlen über den Tresen.

Fünfzig Euro waren eine Menge Geld für einen Prager Hotelportier, jedenfalls genug, um Vorschriften und Diskretion zu vergessen. »Bitte nehmen Sie einen Augenblick Platz«, flüsterte der Portier aus dem Mundwinkel und machte eine Kopfbewegung zur Sitzgruppe am hinteren Ende der Hotelhalle.

Lewezow gehorchte, und es dauerte nicht lange, bis der Portier mit einem Zettel erschien, den er ihm wortlos überreichte.

»Übrigens!« Lewezow hielt den Portier am Ärmel fest, »kennen Sie einen Ort namens Pode – oder so ähnlich.«

»Sie meinen Poděbrady, mein Herr!«

»Ja, Poděbrady.«

»Jedes Kind kennt Poděbrady, einen unserer berühmtesten Badeorte, etwa vierzig Kilometer östlich an der Elbe gelegen. Sie sollten sich die Stadt unbedingt ansehen, mein Herr!«

Lewezow nickte freundlich, und der Hotelportier verschwand. Dann warf Lewezow einen Blick auf den Zettel. Mit ungelenker Schrift hatte der Portier drei Namen aufgeschrieben: Dr. Fichte, Dr. Alexej Prasskov, Thomas Bertram. Und darunter: Wenn Sie interessiert sind, Sie treffen mich beinahe jeden Abend ab 19 Uhr im »Zlatého tygra«, in Ihrer Sprache »Goldener Tiger«, Husova 17.

Mit der U-Bahn fuhr Lewezow drei Stationen bis zur Haltestelle Vyšehrad zu seinem Hotel, ließ sich vom Wagenmeister seinen Leihwagen aus der Tiefgarage bringen und fuhr auf der Legerova-Straße stadteinwärts zum Wenzelsplatz zurück, wo er nur wenige Meter vom Hotel »Europa« entfernt eine Parklücke fand. Über das Lenkrad seines Wagens gebeugt behielt er den Hoteleingang fest im Blick, wo noch immer der schwarze Mercedes parkte.

Wie verabredet traten die drei Männer kurz nach 15 Uhr aus dem Hotel, Fichte, den Lewezow von seiner Observierung in München her kannte, Prasskov, auf den die Beschreibung von Gropius zutraf, und Bertram, dessen Name auf der Transplantationsliste stand. Prasskov steuerte den Wagen über die breit angelegte Stadtautobahn Wilsonova nordwärts und bog kurz nach dem Busbahnhof Florenc in die Sokolovska-Straße ein, eine lange Ausfallstraße in östlicher Richtung. Prasskov fuhr die Strecke nicht zum ersten Mal, jedenfalls hatte Lewezow Mühe, dem forschen Fahrer zu folgen.

Nach einer knappen halben Stunde Autobahnfahrt, während der Lewezow vergeblich versucht hatte, Gropius über Mobiltelefon zu erreichen, nahm der vorausfahrende Mercedes die Ausfahrt nach Poděbrady in Richtung Innenstadt.

Zur Winterszeit machte der verträumte Kurort mit seinen alten romantischen Häusern und dem verlassenen Kurpark einen noch verschlafeneren Eindruck. Nur in den Kaffeehäusern, die sich wie die Perlen einer Kette um die Kurzone reihten, herrschte reger Betrieb. In sicherem Abstand folgte Lewezow dem schwarzen Wagen.

Vor einem repräsentativen Gebäude, einen Straßenzug vom Kurpark entfernt, machte der Mercedes halt. Mit leisem Surren öffnete sich ein schweres Eisentor, und das Fahrzeug verschwand in der Einfahrt.

Lewezow stellte seinen Skoda ab, nahm seine Kamera und ging zu Fuß etwa fünfzig Meter bis zu der Villa, wo der Wagen verschwunden war. Von der gegenüberliegenden Straßenseite aus entdeckte er ein Schild mit der Aufschrift »Kurklinik Dr. Prasskov«.

»Sieh einer an!«, sagte Lewezow leise vor sich hin und blickte durch den Sucher seiner Kamera. Das Gebäude aus der Zeit der vorletzten Jahrhundertwende machte einen gepflegten Eindruck. An beiden Seiten des Eingangs, den vier wuchtige Säulen mit einem Architrav darüber säumten, reihte sich je ein ebenerdiger Trakt mit dreiflügeligen Fenstern, von denen nur ein einziges beleuchtet war. Überhaupt wirkte die Kurklinik wie ausgestorben, keinesfalls als ob sich darin Patienten aufhielten.

Da bereits die Dämmerung einsetzte, entschloss sich Lewezow, nachdem er das Areal erkundet und zahlreiche Aufnahmen geschossen hatte, die Rückfahrt nach Prag anzutreten.

Auf der Autobahn zwischen Poděbrady und Prag machte sich Lewezow Gedanken über den Zettel, den ihm der Portier zugesteckt hatte. Die Namen der drei Männer hatte er in seinem Gedächtnis registriert, und sie bereiteten ihm in seinen Überlegungen auch keinerlei Schwierigkeiten. Was bei ihm jedoch eine gewisse Aufregung, ja Unruhe, auslöste, war der Zusatz, den der Portier den drei Namen angefügt hatte. »Wenn Sie interessiert sind, Sie treffen mich jeden Abend …«

Zurück in Prag suchte Lewezow ein Fotogeschäft auf, um den Film entwickeln zu lassen. Nach einer knappen Stunde, die er über den Kleinstädter Ring bummelnd verbrachte, kehrte er mit den fertigen Fotos in sein Hotel zurück, ließ sich am Empfang einen Umschlag geben, steckte die Bilder hinein sowie den Zettel mit den Namen, den ihm der Portier im »Europa« gegeben hatte, schrieb Gropius' Adresse auf den Umschlag und bat den Doorman gegen ein respektables Trinkgeld, den Brief gleich morgen früh zu besorgen.

Es war das letzte Lebenszeichen von Dirk Lewezow.

Kapitel 9

Als Gregor Gropius nach Ablauf von drei Tagen noch immer nichts von Lewezow gehört hatte, wurde er unruhig. Wenn er die Nummer von dessen Mobiltelefon wählte, vernahm er nur eine weibliche Stimme, die in einschläfernder Monotonie verkündete, der Teilnehmer sei vorübergehend nicht erreichbar. Er machte sich Vorwürfe, weil er Lewezow mit der brisanten Angelegenheit betraut hatte, und trug sich jetzt sogar mit dem Gedanken, die Polizei einzuschalten; aber dann vergegenwärtigte er sich seine Situation, und er ließ davon ab. In seiner Lage würde ein von ihm beauftragter Privatdetektiv, der über Nacht verschwindet, den Verdacht noch mehr auf ihn lenken, keinesfalls jedoch zu seiner Entlastung beitragen.

Da traf am vierten Tag ein Brief aus Prag ein. Gropius las den Absender: Hotel »Corinthia Towers«, Kongresová 1, Praha 4. Der Brief enthielt etwa zwanzig Fotos und einen Zettel mit der Aufschrift: Dr. Fichte, Dr. Alexej Prasskov, Thomas Bertram. Wenn Sie interessiert sind, Sie treffen mich beinahe jeden Abend ab 19 Uhr im »Zlatého tygra«, in Ihrer Sprache »Goldener Tiger«, Husova 17.

Gropius betrachtete die Bilder: Prasskov in der Wartehalle des Flughafens, Prasskov begrüßt Fichte auf dem Flughafen, Prasskov, Fichte und ein Unbekannter in nicht näher identifizierbarer Umgebung. Wer war der dritte Mann? Wer war Thomas Bertram?

Die Fotografie zeigte einen wohlgenährten Mann mit vollem Gesicht und einem kräftigen dunklen Haarkranz, der seine kahle Schädeldecke einrahmte. Im Vergleich zu Fichte und Prasskov wirkte er unsicher, beinahe ängstlich. Bertram, der Name kam

Gropius bekannt vor. In welchem Zusammenhang hatte er ihn gehört? Nein – nicht gehört – gelesen! Und zwar auf einer Liste. Jetzt fiel es ihm wieder ein – es war die Computerliste der zur Transplantation anstehenden Patienten, die ihm Rita – wie mochte es ihr ergehen? – besorgt hatte. Aufgeregt holte er die Liste von seinem Schreibtisch. Unter Position 56 stand der Name: Thomas Bertram.

Gropius murmelte mehrmals den Namen vor sich hin. Aber natürlich: Bertram Hochtief, ein Baulöwe mit Niederlassungen in ganz Deutschland! Thomas Bertram passte genau in den Raster wohlhabender Patienten, die bereit waren, für ein gesundes Organ jeden Preis zu zahlen.

Zum wiederholten Mal versuchte Gropius Lewezow zu erreichen, und zum wiederholten Mal scheiterte der Versuch. Spontan fasste er den Entschluss, selbst nach Prag zu reisen.

Der Flug mit Czech Airlines von München nach Prag dauerte eine Stunde und fünf Minuten, und Gropius suchte in Prag das Hotel »Corinthia Towers« auf, von wo Lewezow die Fotos an ihn abgeschickt hatte. Als er sich bei seiner Ankunft nach Lewezow erkundigte, erlebte Gropius eine böse Überraschung. Die Empfangsdame, eine herbe, hochgewachsene Schönheit im Look einer Bankangestellten, führte Gropius, als habe sie ihn erwartet, in einen nüchtern möblierten Raum der Hoteldirektion und bat ihn, sich einen Augenblick zu gedulden; dann verschwand sie.

Kurz darauf erschien ein forscher, glatt rasierter junger Mann im dunklen Anzug mit Weste und stellte sich als Direktor des Hauses vor. Er heiße Hollar. Hollar sprach deutsch mit tschechischem Akzent, und seiner Aussprache haftete etwas Schweykhaftes an.

»Sind Sie mit Herrn Lewezow verwandt, bitteschön?«, erkundigte er sich höflich, aber mit Nachdruck.

»Nein«, erwiderte Gropius, »warum fragen Sie?«

»Waren verabredet mit Herr Lewezow?«

»Auch nicht. Lewezow weiß gar nicht, dass ich hier bin. Er arbeitet für mich. Ich sehe jedoch keinen Anlass, Sie über meine Privatangelegenheiten aufzuklären. Wollen Sie mir nicht endlich sagen, was dieses Verhör hier zu bedeuten hat?«

Hollar, der die Arme vornehm auf dem Rücken hielt, trat nahe an Gropius heran, und als wollte er ihm ein Geheimnis anvertrauen, sagte er leise: »Herr Lewezow ist seit drei Tagen spurlos verschwunden. Steht sein Gepäck auf Zimmer und Leihwagen in Garage. Sieht nicht so aus, als handelte es sich um Betrüger von Hotelrechnung.«

»Haben Sie die Polizei verständigt?«

»Noch nicht, Herr Gropius. Sie verstehen, ist nicht gut für Ruf eines Hauses, wenn geht Polizei ein und aus.«

»Ich verstehe«, antwortete der Professor. »Hier haben Sie meine Kreditkarte. Buchen Sie Lewezows Rechnung auf mich.«

»Aber warum, wenn sind nicht verwandt?« Hollar schien diese Lösung nicht angenehm.

Gropius holte tief Luft, dann sagte er: »Hören Sie zu, Lewezow ist Privatdetektiv und in meinem Auftrag in Prag unterwegs. Es ist nicht ungewöhnlich, dass ein Detektiv zur Aufklärung einer Straftat einmal für zwei oder drei Tage untertaucht.«

»Jetzt ich verstehe!«, erwiderte Hollar erleichtert. »Brauche ich also nicht Polizei zu verständigen.«

»Nein!«, entgegnete Gropius mit fester Stimme.

Gropius hatte kein gutes Gefühl, als er sich noch am selben Abend in die Prager Altstadt begab, um das Lokal »Zum Goldenen Tiger« aufzusuchen, jenes Lokal, das auf dem mysteriösen Zettel vermerkt war, den Lewezow den Fotos beigelegt hatte. Dass er weder Namen noch Aussehen des Schreibers kannte – oder handelte es sich vielleicht sogar um ein zweideutiges Angebot? –, machte die Sache nicht gerade einfacher.

Im Taxi ließ sich Gropius bis in die Nähe des Alten Rathauses mit seiner berühmten astronomischen Uhr chauffieren. Das letzte Stück ging er zu Fuß, nachdem der Taxifahrer ihm den Weg genau beschrieben hatte. Besonders zur Nachtzeit gleichen die Straßen der Prager Innenstadt einer unnachahmlichen Theaterkulisse, hier und da hallen Schritte und Stimmen durch die engen Gassen. Autos wirken fremd in dieser Szenerie, und Gropius hätte, als er in die Husova-Straße einbog, sich nicht gewundert, wenn ihm der Golem oder Dr. Caligari aus dem gleichnamigen Stummfilm entgegen gekommen wäre.

In der Gaststätte »U zlatého tygra« – dem Goldenen Tiger, wird, da sind sich Prager und Touristen einig, das beste Pilsner der Stadt ausgeschenkt, und so kommt es, dass in dem Lokal nicht selten kein einziger Platz frei ist für einen fremden Besucher. An diesem Abend hatte Gropius Glück. Im großen Gastraum gegenüber dem Eingang fand er einen freien Tisch, ideal, um das Kommen und Gehen der Gäste zu überblicken. Bei einem Ober in weißer Schürze bestellte er »Kachna se zelim a knedlikem« – Ente mit Kraut und Semmelknödeln – und ein großes Pilsner.

Er saß noch nicht lange, als eine elegant gekleidete Dame, weiter Mantel über kurzem Kostüm, die schwarz bestrumpften Beine in hochhackigen Stiefeln, das Lokal betrat, nach einem Platz suchte und geradewegs auf ihn zusteuerte.

In englischer Sprache fragte sie, ob am Tisch ein Platz frei sei, und als Gropius sie mit einer einladenden Handbewegung aufforderte, Platz zu nehmen, fuhr sie auf Deutsch fort: »Wie gefällt Ihnen Prag?« Und ohne eine Antwort abzuwarten: »Sind Sie allein hier? Geschäftlich?«

»Das sind drei Fragen auf einmal«, Gropius lächelte und half ihr aus dem Mantel. »Meine Antwort auf Ihre erste Frage lautet: Gut, obwohl ich nach meiner Ankunft im Hotel »Corinthia Towers« noch nicht viel von der Stadt gesehen habe; auf die zweite Frage antworte ich mit Ja, auf die dritte mit Nein. Was möchten Sie sonst noch wissen?«

Etwas verlegen, zumindest sollte es so aussehen, hielt die schöne Pragerin die Hand vor den Mund, dann erwiderte sie: »Bitte ich um Entschuldigung, aber ich bin nun einmal furchtbar neugierig, vor allem was Männer betrifft.«

Gropius zog die Augenbrauen hoch. »Woher können Sie so gut deutsch?«

»No ja, ist mein Englisch besser als mein Deutsch. Bin ich Lehrerin«, und nach einer Pause, »gewesen.«

Gregor sah ihr ins Gesicht. Für eine Lehrerin war die junge Frau viel zu hübsch. Sie trug ein nicht gerade dezentes Make-up, ihre gepflegten blondierten Haare waren hochgesteckt, wohl um sie größer erscheinen zu lassen, und was sie unter ihrer Kostümjacke herumtrug, war nicht zu verachten. Mit einer lässigen Handbewegung, die ihre langen roten Fingernägel in Szene setzte, winkte sie den Ober herbei und gab, ohne einen Blick auf die Speisekarte zu werfen, eine Bestellung auf.

»Sie sind öfter hier?«, erkundigte sich Gropius bei seiner attraktiven Tischnachbarin.

Sie hob kokett die Schultern und antwortete: »Ja, manchmal!«

»Was meinten Sie damit, Sie seien Lehrerin *gewesen*?«

Die Frau fingerte eine Schachtel Zigaretten aus einer kleinen Handtasche und zündete sich eine an. »Es stört Sie doch nicht, wenn ich rauche.«

Obwohl er Zigarettenrauch verabscheute, und obwohl der Ober im selben Augenblick sein Essen servierte, schüttelte er den Kopf. Normalerweise hätte Gropius empört reagiert, sie solle ihren Qualm an anderer Stelle verbreiten, aber die Frau interessierte ihn, zumindest hatte sie seine Neugierde geweckt.

»Ich habe meinen Beruf aufgegeben«, kam sie auf seine Frage zurück. Die Art, wie sie die Zigarette an der Spitze von Zeige und Mittelfinger hielt, während sie mit dem Daumen auf das Mundstück tupfte, verriet eine gewisse Nervosität. »Für umgerechnet dreihundert Euro im Monat stelle ich mich nicht mehr vor die Rotzlöffel irgendwelcher Proleten, die ohnehin nichts lernen wollen. Lieber suche ich mir ein paar Mal in der Woche einen noblen Mann. Das macht Spaß, und man lernt Menschen kennen.« Ihr Lachen klang etwas bitter. »Ich heiße übrigens Milena Plečnikowa.«

»Gregor Gropius«, entgegnete Gropius verdattert. Ihre direkte Art stand in ziemlichem Gegensatz zu ihrer eleganten Erscheinung.

»Für den Fall, dass es Ihnen langweilig ist in Prag«, sie nahm eine schwarze Visitenkarte aus ihrer Handtasche und reichte sie Gregor über den Tisch. »Von hundert Euro aufwärts«, fügte sie kühl und geschäftsmäßig hinzu.

Das hättest du dir eigentlich denken können, dachte Gropius. Eine so attraktive Frau setzt sich nicht einfach so an deinen Tisch und beginnt ein Gespräch. Wirklich schade. Obwohl …«

»Woran denken Sie, Gregor?« Milena holte ihn in die Wirklichkeit zurück. »Sie überlegen, was eine ganze Nacht mit mir kostet, stimmt's?«

»Nein, nein«, beteuerte Gropius verwirrt. Und fügte plötzlich hinzu: »Würde es Ihnen etwas ausmachen, mich zu küssen, jetzt sofort!«

Milena kam der Aufforderung mit ironischem Schmunzeln nach. Sie beugte sich über den Tisch und berührte Gregors Lippen mit ihrem Mund.

»Genug?«, fragte sie nach einem kurzen Austausch angedeuteter Zärtlichkeiten. »Habe ich den Test bestanden?«

Gropius blickte links an ihr vorbei, während er ihren Kopf mit beiden Händen festhielt. »Wenn ich bitte noch einen Kuß haben könnte.«

Amüsiert über die Vorlieben des verrückten Deutschen legte sich Milena heftig ins Zeug, bis Gregor die ungewöhnliche Situation mit einem nüchternen »Danke, das genügt!« beendete.

Milena sah ihr Gegenüber verwundert an.

»Ich muss Ihnen etwas erklären«, begann Gropius verlegen. »Sie haben mir gerade einen großen Gefallen erwiesen. Zwei Männer, die mich nicht erkennen sollten, haben eben das Lokal betreten. Es schien mir die einzige Möglichkeit, nicht entdeckt zu werden.«

»So, wirklich?« Milena machte ein ungläubiges Gesicht. »So eine originelle Begründung hab ich selten gehört. Kompliment!«

»Nein, bestimmt nicht. Wenn Sie sich vorsichtig umdrehen, die beiden Männer dort hinten …«

Milena blickte vorsichtig nach links. »Sie meinen Dr. Prasskov und den anderen Kerl?«

»Sie kennen Prasskov?«

»Klar«, erwiderte Milena und legte beide Hände mit gespreizten Fingern auf ihre Brüste. »Made by Prasskov«, lachte sie übermütig. »Er gilt als einer der besten plastischen Chirurgen in Tschechien, und als einer der reichsten. Angeblich hat er aber sein Geld mit dunklen Geschäften gemacht. Man sagt ihm Kontakte zur Organmafia nach. Seine Verbindungen in die höchsten Stellen der Justiz sind jedoch so gut, dass es nie zu einer Anklage kam. Prasskov betreibt mehrere Kliniken im näheren Umkreis von Prag. Offiziell laufen sie unter der Bezeichnung ›Kurklinik‹ oder ›Institut für ästhetische Chirurgie‹. Was in diesen Häusern wirklich abläuft, bleibt sein Geheimnis.«

»Und der Mann neben Prasskov?« Gropius machte mit dem Kopf eine kurze Bewegung nach hinten.

»Nie gesehen!«, erwiderte Milena lustlos.

Während ihr der Ober »Švestkové knedliky« servierte, in besser verständlicher Sprache »Zwetschgenknödel mit Quark und Butter«, zog Gropius den Zettel aus der Tasche, den Lewezow ihm geschickt hatte, und hielt ihn Milena vor die Nase.

»Haben Sie den Zettel geschrieben?«, fragte er, nachdem sich der Ober entfernt hatte.

»Iich?«, tat Milena entrüstet, und Gropius legte mahnend den Zeigefinger auf die Lippen.

Beschwichtigend meinte er: »War nur eine Frage. Diesen Zettel hat mir ein Privatdetektiv namens Lewezow, der hier in meinem Auftrag ermittelt, geschickt; ich weiß nicht so recht, was ich damit anfangen soll.«

»Sie sind etwa von der Polizei?« Milenas Stimme klang plötzlich schrill und bedrohlich laut.

»Unsinn!«, beteuerte Gropius und blickte ängstlich nach beiden Seiten, ob ihre Unterhaltung bereits Aufsehen erregte. Aber zum Glück war der Lärmpegel in dem verrauchten Lokal so hoch, dass niemand sich für ihre Unterhaltung zu interessieren schien. »Ich habe den Detektiv eingeschaltet, weil meine Frau fremdgeht.«

»Ah, ich verstehe!« Die Antwort schien Milena zu beruhigen. »Und der Nebenbuhler heißt Prasskov. Sehr gut möglich! Prasskov hält sich angeblich viel in Deutschland auf. Aber wenn Ihre Frau Sie betrügt, warum betrügen Sie sie nicht einfach zurück? Heute haben Sie die Gelegenheit!« Sie rückte ihre respektablen Brüste unter ihrer eleganten Kostümjacke zurecht. »Über den Preis werden wir uns bestimmt einig.« Sie blickte verheißungsvoll, und Gropius nickte höflich.

»Vielleicht später. Im Moment steht mir nicht der Sinn danach. Mein Privatdetektiv ist seit ein paar Tagen spurlos verschwunden. Wo würden Sie an meiner Stelle nach Lewezow suchen? Dazu bin ich Ihnen eine Erklärung schuldig: Lewezow ist nämlich, na ja, er ist homosexuell.«

»So, ist er das!« Milenas Stimme klang auf einmal kalt und abweisend. »Und Sie? Sind Sie etwa auch so ein verheirateter Homo, der dem anderen Geschlecht die Zeit stiehlt?«

Mit dem Hochmut eines an Erfahrung reichen Freudenmädchens nahm Milena einen Geldschein aus ihrer Handtasche, warf ihn lässig wie eine Skatkarte auf den Tisch, griff nach ihrem Mantel und verabschiedete sich, noch ehe Gropius etwas einwenden konnte, mit den Worten: »Na dann viel Erfolg, Sie schwuler Papiertiger!«

Gropius blieb nicht einmal Zeit, sich von seinem Platz zu erheben, so sehr verblüffte ihn das lose Mundwerk der künstlichen Blondine. Im Übrigen musste er sich hüten aufzufallen.

Nachdem Milena das Lokal verlassen hatte, widmete sich Gropius der Beobachtung Prasskovs und Fichtes. Sie schienen sich angeregt zu unterhalten. Scheinbar gelangweilt brütete Gregor vor sich hin. Als er den Eindruck hatte, dass die beiden sich anschickten, den »Goldenen Tiger« zu verlassen, beglich er seine Rechnung und heftete sich an ihre Fersen.

Zu Fuß nahmen Prasskov und Fichte den Weg durch die schummrigen Gassen der Altstadt. Vom Winter, der in manchen Jahren um diese Zeit das Leben erstarren lässt, keine Spur. Durch die Straßen wehte dumpfer Kneipengeruch. Aus manchen Lokalen drangen Musikfetzen nach draußen. In sicherem Abstand folgte Gropius den beiden Männern.

Nach etwa fünfzehn Minuten erreichten sie den Wenzelsplatz, um dann nach wenigen hundert Metern im Hotel »Europa« zu verschwinden. Durch die gläserne Eingangstür beobachtete Gregor, wie Prasskov und Fichte mit dem Hotelportier ein kurzes Gespräch führten. Schließlich betraten sie den Hotellift, und die Tür schloss sich hinter ihnen.

Den Blick auf den Hoteleingang gerichtet, ging Gropius auf der gegenüberliegenden Seite des Platzes auf und ab. Nach einer knappen halben Stunde begann er zu frösteln, und er zog es vor, ein Taxi zu besteigen und in sein Hotel zu fahren.

Am nächsten Morgen wurde Gropius durch heftiges Klopfen an der Zimmertür geweckt. Er schreckte hoch. Die Uhr an seinem Bett zeigte 8 Uhr 10.

»Herr Gropius, bitte öffnen Sie!«, vernahm er die Stimme des Hoteldirektors.

Hastig stieg er in seine Kleider und fuhr sich mit den Fingern durch die Haare, dann öffnete er die Tür. Draußen stand Hollar in Begleitung zweier Männer, deren schlampige Kleidung sich deutlich von der Feiertagskleidung des Hoteldirektors abhob.

»Die Herren sind von der Kriminalpolizei«, sagte Hollar mit einer dezenten Handbewegung.

»Ja, und?«, fragte Gropius verwundert.

Hollar hielt Gropius eine zusammengefaltete Zeitung vors Gesicht. »Kennen Sie diesen Mann?«

Mein Gott, ja. Das war das aufgedunsene Gesicht Lewezows! Hollar deutete auf die Textzeile über dem Bild. »Unbekannte Wasserleiche aus der Moldau geborgen!«, übersetzte er stotternd.

»Ja natürlich, das ist Lewezow!« Und an die Kriminaler gewandt: »Ich bin hierher nach Prag gekommen, um Lewezow zu suchen! Was ist passiert?«

Der eine, er trug eine billige schwarze Lederjacke und ausgebeulte Kordhosen, dazu Schuhe mit dicken Profilsohlen, stellte sich vor, er heiße Mucha, und fragte in gepflegtem Deutsch: »Sie sind Herr Gropius?«

»Professor Gregor Gropius!«, stellte Gropius richtig.

»Also gut, Professor Gropius. Können Sie bestätigen, dass es sich bei dem Mann um Herrn Dirk Lewezow handelt?«

»Aber gewiss. Ich bin ganz sicher!«

»Und in welcher Beziehung stehen oder standen Sie zu Herrn Lewezow, Herr Professor?«

»Was heißt Beziehung, in überhaupt keiner Beziehung. Lewezow war Privatdetektiv und in meinem Auftrag in Prag unterwegs.«

»Und Sie fanden es angebracht, Lewezows Hotelrechnung zu begleichen? Ist das nicht, nun ja, ich möchte einmal sagen, ungewöhnlich?«

»Das mag vielleicht so aussehen; aber wenn ich Ihnen die

näheren Umstände erkläre, werden Sie meine Haltung sicher verstehen.«

Mucha nickte unwillig, so als wollte er sagen, da gibt es nichts zu verstehen, Sie haben sich verdächtig gemacht, dann meinte er: »Ich möchte Sie bitten, uns zu begleiten. Sie müssen den Toten identifizieren. Im Übrigen wäre es für Sie von Vorteil, wenn Sie das Nötigste einpackten. Nur für den Fall, dass es länger dauert!«

Sie wollen dich verhaften, schoss es Gropius durch den Kopf. Sie wollen dir einen Mord in die Schuhe schieben. Sie wollen dich fertig machen. Panik stieg in ihm auf, und einen Augenblick trug er sich mit dem Gedanken zu fliehen, den Gang entlang, zum Treppenhaus, elf Stockwerke nach unten, durch das Foyer ins Freie; aber dann kam ihm in den Sinn, dass er sich dadurch nur noch verdächtiger machen würde, und er stopfte die nötigsten Dinge in seinen handlichen Pilotenkoffer.

Auf der Fahrt in einem uralten Skoda ins Rechtsmedizinische Institut durch triste nebelverhangene Straßen fiel kein einziges Wort. Mucha hatte neben ihm auf der Rückbank des Wagens Platz genommen, und der Fahrer war von einer beamteten Langsamkeit, die Gropius beinahe zur Verzweiflung trieb. Er war aufgeregt, nervös, wollte das Ganze hinter sich bringen, aber der Wagen schlich provozierend langsam von Ampel zu Ampel.

Endlich, nach fast dreißigminütiger Fahrt in eine ihm unbekannte Gegend, hielt der Skoda vor einem wuchtigen, alten, angsteinflößenden Gebäude. Nur aus Filmen kannte Gropius die Szene, wenn Angehörige einen Toten in einem grell erleuchteten Untergeschoss identifizieren müssen. Auf eigenartige Weise glaubte sich Gropius auf einmal in einem solchen Film. Erst als der Pathologe, ein unappetitlicher Fünfziger ohne Haare auf dem Kopf und ohne Wimpern, das zerknitterte Tuch von dem Toten zog, der auf einem der drei Seziertische in der Mitte des weiß gefliesten Raumes lag, und Lewezows Leiche zum Vorschein kam, wurde er von der Realität eingeholt.

»Ja, das ist Dirk Lewezow«, erklärte Gropius ohne sichtbare Regung.

»Kommen Sie!« Mucha fasste Gregor am Arm und drängte ihn aus dem Raum.

Vom Rechtsmedizinischen Institut wurde Gropius ins Polizeipräsidium gebracht, ein Gebäude mit ein paar hundert Türen und kilometerlangen Gängen und dem Geruch des 19. Jahrhunderts. In einem kahlen Raum im dritten Stockwerk bot Mucha Gropius einen Stuhl an, er selbst nahm hinter einem durch zahllose Verhöre heruntergekommenen Schreibtisch Platz. Mit dem Ellenbogen und einem Gesicht, welches verriet, dass er seiner Arbeit nur widerwillig nachkam, schob er ein paar Akten beiseite und vertiefte sich wortlos in ein Papier. Angeekelt verzog er dabei sein Gesicht, als wollte er mit der Sache nichts zu tun haben. Schließlich blickte er auf und meinte: »Eine dumme Sache ist das, Sie verstehen?«

Gropius nickte und stellte die Frage: »Gibt es irgendwelche Anhaltspunkte, wie das passieren konnte? Ich meine, ist Lewezow ertrunken? Hatte er Alkohol im Blut?«

Mucha erhob sich, entledigte sich seiner Lederjacke und hängte das Kleidungsstück über die Stuhllehne. Dann setzte er sich wieder und schob Gropius gedankenlos den Obduktionsbefund über den Schreibtisch. »Der Tod trat durch einen einzigen gezielten Nackenschlag ein, vermutlich mit einer speziellen Waffe, die das Rückenmark durchtrennte. Es floß kein Blut, nichts. Dann warf man den Mann in die Moldau. Kein Hinweis auf den Tatort oder den Tathergang. Saubere professionelle Arbeit.«

Gropius fröstelte bei den nüchternen Worten des Kommissars. Hinzu kam, dass er sich in gewisser Weise schuldig an Lewezows Tod fühlte. Schließlich war *er* es gewesen, der ihn nach Prag geschickt hatte. Warum, dachte er, interessierte sich dieser Mucha nicht für den Auftrag, den er Lewezow erteilt hatte? Es hätte ihn nicht einmal verwundert, wenn Mucha ihn der Tat bezichtigt hätte. Aber nichts dergleichen geschah.

Stattdessen stellte Mucha die Frage: »Was sind Sie eigentlich für ein Professor, Herr Gropius?«

»Ich bin Arzt am Münchner Klinikum«, antwortete Gropius.

Mucha blickte aus dem Fenster, als sagte ihm der Befragte nichts Neues. Mehr der Höflichkeit halber antwortete er: »So, so, Arzt sind Sie? Und seit wann halten Sie sich in Prag auf, Professor Gropius?«

»Seit gestern Mittag. Hier ist mein Flugticket!« Gropius fingerte den Flugschein aus der Innentasche seines Jacketts und hielt ihn Mucha vor die Nase.

»Und wie lange wollen Sie bleiben?«

»Ich habe den Rückflug für morgen gebucht. Aber wenn es die Umstände erfordern, bin ich natürlich bereit, länger zu bleiben.«

Mucha nickte verständnisvoll und schwieg. Nach einer Weile sagte er: »Ich glaube, das wird nicht nötig sein, Professor. Im Gegenteil, Sie sollten besser zusehen, dass Sie nach Hause kommen. Ich danke Ihnen.«

»Soll das heißen …«

»Sie können gehen, Herr Gropius, wenn Sie verzeihen, *Professor* Gropius!«

Gropius war zutiefst verwirrt. Er hatte schon mit dem Schlimmsten gerechnet, und jetzt das! Schleunigst erhob er sich, nahm seinen kleinen Koffer, den er neben dem Schreibtisch abgestellt hatte, murmelte ein kurzes Auf Wiedersehen und verließ das Präsidium eiligen Schrittes.

Auf der Fahrt zum Hotel »Corinthia Towers« überschlugen sich Gropius' Gedanken. Gerade mal vierundzwanzig Stunden hielt er sich in Prag auf, und schon wieder schien es, als habe sich alles gegen ihn verschworen. Das ist lächerlich, versuchte er sich einzureden, du bist nur mit den Nerven am Ende. Vielleicht beruhte Lewezows Tod auf einem furchtbaren Zufall. Aber schon im nächsten Augenblick kamen ihm Zweifel. Warum, fragte er sich, verlor Mucha kein Wort über Lewezows Auftrag? Warum wirkte er so betont lustlos, wenn es darum ging, den Mord an Lewezow aufzuklären? Hatte er nicht beinahe anerkennend über die Vorgehensweise des Mörders geredet?

Zurück im Hotel fand Gropius die schwarze Visitenkarte in seinem Sakko, die ihm Milena am Vorabend zugesteckt hatte. Auch wenn sie ihn nicht gerade freundlich behandelt hatte, Milena war die Einzige, die ihm vielleicht weiterhelfen konnte. Sie kannte Prasskov und wusste von seinen dunklen Geschäften. Ihm war nicht ganz wohl dabei, wie sie reagieren würde, trotzdem wählte er ihre Nummer.

»Hier ist der schwule Papiertiger!«, meldete sich Gropius am Telefon.

Übermütiges Gelächter am anderen Ende der Leitung. »Sie müssen verzeihen, ich war gestern nicht besonders gut gelaunt. Die Geschäfte gehen schlecht. Die Konkurrenz ist groß, lauter billige Nutten aus Russland. Und wenn man dann einen Mann von Klasse trifft und eine Abfuhr erhält, rastet man schon mal aus.«

»Entschuldigung angenommen!«, entgegnete Gropius. »Ich würde Sie gerne wiedersehen.«

»Oh! Bist wohl einer von den Schüchternen, die sich alles zweimal überlegen? Aber egal, wann soll's denn sein?«

»Sofort!«

»Hey! An mir soll's nicht liegen. Wie lange hast du es dir denn vorgestellt?«

»Den ganzen Nachmittag.«

»Also gut! Fünfhundert. Der Nachmittag und die ganze Nacht – Papiertiger!«

»Einverstanden. Haben Sie ein Auto?«

Erst kam ein langes Schweigen. Dann antwortete Milena: »Ach, ich verstehe, du willst es im Auto machen! Ja, das hat was.«

»Also treffen wir uns in einer halben Stunde in der Hotelhalle des ›Corinthia Towers‹.«

»Ich werde pünktlich sein!« Dabei sprach sie das »ü« wie ein »i«. Gropius musste lachen.

Als Milena im Hotel »Corinthia Towers« eintraf, trug sie einen weit schwingenden Mantel aus Webpelz und ein Stirnband um das offene Haar und nichts, aber auch gar nichts an ihrer Erscheinung war geeignet, ihre pikante Profession zu verraten. Das kam Gropius sehr entgegen.

Mit Mühe gelang es ihm, Milena davon zu überzeugen, dass er nicht die Absicht hatte, mit ihr zu vögeln. Zunächst verfinsterte sich ihre Miene, und Gropius befürchtete einen ähnlichen Wutausbruch wie am Abend zuvor; aber als er fünf grüne 100-Euro-Scheine aus der Tasche zog, sie zweimal faltete und ihr diskret in die Manteltasche steckte, huschte ein befreites Lächeln über ihr hübsches Gesicht und sie sagte: »Meinetwegen, Papiertiger, wenn es dir fünfhundert Mäuse wert ist, mich nur anzustarren, mir soll es recht sein.«

»Davon kann keine Rede sein«, erwiderte Gropius lachend. »Warten Sie 's ab« – er ließ seinen Blick auf ihrem üppigen Busen verweilen –, »es geht mir um Prasskov. Sie sagten, Sie hätten mit ihm schon zu tun gehabt und kennen seine Kliniken.«

»Ich weiß zumindest von zwei, eine in Mlada Boleslav, im Norden, und eine in Poděbrady im Osten von Prag. Und Sie sind bestimmt kein Bulle?«

»Nein, ich bin kein Bulle!«, beteuerte Gropius. »Ich interessiere mich nur für die Arbeit von Dr. Prasskov.«

Milena sah Gregor lange an. »Ach – jetzt verstehe ich, Sie haben gar nicht Ihre Frau beobachten lassen«, erwiderte sie nach längerem Schweigen. »Sie brauchen ein neues – wie sagt man?«

»Organ?«

»Ja, Herz, Leber, Niere, alles was in einem Menschen so drin ist. Habe ich nicht gewusst. Ist auf jeden Fall sehr teuer! Und was kann ich für Sie tun?«

»Ich würde mir die Kliniken von Dr. Prasskov gerne einmal näher ansehen.«

»Wenn das alles ist.«

»Vorläufig ja.«

»Und kein Hanky-Panky?«

»Vorläufig nein.«

»Also gut, wo wollen Sie zuerst hin?«

»Wo ist es schöner?«

»In Poděbrady natürlich. Ist ein Kurort. In Mlada Boleslav gibt es nur Skoda, alte Häuser und viel Gestank.«

»Dann fahren wir nach Poděbrady.«

Der kleine Toyota-Sportwagen war nicht gerade bequem, aber wieselflink, und Milena jagte ihn mit sichtlichem Vergnügen über die Autobahn.

»Ist das nicht gefährlich?«, meinte Gropius zurückhaltend, als die Tachonadel bei hundertfünfzig Stundenkilometern tanzte. »Ich meine wegen der Geschwindigkeitsbeschränkung.«

»Ach was!« Milena winkte ab. »In diesem Land ist jeder bestechlich. Für ein paar Dollar oder Euro drückt jeder Polizist beide Augen zu.«

Gregor schwieg vor sich hin. Lewezows Tod ging ihm nicht aus dem Kopf. Zwar fügte er sich musterhaft in das Bild aller bisherigen Vorkommnisse in Bezug auf die Organmafia; aber war Lewezow nicht viel zu unbedeutend, um ihn so schnell und gnadenlos aus dem Weg zu räumen? Gropius wusste natürlich nicht, was Lewezow in den letzten Tagen angestellt hatte. Vielleicht, dachte er, war Lewezow aber auch den ehrenwerten Herren so nahe auf den Fersen, dass er sein eigenes Todesurteil fällte.

Gropius fühlte sich alles andere als wohl in seiner Haut. Plötzlich wurde ihm klar, dass er selbst einen ebenso gefährlichen Weg ging.

»Wie viele Monate hast du noch zu leben?«, frage Milena in das Schweigen, mit dem sie gewiss schon zwanzig Kilometer dahinbrausten.

Die Frage traf Gropius wie ein Schlag auf den Kopf. »Wie bitte?«, stammelte er.

Milena presste die Lippen zusammen, dann meinte sie: »Entschuldigung, ist das wohl eine Frage, die man nicht stellen darf.«

Gropius schwieg.

»Frage ich deshalb«, nahm Milena ihre Rede wieder auf, »weil Organ ist umso teurer, je dringender.«

»Woher wissen Sie das?« Die Auskunft überraschte ihn.

»Also gut!« Milena verlangsamte ihre Fahrweise und sagte: »Du bist mir sympathisch, Papiertiger. Ich will dir die Wahrheit sagen. Aber musst du schwören, niemandem zu sagen, dass du es von mir weißt. Ich kenne Prasskov ziemlich gut und weiß, was in seinen Kliniken abläuft.«

Aufgeregt sah Gropius Milena von der Seite an: »Von mir soll niemand etwas erfahren. Das schwöre ich.«

Starr blickte Milena geradeaus auf die Fahrbahn. Dann begann sie, stockend zuerst, schließlich immer schneller werdend: »Ich war Prasskovs Geliebte. Nicht dass ich ihn geliebt hätte, er war überhaupt nicht mein Typ. Er wollte ausgefallenen Sex und zahlte großzügig. Nach einem halben Jahr begann er an mir herumzumäkeln. Ihm passte dies und das nicht. Meine Lippen waren ihm zu dünn, der Busen zu schlaff, der Po zu dick. Er sagte: ›Mache ich aus dir eine Schönheit.‹ Sieht man, was ist dabei rausgekommen. Das Komische ist nur, als ich war fertig, als Lippen waren prall, Busen groß, Po schlank, verlor Prasskov die Lust an mir. Von einem Tag auf den anderen. Kannst du verstehen, dass ich ihn hasse?«

Gropius nickte: »Ja, das kann ich verstehen. Aber was wissen Sie über Prasskov?«

Milena holte tief Luft, als müsste sie Anlauf nehmen für ihre Antwort: »Prasskov ist guter Schönheitschirurg. Aber das ist nur die eine Seite. Er ist auch Kopf von Organmafia, er unterhält mehrere Kliniken mit modernster Ausrüstung und bezahlt eine Reihe von Transplantationschirurgen, vorwiegend aus Deutschland, welche die Operationen ausführen.«

»Und wie kommt er an die Organe?« Gropius rutschte auf dem Autositz unruhig hin und her.

»Von Prag ist es nicht weit nach Polen oder Russland. Da sterben täglich Hunderte auf den Straßen, und niemand fragt, ob Toter bei Beerdigung noch Herz hat oder Leber.«

»Das heißt, die Angehörigen wissen überhaupt nicht, dass …«

Stumm schüttelte Milena den Kopf. »Notärzte, Klinikärzte, werden alle von Prasskov bezahlt. Stecken alle unter einer Decke.«

Während Milena die Autobahn verließ und in das Stadtzentrum von Poděbrady steuerte, stellte Gropius die Frage: »Und was verlangt Prasskov für ein Organ?«

»Verschieden. Mindestens hunderttausend Euro. Wenn es ist dringend, dann es kostet Vielfaches. Soviel ich weiß, werden sogar Autos manipuliert und Unfälle inszeniert, um an Organe heranzukommen.«

»Ich habe davon gehört.«

»Ist wahr, so wahr ich heiße Milena Plečnikowa. Aber hast du versprochen zu schweigen!« Mit ernstem Gesicht legte sie den rechten Zeigefinger auf die Lippen, und Gropius sagte: »Ehrenwort!«

Der Himmel hatte sich zugezogen, und kein Sonnenstrahl drang durch den milchigen Dunst, als Milena in die Straße nahe dem Kurpark einbog, wo sich Prasskovs Kurklinik befand. Milena zog es vor, etwas abseits zu parken. »Will ich nicht gesehen werden«, meinte sie, »falls Prasskov anwesend ist.«

Das parkähnliche Gelände, das die Villa umgab, war hell

erleuchtet, ebenso das Gebäude selbst. Von vorne näherte sich eine dunkle Limousine, und Milena zog Gropius hinter einen der knorrigen Alleebäume, welche die Straße säumten. Einen kurzen Augenblick lagen sie sich in den Armen, und Gropius empfand das alles andere als unangenehm; aber um einen Blick in den schwarzen Wagen zu werfen, befreite er sich aus der Umklammerung und spähte im Schutz des Baumes in Richtung des Klinikeingangs. Nach kurzem Stopp öffnete sich das schwere Eisentor von selbst. Gropius erspähte Prasskov und Fichte auf den Vordersitzen, den Mann auf dem Rücksitz kannte er aus der Zeitung: Es war der Baulöwe Thomas Bertram.

Auf einmal fügten sich die zusammenhanglosen Details, die er in den vergangenen Wochen herausgefunden hatte, zu einem logischen Ganzen. »Fichte, dieses Schwein!«, zischte Gropius durch die Zähne. Während sich das Gittertor hinter dem einfahrenden Wagen schloss, traten Gropius und Milena hinter dem schützenden Baum hervor.

»Ich hätte es wissen müssen!«, geiferte Gropius vor sich hin. Endlich hatte er den Beweis: Fichte hatte es auf seinen Job abgesehen, weil er befürchtete, seine Aktivitäten außerhalb des Universitätsklinikums würden früher oder später entdeckt werden. Die mörderische Inszenierung von Schlesingers Tod war simpel gestrickt und dennoch von psychologischer Raffinesse. Fichte kannte ihn, Gropius, ganz genau. Fichte wusste, dass er den Tod eines Patienten nach einer Transplantation nicht einfach hinnehmen würde, dass er alles daransetzen würde, die Ursache zu ergründen. Der Anschlag *musste* also aufgedeckt werden, nicht aber der Täter. Niemandem, außer Fichte, standen alle Türen offen, um das Organ mit der todbringenden Injektion zu vergiften. Und niemand hatte so viele Möglichkeiten wie Fichte, alle Spuren zu beseitigen oder überhaupt keine Spuren zu verursachen! Und wie sich zeigte, war sein Plan aufgegangen. Zumindest bis zu diesem Tag.

»Hey, Papiertiger!« Milena fasste Gropius am Arm, sie hakte sich bei ihm unter und zog ihn in Richtung ihres Autos. »Mit dir ist irgendetwas nicht in Ordnung«, meinte sie verunsichert, während sie nebeneinander hergingen, »langsam du machst mir Kummer.«

»Unsinn!«, wehrte Gropius ab und versuchte zu lächeln. »Mir gehen einfach zu viele Dinge durch den Kopf. Das musst du verstehen.«

»O.k., Papiertiger! Ich versuche es. Wollen wir jetzt fahren nach Mlada Boleslav, in Prasskovs andere Klinik?«

Gropius schüttelte den Kopf. »Nein, ich möchte zurück ins Hotel. Ich habe genug gesehen.« Er warf einen Blick zurück auf das hell erleuchtete Gebäude und sagte: »Komm!«

Kapitel 10

Als Gregor Gropius Tags darauf auf dem Münchner Flughafen landete, wurde er schon erwartet.

»Ah, Professor, auch mal wieder im Lande?«, begrüßte ihn Wolf Ingram, der Leiter der »Sonderkommission Schlesinger«, mit hämischem Unterton. »Wie war's in Prag? Kleiner Kurzurlaub?«

Gropius sah den Mann mit den kurz geschorenen, dunklen Haaren verblüfft an: »Woher wussten Sie?«

»Ach Gott!« Ingram rang sich ein mühsames Grinsen ab. »Sie sind doch ein kluger Kopf, Professor, Sie sollten die Polizei nicht für dümmer halten, als sie ist.«

»Entschuldigen Sie, Herr Ingram, das war keineswegs meine Absicht. Meine Reise nach Prag hatte nur den einen Grund, nämlich zu meiner Rehabilitierung beizutragen, und ich glaube, es ist mir sogar ein bisschen gelungen.«

»Interessant«, bemerkte Ingram, jetzt weniger hämisch als mit einer gewissen Überheblichkeit. »Das sollten Sie mir näher erklären. Wollen Sie mich ins Präsidium begleiten?«

»Heißt das, ich bin verhaftet?«, erkundigte sich Gropius aufgebracht.

»Keineswegs«, erwiderte Ingram nüchtern. »Wie Sie sagten, haben Sie ja eine plausible Erklärung für Ihren Aufenthalt in Prag.«

Gropius nickte, und gemeinsam gingen sie zu Ingrams Wagen, den dieser in der Kurzparkzone abgestellt hatte.

Es war später Vormittag, und so gelangten sie schnell und ohne Stau auf den Einfallstraßen an ihr Ziel.

»Dachten Sie wirklich, wir ließen Sie bei unseren Ermittlungen ganz aus den Augen?«, meinte Ingram, als sie sich endlich in seinem Büro am Schreibtisch gegenübersaßen.

Gropius' Gedanken kreisten unentwegt um Lewezows Tod. Wusste Ingram davon? Und wenn ja, kannte er die näheren Umstände? Und hatte er – Gropius – sich in irgendeiner Form strafbar gemacht, weil er die Polizei nicht eingeschaltet hatte und deswegen vielleicht ein Mord passiert war? Er beschloss, vorsichtig an die Sache heranzugehen. »Sie dürfen das nicht falsch auffassen, ich habe, um den Tod Schlesingers aufzuklären, einen Privatdetektiv eingeschaltet, und der Mann ist der Lösung ein gutes Stück näher gekommen.«

»Nur leider ist er jetzt selber tot.«

»Das wissen Sie bereits?«

»Wie ich schon sagte, es ist ein Fehler, die Polizei für dumm und träge zu halten. Gewiss, unsere Mühlen mahlen manchmal etwas langsam, aber dafür umso gründlicher.«

»Es liegt mir fern, Ihre Arbeit zu kritisieren.«

Ingram blickte misstrauisch, schließlich begann er mit den Fingerspitzen auf seinem Schreibtisch zu trommeln. Dann sagte er zu Gropius: »Sie haben also diesen Privatdetektiv nach Prag geschickt, um für Sie zu recherchieren. Können Sie mir erklären, warum Sie sich dann drei Tage später selbst auf den Weg gemacht haben?«

»Ich hatte nichts mehr von ihm gehört und machte mir Sorgen. Ist das so schwer zu verstehen?«

Ingram nickte stumm vor sich hin. »Und als Sie im Hotel eintrafen, haben Sie zuerst Lewezows Hotelrechnung beglichen, so, als wüssten Sie, dass der Privatdetektiv sie selbst nicht mehr begleichen würde.«

»Das ist doch Unsinn!«, brauste Gropius auf. »Lewezow war in meinem Auftrag unterwegs. Früher oder später hätte ich die Hotelrechnung ohnehin bezahlt. Im Übrigen hat der Mann gute Arbeit geleistet.« Gropius holte die Fotos aus seinem Pilotenkoffer und legte sie vor Ingram auf den Tisch. »Für den Fall, dass Ihnen die Herren unbekannt sind: Das ist mein Oberarzt Dr. Fichte bei der Ankunft im Flughafengebäude in Prag. Der Mann in seiner Begleitung heißt Thomas Bertram. Und abgeholt werden beide von Dr. Alexej Prasskov. Ziel der drei Männer war eine Privatklinik in einem Badeort in der Nähe von Prag.«

Ingram nahm ein Foto nach dem anderen in die Hand und nickte beifällig. »Gute Arbeit. Wirklich. Und was wollen Sie mit diesen Fotos beweisen, Professor?«

Gropius konnte seine Aufregung nicht verbergen. Er entnahm seinem Koffer ein gefaltetes Blatt und hielt es Ingram unter die Nase: »Das ist eine Liste von Eurotransplant. Sie enthält die Namen von Patienten, die dringend ein neues Organ benötigen. Und jetzt richten Sie Ihr Augenmerk auf die Nummer 56!«

Ingram las: »Thomas Bertram.«

»Jener Bertram, der mit Fichte nach Prag flog!« Gropius hielt das Foto wie eine Trumpfkarte in die Luft. »Ein Zufall? Nein! Ich habe mit eigenen Augen gesehen, wie Fichte, Prasskov und Bertram gemeinsam eine Privatklinik in Poděbrady betreten haben.«

»Wann war das?«

»Gestern!«

»Und Sie sind ganz sicher, dass der Mann Thomas Bertram war?«

»Was heißt sicher, ich kenne Bertram nicht persönlich, aber sein Bild füllt seit Jahren die Klatschspalten. Warum fragen Sie, Kommissar?«

»Bertram ist tot. Er starb gestern in der Nähe von Prag an einem Herzinfarkt.«

»Woher wollen Sie das wissen?«

Über Ingrams Gesicht huschte ein Lächeln. »Von Interpol in Wiesbaden. Was Sie mir eben anhand der Fotos erzählt haben, ist mir nicht neu, Professor. Es mag Sie verwundern, aber wir haben Prasskov und Fichte seit geraumer Zeit und über die Grenzen hinweg unter Beobachtung. Prasskov ist einer der führenden Köpfe der Organmafia, und Ihr Oberarzt Dr. Fichte arbeitet für ihn auf Honorarbasis. Die Honorare, die er für seine Operationen bezieht, sind allerdings fürstlich. Oder dachten Sie, uns wäre nicht aufgefallen, dass Fichte ein Appartement in Monte Carlo und ein eigenes Flugzeug besitzt und ansonsten das kostspielige Leben eines Playboys führt? Ich glaube, Professor, Sie sollten Ihre Meinung über die Polizei revidieren.«

Ingram sprang auf und stampfte mit heftigen Schritten auf und ab. »Das ist das Widerliche an unserem Job«, zischte er, ohne Gropius anzusehen, »die meisten halten uns für beschränkt und vertrottelt, wenn wir einen Mörder drei Tage nach der Tat noch nicht gefasst haben. Jetzt haben Sie einmal am eigenen Leib erfahren, wie mühsam es ist, welcher Kleinarbeit es bedarf, um einen Fall aufzuklären. Dabei sind wir in *Ihrem* Fall von einer Lösung noch genauso weit entfernt wie am Anfang.«

»Wie bitte?« Gropius warf Ingram einen wütenden Blick zu. »Wie meinen Sie das, Kommissar? Für mich steht fest, dass Fichte Schlesinger auf dem Gewissen hat. Er wollte mich abservieren, um an meinen Job zu kommen. Damit er mit geringerem Risiko seinen dunklen Geschäften nachkommen kann. Und wie man sieht, ist ihm das auch gelungen. Er hat sich nur verrechnet, er glaubte, ich würde mich kampflos ergeben.«

»Das ist Ihre Hypothese, Professor. Sie haben keinen Beweis für diese Theorie, die – mit Verlaub – etwas konstruiert ist. Wenn Ihr Oberarzt Sie wirklich und für immer hätte ausschalten wollen, wäre es sicherlich einfacher gewesen, den Patienten so sterben zu lassen, dass es wirklich wie ein Kunstfehler aussieht. Warum dann der ganze Aufwand mit dem vergifteten Organ? Das lenkt doch sofort den Blick auf kriminelle Machenschaften. Und Sie sagten ja gerade selbst, dass Fichte ungestört arbeiten wollte.«

»Zugegeben; aber wenn *Sie* den Beweis nicht liefern, in Ihren Ermittlungen nicht endlich weiterkommen, werde *ich* auf eigene

Faust ermitteln müssen, um endlich wieder ein normales Leben führen zu können.«

»Das steht Ihnen frei, Professor, solange Sie sich innerhalb der Gesetze bewegen. Aber wenn Sie meine Meinung hören wollen, überlassen Sie uns das Geschäft. Denn wie man gesehen hat, ist mit diesen Leuten nicht zu spaßen. Ohne Zweifel steht Dr. Fichte auf der Gehaltsliste der Organmafia, doch uns fehlt jeder Beweis, dass er auch für Schlesingers Tod verantwortlich ist.«

Gropius blickte nachdenklich. »An einem Herzinfarkt, sagten Sie, sei Thomas Bertram gestorben?«

»Das ist die offizielle Todesursache – jedenfalls nach Auskunft unserer Kollegen von Interpol.«

»Ich behaupte, bei der Transplantation ist etwas schief gelaufen. Bertram starb bei oder nach der Operation. Die Leiche sollte obduziert werden.«

»Dazu brauchen wir die Einwilligung der Angehörigen!«

»Die werden das nicht erlauben, sie wussten schließlich, dass die Operation illegal war.«

»Dann müssen wir den Staatsanwalt einschalten! Wie ich Staatsanwalt Renner kenne, wird er sicher die Obduktion anordnen. Er lässt keine Gelegenheit aus, sich Sporen zu verdienen.«

Während der folgenden Tage drehte sich Gropius mit seinen Gedanken im Kreis. Der vermeintliche Trumpf, den er mit Fichtes Enttarnung in Händen zu halten glaubte, war zwar geeignet, etwas Licht in das Dunkel der Angelegenheit zu bringen, die Lösung aber brachte er nicht. Dazu gab es noch zu viele Ungereimtheiten.

In seiner Wut auf Fichte hatte Gropius die Spur, die er in Turin verfolgte, völlig außer Acht gelassen, seine eigene Entführung und den mysteriösen Tod von Professore de Luca ebenso.

Was Felicia betraf, so hatte die Entdeckung des Liebesbriefes zur Folge, dass sie sich in einen wahren Hass auf ihren verstorbenen Mann steigerte. In einer Mischung aus gekränkter Eitelkeit und Ärger über die eigene Dummheit beschimpfte sie ihn bei jeder Gelegenheit, nannte ihn einen Hurenbock und noch Schlimmeres und beteuerte, sie sei an der Aufklärung der Todesumstände nicht mehr interessiert.

Darüber geriet Gropius mit ihr sogar in Streit, weil er es ablehnte, seine Nachforschungen einzustellen. Es ärgerte ihn, dass Felicia so wenig Verständnis für *seine* Situation aufbrachte. Schließlich konnte sein Ruf nur durch eine lückenlose Aufklärung des Verbrechens wieder hergestellt werden. Aber bis dahin war es noch weit – wie schon der folgende Tag zeigen sollte.

Unangemeldet und ziemlich aufgeregt erschien am nächsten Morgen der Reporter Daniel Breddin an der Haustür. Er grüßte kurz und kam dann gleich zur Sache.

»Was sagen Sie zu der neuesten Entwicklung des Falles?« Erwartungsvoll sah er Gropius an.

Dieser, noch im Bademantel und unrasiert, knurrte etwas von einem lästigen Überfall am frühen Morgen, aber dann siegten seine Neugierde und die Einsicht, dass es unklug wäre, es sich mit dem Reporter einer großen Zeitung zu verderben, und er bat Breddin herein.

»Fichte«, begann Breddin, und dabei sprudelte es nur so aus ihm heraus, »Fichte ist entwischt. Er hat sich mit dem Flugzeug abgesetzt. Die Fahndung nach ihm wurde europaweit ausgeschrieben. Staatsanwalt Renner hat Haftbefehl erlassen. Was sagen Sie dazu, Professor?«

Gropius brauchte ein paar Sekunden, um die Neuigkeiten zu verarbeiten. In seinem Kopf mischten sich Argwohn, Zweifel und Gewissheit.

»Ich bin nicht allzu überrascht«, erwiderte er dann, »schließlich habe ich selbst zu Fichtes Entlarvung beigetragen.«

»Sie wussten schon länger von Fichtes Verstrickung in die Machenschaften der Organmafia?«

»Eine Ahnung hatte ich schon seit längerem, in der Tat. Mir fehlte nur der Beweis.«

»War Dr. Fichte überhaupt in der Lage, Organtransplantationen fachgerecht auszuführen?«

»Durchaus. Er hat mir selbst viele Male assistiert und einige Operationen selbstständig ausgeführt. Fichte ist kein schlechter Transplantationschirurg. Ich nehme an, das war auch der Grund, warum Prasskov und die Organmafia sich gerade an ihn herangemacht haben.«

»Und wann kam Ihnen zum ersten Mal der Verdacht, dass mit Fichte etwas nicht stimmt?«

Gropius blickte betroffen zu Boden. »Leider viel zu spät. Ich habe ihm einfach vertraut, jedenfalls bis zu dem mysteriösen Tod von Schlesinger.«

»Soll das heißen, Sie halten Dr. Fichte noch immer für Schlesingers Mörder?«

»Sie etwa nicht?« Gropius machte ein verdutztes Gesicht. »Worüber unterhalten wir uns eigentlich die ganze Zeit?«

Ungehalten zupfte sich Breddin an der Nasenspitze. »Das sind zwei ganz verschiedene Dinge, der Mord an Schlesinger und Fichtes Verbindungen zur Organmafia.«

»Wie?« Gropius war sichtlich verwirrt. »Fichte hatte ein klares Motiv für seine Tat. Dabei ging es ihm weniger um Schlesinger als um mich. *Ich* war es, der ihm bei seinen dunklen Geschäften im Wege war!«

»Professor, das klingt durchaus einleuchtend; aber die neueste Entwicklung des Falles spricht leider dagegen.«

»Ich verstehe nicht, was Sie meinen. Vielleicht können Sie etwas deutlicher werden, Breddin!«

»Staatsanwalt Renner hat heute Morgen das Obduktionsergebnis von Thomas Bertram veröffentlicht«, antwortete Breddin abgeklärt. »Bertram starb nach einer Lebertransplantation. Und die Todesursache war die gleiche wie bei Schlesinger. Das Organ war mit einer Injektion des Insektengifts Chlorphenvinphos vergiftet.«

Gropius sprang von seinem Sessel auf. Er rang nach Luft. Leise, kaum hörbar, stammelte er: »Das würde ja bedeuten …«

»Jedenfalls wäre es höchst unwahrscheinlich und würde kaum Sinn machen, dass Fichte erst *Ihren* Patienten ermordet und dann seinen eigenen, und beide Male auf die gleiche Weise und mit demselben Gift. Was sagen Sie jetzt, Professor?«

Gropius schüttelte den Kopf, als wollte er das eben Gehörte nicht wahrhaben, dann schlug er die Hände vors Gesicht. Wieder einmal hatten die Dinge kurz vor dem Ziel eine neue Wendung genommen, und wieder einmal befand er sich in einer Sackgasse.

Eine neuerliche E-Mail mit dem unbekannten Kürzel IND setzte beim Bundesnachrichtendienst in Pullach die alte Maschinerie in Gang. Wie die meisten Zielobjekte, die aus irgendeinem Grund das Interesse der Schnüffler erregen, war die Suche nach dem geheimnisvollen Code IND im Sande verlaufen; aber an diesem Morgen erschien Heinrich Meyer, Leiter von SIGINT, Abteilung 2, in Begleitung von Wolf Ingram und mit einem Computerausdruck zur morgendlichen Lagebesprechung, fuchtelte ungehalten in der Luft herum, knallte das Papier auf den Konferenztisch in der Mitte des Raumes und rief: »Ich hatte gehofft, die Angelegenheit würde sich zu gegebener Zeit von selbst erledigen und in Vergessenheit geraten. Jetzt beginnen die Scherze von neuem. ›Auftrag ausgeführt. IND‹ Soll mir keiner erzählen, dass diese Nachricht keinen kriminellen Hintergrund hat. Peters, Sie sind dran!«

Ulf Peters, Leiter der Abteilung 5, Operative Aufklärung, wie üblich in schwarzer Lederjacke, verzog das Gesicht zu einer Grimasse wie immer, wenn er sich nicht wohlfühlte in seiner Haut. An diesem Morgen fühlte er sich besonders unwohl. Er hasste es, von Meyer vor versammelter Mannschaft gemaßregelt zu werden, auch wenn Meyer zwanzig Jahre älter war als er, und meist reagierte er darauf mit Zornesausbrüchen; doch an diesem Morgen blieb er ziemlich ruhig, als er antwortete: »Ich muss doch wohl nicht darauf hinweisen, dass die Problemstellung in diesem Fall besonders kompliziert ist, eine Gleichung mit drei Unbekannten. Da ist einmal dieser gottverdammte Code IND, auf den es nicht den geringsten Hinweis gibt, obwohl er – zugegeben – geradezu nach einer terroristischen Vereinigung riecht, und da gibt es einen unbekannten Absender und einen unbekannten Empfänger. Ich kenne wirklich leichtere Aufgabenstellungen.«

Meyer blickte sauertöpfisch: »Also Ergebnis negativ.«

»Negativ«, knurrte Peters, »jedenfalls für die Abteilung Operative Aufklärung.«

»Dann hören Sie sich doch einmal an, was Wolf Ingram, der Leiter der Sonderkommission Schlesinger, zu berichten hat!« Meyer nickte Ingram freundlich zu.

Ingram räusperte sich und begann: »Meine Herren! Wie Sie wissen, wurde die erste E-Mail mit dem rätselhaften Kürzel IND von einem mobilen Anschluss an einen Nebenstellenanschluss des Klinikums gesendet, was den Verdacht nahe legte, der etwa zur selben Zeit in dem Klinikum aufgedeckte Mordanschlag könnte damit in Verbindung stehen. Eine zweite E-Mail ging von einem Nebenstellenanschluss des Klinikums an einen unbekannten Mobilanschluss, vermutlich auf See. Und dies unmittelbar nach einem Bombenanschlag auf Schlesingers Ehefrau beziehungsweise auf Professor Gropius. Die näheren Umstände sind bekannt. Unsere Ermittlungen haben ergeben, dass ein Oberarzt des Klinikums namens Fichte mit der internationalen Organmafia in Verbindung steht, die in der Umgebung von Prag verschiedene Kliniken betreibt. Fichte hat sich nach einem weiteren Mord im Organmafia-Milieu, der übrigens die gleiche Handschrift trägt wie der Schlesinger-Mord, nach Monte Carlo abgesetzt. Man könnte die neue E-Mail durchaus mit dem Tod Bertrams in Verbindung bringen, gleichsam als eine Vollzugsmeldung. Aber irgendwie passt das alles nicht zusammen. Fichte wird doch nicht seinen eigenen Patienten umbringen! Und daraus folgern wir …«

»… dass Schlesinger und Bertram nicht demselben Mörder zum Opfer gefallen sind!« Meyer zog die Augenbrauen hoch.

Ingram fuhr fort: »Und das wiederum bedeutet, dass wir es mit zwei verschiedenen Fällen zu tun haben.«

Meyer nickte anerkennend in die Runde. An Ingram gewandt stellte er die Frage: »Und der Privatdetektiv? Wie war doch gleich der Name?«

»Lewezow!«

»Dieser Lewezow kam doch bei der Verfolgung der Organmafiosi zu Tode. Wie würden Sie diesen Fall einordnen?«

Ingram setzte ein überlegenes Grinsen auf. »Zunächst gingen wir natürlich davon aus, dass Lewezow von den Organ-Gangstern gestellt und getötet wurde. Das war nur logisch. Aber wie Sie wissen, meine Herren, ist Logik bei unseren Ermittlungen manchmal eher hinderlich. Mörder handeln selten logisch, sie morden meist emotional. So auch in diesem Fall. Drei Tage nach der Tat ging der Prager Kripo ein schwuler Portier ins Netz, der die Kamera, Kreditkarten und eine hohe Geldsumme aus dem Besitz Lewezows bei sich trug. Er hat inzwischen gestanden. Es war ein üblicher Mord im Schwulenmilieu.«

»Gute Arbeit«, brummelte Peters vor sich hin, »wirklich gute Arbeit.« Er musste einsehen, dass das heute nicht sein Tag war. Natürlich ärgerte es ihn, dass einer von der Sonderkommission kam und ihm und seiner ganzen Abteilung die Schau stahl. Deshalb versuchte er die Lage zu relativieren: »Was die neue E-Mail betrifft, Herr Kollege, bringen uns Ihre Erkenntnisse allerdings keinen Schritt weiter.«

»Das ist auch nicht Ingrams Aufgabe!«, warf Meyer ein. »Wenn ich richtig unterrichtet bin, ist das Sache des Bundesnachrichtendienstes, also *unsere* Aufgabe.«

Die Männer um den Konferenztisch reagierten mit unwilligem Gemurmel auf die deutliche Kritik des Abteilungsleiters. Peters übernahm es zu antworten: »Tut mir Leid, ich kann mir die Lösung des Codes nicht aus den Fingern saugen. Die Organisation, falls es sich überhaupt um eine solche handelt, ist jedenfalls bisher nicht in Erscheinung getreten.«

Jetzt platzte Meyer der Kragen: »Meine Güte!«, rief er. »Wäre das Kürzel allgemein bekannt, brauchte man kaum den Geheimdienst einzuschalten, dann genügte der Gang ins Archiv der Staatsbibliothek und statt einem Heer hochqualifizierter Agenten benötigten wir nur ein paar beamtete Archivare mit Ärmelschonern und Pensionsberechtigung. Und jetzt entschuldigen Sie mich, meine Herren, auf mich wartet eine Menge Schreibtischarbeit!«

Meyer gab Ingram einen Wink, und gemeinsam verließen sie den Konferenzraum.

Der alte Haudegen liebte solche Abgänge. Von mehr als zwanzigjähriger Arbeit beim BND geprägt, war er zum Zyniker geworden.

»Klugscheißer!«, fauchte ihm Peters hinterher.

Sie ist trotz allem eine wunderbare Frau, dachte Gropius, als er am nächsten Morgen in seinem alten Geländewagen vom Tegernsee nach München zurückfuhr. Ein tiefblauer Himmel wölbte sich über dem Alpenvorland, und letzte Schneereste in schattigen Lagen verteidigten sich hartnäckig gegen die laue Luft des nahenden Frühlings.

Die Nächte mit Felicia waren von besonderer Eindringlichkeit, besser als alles, was er mit Veronique je erlebt hatte. In einem Lokal am Südufer des Sees, das früher dem Sänger und Schauspieler Leo Slezak als Wohnhaus gedient hatte, hatten sie fürstlich gespeist. Sie hatten Rotwein getrunken und für kurze Zeit ihre Streitigkeiten vergessen. Und natürlich hatten sie miteinander geschlafen. Was heißt geschlafen – Felicia kannte die geheimsten

Wünsche eines Mannes, und ein kurzer Blick, eine kleine Regung genügte, um seine Träume zu erfüllen.

Woran er in ihrer Gegenwart nie dachte, was ihm jedoch auf der Fahrt nach Hause durch den Kopf ging, war die Tatsache, dass ihr Verhältnis ohne den Mord an Schlesinger nie zustande gekommen wäre. Seltsamerweise versetzte ihn diese Erkenntnis in eigentümliche Euphorie, und nicht zum ersten Mal stellte sich Gropius die Frage, was geschehen wäre, wenn Schlesinger ein anständiger Mensch, oder wie immer man das bezeichnen will, gewesen wäre und *kein* Doppelleben geführt hätte. In solchen Augenblicken erschien ihm, dem Realisten, der sein Leben immer geplant und fest im Griff hatte, alles wie ein Traum – ein Albtraum ebenso wie ein modernes Märchen.

Vor seinem Haus in Grünwald wartete ein grauer Van. Gropius hatte in den letzten Wochen zu viel erlebt, um an einen Zufall zu glauben. Noch aus sicherer Entfernung erkannte er an dem Auto ein italienisches Kennzeichen. Gropius gab Gas. Er sauste an dem parkenden Auto vorbei, bog zweimal nach links ab und gelangte, im Rückspiegel beobachtend, ob er nicht verfolgt würde, auf die Einfallstraße nach München.

Er hatte sich nicht getäuscht: Nach wenigen hundert Metern erkannte er im Spiegel den italienischen Van, der in rasender Fahrt und mit blinkenden Scheinwerfern näher kam. Gropius' Herz begann zu rasen. An einer Ampel missachtete er das Rotlicht; trotzdem gelang es ihm nicht, den Verfolger abzuschütteln. Im Gegenteil, das Auto kam immer näher.

Was tun? Gropius sah die Autoschlange, die sich vor ihm staute. Im letzten Augenblick trat er auf die Bremse. Der Wagen hinter ihm hatte ihn bereits eingeholt. Gregor gab auf. Tausend Gedanken schossen ihm durch den Kopf. Er erwartete, dass im nächsten Augenblick bewaffnete Männer aus dem Verfolgerfahrzeug stürmen und ihn aus seinem Wagen zerren würden.

Erschöpft ließ er den Kopf auf das Lenkrad sinken und verharrte in banger Erwartung.

Ein Klopfen an der Scheibe riss ihn aus seiner Starre. Es klang nicht gerade so, als wollte ihn jemand im nächsten Augenblick aus dem Wagen zerren. Gropius blickte auf.

Vor sich erkannte er das Gesicht Francescas. Sie hatte ihr dunkles Haar unter einer grauen Strickkappe verborgen, und ihre Augen funkelten vorwurfsvoll hinter den randlosen Brillengläsern. Gropius wandte sich um, ob in ihrem Wagen noch andere Gangster warteten; aber das Fahrzeug war leer. Erleichtert rang er nach Luft. Noch immer misstrauisch kurbelte er die Seitenscheibe nach unten.

»Was soll das?«, herrschte er Francesca an.

»Erlaubn Sie mal«, gab Francesca außer Atem zurück. »Sie zwingen mich zu einer Verfolgungsjagd wie in einem Gangsterfilm und fragen mich, was das soll! Ich will mit Ihnen reden, Gropius, bitte!«

»Ich wüsste nicht, was es da noch zu reden gibt. Meine Erlebnisse in Turin zählen nicht zu den angenehmsten. Jedenfalls könnte ich mich ohrfeigen, weil ich Ihnen auf den Leim gegangen bin. Ich hätte es mir denken können.«

»Was hätten Sie sich denken können?«

»Dass Sie auf mich angesetzt waren. Und jetzt verschwinden Sie! Ich will Sie nie wiedersehen!«

Inzwischen hatte sich der Stau aufgelöst, und die Fahrzeugkolonne hatte sich in Bewegung gesetzt. Hinter ihnen begann ein wildes Hupkonzert. Gropius fuhr an, aber Francesca ließ sich nicht abschütteln.

»Wovon sprechen Sie? Wieso soll ich auf Sie angesetzt gewesen sein?«, rief Francesca, während sie sich an Gropius Wagentür klammerte und neben ihm herlief. »Wollen Sie mir nicht endlich sagen, was los ist?«

»Ha!«, entgegnete Gropius, ohne anzuhalten. »Wieder so eine

Finte. Nein, ein zweites Mal falle ich nicht darauf herein. Und jetzt lassen Sie endlich los!«

Gropius beschleunigte seinen Geländewagen, aber Francesca hielt sich weiter am Fahrzeug fest. Jeden Augenblick konnte sie auf die Straße geschleudert werden. Da bremste er den Wagen ab.

»Meine Güte! Hören Sie mir doch erst mal zu!«, keuchte Francesca atemlos. »Dann können Sie mich immer noch wegschicken.«

Gropius warf der Italienerin einen misstrauischen Blick zu. Er traute ihr nicht. Zu tief saß ihm der Schock in den Knochen, den er in Turin erlitten hatte. Sein ganzes Leben würde er das Gefühl nicht loswerden, das ihn, an den Stuhl gefesselt, überkam, als er die Plastikflasche Chlorphenvinphos vor sich sah und die Injektionsspritze. Es schüttelte ihn, wenn er nur daran dachte.

»Wirklich! Es ist sehr wichtig!«, beteuerte Francesca. »Bitte!«

Es war schwer, sich dem Blick ihrer schönen Augen zu entziehen. Gropius seufzte und schwieg eine Weile vor sich hin, das Hupen der Autofahrer überhörend, denen Francescas Wagen noch immer den Weg versperrte. Schließlich lenkte er ein: »Also gut, sehen Sie die Pizzeria dort drüben auf der anderen Straßenseite. Holen Sie Ihr Auto, ich werde auf Sie warten.«

Francesca rannte zu ihrem Fahrzeug zurück, und Gropius parkte seinen Geländewagen vor dem Lokal.

Wie jede Pizzeria der Welt glich auch diese am Morgen eher einem Bahnhofswartesaal. Die Hälfte der Stühle hatte ihren Platz noch umgedreht auf den Tischen, damit der schwarz gekleideten Mama die Reinigung des Fliesenbodens schneller von der Hand ging. Es roch nach Seifenwasser und frisch gemahlenem Kaffee.

Widerwillig unterbrach ein Ober in Halbkleidung sein Frühstück und brummelte, das Lokal sei eigentlich noch geschlossen, aber wenn er schon mal sitze, könne er einen Kaffee haben.

Gropius bestellte zwei, und im selben Augenblick betrat Francesca die Pizzeria. Wortlos setzte sie sich ihm gegenüber. Eine

Weile schwiegen beide, Francesca mit gesenktem Blick, Gropius nervös in seiner Kaffeetasse rührend. Dann begann Francesca zögernd: »Sie sind so schnell aus Turin verschwunden, ich hatte keine Gelegenheit, mich bei Ihnen zu entschuldigen. Es tut mir Leid, dass alles so unglücklich gelaufen ist.«

»Ach – es tut Ihnen Leid? Sind Sie gekommen, um mir das zu sagen: Es tut Ihnen Leid? Hören Sie zu, was immer in der Zwischenzeit vorgefallen sein mag, Sie haben mich diesen Verbrechern ans Messer geliefert, und es ist ein Wunder, dass ich überhaupt noch am Leben bin.«

Gregor redete so laut, dass der Ober bereits aufmerksam wurde, und Francesca senkte beschwörend ihre Stimme, als sie beinahe im Flüsterton antwortete: »Gregor, was ist geschehen? Wie können Sie mich mit Verbrechern in Verbindung bringen? Ausgerechnet mich!«

Wütend ergriff Gropius Francescas Handgelenk und zog sie zu sich herüber: »Jetzt hör mir mal zu, mein Mädchen«, sagte er aufgebracht und bemerkte gar nicht, dass er die Frau vor sich plötzlich duzte: »*Du* hast mir de Lucas Adresse verraten, was heißt verraten, *du* hast mich zu de Luca gelockt, und vor seinem Institut wurde ich zusammengeschlagen und zu einem verlassenen Bauernhaus gebracht, wo man mich mit einer tödlichen Injektion ins Jenseits befördern wollte. Oder willst du behaupten, du habest von alldem nichts gewusst?« Gropius ließ ihr Handgelenk abrupt los und warf sich unwillig in seinem Stuhl zurück.

»Das – das habe ich wirklich nicht gewusst«, stammelte Francesca. »Du musst mir glauben!«

Gregor lächelte zornig. »Was soll das Gerede? Es gab nur einen einzigen Menschen, der wusste, dass ich Professore de Luca aufsuchen würde, und das warst du!«

»De Luca wurde auf mysteriöse Weise umgebracht.«

»Das weiß ich. Stand ja in allen Zeitungen, dass er einem Mafiamord zum Opfer fiel.«

»Aber damit habe ich nicht das Geringste zu tun, im Gegenteil. Ich wurde selbst ein Opfer dieser Leute.«

Die Andeutung ließ Gropius aufhorchen. Er musterte Francesca mit prüfendem Blick und sah, dass ihre dunklen Augen flackerten. Ihre schönen Augen waren ihm noch in allzu guter Erinnerung, und diese Erinnerung bereitete ihm Unbehagen. Du musst diese Frau vergessen, ging es ihm durch den Kopf.

Aber da begann Francesca zu sprechen: »Constantino ist tot.«

»Dein Mann?«

»Er wurde ermordet, einen Tag, nachdem man Professore de Luca aus dem Wasser gezogen hat.« Francesca blickte nach draußen. Sie wollte nicht, dass er ihr ins Gesicht sah.

»Das verstehe ich nicht«, stammelte Gropius, »dein Mann lag im Koma, er konnte keiner Fliege etwas zuleide tun.«

Francesca hob die Schultern. »Willst du die Geschichte hören?«, fragte sie und sah ihn mit großen Augen an.

»Ja natürlich.«

»Nicht nur du standest unter ständiger Beobachtung, dieselben Leute hatten offenbar auch auf mich ein Auge geworfen. Warum? Ich weiß es nicht. Jedenfalls wussten sie an diesem Tag ganz genau, dass ich unterwegs und meine Mutter eine knappe Stunde aus dem Haus war. Diese knappe Stunde genügte, um in die Wohnung einzubrechen und die gesamte Einrichtung auf den Kopf zu stellen. Dabei war ihnen Constantino offenbar im Weg. Sie haben ihn mit einem Kissen erstickt.«

Betroffen blickte Gropius zu Boden. »Das tut mir Leid.«

Francesca nickte und sagte tonlos: »Wer weiß, vielleicht war es für Constantino sogar eine Erlösung.«

»Aber es war Mord!«

»Keine Frage.«

»Und die Polizei?«

»Wie immer bei uns in Italien. Hektische Ermittlungen mit hohem Aufwand, aber kein Ergebnis.«

»Keine Spur? Kein Hinweis auf die Täter?«

»Nichts. Der Fall landet wohl im Archiv unter Raubmord.«

»Und was wurde geraubt?«

»Nichts! Obwohl die Einbrecher das gesamte Mobiliar durchwühlt, Schränke umgestürzt, Schubladen herausgerissen und Polster aufgeschnitten haben, ließen sie nichts mitgehen. Sogar eine kleine Geldkassette meiner Mutter mit fünfhundert Euro ließen sie liegen.«

»Und du hast keine Ahnung, wonach die Kerle suchten?«

Francesca schüttelte den Kopf und schwieg.

»Und die Polizei sieht zwischen dem Mord an Constantino und jenem an de Luca keine Verbindung?«

»Glaubst *du* daran?«, fragte Francesca vorwurfsvoll. Und auf einmal brach es aus ihr heraus: »Verdammt, ich will wissen, was hier eigentlich gespielt wird! Wo bin ich denn da hineingeraten? Gregor, was ist das für ein furchtbares Spiel?«

Francescas Worte klangen verzweifelt und deshalb glaubhaft, und Gropius sah die Zeit gekommen, seine abweisende Haltung zu erklären. »Ich war mir sicher«, begann er, »dass diese Leute dich als Lockvogel benutzt haben. Offensichtlich habe ich mich geirrt. Aber mein Leben besteht seit geraumer Zeit nur noch aus Irrtümern. Verzeih! Vielleicht wäre es besser gewesen, wir wären uns nie begegnet.«

»Ja … vielleicht.« Francescas Blick war unergründlich.

»Dann wäre dein Mann Constantino vermutlich noch am Leben.«

Francesca verzog das Gesicht. »Was du Leben nennst, war nur ein elendes Vegetieren, nichts weiter. Nach Auskunft der Ärzte stand die Chance, dass Constantino das Bewusstsein erlangt, bei eins zu einer Million, und ich bin nicht gerade der Typ, dem das Glück hinterherläuft. Das hat auch unsere Begegnung in Turin gezeigt.«

»Wie meinst du das, Francesca?«

Sie setzte ein zaghaftes Lächeln auf. »Glaubst du, ich wäre damals nicht genauso scharf auf dich gewesen wie du auf mich? Ich habe mir den ganzen Abend überlegt, wie ich dir beibringen könnte, dass ich einen halb toten Mann zu Hause habe. Mir fehlte einfach der Mut, es geradeheraus zu sagen. Du gabst mir aber auch keine Chance.«

»Was hätte ich denn tun sollen?«

»Die Frage stellt sich nicht mehr. Aus. Vorbei.« Francesca stützte die Ellenbogen auf den Tisch und legte das Kinn auf die gefalteten Hände. »Aber wir kommen vom Thema ab. Wie es aussieht, haben wir immerhin einen gemeinsamen Gegner. Und ich möchte wissen, was es damit auf sich hat.«

Der Ober servierte inzwischen den dritten Caffè latte, und Gropius begann die ganze Geschichte von vorne aufzurollen, er erzählte von Schlesingers Tod, von dem mysteriösen Schließfach, der Entdeckung, dass sein eigener Oberarzt mit der Organmafia zusammenarbeitete, und den rätselhaften Zusammenhängen mit einer Akte unbekannten Inhalts, welche gewissen Leuten Millionen wert sei.

»Aber welche Rolle spiele ich in diesem Drama?«, rief Francesca in den kahlen, unfreundlichen Raum.

Gropius warf Francesca einen prüfenden Blick zu. »Ich weiß es wirklich nicht; aber vielleicht hat es mit deiner Verbindung zu de Luca und zu mir zu tun.«

Da presste Francesca die Luft durch die Nase und mit einem vorwurfsvollen Unterton in der Stimme sagte sie: »Zu de Luca gab es keine Verbindung. Ich habe einen Auftrag ausgeführt, mehr nicht. Den Professore habe ich *zwei Mal* im Leben gesehen, das erste Mal, als ich die Kassette in Empfang nahm, und das zweite Mal, als ich sie wieder ablieferte. Dazwischen haben wir einmal telefoniert. Ich sagte ihm, dass Schlesinger nicht gekommen sei, sondern ein anderer. Darauf rief er mich nach Turin zurück. Das war alles.«

»Und du hattest keine Ahnung, was du in der Stahlkassette transportiert hast?«

»Keine Ahnung.«

»Und wenn es radioaktives Material gewesen wäre?«

»Mach mir keine Angst! Daran habe ich noch gar nicht gedacht.«

»Was war dieser Professore de Luca für ein Mensch?«

Francesca überlegte kurz, dann erwiderte sie: »Er sah genauso aus, wie man sich einen Forscher vorstellt, der den letzten physikalischen Geheimnissen auf der Spur ist. Klein, untersetzt, mit einem runden Schädel und einem flauschigen Haarkranz, tadellos gekleidet, unkonzentriert und irgendwie nicht von dieser Welt. In seiner Gesamterscheinung durchaus sympathisch, beinahe liebenswert.«

»Und woran arbeitete dieser liebenswerte Professore?«

»Man las ab und zu seinen Namen in der Zeitung. Ich glaube, er hatte als Genforscher einen Namen. Ich habe mich für seine Arbeit nicht weiter interessiert.«

Gropius dachte nach. Irgendwie machte das alles keinen Sinn. Aber wo war im Ablauf des Geschehens der vergangenen Wochen überhaupt noch ein Sinn zu erkennen? In seinem Kopf herrschte Chaos. Aber nicht nur im Kopf, auch seine Gefühle spielten verrückt. Er hatte die Nacht mit Felicia verbracht und fühlte sich zu ihr hingezogen. Aber eine kurze Begegnung mit Francesca früh am Morgen in einer übel riechenden Vorstadt-Pizzeria hatte genügt, seine Gefühle ins Wanken zu bringen. Francesca wirkte auf ihn wie ein Magnet, wie eine unsichtbare Kraft, die ihn mit unbändiger Gewalt anzog. Sogar in Sack und Asche hätte sie mehr Sexappeal als alle Frauen, denen er bisher begegnet war. Du solltest dir die Frau aus dem Kopf schlagen, dachte er bei sich, eigentlich willst du doch nur mit ihr ins Bett gehen, und dein Leben ist schon kompliziert genug. Außerdem – dachte er mit einem Anflug von Humor –, vielleicht ist sie ja auch langweilig wie eine Schildkröte. Also lass es!

»Warum bist du eigentlich hier? Hast du einen Auftrag von VIGILANZA?«, wollte er wissen.

»Nein«, erwiderte Francesca knapp. Ihre Antwort klang beleidigt. »Ich bin gekommen, um dich über meine privaten Angelegenheiten in Kenntnis zu setzen. Du solltest wissen, dass Constantino tot ist. Ich meine, das ändert doch alles.«

Gropius blickte irritiert. Er verstand, was sie sagen wollte; aber in der augenblicklichen Situation fühlte er sich überfordert. »Ich glaube, du solltest wieder nach Hause fahren«, bemerkte er vorsichtig und in der Hoffnung, sie nicht zu verletzen.

Enttäuschung stand Francesca ins Gesicht geschrieben. »Wenn du meinst«, sagte sie leise.

»Versteh mich richtig«, hob Gropius an.

Francesca fiel ihm ins Wort: »Ich habe dich schon verstanden!«

Sie trank ihren Kaffee aus und erhob sich. »Jedenfalls wünsche ich dir nur Gutes. Schade. Leb wohl.«

Gropius sah, dass ihre Augen feucht waren, als sie ihn flüchtig auf die Wange küsste und das Lokal verließ.

Die Beerdigung des Baulöwen Thomas Bertram wurde zum Medienereignis. Alle Zeitungen hatten über den Transplantationsskandal berichtet, und Breddin hatte in seinem Blatt die Vermutung geäußert, dass der Fall Bertram nur die Spitze eines Eisbergs war und dass möglicherweise weit mehr Patienten bei illegalen Organverpflanzungen ums Leben gekommen wären.

Zu Lebzeiten hatte sich Bertram öffentlich in seinem Reichtum gesonnt, und da – wie man weiß – Geld eine magische Anziehungskraft ausübt, konnte er sich, zumal er auch noch großzügig war, über mangelnden gesellschaftlichen Zulauf nicht beklagen. Einladungen zu seinen Thanksgiving-Partys auf seinem Landsitz in Kitzbühel waren begehrt wie Tickets zur Oscar-Verleihung und ein gefundenes Fressen für Klatschreporter.

Seine Frau Kira, eine Südafrikanerin mit tadellosen Manieren, von der niemand wusste, bei welcher Gelegenheit sie ihm zugelaufen war, war gut zwanzig Jahre jünger als er und – es ließ sich nicht leugnen – auch wesentlich ansehnlicher als Bertram, außerdem trank sie auch weniger Gin als dieser, wozu allerdings nicht viel gehörte, denn Bertram hing an der Flasche, um es euphemistisch auszudrücken.

Aus diesen und anderen Gründen, die auszuführen bei einem Toten der Anstand verbietet (nur so viel sei gesagt: Bertram führte, zur Freude der Boulevardpresse, eine so genannte offene Ehe), war die Ehe kinderlos geblieben. Und so kam es, dass an diesem sonnigen, aber kühlen Vorfrühlingsmorgen vier stattliche Witwen tief verschleiert und in schwarzen Kostümen bekannter Designer am offenen Grab standen und ihren Tränen freien Lauf ließen, was den Pfarrer, der auf Bestellung tröstende Worte vom abgegriffenen Blatt las, in tiefe Ratlosigkeit stürzte, wusste er doch nicht, welcher der vier möglichen Witwen er tröstend ins verschleierte Antlitz blicken sollte.

Ein paar Fernsehteams und eine Hand voll Zeitungsreporter balgten sich um die beste Aussicht. Der Priester redete vom Himmelreich, wobei seine Stimme auf fatale Weise an Erich Honecker erinnerte. Auf den knorrigen kahlen Bäumen, die dem Friedhof am Perlacher Forst viel von der Trauer nahmen, die für gewöhnlich Friedhöfe einhüllt, saßen Krähen und unterbrachen in unregelmäßigen Abständen die Ansprache des Predigers.

Zweihundert Trauergäste mochten es wohl sein, die meisten davon Neugierige und berufsmäßige Beerdigungsgeher, die sich um das offene Grab scharten und die Hälse reckten. In einigem Abstand und hinter einem Baum verborgen, Wolf Ingram, der Leiter der Sonderkommission Schlesinger.

Von Berufs wegen ging Ingram nicht ungern auf Beerdigungen. Nicht dass er, wie in schlechten Filmen, erwartet hätte, dem Mörder am Grab des Opfers zu begegnen, aber, pflegte er zu sagen, man riecht ihn irgendwie. Was seinen Geruchssinn betrifft, sah sich Ingram diesmal getäuscht: Obwohl er jeden einzelnen Trauergast, so weit das aus sicherer Entfernung überhaupt möglich war, musterte, entdeckte er kein Gesicht, das zur Erhellung des Falles beigetragen hätte.

Nach einer halben Stunde und den üblichen Gebeten, welche – Gott weiß warum – alle mit dem stereotypen Satz »von Ewigkeit zu Ewigkeit« endeten, zerstreute sich die Trauergemeinde, Priester und Journalisten, letztere im Laufschritt, der Rest in getragener Haltung. Stille kehrte ein. Über die hohe Mauer der nahen Justizvollzugsanstalt hörte man ab und zu unverständliche Kommandos.

Interessiert betrachtete Ingram die Bouquets und Kränze am Rande des Grabes und die goldbedruckten Schleifen, auf denen Verbände und Mitarbeiter, Verwandte und Freunde sowie diverse Damen dem Toten einen letzten Gruß entboten. In der Absicht, die Namen zu notieren, zog er einen Schreibblock aus der Tasche, als er hinter sich eine Stimme vernahm: »Na, immer im Dienst? Tüchtig, tüchtig!«

Ingram wandte sich um: »Sie hätte ich hier zuallerletzt erwartet, Herr Staatsanwalt. Treibt Sie das schöne Wetter aus Ihrer tristen Schreibstube?«

Markus Renner blickte abweisend, wobei ihm, der die Schauspielkunst nicht gerade zu seinen Begabungen zählte, das Funkeln seiner Brillengläser zu Hilfe kam. »Und Sie?«, fragte er zurück, »was führt Sie hierher?«

Ingram hob die Schultern. »Bei uns in Bayern sagt man: eine schöne Leich', wenn eine Beerdigung großen Zulauf findet.« Er spielte damit auf Renners Herkunft aus dem Norden Deutschlands an, wo man bayerischen Redensarten oft mit Unverständnis begegnet.

»Ja und? Ist Ihnen etwas aufgefallen, was uns weiterhelfen könnte?«, drängte Markus Renner.

»Ehrlich gesagt, nein, Herr Staatsanwalt. Ich bin gerade dabei, mir die Namen auf den Kränzen zu notieren. Man weiß nie …«

In diesem Moment fasste Renner den Kommissar am Ärmel und zog ihn auf die rechte Seite des Grabes, wo sich ein Berg von Kränzen türmte. Er bückte sich und glättete mit der Hand eine lilafarbene Schleife, die an einem Kranz aus orangeblauen Strelitzien befestigt war. Goldene Buchstaben formten die Worte: REQUIESCAT IN PACE – IND.

»Was sagen Sie jetzt?«, fragte Renner mit jener Arroganz, die ihn so unbeliebt machte. Und im selben Tonfall fügte er hinzu: »Es wäre *Ihre* Aufgabe gewesen, das zu entdecken!«

Ich weiß, wollte Ingram antworten, deshalb stehe ich ja hier und wollte gerade alle Aufschriften der Schleifen notieren; aber er sah nicht ein, warum er sich vor dem übereifrigen, jungen Spund rechtfertigen sollte. Deshalb überging er die Bemerkung und meinte: »Das ist ja ein dickes Ei.«

Renner ließ nicht locker. »Wissen Sie, was die Aufschrift bedeutet? Sie können doch Latein?«

»Wenn ich Latein könnte«, geiferte Ingram zurück, »müsste ich mich nicht auf Beerdigungen fremder Leute herumdrücken, sondern wärmte meinen vom vielen Sitzen runzeligen Hintern in irgendwelchen Ministerien.«

»Das bedeutet«, entgegnete Renner, ohne auf die Bemerkung zu reagieren, »Ruhe in Frieden. Das ist zynisch, mein lieber Ingram!«

Ingram runzelte die Stirne. »Erstens bin ich nicht Ihr lieber Ingram, Herr Staatsanwalt, und zweitens ist jeder Mord zynisch.«

Immerhin gab Renner ihm in dieser Hinsicht Recht, denn er nickte zustimmend. Während Ingram sich daran machte, die Schleife mit dem ›zynischen‹ Aufdruck abzulösen, meinte Renner: »Sie müssen unbedingt in Erfahrung bringen, wo der Kranz mit dieser Schleife in Auftrag gegeben wurde.«

Ingram nahm die Schleife an sich und richtete sich auf. »Was glauben Sie, warum ich das Ding hier abmontiert habe. Aber vielen Dank für den Hinweis!«

Die beiden konnten einfach nicht miteinander. Und weil zu befürchten war, dass die Auseinandersetzung in Handgreiflichkeiten ausarten könnte, zog Renner es vor, sich knapp zu verabschieden. »Guten Tag.«

Im selben Augenblick meldete sich Ingrams Mobiltelefon.

»Ja?« Ingram lauschte, was sein Kollege Murau ihm mitzuteilen hatte.

»Das darf doch nicht wahr sein!«, erwiderte er dann leise und steckte sein Telefon in die Tasche.

»Herr Staatsanwalt!«, rief er Renner hinterher.

Der tat so, als hörte er Ingram nicht.

»Herr Staatsanwalt!«, wiederholte Ingram so laut, dass es über den Friedhof hallte.

Renner drehte sich um, und Ingram gab ihm ein Zeichen, er habe ihm etwas Wichtiges zu sagen.

»Es wird Sie vielleicht interessieren«, meinte Ingram, nachdem er Renner eingeholt hatte. »Ich bekam eben einen Anruf, im Transplantationszentrum der Kieler Universität starb ein Patient nach einer Herzverpflanzung. Nach dem Obduktionsergebnis trat der Tod durch Vergiftung des Spenderorgans mit Chlorphenvinphos ein.«

Kapitel 11

Niedergeschlagen kehrte Francesca Colella in ihr Hotel in der Nähe des Hauptbahnhofs zurück. Es hieß »Richard Wagner«, und der Komponist hätte sich vermutlich im Grab umgedreht, wäre ihm zu Ohren gekommen, dass dieses Haus seinen Namen trug: ein typisches Vertreterhotel inmitten der Stadt mit kleinen, preiswerten Zimmern und einem Parkhaus in unmittelbarer Nachbarschaft. Zwei Tage hatte Francesca bereits hier verbracht und auf Gropius gewartet, und jetzt das …

Francesca war maßlos enttäuscht, sie hatte gehofft, Gropius würde die Nachricht, dass sie nicht mehr gebunden sei, in jene Leidenschaft versetzen, die er damals in Turin an den Tag gelegt hatte, bevor sie ihn mit der bitteren Realität konfrontierte. Seither hatte sie immer wieder an ihn gedacht, und ihre Zuneigung hatte sich Tag für Tag gesteigert. Sie wusste nicht mehr genau, wann sie zuletzt mit einem Mann geschlafen hatte, sie wusste nur, dass es lange, viel zu lange her war und dass sie die vom Schicksal aufgezwungene Askese möglichst schnell beenden wollte. Gropius hatte ihr von Anfang an gefallen – ein attraktiver Mann, dessen Offenheit sie äußerst anziehend gefunden hatte. Es war ihr schwer gefallen, all ihre Gefühle im Zaum zu halten. Doch nun, nach der Anspannung der letzten Stunden, die in einer herben Enttäuschung geendet war, konnte sie nicht länger an sich halten. Mit der Trostlosigkeit des drittklassigen Hotelzimmers konfrontiert, warf sie sich auf ihr Bett, trommelte mit den Fäusten auf das Kissen und ließ ihren Tränen freien Lauf.

Tränen haben etwas Befreiendes, und nach einer Heulorgie, die gewiss eine halbe Stunde in Anspruch nahm, erhob sich

Francesca, schlurfte ins Badezimmer und benetzte ihr Gesicht mit eiskaltem Wasser. Das tat gut. Dann rückte sie ihre Brille zurecht und trat vor den Spiegelschrank, um sich von Kopf bis Fuß zu betrachten.

Bist du wirklich so unattraktiv, dass es dir nicht mehr gelingt, einen Mann herumzukriegen, sagte sie zu sich. Oder hatte die abweisende Haltung, mit der sie sich seit Constantinos Unfall umgab, ihr Erscheinungsbild so verändert, dass man sie für einen Blaustrumpf halten musste? Himmel, sie hatte sich Constantino verpflichtet gefühlt und diese Bürde auf sich genommen, aber nun, da er tot war, wollte sie vor allem vergessen. Sie hatte ein Recht auf ein neues Leben, auf Sex, auf Liebe.

Gropius, dachte sie, während sie sich vor dem Spiegel ihrer Kleidung entledigte, Gropius wäre genau der Mann, dem sie sich liebend gern hingegeben hätte. Sein abweisendes Verhalten hatte sie tief gekränkt. Prüfend sah sie sich an. Für dein Alter, begann sie mit ihrem Spiegelbild zu reden, hast du dich gut gehalten, jedenfalls brauchst du jüngere Konkurrenz nicht zu fürchten. Dein Haar ist kräftig, der Busen voll und nicht so mickrig wie bei den meisten jungen Dingern, die Taille misst sechzig, verdammt, was will der Kerl mehr?

Francesca ließ sich ein Bad ein, und während sie dem Rauschen des Wassers lauschte und ihre Glieder in dem wohlig warmen Wasser streckte, fasste sie einen Entschluss: Sie wollte es wissen, sie wollte einen Mann aufreißen, wie man so etwas zu nennen pflegt, wenn es denn sein sollte nur für eine Nacht, man würde ja sehen. Auf diese Art könnte sie sich an Gropius rächen. Diesmal würde *sie* es sein, die die Bedingungen diktierte. Der Gedanke erregte sie.

Sie musste in der Wanne eingeschlafen sein, denn als sie nach ausschweifenden Gedanken wieder zu sich kam, war das Wasser kalt, und sie fröstelte. Mit dem Handtuch, in das ein Wagner-Portrait eingewebt war, frottierte sie ihren Körper, bis die Haut rötlich schimmerte, sie föhnte ihr Haar und legte Make-up auf, Lidschatten und Lippenstift, alles etwas kräftiger als gewöhnlich. Vor dem Schrankspiegel streifte sie schwarze halterlose Strümpfe über und schlüpfte in einen engen schwarzen Rock, dann zwängte sie sich ohne alles in jene grüne Velourslederjacke, die, sie erinnerte sich gut, Gropius in Turin um den Verstand gebracht hatte. Ihre hochhackigen Pumps schienen für dieses Outfit gerade angemessen.

Gegen Abend erkundigte sie sich beim Portier, der wie das Hotel seine beste Zeit bereits hinter sich hatte, wo eine Frau alleine hingehen könne, und sie erhielt die Auskunft – die sich nebenbei als richtig erweisen sollte –, in der Bar des »Bayerischen Hofs« habe sie nichts zu befürchten.

Gesagt, getan – kurz nach 21 Uhr betrat Francesca das genannte Etablissement, im Tiefparterre gelegen, mit kleinen Vierertischen und einer Tanzfläche ausgestattet. Die Musik war dezent. Francesca nahm auf einem Barhocker am Tresen Platz, bestellte »Martini«, geschüttelt, nicht gerührt, wie sie es aus James-Bond-Filmen kannte, und hielt scheinbar gelangweilt nach einem möglichen Opfer Ausschau.

Noch herrschte wenig Betrieb im Lokal. Ein einziges, einsames Paar tanzte hingebungsvoll und eng umschlungen, ohne auf die Musik zu achten. Mehr als fünf Tische waren nicht besetzt, und der Barmann war froh, wenigstens *einen* Gast zu haben, mit dem er sich unterhalten konnte. Als nach einer halben Stunde alle Gesprächsthemen, die sich an einem Bartresen ergeben, als da sind Wetter, Geschäft, Fußball und Automobile, abgearbeitet waren und sich kein weiterer Gesprächsteilnehmer einstellen wollte, beglich Francesca ihre Rechnung und machte Anstalten zu gehen. Da trat ein Mann mittleren Alters auf sie zu, der bisher allein in einer Ecke vor sich hingebrütet hatte. Er war klein, hatte lange dunkle Haare und wirkte blass, was durch den schwarzen Anzug, den er trug, noch unterstrichen wurde.

»Sie wollen schon gehen?«, fragte er mit auffallend dunkler Stimme und in englischer Sprache, aber mit hartem Akzent, der verriet, dass er kein Engländer war.

»Nicht viel los hier«, erwiderte Francesca, »vielleicht komme ich später noch einmal vorbei.«

Der Mann im dunklen Anzug versuchte sich in ausgesuchter Höflichkeit. Mit einer einladenden Handbewegung meinte er: »Hätte man jemals tanzen gelernt, wäre es uns ein außerordentliches Vergnügen, Sie jetzt aufzufordern. So kann man darüber nur sein Bedauern ausdrücken. Mein Name ist Ramón.«

Francesca musste lachen. Seine Art sich auszudrücken wirkte umständlich und hölzern. »Sind Sie Spanier?«, fragte sie.

»No. Katalane. Das ist ein Unterschied!«, antwortete Ramón. »Und Sie?«

»Italienerin.«

»Milano?«

»Wie kommen Sie darauf?«

»In Milano findet man die schönsten Italienerinnen. Sie vereinen in sich den Charme des Südens und die Eleganz des Nordens. So wie Sie, Señorita!« Dabei starrte er ihr unentwegt auf den Busen.

»Ich komme aus Torino«, erwiderte Francesca lachend, »weder Charme noch Eleganz sind dort zu Hause. Leider spreche ich nicht Spanisch. Kaum ein Italiener spricht Ihre Sprache.«

»Wir wissen, es gibt auch nur wenige Spanier mit Italienischkenntnissen.«

Ohne es zu merken, wechselten Francesca und der Spanier bei ihrer Unterhaltung plötzlich ins Deutsche.

»Darf man Sie zu einem Glas Champagner einladen?«, fragte Ramón höflich. Nun war der Spanier nicht gerade der Typ, von dem sich eine Frau nichts sehnlicher wünschte, als dass er ihr den Hof machte, aber er gab sich freundlich und zuvorkommend, und Francesca sah keinen Grund, die Einladung auszuschlagen.

»Ich heiße Francesca«, sagte Francesca, als sie sich zuprosteten.

»Wir wissen«, bemerkte Ramón mit einem gekünstelten Augenzwinkern.

Weder die Antwort noch das Augenzwinkern des Spaniers vermochte Francesca zu deuten, aber sie zog es vor, darüber hinwegzusehen.

Allmählich füllte sich die Bar mit Gästen, doch so sehr sie auch Ausschau hielt nach dem einsamen Wolf, dem sie geneigt war sich hinzugeben, so sehr wurde sie enttäuscht. Sie sah nur Pärchen oder einsame Damen, die wie sie auf den Märchenprinz warteten.

Zu ihren ungewöhnlichen Vorzügen gehörte es, dass Francesca große Mengen Alkohol vertrug, ohne betrunken zu werden. Ramón jedoch begann, nachdem im Lauf einer belanglosen Unterhaltung ein Glas dem anderen folgte, sie mit anzüglichen Komplimenten zu überhäufen. Sie sei, flüsterte er mit verklärtem Blick wie ein Säulenheiliger, sündhaft wie Maria Magdalena und schön wie die Madonna von Raffael und für sie, meinte er, würde er jede Sünde begehen.

Francesca hasste platte Redensarten, und deshalb hasste sie Ramón, der sie mit den Augen verschlang, ohne sich ihr jedoch auch nur einen Zentimeter zu nähern. Sie wurde wütend, und in ihrer Wut auf den verklemmten, lüsternen Spanier sagte sie: »Ramón, Sie reden, als wären Sie ein Priester!«

Wie ein beim Naschen ertapptes Kind senkte Ramón den Blick, und mit zur Seite gewandtem Kopf und schwerer Zunge sagte er: »Ganz recht, ich *bin* Priester.«

»Sie sind …?« Verunsichert blickte Francesca nach beiden Seiten. Dann musterte sie Ramón kritisch.

Die blasse Haut, der schwarze Anzug und der salbungsvolle Tonfall seiner Stimme – kein Zweifel, sie hätte es gleich bemerken müssen.

»An jeden tritt einmal die Versuchung heran. Auch an einen Gesalbten.« Dabei faltete er die Hände, und Francesca hatte schon die Befürchtung, er würde laut hörbar ein unflätiges Gebet zum Himmel schicken, der Allerhöchste möge ihn aus den Klauen eines sündhaften Weibes befreien, aber es kam ganz anders.

»Mein Mädchen«, nuschelte er schwer atmend, »was hast du mit diesem Gropius zu schaffen? Das ist kein Umgang für dich. Sag uns, was will er von dir?«

»Gropius?« Francesca war völlig verwirrt. »Sagten Sie Gropius?«

Ramón presste die Hand vor den Mund, als wollte er verhindern, dass er noch mehr preisgab. Doch die Wirkung des Alkohols war stärker. »Wir sind schon lange hinter ihm her«, sagte er sichtlich bemüht, einen nüchternen Eindruck zu machen.

»Aber was wollen Sie von Gropius? Was hat er Ihnen getan?«

»Das sollst du erfahren, schönes Mädchen. Gropius hat etwas in seinem Besitz, das ihm nicht zusteht. Sie wissen das. Er spielt mit dem Feuer, dieser Professor Gropius! Und was dich betrifft, Mädchen: Wo ist der Stoff?«

In Sekunden schossen tausend Gedanken durch Francescas Kopf. Welcher Stoff? – Redete er von Drogen? Offensichtlich wusste der betrunkene, verklemmte Kerl, der ihr gegenübersaß und mit schweren Lidern zwischen ihre Brüste starrte, von den mysteriösen Vorfällen, denen Gropius auf der Spur war. Hatte er möglicherweise sogar etwas mit dem Mord an Constantino zu tun? Mit einer Mischung aus Entsetzen und Abscheu sah Francesca den betrunkenen Kerl an, der ihr gegenübersaß und sich an ihren Brüsten aufgeilte

Du musst einen kühlen Kopf bewahren, sagte sie sich, während sie Ramón zulächelte. Das war *die* Chance, Gropius für sich zu gewinnen. Sie musste diesen rätselhaften Pfaffen, so er denn wirklich einer war, ausquetschen. Unter Einsatz aller Möglichkeiten, die einer Frau zur Verfügung stehen, musste sie in Erfahrung bringen, für wen Ramón arbeitete und wonach er suchte. Die Gelegenheit war günstig, und vermutlich würde sie sich nicht wiederholen.

Während Ramón ein weiteres Glas Champagner in sich hineinkippte, beugte sich Francesca zu ihm hinüber in der Absicht, dem geilen Priester einen tiefen Einblick in ihr Dekolleté zu gewähren. Und dabei fragte sie ganz unverblümt: »Wohnen Sie hier im Hotel?«

»Warum fragen Sie?«, erwiderte Ramón, als hätte er nicht begriffen, was Francesca im Schilde führte.

»Nur so. Wir könnten es uns doch etwas bequem machen. Ich meine – nicht dass Sie mich missverstehen, es ist ziemlich verraucht hier, und die Musik könnte dezenter sein.«

»Zweihunderteinunddreißig«, nuschelte ihr Gegenüber, »Zimmer zweihunderteinunddreißig!«

Mit der rechten Faust umklammerte Ramón den Stiel seines leeren Champagnerglases. Sein Gesicht, das inzwischen eine tiefrote Farbe angenommen hatte, schien zum Platzen gespannt. Man sah, wie es in ihm arbeitete, wahrscheinlich kämpfte er gerade mit den Versuchungen des Teufels. Schließlich erwiderte er theatralisch und mit verklärtem Gesichtsausdruck: »Wenn ich schwach bin, bin ich stark!«

Francesca sah ihn verständnislos an: »Wie bitte?«

»… Schreibt der Apostel Paulus im Zweiten Brief an die Korinther!«

»Ein kluger Mann. Also worauf warten wir?«

Ramón knallte seine Kreditkarte auf den Tresen. »Die Rechnung!«, raunzte er den Barmann an.

Unbemerkt warf Francesca einen Blick auf den Namen, der auf der Kreditkarte eingeprägt war: Ramón Rodriguez. – Gropius hatte den Namen Rodriguez einmal erwähnt. Sie war auf der richtigen Fährte.

»Wo ist der Stoff?«, wiederholte Ramón Rodriguez seine Frage, während sie sich gegenseitig stützend die breite Marmortreppe emporstiegen, die zur Lobby des Hotels führte.

»Laß uns später darüber reden«, meinte Francesca geistesgegenwärtig und stellte Ramón damit fürs Erste zufrieden. Mit Mühe gelang es ihr, den angetrunkenen Mann nach oben zu bringen; aber was dann geschah, spielte sich so schnell und unerwartet ab, dass sie sich später nur noch schemenhaft daran erinnerte.

Als sie auf dem Treppenabsatz anlangten, sprangen von beiden Seiten zwei dunkel gekleidete Männer auf sie zu, packten Rodriguez an den Armen und zerrten ihn durch die nahe Drehtür ins Freie. Der Überfall lief geräuschlos und ohne jedes Aufsehen ab, und Ramón leistete keinerlei Gegenwehr.

Erst nach ein paar Augenblicken, in denen sie wie erstarrt da stand, wurde Francesca klar, was soeben passiert war, und sie bekam es mit der Angst zu tun. Vorsichtig nach allen Seiten blickend, trat sie in die Drehtür, dann lief sie zu einem der Taxis, die vor dem Hoteleingang warteten.

Die Fahrt vom »Bayerischen Hof« zum Hotel »Richard Wagner« dauerte gerade fünf bange Minuten, in denen Francesca, die auf dem Rücksitz Platz genommen hatte, unruhig in den Rückspiegel blickte, ob ihnen ein Fahrzeug folgte. Am Ziel angelangt, drückte sie dem Fahrer einen Geldschein in die Hand und bat, er möge sie bis zum Hoteleingang begleiten. Der Fahrer, ein untersetzter Typ südländischer Herkunft, hatte schon für weniger Geld unangenehmere Dienste verrichtet, deshalb kam er der Bitte der hübschen Lady gerne nach.

Anders als in dem vornehmen Luxushotel, war im »Richard Wagner« die Hotelhalle oder besser: der Eingangsbereich verwaist. Francesca musste auf eine Handglocke schlagen, die auf dem Tresen stand, erst dann näherte sich aus einer Kammer hinter dem Schlüsselbrett ein bärtiger Alter und händigte ihr den Schlüssel aus.

Sie hatte ein ungutes Gefühl, das sie, nachdem sie den Lift im dritten Stock verlassen hatte und den kalten Hotelkorridor entlangging, zu verdrängen suchte. In dem Gespräch mit Ramón Rodriguez hatte sich Francesca in eine gefährliche Situation gebracht. Für sie gab es keinen Zweifel, dass ihre Begegnung mit dem lüsternen Priester beobachtet und in der Absicht beendet wurde, den redseligen Rodriguez mundtot zu machen. Gefährlich erschien ihr die Situation deshalb, weil Ramóns Weggenossen glauben mussten, er habe im Suff zu viel ausgeplaudert.

Als sie ihr Zimmer betrat, fielen ihr sofort die offen stehenden Schranktüren ins Auge. Kleidungsstücke lagen auf dem Boden verstreut. Sie hatte es geahnt. Ohne sich weiter umzusehen, schlug sie die Tür zu und rannte über die Treppen nach unten, wo sie auf den bärtigen Nachtportier traf.

»Hat jemand nach mir gefragt?«, herrschte sie den Alten an.

Der brauchte etwas Zeit, um sich zu erinnern. Dann antwortete er: »Nein, gnädige Frau. Aber da war ein Anruf. Ein Mann fragte, ob Sie auf Ihrem Zimmer seien, und als ich verneinte, fragte er nach Ihrer Zimmernummer. Das war alles. Ist etwas nicht in Ordnung?«

Ohne zu antworten, stürmte Francesca aus dem Hotel, überquerte die Straße und hastete zu einem Taxistandplatz in Sichtweite des Bahnhofs. »Nach Grünwald!«, keuchte sie atemlos.

Kurz nach Mitternacht kam das Taxi vor Gropius' Villa zum Stehen. Im Haus brannte kein Licht. Was tun, wenn Gropius nicht zu Hause war? Vorsorglich bat sie den Fahrer, eine Weile zu warten, bis sie im Haus verschwunden war.

Auf ihr Klingeln rührte sich nichts. Zeit verging, wie lange, wusste sie nicht. Verzweifelt und ungeachtet der Tatsache, dass der Fahrer noch immer auf sie wartete, ließ sie sich auf den kalten Eingangsstufen nieder und presste die Stirn auf ihre Unterarme, die sie über die Knie gelegt hatte. Sie hatte schon nicht mehr daran geglaubt, als plötzlich das Licht anging. Francesca hob den Kopf, und im selben Augenblick vernahm sie im Innern des Hauses Gropius' Stimme, ziemlich ungehalten, was nicht verwunderlich war. »Wer ist da?«

Sie gab dem Fahrer ein Zeichen, dass er fahren konnte, dann sagte sie mit belegter Stimme: »Ich bin 's, Francesca.«

Eine Weile geschah nichts, dann hörte sie einen Schlüssel im Schloss. Das Geräusch empfand sie erlösend. Kurz darauf wurde die Tür geöffnet, Gropius erschien im Türspalt.

»Bist du verrückt geworden?«, herrschte er Francesca an. »Weißt du überhaupt, wie spät es ist? Was soll das Theater?!« Er machte Anstalten, die Tür wieder zu schließen, doch da sah er, dass Francesca am ganzen Leib zitterte, und ließ sich zu einer einladenden Geste herab. »Na komm schon rein!«, meinte er großmütig. Die Art von Überheblichkeit sollte ihm noch Leid tun an diesem Abend.

Dankbar huschte Francesca ins Haus. »Du erwähntest doch einmal einen gewissen Rodriguez, der dich in Berlin bei unserem ersten Treffen verfolgt hat«, begann sie ohne Umschweife.

»Ja. Was ist mit ihm?«

»Er ist hier.«

»Woher willst du das wissen? Du kennst den Kerl doch überhaupt nicht!«

»Ich habe mit ihm in einer Bar Champagner getrunken, er sagte, er heiße Ramón, und auf seiner Kreditkarte stand der Name Ramón Rodriguez.«

»Der Kerl hat sich an dich rangemacht?«

»Zufällig kann die Begegnung nicht gewesen sein! Rodriguez kannte jedenfalls meinen Namen und hat mich gewarnt, du seist kein richtiger Umgang für mich.«

Gropius hatte bereits geschlafen und war noch nicht ganz wach. Mühsam versuchte er Francescas Bericht auf die Reihe zu bringen. Dabei musterte er sie mit kritischem Blick. Sie trug dasselbe Outfit wie damals in Turin und wirkte ungeheuer sexy. Aber unvermittelt, wie die Erinnerung kam, strich er sie wieder aus seinem Gedächtnis. Francesca sah mitgenommen aus.

»Also der Reihe nach«, sagte Gropius mit gespielter Ruhe und drückte Francesca in einen Sessel im Salon. »Dieser Rodriguez sprach dich auf offener Straße an und lud dich zum Champagner ein …«

»Nicht auf offener Straße«, fiel ihm Francesca ins Wort. »Ich wollte einen schönen Abend verbringen und ging in die Bar im ›Bayerischen Hof‹. Da stand er plötzlich vor mir. Er muss mir gefolgt sein. Zum Glück vertrug er nicht viel, und schon nach kurzer Zeit begann er Dinge von sich zu geben, die er im nüchternen Zustand bestimmt für sich behalten hätte. Seinen Beruf, zum Beispiel –«

»Uninteressant.«

»Er ist ein Priester.«

»Was?« Gropius sah Francesca ungläubig an.

»Er sieht nicht nur aus wie ein Pfaffe, er zitiert sogar im Suff Briefe des Apostels Paulus an die Korinther.«

»Und was wollte Rodriguez von dir?« Gropius' Blick verweilte einen Moment auf Francescas großzügigem Ausschnitt. »Ich kann es mir denken.«

»Ja, das auch.« Francesca lächelte verlegen. »Aber er muss mich für einen Drogenkurier gehalten haben. Er wollte Stoff. Und sein ganzes Gehabe lässt ohne weiteres den Schluss zu, dass er an der Nadel hängt.«

»Und wie endete der Abend?« Gropius grinste unverschämt.

Francesca registrierte durchaus sein abfälliges Verhalten, aber sie ging darüber hinweg und erwiderte: »Plötzlich stürzten sich zwei Männer auf Rodriguez und zerrten ihn fort. Ich habe nicht gesehen, wohin sie ihn brachten. Als ich in mein Hotel kam, war das Zimmer auf den Kopf gestellt. Gregor, ich habe Angst. Kann ich heute Nacht hier bleiben?«

»Selbstverständlich«, murmelte Gropius abwesend. Er dachte

nach: ein drogenabhängiger Priester, der ihn seit geraumer Zeit verfolgte, und nicht nur ihn, der – wie es schien – auch Francesca nicht aus den Augen ließ und der daran interessiert war, dass die Nachforschungen über Schlesingers Tod eingestellt würden? Das machte wenig Sinn. Ihm schien es mittlerweile fast unmöglich, dass die Morde an Schlesinger, de Luca, Bertram, Constantino und der neueste Fall in Kiel denselben Auftraggeber haben sollten; denn für jeden Mord gab es ein anderes Motiv. Und noch immer geisterte diese verdammte Akte in seinem Kopf herum, von der er nicht wusste, was sie enthielt und wo Schlesinger sie versteckt hatte.

Gropius schüttelte den Kopf.

Er trat auf Francesca zu, packte sie an den Oberarmen, und mit eindringlicher Stimme redete er auf sie ein: »Was hast du noch über diesen Rodriguez in Erfahrung gebracht? Denk nach, die kleinste Bemerkung kann von Bedeutung sein!«

Francesca fiel es nicht leicht, den genauen Ablauf der vergangenen drei Stunden in ihr Gedächtnis zu rufen. Denn auch an ihr war die Wirkung des Champagners nicht spurlos vorübergegangen. Nach kurzer Überlegung meinte sie: »Er hatte eine merkwürdige Redensart und sprach von sich immer nur in der Mehrzahl, als scheute er sich, das Wort *ich* in den Mund zu nehmen.«

»Wirklich merkwürdig. Weiter!«

»Als wir aufbrachen, nannte er mir seine Zimmernummer. Zweihunderteinunddreißig. Er zahlte mit einer goldenen Kreditkarte von VISA. Ansonsten nervte er mich mit seiner ständigen Fragerei nach Stoff.«

Gropius ließ von Francesca ab und setzte sich wieder. »Und du«, richtete er an sie die Frage, »hast du gegenüber Rodriguez irgendwelche Andeutungen gemacht?«

»Wo denkst du hin!«, rief Francesca entrüstet. »Ich will nicht behaupten, vollkommen nüchtern gewesen zu sein, aber ich war mir der Situation durchaus bewusst, in der ich mich befand. Nein, von mir hat Rodriguez kein Sterbenswort erfahren! Glaub mir.«

Von Unruhe gepackt, stand Gropius auf und ging aus dem Zimmer. Die Küche des Hauses lag gleich neben dem Eingang. Gropius machte kein Licht. Durch das vergitterte Fenster spähte er nach draußen. Die Autos, die auf der Straße parkten, waren ihm allesamt bekannt, im Übrigen konnte er nichts Verdächtiges ausmachen. Gropius blickte auf die Uhr. Es war kurz nach eins. Unschlüssig kehrte er in den Salon zurück.

Francesca hatte es sich auf der Couch bequem gemacht. »Entschuldige«, flüsterte sie mit belegter Stimme, »ich bin hundemüde.«

»Schon gut«, entgegnete Gregor und verschwand. Als er zurückkam, hatte er eine Decke und einen Pyjama unter dem Arm. Doch Francesca schlief bereits.

»He, aufwachen!«, rief Gropius mit zurückhaltender Stimme. »Du kannst doch nicht in diesen Klamotten schlafen!« Behutsam nahm er ihr die Brille ab.

Nur kurz öffnete Francesca die Augen, dann drehte sie sich mit einem unwilligen Knurren zur Seite.

»He«, wiederholte Gregor und tätschelte ihre Wange, »ich habe dir einen Pyjama mitgebracht. Zieh ihn an! Komm!«

Mit Mühe und halb geöffneten Augen rappelte sich Francesca hoch und begann sich im Sitzen ihrer Kleidung zu entledigen, und noch ehe er sich versah, saß sie nackt und mit geöffneten Schenkeln vor ihm, den Kopf wie schlafend zur Seite geneigt. Sie hatte einen makellosen Körper, was heißt makellos – ihr Körper, die vollen Brüste, die schmale Taille und die straffen Schenkel – eine einzige Herausforderung.

Er spürte, wie er eine Erektion bekam, und überlegte einen Augenblick, ob er seinem Verlangen, sich zu ihr zu legen, nachgeben sollte. Doch dann kamen Zweifel in ihm hoch. Vielleicht war Francescas Müdigkeit nur gespielt, vielleicht benutzte sie die Situation, um ihn zu verführen?

Mag sein, dass du es später bereust, sagte eine innere Stimme;

aber eine zweite fügte hinzu: oder auch nicht. Jedenfalls nahm Gropius die Pyjamajacke, zog die Ärmel über Francescas wie leblos herabhängende Arme und knöpfte sie zu; dann zog er ihr die Hose an, deckte sie zu und löschte das Licht.

Er war ziemlich durcheinander, als er die Treppe emporstieg, die zu seinem Schlafzimmer im Obergeschoss führte.

Am nächsten Morgen hörte Gropius nicht, dass Francesca längst wach war. Er hatte sich bis in die frühen Morgenstunden schlaflos im Bett gewälzt, wobei ihm die Bilder zweier Frauen nicht aus dem Kopf gingen. Da war Felicia, eine Frau von reifer Schönheit, selbstbewusst und dennoch anschmiegsam. Auf der anderen Seite Francesca, nach außen hin kühl, beinahe unnahbar, aber ihm gegenüber weich wie Wachs. Jeder Zentimeter an ihr wirkte auf ihn wie eine Aufforderung, sogar ihre feingliedrigen Finger und ihr schmaler Nasenrücken hatten etwas Erregendes an sich. Mit solchen Gedanken war er, schon dämmerte der Morgen, endlich eingeschlafen.

Nach dem Duschen schlüpfte Francesca in ihre Kleidung. Auch ohne Schminke war sie eine äußerst attraktive Frau. Sie hatte Schwierigkeiten, sich in Gregors Küche zurechtzufinden, doch es gelang ihr, die chromblitzende Kaffeemaschine und den Toaster in Gang zu setzen.

Frühstücksduft zog durch das Haus, als der Gong der Hausglocke unerwarteten Besuch meldete. Francesca öffnete, als sei es die selbstverständlichste Sache der Welt. »Ja bitte?«, sagte sie.

Die gut gekleidete Frau vor der Tür schien erstaunt, mehr noch, sie machte einen verwirrten Eindruck, als sie sagte: »Wer sind *Sie*, wenn ich fragen darf?«

Erst jetzt wurde Francesca klar, in welche Situation sie Gregor gebracht hatte, und ihre anfängliche Unbefangenheit wich augenblicklich einer sichtbaren Nervosität. »Ich bin Francesca Colella«, sagte sie und knöpfte den obersten Knopf ihrer Lederjacke zu. »Und Sie?«

»Felicia Schlesinger«, erwiderte Felicia eingeschnappt. »Wenn ich gewusst hätte, dass Sie hier sind, wäre ich natürlich nicht gekommen. Wo ist Gregor?«

»Ich glaube, er schläft noch«, antwortete Francesca und wurde sich im selben Moment bewusst, dass diese Bemerkung alles noch schlimmer machte. »Ich meine – es ist nicht so, wie Sie denken. Gregor wird Ihnen alles erklären. Aber wollen Sie nicht hereinkommen?«

»Nein, nein, nicht nötig. Vielleicht ein andermal!«

Felicia machte Anstalten zu gehen, als hinter Francesca Gropius im Morgenmantel auftauchte. Francesca warf ihm einen Hilfe suchenden Blick zu, als wollte sie sagen: Tut mir Leid.

»Du, Felicia?«, sagte Gropius, weil ihm nichts Besseres einfiel. Augenblicklich überlegte er, welche Folgen dieses unerwartete Zusammentreffen haben würde.

»Wie ich sehe, hast du mich nicht erwartet!«, bemerkte Felicia mit süffisantem Lächeln.

»Nein«, antwortete Gropius und räusperte sich verlegen, »aber komm doch rein! Eine neue Situation hat sich ergeben.«

Nur zögernd kam Felicia der Aufforderung nach, und weil sie Gropius ertappt zu haben glaubte, meinte sie, während sie eintrat: »Du bist mir doch keine Rechenschaft schuldig, Gregor.« Doch klangen ihre Worte so, als meinte sie gerade das Gegenteil.

Während Gropius Felicia ins Haus geleitete, hörte er Francesca an der Tür rufen: »Ich glaube, ich gehe dann lieber. Du erreichst mich in meinem Hotel!«

Gropius wollte sie zurückhalten, aber als er zur Tür kam, war Francesca bereits verschwunden.

»Also, welche neue Situation hat sich ergeben?«, erkundigte sich Felicia spitz.

Und Gropius berichtete von Rodriguez und dem seltsamen Zusammentreffen mit Francesca und dass er mehr und mehr zu der Auffassung gelange, dass sich hinter den Wirrnissen um

Schlesingers Tod noch etwas anderes verberge als das menschenverachtende Treiben der Organmafia. Dass Schlesinger möglicherweise doch nicht unter Fichtes Mitwirkung getötet worden sei. Dass sein Tod einen ganz anderen Hintergrund gehabt haben könnte.

»Und – wie war sie?«, fragte Felicia, nachdem sie ihm unbewegt zugehört hatte. Die Begegnung mit Francesca schien sie mehr zu interessieren als der Mord an ihrem Mann. Seit sie von seinem Doppelleben und dem Verhältnis mit der jungen Israelin erfahren hatte, war sie bemüht, ihn aus ihrem Gedächtnis zu streichen.

»Da war nichts!«, beteuerte Gropius. »Francescas Hotelzimmer ist in ihrer Abwesenheit durchsucht worden. Sie hatte Angst.«

»Und in ihrer Angst kam sie zu dir und fragte, ob sie mit dir schlafen kann!«

»*Bei* mir, Felicia, *bei* mir. Das ist ein großer Unterschied!«

»Ph!« Felicia blies die Luft durch die Lippen, als wollte sie sagen: Wer's glaubt! Schließlich bemerkte sie mit unüberhörbarer Abfälligkeit: »Wäre ich nicht zufällig hier aufgetaucht, hätte ich nie von dieser Geschichte erfahren. Ach was, ihr Kerle seid doch alle gleich!« Sie erhob sich, und schon im Gehen meinte sie: »Ich hatte gehofft, du wärst anders; aber das war wohl ein Irrtum. Schade. Danke, ich finde allein hinaus.«

Als die Tür ins Schloss fiel, kam es Gropius vor, als erhielte er eine Ohrfeige. Verwirrt rieb er sich die Backe. Felicia war eine stolze Frau, eine Eigenschaft, die er bei Frauen eigentlich schätzte; aber verletzter Stolz ist ein gefährliches Gift. Die meisten Beziehungen scheitern an verletztem Stolz.

In seinem Kopf drängten sich episodenhaft die schönen Stunden, die sie miteinander verbracht hatten. Doch nun machten sich widersprüchliche Gefühle breit. War Felicia auch nur Durchreise? Oder war das nur eine Krise, wie sie in jeder Beziehung einmal eintritt? Jedenfalls fühlte er sich von Felicia ungerecht behandelt, und wenn er etwas nicht ausstehen konnte, dann war es Ungerechtigkeit. In einem Anflug von Zynismus kicherte Gropius in sich hinein, weil er an das alte Sprichwort denken musste: Glück im Spiel, Pech in der Liebe. Nein, was die Liebe betraf, hatte er in seinem Leben wenig Glück gehabt, also, dachte er, wäre es an der Zeit, sein Glück im Spiel zu versuchen.

In seine Bitterkeit mischte sich der Gedanke an diesen Rodriguez und das, was Francesca über ihn berichtet hatte. Gropius wusste nicht, ob sein Vorhaben klug war, trotzdem fasste er den Entschluss, den geilen Pfaffen zur Rede zu stellen.

Vom Golfplatz kannte er den Manager des Hotels »Bayerischer Hof«, einen gewissen Bob Kusch. Nicht dass sie befreundet gewesen wären, aber man traf sich ab und an und redete sich mit dem Vornamen an, wie auf dem Green üblich.

Bob kam Gregors Wunsch, die Adresse zu erfahren, unter der Rodriguez sich im Hotel eingemietet hatte, nur widerwillig und mit dem Hinweis nach, es würde ihn seinen Job kosten, wenn jemand davon erführe. Gropius schwor einen heiligen Eid auf seine Verschwiegenheit. In seinem Büro machte Kusch eine Eingabe in den Laptop vor sich auf dem Schreibtisch. Ohne ein Wort schob er den Bildschirm in Gregors Blickfeld, und Gropius notierte auf einen Zettel: Ramón Rodriguez, Carrer Caralt 17, Barcelona.

Gropius zog die Augenbrauen hoch und blickte erstaunt.

»Das Zimmer«, bemerkte Kusch eher beiläufig, »wurde allerdings mit einer Firmenkreditkarte bezahlt.«

»Wie? Ist dieser Rodriguez gar nicht mehr hier?«

Kusch bearbeitete erneut seinen Laptop, und nach einem Blick auf den Bildschirm erwiderte er: »Señor Rodriguez hat heute Nacht um 2 Uhr 10 das Hotel verlassen. Seine Rechnung wurde mit einer gültigen Kreditkarte beglichen. Mehr hat mich nicht zu interessieren.«

»Bob«, begann Gropius aufgeregt, »finden Sie es nicht etwas merkwürdig, wenn ein Hotelgast mitten in der Nacht abreist?«

Kusch setzte ein Pokerface auf. »Wissen Sie, Gregor, ein

großes Hotel beherbergt viele merkwürdige Leute. Da zählt ein Ereignis wie dieses eher noch zum Alltäglichen. Eher seltsam erscheint mir dagegen die Tatsache, dass dieser Gast, dieser Rodriguez, bei der Buchung auf Zimmer Nr. 231 bestand. Zimmer 231 zählt nämlich nicht gerade zu den besten in diesem Hotel, um der Wahrheit die Ehre zu geben, es ist eher das schlechteste, zwischen Etagenservice und Gepäcklift gelegen mit Blick auf den Innenhof. Wir vermieten es nur selten, oder wenn wir überbucht sind.«

Man konnte sehen, wie es in Gregors Kopf arbeitete. »Haben Sie eine Erklärung dafür?«, fragte er nach einer Weile.

Bob Kusch hob die Schultern und lachte. »Es gibt viele Gründe, warum Hotelgäste auf einer bestimmten Zimmernummer beharren. Manche sind abergläubisch und bestehen auf einer speziellen Zahlenfolge, oder die Quersumme muss immer dasselbe Ergebnis haben. Andere verbinden mit einer Zimmernummer ein besonderes Erlebnis, das Erinnerungen wachruft, und wieder andere wollen ganz einfach im selben Hotel im selben Zimmer nächtigen. Aber ich weiß nicht, ob das für Sie von Interesse ist, Gregor.«

»Aber ja doch«, wandte Gropius ein. »Können Sie denn mithilfe des Computers feststellen, ob dieser Rodriguez aus Barcelona schon einmal in diesem Zimmer genächtigt hat?«

»Natürlich, nichts leichter als das!« Kusch, mit seinem Computer auf du und du, eine Eigenschaft, die bei Gropius Bewunderung hervorrief, zauberte mit ein paar Klicks eine Liste aller Hotelgäste auf den Bildschirm, die im letzten halben Jahr Zimmer 231 bewohnt hatten. »Aber das bleibt unter uns!«, wiederholte er seine eingangs geäußerten Bedenken.

Gropius hob seine rechte Hand. »Ehrenwort, Bob, Sie können mir vertrauen!« Gespannt verfolgte Gropius Zeile um Zeile, die vor seinen Augen über den Bildschirm liefen.

»Stopp!« Gropius traute seinen Augen nicht. Auf dem Bildschirm stand der Name: Sheba Yadin, Beit Lechem-Straße, Tel Aviv, Israel. Aufenthaltsdauer: 7 Tage.

»Was haben Sie, Gregor?« Kusch war nicht entgangen, wie Gropius von einem Augenblick auf den anderen eine graue fahle Farbe annahm. »Ist Ihnen nicht gut, Gregor? So reden Sie doch!«

»Schon in Ordnung«, stammelte Gropius; aber der Tonfall seiner Stimme verriet nur allzu deutlich, dass der Name auf dem Bildschirm ihm einen Schock versetzt hatte.

»Ist Ihnen die Dame näher bekannt?«, erkundigte sich Kusch vorsichtig.

»Nein, das heißt ja, eigentlich nicht«, stotterte Gropius wie ein ertappter Dieb. Für ihn hatte das Verwirrspiel um Rodriguez und seine Hintermänner einen neuen Höhepunkt erreicht. Es konnte kein Zufall sein, dass der Name der Geliebten Schlesingers hier auftauchte.

Kusch nahm eine Flasche aus einem Wandschrank, kippte Cognac in ein bauchiges Glas und reichte es Gropius. »Es geht mich ja nichts an«, meinte er, während Gregor das Glas in einem Zug leerte, »aber Sie sehen gar nicht gut aus. Wollen Sie mir nicht sagen, was es mit dieser Dame für eine Bewandtnis hat?« Dabei tippte er auf den Bildschirm.

Gropius zog den Zettel aus der Tasche, auf dem er kurz zuvor die Adresse von Rodriguez notiert hatte. Mit zusammengekniffenen Augen schrieb er Sheba Yadins Anschrift auf das Blatt. »Nehmen Sie es mir bitte nicht übel«, bemerkte er, ohne dabei aufzusehen, »aber das wäre eine zu lange Geschichte, und vermutlich hielten Sie mich dann für verrückt.«

»Noch einen?« Kusch hielt Gropius die Flasche hin, und dieser nickte; dann starrte er wieder stumm vor sich hin auf einen imaginären Punkt an der gegenüberliegenden Wand. Kusch hätte gern weitergefragt, aber er wollte nicht neugierig erscheinen. Seit dem Skandal am Klinikum war Gropius ohnehin schon angeschlagen genug und ließ sich kaum noch auf dem Golfplatz sehen.

So vergingen Minuten, bis Kusch unbewusst mit den Fingerkuppen auf dem Schreibtisch zu trommeln begann.

»Entschuldigen Sie, Bob«, meinte Gropius, der die Geste als ein Signal verstand, »entschuldigen Sie, aber könnte ich mir vielleicht das Zimmer 231 einmal ansehen?«

Kusch warf einen Blick auf die Uhr. »Ich glaube nicht, dass das Zimmer schon in Ordnung gebracht ist.«

»Macht gar nichts!«, erwiderte Gropius. »Im Gegenteil.«

»Okay, dann kommen Sie, Gregor.«

Die Lage von Zimmer 231 war wirklich nicht die beste, und als sie ankamen, herrschte großes Durcheinander. Das Zimmermädchen, eine dunkelhaarige Portugiesin, war gerade damit beschäftigt, das Bett zu beziehen. Carlo, der Hauselektriker, machte sich am Telefon zu schaffen.

Kusch warf dem pfiffigen Elektriker einen fragenden Blick zu, und der erklärte, der Etagenmanager habe ihn angerufen, das Telefon sei defekt.

»Austauschen!«, knurrte Bob Kusch unwillig.

Aber Carlo machte eine abweisende Handbewegung: »Nicht nötig, Chef. Der Schaden ist bereits repariert. Ein abgerissenes Drähtchen im Hörer. Also wenn Sie mich fragen …«

»Ich frage Sie aber nicht!«, fuhr der Hotelmanager Carlo über den Mund.

Gropius fasste Kusch am Arm, als wollte er ihn zurückhalten. An den Elektriker gewandt, fragte er: »Was wollten Sie sagen?«

Carlo warf Gropius einen misstrauischen Blick zu, dann musterte er Kusch, als wollte er fragen: Ist's erlaubt?, und als er keinen Widerspruch erntete, sagte er: »Wenn Sie mich fragen, dann war in dem Telefonhörer eine Wanze installiert. Ich weiß, wie man so was macht. Und beim Entfernen des Minispions hat der Betreffende den Draht beschädigt. Anders kann ich mir den Schaden jedenfalls nicht erklären. Jetzt ist alles sauber, Chef.«

Bob Kusch versuchte die Angelegenheit herunterzuspielen

und meinte an Carlo gewandt: »Aber das ist doch nur eine Vermutung! Ich möchte Sie sehr bitten, etwas vorsichtiger zu sein mit solchen Verdächtigungen. Wir sind ein Luxushotel, bei uns kommt so etwas nicht vor. Danke, Sie können jetzt gehen.«

Der Hotelelektriker murmelte etwas Unverständliches, das sich anhörte wie: Gerade deshalb!, nahm seinen Werkzeugkoffer und verschwand.

Von wirren Gedanken hin- und hergerissen lehnte Gregor Gropius an der Zimmertür. Nur mühsam gelang es ihm, sich zu konzentrieren. Wie ein Computer, allerdings unendlich langsamer, spulte sein Gehirn alle Möglichkeiten ab, die sich aus der neuen Erkenntnis ergaben. Offenbar hatte sich Schlesinger eine Woche in München mit Sheba getroffen, und dabei standen beide unter Beobachtung. Ihre Gespräche mussten für gewisse Leute so wichtig gewesen sein, dass sie in Shebas Hotelzimmer eine Wanze installierten. Keine Frage, Rodriguez gehörte zu dieser Gang. Warum die Abhörelektronik über Monate in dem Hotelzimmer installiert blieb oder warum sie gerade jetzt von Rodriguez demontiert wurde, dafür fand Gropius keine Erklärung.

»Das mit der Wanze sollten Sie nicht unbedingt ernst nehmen!«, holte ihn Kusch in die Wirklichkeit zurück. »Carlo ist ein Tüftler und hat von früh bis abend elektronische Spielereien im Kopf. Im Vertrauen gesagt: Sein Verdacht mit der Abhöranlage ist noch harmlos. Seit wir vor zwei Jahren einen Weltwirtschaftsgipfel im Haus hatten und amerikanische CIA- und NSA-Agenten das Haus auf den Kopf stellten, sieht Carlo in jedem Blumentopf einen Zeitzünder und in jedem Telefonapparat eine Wanze. Gott sei Dank erwies sich bisher alles als Irrtum. Ich hoffe, ich konnte Ihnen behilflich sein, Gregor!«

Mit sanftem, aber nachhaltigem Druck schob er Gropius aus dem Hotelzimmer.

»Was ich noch fragen wollte«, sagte Gropius, während sie im

Lift nach unten fuhren, »Ihr Computer speichert doch alle Telefonnummern, die von den Nebenstellen angewählt werden?«

Kuschs Antwort fiel zögerlich aus, weil er ahnte, dass Gropius die in einer gewissen Zeit von Zimmer 231 angewählten Nummern haben wollte. »Hören Sie, Gregor«, sagte er auf dem Rückweg in sein Büro, »Sie bringen mich da in eine wirklich brisante Situation. Wenn jemand davon erfährt ...«

»Ich weiß«, erwiderte Gropius, nachdem Kusch die Bürotür hinter sich geschlossen hatte, »Sie könnten doch den Computer entsprechend programmieren und für eine Minute den Raum verlassen. Auf alles, was dann geschieht, haben Sie keinen Einfluss.«

»Nicht schlecht«, erwiderte Kusch anerkennend und bediente seinen Laptop mit ein paar schnellen Handgriffen. »Ihr raffinierter Vorschlag kann leider nicht zur Anwendung kommen«, meinte er schließlich, »Telefongespräche werden nur zwei Monate gespeichert, dann löscht sie der Computer automatisch. Hier sehen Sie, Gregor!«

Gropius warf einen Blick auf den Bildschirm, wo Zimmernummer 231 und der Name Sheba Yadin aufleuchtete. Darunter blinkte die Schriftzeile: Daten gelöscht.

»Eine letzte Frage hätte ich noch«, bemerkte Gropius enttäuscht, »wirklich die allerletzte. Sie erwähnten, Rodriguez' Hotelrechnung sei heute Nacht nicht von ihm selbst beglichen worden. Von wem dann?«

Nach einem Blick auf den Bildschirm antwortete Kusch: »Eine Firmenkreditkarte auf den Namen IND S.A.«

»IND?«, sagte Gropius. »Nie gehört.«

Kapitel 12

Im Flugzeug nach Tel Aviv hatte Gropius das Bild Sheba Yadins vor Augen. Er hatte Sheba nie gesehen, es gab nicht einmal ein Foto von ihr, aber bei einem Kongress in Tel Aviv vor ein paar Jahren, den er mit Veronique besucht hatte, waren ihm die dunkeläugigen Israelinnen fest im Gedächtnis geblieben. Sheba, dessen war er sich sicher, spielte eine Schlüsselfigur in diesem Komplott. Sie wusste, wie Schlesinger zu den zehn Millionen gekommen war, und wahrscheinlich wusste sie viel mehr. Er *musste* sie finden..

Die Reise in den Frühling, der im östlichen Mittelmeer längst Einzug gehalten hatte, kam ihm nicht ungelegen. Vielleicht konnte er für ein paar Tage den Frust vergessen, der sich in ihm aufgestaut hatte, auch die Angst, die seit Monaten sein ständiger Begleiter war. Seit dem unglücklichen Zusammentreffen mit Francesca zog Felicia es vor, ihn mit eisigem Schweigen zu bestrafen, und Francesca war nach dem Vorfall in ihrem Hotel überstürzt abgereist.

Nach vierstündigem Flug unter einem tintenblauen Himmel landete die Maschine der EL AL auf dem Flughafen Ben Gurion. Ein schweigsamer Taxifahrer brachte ihn in zwanzigminütiger Fahrt in die Hayarkon-Straße, wo man die meisten Hotels der Stadt findet. Im »Dan Tel Aviv« hatte Gropius ein Zimmer reserviert mit einem atemberaubenden Blick auf das Meer und den Strand, an dem sich bereits die ersten Badegäste tummelten. Während sein Blick vom Balkon hinaus aufs Meer schweifte, wo das Hell und Dunkel von Himmel und Meer miteinander verschmolzen, sog er die warme Frühlingsluft tief in seine Lungen.

Am nächsten Morgen machte er sich auf die Suche nach Sheba Yadin. Die Beit-Lechem-Straße lag in keiner sehr vornehmen Gegend. Auffallend waren die vielen Klingelknöpfe und Namensschilder an den einzelnen Wohnhäusern, von denen Gropius die meisten nicht einmal lesen konnte. Ein bärtiger, junger Chassid in schwarzer Kleidung und mit einer Kipa auf dem Kopf sprach Englisch und gab sich erst zugeknöpft abweisend, erklärte sich dann aber bereit, Gregor zu der angegebenen Adresse zu begleiten.

Im dritten Stock eines großen Mietshauses gelegen, läutete der Chassid an der mittleren von drei Wohnungstüren und verabschiedete sich mit einem höflichen »Shalom«.

Eine Frau mittleren Alters mit langen, dunklen Haaren, die im Nacken zu einem Knoten gebunden waren, öffnete. Misstrauisch musterte sie den Besucher vom Scheitel bis zur Sohle. Erst als Gropius seinen Namen nannte und in holprigem Englisch erklärte, er sei auf der Suche nach Sheba Yadin, erhellten sich die Gesichtszüge der Frau ein wenig, und sie fragte: »Sind Sie Deutscher? Sie sehen so deutsch aus.«

Zu seiner Verblüffung bemerkte Gropius, dass die Frau Deutsch sprach.

»Ja«, erwiderte Gropius und fügte die Frage an: »Sie sprechen deutsch?«

»Mein Vater war Deutscher«, erwiderte die Frau bitter. »Aber wir sollten nicht darüber reden. Sind Sie ein Freund von Schlesinger?«

Gropius erschrak. Wie sollte er reagieren? »Sie wissen, dass Schlesinger tot ist?«

»Ich weiß«, antwortete die Frau, »wollen Sie nicht hereinkommen?«

»Sind Sie …?«, fragte Gropius, während er in einem kahlen, spärlich möblierten Raum mit Steinfußboden Platz nahm.

»… Shebas Mutter«, antwortete die Frau und nickte. »Was wollen Sie von Sheba, Herr …?«

»Gropius! Ich weiß nicht, ob Ihnen bekannt ist, dass Ihre Tochter mit Schlesinger ein, nun ja, ein Verhältnis hatte.«

»Ich war immer gegen diese Verbindung!«, beteuerte Frau Yadin aufgeregt. »Aber das Mädel lässt sich ja von seiner Mutter nichts sagen. Seit Shebas Vater tot ist, tut sie, was sie will. Nun hat sich die Sache ja wohl erledigt.«

»Sheba lebt doch hier bei Ihnen?«, erkundigte sich Gropius.

»Sie kommt nur noch selten nach Hause. Seit sie von Schlesingers Tod erfahren hat, ist sie völlig durcheinander. Sie hat sich anfangs sogar mit dem Gedanken getragen, ihren Beruf hinzuschmeißen, weil sie tagtäglich an diesen Schlesinger erinnert wird.«

»Ihre Tochter ist Archäologin?«

»Angeblich sogar eine sehr gute. Bis sie Schlesinger traf. Seit der Zeit hatte sie nur noch diesen Mann im Kopf. Wenn Sie mich fragen, Herr Gropius, mir tut es nicht besonders Leid, dass Schlesinger tot ist.«

»Kannten Sie Schlesinger?«

»Nein, ich habe ihn nie gesehen, obwohl er angeblich Sheba heiraten wollte.«

»Schlesinger *war* verheiratet!«

»Das ist mir bekannt; aber angeblich wollte er sich scheiden lassen. Sheba hat das behauptet.«

»Und wo hält sich Sheba zur Zeit auf?«

»Irgendwo in der Wüste bei Beersheba, über hundert Kilometer südlich von hier, ein scheußlicher Ort am Rande des Negev; aber eine Stadt mit großer Geschichte. Sie gräbt dort mit einem französischen Archäologen, Contreau oder so ähnlich.«

»Vielleicht Contenau, Pierre Contenau?«

»Ja, ich glaube, so heißt er. Sie kennen ihn?«

»Ich habe von ihm gehört. Angeblich hat er eine dreitausend Jahre alte Stadt der Israeliten entdeckt.«

»Ich weiß nicht, wozu das gut sein soll, aber Sheba macht es nun einmal Spaß, im Dreck rumzubuddeln. Na, mir soll's recht sein, solange sie dafür auch noch bezahlt wird. Was machen Sie eigentlich, Herr Gropius?«

Im Bemühen, seine Bedeutung herunterzuspielen, erwiderte er: »Ich kümmere mich um die Gesundheit der Leute.«

»Ah, ein Doktor sind Sie? Mit einer richtigen Praxis?«

»Ja«, bemerkte Gropius verlegen.

»Und warum fragen Sie nach Sheba, Doktor Gropius? Sie wird doch nicht krank sein?«

»Aber nein!«, versuchte Gregor die temperamentvolle Frau zu beruhigen. »Es ist nur so: Ich bin ein Freund der Familie, und Schlesinger hat durch seinen Tod ein paar Fragen hinterlassen, die nur Ihre Tochter beantworten kann. Das braucht Sie in keiner Weise zu beunruhigen.«

Frau Yadin blickte skeptisch. Vermutlich, dachte Gropius, bist du ein schlechter Schauspieler oder ein schlechter Lügner oder – was noch schlimmer wäre – beides zusammen. Die Sache war ihm peinlich.

In das Schweigen hinein stellte die Frau plötzlich die Frage: »Und deshalb sind Sie von Deutschland nach Israel geflogen?«

Gropius hob die Schultern.

Neugierig meinte Frau Yadin: »Worum geht es? Vielleicht kann *ich* Ihnen weiterhelfen, Doktor Gropius?«

»Nein, das glaube ich nicht!«, beteuerte Gregor. »Es handelt sich um ein paar fachliche Probleme, über die Schlesinger vermutlich mit Sheba gesprochen hat.«

»Sie denken an die Ausgrabungen bei Jerusalem?«

»Ja, daran denke ich.«

Da verfinsterte sich das offene Gesicht der Frau von einem Augenblick auf den anderen, und sie sagte: »Ja, da kann ich Ihnen wirklich nicht weiterhelfen. Tut mir Leid, und jetzt entschuldigen Sie mich.« Sie erhob sich und machte Anstalten, Gropius zur Tür zu geleiten.

»Man sagt, es sei kein Unfall gewesen, den Schlesinger erlitten hat, sondern ein Bombenanschlag«, bemerkte Gropius, schon im Gehen.

»Die Leute reden viel«, erwiderte Frau Yadin, »Sie wissen doch, wir Juden sind große Geschichtenerzähler. *Ich* weiß davon jedenfalls nichts.«

Gropius zeigte auf ein Foto, das eingerahmt in einen Silberrahmen auf einer halbhohen Anrichte stand. »Ist das Ihre Tochter Sheba?«

»Ja«, antwortete die Mutter, ohne näher darauf einzugehen.

»Wirklich sehr hübsch«, erwiderte Gregor, aber keineswegs aus Höflichkeit. Sheba war eine Schönheit. Sie hatte lange schwarze Haare und dunkle Augen und die hohen Wangenknochen verliehen ihr einen exotischen Reiz, der durch ein Muttermal auf der linken Wange noch erhöht wurde.

Nachdenklich verabschiedete sich Gropius.

Wieder auf der Straße, ging er ein Stück zu Fuß bis zum nächsten Taxistand vor einem Hotel, zwei Straßenzüge weiter. Die Sonne schien ihm angenehm ins Gesicht, und Gropius dachte nach. Sein Misstrauen gegenüber Shebas Mutter war mindestens ebenso groß wie der Argwohn, den diese ihm gegenüber an den Tag gelegt hatte. Natürlich wusste sie viel mehr über die Beziehung zwischen Sheba und Schlesinger – auch wenn sie ihm nie begegnet war. Und zweifellos gab es einen Grund, warum sie das Gespräch so unvermittelt abbrach, als er auf den mysteriösen Unfall zu sprechen kam. Immerhin wusste er jetzt, wo er Sheba finden konnte, und er entschloss sich, noch am selben Tag nach Beersheba zu reisen.

Im Hotel mietete Gropius einen weißen Chrysler mit Klimaanlage und machte sich auf den Weg in Richtung Süden auf der A 1, die Tel Aviv und Jerusalem verbindet, bog auf die A 4 ab in Richtung Gaza und gelangte nach etwa 30 Kilometern auf die Fernstraße 40, die von hier durch eine bisweilen von saftigem

Grün unterbrochene Steppenlandschaft führt. Etwa zwanzig Kilometer vor Beersheba wechselt die Landschaft in die karstige Negev-Wüste über, wo Ocker und Braun das Bild bestimmen, so nicht riesige Bewässerungsanlagen die Wüste in ein Paradies verwandeln.

Es war Donnerstag, und Beersheba quoll über von Menschen, denn an diesem Tag ist immer Beduinenmarkt, und das illustre Ereignis zieht Menschen aus ganz Israel an. In der Altstadt, die vor hundert Jahren von deutschen Ingenieuren am Reißbrett geplant wurde und daher wie ein Schachbrett von schnurgeraden Straßen durchzogen ist, fand Gropius noch ein Zimmer in einem kleinen Hotel mit dem Namen »Hanegev«, nicht weit vom Museum in der Ha'atzmaut-Straße gelegen, das in einer alten türkischen Moschee untergebracht ist.

Vom Portier, einem ukrainischen Juden namens Vladimir, der jedem neuen Hotelgast in seiner ureigenen Sprache aus Jiddisch, Russisch und Englisch erklärte, dass er in seiner früheren Heimatstadt Sewastopol Theaterdirektor gewesen sei, von diesem akademisch gebildeten Hotelangestellten erfuhr Gropius, dass Pierre Contenau mit seiner Mannschaft am nördlichen Stadtrand ein paar Kilometer außerhalb auf dem Tell Be'er Sheva zu finden sei – allerdings erst morgen wieder. Er blickte auf die Uhr, und mit erhobenem Zeigefinger verkündete er, wegen der großen Hitze stelle der Professor die Arbeit um die Mittagszeit ein.

Am nächsten Morgen stand Gregor Gropius früh auf. Das fiel ihm nicht schwer, denn das Hotel war laut und die Stadt, wie es schien, bereits mit den ersten Sonnenstrahlen auf den Beinen. Das Frühstück war gewöhnungsbedürftig und bestand in der Hauptsache aus Fischhappen, Quark und weißem Käse, aber das großporige Weißbrot schmeckte hervorragend.

Mit einem Wortschwall und gestikulierenden Armbewegungen beschrieb ihm der Portier mit Theatervergangenheit den

Weg zum Tell Be'er Sheva, östlich der Fernstraße 60 in Richtung Hebron gelegen.

Als Gropius auf dem weiten Hügelfeld, das von alten Befestigungsmauern und Kanälen durchzogen wird, eintraf und den Wagen am Rand einer unbefestigten, staubigen Straße abstellte, stand die Sonne noch tief, und lange Schatten wanderten über die Grabungsstätte. Ein Schild verwies auf ein kleines Museum, und aus einer Holzhütte, die scheinbar ohne jeden Grund in der karstigen Landschaft stand, näherte sich mit lautem Rufen ein Mann in Palästinensertracht. Im Näherkommen erkannte Gropius das gegerbte dunkle Gesicht eines Wüstensohnes mit silberweißen Bartstoppeln. Seine linke Faust umschloss ein Gewehr mit altmodischem Zündschloss, wohl eher ein Dekorationsstück als zum Schießen geeignet.

Immerhin sprach er Englisch, und Gropius konnte sich verständlich machen, dass er aus Deutschland komme und auf der Suche nach Sheba Yadin sei. Seine Bitte, ihn zu ihr zu führen, lehnte er mit Entschiedenheit ab, vielmehr nötigte er ihn, bei seinem Auto zu warten, er wolle sehen, was er für ihn tun könne. Dabei hielt er ihm drohend seine Flinte entgegen.

Obwohl es noch früh am Morgen war, begann die Luft über den Mauerresten, die die Ausgrabungen zu Tage gefördert hatten, bereits zu flirren. Eine Bewässerungsanlage erzeugte künstlichen Regen. Es roch nach feuchtem Staub. Gropius blickte ungeduldig in östliche Richtung, wo der Palästinenser hinter einem Erdwall verschwunden war.

Als der Mann nach endlosem Warten in praller Sonne wieder auftauchte, rief er schon von weitem, Miss Yadin arbeite schon seit längerem nicht mehr hier, und Mister Contenau wolle nicht gestört werden. Aus dem Augenwinkel bemerkte Gropius, dass er von der Holzhütte durch ein Fernglas beobachtet wurde.

Gropius tat, als bemerke er es nicht. Mit dem Bescheid des Palästinensers wollte er sich jedoch nicht zufrieden geben, und er trug dem Alten auf, Contenau auszurichten, Professor Gropius aus München wünsche ihn zu sprechen. Der Palästinenser entfernte sich abermals, diesmal allerdings in eine andere Richtung.

Nach wenigen Minuten kam ihm von dort, wo der Wächter verschwunden war, ein Mann entgegen, dessen Äußeres, ein khakifarbener Leinenanzug und auf dem Kopf ein Tropenhelm, unschwer auf Contenau schließen ließ. »Willkommen am Tell Be'er Sheva!«, sagte er auf Französisch, und Gropius antwortete in seiner Sprache: »Danke, Monsieur, es bedurfte großer Überredungskunst, bis Ihr Wachhund bereit war, mich zu melden!«

Contenau lachte. »Ja, Yussuf übertreibt manchmal ein bisschen. Aber verzeihen Sie, wenn ich das frage: Sind wir Kollegen?«

»Nein«, erwiderte Gropius, »ich bin Arzt, aber ich komme wegen einem Ihrer Kollegen!«

»Schlesinger?«

Plötzlich stand der Name wie ein Menetekel in der hitzeflirrenden Landschaft. Gropius hatte den Eindruck, dass Contenau es bedauerte, Schlesingers Namen so spontan erwähnt zu haben.

»Ja, Schlesinger«, antwortete er. »Sie kannten ihn?«

Contenau wischte sich mit dem Ärmel über die Stirn und schloss für einen Augenblick die Augen. »Was heißt kennen«, meinte er schließlich, »wir hatten beide dasselbe Fachgebiet, Bibelarchäologie. Wir waren eher Konkurrenten als Freunde. Aber das schloss nicht aus, dass wir, wenn wir uns trafen, auch mal gemeinsam einen hoben. Sie verstehen.«

»Aber natürlich!«, beteuerte Gropius und zwinkerte mit dem rechten Auge. Inzwischen hatte sich Yussuf den beiden genähert und im Schatten von Gropius' Chrysler auf der Erde Platz genommen. Teilnahmslos blickte er in die Ferne, sein Gewehr aufrecht zwischen den angewinkelten Beinen haltend. Mit ernster Stimme fuhr Gropius fort: »Man sagt, Schlesingers Autounfall sei gar kein Unfall gewesen.«

Contenau trat einen Schritt näher und fragte: »Sondern?«

»Ein Anschlag, ein Attentat, jedenfalls eine gezielte Aktion!«

»Wer sagt das?«

»Unter anderem auch Sie, Monsieur. Jedenfalls behauptet das Dr. Rauthmann vom Archäologischen Institut der Berliner Humboldt-Universität.«

»*Laveuse* nennt man einen wie Rauthmann – in Ihrer Sprache, glaube ich, *Waschweib*.«

Gropius musterte Contenau mit zusammengekniffenen Augen, zum einen wegen dem grellen Sonnenlicht, andererseits wollte er seinem Gesprächspartner deutlich machen, dass er dessen Worten nicht unbedingt traute. Dann hakte er nach: »Sie wissen also nichts von einem Attentat auf Schlesinger?«

Unwillig schüttelte Contenau den Kopf. »Sind Sie deshalb gekommen, Monsieur Gropius, um etwas über Schlesinger zu erfahren? Schlesinger ist tot. Lassen Sie ihn in Ruhe.«

»Woher wissen Sie eigentlich, dass Schlesinger tot ist?« Gropius sah den Franzosen erwartungsvoll an.

Der wischte sich zum wiederholten Mal über die Stirn. Diesmal jedoch nicht wegen der Hitze, eher aus Verlegenheit. Ziemlich ungehalten antwortete er: »Von Sheba Yadin, nehme ich an. Die beiden kannten sich seit längerem.«

»Ihre Mutter sagte mir, ich würde Sheba hier antreffen. Sie meinte, Sheba würde für Sie arbeiten.«

»Für mich?« Contenau tat entrüstet. »Hören Sie, Monsieur, Ihre Fragerei geht mir allmählich auf die Nerven. Ich fühle mich hier wie bei einem Verhör. Was soll das eigentlich? Ich hatte weder mit Schlesinger noch mit Sheba Yadin etwas zu schaffen. Wenn Sie mich jetzt bitte entschuldigen wollen!« Auf Arabisch warf er dem Palästinenser ein paar Worte zu, worauf dieser aufstand und in Richtung des Grabungshauses lief.

»Sie sollten es wirklich damit bewenden lassen«, meinte Contenau und drehte sich noch einmal kurz um. »Glauben Sie mir, Sie tun sich keinen Gefallen …«

An der Sache war irgendetwas faul. Nach der Rückkehr in sein Hotel hatte sich Gropius noch einmal auf sein Bett gelegt und den entgangenen Schlaf nachgeholt. Er erwachte mit ausgedörrter Kehle und der Erkenntnis, dass Contenau ein Interesse haben musste, Sheba von ihm fern zu halten. Gegen den Durst holte er sich aus dem Restaurant eine Flasche »Eden«, ein schales Mineralwasser ohne Kohlensäure, das er eher widerwillig in sich hineinkippte.

Beersheba, eine Stadt mit hunderttausend Einwohnern aus aller Herren Länder, wirkt auf den Fremden nicht gerade einladend. Die Altstadt im Süden gleicht stellenweise einer Goldgräberstadt, wie man sie aus alten Western kennt. Im Übrigen war Gropius jedoch viel zu sehr mit seinen Problemen beschäftigt, als dass er eine Stadtbesichtigung in Erwägung gezogen hätte. Viel mehr interessierte ihn die Frage, wie er Sheba finden konnte. Aufgeben kam für ihn nicht in Frage.

In Vladimir, dem Theaterdirektor aus Sewastopol, hatte Gropius einen Verbündeten gefunden. Er hatte den alten Mann zu Tränen gerührt, als er ein paar Zeilen aus einem Faustmonolog in Goethes Sprache rezitierte:

»Vom Eise befreit sind Strom und Bäche
Durch des Frühlings holden, belebenden Blick.
Im Tale grünet Hoffnungsglück.
Der alte Winter in seiner Schwäche
Zog sich in raue Berge zurück.«

Übrigens der einzige Monolog, der ihm aus der Schulzeit im Gedächtnis geblieben war.

Gropius bat Vladimir um Hilfe bei der Suche nach Sheba Yadin, einer jungen Archäologin aus Tel Aviv, und Vladimir gab sich zuversichtlich, sie zu finden, er kenne viele Leute in Beersheba. Doch schon am folgenden Tag sank Gropius' Hoffnung, weil Vladimir nach umfangreichen Recherchen zu der Erkenntnis gelangte, eine Archäologin dieses Namens habe nie in Tell Be'er Sheva gegraben.

Ebenso rat- wie lustlos aß Gropius in einem Lokal am Ende der Straße, an der sich sein Hotel befand, zu Abend, als ein Mann auf ihn zutrat. Er erkannte ihn sofort wieder, auch wenn er diesmal ganz anders, modern gekleidet war. Es war Yussuf, der Wächter aus Tell Be'er Sheva. Höflich fragte er, ob er sich zu ihm setzen dürfe, und Gropius bot ihm einen Stuhl an.

Ungewöhnlich lange saßen sich beide schweigend gegenüber. Nur ab und an sah Yussuf Gropius freundlich an, und wenn sich ihre Blicke begegneten, nickte der Palästinenser mit dem Kopf. Der Vorgang wiederholte sich mehrmals, bis Yussuf die Sprache wiederfand und sagte: »Kühl, heute Abend, finden Sie nicht?«

»Oh ja, aber ganz angenehm«, erwiderte Gropius.

Dann trat erneut langes Schweigen ein, während dessen der Alte Pistazienkerne aus der Tasche zog und zwischen den Zähnen zermalmte.

Gropius wusste nicht, woran er war, ob das Treffen auf einem Zufall beruhte, oder ob ihm der Palästinenser etwas mitzuteilen hatte. Beinahe als Erlösung empfand er es, als Yussuf plötzlich die Frage stellte: »Was wollten Sie von Miss Yadin?«

»Sie kennen sie?«, fragte Gropius aufgeregt.

Der Palästinenser verzog das Gesicht, ohne zu antworten.

»Ich muss sie sprechen«, begann Gropius, »Sheba Yadin war mit Arno Schlesinger befreundet, einem deutschen Archäologen, der leider gestorben ist. Ich bin ein Freund der Familie und möchte einiges in Erfahrung bringen, was nur Miss Yadin wissen kann.«

»Oh ja, Mr. Schlesinger«, bemerkte Yussuf mit einem Seufzer, und dabei nickte er mit dem Kopf.

Allmählich gewann Gropius den Eindruck, dass das Zusammentreffen kaum auf einem Zufall beruhte, dass der Alte vielmehr auf Geld aus war und sich seine Informationen bezahlen lassen wollte. Aus der Innentasche seines Jacketts zog er zwei lilafarbene 50-Schekel-Scheine hervor und schob sie diskret unter der Hand über den Tisch.

Von oben herab, beide Hände auf einen Spazierstock gestützt, betrachtete der Palästinenser das Geld beinahe angewidert, und als hätte er einen bitteren Kern erwischt, spukte er eine Pistazie kraftvoll auf den Boden. Dabei drehte er sich zur Seite und wandte Gropius die Schulter zu.

»Also gut, wie viel wollen Sie?« Nur mit Mühe konnte Gropius seine Aufregung verbergen.

Den Blick auf die gegenüberliegende Straßenseite gerichtet und mit der Gelassenheit eines Patriarchen antwortete der Palästinenser: »Zehntausend.«

»Zehntausend Schekel?« Gropius rechnete nach. Das waren dreitausend Euro, eine Wahnsinnssumme für einen Mann wie Yussuf. »Und was bekomme ich für diese Summe?«, fragte er.

Da beugte sich der Palästinenser über den Tisch und presste zwischen den Zähnen hervor: »Alles, was ich über Mr. Schlesinger und Miss Yadin weiß. Und dieses Wissen ist viel mehr wert als zehntausend Schekel. Glauben Sie mir.«

Gropius lachte gekünstelt. »Hören Sie zu, Yussuf, mir ist bekannt, dass die beiden ein Verhältnis hatten und dass Schlesinger verheiratet war.«

»Das meine ich nicht«, fiel ihm der Palästinenser ins Wort. »Ich denke an Schlesingers Ausgrabungen in Jerusalem. Nicht umsonst hat Schlesinger allen seinen Leuten viel Geld bezahlt, damit sie den Mund halten. Er wusste genau, was seine Entdeckung für gewisse Leute wert war. Sie sind übrigens nicht der Erste, der sich nach Schlesingers Arbeit erkundigt. Irgendwelche Spanier haben Contenau viel mehr Geld geboten, als ich von Ihnen fordere. Aber Contenau wusste nur, was ich ihm erzählt habe, und ich habe das Wichtigste für mich behalten. Jetzt will auch ich ein Stück von dem Kuchen!« Zornig stieß er seinen Stock auf den Boden.

Gropius nickte. Mit einem Mal wurde ihm klar, warum der Fall Schlesinger so verwirrend war – weil sich die Spuren zweier Verbrechen in ihm kreuzten. Noch war er von einer Lösung des Falles weit entfernt, aber Gropius sah sich in der Absicht bestärkt, neue Wege zu gehen.

Von einem Augenblick auf den anderen wich das Misstrauen aus Gropius' Gesicht und machte unerwarteter Freundlichkeit Platz. »Also gut«, sagte er, »ich mache Ihnen einen Vorschlag: die Hälfte der Summe sofort, die andere Hälfte, falls Ihre Aussagen wirklich Neues enthalten.«

Yussuf überlegte kurz, dann reckte er seine flache Hand über den Tisch. Gropius verstand und schlug ein. »Ich werde das Geld gleich morgen Früh besorgen.«

Der Palästinenser nickte. »Ich vertraue Ihnen, Mr. Gropius.«

»Woher kennen Sie überhaupt meinen Namen? Und wie haben Sie mich gefunden?«

Yussuf kniff beide Augen zusammen, dass sich auf seinem Gesicht hundert Falten bildeten, und sagte: »Beersheba ist nicht so groß, dass ein Fremder unauffindbar wäre. Es gibt nur vier Hotels in Beersheba. Zuerst glaubte ich, ein vornehmer Europäer wie Sie wäre im ›Desert Inn‹ abgestiegen. Aber dann sah ich Ihren Chrysler, der vor dem ›Hanegev‹ geparkt war, und Vladimir wusste, wo ich Sie finde.«

Im Übrigen lehnte es der Palästinenser ab, auch nur eine seiner Informationen preiszugeben. Auch über Sheba Yadin machte er keine Angaben. Vielmehr bestand er darauf, dass sie sich am folgenden Tag in Jerusalem trafen und auf getrennten Wegen dorthin gelangten.

»Mittags, gegen 12 Uhr, am Busbahnhof in der ersten Reihe. Und vergessen Sie das Geld nicht, Mr. Gropius!« Und bevor er sich in Richtung der Altstadt davonmachte, brummte er noch: »Bleiben Sie ruhig sitzen. Es wäre nicht gut, wenn man uns zusammen sähe, Sie verstehen!«

Gropius verstand überhaupt nichts. Ratlos starrte er auf seinen leeren Teller, auf dem ihm während des Gesprächs ein köstliches »Of sumsum« serviert worden war, Hähnchenteile in Sesam gewendet und in Öl gebacken. Unauffällig musterte er die Gäste an den übrigen Tischen. Er fühlte sich beobachtet, obwohl es dafür nicht den geringsten Anhaltspunkt gab. Aber das sichere Auftreten des Palästinensers hatte ihn zutiefst verunsichert. Er war keineswegs ungebildet, und wie bei allen Orientalen konnte man nur schwer ausmachen, welche Einstellung sich hinter der freundlichen Maske verbarg. Wenn Yussuf ihn in eine Falle lockte? Und warum dirigierte er ihn ausgerechnet nach Jerusalem? In eine Stadt, in der es seit biblischen Zeiten ein Leichtes war unterzutauchen?

Noch am selben Tag begab sich Gregor Gropius nach Jerusalem, das keine zwei Autostunden weiter nördlich lag. Das »King David Hotel« in der gleichnamigen Straße strahlte den leicht dekadenten Charme des frühen 20. Jahrhunderts aus, und Gropius nahm ein Zimmer im fünften Stock mit Blick über den Park auf das alte Jerusalem.

Er hatte schlecht geschlafen und wusste nicht, was ihn erwartete, aber er hegte immer noch die Hoffnung, etwas Bedeutsames über Schlesinger zu erfahren. Deshalb hob er in der hoteleigenen Bank die Summe ab, welche Yussuf den Mund öffnen sollte. Weil er mit den Verkehrsverhältnissen in der aufregenden Stadt nicht vertraut war, bestieg er bereits eine Stunde vor dem vereinbarten Termin ein Taxi in Richtung Busbahnhof. Obwohl der Fahrer, ein polnischer Jude, nicht die direkte Route nahm – Gropius glaubte, einige Gebäude zweimal zu sehen –, erreichte er den Busbahnhof eine halbe Stunde zu früh.

Während er zwischen lärmenden Menschen, Händlern, Bauern, Arbeitern aus den Palästinensergebieten und Großfamilien, die mit ihrem gesamten Hausstand unterwegs waren, nach Yussuf

Ausschau hielt, wurde ihm bewusst, auf welch leichtsinniges Unternehmen er sich eingelassen hatte. Mit den Armen presste er das Geld, das er in zwei Umschlägen in den Innentaschen seines Jacketts versteckt hatte, fest an sich. Er kannte nicht einmal Yussufs vollen Namen, und vielleicht hätte er sich die undurchsichtige Sache noch anders überlegt, hätte nicht im nächsten Augenblick ein klappriges Auto neben ihm angehalten. Auf dem Rücksitz saß Yussuf, er öffnete die Wagentür und forderte Gropius auf einzusteigen.

Yussuf kam gleich zur Sache, indem er ohne Umstände fragte: »Haben Sie das Geld, Mr. Gropius?« Dabei streckte er Gregor die offene Hand entgegen. Zögernd übergab Gropius dem Palästinenser, der in seiner herausgeputzten Kleidung kaum wiederzuerkennen war, einen der beiden Umschläge, und Yussuf machte ein Zeichen, worauf der Fahrer losfuhr.

Die Fahrt ging die Yafo-Straße entlang über die King George V nach Süden; dann verlor Gropius jegliche Orientierung.

»Wohin fahren wir?«, erkundigte er sich zögernd, während der Fahrer, ebenfalls ein Palästinenser, mutige Ausweichmanöver vollführte.

»Warten Sie's ab!«, erwiderte Yussuf, und dabei rollte er mit den Augen.

Vor ihnen kam die alte Stadtmauer ins Blickfeld, und an der Stelle, wo die Mauer ihre Richtung ändert und im rechten Winkel nach Osten abbiegt, gab Yussuf dem Fahrer ein Zeichen anzuhalten.

»Kommen Sie, Mr. Gropius«, sagte er, und mit seinem Gehstock wies er auf den Berg Zion, auf dem sich Turm und Kuppelbau einer Kirche und ein Kloster erhoben. Ein schmaler Weg führte bergan. Es war Mittag, und die Frühlingssonne brannte gnadenlos vom Himmel.

Gropius hatte es sich abgewöhnt, dem eigensinnigen Palästinenser Fragen zu stellen. Er ließ die Dinge auf sich zukommen.

Lange brauchte er nicht zu warten. Bald schon verließ Yussuf den Gehweg und durchquerte mit weit ausholenden Schritten Gestrüpp und steiniges Gelände. Gropius folgte ihm.

Vor einem Steinwall machte er Halt, stieß seinen Stock in den steinigen Boden, als wollte er damit eine Markierung anbringen, und sagte: »Hier hat Mr. Schlesinger zuletzt gegraben. Ich war sein Vorarbeiter. Hier kannte ich jeden Stein, kein Felsvorsprung und keine Erdformation war mir fremd. Und hier ist es passiert.«

»Der Unfall mit Schlesinger?«

Yussuf schenkte Gropius' Frage keine Beachtung und fuhr fort: »Schlesinger hatte die Genehmigung der ›Israel Antiquity Authorities‹ für zwei Grabungskampagnen. Offiziell suchte er nach den Fundamenten des Wohnhauses der Mutter Maria, die in Ihrem Glauben eine große Rolle spielt; ich glaube aber, dass er, als er mit der Arbeit begann, bereits etwas ganz anderes im Kopf hatte. Schlesinger musste irgendeinen Hinweis gefunden haben, der ihn dazu brachte, gerade an dieser Stelle zu graben!« Dabei beschrieb Yussuf mit seinem Stock einen Kreis, und Gropius erkannte den Erdwall, der einen Ring von etwa zehn Metern Durchmesser beschrieb.

»Meine Leute«, fuhr Yussuf fort, »gruben gerade mal vier Tage, als wir in zweieinhalb Meter Tiefe auf einen grob behauenen Trog aus Kreidestein stießen, weniger als einen Meter lang und mit einem Steindeckel verschlossen. Mr. Schlesinger gab mir den Auftrag, den Deckel mithilfe einer Brechstange aufzuwuchten. Der Inhalt war ziemlich enttäuschend, jedenfalls für mich: Menschliche Knochen. Na ja, zusammengesetzt mochten sie das Skelett eines Menschen ergeben; aber sehr spannend war das nicht gerade. Ganz anders für Mr. Schlesinger: Er schien sehr aufgeregt und befahl, den Steintrog sofort wieder zu verschließen. Außerdem musste ich meine Männer von einem Tag auf den anderen entlassen. Wir bekamen alle eine anständige Abfindung.

Ich selbst wurde zum Stillschweigen verurteilt. Am folgenden Tag nahmen die Dinge eine dramatische Entwicklung.«

Gropius scharrte nervös auf dem steinigen Boden und sagte leise: »Erzählen Sie weiter!«

»Ich hatte nicht bemerkt, dass auf der Vorderseite des steinernen Behälters Schriftzeichen eingemeißelt waren, aber selbst wenn mir die Zeichen aufgefallen wären, hätte es nichts genutzt, denn ich konnte sie nicht lesen. Auch Mr. Schlesinger war sich seiner Sache nicht sicher. Er zog einen Schriftexperten zu Rate, und der stellte fest, dass es sich um eine aramäische Inschrift handelte.«

»Und? Wie lautete die Inschrift?«

Yussuf trat ganz nahe an Gropius heran und antwortete leise: »Jeschua, Sohn des Josef, Bruder des Jakobus.« Seine Augen blitzten, als er das sagte.

Gropius sah den Palästinenser lange an. Er hatte Schwierigkeiten, den Inhalt der Aussage in letzter Konsequenz zu begreifen; erst allmählich, als tauchte aus dem Nebel der Geschichte ein Ereignis auf, das alle bisherigen Erkenntnisse über den Haufen warf, wurde ihm die Bedeutung dieser Inschrift klar.

»Wenn ich Sie recht verstehe«, bemerkte Gropius, »dann glaubte Schlesinger die Gebeine des Jesus von Nazareth gefunden zu haben.«

»Er glaubte es nicht«, warf Yussuf ein, »er war davon überzeugt, und Mr. Schlesinger setzte alles daran, seine Theorie zu beweisen. Denn zunächst hatte er alle gegen sich, Archäologen, Theologen und Bibelforscher. Die Archäologen hielten den Steintrog für eine plumpe Fälschung, die Theologen behaupteten, die Gebeine des Jesus von Nazareth könnten gar nicht auf dieser Erde gefunden werden, weil Jesus in den Himmel aufgefahren sei, und die Bibelforscher meinten, der Name Jeschua oder Jesus sei um die Zeitenwende gar nicht so selten gewesen, es könne sich also um die Knochen irgendeines vor zweitausend Jahren gestorbenen Mannes handeln.«

Yussufs Worte lösten bei Gropius Bewunderung aus. Für einen Mann seines Standes war er ungewöhnlich gebildet, und er verstand sich gewählt auszudrücken, ja, Gropius zweifelte, ob er wirklich der einfache Wüstensohn war, der zu sein er vorgab.

»Und wie reagierte Schlesinger«, erkundigte sich Gropius.

»Was den Namen Jesus betrifft, meinte Mr. Schlesinger, hätten wohl nur wenige einen Vater namens Josef und vermutlich nur einer obendrein einen Bruder namens Jakobus gehabt. Beide Namen werden jedoch im Neuen Testament im Zusammenhang mit Jesus genannt. Dem Vorwurf, einer Fälschung aufgesessen zu sein, begegnete Mr. Schlesinger mit naturwissenschaftlichen Untersuchungen, die er in Europa in Auftrag gab. Die größten Bedenken kamen natürlich von den christlichen Kirchen, aber auch von islamischen Geistlichen, denn in der Darstellung beider Kirchen ist Jesus mit seinem leiblichen Körper zu Gott aufgefahren. Peinlich, wenn plötzlich seine Knochen auftauchten!« Yussuf grinste hinterhältig und zwinkerte. »Am nächsten Tag«, fügte er hinzu, »ließ Mr. Schlesinger die Grube mitsamt dem Steintrog wieder zuschütten.«

Gropius wusste nicht, ob ihm die Mittagshitze den Schweiß in den Nacken trieb oder die Erzählung des Palästinensers. Was war dran an Schlesingers Entdeckung? War sie ein Hirngespinst, eine abenteuerliche Theorie, oder war Yussufs Bericht doch ernst zu nehmen? Yussuf konnte viel erzählen. Vielleicht war er ein begnadeter Märchenerzähler, vor allem angesichts des Geldes, das er ihm zugesagt hatte. Andererseits fügte sich Yussufs Geschichte nahtlos mit dem zusammen, was er bisher über Schlesinger wusste.

Nach einer Weile des Nachdenkens meinte er fragend: »Gewiss hat sich Schlesinger mit seiner Theorie einige Feinde geschaffen?«

»Einige?« Der Palästinenser hielt die Hand vors Gesicht. »Mr. Schlesinger hatte *nur* Feinde. Und selbst die, die ihm nichts

Schlechtes nachsagten, erklärte er von sich aus zu seinen Feinden. Er war nach seiner Entdeckung ziemlich isoliert. Im Kollegenkreis ging das Gerücht, er sei verrückt geworden. Zeitungen, denen er von seiner Entdeckung berichtete, veröffentlichten nicht eine Zeile. Das kränkte ihn. Mir gegenüber machte er einmal die Bemerkung: ›Ich werde es allen heimzahlen!‹ Ich hatte keine Vorstellung, was Mr. Schlesinger damit meinte, aber als er es sagte, schien es mir, als wäre er plötzlich ein anderer. Als ich hier an einem Montagmorgen eine unerwartete Entdeckung machte, verwandelte sich sein offener, liebenswerter Charakter plötzlich ins Gegenteil. Für Sie, Mr. Gropius, mag ein Stein wie der andere aussehen, aber für mich hat jeder Stein ein Gesicht, und ich bemerkte sofort die fremden Gesichter an diesem Ort. Ich meldete Mr. Schlesinger meinen Verdacht und trommelte meine Leute zusammen. Es dauerte keinen halben Tag und wir hatten den Steintrog wieder freigelegt. Als ich den Deckel aufmachte, fand ich meinen Verdacht bestätigt. Die Knochen waren verschwunden.«

»Hatte Schlesinger einen Verdacht?«

Yussuf hob die Schultern und ließ sie langsam wieder sinken. Dann meinte er: »Wie ich schon sagte, dieses Ereignis veränderte seinen Charakter. Mr. Schlesinger redete kaum noch, und wenn er etwas sagte, dann waren seine Worte hasserfüllt und böse.«

»Aber das war noch nicht alles!«, warf Gropius ein. »Wie kam es zu der Explosion?«

Der Palästinenser schloss kurz die Augen, als erinnerte er sich an eine bestimmte Szene. »Es geschah so unerwartet und mit solcher Heftigkeit«, sagte er, »dass ich für kurze Zeit das Bewusstsein verlor, und unmittelbar danach fehlte mir jede Erinnerung. Erst allmählich, im Laufe mehrerer Wochen, kehrte mein Gedächtnis zurück.«

»So reden Sie schon!«, setzte Gropius nach. Seine Nerven waren überreizt. »Was passierte damals wirklich?«, fragte er eindringlich.

Zögernd, beinahe ängstlich beschrieb Yussuf, was am folgenden Tag geschah: »Ich wartete auf Mr. Schlesinger unten an der Stadtmauer, wo er gewöhnlich seinen Jeep parkte. Er wollte an diesem Morgen die Inschrift auf dem Steintrog fotografieren. Am frühen Morgen herrschten dafür die besten Lichtverhältnisse. Die Sonne stand tief, und die Einkerbungen der Inschrift warfen deutliche Schatten, sodass man sie gut lesen konnte. Doch bis Mr. Schlesinger seine Kamera in dem Erdkrater aufgebaut hatte, verging kostbare Zeit, und die Sonne hatte inzwischen eine ungünstige Position erreicht. Deshalb gab Mr. Schlesinger mir den Auftrag, eine Spiegelfolie aus seinem Auto zu holen, die das Sonnenlicht reflektierte. Ich konnte die Folie aber nicht finden, obwohl ich die halbe Ladung des Jeeps ausräumte. Inzwischen wurde Mr. Schlesinger ungeduldig. Er kletterte vom Grund des Kraters hoch und war gerade oben angekommen, als eine heftige Explosion den Zionsberg erschütterte. Obwohl ich fast hundert Meter entfernt stand, dachte ich, der Knall zerreißt meine Lungen. Vor mir stieg eine gewaltige Staubwolke hoch. Ich wusste nicht, was geschehen war. Wie im Traum rannte ich den Weg hinauf und rief ›Mr. Schlesinger‹, aber der Staub nahm mir die Sicht. Als sich die Staubwolke endlich gesetzt hatte, fand ich ihn, von Sand und Geröll zur Hälfte verschüttet. Man sah keine Verletzung. Er zitterte heftig an Armen und Beinen. Erst als ich ihn von Schutt und Staub befreite, sah ich seine Wunde in der Bauchgegend. Inzwischen hörte ich schon die Sirene eines Rettungswagens. Man brachte ihn ins St. John's Hospital. Dort wurde er operiert. Ein Splitter hatte Mr. Schlesingers Leber zerfetzt.«

Gropius musterte den Erdwall, auf dem sich der Anschlag abgespielt hatte. Nichts, aber auch gar nichts, deutete darauf hin, dass an dieser Stelle eine Bombe hochgegangen war, und hätte er Schlesingers Verletzung nicht mit eigenen Augen gesehen, Gropius hätte Yussufs Bericht misstraut.

»Sagen Sie, Yussuf«, begann Gropius nachdenklich, »warum

haben weder Sie noch Schlesinger bemerkt, dass unter dem Steintrog eine Bombe versteckt war?«

Der Palästinenser machte ein ärgerliches Gesicht: »Sie glauben mir nicht, Mr. Gropius?« Hastig fingerte Yussuf das Geldbündel aus der Tasche, das Gropius ihm auf der Fahrt hierher übergeben hatte, warf es ihm vor die Füße und machte Anstalten, sich zu entfernen.

Gropius bekam ihn am Ärmel zu fassen, und es bedurfte großer Überredungskunst und mehrerer Entschuldigungen, bis der Palästinenser sich beruhigt hatte.

»Warum sollte ich Sie anlügen?«, meinte er, noch immer beleidigt. »Was hätte ich davon, Ihnen irgendeine Geschichte zu erzählen? Entweder Sie glauben mir, oder Sie vergessen, dass wir uns begegnet sind, Mr. Gropius.«

Auf diese Weise gemaßregelt, zog Gropius es vor, zunächst keine weiteren Fragen zu stellen.

Erst nach längerem Schweigen kam Yussuf auf Gregors Frage zurück: »Die Bombe war in der Erde eingegraben. Vermutlich hat man sie unter dem Steintrog versteckt; denn das zentnerschwere Ding wurde in tausend Stücke zerrissen!«

»Und wie wurde die Explosion ausgelöst? Was glauben Sie? Was hat die Polizei herausgefunden?«

Yussuf verstaute das Geldbündel, das er kurz zuvor weggeworfen hatte, erneut in seiner Brusttasche und meinte: »Ach wissen Sie, Mr. Gropius, in dieser Stadt hat man gelernt, mit Bomben zu leben. Sie gehören beinahe zum Alltag. Eine Bombe, die kein Todesopfer fordert und nicht einmal Sachschaden anrichtet, erregt niemandes Interesse. Ich kann mich nicht einmal erinnern, dass *eine* Zeitung über den Vorfall berichtet hätte.«

Mit seinem Gehstock stocherte der Alte in dem steinigen Erdreich herum, als suchte er nach verbliebenen Relikten. »Nichts«, bemerkte er nach einer Weile, »aber auch gar nichts ist von dem Fund übrig geblieben, außer ...«

»Außer?« Gropius sah Yussuf erwartungsvoll an.

Aus seiner Innentasche zog der Palästinenser ein paar Fotos hervor. Es waren nicht die besten, eher Schnappschüsse, aber deutlich erkennbar ein Steintrog mit eingemeißelten Schriftzeichen an der Längsseite und, auf einem anderen Bild, eine Ansammlung von Knochen, darunter ein Schädel, ein Oberschenkelknochen und mehrere Wirbel.

»Ich hatte so eine Ahnung«, meinte Yussuf und wischte mit dem Ärmel Fingerflecken von der Bildoberfläche. »Mr. Schlesinger wusste nicht, dass ich die Fotos gemacht habe. Sie können sie haben, wenn Sie wollen, Mr. Gropius.«

»Wie? Schlesinger hat die Bilder nie gesehen?«

»Nie. Als Mr. Schlesinger nach der Operation im St. John's Hospital entlassen wurde, ging alles ganz schnell. Er wollte nur noch weg, zurück nach Deutschland. Miss Yadin hat sich sehr seiner angenommen. Sie ist mit ihm nach Deutschland geflogen. Mir blieb nicht einmal Zeit, mich von Mr. Schlesinger zu verabschieden.«

Gropius stand da wie gelähmt. Er starrte auf die Fotos, und seine Gedanken überschlugen sich. Kein Zweifel, Yussufs Bericht war keine Erfindung. Er fügte sich mosaikartig in alles, was er über Schlesinger in Erfahrung gebracht hatte.

Gropius wusste nicht, wie lange er vor sich hin sinniert hatte, als der Palästinenser ihn in die Gegenwart zurückholte. »Ich weiß, das klingt alles etwas abenteuerlich, aber es ist die Wahrheit, so wie ich es erlebt habe. Der Fahrer wartet. Wenn Sie wollen, bringe ich Sie in Ihr Hotel.«

Im Auto übergab Gropius dem Alten die zweite Hälfte der vereinbarten Summe, und Yussuf überreichte ihm die Fotos, genau sieben Stück.

»Wer hat die Bilder bisher gesehen?«, fragte Gropius, während der Fahrer die Richtung zur King-David-Straße einschlug.

»Niemand«, beteuerte Yussuf. »Ich sah keinen Grund, sie

irgendjemandem zu zeigen, und vermutlich hätte mir ohnehin niemand geglaubt.«

Das klang einleuchtend. »Und Sie?«, erkundigte sich Gregor vorsichtig. »Ich meine, glauben Sie, dass wirklich die Gebeine des Jesus von Nazareth in dem Steintrog waren? Immerhin liegt die Fundstelle ein gutes Stück von der Stelle entfernt, an der sich die Grabeskirche befindet.«

Über Yussufs faltiges Gesicht huschte ein listiges Schmunzeln. »Darüber hat Mr. Schlesinger lange mit mir gesprochen. Ich muss gestehen, zu Beginn war ich eher skeptisch. Es sagt sich so leicht: Das sind die Knochen des Jesus von Nazareth. Aber wenn man die Konsequenzen ins Auge fasst, dann ist die Behauptung von ungeheuerlicher Bedeutung, für Christen, Juden und Muslime gleichermaßen.«

»Sie haben meine Frage nicht beantwortet!«

»Mr. Schlesinger pflegte zu sagen, die Wahrscheinlichkeit, dass Jesus an der Stelle der Grabeskirche bestattet wurde, ist weit geringer als die Wahrscheinlichkeit, dass sein Grab irgendwo anders liegt. Denn die erste Grabeskirche wurde erst dreihundert Jahre nach seinem Tod errichtet, noch einmal dreihundert Jahre später wurde eine zweite Kirche gebaut und nach tausend Jahren eine dritte. Wer will da noch behaupten, die richtige Stelle zu kennen! Gegen Ende des 19. Jahrhunderts tauchten die ersten Zweifel auf. Der englische General Gordon behauptete nicht zu Unrecht, dass Gräber niemals innerhalb der Stadtmauern errichtet wurden. Die Grabeskirche liegt jedoch innerhalb der alten Mauern. Ein etwas außerhalb gelegenes Felsengrab, das der General entdeckte, wird noch heute von den anglikanischen Christen als die Begräbnisstätte von Jesus angesehen. Weil dafür aber der Beweis fehlt, suchte Mr. Schlesinger weiter und fand schließlich den Steintrog mit der Inschrift. Mr. Schlesinger hielt beides für authentisch, den Steintrog und die Knochen, und, um Ihre Frage zu beantworten, Mr. Gropius, ich auch.«

Yussuf ließ den Fahrer vor der Einfahrt zum »King David Hotel« anhalten. »Es wäre nicht gut, wenn man uns zusammen sähe«, meinte er augenzwinkernd.

»Aber mich kennt doch hier niemand!«, rief Gropius entrüstet.

»Oh, sagen Sie das nicht, Mr. Gropius. Dieses Land ist ziemlich klein, auch wenn es bisweilen die ganze Welt in Atem hält. Für einen Fremden ist es gar nicht so einfach hier, unbemerkt zu bleiben.«

Gropius wusste nicht so recht, was er von Yussufs Worten halten sollte; aber bevor er ausstieg, richtete er an ihn die Frage: »Wo finde ich Sheba Yadin?«

Der alte Palästinenser verzog das Gesicht. Endlich, und um ihn loszuwerden, antwortete er: »Mr. Contenau hat mir strikt verboten, irgendetwas über Miss Yadin verlauten zu lassen, egal, wer sich nach ihr erkundigt. Sie verstehen, Mr. Gropius.«

»Contenau?« Gropius wurde laut. »Dieser Contenau tut so, als wäre er Shebas Erziehungsberechtigter!«

»Nicht Erziehungsberechtigter!«

»Sondern?« Er sah Yussuf ins Gesicht. »Ach, jetzt begreife ich. Contenau hat Schlesingers Stelle eingenommen. Habe ich Recht?«

Der alte Mann nickte beinahe verschämt.

»Die beiden leben zusammen?«

»Ja, Mr. Gropius.«

»Und was ist der Grund für dieses Versteckspiel?«

Yussuf wand sich. »Ich habe Ihnen schon zu viel verraten, Mr. Gropius!«

»So reden Sie endlich!«, rief Gregor ungeduldig.

»Nun ja, nachdem Mr. Schlesinger Israel verlassen hatte, versuchten verschiedene Leute mit Miss Yadin in Kontakt zu treten. Offensichtlich wollten sie von ihr gewisse Informationen über Mr. Schlesingers Vorgehen. Als gar Mr. Schlesingers Tod bekannt wurde, wurde Miss Yadin regelrecht verfolgt, und sie bekam es mit der Angst zu tun. Mr. Contenau beauftragte mich damals, Miss Yadin vor unliebsamen Leuten abzuschirmen. Nicht gerade eine ehrenvolle Aufgabe für einen Ausgräber, der die Gebeine des Jesus von Nazareth entdeckt hat. Finden Sie nicht auch, Mr. Gropius?«

»Wo ist Sheba?«, wiederholte Gregor seine Frage.

»Sie ist hier in Jerusalem, zusammen mit Mr. Contenau. Mr. Contenau hat eine Wohnung in der Mea Shearim. Soviel ich weiß, will Miss Yadin morgen nach Europa fliegen.«

»Wissen Sie wohin, Yussuf?«

»Ich glaube nach Italien, ja, nach Turin!«

Gropius riss den Wagenschlag auf. »Danke, Yussuf!«, rief er noch, »Sie haben mir sehr geholfen!« Und mit eiligen Schritten strebte er dem Hoteleingang zu.

Noch am selben Nachmittag buchte Gregor Gropius einen Flug von Tel Aviv nach Rom und weiter nach Turin. Francesca versetzte er in große Aufregung, als er sie von seinem Hotel in Jerusalem anrief und bat, sie möge ihn am folgenden Tag gegen 14 Uhr vom Flughafen Caselle abholen. Es habe sich eine völlig neue Lage ergeben.

Gropius zählte nicht gerade zu den Frühaufstehern, er brauchte einige Zeit, um morgens warm zu laufen, doch an diesem Morgen war er bereits um sechs Uhr aufgestanden, hatte seine Sachen gepackt und den Room-Service für ein kleines Frühstück in Anspruch genommen, dann hatte er sich mit seinem Chrysler-Leihwagen auf den Weg zum Flughafen Ben Gurion gemacht. Viel früher als nötig erreichte er den Flughafen, gab den Leihwagen zurück und checkte ein. Nun wartete er gespannt auf Shebas Ankunft.

Sein Vorteil war es, dass Sheba ihn nicht kannte, während er zumindest ihr Bild bei Shebas Mutter in Tel Aviv gesehen hatte. Turin, Shebas Reiseziel, veranlasste Gropius zu den unterschiedlichsten Spekulationen. Er musste herausfinden, was das Mädchen in Turin wollte.

Im Schutz einer unübersichtlichen Ecke der Abflughalle schlürfte Gropius Kaffee aus einer Plastiktasse und ließ den Schalter nicht aus den Augen, über dem ein Schild den Flug EL AL, Tel Aviv–Rom 10 Uhr 30 ankündigte. Der Morgen war frühlingshaft sonnig und versprach einen angenehmen Flug über das Mittelmeer. Das beruhigte ihn.

Sollte Yussuf ihn absichtlich getäuscht haben? Der Gedanke kam bei Gropius auf, als Sheba zwei Stunden vor dem Start noch immer nicht eingetroffen war. Nervös ging er auf und ab, als buchstäblich in letzter Minute Pierre Contenau auftauchte.

Gropius musste zweimal hinsehen, denn die junge Frau in seiner Begleitung sah völlig anders aus als Sheba, die er von dem Foto her kannte. Sie hatte kurze blonde Haare und einen frechen Pagenschnitt, dazu trug sie einen eleganten Hosenanzug. Aus der Entfernung konnte Gropius schwer feststellen, ob es sich um Sheba handelte. Was wurde hier gespielt?

Über Lautsprecher meldete eine melodische weibliche Stimme den ersten Aufruf für den EL-AL-Flug nach Rom. Contenau verabschiedete sich von der jungen Frau mit zärtlichen Umarmungen, und Gropius nahm gerade noch wahr, dass er ihr einen bräunlichen Umschlag zusteckte, den sie unter ihrer Jacke verschwinden ließ. Die Frau begab sich zur Handgepäckkontrolle. Contenau verschwand eilig in Richtung Ausgang.

Gropius überlegte, wie er sich verhalten sollte. Hatte Yussuf ihn in die Irre führen wollen? Kurz entschlossen nahm er sein Flugticket aus der Tasche und ging zu dem Schalter, bei dem er kurz zuvor eingecheckt hatte.

»Verzeihen Sie«, redete er die dunkeläugige Bodenstewardess an, »wäre es möglich mir einen Sitzplatz neben Miss Yadin zuzuweisen? Wir sind alte Freunde und haben uns zufällig hier getroffen.«

Mit einem freundlichen Lächeln nahm die Stewardess Gropius' Ticket zur Hand und tippte irgendetwas in ihren Computer. Schließlich meinte sie: »Tut mir Leid, Mr. Gropius, die Maschine ist ausgebucht; aber vielleicht können Sie im Flugzeug einen Platztausch vornehmen. Miss Yadin sitzt nur zwei Reihen vor Ihnen.«

Gregor bedankte sich. Er wusste jetzt, dass Sheba in der Maschine war. Wie er allerdings reagiert hätte, wenn neben Sheba ein Platz frei gewesen wäre, das wusste er nicht.

Kapitel 13

Die Sonderkommission der Münchner Kriminalpolizei unter Wolf Ingram war inzwischen nicht untätig geblieben. Über Interpol erwirkte Staatsanwalt Markus Renner einen internationalen Haftbefehl für Dr. Fichte, der sich bis vor wenigen Tagen in Monte Carlo aufgehalten hatte. Als die monegassische Polizei sein Appartement stürmte, war der Vogel ausgeflogen. Sein Flugzeug, die zweimotorige Piper Seneca II, stand auf dem Flughafen von Nizza unter ständiger Beobachtung.

Beim Bundesnachrichtendienst BND konzentrierten sich die Ermittlungen noch immer auf die Dechiffrierung des Kürzels IND, dem für die Enttarnung der Hintermänner des Transplantationsskandals eine besondere Bedeutung zukam. Denn dass Fichte nur *ein* Rad in einer großen Maschinerie war, die sich das Leid wohlhabender Leute zunutze machte, und dass der Fall vermutlich eine Dimension hatte, die geeignet war, den Fahndern Angstschweiß in den Nacken zu treiben, darüber waren sich alle Beteiligten einig.

Sowohl für Ulf Peters vom BND wie für Wolf Ingram von der Sonderkommission stand fest, dass sie es mit einer gefährlichen Organisation zu tun hatten, die irgendwo, vielleicht sogar außerhalb Europas, aus dem Verborgenen operierte.

Die Kranzschleife mit dem rätselhaften Kürzel IND am Grab des von Fichte operierten Thomas Bertram hatte die Fahnder drei Tage lang beschäftigt, bis sie am anderen Ende der Stadt jenes Blumengeschäft fanden, in dem der letzte Gruß in Auftrag gegeben worden war. Die Besitzerin, eine unbedarfte, gutmütige Frau, der man zutrauen konnte, dass sie mit ihren Blumen heimlich

Zwiesprache hielt, erinnerte sich an einen untersetzten, dunkelhaarigen Mann in schwarzer Kleidung, der die Bestellung bar bezahlte und obendrein noch ein sattes Trinkgeld gegeben hatte. Summa summarum brachte diese Auskunft die Ermittler jedoch keinen Schritt weiter.

Auch die von einem Profiler im Landeskriminalamt erstellte OFA (Operative Fallanalyse) wies keine Querverbindungen zu ähnlichen Verbrechen der Vergangenheit auf. Folglich erwies sich auch die Datenbank VICLAS mit Tausenden gespeicherten Gewalt- und Serientätern als Fehlanzeige. Nein, die einzige konkrete Aussage, die der Profiler des LKA treffen konnte, lautete wie folgt: Nach dem gegenwärtigen Stand der Ermittlungen haben wir es mit einer völlig neuen Art von Verbrechen und einem bisher nicht in Erscheinung getretenen Täterkreis zu tun.

Dass Dr. Fichte und Dr. Prasskov gefasst würden, war in den Augen der Fahnder nur eine Frage der Zeit. Aber Wolf Ingram gab sich keiner Illusion hin, ihm war längst klar, dass sich hinter den einzelnen Todesfällen ein Netzwerk skrupelloser Verbrecher verbarg, die ein ganz anderes Ziel verfolgten, als es den Anschein haben mochte. Er hatte keinen Beweis, aber sein kriminalistischer Verstand und die langjährige Erfahrung im Dezernat 13 (Organisierte Kriminalität) sagten ihm, dass das Motiv dieser Leute vielleicht auf einem ganz anderen Feld zu suchen war. Aber auf welchem?

Nachdem der Einsatz einer achtköpfigen Sonderkommission, der Informationsaustausch mit dem Landeskriminalamt und die Unterstützung durch den Bundesnachrichtendienst sie der Lösung des Falles kaum näher gebracht hatten, hoffte Wolf Ingram auf den stärksten Verbündeten aller Fahnder dieser Welt, den Zufall. Es ist kein Geheimnis und gewiss nicht dazu da, die Arbeit der Kriminalisten herabzusetzen – aber die perfidesten, raffiniertesten, unlösbar scheinenden Verbrechen werden – oft nach Jahren – durch Zufall aufgeklärt.

Kein Zufall war die Festnahme Dr. Fichtes auf dem Flughafen Charles de Gaulle in Paris am selben Abend. Fichte hatte für sich und Veronique Gropius einen Nachtflug nach Miami gebucht und gehofft, in den Vereinigten Staaten unterzutauchen und so einer Strafverfolgung zu entgehen. Am nächsten Morgen wurden Fichte und seine Geliebte einem Pariser Haftrichter vorgeführt.

Noch am selben Tag erschien die *Bild*-Zeitung mit der Schlagzeile: NEUER KLINIKMORD NACH ORGANVERPFLANZUNG – 42-jährige Berlinerin stirbt wenige Stunden nach erfolgreicher Lungentransplantation.

Auf dem Flug von Tel Aviv nach Rom ließ Gropius Sheba Yadin nicht aus den Augen. Er war sicher, dass Sheba ihn auf eine neue Fährte bringen würde. Trotz aller Zweifel, die Yussufs Aussage bei ihm hinterlassen hatte, lastete dessen Bericht wie ein Fels auf seiner Brust. Allein die Möglichkeit, dass Schlesingers Entdeckung den Tatsachen entsprach, versetzte ihn in Unruhe. Er bemerkte, dass seine Hände zitterten, als er verstohlen die Fotos aus der Innentasche seines Jacketts zog, um sie zum wiederholten Mal zu betrachten. Warum hatte er nicht von Yussuf den Film gefordert? Die Qualität der Bilder war nicht gerade die beste. Der Gedanke kam ihm kurz vor der Landung in Rom.

Für den Anschlussflug nach Turin blieb eine knappe Stunde Zeit, und Gropius verfolgte Sheba aus sicherer Entfernung. Er wollte sichergehen, dass sie sich unbeobachtet fühlte, denn er wusste nicht, ob sie ihn bei seinem Besuch in Be'er Sheva nicht doch gesehen hatte.

In Turin wartete Francesca mit ihrem grauen Van vor dem Ausgang des Flughafengebäudes.

»Ich hätte nicht geglaubt, dass wir uns so schnell wiedersehen würden!«, rief sie und fiel Gregor um den Hals.

»Ich auch nicht, ehrlich gesagt«, antwortete Gropius, und dabei nutzte er die Gelegenheit, über Francescas Schulter hinweg nach Sheba Ausschau zu halten. Am Telefon hatte er ihr bereits erklärt, worum es ging, dass Sheba Schlesingers Geliebte gewesen war, dass sie das Geheimnis kannte, das Schlesinger zu einem reichen Mann gemacht hatte, und dass sie nun vermutlich daran ging, ihr Wissen zu Geld zu machen.

Worum es sich bei Schlesingers Entdeckung handelte, darüber hatte Gropius bisher Stillschweigen bewahrt, obwohl er wusste, dass es nötig war, Francesca möglichst bald in das Geheimnis einzuweihen.

»Dreh dich einmal unauffällig um«, sagte Gropius, während er sich aus Francescas heftiger Umarmung löste, »das Mädchen im dunklen Hosenanzug und mit den kurzen blonden Haaren, das ist Sheba Yadin. Wir dürfen sie nicht aus den Augen lassen.«

Francesca musterte die junge Frau mit jenem Blick von Überheblichkeit, welcher Frauen auszeichnet, die jede weibliche Erscheinung als potenzielle Nebenbuhlerin betrachten. Dann hakte sie sich bei Gropius unter und schob ihn in Richtung ihres Fahrzeugs. Im Rückspiegel beobachtete sie, wie Sheba Yadin ein Taxi bestieg. Sie startete den Motor und nahm die Verfolgung auf.

Wie nicht anders zu erwarten, ging die Fahrt des Taxis über die Autobahn in Richtung Süden. Auf der Via Cigna staute sich der Verkehr, und mehr als einmal drohten sie das Taxi aus den Augen zu verlieren, aber mit der ihr eigenen Routine und einer guten Portion Rücksichtslosigkeit verstand es Francesca, sich immer wieder hinter das Fahrzeug zu drängen.

Am Bahnhof bog das Taxi in die Via Cernaia ein und hielt vor dem Hotel »Diplomatic«, einem fünfstöckigen Bauklotz mit Arkadenbögen vor dem Eingang. Francesca parkte auf der gegenüberliegenden Straßenseite. Gemeinsam beobachteten sie, wie Sheba Yadin das Hotel betrat.

»Okay, warte hier auf mich«, sagte Francesca, sprang aus dem

Auto, noch bevor Gregor antworten konnte, und verschwand im Hotel.

Als sie nach etwa zwanzig Minuten zurückkehrte, machte Gropius ein besorgtes Gesicht. Nachdem sie wortlos am Steuer Platz genommen hatte, reichte sie Gregor einen Zettel. Der sah sie fragend an. Auf dem Zettel stand: »Yadin – ›Hotel Diplomatic‹, Zimmer 303, gebucht für drei Tage, 16 Uhr 30, Treffen Signora Selvini, Instituto Prof. de Luca.«

»Woher weißt du das?«, fragte Gropius ungläubig.

Francesca berührte mit dem Zeigefinger ihr linkes unteres Augenlid. Die übermütige Geste wirkte komisch auf Gropius, aber gleichzeitig auch so erlösend, dass beide lachten.

»Woher weißt du das alles?«, wiederholte Gregor seine Frage.

Francesca hob die Schultern. »Du vergisst, dass ich einem Beruf nachgehe, der es bisweilen erforderlich macht, sich am Rande der Legalität zu bewegen. Als ich die Zimmernummer wusste, habe ich an der Tür ein Telefongespräch belauscht.«

»Genau das habe ich erwartet«, sagte Gropius vor sich hin.

»Wie bitte?« Francesca sah ihn erstaunt an.

Gropius lachte. »Ich meine, ich habe erwartet, dass Sheba Yadin sich mit dem Institut de Lucas in Verbindung setzen würde. Wir müssen herausbekommen, was sie dort will!«

»Hm.« Francesca hielt das Steuer umklammert und blickte vor sich auf die Straße. »Die Sache ist vielleicht etwas riskant«, sagte sie, »aber wenn wir Glück haben, könnte es klappen.«

Wie bei seinem ersten Besuch in Turin stieg Gropius im »Le Meridien Lingotto« ab. Zu gewagt erschien es ihm, sich im selben Hotel wie Sheba Yadin einzumieten. Gegen 16 Uhr begab er sich mit einem Taxi zum Corso Belgio in ein Café namens »Amoretti«, in der Nähe der Brücke über den Po gelegen, so wie es Francesca beschrieben hatte.

Wenig später und nicht weit entfernt auf dem gegenüberliegenden Flussufer bog Francesca Colella mit ihrem Van in die Via Chieri ein und kam schließlich vor der zweigeschossigen Villa zum Stehen, an deren Eingang noch immer das Schild »Instituto Prof. Luciano de Luca« prangte.

Francesca stieg aus und ging vor dem Eingang auf und ab. Sie hatte sich in ein altmodisches Kostüm geworfen, das sie um Jahre älter erscheinen ließ, und ihre randlose Brille mit einem dunklen Horngestell vertauscht, das ihr eine gewisse Strenge und Seriosität verlieh. Sie wartete nicht lange, als Sheba Yadin mit einem Taxi vorfuhr.

»Sie sind Miss Yadin?«, Francesca trat ihr entgegen. Sie sprach Englisch.

»Ja«, erwiderte Sheba zögernd.

»Ich bin Signora Selvini!« Francesca streckte Sheba die Hand entgegen. »Ich vergaß am Telefon zu sagen, dass wir uns besser nicht im Institut unterhalten sollten. Es gibt hier in der Nähe ein Café. Dort sind wir ungestört. Es ist Ihnen doch recht?«

Sheba Yadin zögerte, und Francesca überlegte, ob sie irgendetwas falsch gemacht hatte, ob die wirkliche Signora Selvini vielleicht eine ganz andere Stimme hatte. Warum zierte sich Sheba so?

Endlich, nach einer Weile, die Francesca wie eine Ewigkeit vorkam, erwiderte Sheba: »Nun gut, wenn Sie meinen, Signora Selvini.«

Während sie in Francescas Van den Corso Chieri hinabfuhren, sah Francesca Sheba von der Seite an und dachte: Ein verdammt hübsches Frauenzimmer! Sheba blickte geradeaus auf die Straße, weniger aus Verlegenheit, die der Situation durchaus angemessen gewesen wäre, nein, man sah, dass es in ihrem Kopf arbeitete.

Nach ein paar schweigsamen Minuten erreichten sie das Lokal am Corso Belgio, in dem sich um diese Zeit vorwiegend junge Leute aufhielten. Gropius hatte mit dem Gesicht zur Wand an einem Ecktisch Platz genommen und saß in den *Corriere della*

Sera vertieft. Geschickt dirigierte Francesca Sheba Yadin an den Nebentisch und bestellte zwei Caffè latte. »Sie trinken doch Milchkaffee?«, fragte sie der Form halber.

Sheba nickte.

Als noch immer kein Gespräch in Gang kommen wollte, erkundigte sich Francesca vorsichtig: »Sie kannten Mr. Schlesinger?«

Kaum stand die Frage im Raum, da wurde Francesca von Zweifel befallen, ob sie sich nicht gleich mit der ersten Frage verraten hatte.

Doch da erwiderte Sheba: »Ja, das kann man wohl sagen. Wir wollten heiraten.«

Francesca tat erstaunt. »Umso mehr muss Sie sein Tod getroffen haben.«

»Ich möchte nicht darüber reden!«

»Ich verstehe«, bemerkte Francesca nachdenklich. »Wussten Sie eigentlich, dass Professore de Luca ebenfalls keines natürlichen Todes gestorben ist?«

»Ja, ich habe davon gehört. Haben nicht Sie mir am Telefon davon berichtet?«

Nerven behalten, dachte Francesca, und im selben Atemzug antwortete sie: »Mag sein, jetzt erinnere ich mich. Wissen Sie, wir sind alle etwas durcheinander, seit Luciano de Luca nicht mehr da ist.« Und nach kurzem Nachdenken und der Erkenntnis, dass das auf jeden zutraf, fügte sie hinzu: »Er war manchmal ein Tyrann, trotzdem liebten wir ihn wie einen Vater. Er war ein großer Wissenschaftler. Aber was kann ich für Sie tun, Miss Yadin?«

Als wollte sie sich daran wärmen, umfasste Sheba das schlanke Milchkaffee-Glas mit beiden Händen, dann beugte sie sich über den Tisch und sagte leise: »Es geht um die Stoffprobe, deren Analyse Arno Schlesinger bei Professore de Luca in Auftrag gegeben hat. Ich nehme an, Sie wissen davon. Das Ergebnis der DNA könnte unter Umständen von großer Bedeutung sein. Zwanzigtausend wurden von Schlesinger bereits angezahlt. Durch die Umstände, die ich nicht weiter erörtern muss, kam es nicht mehr zur Übergabe. Kurz und gut, ich bin befugt und habe die restlichen zwanzigtausend Euro bei mir, um das Analyseobjekt zu übernehmen.«

Shebas Rede versetzte Francesca in große Aufregung. Nervös blickte sie zu Gropius hinüber, der am Nachbartisch mit dem Rücken zu ihr saß. Sie sah, dass die Zeitung in seinen Händen zitterte wie ein Grashalm im Frühlingswind, und daraus schloss sie, dass Gregor jedes Wort verstanden hatte. Gleichzeitig wurde ihr bewusst, dass sie viel zu unbedarft an das Treffen herangegangen war. Wie um Himmels willen sollte sie jetzt reagieren? Wie sollte sie Sheba das Geheimnis um die Stoffprobe entlocken, ohne sich dabei selbst zu verraten?

Shebas Stimme klang plötzlich verändert. Kühl, beinahe geschäftsmäßig sagte sie: »Ich weiß, dass Sie die Probe nicht bei sich tragen, aber vielleicht können wir einen neuen Termin für die Übergabe vereinbaren.«

Es hätte nicht viel gefehlt, und Francesca wäre in schallendes Gelächter ausgebrochen, weil ihr die erste Begegnung mit Gropius in Berlin in den Sinn kam. Damals hatte Gropius versucht, etwas über den Inhalt der Stahlkassette zu erfahren, die *sie* im Gepäck hatte. Und damals wie heute hatte sie keine Ahnung, worum es dabei ging.

»Ja, natürlich«, antwortete Francesca, »ich schlage vor morgen, selber Ort, gleiche Zeit, wenn es Ihnen recht ist!«

»Einverstanden. Sie erhalten dann von mir zwanzigtausend Euro in bar.«

Die Geschäftsmäßigkeit, mit der die Unterredung ablief, machte Francesca Angst. Mit jedem Satz wuchsen ihre Bedenken, ob und wie sie aus dieser Situation wieder herauskommen sollte. Und zu allem Überfluss stellte Sheba auch noch plötzlich die Frage: »Kannten Sie eigentlich Arno Schlesinger?«

Die schlichte Frage trieb Francesca das Blut in den Kopf. Hatte

Sheba Verdacht geschöpft? War es eine Fangfrage? Antwortete sie mit Nein, und Sheba wusste, dass Schlesinger der Signora begegnet war, dann hatte sie sich verraten. Sagte sie Ja, dann musste sie damit rechnen, dass Sheba sie über Schlesinger ausfragte. In einem Akt der Verzweiflung setzte Francesca alles auf eine Karte und erwiderte: »Leider nein, Professore de Luca und Mr. Schlesinger haben immer persönlich miteinander verhandelt. Ich kann mich nicht erinnern, ihm jemals begegnet zu sein, obwohl er sich sogar ein- oder zweimal in unserem Institut aufhielt.«

»Er war ein wunderbarer Mann«, schwärmte Sheba, den Blick zur Decke gerichtet, als wollte sie ihre Tränen verbergen. Er war mein Lehrer, und ich habe mich gleich bei der ersten Begegnung in ihn verliebt.«

»Entschuldigen Sie, wenn ich Sie das frage: War Mr. Schlesinger nicht verheiratet? Ich glaube, de Luca erwähnte es einmal gesprächsweise.«

»Er lebte in Scheidung. Seine Frau hatte kein Verständnis für ihn und seinen Beruf. Im letzten Jahr seines Lebens hat er mehr Zeit mit mir als mit seiner Frau verbracht. Nein, geliebt hat er nur mich! Mich!«

»Sie sind Archäologin, Miss Yadin?«

»Bibelarchäologin.«

»Interessant. Und was erhoffen Sie sich von der Analyse der Stoffprobe, wenn ich fragen darf?«

Es schien, als fühlte sich Sheba in die Enge getrieben. Um Zeit zu gewinnen, nippte sie mehrmals kurz an ihrem Kaffeeglas, und ohne ihr Gegenüber anzusehen, erwiderte sie: »Eine komplizierte Geschichte, die noch eingehender Forschungsarbeit bedarf. Es würde zu weit gehen, das zu erklären. Und ich will Sie auch nicht langweilen.«

»Sie langweilen mich keineswegs. Es ist immer interessant zu sehen, wie verschiedene Wissenschaften sich untereinander ergänzen.«

Freundlich nickend blickte Sheba auf die Uhr und, als sei sie in großer Eile, sagte sie: »Also dann bis morgen, gleiche Zeit!« Sie erhob sich und verließ das Lokal.

Gropius ließ die Zeitung sinken und drehte sich um.

»Gut gemacht, Francesca«, meinte er augenzwinkernd. »Ich habe da einen Plan. Du kennst jetzt Sheba Yadins Sprechweise. Rufe Signora Selvini in de Lucas Institut an, melde dich mit Sheba Yadin und sage, du hättest dich leider verspätet, ob es möglich sei, morgen um elf vorbeizukommen, du würdest die ausstehenden zwanzigtausend Euro mitbringen.«

Francesca wiederholte, was Gropius ihr aufgetragen hatte; dann zog sie ihr Mobiltelefon aus der Tasche und ging nach draußen. Als sie zurückkehrte, meinte sie: »Alles in Ordnung. Morgen um elf erfolgt die Übergabe. Vorausgesetzt, du hast das Geld flüssig!«

»Das lass nur meine Sorge sein«, antwortete Gropius, und beinahe schüchtern fügte er hinzu: »Signora Colella, haben Sie heute Abend schon etwas vor?«

Nach einem opulenten Dinner im Restaurant von Gropius' Hotel, bei dem sie bewusst über Nebensächlichkeiten geplaudert hatten, wurde Gregor plötzlich ernst. Natürlich war Francesca nicht entgangen, dass Gropius irgendetwas auf der Seele lag; aber sie hatte es vorgezogen zu schweigen. Mittlerweile kannte sie Gregor ein wenig und wusste, er würde schon reden, wenn er es für angebracht hielt. Dass er über seine Israelreise bisher kein Wort verloren hatte, machte sie nachdenklich. Doch dann sagte Gropius: »Komm, wir gehen auf mein Zimmer. Im Kühlschrank steht eine Flasche Brunello di Montalcino. Ich muss mit dir reden.«

Ihr erster Gedanke galt der Unterwäsche, die sie trug, und der Frage, ob diese der Situation gerecht würde. Francesca trug schwarze Spitze von »La Perla«, die an und für sich die Grenze ihrer finanziellen Belastbarkeit überstieg; aber seit dem Tod ihres Mannes hatte sie in dieser Hinsicht Nachholbedarf.

Im Zimmer angekommen, legte Francesca die Arme um Gregors Hals und fragte: »Hat dir eigentlich Signora Schlesinger unsere gemeinsame Nacht schon verziehen?«

Gregor schien irritiert. »Du weißt genau, da gab es nichts zu verzeihen!«

»Eben das meine ich ja! Hat sie oder hat sie nicht?«

Gregor schüttelte den Kopf. »Wir haben seitdem nicht mehr miteinander gesprochen.«

»Oh, das tut mir Leid!«

Gropius hatte das Gefühl, dass sie sich über ihn lustig machte. Dabei war ihm überhaupt nicht nach Scherzen zumute. Er wollte, er musste ihr erklären, was er von Yussuf erfahren hatte. Sanft, aber mit Nachdruck löste er sich aus ihrer Umarmung und bot ihr einen Platz an.

Francesca stutzte. Mit großen Augen sah sie zu, wie Gregor die Weinflasche entkorkte und zwei langstielige Gläser füllte.

Wortlos und mit ernstem Gesicht zog Gropius ein paar Fotos aus der Jackentasche und hielt sie Francesca entgegen. »Das ist Schlesingers Entdeckung, die Entdeckung, die ihn zu einem reichen Mann gemacht hat und hinter der auch heute noch gewisse Leute her sind wie der Teufel hinter der armen Seele. Und wahrscheinlich steht der Tod Schlesingers, de Lucas, ja sogar der Tod deines Mannes damit in Verbindung.«

Francesca betrachtete ein Foto nach dem anderen. Gropius' Erzählung traf sie so unerwartet, dass sie keine Worte fand. Nun gut, ein Steintrog mit Knochen und eine unleserliche, in Stein gemeißelte Inschrift!

Aber welcher Zusammenhang sollte zwischen dieser Ausgrabung und dem Tod ihres Mannes bestehen?

Gropius erkannte Francescas Ratlosigkeit und fuhr fort: »Das ist nicht irgendein Fund, nicht irgendein Skelett, das sind die Gebeine des Jesus von Nazareth!«

»Ach ja?« Francesca lachte verlegen, erst zaghaft, dann immer heftiger, und schließlich krümmte sie sich vor Lachen wie ein übermütiges Kind.

Gregor, der sich nicht ernst genommen fühlte, packte Francesca an den Schultern und schüttelte sie, um sie zur Besinnung zu bringen.

»Entschuldige, Gregor«, rief sie, noch immer außer sich, »dieser Herr Jesus ist doch angeblich von den Toten auferstanden und so wie er war in den Himmel aufgefahren. Oder irre ich mich da? Wie kann Schlesinger dann seine Knochen finden?«

»Genau das ist das Problem. Hätte Schlesinger einen Beweis gehabt für seine Behauptung, dann hätten die hohen Herren im Vatikan ihr Tafelsilber verscherbeln und Sozialhilfe beantragen müssen. Das Unternehmen Kirche wäre zusammengebrochen wie die Aktien der Telekom.«

»Mein Gott!« Langsam, ganz allmählich kam Francesca der Ernst der Situation zu Bewusstsein, und sie begann Gregors Unruhe zu begreifen. Während sie nachdachte, schlug sie die Hände vors Gesicht. »Aber Schlesinger *musste* einen Beweis für seine Annahme haben!«, rief sie plötzlich. »Sonst hätte man ihn nicht umgebracht.«

»Ganz recht«, stimmte ihr Gropius zu. »Und es muss noch mehr Mitwisser gegeben haben, de Luca, Sheba Yadin und Yussuf, ein Palästinenser, der mir diese Bilder verkauft hat.«

»Fragt sich, warum Schlesinger und de Luca sterben mussten, während andere noch am Leben sind. Felicia Schlesinger zum Beispiel, oder du.«

Gregor legte die Stirn in Falten. »Vielleicht kennen wir alle nur die halbe Wahrheit. Oder wir tragen unwissentlich ein Wissen mit uns herum, das den Auftraggebern der Morde noch von Nutzen sein kann.«

»Das betrifft vor allem Sheba Yadin.«

»Vor allem Sheba Yadin. Es ist denkbar, dass die Stoffprobe aus de Lucas Institut, für die Schlesinger immerhin vierzigtausend

Euro zu zahlen bereit war, genau jenes Beweisstück ist, mit dem Schlesinger die Identität des Jesus von Nazareth beweisen konnte. Allerdings kann ich mir das nur schwer vorstellen.«

Francesca starrte ins Leere und überlegte, und Gropius dachte an ihre erste Begegnung, damals in Berlin. Schon damals hatte ihn ihre Kühle, die Strenge in ihrem Gesichtsausdruck fasziniert. Jetzt sah sie genauso aus, als sie leise sagte: »Gregor, hast du eigentlich schon einmal darüber nachgedacht, warum Arno Schlesinger sich ausgerechnet in Turin aufgehalten hat?«

Gropius sah Francesca lange an. »Wegen Luciano de Luca, nehme ich an, und weil sein Institut einen guten Namen hat!«

Francesca schüttelte den Kopf. »Es gibt in Europa zahlreiche Institute, die auf derartige Analysen spezialisiert sind. Das kann der Grund nicht gewesen sein. Und was de Luca betrifft …«

»Ich weiß wirklich nicht, worauf du hinauswillst«, unterbrach sie Gropius.

»Das will ich dir sagen. In Turin wird das einzige greifbare Objekt aufbewahrt, das – so man daran glauben will – in einer direkten Beziehung zu Jesus steht …«

»Das Turiner Grabtuch!« Gropius schlug sich mit der flachen Hand gegen die Stirn. »Aber das ist doch Humbug!«

»Darüber streiten sich ernst zu nehmende Wissenschaftler seit hundert Jahren. Die einen wollen wissen, dass vor zweitausend Jahren die Leiche eines Mannes in das Tuch eingewickelt wurde, andere behaupten, es handle sich um eine raffinierte Fälschung und im Übrigen sei es unmöglich, seine Echtheit jemals zu beweisen. Sogar die Kirche, die an der Echtheit das größte Interesse haben müsste, beharrt nicht mehr darauf, dass Jesus in dem Tuch bestattet wurde. Es gibt da nämlich gewisse Probleme!«

»Du sprichst wie ein Fachmann auf diesem Gebiet. Woher beziehst du dein Wissen?«

Francesca lachte. »Jedes Kind in Turin weiß, noch bevor es lesen und schreiben kann, über zwei Dinge Bescheid, über FIAT und das Turiner Grabtuch. Unter uns gesagt: Viel mehr braucht man auch nicht zu wissen.«

Der Brunello mundete vorzüglich, und Gropius drehte das Weinglas in seinen Händen. »Eines verstehe ich nicht«, meinte er, nachdenklich in das Funkeln des Rotweins vertieft, »wenn das Grabtuch nicht einmal von der Kirche für echt angesehen wird, warum sollte Schlesinger für eine Stoffprobe dieser Fälschung dann vierzigtausend Euro bezahlen? Nach allem, was ich über Schlesinger in Erfahrung gebracht habe, war er wirklich kein Dummkopf. Er galt als führender Kopf auf dem Gebiet der Bibelarchäologie. Man kann davon ausgehen, dass er über die Zusammenhänge zwischen diesem ominösen Leintuch und dem Jesus von Nazareth besser Bescheid wusste als jeder andere. Umso rätselhafter erscheint mir sein Vorgehen.«

»Stimmt. Als Fachmann auf seinem Gebiet wusste er ganz genau, was de Lucas Stoffprobe wert war. Also kann es sich nicht um ein Teilchen des Turiner Grabtuches handeln. Der Professore muss Schlesinger etwas anderes zum Kauf angeboten haben, das für ihn außerordentliche Bedeutung hatte.«

Die Gelassenheit und kühle Überlegung, mit der Francesca an die Sache heranging, imponierten Gropius. Er selbst war aufgeregt, ja aufgewühlt angesichts der Tragweite und Dimension, die das Geschehen, in das er sich mit einem Mal verwickelt sah, angenommen hatte. Die Frage, wofür Schlesinger dem Professore so viel Geld geboten haben könnte, trieb ihn schier zur Verzweiflung. Er war kaum in der Lage, einen klaren Gedanken zu fassen, und trank sein Glas in einem Zug leer.

Längst hatte Francesca seine Unsicherheit bemerkt, seine Zweifel, ob er den richtigen Weg eingeschlagen hatte, und die Ratlosigkeit, was das weitere Vorgehen betraf. Und obwohl sie sich große Hoffnungen gemacht hatte, war ihr klar, dass sie vorerst jeden Annäherungsversuch unterlassen musste. Sie hatte Gregor noch lange nicht aufgegeben. Im Gegenteil, die unerfüllte

Leidenschaft hatte ihre Absichten noch mehr gestärkt, und in gewisser Weise genoss sie sogar den besonderen Reiz, der von dieser Situation ausging.

»Was willst du jetzt tun?«, fragte sie, nur um das lange Schweigen zu überbrücken; jedenfalls erwartete sie keine konkrete Antwort.

Umso erstaunter zeigte sie sich, als Gregor mit fester Stimme verkündete: »Morgen Früh werde ich das Geld besorgen. Was dann folgt, ist deine Aufgabe. Du gehst mit dem Geld in das Institut de Lucas, sagst, dein Name sei Sheba Yadin, und lässt dir das geheimnisvolle Stück Stoff aushändigen.«

»Du meinst wirklich?« Gregors plötzlicher Entschluss überraschte Francesca. Aber das Gefühl, dass Gropius sie brauchte, ließ sie keinen Augenblick zögern. »Nun gut«, meinte sie und erhob sich, »dann bis morgen um zehn.«

Gegen zehn erschien Francesca Colella am nächsten Morgen in der Halle des Hotels »Le Meridien Lingotto«. Gropius wartete bereits. Er erkannte Francesca erst auf den zweiten Blick, denn sie hatte sich für ihre Aufgabe perfekt in Szene gesetzt: Ihr brünettes Haar verbarg sie unter einer schwarzen Langhaarperücke, ein helles Make-up verlieh ihr ein deutlich jüngeres Aussehen, und dazu trug auch der Rock ihres Kostüms bei, der eine Handbreit über dem Knie endete. Statt ihrer randlosen Brille, die ihr für gewöhnlich und ganz bewusst ihre unnahbare Ausstrahlung verlieh, trug sie Kontaktlinsen.

»Kompliment!«, meinte Gregor erstaunt. »Du siehst großartig aus. Man könnte dich wirklich für eine Israelin halten.«

Francesca zeigte auf ihre Augen: »Aber länger als fünf Stunden halte ich die Dinger nicht aus.«

Gropius nickte beschwichtigend. »Keine Bange. In zwei Stunden ist die Sache gelaufen.«

Unsicher strich sich Francesca über ihr langes glattes Kunsthaar. »Und du meinst, Signora Selvini wird meine Maskerade nicht erkennen? Immerhin bin ich ja schon einmal in dem Institut gewesen.«

Gropius zog einen grauen Umschlag mit vierzig 500-Euro-Scheinen aus der Tasche und erwiderte: »Sicher nicht. Geld macht kurzsichtig. Im Übrigen siehst du so perfekt aus, dass ich Mühe habe, dich nicht mit Sheba anzureden.«

In einer ruhigen Ecke des Foyers gingen sie noch einmal ihren Plan durch. Gropius hatte in der Nacht kaum geschlafen und sich Notizen gemacht. Seit er sich mit der Aufklärung seines Falles beschäftigte, hatte Gropius ein ängstliches, beinahe kleinkariertes Denken entwickelt, das jede Kleinigkeit einkalkulierte. Früher war ihm so etwas völlig fremd gewesen.

Der Plan sah vor, dass Francesca, um jeden Zufall und Verdacht zu vermeiden, nicht ihren eigenen Wagen benutzte, sondern mit einem Taxi zu de Lucas Institut fuhr. Um etwaige Verfolger abzuschütteln, sollte sie auf dem Rückweg nicht das Hotel ansteuern, wo Gropius zurückblieb, sondern den Bahnhof. Dort war es ein Leichtes, unterzutauchen und das Gebäude durch einen Seitenausgang wieder zu verlassen. Auf diese Weise konnte sie unbemerkt in Gropius' Hotel gelangen, wo das kostbare Objekt auf schnellstem Wege im Hoteltresor verschwinden sollte.

Pünktlich um elf Uhr traf Francesca am Institut de Lucas ein. Wie immer machte die zweistöckige, hinter Zypressen und Buschwerk versteckte Villa einen verlassenen Eindruck. Francesca hielt einen Augenblick inne, um sich zu konzentrieren. Im Zeitraffer ging sie noch einmal die Strategie durch, die Gropius ihr erklärt hatte. Dann drückte sie auf den Klingelknopf.

Signora Selvini, eine hagere Frau mit kurzen roten Haaren und dicker Schminke im Gesicht, war, was ihr Alter betraf, schwer einzuschätzen. Sie konnte vierzig sein, aber auch sechzig, jedenfalls verliehen ihr die hohen Schultern, zwischen denen ihr Hals völlig verschwand, etwas Hexenhaftes. Hinzu kam eine heisere, unsicher wirkende Stimme, wie sie unter Norditalienerinnen nicht selten ist. Im Gegensatz zu Francesca war ihr Englisch, mit dem sie sich verständigte, nicht gerade das beste, doch das kam in erster Linie der unbekannten Besucherin zugute.

Die Begrüßung fiel erwartet kühl und geschäftsmäßig aus, und Francesca hatte den Eindruck, dass die Signora, als sie sie mit zusammengekniffenen Augen musterte, nur nach dem Geld Ausschau hielt, das sie gefordert hatte. Deshalb begann Francesca: »Ich habe die Summe bei mir. Wenn Sie mir das Objekt einmal zeigen würden?«

Die Signora zog die schwarz nachgezogenen Augenbrauen, die sich auffällig von ihrer hellen Haut abhoben, nach oben und antwortete: »Sie haben doch nicht etwa erwartet, dass ich das Stück hier aufbewahre, Miss Yadin. Dürfte ich erst einmal das Geld sehen?«

Francescas Herz schlug bis zum Hals. Sie fühlte sich verunsichert, denn sie hatte fest damit gerechnet, die Übergabe würde hier im Institut stattfinden. Mit Gropius hatte sie alle Möglichkeiten erörtert, aber darauf war sie nicht gefasst. Schließlich erwiderte Francesca: »Sie misstrauen mir, Signora? Nun gut, dann mögen Sie aber auch mir ein gewisses Misstrauen zubilligen. Also, wo ist das Objekt?«

Signora Selvini murmelte auf Italienisch ein paar Schimpfwörter, die Francesca sehr wohl verstand und von denen *puttana* – Hure noch am freundlichsten klang; in etwas freundlicherem Tonfall meinte sie schließlich: »Kommen Sie, Miss Yadin, mein Onkel Giuseppe besitzt ein Antiquitätengeschäft in der Nähe der Akademie der Wissenschaften. Dort befindet sich, was Sie suchen.«

Vor dem Haus unter einer Pinie parkte ein uralter Peugeot 504, dessen beste Jahre eine Generation zurücklagen, aber irgendwie passte das dunkelgrüne, verwitterte Fahrzeug zu Signora Selvini. Die Fahrt entlang des Po hinüber zur anderen Seite des Flusses dauerte nicht lange und verlief ziemlich schweigsam, unterbrochen nur von ein paar Bemerkungen über das warme Frühlingswetter. Francesca war nicht ganz wohl bei der Sache und sie behielt den Weg, den der Wagen nahm, fest im Auge. Vor einem kleinen Laden mit vergittertem Schaufenster, in dem sich allerlei Trödel türmte, darunter ein altes Schaukelpferd und eine schäbige Gipsmadonna in Lebensgröße, hielt Signora Selvini an.

Onkel Giuseppe, ein kleiner Mann mit weißen, flaumigen Haaren, war etwa neunzig, aber korrekt gekleidet und blickte ihnen durch dicke Brillengläser entgegen. Er hörte nicht mehr so gut, und Signora Selvini musste sich durch lautes Rufen verständlich machen, sie wolle dem Tresor etwas entnehmen. Tatsächlich entdeckte Francesca unter all dem Plunder und abgewohnten Mobiliar einen braunen Tresor aus dem 19. Jahrhundert mit aufgemalten Verzierungen. Aus der Jackentasche ihres Kostüms zog Signora Selvini einen altmodischen Schlüssel mit Doppelbart, dann öffnete sie den Geldschrank und entnahm einen etwa zwanzig mal dreißig Zentimeter großen Umschlag mit der Aufschrift: »Sig. Schlesinger, Monaco di Baviera«.

Als Francesca die zögernde Haltung der Signora bemerkte, drehte sie sich um und angelte das Geld aus ihrer Unterwäsche, das sie sicherheitshalber dort verborgen hatte. »Darf ich den Inhalt einmal sehen?«, fragte sie an Signora Selvini gewandt.

»Ja, natürlich«, erwiderte diese mit einem Unterton, der eine gewisse Gereiztheit verriet. Der Umschlag enthielt zwei Computerausdrucke mit einem kurzen wissenschaftlichen Text und je einem Strichcode. Außerdem zwei in eine Folie von Postkartengröße eingeschweißte und mit einem Siegel des »Instituto Prof. Luciano de Luca« versehene Objekte, von denen das eine dem Tropfen einer Wachskerze glich, während das andere unschwer als ein verfärbtes Stückchen Leinen zu erkennen war, etwa zwei mal zwei Zentimeter im Quadrat.

Francesca hatte Schwierigkeiten, die Bedeutung und den Wert

des Inhalts zu begreifen. Ihr wollte nicht in den Kopf, dass diese läppischen Relikte der Grund sein sollten, Menschen umzubringen, dass der arme Constantino möglicherweise nur deshalb sterben musste, weil man diesen Umschlag in ihrer Wohnung vermutete.

Als sie der Signora das Geld überreichte und im Gegenzug den Umschlag in Empfang nahm, spürte Francesca ein flaues Gefühl im Magen, wie damals, als sie erfuhr, dass sie nichtsahnend eine Blaue Mauritius nach London transportiert hatte. Von einer plötzlichen Kopflosigkeit erfasst, stürmte Francesca aus dem Laden, rannte, als ob es um ihr Leben ginge, die Via Nizza entlang auf einen Taxistand zu und sprang in ein wartendes Fahrzeug.

»Zum ›Meridien‹«, sagte sie atemlos, womit sie Gregors Anweisung, den Umweg über den Bahnhof zu wählen, außer Acht ließ.

Im Hotel angekommen, fiel sie Gropius in die Arme, der unauffällig im Foyer gewartet hatte. Plötzlich löste sich die Anspannung, die sich in ihr aufgestaut hatte, und dicke Tränen rannen über ihr Gesicht. »Alles o.k.!«, schluchzte sie. »Ich habe, wonach du gesucht hast.«

Gropius nahm ihr den Umschlag aus der Hand und verschwand wortlos in der Herrentoilette im Untergeschoss. Als er zurückkehrte, machte er Francesca ein Zeichen, dass sie gute Arbeit geleistet hatte, und begab sich zum Tresorraum des Hotels, der direkt hinter dem Empfangstresen gelegen war.

»Was willst du jetzt tun?«, fragte Francesca, nachdem er sich des kostbaren Umschlags entledigt hatte und sich im Foyer zu ihr setzte. Sie trug noch immer ihre Maskerade, und Gropius hatte Mühe, sich das Lachen zu verbeißen. Doch die Frage klang in seinem Kopf nach: Was willst du jetzt tun? Er wunderte sich über sich selbst, weil er so gelassen blieb. Statt Triumph spürte er eine seltsame Niedergeschlagenheit, als plagte ihn ein schlechtes Gewissen. Dabei hatte er sich in keiner Weise schuldig gemacht, er war nur anderen zuvorgekommen, die sich dem Bösen verschrieben hatten.

»Ich weiß es nicht«, antwortete er wahrheitsgemäß, um Francesca durch sein Stummbleiben nicht zu verletzen, »ich brauche ein paar Tage Zeit.«

Unter den wirren Gedanken, die sein Gehirn durchfuhren wie ein Meteoritenregen, warf einer mehr Fragen auf als der andere. Vor allem beschäftigte Gropius das Problem, warum Schlesinger, für den die DNA-Analysen ja ursprünglich bestimmt waren, so großen Wert darauf legte. Schließlich hatte er bereits genügend Material in Händen gehabt, um irgendwelchen Leuten zehn Millionen abzupressen. Wozu also weitere Analysen? Ob Schlesinger geblufft, ob Schlesinger nur eine Ahnung hatte, dass sich der Nachweis für die Identität des Jesus von Nazareth erbringen ließe? Vielleicht hatten Schlesinger und de Luca gemeinsame Sache gemacht, und alles war nur ein raffiniert angelegtes Komplott? Vielleicht hatte Schlesinger irgendwelche Knochen in den Steintrog gelegt, und de Luca hatte eine falsche DNA erstellt?

Als hätte Francesca die Fähigkeit, Gedanken zu lesen, meinte sie plötzlich: »Dich quält die Vorstellung, du könntest zwei hinterlistigen Gaunern namens Schlesinger und de Luca auf den Leim gegangen sein. Stimmt's?«

»Stimmt«, erwiderte Gropius, »wie kommst du darauf?«

»Das war auch *mein* erster Gedanke!«

»Und was spricht dagegen?« Gropius sah Francesca erwartungsvoll an.

»Schlesinger und de Luca waren beide anerkannte Wissenschafter, jeder auf seinem Gebiet. Warum sollten sie sich auf krumme Sachen einlassen, die – falls sie aufgedeckt worden wären – das Ende ihrer Karriere bedeutet hätten? Nein, ich glaube, jeder der beiden hatte *einen* Beweis für den Tod des Jesus von Nazareth. Beides zusammen ergab eine schlüssige Synthese, und deshalb mussten beide sterben.«

Gropius folgte Francescas Worten mit kritischem Blick. Die Ellenbogen auf die Knie gestützt, dachte er nach. Schließlich antwortete er: »In letzter Konsequenz würde das bedeuten, dass *ich* der Nächste bin.«

Etwa zur selben Zeit verließ Sheba Yadin das Hotel »Diplomatic« und begab sich zu dem Café am Corso Belgio, um sich, wie vereinbart, mit Signora Selvini zu treffen. Aber die Signora kam nicht. Nach einer guten halben Stunde und zwei Caffè latte überkam sie das ungute Gefühl, dass irgendetwas nicht stimmte. Signora Selvini, mit der sie sich am Vortag getroffen hatte, hatte bei ihr einen zwiespältigen Eindruck hinterlassen. Ihr war aufgefallen, dass die Signora ziemlich nervös war, jedenfalls aufgeregter als sie selbst, doch sie hatte das auf die respektable Geldsumme geschoben, um die es bei dem Treffen ging.

Also suchte Sheba das Institut von Professore de Luca auf. Es war noch Tag, aber in einem Raum im ersten Stock brannte grelles Licht. Das Gartentor am Eingang stand offen, und nachdem sich auf ihr Klingelzeichen niemand meldete, betrat Sheba das Grundstück und ging auf den Eingang zu. An der verschlossenen Haustür machte sie sich durch Rufen und Klopfen bemerkbar. Von einer bösen Ahnung getrieben, schlich Sheba um das Haus. Es war still. Nur Vogelgezwitscher schallte aus der großen Pinie im Park. Sheba hoffte durch eines der dreiflügeligen Fenster im Erdgeschoss einen Blick in das Innere des Gebäudes werfen zu können; doch die Scheiben waren aus Milchglas, das jede Durchsicht verhinderte.

An der Rückseite des Hauses stieß Sheba auf einen zweiten Eingang, der in früheren Zeiten dem Personal gedient hatte. Die Tür stand offen, und Sheba wollte umkehren. Die Sache war ihr nicht geheuer. Trotzdem näherte sich Sheba dem Eingang, aus dem ihr kühle Luft entgegenschlug.

»Ist da jemand?«, rief sie in englischer Sprache.

Keine Antwort.

Der düstere Korridor war mit violett-weißen Kacheln gefliest und strahlte den morbiden Charme der vorletzten Jahrhundertwende aus. An den Wänden hingen Piranesi-Stiche mit alten Stadtansichten. Es roch muffig. Der Gang führte zu einer zweiflügeligen Holztür mit geschliffenen Glasscheiben, durch die man verzerrt in einen Salon mit altem Mobiliar blicken konnte.

Sheba klopfte an und stieß die Tür auf. »Ist da jemand?«, wiederholte sie lautstark ihre Frage. Eine Standuhr, gewiss drei Meter hoch und mit einem wuchtigen Messingpendel versehen, tickte ihren gnadenlosen Takt. Rechter Hand führte eine Holztreppe mit einem Geländer aus wuchtigen, gedrehten Säulen zum Obergeschoss. Die abgetretenen Bohlen gaben knarrende Geräusche von sich, als Sheba nach oben stieg. Es war das letzte Geräusch, das Sheba Yadin bewusst wahrnahm.

Denn als sie den oberen Treppenabsatz erreicht hatte und sich nach links wandte, wo aus einer Tür Neonlicht schien, spürte sie plötzlich einen kurzen, heftigen Schlag im Nacken, als lähmte Starkstrom ihre Glieder. Ohnmächtig sank sie in sich zusammen. Es schien ihr, als würde sie, leicht wie eine Feder, in ein helles Licht getragen und auf einer kalten Fläche abgelegt. An ihrem rechten Arm spürte sie noch einen Stich, ein leichtes, beinahe angenehmes Pieksen, dann war da nur noch eine galligweiße, undurchdringliche Wand. Sheba merkte, wie das Leben aus ihrem Körper wich. Nur von den Fingern ging noch Bewegung aus. Mit letzter Kraft und bloßem Finger malte sie ein Zeichen auf die kalte Fläche, die ihr als Unterlage diente. Ein kühler Sog riss sie hinweg, dann herrschte eisige Stille.

Gegen 17 Uhr kehrte Signora Selvini zurück. Seit de Lucas Tod, der sie schwer getroffen hatte, weil der Professore nicht nur ihr Chef, sondern auch ihr Geliebter gewesen war, war sie die einzige Bewohnerin der alten Villa. Im obersten Stockwerk unter dem Dach lebte sie zurückgezogen in zwei kleinen Mansardenzimmern mit Blick auf den Park. Vor zehn Jahren hatte de Luca sie von einem Genlabor in Bologna nach Turin geholt. Sein Angebot hatte sie bereitwillig angenommen, weil de Luca als Forscher einen Namen hatte und obendrein an ihrem Privatleben interessiert war – zunächst nur eine Vermutung, die sich jedoch als richtig erweisen sollte. Zusammen hatten sie das »Instituto Professore Luciano de Luca« geführt, eine anerkannte Einrichtung auf dem Gebiet der Biotechnologie und Analytik, jedenfalls bis vor zwei Jahren, als der Professore von einer gewissen Existenzangst befallen wurde und sich mit Dingen zu beschäftigen begann, die sich am Rande der Legalität bewegten, aber viel Geld einbrachten. Seither galt das Institut am rechten Ufer des Po in gewissen Kreisen als Geheimtipp.

Signora Selvini erschrak, als sie die zwei Carabinieri sah, die den Eingang zum Institut bewachten.

»Können Sie mir vielleicht erklären, was hier los ist?«, fragte sie barsch.

Einer der beiden Polizisten versperrte ihr den Weg und entgegnete, ohne ihre Frage zu beantworten: »Wer sind Sie?«

»Signora Selvini. Ich wohne hier, wenn Sie nichts dagegen haben. Was ist passiert?«

Der Carabiniere verweigerte jede Antwort, stattdessen sagte er in rüdem Ton: »Folgen Sie mir, Signora!«

Mit Staunen nahm sie zur Kenntnis, dass der Polizist sie zum Hintereingang führte, der so gut wie nie benutzt wurde, und als sie die offen stehende Tür sah, glaubte sie zunächst an einen Einbruch, wie sie in der Gegend nicht selten waren.

Der Carabiniere brachte sie zu einem Commissario mit faltigem Gesicht und grauem Kraushaar, der mitten im Salon stand und in ein Diktiergerät sprach.

»Zuerst will ich einmal wissen, wie Sie hier hereingekommen sind?«, fragte Signora Selvini mit Nachdruck in der Stimme.

»Die Tür stand offen«, erwiderte der Commissario und steckte sein Diktiergerät in die Tasche. »Können Sie sich ausweisen? Mein Name ist Artoli.«

»Mein Name ist Selvini«, entgegnete die Signora und kramte ungehalten in ihrer Handtasche. Dabei wurde ein Bündel Geldscheine sichtbar. Nach einem flüchtigen Blick auf den Ausweis, der ihn auf einmal nicht mehr sonderlich zu interessieren schien, meinte der Commissario mit ironischem Unterton: »Tragen Sie immer so viel Geld mit sich herum, Signora?«

»Das ist doch wohl meine Sache, Commissario!«, erwiderte die Signora ungehalten.

»Aber gewiss doch, wenn es sich nicht gerade um Geld handelt, das illegal verdient und nicht versteuert wurde. Aber Sie können mir sicher die Herkunft des Geldes erklären.«

In die Enge getrieben, ging Signora Selvini zum Angriff über: »Entweder Sie sagen mir jetzt, was hier gespielt wird, oder Sie verschwinden und ich werde mich bei Ihrem Vorgesetzten beschweren!«

Artoli, die Ruhe selbst, setzte ein hinterhältiges Grinsen auf, streckte die Hand aus und sagte: »Würden Sie mir bitte Ihre Handtasche mit dem Geld überlassen?«

Wie sollte sie sich verhalten? Der Verdacht lag nahe, dass diese Sheba Yadin, der sie von Anfang an nicht getraut hatte, sie in eine Falle gelockt hatte. Sie wusste, für zwielichtige Geschäfte, wie de Luca sie betrieben hatte, war sie absolut ungeeignet. »Bin ich denn dazu verpflichtet?«, erwiderte sie auf die Frage des Commissario.

»In diesem Fall, ja, Signora.«

»In welchem Fall, Commissario?«

Der Commissario grinste noch immer: »Sicher wissen Sie nicht, wie die weibliche Leiche in Ihr Laboratorium gelangte.«

»Welche Leiche?«

»Eine gewisse Sheba Yadin.«

»Sheba Yadin? Das ist doch nicht möglich!«

»Sie kennen die Signora?«

»Ja, das heißt nein. Von ihr stammt das Geld in meiner Handtasche.«

Sie hatte den Satz kaum ausgesprochen, da wusste sie, dass sie einen Fehler gemacht hatte. Aber es war ihr nun einmal herausgerutscht. Fassungslos drückte sie dem Commissario ihre Tasche in die Hand und stürmte die Treppe empor.

An der Tür zum Laboratorium stieß sie einen Schrei aus: Auf dem Labortisch lag, aufgebahrt zwischen Gläsern, Gefäßen, Kanülen und elektronischen Messinstrumenten, eine junge Frau mit kurzem Blondhaar, geschmackvoll gekleidet in ein beigefarbenes Kostüm. Ein Fuß steckte in einem dunklen hochhackigen Pumps, der andere Schuh lag auf dem Boden. Ihr linker Arm lag am Körper, der rechte hing halb angewinkelt über den Tischrand herab. Die Augen waren nicht ganz geschlossen, sodass man das Glitzern der Augäpfel noch erkennen konnte.

»Ist sie wirklich tot?«, fragte Signora Selvini zögernd.

Der Commissario, der der Signora nachgegangen war, nickte.

»Und wie kommt sie hierher? Wer ist das überhaupt?«

»Das wollte ich eigentlich Sie fragen«, erwiderte der Commissario und trat ganz nahe an sie heran. »Ihr Name ist Sheba Yadin. Sie müssten sie eigentlich kennen. Sie sagten doch eben …«

»Unsinn!«, fiel ihm die Signora ins Wort und strich sich mit der Hand über die Augen. »Das ist nicht Sheba Yadin. Ich habe erst heute mit Sheba Yadin gesprochen, und sie übergab mir das Geld!«

»Sie kannten Signora Yadin schon länger?«

»Nein. Nur dem Namen nach war sie mir bekannt. Die Frau oder Freundin eines Archäologen, der bei uns irgendwelche Analysen in Auftrag gegeben hat. Ich bekam das Geld für eine Analyse, die in unserem Institut durchgeführt wurde. Von dem Auftrag konnte niemand wissen, und kein anderer hätte mir für die Analyse so viel Geld bezahlt. Für jeden anderen war sie wertlos.«

»Sie beharren also darauf, dass diese Frau nicht Sheba Yadin ist?«

»Ich schwöre es bei San Lorenzo und allen Heiligen!«

Da hielt ihr der Commissario einen Pass vors Gesicht. Das Passfoto zeigte eine junge Frau mit langen dunklen Haaren; aber auch wenn die leblose junge Frau auf dem Labortisch kurze blonde Haare hatte, war unschwer zu erkennen, dass es sich um ein und dieselbe Frau handelte. Der Name, auf den der Pass in hebräischer und lateinischer Schrift ausgestellt war, lautete: Sheba Yadin.

»Mein Gott!«, stammelte Signora Selvini und sah den Commissario ratlos an. Sie war völlig durcheinander. »Mein Gott!«, wiederholte sie. »Ich verstehe das alles nicht.«

»Signora, Sie müssen doch irgendeine Erklärung dafür haben, warum auf Ihrem Labortisch eine tote Frau liegt und warum sie in ihrer Handtasche dieselbe Summe mit sich herumträgt wie Sie: zwanzigtausend Euro.«

»Sie hat …?«

»Zwanzigtausend Euro in der Tasche! Wenn Sie mir die Bemerkung gestatten, Signora, das ist, abgesehen von der Summe, höchst ungewöhnlich und gewiss kein Zufall. Mir drängt sich da der Verdacht auf, Sie haben zusammen mit Sheba Yadin ein Geschäft gemacht und sich die Summe redlich geteilt. Dabei kam es vielleicht zum Streit, wobei Signora Yadin auf der Strecke blieb. War es so?«

Signora Selvini stieß einen Schrei aus. »Nein, nein, nein! Ich habe mit dem Mord nichts zu tun. Ich kenne diese Frau doch gar nicht!«

»Sagten Sie nicht, Sie hätten das Geld in Ihrer Handtasche von Sheba Yadin erhalten? Also, was stimmt denn nun, Signora Selvini? Sagen Sie endlich die Wahrheit!«

»Die Wahrheit, die Wahrheit! Ich habe die Wahrheit gesagt.

Ich habe mich mit Sheba Yadin im Café am Corso Belgio getroffen, ihr zwei DNA-Analysen ausgehändigt und dafür zwanzigtausend Euro bekommen.«

»Zeugen?«

»Signora Yadin!«

»Aber die liegt vor Ihnen und ist tot!« Die Stimme des Commissario wurde bedrohlich laut.

»Dann hatte Sheba Yadin eben eine Doppelgängerin ...«

»... die Ihnen so einfach mal zwanzigtausend Euro überreicht, ohne Quittung, ohne alles.«

»Ja. So war es.« Aus Signora Selvinis Gesicht sprach pure Verzweiflung. Sie bekam feuchte Augen. Aber nicht aus Schmerz, sondern aus Wut, aus Wut darüber, dass sie sich in eine schier ausweglose Situation gebracht hatte.

Ein Mann der Spurensicherung in weißem Papieroverall und mit weißen Gummihandschuhen drängte die beiden zur Seite. Mit einem Pinsel und einer Spraydose brachte er an bestimmten Stellen des Laboratoriums Wolken von Graphitstaub auf, um dann mithilfe einer transparenten Klebefolie Fingerabdrücke zu nehmen. In unregelmäßigen Abständen gab der Mann anerkennende Laute von sich, aus denen man schließen konnte, dass seine Arbeit erfolgversprechend verlief.

»Commissario!« Der Mann im weißen Oberall hielt plötzlich ein kleines weißes Etwas in die Höhe, eine Plastikampulle mit der Aufschrift: Chlorphenvinphos.

»Was ist das?«, erkundigte sich der Commissario, ohne die Ampulle in die Hand zu nehmen.

»Ein tödliches Insektengift! Soviel mir bekannt ist, gab es schon einige Morde mit diesem Gift.«

Der Commissario wandte sich an Signora Selvini: »Stammt die Ampulle aus Ihrem Labor?«

»Wir sind ein biotechnisches Labor und keine Giftküche!«, entgegnete die Signora unwillig und fuhr fort: »Langsam habe ich den Eindruck, Sie wollen mir einen Mord in die Schuhe schieben!«

»Ich will gar nichts! Aber vielleicht darf ich Sie darauf hinweisen, dass es nach den ersten Ermittlungen schwierig wird, Sie *nicht* mit dem Mord in Verbindung zu bringen. Was ich bisher von Ihnen gehört habe, spricht jedenfalls eher gegen als für Sie: eine Leiche in Ihrem Haus, eine Tote, deren Namen Sie kennen, deren Identität Sie jedoch abstreiten, eine respektable Summe Geld in Ihrer Tasche, gerade so viel wie die Tote, und dann wollen Sie behaupten, nichts damit zu tun zu haben, Signora?«

Da begann die Signora zu kreischen, er sei ein Kommunist oder Mafioso und was ihr in ihrer Erregung sonst noch einfiel, und überhaupt, rief sie mit blitzenden Augen, werde sie von nun an kein Wort mehr sagen und sie bestehe darauf, mit einem Anwalt zu sprechen.

Ein paar Augenblicke sah sie dem Mann von der Spurensicherung bei der Arbeit zu; dann hatte sie ihre Drohung vergessen, und an den Commissario gewandt, fragte sie: »Woher haben Sie eigentlich gewusst, dass diese Frau ermordet wurde und dass ihre Leiche hier zu finden ist?«

»Ein anonymer Anruf im Präsidium. Eine männliche Stimme mit fremdem Akzent sagte, im Instituto von Professore de Luca liege eine tote Frau. Solche Anrufe sind nicht selten, und wir glaubten zunächst an einen üblen Scherz. Deshalb schickten wir erst einmal einen Streifenwagen der Carabinieri her. Die fanden alle Türen offen, und nachdem sie das Untergeschoss durchsucht hatten, entdeckten sie hier oben die Tote.«

Der Gerichtsmediziner, ein jugendlich wirkender schlaksiger Mann mit dunklen, ins Gesicht gekämmten Haaren, was ihm das Aussehen eines römischen Cäsaren verlieh, hatte bislang unauffällig vor sich hingearbeitet. Nun nahm er seine Tasche, die er neben dem Eingang zum Laboratorium deponiert hatte, und machte Anstalten, ebenso unauffällig wieder zu verschwinden.

»Augenblick, Dottore!«, hielt ihn der Commissario auf, »Todeszeit?«

»Vor zwei bis drei Stunden.«

»Todesursache?«

»Schwer zu sagen. Sie erhalten meinen Bericht morgen bis 17 Uhr. Jedenfalls weist die rechte Armbeuge einen Einstich auf. Ob dieser mit dem Tod der Frau in ursächlichem Zusammenhang steht, kann ich erst morgen mit Bestimmtheit sagen.«

Inzwischen war es dunkel geworden, und der Mann von der Spurensicherung bedeutete dem Commissario, er könne die Leiche jetzt fortschaffen und in die Gerichtsmedizin überführen lassen. Zwei Männer, der eine klein und kräftig, der andere lang und schmal, kamen mit einem wannenartigen Plastiksarg ihrer Aufgabe mit unbeteiligter Miene nach.

An der Stelle, wo die tote Frau auf dem Labortisch gelegen hatte, begann der Mann im weißen Overall mit der Aufnahme weiterer Spuren. Dazu zählten zwei Haare, die er mithilfe einer Pinzette in ein transparentes Plastiktütchen steckte. Als er sicher sein konnte, dass keine organischen Relikte mehr zu finden waren, begann er nach Fingerabdrücken zu suchen und die gesamte Tischplatte zu bestäuben. Dabei machte er eine seltsame Entdeckung.

Zwischen verschiedenen Fingerabdrücken und wertlosen Schleifspuren löste sich aus dem aufgetragenen Graphitstaub ein deutlich erkennbares Zeichen: drei große lateinische Buchstaben, krumm und verschoben, so als wären sie blind und mit blanken Fingern auf den Labortisch geschmiert worden.

»Commissario, sehen Sie nur! Was hat das zu bedeuten?«

Der Commissario trat hinzu und las: IND. Er hob die Schultern und schüttelte den Kopf.

Kapitel 14

In der sicheren Gewissheit, Schlesingers Coup auf der Spur zu sein, hatte Gropius im »Meridien« eine unruhige Nacht verbracht, als er kurz vor acht unsanft vom Telefon geweckt wurde. Gregor dachte sich, dass das nur Francesca sein konnte. Nur sie wusste von seiner Anwesenheit, und so griff er verschlafen zum Hörer.

»Sheba Yadin ist ermordet worden!«, rief Francesca ins Telefon. Ihre Stimme klang laut und äußerst erregt.

»Was sagst du da?« Gregor richtete sich auf und presste den Hörer fester an sein Ohr. »Sheba?«

»Ermordet! Man hat ihre Leiche im Institut von Professore de Luca gefunden. Ein verdammt merkwürdiges Gefühl, wenn ich daran denke, dass ich gestern noch als Sheba Yadin herumgelaufen bin. Hallo, bist du noch da?«

Gregor starrte vor sich hin in den abgedunkelten Raum. Die Vorhänge seines Hotelzimmers waren noch zugezogen. Es roch wie in allen Hotelzimmern der Welt nach Klimaanlage, Staubsauger und den Ausdünstungen des Badezimmers. Und wie auf allen Hotelfluren der Welt herrschte um die Morgenstunde Verkehr wie auf einem Bahnhof: Kofferkulis, Etagenservice, laute Rufe, die zur Eile mahnten, palavernde Zimmermädchen. Nein, das war kein Traum, das war die Realität!

»Ja«, erwiderte er zaghaft. »Entschuldige. Ich muss das erst mal verdauen. Weiß man schon, wer dahinter steckt?«

»Signora Selvini wurde verhaftet. Aber sie streitet alles ab. Sie soll heute dem Haftrichter vorgeführt werden.«

»Traust du ihr einen Mord zu? Ich meine, du hast dich zumindest kurz mit ihr unterhalten.«

Francesca holte tief Luft. »Was soll ich sagen, Gregor, Signora Selvini ist eine Hexe. Hexen sind bösartig; aber sie bringen niemanden um, vor allem nicht auf so professionelle Weise.«

»Was soll das heißen, auf so professionelle Weise?«

»Die Zeitungen schreiben, Sheba sei an einer Chlorphenvinphos-Injektion gestorben.«

»Chlorphenvinphos? Oh mein Gott!«

»Offenbar musste Sheba Yadin sterben, weil sie zu viel wusste. Erstaunlich, dass ich noch lebe.«

»Ich glaube, die alte Schlange Selvini steckt mit der Organisation unter einer Decke. Sie wusste um den Wert der Stoffprobe, und vermutlich hat sie uns eine Fälschung verkauft. Vermutlich ist die Stoffprobe im Hoteltresor nur ein wertloser Fetzen.«

»Glaubst du wirklich?«

Er seufzte resignierend: »Wahrscheinlich war alles umsonst. Wir haben es da mit einer Organisation zu tun, die weit über meine Vorstellungen hinausgeht. Du, ich, wir alle, die nur im Entferntesten ihre Interessen berühren, stehen vermutlich unter ständiger Beobachtung, und die Herren amüsieren sich, dass so ein unbedarfter Professor, für den Ethik und Moral an oberster Stelle stehen, den lächerlichen Versuch unternimmt, sie zu täuschen. Langsam frage ich mich: Wozu das alles? Wozu?«

Francesca spürte, dass Gregor dringend des Zuspruchs bedurfte. Deshalb antwortete sie gegen ihre Überzeugung: »Du darfst jetzt nicht aufgeben. Du bist der Lösung des Falles, *deines* Falles, schon so nahe. Es geht um *dich* und *dein* Leben. Und wenn du willst, werde ich dir zur Seite stehen, so gut ich kann. Ich liebe dich!«

Die unerwartete Liebeserklärung traf Gropius in einer Situation, in der ihm der Kopf nach allem anderen stand, nur nicht nach einer Neuordnung seiner Gefühle. Andererseits war er im Zustand von Resignation und Schwäche nicht unempfänglich für Zuneigung.

»Laß uns ein andermal darüber reden«, erwiderte Gropius keineswegs abweisend. »Bitte versteh mich.«

»Entschuldige, ich wollte das nicht sagen. Es ist mir so herausgerutscht!« Der plötzliche Gefühlsausbruch hatte Francesca selbst überrascht. Nach einem Augenblick des Nachdenkens sagte sie: »Die Zeitung schreibt, Sheba Yadin habe im Todeskampf ein Zeichen hinterlassen, vermutlich einen Hinweis auf ihren Mörder. Sie malte mit bloßen Fingern ein Zeichen auf die Tischplatte, auf der man sie abgelegt hatte, drei Buchstaben: IND. Was könnte das bedeuten?«

»IND?« Das Kürzel kam Gropius bekannt vor. IND? Lautete nicht die Firmenkreditkarte, mit der Rodriguez' Hotelrechnung in München beglichen wurde, auf den Namen IND? Ja natürlich! Jetzt erinnerte er sich genau. Rodriguez!

»Du hast Recht, Francesca«, antwortete Gregor, »man sollte nie aufgeben. Ich bin vielleicht der Lösung meines Falles näher, als ich dachte. Und was das andere angeht … Da möchte ich drauf zurückkommen.«

Unter der Dusche ließ Gropius abwechselnd heißes und kaltes Wasser auf sein Gesicht prasseln, als wollte er den Gedankenfluss seines Gehirns auf Touren bringen. Dabei ging ihm Francescas Liebesgeständnis nicht aus dem Kopf. Andererseits spielte aber auch Felicia Schlesinger in seinen Gedanken noch eine Rolle.

Mit nasser Haut, ein Badetuch um den Bauch geschlungen, zog Gregor die Vorhänge in seinem Zimmer zur Seite. Der milchige Morgendunst versprach einen sonnigen Tag. Er ging zum Telefon und wählte Felicias Nummer.

Felicia meldete sich kurz angebunden, und mehr aus Höflichkeit erkundigte sie sich: »Wo steckst du?«

»In Turin, ich komme aus Israel und bringe wichtige Neuigkeiten!«

»So.« Ihre Stimme ließ jede Anteilnahme vermissen. »Wenn es

sich dabei um neue Erkenntnisse über das Vorleben Schlesingers handelt, hält sich mein Interesse in Grenzen. Das habe ich dir doch bereits gesagt!«

Gropius fühlte, dass eine unsichtbare Mauer zwischen ihnen stand. Die Kühle, mit der Felicia ihm seit geraumer Zeit begegnete, ließ Zweifel in ihm aufkommen, ob sie ihm überhaupt jemals nahe gewesen war. Gewiss, sie hatten miteinander geschlafen, und Gregor hatte sie in dieser Hinsicht in bester Erinnerung; aber Sex und Liebe sind zwei verschiedene Dinge, und im Gegensatz zum Sex bleibt die Liebe oft in der Planung stecken. Vielleicht hatten sie ihre Liebe zu sehr geplant, weil sie gut in ihre Situation gepasst hatte, vielleicht wäre es besser gewesen, sich mehr vom Zufall der Gefühle leiten zu lassen als von einer Idee.

»Etwas Furchtbares ist geschehen«, nahm Gregor einen neuen Anlauf. »Sheba Yadin wurde ermordet, hier in Turin.«

Eine Weile herrschte Schweigen am anderen Ende der Leitung, dann hörte er Felicia sagen: »Du erwartest doch jetzt hoffentlich nicht von mir, dass ich in Tränen ausbreche?«

»Natürlich nicht. Ich wollte nur, dass du es weißt.«

»Ermordet?« Es schien, als begriffe Felicia erst jetzt die ganze Tragweite der Nachricht. »Ist der Mörder denn schon gefasst?«

»Nein. Aber was noch furchtbarer ist, Sheba Yadin starb durch dasselbe Gift wie dein Mann, durch eine Chlorphenvinphos-Injektion.«

»Und was sagt die Polizei dazu?«

»Vorläufig gar nichts, vorläufig weiß die Polizei überhaupt noch nichts von einem Zusammenhang zwischen Shebas Tod und dem der Transplantationspatienten.«

»Du solltest die Leute aufklären.«

»Ja. Vielleicht hast du Recht. Und in diesem Zusammenhang habe ich eine Frage: Erinnerst du dich, ob Arno Schlesinger jemals das Kürzel IND erwähnt hat?«

»IND? Was soll das bedeuten?«

»Das wüsste ich auch gerne. Sheba Yadin hat die drei Buchstaben auf eine Tischplatte geschmiert. Vermutlich ein Hinweis auf ihren Mörder.«

»Ja, natürlich! IND! Bei Schlesingers Einäscherung wurde ein Blumengebinde mit einer Schleife abgegeben. Darauf stand: REQUIESCAT IN PACE. IND – Ruhe in Frieden. Ich habe mich damals zwei Dinge gefragt: Wer wusste von der Einäscherung, und was bedeutete das geheimnisvolle Kürzel?«

»Das hast du nie erwähnt!«

»Wieso! Konnte ich denn ahnen, dass diese harmlose Geschichte noch einmal Bedeutung erlangen würde? Ich wollte einfach die mysteriösen Umstände um Schlesingers Tod aus meinem Gedächtnis streichen, mir lag daran, Arno ganz zu vergessen. Warum fängst du jetzt wieder von vorne an?«

»Verzeih, aber wie es den Anschein hat, wurden Sheba Yadin und Arno Schlesinger von derselben Organisation umgebracht!«

»Kein Wunder, wahrscheinlich gab Arno der kleinen Schlampe das Geheimnis preis, das ihm die zehn Millionen eingebracht hat. Schließlich hat er die meiste Zeit mit ihr verbracht.«

Felicia war tief in ihrem Stolz getroffen. Das konnte man jedem ihrer Worte entnehmen. Sie hasste diesen Schlesinger, der sie in vier Jahren Ehe schamlos betrogen hatte. Gropius hatte sogar den Eindruck, dass sie in der gegenwärtigen Lage alle Menschen hasste. Ein Zustand, in dem sie sich zu verlieren drohte.

»Ich verstehe deine Bitterkeit«, sagte Gropius, »aber du musst versuchen, darüber hinwegzukommen. Schlesinger ist tot, du lebst. Immerhin hat er dir eine Summe hinterlassen, die dir ein sorgenfreies Leben ermöglicht.«

Als gingen Gregors Worte an ihr vorbei, stellte Felicia unvermittelt die Frage: »Und diese Italienerin, diese Francesca, ist sie bei dir?«

»Nein«, beteuerte Gropius, »du kannst mir glauben!« Er sah

sich plötzlich in der absurden Situation, sich verteidigen zu müssen; deshalb fügte er unwillig hinzu: »Und wenn, müsste ich dich nicht um Erlaubnis bitten. Das sehe ich doch richtig?«

»Ja, das siehst du richtig«, entgegnete Felicia.

Das Gespräch endete abrupt.

Der Mord an Sheba Yadin machte international Schlagzeilen. Vor allem das rätselhafte Kürzel IND, das von Sheba im Todeskampf und mit letzter Kraft auf die Platte des Labortischs geschmiert worden war, setzte wilde Spekulationen in Gang. Der BND, der das Problem auch mit aufwändigen Dechiffriermethoden nicht zu lösen vermocht hatte, sah sich aufs Neue herausgefordert.

Wolf Ingram, der Leiter der Sonderkommission, die seit Monaten im Trüben fischte, ohne ein konkretes Ergebnis vorweisen zu können, nutzte die Gelegenheit der Stunde und ging in die Offensive. In einem Interview mit der italienischen Zeitung *Stampa Sera* deckte er mögliche Zusammenhänge zwischen dem Mord an der israelischen Archäologin und den deutschen Transplantationspatienten auf. Ein gefundenes Fressen für Boulevardzeitungen in ganz Europa.

Einen Tag nach ihrer Festnahme wurde Signora Selvini wieder freigelassen. Ihr Anwalt konnte für die in Frage kommende Mordzeit ein lückenloses, von zwei Zeugen bestätigtes Alibi nachweisen und hinterlegte eine Kaution von zwanzigtausend Euro.

Dafür erreichte Gropius in seinem Hotel ein Anruf von Commissario Artoli. Artoli sprach zwar nicht Deutsch, aber hervorragend Englisch und bestand darauf, er, Gropius, solle das Hotel bis zu seinem Eintreffen nicht verlassen. Er solle im Mordfall Sheba Yadin eine Aussage machen. Gropius hatte kein gutes Gefühl. Woher kannte Artoli seinen Namen, und woher wusste er, dass er im »Le Meridien Lingotto« abgestiegen war?

Wider Erwarten wirkte Artoli auf Gropius keineswegs unsympathisch. Er pflegte höfliche Umgangsformen und begann sein Verhör, das in einer ruhigen Ecke der Hotelhalle stattfand, mit den Worten: »Tut mir Leid, mein Herr, dass ich Ihren Aufenthalt in Turin mit einer unangenehmen Sache unterbreche.«

Gropius machte eine unwillige Handbewegung. »Bitte keine Umstände, Commissario, ich weiß, worum es geht. Was wollen Sie von mir wissen?«

»Nun ja.« Artoli vermittelte den Eindruck, als habe er alle Zeit der Welt und als stünde er über den Dingen, jedenfalls wirkte die Ruhe, die er ausstrahlte, beinahe provozierend. »Professore«, begann er mit einem Lächeln, »Sie haben bei der American-Express-Bank in Turin zwanzigtausend Euro abgehoben. Können Sie mir erklären, was Sie mit dem Geld gemacht haben?«

Die Frage traf Gropius ganz und gar unerwartet und brachte ihn völlig aus dem Konzept. Unwillig erwiderte er: »Zwanzigtausend? Woher wollen Sie das wissen?«

Artoli hob die Schultern. Als Gropius mit der Antwort zögerte, erklärte er: »Die Signora am Schalter erinnerte sich an die Transaktion, als sie in der Zeitung las, dass sowohl die Tote als auch Signora Selvini genau diese Summe bei sich trugen.«

Gropius fühlte sich in die Enge getrieben. Wie sollte er sich verhalten? Er konnte unmöglich die Wahrheit sagen! Die Wahrheit war so absurd, dass er sich nur noch verdächtiger machen würde. Nein, er wollte schweigen. Niemand konnte ihn zwingen, über den Verbleib seines Geldes Rechenschaft abzulegen.

»Zwanzigtausend Euro sind viel Geld, zumindest für einen kleinen Commissario. Aber selbst ein Professore geht nicht mit dieser Summe in der Tasche spazieren oder zum Einkaufen in ein Geschäft. Also, wo ist das Geld geblieben, Professore?«

»Ich bin nicht verpflichtet, Sie darüber aufzuklären!«, entgegnete Gropius ungehalten. »Das Geld ist ehrlich verdient und in Deutschland versteuert, und niemand kann mich daran hindern, es in Italien auszugeben.«

»Da haben Sie völlig Recht, Professore. Eine Erklärung Ihrerseits könnte Sie allerdings in diesem Mordfall entlasten.«

»Was heißt hier entlasten? Wollen Sie damit sagen, dass Sie mich des Mordes an Sheba Yadin verdächtigen?«

»Kannten Sie die Tote?«

»Nein.«

»Sind Sie sicher?«

»Ja.«

»Merkwürdig. Das ist schon ein seltener Zufall. Da sitzen Sie beide im selben Flugzeug von Tel Aviv nach Rom, dann steigen Sie um in eine andere Maschine von Rom nach Turin, und wer sitzt wieder in diesem Flugzeug? Sheba Yadin. Und zwei Tage später ist diese Sheba Yadin tot. Das Leben schreibt wirklich seltsame Geschichten. Finden Sie nicht?«

Gropius blickte irritiert. »Woher wissen Sie das alles?«

Der Commissario setzte sein überlegenes Lächeln auf und antwortete: »Die italienischen Polizisten werden zwar schlecht bezahlt, aber deshalb sind sie nicht dümmer als andere.« Er zog ein zusammengefaltetes Papier aus der Tasche und breitete es vor Gropius aus. »Ein Fax des Landeskriminalamts in München! Darin steht, Sie seien derzeit beurlaubt, weil ein Patient in Ihrer Klinik bei einer Lebertransplantation durch eine Chlorphenvinphos-Injektion zu Tode gekommen ist. Sheba Yadin starb ebenfalls an einer Chlorphenvinphos-Injektion. Verrückt, nicht?«

Gropius spürte, wie das Blut in seinen Schläfen hämmerte. Er dachte, er hätte das alles längst hinter sich, und jetzt begann das perfide Spiel von neuem. In seiner Verzweiflung fuhr er sich mit der Hand über die Augen. »Ja, ich gebe zu, das klingt verrückt, sogar mehr als verrückt. Trotzdem habe ich mit dem Mord nicht das Geringste zu tun. Im Gegenteil.«

»Im Gegenteil? Professore, wie soll ich das verstehen?«

»*Ich* war hinter Sheba Yadin her, um diesen Mord in meiner Klinik aufzuklären!«

»Sie hielten Sheba Yadin für eine Mörderin?«

»Nein, aber ich glaubte, sie würde mich auf die richtige Fährte führen! Sheba Yadin verfügte über Kontakte zur Mafia oder zu einer geheimen Organisation.«

Der überlegene Blick des Commissario brachte Gregor Gropius zur Raserei. Artoli zeigte überdeutlich, dass er ihm nicht glaubte. Im Bruchteil einer Sekunde brannten bei Gropius alle Sicherungen durch. Er sprang auf, machte einen Satz über einen Sessel hinweg und rannte in Richtung des Hotelausgangs, wo sich ihm zwei Carabinieri in den Weg stellten und ihn bis zum Eintreffen Artolis festhielten.

Der schüttelte den Kopf, als er Gropius gegenübertrat, und sagte in der ihm eigenen Gelassenheit: »Aber, aber, Professore, warum wollen Sie fliehen, wenn Sie sich keiner Schuld bewusst sind? Nein, das war keine gute Idee. Ich nehme Sie vorläufig fest. Sie stehen unter Mordverdacht. Es steht Ihnen frei, sich einen Anwalt zu nehmen und von nun an jede Aussage zu verweigern.«

Gropius vernahm Artolis Worte wie aus weiter Ferne. Als der Commissario ihn aufforderte, in Begleitung der beiden Carabinieri auf sein Hotelzimmer zu gehen und die nötigsten Sachen einzupacken, kam er der Aufforderung wie in Trance nach. Später konnte er sich nicht mehr erinnern, wie er auf sein Zimmer und zurück in die Halle gelangt war. Seine einzige Erinnerung blieb Pierre Contenau, dem er, als er von zwei Polizisten flankiert aus dem Lift trat, plötzlich gegenüberstand. Im ersten Augenblick zweifelte er, ob der Mann wirklich Contenau war; aber dann sah er dessen fieses Grinsen, und Gropius schob alle Zweifel beiseite.

Kardinalstaatssekretär Paolo Calvi verschränkte die Hände auf dem Rücken und blickte durch das hohe Fenster hinab auf den Petersplatz. Er hielt genügend Abstand, dass er vom Platz aus nicht gesehen werden konnte – ein Kette rauchender Kardinal, die Gauloise im linken Mundwinkel, machte sich einfach nicht gut.

Seiner Sucht verdankte Calvi ein offenes Magengeschwür, das in seinem Gesicht deutliche Spuren hinterlassen hatte. Tiefe Falten an Augen und Mund ließen den sechzigjährigen Würdenträger wie einen Achtzigjährigen erscheinen. Die Sonne warf einen scharfen Lichtstrahl in den rauchgeschwängerten Raum, einen Saal mit roten Stofftapeten und musealer Einrichtung, unmittelbar unter den Wohnräumen des Papstes gelegen.

Paolo Calvi galt als der eigentliche starke Mann hinter den Mauern des Vatikans, so weit man, was den Kirchenstaat betraf, überhaupt noch von Stärke reden konnte. Als Kardinalstaatssekretär hatte er sich in der Kirche eine eigene Hausmacht geschaffen, die sogar seine Freunde fürchteten. Er bestimmte die Richtlinien der vatikanischen Politik, und seine Untergebenen flüsterten hinter vorgehaltener Hand, er leide an Herrschsucht, ein Phänomen, das vielen Klerikern zu Eigen ist, die sich aus kleinsten, meist bäuerlichen Verhältnissen in der Kirchenhierarchie emporgearbeitet haben.

Aus dem Hintergrund des Raumes trat Monsignore Antonio Crucitti in das verrauchte Ambiente und wedelte, solange der Kardinalstaatssekretär ihm den Rücken zuwandte, den sauren Rauch aus seinem Gesichtsfeld. »Laudetur, Eminenza!«, rief der Monsignore, um sich auf dem jedes Geräusch verschluckenden Teppich bemerkbar zu machen, und zur Sicherheit noch einmal »Laudetur, Eminenza!« – was in wörtlicher Übersetzung soviel heißen würde wie »Gelobt sei Jesus Christus, Eure Erhabenheit!«, aber daran dachte im Vatikan niemand, der diese Grußformel gebrauchte.

Calvi, noch immer die Gauloise zwischen den Lippen, wandte sich um, hüstelte künstlich, dass die Zigarette jeden Augenblick auf den Boden zu fallen drohte, und begann ohne Umschweife, wobei er langsam auf Crucitti zutrat: »Ich habe Sie rufen lassen, Monsignore ...«

Wie ein Kirchturm ragte der hoch aufgeschossene Crucitti

vor dem untersetzten Kardinal in die Höhe, dass dieser den Kopf nach oben recken musste. Aber wie bei einem Gotteshaus, bei dem der Turm nur eine bescheidene Rolle spielt, während in dem unscheinbar niedrigen Kirchenschiff das eigentliche Geschehen stattfindet, hatte auch hier der kleinwüchsige, untersetzte Kardinal Calvi das Sagen.

»Ich weiß«, fiel ihm Crucitti ins Wort und machte mit dem Kopf eine Bewegung zum Schreibtisch hin, auf dem die wichtigsten Tageszeitungen auflagen. »Eine dumme Geschichte. Der Mann hätte uns noch von großem Nutzen sein können.«

»Wieso hätte? Dieser Mann *wird* uns noch von großem Nutzen sein!«, rief Calvi mit hoher Stimme. Dabei nahm sein fast kahler Schädel eine dunkle Farbe an.

»Aber er wurde verhaftet!« Crucitti wich einen Schritt zurück. »Der *Messagero* schreibt, der Professore aus Deutschland stehe unter Mordverdacht!«

»Ist irgendetwas bewiesen? Kann man diesem – wie war doch der Name?«

»Gropius!«

»Kann man diesem Gropius einen Mord zutrauen?«

Monsignore Crucitti, ein so genannter Spätberufener, dem eine dunkle Vergangenheit nachgesagt wurde, aber so genau wusste das niemand zu sagen, war innerhalb der leontinischen Mauern zuständig für Sicherheitsfragen, Spionage und Terrorismusbekämpfung. Crucitti antwortete: »Ich habe keine Ahnung. Auf jeden Fall ist es eine sehr mysteriöse Geschichte.«

»Schon wieder so eine mysteriöse Geschichte! Monsignore, es ist Ihre Aufgabe, solche Vorfälle zu verhindern. Warum haben Sie Professore de Luca nicht gewarnt? Er könnte heute noch leben und uns von Nutzen sein. Für alles können wir die Mafia auch nicht verantwortlich machen!«

»Eminenza, Sie wissen doch, dass de Luca seinen Tod selbst verschuldet hat. Seine Geldgier wurde ihm zum Verhängnis. Als hätten wir ihm für seine Verschwiegenheit nicht genügend Geld in den Rachen geworfen. ›Niemand kann zwei Herren dienen; denn entweder wird er den einen hassen und den anderen lieben; oder er wird sich dem einen zuneigen und den anderen verachten. Ihr könnt nicht Gott dienen und dem Mammon!‹ Sagt der Evangelist Matthäus 6,24.«

»So, sagt er das, der Herr Evangelist!«

»Gewiss, Eminenza. Jedenfalls könnte de Luca noch leben, hätte ihn nicht der Mammon dazu verleitet, sich vor Gott und der Kirche zu versündigen.«

Kardinalstaatssekretär Calvi saugte nervös an seiner Gauloise und ließ den Rauch seitlich aus dem Mundwinkel entweichen, und dabei nuschelte er: »Sie reden wie ein Dorfpfarrer aus den Abruzzen.«

Crucitti lief rot an vor Zorn, einer ganz und gar unchristlichen Tugend, und deshalb gab sich der Monsignore alle Mühe, seine Emotionen zu unterdrücken.

»Sorgen Sie lieber dafür, dass dieser Gropius nicht auspackt. Das darf auf keinen Fall passieren. Haben Sie mich verstanden, Monsignore?« Calvis Stimme überschlug sich.

»Der Professore sitzt in Untersuchungshaft, Eminenza! Was soll ich tun?«

»Was Sie tun sollen?«, rief der Kardinalstaatssekretär in höchster Erregung, und dabei fiel ihm seine Zigarette aus dem Mund und hinterließ auf seiner Soutane eine Aschenspur. »Sie sollen diesen Gropius aus dem Gefängnis holen. Er darf keinesfalls einem Verhör unterzogen werden. Engagieren Sie den besten Avvocato des Landes. Nehmen Sie Dottore Pasquale Felici. Er ist nicht nur der beste Anwalt, er verfügt auch über die besten Kontakte zur Justiz. Machen Sie dem Avvocato klar, dass es für uns von allerhöchster Bedeutung ist, dass dieser Professore Gropius freikommt. Aber hüten Sie sich, ihm die ganze Wahrheit zu sagen. Ich kann mich doch auf Sie verlassen, Monsignore?«

Crucitti faltete beide Hände wie zum Gebet und senkte den Kopf, als träte er vor den Altar, eine Geste, für die der Kardinalstaatssekretär durchaus empfänglich war, und dienernd erwiderte er: »Eminenza, ich werde tun, was in meiner Macht steht. Und in der Macht des Allerhöchsten!« Mit spitzen Fingern hob er die Zigarettenkippe vom Teppich auf.

Der Kardinalstaatssekretär verzog sein Gesicht, dass die Furchen noch deutlicher sichtbar wurden, und zündete sich eine neue Zigarette an. »Wir verstehen uns«, bemerkte er hüstelnd, weniger einem Zwang gehorchend denn aus jahrzehntelanger Gewohnheit. »Erfinden Sie irgendeine Geschichte. Sagen Sie, der Professore aus Deutschland habe sich um die Gesundheit Seiner Heiligkeit verdient gemacht. Deutsche Ärzte genießen einen hervorragenden Ruf. Aber machen Sie nicht die geringste Andeutung, warum wir ein Interesse haben, dass Gropius freikommt. Und – wir verlangen von Avvocato Felici absolute Verschwiegenheit.«

»Absolute Verschwiegenheit«, wiederholte Monsignore Crucitti, »selbstverständlich.«

»Übrigens«, Kardinal Calvi richtete den Zeigefinger zur Decke, »wäre es gut, wenn man dort oben von der Angelegenheit nichts mitbekommt. Sie wissen von der Geschwätzigkeit Seiner Heiligkeit gegenüber ausländischen Diplomaten.«

»Ich verstehe, Eminenza. Wir werden so diskret wie möglich vorgehen. Laudetur, Eminenza, laudetur.«

Gegen zehn Uhr am folgenden Morgen – es könnte auch elf Uhr gewesen sein, denn im Gefängnis geht jeder Zeitbegriff verloren – kam ein Wärter und führte Gropius in ein fensterloses Besprechungszimmer, welches das einzige Tageslicht von einer Reihe Glasbausteine bezog, die eine Handbreit unter der Decke eingemauert waren. Der Fußboden war grau gefliest, die Wände weiß gestrichen und kahl. In der Mitte des Raumes ein Tisch aus Stahlrohr, an den Stirnseiten zwei Stühle aus demselben Material. In der Tür mit einem gläsernen, runden Durchblick, genau gegenüber jener Türe gelegen, durch die Gropius gekommen war, erschien, kaum hatte er auf einem der Stühle Platz genommen, ein elegant gekleideter Mann im anthrazitfarbenen Zweireiher, das dunkle Haar feucht nach hinten gekämmt, in der Hand einen schwarzen Aktenkoffer mit polierten Messingbeschlägen.

Gropius nahm staunend jede Einzelheit der Begegnung in sich auf, weil er zunächst keine Ahnung hatte, worum es eigentlich ging.

»Mein Name ist Dottore Pasquale Felici, ich bin Avvocato und beauftragt, Sie hier herauszuholen!«, begann der vornehme Mann in fließendem Deutsch und streckte Gropius die Hand entgegen. Sein Gesicht wirkte starr, beinahe maskenhaft, was durch die schwarze rechteckige Hornbrille, die seine tief liegenden Augen einrahmte, noch verstärkt wurde.

»Gropius!«, erwiderte Gropius die Vorstellung, »Gregor Gropius. Darf ich fragen, in wessen Auftrag Sie für mich tätig werden, Dottore?«

»Das dürfen Sie natürlich«, erwiderte der Avvocato geschäftsmäßig, während er seinen Aktenkoffer öffnete und einen Notizblock hervorzog. »Aber erwarten Sie bitte nicht, dass ich darauf antworte. Sie wollen doch hier raus, oder nicht?«

»Ja, natürlich. Mich interessiert nur … Hat Francesca Sie geschickt?«

»Hm.« Felici machte ein mürrisches Gesicht. »Wir haben um 16 Uhr einen Haftprüfungstermin vor Gericht. Um 16 Uhr 30 sind Sie frei, vorausgesetzt, Sie überlassen *mir* die Aufgabe, Fragen zu stellen. Sie können mir vertrauen.«

Warum eigentlich nicht, dachte Gropius, ein Mann, der dich aus dem Gefängnis holt, kann so übel nicht sein. Warum sollte ich mich dagegen sträuben?

»Also von vorne«, hörte er Felici sagen. »Haben Sie Sheba Yadin ermordet?«

»Um Himmels willen, nein!«, rief Gropius aufs Äußerste erregt.

Der Avvocato blieb ruhig. »Wo waren Sie während der Tatzeit, also vorgestern zwischen 15 und 17 Uhr? Gibt es dafür Zeugen?«

»Ich war mit Signora Francesca Colella in einem Café am Corso Belgio. Danach gingen wir zu Fuß in Richtung Stadtzentrum.«

»Gut, sehr gut. Und wer ist diese Francesca Colella, wo wohnt sie?«

»Ich dachte, Sie kämen in ihrem Auftrag, Dottore Felici!«

»Ihre Kombinationsgabe in allen Ehren; aber Sie sollten besser meine Fragen beantworten. Die Zeit wird knapp.«

Also nicht Francesca. Verunsichert nannte Gropius ihren Namen und die Adresse.

Felici notierte seine Angaben. Dann fragte er: »Und in welcher Verbindung standen Sie zu Sheba Yadin?«

Die Frage traf Gropius nicht unerwartet; dennoch musste er an sich halten, um nicht aus der Fassung zu geraten. Sein Gehirn arbeitete fieberhaft, und in Bruchteilen von Sekunden legte er sich eine Strategie zurecht, löchrig und unausgegoren, aber ihm blieb nichts anderes übrig, er *musste* reden.

»Die Sache ist die«, begann Gropius umständlich und um noch etwas Zeit zu gewinnen: »Ich bin Chirurg, Transplantationschirurg, und bei meiner letzten Operation gab es einen – sagen wir – Zwischenfall. Ein bekannter Archäologe, sein Name ist Arno Schlesinger, starb nach dem routinemäßigen Eingriff, und bei der Obduktion stellte sich heraus, dass das verpflanzte Organ mit einer Pestizidinjektion vergiftet worden war. Eine rätselhafte Geschichte, hinter der die Polizei und auch ich zunächst die Organmafia vermuteten. Doch im Laufe der Recherchen, die ich selbst anstellte, kam heraus, dass Schlesinger im Besitz einer archäologischen Sensation war, die für gewisse Interessengruppen große Bedeutung hatte. Schlesinger hatte eine Geliebte, Sheba

Yadin, und wie es scheint, wusste diese Geliebte von dem archäologischen Geheimnis. Um Licht in das Dunkel dieses Falles zu bringen, verfolgte ich Sheba Yadin nach Turin, wo sie im Institut des Professore de Luca eine DNA-Analyse abholen wollte. Die DNA sollte zwanzigtausend Euro kosten.«

Die Augen theatralisch zur Decke gerichtet, hatte Pasquale Felici Gropius' Rede verfolgt. Jetzt meinte er mit ironischem Unterton: »Und woher wissen Sie das alles so genau, Professore?«

»Ich beschäftige mich seit vier Monaten mit nichts anderem als mit diesem Fall!«

»Verstehe. Aber sind zwanzigtausend Euro nicht etwas viel für eine Genanalyse?«

»Natürlich, doch wie ich schon sagte, ging es um eine archäologische Sensation.«

Der Avvocato setzte ein überlegenes Grinsen auf und sagte: »Vermutlich glaubte Schlesinger, die Gebeine des Jesus von Nazareth gefunden zu haben.«

Überrascht sah Gropius dem Avvocato ins Gesicht. Felici schien völlig ruhig, sein hinterhältiges Lächeln wirkte wie eingefroren. Es war unmöglich, daraus irgendwelche Schlüsse zu ziehen. Hatte Felici das Undenkbare nur so dahingesagt? Oder wusste er mehr? Wusste er vielleicht sogar alles?

»Warum reden Sie nicht weiter?«, fragte der Avvocato nach bedrückenden Augenblicken, in denen beide schwiegen.

Gropius war verunsichert. Wie sollte er reagieren? Dann antwortete er mit einer Gegenfrage: »Und wenn es so wäre? Ich meine, wenn Schlesinger wirklich die Gebeine von Jesus entdeckt hätte?«

Felici nickte vor sich hin und dachte nach. Schließlich erwiderte er: »Er wäre nicht der Erste, der diesem Irrtum erliegt. Wissen Sie, man kann in einen Steinsarkophag viele Namen meißeln. Und unter uns gesagt: Die frühen Christen nahmen es in ihrer Ratlosigkeit mit der Wahrheit nicht sehr genau. Es ist durchaus möglich, dass ein Mann im ersten oder zweiten Jahrhundert einen Steinsarg mit dem Namen Jesus fälschte und als das Original ausgab. Wer will das wissen? Und wer will wissen, ob nicht weitere hundert Jahre später die Knochen eines anderen hineingelegt wurden? In diesem Fall hätte alles eine einfache Erklärung.«

Felicis Worte klangen auf seltsame Weise wie auswendig gelernt, so als hätte er sich auf diese Diskussion vorbereitet. Allmählich gewann Gropius den Eindruck, als sähe der Avvocato seine Aufgabe weniger darin, ihn aus der Untersuchungshaft zu befreien als darin, ihn von weiteren Nachforschungen abzuhalten. Das machte ihn wütend, und er erwiderte: »Dabei haben Sie nur eines übersehen, Dottore, die Naturwissenschaften sind heute bereits so weit fortgeschritten, dass es ohne weiteres möglich wäre, die Knochen des Jesus von Nazareth zweifelsfrei zu identifizieren, vorausgesetzt, es stünde ein Bezugsobjekt zur Verfügung, also irgendetwas, von dem zweifelsfrei feststeht, dass es Jesus zugeordnet werden kann. Der Bruchteil eines Gramms würde genügen, um Klarheit zu schaffen.«

»Ich weiß, woran Sie denken, Professor Gropius, an das Turiner Grabtuch.«

»Auf dem Grabtuch befinden sich angeblich Blutspuren, und wenn die DNA der Knochen und jene der Blutspuren in dem Grabtuch übereinstimmten, wäre der Beweis erbracht, dass Jesus von Nazareth zwar gestorben, aber keinesfalls in den Himmel aufgefahren ist, wie die Kirche behauptet. Ich glaube, Sheba Yadin wusste das, und deshalb musste sie sterben – genau wie Schlesinger.«

Seltsamerweise zeigte sich der Avvocato von Gropius' Worten wenig beeindruckt. Gregor hatte erwartet, Pasquale Felici würde ebenso aus der Fassung geraten wie er, als der Palästinenser ihn in Jerusalem mit dieser Entdeckung konfrontierte; doch der Avvocato blieb zurückhaltend.

»Sie beschäftigen sich noch nicht lange mit der Problematik um das Turiner Grabtuch«, begann Felici in seiner überheblichen Art.

»Nein. Erst seit ich den Mord an Schlesinger aufzuklären bemüht bin, genießt die Religion bei mir einen gewissen Stellenwert. Aber auch jetzt halte ich es mit Sigmund Freud, der einmal meinte, Religionen seien ihm als Gegenstand wissenschaftlichen Interesses hochbedeutsam, gefühlsmäßig sei er an ihnen jedoch nicht beteiligt. Warum fragen Sie, Dottore Felici?«

»Nun ja, ich will Ihnen nicht zu nahe treten, Professore, aber Sie müssten eigentlich wissen, dass es sich bei dem Turiner Grabtuch um eine mittelalterliche Fälschung handelt. Das wird sogar vom Vatikan eingeräumt. Eine im Jahre 1988 vom Forschungslabor des Britischen Museums geleitete und von drei unabhängigen Instituten in Arizona, Oxford und Zürich durchgeführte Radiokarbondatierung wies zweifelsfrei nach, das Grabtuch wurde zwischen 1260 und 1390 gewebt. Sogar unter der Voraussetzung, dass Schlesinger die Knochen des Jesus von Nazareth gefunden hätte, wäre eine Beweisführung also unmöglich.«

Die Worte des Avvocato trafen ihn wie ein Schlag auf den Kopf. Felici redete klar und ohne zu stocken, so als sei es die selbstverständlichste Sache der Welt. Jedenfalls sah Gropius keinen Grund, an seiner Aussage zu zweifeln. Dennoch stellte er ihm die Frage: »Dottore, Sie sind Rechtsanwalt und kein Bibelarchäologe. Woher wissen Sie das alles?«

»Berufsbedingt!«

»Wie darf ich das verstehen?«

»Etwa ein Jahr vor der erwähnten wissenschaftlichen Untersuchung des Grabtuches wurde im Turiner Dom eingebrochen. Die Gangster entwendeten nichts von materiellem Wert. Als man das Grabtuch näher untersuchte, entdeckte man am unteren rechten Rand eine Fehlstelle. Ein handtellergroßer Halbkreis war mit einer Schere herausgeschnitten worden. Die Täter wurden nach wenigen Tagen gefasst. Ihre Beute blieb verschwunden. Es handelte sich um zwei Mafiosi, Enrico Polacca und Guido Focarino, zwei seit Jahren gesuchte Auftragskiller. Der Fall erregte großes Aufsehen, und ich übernahm die Verteidigung der beiden Männer. Aber selbst ich konnte nicht verhindern, dass sie lebenslänglich bekamen. Der Staatsanwalt konnte beiden insgesamt zwei Morde nachweisen. Da fiel die Schnipselei an dem gefälschten Grabtuch kaum ins Gewicht.«

»Und haben die beiden Mafiosi verraten, in wessen Auftrag sie den Einbruch begangen hatten?«

»Mafiosi singen nicht, Professore. Das ist ein eisernes Gesetz. Ich bin überzeugt, es war ein einträgliches Geschäft. Ihre Familien leben wohlversorgt in Vincoli, einem kleinen Ort nicht weit von hier in Richtung Alessandria. Aber das braucht Sie gegenwärtig nicht weiter zu interessieren. Wir sehen uns kurz vor 16 Uhr beim Haftrichter. Ich hoffe nur, Signora Colella kann Ihre Aussage bestätigen, Professore!«

Wie von Dottore Felici vorhergesagt, verließ Gropius um 16 Uhr 30 das Turiner Untersuchungsgefängnis, in seiner Begleitung Francesca, deren Aussage seine Entlassung bewirkt hatte. Der Avvocato hatte sich auffallend schnell von ihnen verabschiedet und Gropius' erneute Frage nach seinem Auftraggeber mit einer kurzen Handbewegung weggewischt.

Obwohl seine Gefangenschaft nur einen Tag und eine Nacht gedauert hatte, genoss Gregor Gropius die wiedergewonnene Freiheit. Von Süden her wehte ein lauer Frühlingswind. Hand in Hand gingen Gropius und Francesca die Straße entlang, wo zahlreiche Vespas nach der Winterpause den Verkehr wieder aufnahmen.

»Woran denkst du gerade?« Francesca sah Gregor durch die glitzernden Gläser ihrer randlosen Brille an. »Du bist weit weg mit deinen Gedanken!«

Gregor spürte ihren prüfenden Blick, aber er wollte Francesca nicht ansehen. Während sie schweigsam nebeneinander hergingen, musste er wieder an das denken, was sie ihm gesagt hatte. Er war ihr bis jetzt eine Antwort schuldig geblieben. Ich liebe dich – das war so leicht dahingesagt, mit fester Überzeugung, aber ohne Verpflichtung. Er tat sich schwer mit diesen drei Worten. Das Leben hatte ihn misstrauisch gemacht. Was wusste er schon über Francesca? Dass sie schön war? Dass ihre Unnahbarkeit auf ihn einen eigenartigen Reiz ausübte? Dass er möglichst bald mit ihr schlafen wollte? All das wusste er genau. Was er nicht wusste, war die Antwort auf die Frage: Wer war diese Frau?

»Übrigens«, begann er, »ich danke dir, dass du diesen Avvocato Felici engagiert hast.«

»Wie kommst du darauf?«, fragte Francesca überrascht.

»Du kannst es ruhig zugeben, es ist schließlich keine Schande. Selbstverständlich übernehme ich die Kosten.«

Francesca stellte sich Gregor in den Weg. »Pasquale Felici ist einer der teuersten Anwälte Roms. Er verteidigt Exministerpräsidenten, Kardinäle und Pornostars. Sein Honorar würde meine Möglichkeiten vermutlich um ein Vielfaches übersteigen. Ich dachte, *du* hättest Felici angefordert.«

»Keineswegs.« Gropius schob Francesca zur Seite, und sie setzten ihren Weg fort. »Dann frage ich mich allerdings, wer für Felici aufkommen will. Anwälte arbeiten bekanntlich nicht für Gotteslohn, und Staranwälte schon gar nicht.«

»Irgendjemand scheint dringend daran interessiert zu sein, dass du in Freiheit bist«, bemerkte Francesca und hakte sich bei Gregor unter. »Wer könnte das sein? Und aus welchem Motiv heraus?«

Gropius schüttelte den Kopf. »Es muss etwas mit Schlesingers Tod zu tun haben. Obwohl …«

»Obwohl?«

»Nun ja, bisher hatte man eher Interesse daran, dass ich meine Nachforschungen einstelle. Gropius in Untersuchungshaft hätte diese Forderung durchaus erfüllt. Warum sollte mich Avvocato Felici also wieder herausholen? Rätselhaft, findest du nicht?«

»Mehr als rätselhaft! Hast du Felici nicht nach seinem Auftraggeber gefragt?«

»Natürlich habe ich das. Ich wollte wissen, ob *du* ihn geschickt hättest, aber er gab mir keine Antwort. Irgendetwas geht hier nicht mit rechten Dingen zu.«

In einem Straßencafé nahe dem Palazzo Reale tranken sie einen Cappuccino. Die Sonne warf lange Schatten auf das Pflaster. Francesca fröstelte.

Im »Meridien« bezog Gregor Gropius dasselbe Hotelzimmer, das er tags zuvor verlassen hatte. Francesca hatte Verständnis dafür gezeigt, dass er allein sein wollte. Sie zeigte überhaupt viel Verständnis für sein Verhalten. Das hatte er von Anfang an als wohltuend empfunden. Anders als Felicia hatte sie ihm noch nie irgendwelche Vorwürfe gemacht, obwohl es gewiss den einen oder anderen Anlass gegeben hätte. Keine Frage, Francesca war eine bemerkenswerte Frau.

Als er sein Jackett auszog, fanden seine Gedanken an Francesca ein jähes Ende. Aus einer Seitentasche zog Gropius einen Zettel, drei Wörter, die er nach dem Gespräch mit dem Avvocato notiert hatte, die Namen der Mafiosi aus dem Dorf Vincoli. Mit dem Riecher eines Spürhundes, der eine bestimmte Witterung aufgenommen hat und durch nichts von seiner Fährte abzubringen ist, hoffte Gropius eine neue Spur zu finden: ein kühner Gedanke, dass zwischen dem Einbruch im Dom und Schlesingers Tod eine direkte Verbindung bestehen sollte.

Polacca, Focarino, Vincoli. Gropius ließ den Zettel durch die Finger gleiten. Wenn, wie Pasquale Felici behauptet hatte, die beiden Mafiosi im Auftrag eines Dritten gehandelt hatten – und davon durfte man ausgehen –, so stellte sich die Frage nach dem Auftraggeber. Ebenso aber nach dem Motiv. Sicher wusste der geheime Auftraggeber noch nicht, dass das vermeintliche Grabtuch des Jesus von Nazareth erst zwölfhundert Jahre nach dessen Tod gewebt wurde. Sonst machte der Diebstahl keinen Sinn.

Rastlos wühlte Gropius in seinem Gedächtnis, versuchte Dinge zusammenzusetzen, die scheinbar in keinem Zusammenhang standen, und dabei stieß er mehr als einmal auf eine Blockade, eine Warnung, die sein Hirn aussandte: Falsche Fährte.

In jedem Menschen, dachte er, treten irgendwann seine masochistischen Züge zutage. Manche Leute kompensieren sie mithilfe der Religion, andere bedienen sich einer Domina, du suchst dir deinen eigenen Weg. Also gehe ihn.

Das Telefon erlöste Gropius aus seinen selbst auferlegten Qualen.

»Francesca, du?« Gregor klang ziemlich verwirrt.

»Hast du jemand anderen erwartet?«

»Nein, nein, ich bin nur etwas durcheinander.«

»Weil du so schnell wieder freigekommen bist?«

»Das auch. Aber noch mehr beschäftigt mich die Frage, seit wann bekannt ist, dass es sich bei dem Turiner Grabtuch um eine mittelalterliche Fälschung handelt.«

Nach einer langen Pause, in der beide dem Atem des anderen lauschten, antwortete Francesca lachend: »Na du stellst vielleicht Fragen!«

»Entschuldige. Aber ich war so in meine Gedanken vertieft. Was gibt es?«

»Nichts«, erwiderte Francesca mit der ihr eigenen Offenheit, »das heißt, ich wollte dir nur sagen, dass ich dich liebe. Heute Nachmittag hatte ich keine Gelegenheit dazu.«

Der Klang ihrer Worte hatte etwas Rührendes, etwas, was ihrer distanzierten Erscheinung völlig entgegenstand.

»Ich mag dich auch«, antwortete Gregor. Er war selbst überrascht von seiner plötzlichen Offenheit. Aber sollte er leugnen, dass Francesca bei ihm etwas ausgelöst hatte, wogegen er sich lange mit Vehemenz gewehrt hatte, etwas, das über die sexuelle Anziehungskraft weit hinausging? Vergeblich versuchte Gropius seinen Gedanken Einhalt zu gebieten, Gedanken, die darum kreisten, das unerklärbare Geschehen der letzten Monate einfach hinzunehmen, es sein zu lassen wie es war, und irgendwo mit Francesca ein neues Leben zu beginnen.

Lange Zeit brachte er kein Wort hervor, sodass sich Francesca vorsichtig erkundigte: »Gregor, bist du noch da?«

»Ja, ja«, erwiderte Gropius verstört, »verzeih, ich bin ziemlich durcheinander. Irgendwie ist das ein schlechter Zeitpunkt für Liebeserklärungen. Ich muss immer an Schlesingers Entdeckung denken.«

»Du brauchst dich nicht zu entschuldigen. Im Gegenteil, es war dumm von mir, dich gerade jetzt mit meinen Gefühlen zu belästigen.« Und ohne Übergang fügte sie hinzu: »Was das Turiner Grabtuch betrifft, gehen die Expertenmeinungen meines Wissens auseinander, die einen sprechen von einer Fälschung, die anderen bezeugen seine Echtheit.«

»Das glaubte ich bisher auch; doch Avvocato Felici berichtete, bei einer naturwissenschaftlichen Untersuchung 1988 sei von Experten zweifelsfrei festgestellt worden, dass das im Turiner Dom aufbewahrte Grabtuch aus der Zeit um 1300 stammt. Du weißt, was das bedeutet?«

»Ich kann es mir denken.«

»Signora Selvini hat uns für zwanzigtausend Euro einen wertlosen Fetzen Stoff verkauft.«

Zögernd und nach einer längeren Pause fragte Francesca: »Woher will Felici das so genau wissen? Er ist doch Anwalt und kein Forscher!«

»Felici war erstaunlich gut informiert, für meinen Geschmack sogar *zu* gut. Er wartete mit Details auf, die er im Kopf behielt, seit er zwei Mafiosi verteidigte, die 1987 in den Turiner Dom eindrangen und ein Stück des Grabtuches entwendeten.«

»Ja, ich erinnere mich. Es ist lange her. Der Fall machte damals Schlagzeilen, weil niemand verstand, warum die Gangster nicht das ganze Grabtuch entwendet, sondern nur ein kleines Stück herausgeschnitten hatten.«

»Wurde der Fall je geklärt?«

»Ich weiß es nicht. Ehrlich gesagt hielt sich mein Interesse für Grabtücher damals in Grenzen. Nur eines verstehe ich nicht. Wenn allgemein bekannt war, dass es sich bei dem Grabtuch um eine Fälschung handelt, warum haben sich dann so viele Leute dafür interessiert? Warum waren Schlesinger und andere bereit, für ein paar Quadratzentimeter so viel Geld hinzulegen?«

»Gute Frage. Vielleicht müsste man mehr wissen über die Forschungen an dem Grabtuch.«

»Es gibt da in der Nähe der Universität ein Institut, die ›Società di Sindonologia‹, wo alle Veröffentlichungen und Forschungen über das Grabtuch archiviert werden. Die Gesellschaft gibt sogar eine Zeitschrift heraus: *Shroud Spectrum*. Soviel ich weiß, ist das Institut öffentlich zugänglich.«

»Würdest du mich morgen dorthin begleiten?«

»Mit Vergnügen!«, antwortete Francesca.

Gropius hatte nichts anderes erwartet.

Die »Società di Sindonologia« lag versteckt in einer dunklen Seitenstraße in einem Haus aus dem vorvorigen Jahrhundert, wuchtig, kalt und bedrohlich. Mehrere Schilder übereinander verwiesen auf weitere Institutionen, die das Gebäude beherbergte. Im Hausflur wehte den Besuchern ein klammer Luftzug entgegen, der jeden frösteln machte, der das Haus zu betreten wagte.

Die Società lag im ersten Stock. Ein Messingschild an der zweiflügeligen, weiß gestrichenen Tür mit den Buchstaben SdS in einem Kreis wies auf die Öffnungszeiten hin. Gropius drückte auf den Klingelknopf. Erwartungsvoll zog Francesca die Augenbrauen hoch.

Der elektrische Türöffner schnarrte und gab den Weg frei in einen kahlen Vorraum, eine Art Wartezimmer mit uralten Holzstühlen unterschiedlicher Provenienz und einem großen runden Tisch mit Zeitschriften in der Mitte. Rechter Hand an der Wand eine überdimensionale Fotografie des Turiner Grabtuches. Es roch nach vergilbtem Papier. Kein Lebenszeichen, sah man von einer eingestaubten Fächerpalme zwischen den Fenstern einmal ab, störte die Eintönigkeit.

Links stand eine Tür offen, und man konnte in einen langen blank gebohnerten Korridor blicken, und da sich niemand für sie zu interessieren schien, beschlossen Gropius und Francesca, sich etwas umzuschauen. Der Parkettboden ächzte unter ihren Tritten, und plötzlich tat sich vor ihnen ein düsterer Saal auf, Bibliothek auf der einen, Archiv auf der anderen Seite, und mit zwei Reihen Lesetischen in der Mitte. Auf jedem eine Lampe mit grünem Glasschirm.

»Was kann ich für Sie tun?« Aus dem Hintergrund tönte eine dünne Stimme. Im Zwielicht des Saales erkannten sie einen alten Mann. Klein und eingefallen blickte er ihnen hinter einem alten Schreibtisch entgegen. Dabei schwenkte er einen Bogen Papier in der Hand. »Sie müssen hier Ihre Namen, Adresse und den Grund Ihrer Recherche eintragen«, meinte er geflissentlich. Er schien sehr ernst bei der Sache, offenbar bekam er nicht so häufig Besuch.

Francesca nahm Gropius die Schreibarbeit ab. Unter »Grund der Recherche« trug sie ein: Wissenschaftliche Forschung. Dann bat sie um Einsichtnahme in Zeitungsveröffentlichungen der Jahre 1987 und 1988.

Es dauerte nicht lange, und der Archivar stellte vor ihnen zwei Pappkartons in Form von Schubladen auf einen Tisch und knipste die Lampe an. Zufrieden kehrte er an seinen Schreibtisch zurück und widmete sich den Eintragungen, die Francesca gemacht hatte.

»Das sind mindestens dreihundert Zeitungsausschnitte pro Schublade«, bemerkte Gropius im Flüsterton mit einem angewiderten Blick auf das zu sichtende Material. »Wenn wir damit bis heute Abend durch sind, können wir von Glück reden.«

Francesca hob die Schultern, als wollte sie sagen: Was sollen wir machen? Schließlich entgegnete sie flüsternd: »Sindonologen geben nie auf, selbst wenn es Tage dauert!«

Gropius unterdrückte ein Lachen. »Sindonologen?«

»Grabtuch-Forscher!«

»Das wusste ich nicht, sorry.«

»Ist auch keine allzu große Bildungslücke, denn außerhalb von Turin und von ein paar Experten auf dem Gebiet abgesehen kennt kaum jemand die Berufsbezeichnung. In England, wo es übrigens eine ähnliche Society gibt wie diese, nennt man sie ›Shroudies‹.«

Da platzte Gropius heraus, dass der Archivar aus seiner Ecke einen strafenden Blick sandte, weil der letzte Lacher in diesem Saal Jahre zurücklag. »Es klingt einfach zu komisch«, gluckste er über seinen Archivkasten gebeugt.

Kaum hatte sich Gropius beruhigt, hielt Francesca plötzlich inne. »Da ist ein Prozessbericht vom September 1987 aus dem römischen *Messagero*. Die Überschrift lautet: ›Wer zerschnitt das Turiner Grabtuch? Vor einem Gericht in Turin begann der Prozess gegen Giorgio M. und Bruno V. – Die Angeklagten legten ein Geständnis ab, sie seien in den Turiner Dom eingedrungen und hätten für einen unbekannten Auftraggeber ein Stück des Grabtuches herausgeschnitten. Das Urteil soll am Freitag verkündet werden.‹ Und hier ein anderer Bericht aus dem *Corriere della Sera*: ›Sensationelle Wende im Grabtuchprozess – Haben die Angeklagten zwei Morde auf dem Gewissen?‹«

Francesca zog einen Zeitungsausschnitt nach dem anderen hervor. Der französische *Figaro* berichtete ebenso über den Fall wie die Londoner *Times*. Die deutsche Zeitung *Die Welt* widmete dem Prozeß eine halbe Seite.

Mit Befremden stellte Gropius fest, dass die Namen, die Avvocato Felici genannt hatte, nicht mit den in den Zeitungen genannten übereinstimmten. Während die übrigen Zeitungen die Namen der Angeklagten abkürzten, berichtete die Londoner *Times*, bei den Angeklagten handle es sich um die Berufsverbrecher Giorgio Mattei und Bruno Valetta. Auch stammten sie nicht, wie von Felici behauptet, aus Vincoli, sondern aus Zocca, nicht weit von Alessandria entfernt.

Als Gregor Francesca auf diese Ungereimtheit aufmerksam machte, zog sie die Stirn in Falten und fragte: »Verstehst du das? Warum machte der Avvocato falsche Angaben?«

Gropius versenkte den Kopf in seine Hände und dachte nach; dann sah er Francesca an und erwiderte: »Dafür gibt es eigentlich nur eine Erklärung. Offenbar wollte mich Felici ganz bewusst auf eine falsche Fährte locken.«

»Und was hat das zu bedeuten?«

Gregor lachte bitter. »Wer immer Felicis Auftraggeber sein mögen, sie haben einerseits ein Interesse, dass ich meine Recherchen fortsetze, andererseits füttern sie mich mit falschen Angaben, die meine Arbeit behindern sollen. Das ist doch verrückt! Ich weiß wirklich nicht, was ich davon halten soll. Übrigens – die *Welt* schreibt, der Verteidiger der beiden Mafiosi sei ein gewisser Vittorio Zuccari gewesen, also keineswegs Pasquale Felici.«

»Das deckt sich mit dem Bericht im *Messagero*. Auch hier heißt der Verteidiger Zuccari und nicht Felici.«

Ratlos schüttelte Gropius den Kopf. Seine Annahme, dass der Staranwalt ihn aus der Untersuchungshaft geholt hatte, damit er sich weiter dem Geheimnis widmen konnte, das Schlesinger umgab, schien auf einmal gar nicht mehr schlüssig. Hatte Felici die Aufgabe, ihn in eine Falle zu locken? Oder war er, Gropius, nur dazu ausersehen, Felici oder seine Hintermänner auf eine Spur zu bringen, die sie selbst nicht kannten?

Nachdem sie dreißig, vielleicht vierzig Zeitungsausschnitte

studiert und Notizen gemacht hatten, griff sich Gropius an den Hals und sagte: »Ich kriege keine Luft mehr. Wir sollten gehen. Wenn nötig können wir ja morgen noch einmal herkommen.«

Gregors Bemerkung kam Francesca sehr gelegen. Ihr war die stickige Luft von Bibliotheken und Archiven zuwider.

Auf der Straße fragte sie: »Was willst du jetzt tun, Gregor?«

»Da fragst du noch?«, antwortete Gropius. »Wo liegt eigentlich Zocca?«

Kapitel 15

Sie erreichten Zocca, ein kleines Dorf, das abgelegen in einem Seitental zwischen Asti und Alessandria lag, nach einstündiger Fahrt in Francescas Van. Der Weg hatte sich endlos hingezogen, weil sie die Landstraße nehmen mussten, für Zocca gab es keine Autobahnausfahrt.

Wie in vielen Orten in dieser Gegend lebten in Zocca in der Hauptsache Alte und Frauen, deren Männer in Mailand, Turin oder Alessandria ihrer Arbeit nachgingen und nur am Wochenende ins Dorf zurückkehrten. Ein alter Bauer, der mit dem Traktor sein steiniges Feld bestellte und den sie nach dem Weg fragten, erzählte, früher habe Zocca einmal zweitausend Einwohner gehabt, drei Alberghi und Trattorie, zwei Krämerläden und ein Freilichtkino. Heute gebe es nur noch ein Albergo und eine Trattoria, zum Einkaufen führen die Leute nach Alessandria in den Supermarkt, und vor mehr als zwei Jahren sei im Freilichtkino der letzte Film über die Leinwand geflimmert, »Titanic« – aber nur in einer Kurzfassung. Auf ihre Frage, ob er die Familien Mattei oder Valetta kenne, wurde der gesprächige Bauer auf einmal wortkarg, und er entschuldigte sich, er sei nicht aus Zocca, und startete seinen alten Traktor.

Am Ende des Tales, wo man keine menschliche Siedlung mehr vermutete, hinter einem Hügel, kam plötzlich Zocca ins Blickfeld, nicht gerade malerisch gelegen und von einer Reihe riesiger Hochspannungsmasten eingeengt. Ein Auto, zumal ein fremdes, erregte Aufsehen, und während Francesca ihren Van auf dem Dorfplatz parkte, gingen hier und da geschlossene Fensterläden auf, um sich gleich wieder wie von selbst zu schließen. Auf dem Backsteinpflaster vor der Trattoria, auf die ein Holzschild über dem Eingang hinwies, standen ein paar Plastikstühle um zwei runde Tische herum, und Gropius und Francesca beschlossen, ein Bier zu trinken. Es dauerte auch nicht lange, und eine freundliche, schwarz gekleidete Mama mit dunklen, streng nach hinten gebundenen Haaren trat aus dem Haus und nahm ihre Bestellung entgegen.

Sie schien alle Zeit der Welt zu haben, und als sie nach zehn Minuten das Bier servierte, erkundigte sie sich höflich, was die Gäste nach Zocca führe.

Sie suchten nach einer Familie Mattei, erwiderte Francesca, ob sie die Leute kenne.

Das aber schien der Signora überhaupt nicht zu gefallen, denn ihre bis dahin freundliche Miene verfinsterte sich plötzlich, und sie fragte zurück, was sie von den Matteis wollten.

Am Nebentisch hatte inzwischen ein junger Mann Platz genommen, der sich für ihr Gespräch zu interessieren schien, ohne dass die Signora ihm Beachtung schenkte.

Sie wollten eine Auskunft über einen gewissen Giorgio Mattei, der vor vielen Jahren von einem Gericht in Turin wegen Mordes verurteilt worden sei. Der Mord interessiere sie nicht, aber der Einbruch im Dom von Turin.

Da gab sich die Signora als die Frau des Giorgio Mattei zu erkennen, und von ihr, sagte sie, würden sie nicht ein Wort erfahren. »Drei Euro«, meinte sie mit einem Fingerzeig auf das Bier, dann verschwand sie stampfenden Schrittes im Hauseingang. Der junge Mann am Nebentisch grinste.

Nachdem sie ihr Bier ausgetrunken hatten, ließ Gropius drei Euro auf dem Tisch zurück, und sie begaben sich zu Francescas Wagen.

»Das war eigentlich vorauszusehen«, brummte Gropius vor sich hin. »Es war naiv zu glauben, Matteis Ehefrau würde uns die Hintermänner nennen, die ihren Mann mit dem Einbruch im Dom beauftragt haben.«

»Es war zumindest den Versuch wert«, entgegnete Francesca, und sie redete ein Mädchen an, das gerade auf einem Fahrrad des Weges kam, und erkundigte sich nach den Valettas.

Das Mädchen schickte sie zu einem dreistöckigen Gebäude mit einer Schmiede oder Autowerkstätte im Erdgeschoss, unmittelbar hinter dem Dorfplatz gelegen. Als sie sich dem Haus näherten, vor dem sich verrostete Landmaschinen und alte Autoteile türmten, trat ihnen ein Mann im ölverschmierten Overall entgegen.

Francesca fragte nach Bruno Valetta, sie sei eine alte Freundin und habe Bruno seit fünfzehn Jahren nicht mehr gesehen. Er wohne doch hier?

Bruno? Der Mechaniker machte ein verdutztes Gesicht und musterte die Fremden mit zusammengekniffenen Augen. Bruno? Ja, der sei vor etwa zehn Jahren ausgewandert, antwortete der Mann, nach England oder Schweden, er habe die Werkstätte von Bruno übernommen und seitdem nie mehr etwas von ihm gehört.

Obwohl er nicht jedes einzelne Wort verstanden hatte, begriff Gropius sofort, dass sie auch hier auf eine Mauer des Schweigens stießen und sich kaum eine Möglichkeit bieten würde, irgendetwas über den Grabtuchraub in Erfahrung zu bringen.

»Komm!«, sagte er resigniert und zog Francesca fort. Und da Zocca nicht gerade der Ort war, in dem man seinen Urlaub verbringen will, beschlossen sie, nach Turin zurückzukehren.

Am Scheibenwischer von Francescas Wagen klemmte ein Zettel.

»Was ist das?«, fragte Gropius neugierig.

Francesca las: »Wenn Sie interessiert sind, etwas über Mattei und Valetta zu erfahren – ich warte auf Sie an der Brücke, die über den Tanaro führt.«

Gropius sah sich um. Auf dem Dorfplatz war keine Menschenseele zu sehen. »Was sollen wir davon halten?«, meinte Gregor.

»Tanaro«; sinnierte Francesca vor sich hin, »das kann nur der Fluss unten im Tal sein. Ich erinnere mich an eine Brücke, ja! Offenbar gibt es in diesem gottverdammten Nest doch noch Menschen, die etwas zu sagen haben. Komm, steig ein!«

Während der Fahrt auf der engen, mit Schlaglöchern übersäten Straße talwärts äußerte Gropius Bedenken, ob sie überhaupt auf das Treffen eingehen sollten. Aus Erfahrung war er misstrauisch geworden, im Übrigen glaubte er nicht mehr an einen Erfolg der Mission. Aber da die Brücke nun einmal am Weg lag, erklärte er sich einverstanden.

Als sie sich der Brücke näherten, erkannte Francesca den jungen Mann, der in der Trattoria am Nebentisch gesessen hatte, wieder. Er hatte seine Vespa an die Brückenmauer gelehnt und wartete, die Ellenbogen rückwärts auf das Geländer gestützt.

Francesca stieg aus, während Gropius im Wagen zurückblieb.

»Was wollen Sie von Giorgio Mattei?«, kam der junge Mann gleich zur Sache. Er mochte etwa zwanzig sein, trug Jeans und eine billige Lederjacke, machte aber keinen ungepflegten Eindruck. »Ich habe Ihr Gespräch mitbekommen. Vielleicht kann ich Ihnen helfen.«

Scheu blickte Francesca sich um, dann gab sie Gregor ein Zeichen auszusteigen. »Wer sind Sie, und was wissen Sie über Giorgio Mattei?«, fragte sie den Jungen. Inzwischen war Gropius hinzugekommen.

»Ich bin Giorgio Mattei«, erwiderte der Junge, »der Sohn des Mannes, für den Sie sich interessieren. Ich hielt es für besser, wenn niemand in Zocca bemerkt, dass ich mich mit Ihnen unterhalte. Wissen Sie, die Matteis und Valettas sind in Zocca in gewisser Weise geächtet. Meine Mutter hat sogar wieder ihren Mädchennamen angenommen, um die Vergangenheit vergessen zu machen.«

»Und Sie?«

»Nun, ich will nicht gerade sagen, ich bin stolz auf den Namen

Mattei, aber ich muss mich auch nicht verleugnen. Man kann mich nicht für die Tat meines Vaters verantwortlich machen. Warum interessieren Sie sich eigentlich für meinen Vater? Er sitzt lebenslänglich, und wie es aussieht, wird er auch nicht eher freikommen. Ich weiß, wovon ich rede, ich studiere Juristerei.«

Francesca und Gropius sahen sich erstaunt an. Die Situation entbehrte nicht einer gewissen Komik. »Sie ahnen vielleicht, worum es geht«, bemerkte Francesca, »jedenfalls nicht um den Mord, weshalb Ihr Vater lebenslang einsitzt.«

Giorgio schob die Unterlippe vor und nickte. »Sie wollen wissen, wer meinem Vater den Auftrag gegeben hat, ein Stück aus dem Grabtuch herauszuschneiden.«

»Deswegen sind wir hier. Die Sache ist in einem anderen Zusammenhang von Bedeutung! Wissen Sie mehr über den Fall?«

»Hm.« Der Junge gab sich spröde. »Und wenn ich mehr wüsste?«, fragte er rhetorisch. »Wissen Sie, so ein Studium ist teuer, und Sie haben ja gesehen, dass die Trattoria meiner Mutter kaum etwas abwirft. Ich muss mir mein Studium praktisch selbst verdienen.«

»Er will Geld!«, raunte Francesca Gropius zu.

Gropius musterte den Jungen, dann erwiderte er: »Frag ihn, ob er wirklich den Namen des Auftraggebers seines Vaters kennt.«

Francesca kam Gregors Aufforderung nach, und der Junge nickte. »Er nannte meiner Mutter den Namen, und meine Mutter sagte ihn *mir*. Sie meinte, falls ihr einmal etwas zustoße, hätte ich vielleicht die Möglichkeit, mein Wissen zu Geld zu machen.«

»Treusorgende Mutter!«, bemerkte Francesca in einem Anflug von Ironie. »Also wie viel?«

»Zehntausend!«

Gropius verstand die Forderung des jungen Mattei und fasste Francesca am Arm. »Komm, die Summe ist vollkommen indiskutabel.«

Francesca machte eine entschuldigende Bemerkung und Anstalten, in ihren Wagen zu steigen, da rief Giorgio aufgeregt hinterher: »Signora, wenn Sie wollen, bin ich auch mit fünftausend zufrieden!«

Gropius schüttelte den Kopf. »Komm, wir fahren!«, wiederholte er.

»Meinetwegen auch mit viertausend oder dreitausend; aber das ist mein letztes Angebot!«, rief der Junge weinerlich, als Francesca den Wagen startete und Gas gab.

Hastig schwang sich Giorgio auf seine Vespa und fuhr auf der schmalen Landstraße neben dem Van her. Dabei gab er Francesca ein Zeichen, sie möge die Seitenscheibe herunterkurbeln.

Francesca kam der Aufforderung nach, und Mattei rief: »Signora, ich bin bereit zu verhandeln. Was bieten Sie?«

»Tausend«, sagte Gropius an Francesca gewandt, »biete ihm tausend und keinen Cent mehr. Halt an!«

Francesca trat auf die Bremse. »Tausend«, sagte sie, nachdem beide Fahrzeuge zum Stehen gekommen waren.

»In Ordnung!«, erwiderte Giorgio lachend, als hätte er selbst nicht an seine ursprünglichen Forderungen geglaubt. »Aber Sie verraten niemandem, woher Sie Ihre Information haben!«

»Nein«, erwiderte Francesca, »schon im eigenen Interesse!«

Während Gropius seiner Brieftasche fünf 200-Euro-Scheine entnahm, bockte Giorgio seine Vespa auf und trat an Francescas Wagen heran. »Mein Vater«, begann er, »hielt sich und seine Familie damals mit Gelegenheitsgaunereien über Wasser. Für ein paar tausend Lire machte er beinahe alles. In gewissen Kreisen wurde seine Adresse herumgereicht. Telefon gab es damals noch nicht in Zocca. Eines Tages erschien bei uns ein Mann und bot meinem Vater fünf Millionen Lire für einen Gefallen, wie er es nannte. Fünf Millionen, das klingt wie ein riesiges Vermögen, in Wahrheit waren es aber gerade mal zweieinhalbtausend Euro – trotzdem viel Geld für einen Mann aus Zocca. Sie wissen wofür. Versteht sich, dass mein Vater nicht Nein sagte.«

»Und der Name des Mannes?«, fragte Francesca ungeduldig.

»Schlesinger, ein Deutscher, Antonio Schlesinger.«

»Arno Schlesinger?«

»Richtig. Arno Schlesinger!«

Francesca und Gropius warfen sich einen vielsagenden Blick zu.

»Sie sind übrigens nicht die Ersten, die sich nach meinem Vater erkundigen«, fuhr Giorgio fort. »Bald nach dem Prozess, der damals durch alle Zeitungen ging, weil mein Vater nach dem Einbruch im Dom für Geld eine Frau umgebracht hatte, erschienen irgendwelche Leute und wollten wissen, ob Giorgio Mattei nicht ein Stück von dem Grabtuch für sich behalten hätte. Sie boten damals viel Geld. Aber leider – wir haben das ganze Haus auf den Kopf gestellt.«

»Die Sache bleibt unter uns!«, sagte Francesca und händigte dem Jungen die vereinbarte Summe aus. »Und viel Erfolg im Studium!«

Die Rückfahrt nach Turin verlief schweigsam. Gropius hing seinen Gedanken nach. Wenn er alles, was er bisher über Arno Schlesinger erfahren hatte, auf eine Reihe brachte, kam Gropius zu dem Ergebnis, dass Schlesinger nicht nur ein genialer Forscher, sondern auch ein dubioser Charakter war, der, besessen von einer Idee, alles daran setzte, um an sein Ziel zu gelangen. Offensichtlich hatte er dieses Ziel auch erreicht. Dafür sprach sein Bankkonto. Aber nicht nur dieses. Auch die Tatsache, dass er elend sterben musste, sprach dafür, dass er zu viel wusste.

Auf die Frage, wer bereit war, Schlesinger zehn Millionen Schweigegeld zu bezahlen, damit die Auferstehung des Jesus von Nazareth nicht widerlegt würde, gab es nur *eine* Antwort: der Vatikan. Die römische Kirche verfügte über genug Geld, um einen Einzelgänger wie Schlesinger zum Schweigen zu bringen. Und es gab nichts, worin diese Kirche mehr Erfahrung hatte als im Schweigen. Verglichen mit dem Sprengstoff, den Schlesingers

Entdeckung in sich barg, waren zehn Millionen sogar eine Kleinigkeit – Peanuts.

Was Gregor Gropius betraf, ging es ihm längst nicht mehr allein um seine Rehabilitierung, darum, zu beweisen, dass er ein Opfer krimineller Machenschaften geworden war, die außerhalb seiner Verantwortung lagen, Gropius wollte, er *musste* die Hintermänner ausfindig machen, die im Verborgenen die Fäden zogen. Es war eine regelrechte Obsession, ein Zwang, den er nicht mehr unterdrücken konnte, wie die Sucht eines Lustmörders nach Frauen mit hochhackigen Stiefeln.

Die frühlingshafte Nachmittagssonne vergoldete die sanfte Hügellandschaft, und sie hatten bereits die Hälfte des Weges zurückgelegt, als Gropius ein menschliches Bedürfnis überkam.

»Kannst du mal kurz anhalten?«, bat er Francesca. »Bier zeigt bei mir eine verheerende Wirkung. Entschuldige!«

Francesca lachte. »Ihr Männer habt es da wirklich einfach. Allein deshalb wäre ich manchmal ganz gerne ein Mann.«

»Nein, bitte nicht!«, fiel ihr Gregor ins Wort. »Das wäre doch zu schade für mich.«

An der Einmündung eines ungeteerten Feldweges brachte Francesca den Wagen zum Stehen, sie stellte den Motor ab, und Gropius verschwand hinter einem zaghaft grünenden Gebüsch. Man hörte Vogelgezwitscher in nächster Nähe und aus der Ferne einen seltsamen, immer wiederkehrenden hohen Ton wie den Hilfeschrei eines Vogels.

Als Gregor zurückkehrte, schien er irgendwie verändert, nicht etwa, weil er sich erleichtert hatte, im Gegenteil, er wirkte konzentriert und angespannt und lauschte in die einsame Landschaft.

»Warst du schon einmal hier in der Gegend?«, fragte er unvermittelt.

»Nie im Leben! Aber warum fragst du?«

»Nur so«, wiegelte Gropius ab.

Francesca schüttelte den Kopf. Gregors veränderte Haltung

verunsicherte sie. Ratlos sah sie, wie Gropius sich auf dem Feldweg von ihr entfernte, stehen blieb, nach allen Seiten Ausschau hielt und erneut seinen Weg fortsetzte, den Kopf himmelwärts gerichtet wie ein Wesen von einem anderen Stern.

Als er sich etwa hundert Meter entfernt hatte und auf ihr Rufen nicht reagierte, sperrte Francesca den Wagen ab und rannte Gropius auf dem holprigen Feldweg hinterher.

»Gregor!«, rief sie im Näherkommen, »Gregor, willst du mir nicht endlich sagen, was los ist?«

Gropius wandte sich um. In seinem Gesicht konnte sie lesen, dass Gregor mit seinen Gedanken weit weg war. Fast ängstigte sie sein Anblick.

»Hier irgendwo hat man mich gefangen gehalten«, sagte er tonlos, »damals, als ich vor de Lucas Institut entführt wurde. Ich hatte Todesangst, zum ersten Mal in meinem Leben. Ich bin ganz sicher, es war hier ganz in der Nähe!«

Ratlos, wie sie der Situation begegnen sollte, trat Francesca auf Gropius zu und legte ihm beide Hände auf die Schultern. »Woher willst du das wissen, Gregor? Du sagtest doch, die Leute hätten dich bewusstlos geschlagen und dir einen Sack über den Kopf gestülpt!«

»Haben sie auch. Aber irgendwann kam ich einmal kurz zu mir, und da hörte ich diesen Ton. Übrigens auch später in dem Raum, in dem ich auf den Stuhl gefesselt war. Hörst du es?« Gregors Stimme klang aufgeregt, und um seiner Frage Nachdruck zu verleihen, ergriff er Francescas Handgelenke und drückte sie mit aller Kraft.

Francesca wollte schreien vor Schmerz, aber sie hielt sich zurück, weil sie merkte, wie sehr die Situation Gropius aufwühlte.

Wieder lauschte Gropius, den Kopf in den Nacken gelegt, dem klagenden Ton. »Komm!«, sagte er plötzlich und zog Francesca im Laufschritt mit sich fort. Ein Stück liefen sie auf dem Feldweg entlang, überquerten ein frisch gepflügtes Feld und kletterten eine Böschung hinan, den klagenden Lauten folgend, die immer näher kamen, bis sie, erschöpft und nach Atem ringend, auf einem Erdwall Halt machten.

»Da!«, sagte Francesca staunend und zeigte in ein riesiges Erdloch, gewiss hundert Meter tief und fünfhundert Meter im Durchmesser – ein Steinbruch von gewaltigem Ausmaß. Auf dem Grund der Grube fuhrwerkte ein riesiger Bulldozer. In seiner Schaufel verschwand eine ganze Wagenladung Gestein, das er aus der Felswand schürfte, und wenn er rückwärts fuhr, um seine tonnenschwere Fracht an anderer Stelle abzulagern, gab er zur Warnung einen jaulenden Signalton von sich: Wui, wui, wui, wui …

Gropius hielt Francescas Hand. »Dieses Geräusch werde ich mein Leben lang im Gedächtnis behalten«, sagte er mit gepresster Stimme. Er hatte Mühe, den Lärm des Bulldozers zu übertönen.

Vom Rand des Steinbruchs konnte man kilometerweit sehen. Die karstige Landschaft schien unbesiedelt und menschenleer bis auf ein uraltes Gehöft, das sich, eingerahmt von zartgrünem Buschwerk, kaum sichtbar auf einer Anhöhe versteckte.

»Ich glaube zu wissen, was du vorhast«, bemerkte Francesca.

Gropius nickte, ohne seine Blickrichtung zu ändern. »Es ist nicht ganz ungefährlich. Du solltest besser zum Auto zurückgehen!«

»Glaubst du wirklich, dass ich dich allein lasse?«, rief Francesca entrüstet. »Aber wir sollten uns beeilen. In einer Stunde wird es dunkel.«

Francescas Mut überraschte Gropius in keiner Weise, und fraglos hatte er ihre Reaktion sogar erhofft, ja erwartet. Er hätte es nie zugegeben, aber Gropius hatte Angst. Allein der Gedanke an seine Gefangenschaft in dem einsamen Gehöft ließ ihn erschauern. Francesca sollte nicht sehen, dass seine Hände zitterten; deshalb vergrub er sie in den Taschen.

»Hast du keine Angst?«, fragte er, um sich selbst Mut zu machen.

»Angst? Ach was. Angst ist der Auslöser für große Taten. Also, worauf warten wir noch?«

Der Abstieg talwärts war beschwerlich, weil von der Seite, auf der sie sich befanden, kein Weg, nicht einmal ein Trampelpfad, zu dem alten Landgut führte. Nach zwanzigminütigem Fußmarsch erreichten sie endlich ihr Ziel. Sie hatten kein Wort darüber verloren, was sie eigentlich vorhatten und was sie den Bewohnern des Gehöfts sagen sollten. Gropius fühlte sich nur von jenem unerklärlichen Zwang getrieben, der ihn seit Monaten verfolgte.

Das Gehöft bestand aus mehreren Gebäuden und versteckte sich hinter wild wucherndem Buschwerk. Und obwohl sich noch keine Blüten zeigten, stieg Gropius plötzlich derselbe penetrante Duft von Ginster in die Nase, den er damals wahrgenommen hatte.

Eine Mauer aus rohen Steinen, nicht höher als zwei Meter, umgab das verwunschene Anwesen. Auf der Suche nach dem Eingang gingen sie um das Gehöft herum und stießen auf einen Weg, der, von hölzernen Strommasten gesäumt, auf die Anhöhe führte. Er endete vor einem zweiflügeligen Holztor, in das ein kleiner Durchlass eingearbeitet war. Eine Kette mit einem eisernen Handgriff führte ins Innere. Gregor zog kräftig, und aus einiger Entfernung vernahm man den gedämpften Bimmelton einer Glocke.

Durch einen Spalt in dem Tor, das aus rohen, verwitterten Bohlen konstruiert war, blinzelte Gregor in einen Innenhof, in dem eine schwarze Limousine älterer Bauart parkte. Im Hintergrund schlug ein Hund an, sonst kein Lebenszeichen.

Gropius schellte ein zweites Mal, noch heftiger als beim ersten Versuch; aber auch diesmal kam keine Reaktion. Schließlich übernahm Francesca die Initiative, zog sich mit bloßer Muskelkraft auf die Mauerkrone, und noch ehe sich Gropius versah, war sie auf der anderen Seite verschwunden. Dort schob sie den Riegel der in das Tor eingelassenen Tür beiseite und ließ Gropius ein.

Nichts regte sich. Der Hund, ein schwarzbrauner Pitbull, fletschte die Zähne und schoss, eine lange Kette hinter sich herziehend, auf sie zu.

»Keine Angst!«, meinte Francesca. »Ich kann mit Hunden umgehen.« Mutig und mit ausgestrecktem Arm trat sie dem tobenden Hund entgegen und redete beruhigend auf ihn ein, bis dieser sich winselnd in seinen Zwinger zurückzog.

»Wo hast du solche Kunststücke gelernt?«, fragte Gregor anerkennend.

»Ich bin mit Hunden aufgewachsen«, antwortete Francesca, »keine Bange!«

An drei Seiten des Hofes erhob sich je ein Gebäude, in der Mitte ein verhältnismäßig gut erhaltener Wohntrakt, die Trakte auf beiden Seiten wirkten verkommen. Der Eingang zu dem rechter Hand gelegenen Haus stand offen.

Mit einer Kopfbewegung forderte Gropius Francesca auf, ihm zu folgen. Im Eingang streifte sie der muffige Geruch von zweihundert Jahren. Ihre Tritte hallten in dem kahlen Gemäuer, und man konnte kaum etwas sehen. Durch eine halb geöffnete Tür fiel ein schmaler Lichtstrahl. Gropius vernahm ein leises Klicken und wandte sich um. Francesca hielt eine Pistole in der Hand.

»Bist du verrückt?«, zischte er.

Francesca legte den linken Zeigefinger auf die Lippen. Dann flüsterte sie: »Man weiß nie!«

In diesem Augenblick wurde Gropius von einem seltsamen Gefühl befallen. Die Frau mit der entsicherten Pistole hinter seinem Rücken erregte ihn ungemein.

»Ist da jemand?«, rief Francesca in die unheimliche Stille. Und als keine Antwort kam, drückte Gregor die Tür auf.

Vor ihnen lag ein quadratischer Raum mit zwei blinden Fenstern. In der Mitte stand ein klotziger Stuhl. Eine nackte Glühbirne hing von der Decke. An den Wänden blätterte der blaugrüne Ölanstrich ab. Der Anblick traf Gregor wie ein elektrischer

Schlag. »Francesca«, stammelte er atemlos, »das ist der Raum, in dem ich gefangen gehalten wurde.«

»Bist du sicher?«

»Absolut sicher. Ich erkenne alles genau wieder.«

»Mein Gott!« Francesca hielt die Pistole mit beiden Händen senkrecht vor die Brust. »Dir ist doch wohl klar, dass wir uns in einer verdammt gefährlichen Situation befinden!«

Gropius wurde übel. Ihm war, als wollte sich sein Magen nach außen stülpen. Francesca bemerkte die Blässe in seinem Gesicht und drängte Gregor aus dem Zimmer hinaus ins Freie, wo der Pitbull erneut zu kläffen begann.

»Wenn jemand hier wäre, hätte man uns längst bemerkt«, meinte Gropius und sah sich nach allen Seiten um. »Ich will wissen, was hier gespielt wird. Und jetzt steck deine Waffe weg!«

»Wie du meinst, Gregor«, erwiderte Francesca. Sie klang etwas beleidigt, aber sie ließ die Pistole unter ihrem Blazer verschwinden. Dann wandten sie sich dem Wohngebäude in der Mitte zu.

Drei Steinstufen führten zu einem Portal, das von zwei Säulen eingerahmt wurde, die eine kleine Loggia trugen. Links und rechts vom Eingang gab es je drei vergitterte Fenster. Den hölzernen Läden war anzusehen, dass sie seit Jahren nicht mehr benutzt wurden. Über dem halbhohen Erdgeschoss lag ein erstes Stockwerk, und das Dach mit flacher Neigung unterschied sich in keiner Weise von der ziegelgedeckten Eintönigkeit anderer Dächer in der Gegend.

Der Eingang war verschlossen. Um ins Haus zu gelangen, gab es nur eine Möglichkeit: Sie mussten über die Loggia im oberen Stockwerk einsteigen, und das war durchaus riskant. Würden sie dabei überrascht, saßen sie in der Falle, denn die fensterlose Rückseite des Gebäudes grenzte an die Umfassungsmauer.

Nie im Leben hätte sich Gropius so viel kriminelle Energie zugetraut, einen Einbruch zu riskieren; aber in ihm hatte sich großer Zorn aufgestaut. Er wollte mehr über die Kerle wissen, die ihn brutal zusammengeschlagen und mit dem Tode bedroht hatten. Und deshalb zögerte er keinen Augenblick.

Vor dem linken Gebäude, eine Art Scheune mit einem großen Tor, stand ein altes leeres Weinfass. Gropius rollte es vor eines der Fenster des Wohntrakts, stellte es senkrecht auf und schwang sich hinauf. Mit den Händen klammerte er sich an das Fenstergitter und lugte in das Innere. Dann drehte er sich um und sagte zu Francesca, die Gregors Mut und Entschlossenheit mit Bewunderung verfolgt hatte: »Komm rauf, das musst du gesehen haben!« Er streckte ihr die Hand entgegen.

Francesca kam seiner Aufforderung nach. Sie war neugierig, was sich in dem Gebäude verbarg. Vieles hätte Francesca in dem geisterhaften Haus vermutet, aber was sie sah, versetzte sie in Erstaunen. Vor ihnen tat sich eine gut sortierte Folterkammer auf, ein nüchternes Kabinett mit unterschiedlichen Werkzeugen, die geeignet schienen, Schmerz zuzufügen: Peitschen, Geißeln mit Widerhaken, Bauch- und Beingürtel mit Dornen und eine hölzerne Streckbank mit Rollen am oberen und unteren Ende.

»Wenn meine Augen mich nicht trügen«, bemerkte Francesca, ohne Gropius anzusehen, »dann werden hier Menschen gequält. Was sind das für Leute, Gregor? Ich dachte, die Zeiten der Inquisition sind vorbei.«

»Das dachte ich auch. Aber wie du siehst, erlebt man immer wieder Überraschungen.«

»Und warum gerade hier?«

»Das wüsste ich auch gerne«, erwiderte Gropius und wandte den Blick schräg nach oben zu der Loggia über dem Eingangsportal.

Francesca fing seinen Blick auf und sagte: »Du willst doch nicht etwa ...«

»Doch. Ich *muss* herausfinden, was hier vor sich geht.«

Mit einem Satz sprang Gregor von dem Weinfass herunter und streckte Francesca die Arme entgegen.

Das Tor der Scheune war nur angelehnt. Als sie es öffneten, schlug ihnen der Geruch modrigen Heus entgegen. Im Hintergrund erkannten sie unter Spinnweben einen alten, zusammengebrochenen Leiterwagen, wie er den Bauern der Gegend früher zum Heu-Einfahren gedient hatte. Darauf lag eine Holzleiter, nicht gerade Vertrauen erweckend, aber die einzige Möglichkeit, um auf die Loggia zu gelangen.

Gemeinsam trugen sie die Leiter ins Freie, und während Francesca bemüht war, den Hund zu beruhigen, entfernte Gropius die Spinnweben mit bloßen Händen. Die Leiter reichte nur knapp bis zur Loggia, aber Gregor, der sich als Erster nach oben wagte, überwand mit einem Klimmzug die Brüstung. Francesca folgte ihm auf die gleiche Weise.

Wie nicht anders zu erwarten, war der Zugang zur Loggia von innen verschlossen. Durch die Scheiben erkannten sie einen Vorraum, von dem sich nach beiden Seiten ein Korridor öffnete. Gropius warf Francesca einen flüchtigen Blick zu, dann stellte er sich mit dem Rücken zur Tür, winkelte den rechten Arm an, ein kurzer, aber heftiger Stoß mit dem Ellenbogen, und die Glasscheibe der Tür zersplitterte.

»Wo hast du das gelernt?«, erkundigte sich Francesca anerkennend.

Gropius lächelte generös: »Auf der Gangsterschule!« Er staunte selbst über seine Kaltschnäuzigkeit. Behutsam langte er durch die geborstene Scheibe und öffnete die Tür von innen. »Sei vorsichtig!«

Francesca entsicherte erneut ihre Pistole, dann wagten sie sich in das Innere des Hauses. Es dauerte eine Weile, bis ihre Augen sich an das Dämmerlicht gewöhnt hatten. Von dem finsteren Flur, der sich linker Hand auftat, gingen sechs Türen weg, drei auf jeder Seite, und keine der Kammern dahinter unterschied sich von der anderen: ein Tisch, ein Stuhl, ein Bett, allesamt aus rohem Holz, das Bett ohne Matratze oder Kissen, nur mit einer Wolldecke als Unterlage.

»Auf Komfort wird hier weniger Wert gelegt«, bemerkte Francesca im Flüsterton. »Merkwürdig, findest du nicht?«

Ratlos hob Gregor die Schultern. Er wusste selbst nicht, was er von der kümmerlichen Einrichtung halten sollte. Das alles hatte etwas Asketisches an sich. Mönche im Mittelalter, dachte Gropius, mögen so gelebt haben, Mönche oder Anhänger einer pervertierten Religion, die Selbstkasteiung und körperlichen Schmerz als Erfüllung menschlichen Daseins betrachteten.

Während sie sich auf die andere Seite des Gebäudes begaben, murmelte Gropius: »Es soll ja Leute geben, die mögen das.«

»Was? Wovon sprichst du, Gregor?«

»Askese und Selbstkasteiung!«

»Du meinst, die Folterwerkzeuge, die wir unten gesehen haben, dienen gar nicht dazu, anderen Schmerz zuzufügen, sondern eher sich selbst? Du glaubst, unsere Freunde hier geißeln sich selbst?«

»Ich weiß es nicht. Die Methode ist jedenfalls nicht neu und immer noch weit verbreitet. Schon im Alten Testament trugen die Israeliten das Zilizium, ein aus kratzigem Ziegenhaar gewebtes Büßergewand auf der nackten Haut. Und die katholische Kirche hat diese Art der Selbstkasteiung im Mittelalter zur Perfektion getrieben. Es gab Büßerorden, deren Mitglieder Unterhosen trugen, in die Dornen eingearbeitet waren, oder ebensolche Strumpfbänder.«

Francesca kicherte. »Du machst dich lustig, Gregor!«

»Keineswegs, Schmerz ist ein Fundament der christlichen Religion. Denk nur an das Fegefeuer, wo schuldbewusste Menschen sich einen Teil ihrer Sünden wegbrennen. Gott, so es überhaupt einen gibt, kann so etwas Perverses nicht erfunden haben.«

Auf der anderen Seite des Treppenhauses lagen ein Essraum, der in seiner Schäbigkeit – ein Tisch und acht Stühle – einem Bahnhofswartesaal vor hundert Jahren glich, eine Küche mit einem eisernen Herd und mehrere Wirtschaftsräume mit Konserven und Vorräten, genug, um die nächste Sintflut zu überleben. Einer dieser Räume diente der medizinischen Versorgung, jedenfalls hatte es zunächst den Anschein. Doch als Gropius das Inventar näher in Augenschein nahm, machte er eine beängstigende Entdeckung: Die vermeintlichen medizinischen Geräte erwiesen sich als Folter- und Mordinstrumente. Ein tragbares EKG, wie es in Rettungswagen Verwendung findet, war mit einem Hochfrequenztrafo ausgestattet. Mithilfe der angeschlossenen Elektroden konnte man einen Menschen in Sekunden ins Jenseits befördern. Der Bestand an originalverpackten Operationsbestecken und Injektionsspritzen deckte den Monatsbedarf einer mittleren Klinik, und die Vorräte an Narkotika, Opiaten und gefährlichen Giften waren durchaus geeignet, eine Kleinstadt in Schlaf zu versetzen und jedes Leben auszulöschen.

Chlorphenvinphos! Der Schriftzug des Insektengifts sprang ihm von einigen Dutzend Packungen à hundert Kubik ins Auge. Und mit einem Mal war alles wieder gegenwärtig: der Tod Schlesingers, Fichtes kriminelle Rolle bei den Organtransplantationen, die Todesopfer in deutschen Kliniken, de Lucas Tod und jener von Sheba, und nicht zuletzt seine eigene Entführung, bei der er mit demselben Pestizid bedroht worden war. Keine Frage – eine Verschwörung. Aber welche Verbindung gab es zwischen den Giftanschlägen mit Chlorphenvinphos und der Suche nach Beweisen dafür, dass Jesus nicht in den Himmel aufgefahren war?

Alle vorstellbaren Zusammenhänge erschienen höchst widersprüchlich, widersinnig und weit hergeholt. Und doch musste eine unsichtbare Hand existieren, die alle Fäden zog, ein Wesen, das im Verborgenen wirkte und buchstäblich über Leichen ging. Wo lag der Schlüssel? In Augenblicken wie diesem wünschte Gropius, er hätte nie den Versuch unternommen, den Fall Schlesinger aufzuklären, er hätte das Terrain der Polizei überlassen. Doch im selben Augenblick sagte ihm eine innere Stimme, dass er der Lösung nahe war wie nie zuvor.

War hier in diesem verlassenen Gehöft, das offensichtlich ein paar perversen Pfaffen Unterschlupf bot, die Kommandozentrale? Gropius schüttelte den Kopf. Undenkbar! Aber vielleicht gab es irgendeine Spur, einen Hinweis, der ihm weiterhelfen konnte. Dabei musste er an Rodriguez denken, der bei ihrer ersten Begegnung in Berlin gesagt hatte: Ihre Chancen, die Hintergründe aufzuklären, sind gleich null.

»Mit wem sprichst du, Gregor?«

Gropius erschrak. »Ich?« Er war so in seine Gedanken vertieft, dass er begonnen hatte, mit sich selbst zu reden. »Entschuldige, ich versuche gerade wieder einmal, das Chaos zu ordnen.«

»Mit Erfolg?«

Gropius gab keine Antwort. Er war zu durcheinander.

Im Halbdunkel stiegen sie die Treppe hinab ins Erdgeschoss und stießen dort auf einen kahlen Büroraum: ein einfaches Regal an der Wand, davor ein alter Küchentisch, der als Schreibtisch diente, an der gegenüberliegenden Wand ein weiterer Tisch als Ablage. Immerhin gab es eine in die Jahre gekommene mechanische Schreibmaschine, einen Computer und ein Telefon mit Anrufbeantworter, der, nach dem Design zu schließen, schon seit zwanzig Jahren seinen Dienst tat.

Was das Büro von jedem anderen unterschied, war die Tatsache, dass weder Ordner noch Akten oder irgendwelche Papiere herumlagen. In dem Regal an der Wand gab es keine Bücher, einzig ein Stapel blütenweißes Papier lag streng ausgerichtet auf dem Tisch und harrte der Verwendung. Es schien, als seien die Bewohner bemüht gewesen, jede Spur zu beseitigen.

»Verstehst du das?«, fragte Gropius, ohne auf eine Antwort zu hoffen.

Francesca machte sich inzwischen an dem Computer zu schaffen. »Ich glaube«, meinte sie, nachdem sie die Tastatur heftig bearbeitet hatte, »das Ding funktioniert noch mit Dampf.« Misstrauisch verfolgte sie ein Kabel, das den Computer mit einer Telefonsteckdose verband.

Gropius nickte anerkennend: »Immerhin, die Herrschaften verfügen über Internetanschluss!«

Wie verrückt hämmerte Francesca in das altmodische Gerät. Im Gegensatz zu Gregor war sie mit dem Teufelszeug aufs beste vertraut, und sie meinte: »Wenn sie das Gerät in Gebrauch hatten, dann haben sie auch Spuren hinterlassen.«

Fasziniert beobachtete Gropius, wie Francesca den Computer bediente. Er selbst hatte sich stets in der glücklichen Lage gesehen, diese Arbeit delegieren zu können. Die Fähigkeit, eine E-Mail zu schreiben und an eine beliebige Adresse auf diesem Planeten zu senden, verglich er immer mit Einsteins Relativitätstheorie, bei der es sich auch um eine ganz einfache Sache handelt, so man sie beherrschte.

»Du meinst, es gibt eine Möglichkeit, den elektronischen Schriftverkehr dieser Leute auf dem Bildschirm sichtbar zu machen?«, erkundigte sich Gregor vorsichtig. »Wenn ich mir die Ordnung hier im Raum ansehe, dann sind sie bei der Spurenbeseitigung im Internet genauso gründlich gewesen.«

Francesca ließ sich von ihrer Arbeit nicht abbringen und antwortete, ohne aufzusehen: »Professore, Sie sollten sich besser auf Ihre Arbeit als Chirurg konzentrieren. Für elektronische Medien fehlt Ihnen offensichtlich jedes Verständnis. Es gibt da nur ein Problem ... Aber auch das ist lösbar, wenn du mir entsprechend Zeit gibst.«

»Und das wäre?«

Francesca war zu vertieft in ihre Aufgabe, um auf Gregors Frage zu reagieren. Plötzlich hielt sie inne und wiederholte: »Es gibt da nur ein Problem. Ich brauche ein Passwort, um mich einzuloggen und die E-Mails abzurufen, mindestens drei Buchstaben, höchstens zehn.«

»Drei Buchstaben?« Gropius überlegte nicht lange: »IND.«

»IND?« – Francesca tippte die Buchstabenfolge ein, eher aus Jux oder um Gropius einen Gefallen zu erweisen, als aus der

Überzeugung, dass Gregor Recht hatte. Im nächsten Augenblick stieß sie einen leisen Schrei aus. Sie sah Gregor an und starrte dann wieder auf den Bildschirm.

»Was hast du, Francesca?«

Francesca blickte ungläubig. »Woher kennst du das Passwort dieser Leute?« Sie wusste nicht, wie ihr geschah, und ihr erster Gedanke war: Gropius spielt ein falsches Spiel, er steckt mit den Gangstern unter einer Decke. Instinktiv ging ihre Hand zur Innentasche ihres Blazers, wo die Pistole steckte.

Gropius bemerkte ihre Unsicherheit und fragte ebenso unsicher: »Willst du damit sagen, dass der Code richtig ist?«

»Ja, das will ich«, entgegnete Francesca mit erhobener Stimme. »Jedenfalls gibt der Computer den Zugang frei zu allen gesendeten und empfangenen E-Mails der letzten zehn Tage.«

»Als du sagtest, ein Codewort zwischen drei und zehn Buchstaben sei vonnöten, fiel mir spontan dieses rätselhafte Kürzel ein, das mir mehrfach im Laufe meiner Nachforschungen begegnet ist. In München wurde von den Leuten sogar die Hotelrechnung mit einer Firmenkreditkarte auf den Namen IND bezahlt.«

Gregors Erklärung erschien Francesca reichlich weit hergeholt, sie genügte jedenfalls nicht, ihr Misstrauen völlig zu beseitigen. Es gab nur zwei Möglichkeiten: Entweder Gropius sagte die Wahrheit, oder er hatte sich aus Versehen selbst verraten. Dann war er ein grandioser Schauspieler, aber auch ein Dummkopf. Beides traute sie ihm eigentlich nicht zu.

Sie hatte nicht den Nerv, sich weiter mit dieser Frage auseinander zu setzen, und tippte auf »Letzte empfangene Nachricht«. In Sekundenschnelle baute sich ein kurzer Textblock in italienischer Sprache auf. Gropius zog die Stirn in Falten.

»Was heißt das?«

»Die Nachricht ist vier Tage alt!«

Mit dem Zeigefinger deutete Francesca auf die Zeilen:

»Der Segen des Allerhöchsten aus Barcino. Nächstes Ziel unserer Aktion – Milano. Vorgehensweise wie gehabt. Erwarten Vollzugsmeldung. Denn es ist besser, dass eines der Glieder verloren gehe, als dass dein ganzer Leib in die Hölle fahre. IND.«

Francesca und Gropius sahen sich lange schweigend an.

Schließlich fragte Francesca: »Was hat das zu bedeuten? Das klingt alles sehr heilig.«

»Heilig?« Gropius grinste verlegen. »Eher teuflisch! Wenn ich mich nicht irre, ist das ein weiterer Mordauftrag in Sachen Organtransplantation.«

Während Gropius den Text in seinem Taschenkalender notierte, schlug im Innenhof der Pitbull an. Francesca trat ans Fenster. Dämmerung lag über dem Gehöft. Wie toll zerrte der Hund an seiner Kette. Als ihr Blick den Weg streifte, der sich talwärts im Halbdunkel verlor, erkannte sie zwei Autoscheinwerfer, die sich zitternd bergan bewegten.

»Ein Auto kommt. Wir müssen weg!«, rief sie halblaut. Dann schaltete sie den Computer aus, und sie hasteten ins Obergeschoss, wo sie das Gebäude auf demselben Weg verließen, den sie gekommen waren.

Auf der Flucht kam ihnen die einsetzende Dunkelheit zu Hilfe. Aus sicherer Entfernung beobachteten sie, wie vier Männer einer Limousine entstiegen und in dem Hoftor verschwanden. Dann machten sie sich auf den Weg querfeldein zurück zu der Stelle, wo Francesca den Van abgestellt hatte. Sie redeten kaum, und wenn, dann nur Belangloses.

Erschöpft und verdreckt, weil sie mehrmals gestolpert waren, erreichten sie endlich nach einstündigem Fußmarsch durch die Dunkelheit ihr Auto. Auf der Rückfahrt nach Turin zog Gropius sein Notizbuch hervor. Im Schein der Innenbeleuchtung las er immer wieder den Text der E-Mail. Dann folgte sein Blick erneut den Scheinwerferkegeln des Wagens, die auf der Landstraße unsicher hin- und hertanzten wie Leuchtkäfer in einer lauen Juninacht. Aus dem Radio klang Discomusik, unterbrochen von Werbung. Jeder war mit seinen Gedanken allein. Francesca wollte nicht in den Kopf, dass Gropius das Passwort einfach so aus dem Hut gezaubert hatte. Und Gregor suchte erneut nach einer Verbindung zwischen den Mordfällen und genetischen Spuren des Jesus von Nazareth.

In der Ferne tauchten bereits die Lichter von Turin auf, als Francesca plötzlich meinte: »Wenn ich nicht irre, stammt der merkwürdige Satz mit dem Leib, der in die Hölle fahren soll, aus dem Matthäus-Evangelium.«

Gropius wandte den Blick von der Straße und sah Francesca von der Seite an. »Woher willst du das wissen?«

Francesca lachte. »Wir Italiener sind eben bibelfest. Kunststück, wo wir doch dem Stellvertreter des Allerhöchsten Asyl gewähren. Und markante Sätze wie dieser bleiben einem einfach im Gedächtnis. Aber wenn du willst, kann ich Don Roberto anrufen. Der kennt die vier Evangelisten auswendig.«

»Viel mehr würde mich interessieren, woher der Segen des Allerhöchsten wirklich kam, mit anderen Worten, der Absender der E-Mail. Barcino, das klingt wie eine Stadt in Italien.«

Francesca schüttelte den Kopf. »Nie gehört!«

Gropius wollte etwas sagen; aber Francesca hielt ihm die Hand entgegen. Dann stellte sie das Radio lauter, wo gerade die Abendnachrichten liefen.

Gregor verstand die Meldung nicht, die der Sprecher verlas, aber Francesca wurde blass. Kaum hatte der Sprecher geendet, schaltete sie das Radio aus. »Im Klinikum in Milano«, begann sie stockend, »wurde ein Patient nach einer Organtransplantation ermordet. Vermutlich mit einer Giftinjektion. Die Polizei vermutet den Täter unter dem Klinikpersonal und hat eine Sonderkommission eingerichtet.«

Sie hatten die hell erleuchtete Einfallstraße erreicht. Die Peitschenlampen am Straßenrand warfen in regelmäßigen Abständen einen grellen Lichtkegel in das Wageninnere. Noch immer hielt Gropius sein Notizbuch aufgeschlagen in Händen. Als er den Kopf senkte, fiel ein Lichtstrahl auf seine Handschrift: »Nächstes Ziel unserer Aktion – Milano«. Er rang nach Luft.

Kapitel 16

Missgelaunt betrat Gropius am nächsten Morgen den Frühstücksraum des Hotels »Le Meridien«. Er hatte so schlecht geschlafen wie all die Tage zuvor. Überstürzt waren sie am Abend auseinandergegangen, nachdem Francesca ihn vor dem Hotel abgesetzt hatte. Gegen Mittag wollten sie miteinander telefonieren.

In Gedanken versunken nahm er an einem freien Tisch Platz, bestellte Tee mit Milch und holte sich vom Buffet zwei Hörnchen und Marmelade, wie es seiner Gewohnheit entsprach. Missmutig kaute Gropius an seinem Hörnchen herum und warf einen flüchtigen Blick auf die wenigen Frühstücksgäste an diesem Morgen, als ein in vornehmes Schwarz gekleideter Herr an seinen Tisch trat und ihm freundlich einen guten Morgen wünschte. Der Mann sprach Deutsch mit italienischem Akzent und war beinahe zwei Meter groß.

»Crucitti«, stellte er sich mit einer leichten Verbeugung vor, »haben Sie etwas dagegen, wenn ich mich zu Ihnen setze?«

Obwohl er lieber seine Ruhe gehabt hätte, wollte Gregor nicht unhöflich sein, und mit einer einladenden Handbewegung erwiderte er: »Bitte nehmen Sie Platz, Signore, mein Name ist Gropius.«

»Ich weiß«, bemerkte Crucitti schmunzelnd, »ich weiß.«

Verblüfft sah Gropius den Frühstücksgast an und fragte sich, ob er sich nicht verhört habe.

Doch der fuhr fort: »Sie kennen mich nicht, Professore, aber wir kennen Sie umso besser!«

»Wie darf ich das verstehen? Wer ist ›wir‹?«

Crucitti verdrehte die Augen. »Die römische Kurie«, erwiderte er schließlich. Dabei klang seine Stimme vorwurfsvoll, als sei es ein Versäumnis, seinen Namen nicht zu kennen.

»Das müssen Sie mir näher erklären«, bemerkte Gropius mit Interesse. »Es wird Sie vielleicht überraschen, wenn ich Ihnen mitteile, dass ich Ihrer Institution den Rücken gekehrt habe, als meine Kirchensteuern mir erlaubt hätten, einen eigenen Bischof zu halten.«

»Das tut nichts zur Sache«, Crucitti lächelte säuerlich. »Ich hoffe, Avvocato Felici hat zu Ihrer Zufriedenheit gearbeitet, Professore!«

Gropius fühlte, wie ihm das Blut aus dem Gesicht wich. Grotesker konnte die Situation nicht sein: Da verfolgte er eine Spur, die geeignet war, Kurie und Vatikan aus den Angeln zu heben, und dann schickten ihm eben diese Leute einen Staranwalt, der ihn aus der Untersuchungshaft holte. Er schüttelte den Kopf und fragte ungläubig: »Wollen Sie damit sagen, dass sich die römische Kurie für meine Freilassung eingesetzt hat?«

Erneut setzte Crucitti sein scheinheiliges Grinsen auf, und er antwortete salbungsvoll: »Die Kirche ist stets auf der Seite der Unschuldigen. Wir wissen, dass Sie nicht Sheba Yadins Mörder sind.«

»Sind Sie sicher, Signore?«

»Sagen Sie *Mon*signore! Aber, um Ihre Frage zu beantworten: Ja, ganz sicher.«

»Dann gestatten Sie mir die Frage, *Mon*signore: Was wollen Sie von mir?«

Crucitti bestellte Kaffee und erwiderte: »Haben Sie von dem Mord im Klinikum in Milano gehört?«

»Allerdings. Und so Leid es mir für den Patienten tut, der Fall kommt mir nicht ungelegen. Ich sehe darin nur einen weiteren Beweis für *meine* Unschuld. Wir haben es mit einer kriminellen Organisation zu tun, die aus Motiven handelt, die wir nicht kennen. Es ist also grundverkehrt, Ärzte für diese Morde verantwortlich zu machen. Und das ist der Grund, warum ich mich seit Monaten mit nichts anderem beschäftige als mit meiner Rehabilitierung!«

»Das ist durchaus verständlich, Professore; aber gehen Sie mit dem Aufwand Ihrer Recherchen nicht etwas zu weit? Sie laufen Gefahr, selbst in die Mühlen dieser Organisation zu geraten.«

»Das, *Mon*signore, ist mein Risiko; aber wie Sie sehen, lebe ich noch, und ich bin sicher, dass das noch eine Weile der Fall sein wird.«

»Wie dem auch sei, ich bin beauftragt, Ihnen folgende Mitteilung zu machen: Es liegt im Interesse des Vatikans, wenn Sie Ihr Wissen nicht der Polizei mitteilen, sondern der römischen Kurie. Das ist auch der Grund, warum wir Sorge getragen haben, Ihren Aufenthalt im Gefängnis so kurz wie möglich zu gestalten.«

»Zu gütig«, fuhr Gropius im ironischen Ton des Monsignore fort, »wirklich, zu gütig. Aber seien Sie versichert, man hätte mich auch ohne Ihre freundliche Unterstützung bald wieder laufen lassen. Wenn ich Sie recht verstehe, dann erwarten Sie von mir jetzt eine Gegenleistung.«

Crucitti hob theatralisch die Schultern. Wie die meisten seiner Zunft war der Monsignore ein schlechter Schauspieler.

»Gegenleistung?« Er tat entrüstet: »Schon der Apostel sagt, wer dem Geringsten nur einen Becher Wasser reicht, der wird nicht kommen um seinen Lohn.«

»Und das heißt?«

»Das bedeutet, wir fordern von Ihnen keine Gegenleistung, Professore, weil wir sicher sind, dass Sie sich von selbst erkenntlich zeigen werden.«

Die Unverfrorenheit, mit der der Monsignore vorging, machte Gropius für einen Augenblick sprachlos. Dabei entging ihm jedoch nicht, dass Crucitti unsicher um sich blickte, als würde er verfolgt oder als wäre es ihm unangenehm, mit ihm zusammen gesehen zu werden. Schließlich leerte er seine Kaffeetasse – er nahm weder Zucker noch Milch – in einem Zug und meinte: »Das Wetter ist so schön heute Morgen. Was halten Sie von einem kurzen Spaziergang? Im Gehen redet es sich leichter. Außerdem haben Wände bekanntlich Ohren.«

Gropius wollte schon sagen: Hören Sie, ich sehe keine Veranlassung und erst recht keinen besonderen Anreiz, mit Ihnen zu lustwandeln! Aber dann siegte doch seine Neugierde, und er kam zu der Erkenntnis, dass die Gelegenheit, mit einem Abgesandten der römischen Kurie zu plaudern, nicht gerade alltäglich war. Im Übrigen hatte er sich für den Vormittag nichts vorgenommen, deshalb antwortete er: »Warum nicht, *Mon*signore, also gehen wir.«

Die Via Nizza – das Hotel »Meridien« trägt die Hausnummer 262 – zählt nicht gerade zu den einnehmenden Straßen Turins, und Gropius und Crucitti wählten die Richtung stadteinwärts. Die Hände auf dem Rücken gingen beide ein Stück schweigend nebeneinander her. Bemerkungen über das Wetter und ähnliche Platitüden hielt Gregor für unangebracht. Plötzlich, als hätte er seine Gedanken gesammelt, begann der Monsignore: »Machen wir uns nichts vor, Professore. Wir wissen beide, worum es geht. Es wäre kindisch, wenn wir um den heißen Brei herumredeten.«

Gropius wusste nicht, was er meinte. Wie sollte er reagieren? Und so entschloss er sich, dem Monsignore nicht zu widersprechen. »Das klingt vernünftig«, bemerkte er nichtssagend.

Auf der breiten Einfallstraße lärmte der Morgenverkehr, und ein Lastwagen pustete ihnen schwarzen Qualm ins Gesicht. »Ich will nicht verhehlen«, nahm Crucitti seine Rede wieder auf, »dass der Vatikan bereit wäre, viel Geld zu bezahlen, um in den Besitz von Schlesingers Akte Golgatha zu gelangen. Und wie Sie wissen, sind wir nicht die einzigen Interessenten. Das wirkt sich natürlich auf den Preis aus. Ich muss Ihnen das nicht erklären.«

Gropius schossen tausend Gedanken durch den Kopf. Fakten

und Theorien, die er in den letzten Monaten aufgestellt hatte, gerieten ins Wanken. Doch er versuchte Ruhe zu bewahren. »Sie glauben also, dass ich im Besitz von Schlesingers Akte bin?«, griff er die Rede des Monsignore auf.

Crucitti reagierte unwillig: »Ich habe nicht erwartet, dass Sie mir Ihr Versteck verraten. Und vermutlich wissen Sie längst, dass wir Sie seit geraumer Zeit beobachten, ein nicht ganz einfaches Unterfangen, weil unsere Leute dabei ständig mit der Gegenseite aneinander geraten, die sie ebenfalls nicht aus den Augen lässt. Ich muss Ihnen ein Kompliment machen, Professore. Ihre Vorgehensweise ist äußerst geschickt. Die CIA könnte sich glücklich schätzen, Sie zu ihren Agenten zu zählen.« Der Monsignore lachte über seinen – vermeintlich gelungenen – Scherz.

Für Gropius stellte sich nun die Frage: Bluffte dieser Monsignore? Um ihn zu provozieren, sagte Gropius mit spöttischem Unterton: »*Mon*signore, ich begreife nicht, warum Sie um das Grabtuch so viel Wind machen. Sie wissen doch, dass es sich dabei um eine mittelalterliche Fälschung handelt. Eine Stoffprobe von diesem Objekt beweist gar nichts. Wozu also die Aufregung?«

Da blieb Crucitti stehen und musterte Gropius von der Seite: »Professore, Sie sind ein intelligenter Mann. Es ist unter Ihrem Niveau, hier den Dummen zu spielen. Als ob Ihnen nicht bekannt wäre, dass wir keineswegs über das Grabtuch reden, das im Turiner Dom aufbewahrt wird.«

»Ach«, erwiderte Gropius spitz und setzte seinen Weg fort.

Der Monsignore wusste nicht, ob er die Unwissenheit des Professors ernst nehmen sollte oder ob sie nur gespielt war. Schließlich entgegnete er: »Ich weiß, Sie sind kein Archäologe wie Schlesinger, aber immerhin beschäftigen Sie sich mit dem Problem seit geraumer Zeit. Und soweit uns bekannt ist, verfügen Sie nicht nur über Schlesingers Beweisstück, sondern auch über sein Insiderwissen. Also, was soll das Theater!«

»Ich fühle mich geschmeichelt, *Mon*signore; aber bedenken Sie, ich hatte nur ein paar Monate, um mich in die Materie einzuarbeiten, für die Schlesinger ein halbes Leben zur Verfügung stand. Natürlich weiß ich, worum es geht, aber die Einzelheiten ...«

Crucitti atmete tief ein und ließ die Luft stockend durch die Nase entweichen. »Damals im Jahr 1987, als im Turiner Dom eingebrochen und ein Stück vom Grabtuch unseres Herrn entwendet wurde, herrschten in der Kurie chaotische Zustände. Man darf es heute ruhig aussprechen: Der Vorgänger von Kardinalstaatssekretär Paolo Calvi war seinem Amt nicht gewachsen. Er erkannte nicht die Gefahr, die mit dem scheinbar harmlosen Diebstahl des Stofffetzens verbunden war. Auch als Schlesinger wenige Monate später im Vatikan vorstellig wurde und behauptete, er könne den wissenschaftlichen Beweis erbringen, dass unser Herr Jesus keineswegs in den Himmel aufgefahren sei, da nahm man ihn nicht ernst und weigerte sich, auf seine Forderungen einzugehen. Gewiss, Schlesinger war ein Erpresser, aber was bedeuteten schon zehn Millionen angesichts der möglichen Folgen! Wie nicht anders zu erwarten, fand sich bald ein Interessent, der bereit war, für Schlesingers Geheimnis zehn Millionen auf den Tisch zu legen: ein mysteriöser Unbekannter, zunächst jedenfalls, aber immerhin clever genug, der Kurie *pro Jahr* die ursprünglich geforderte Summe von zehn Millionen Schweigegeld abzupressen. Als Seine Heiligkeit davon erfuhr, flüchtete er zunächst in ein siebentägiges Gebet ohne Unterbrechung, wobei ihm die Erleuchtung zuteil wurde, den Kardinalstaatssekretär durch Paolo Calvi zu ersetzen, der wiederum mich zu seinem Adlatus erwählte. In aller Bescheidenheit: *Ich* war es damals, der die Idee hatte, das Grabtuch, bei dem es sich fraglos um das Original handelte, in das unser Herr gelegt wurde, gegen eine spätere Fälschung aus dem Mittelalter auszutauschen und für das folgende Jahr eine wissenschaftliche Untersuchung an dieser Fälschung in Auftrag zu geben. Mit dem allseits bekannten Ergebnis aus dem Jahre 1988 hoffte ich ein für alle Mal allen Erpressern das Handwerk zu legen. Aber ich hatte mich geirrt.«

Gropius schwieg, er war nicht in der Lage zu antworten. Die Vorstellung, dass der Sekretär des Kardinalstaatssekretärs ihn in dieses düstere Geheimnis einweihte, erschien ihm so absurd, dass er fast an seinem eigenen Verstand zu zweifeln begann. Zwar fügte sich Crucittis Geschichte auf logische Weise in die Erkenntnisse, die er selbst bereits gewonnen hatte, aber dennoch hinterließ sie eine Menge Fragen. Allen voran die eine: Warum erzählte Crucitti ihm das alles?

Auch der Monsignore blieb plötzlich stumm. Im Gehen blickte er vor sich hin und bewegte dabei den Unterkiefer, als wollte er die Worte zerbeißen, die ihm auf der Zunge lagen. Gropius glaubte sogar Schweißperlen auf seiner Nase zu erkennen, so sehr regte Crucitti sein eigener Bericht auf. Schließlich meinte er: »Was rede ich, das wussten Sie doch bereits alles!«

»Keineswegs. Ich bin nicht so gut informiert, wie Sie glauben. Immerhin sehe ich jetzt etwas klarer. Trotzdem bleiben noch viele Fragen offen. Zum Beispiel, wer hat Schlesinger auf dem Gewissen, de Luca und Sheba Yadin?« Gropius warf Crucitti einen prüfenden Blick zu.

Der wurde verlegen, aber schon im nächsten Augenblick gewann er die Fassung wieder und erwiderte selbstsicher: »Der Herr möge Ihnen Ihre bösen Gedanken vergeben. Die römische Kurie zu verdächtigen, Auftraggeber einer Mordserie zu sein, ist doch absurd, Professore!«

»Finden Sie? Immerhin standen alle drei in Verbindung mit der Aufdeckung des Geheimnisses um Jesus von Nazareth. Oder anders gesagt, jetzt gibt es drei Mitwisser weniger.«

»Professore!«, tat Crucitti entrüstet, »wenn dem so wäre, wenn der Vatikan daran interessiert wäre, alle Mitwisser zu beseitigen, dann stünden Sie – verzeihen Sie, wenn ich das so offen ausspreche – doch ganz oben auf der Liste, und man hätte mich nicht beauftragt, ernsthaft mit Ihnen zu verhandeln.«

»Falsch, *Mon*signore! Solange die Akte Golgatha in meinem Besitz ist, werden Sie mir kein Haar krümmen. Da bin ich sicher. Denn Sie müssen fürchten, dass meine Ermordung einen Automatismus in Gang setzt, an dessen Ende die Aufdeckung eines Riesenskandals steht.«

»Professore, daran sollten Sie nicht einmal denken! Das wäre für ein Drittel der Menschheit eine Katastrophe!«

»Allerdings. Obwohl – der Gedanke, der Theologie ins Handwerk zu pfuschen, hat etwas Verlockendes.«

Crucitti zeigte deutliche Anzeichen von Nervosität. »Das können Sie nicht tun!«, rief er außer sich. »Wollen Sie zwei Milliarden Menschen jede Hoffnung nehmen? Bedenken Sie, wir alle leben doch von nichts anderem als von der Hoffnung. Der Hoffnung auf Glück, der Hoffnung auf Liebe, der Hoffnung auf Reichtum, Macht und Einfluss, der Hoffnung auf das ewige Leben.«

Gropius nickte stumm; schließlich fuhr er fort: »Aber wenn nicht die Kurie hinter den Morden steckt, wer dann?« Noch während er sprach, hatte Gropius bemerkt, dass eine Limousine in gebührendem Abstand hinter ihnen herfuhr. Gregor wurde unruhig. Damals in Berlin, wo alles begann, wurde er auf dem Weg zum Hotel ebenfalls von einem dunklen Wagen verfolgt. Jetzt spürte er kalten Schweiß im Nacken, Angst kroch in ihm hoch und legte sich wie eine Eisenklammer um seinen Brustkorb.

»Fragen Sie die Gegenseite«, hörte er Crucitti antworten, der nun selbstsicher und gelassen wirkte.

Verwirrt fragte Gropius: »Und wer ist die Gegenseite?«

Der Monsignore schwieg. Nach ein paar Schritten meinte er: »Ich habe schon zu viel gesagt. Überlegen Sie sich unser Angebot. Was immer Ihnen die Gegenseite anbietet, wir bieten mehr. Hier meine Karte. Sie können mich jederzeit anrufen. Laudetur Jesus Christus!«

Gropius betrachtete die Visitenkarte in seiner Hand.

Den kurzen Augenblick nutzte Crucitti, um in die schwarze Limousine zu steigen, die am Straßenrand wartete. Fluchtartig fuhr das Auto, ein Mercedes neuester Bauart, in Richtung Innenstadt davon.

Bei seiner Rückkehr ins Hotel wurde Gropius von Francesca erwartet. Mit beiden Händen fasste sie zärtlich seine Rechte. »Gregor! Gott sei Dank! Ich habe versucht, dich telefonisch zu erreichen. Als du dich nicht gemeldet hast, machte ich mir Sorgen. Ich geriet in Panik und raste, so schnell der Verkehr es zuließ, hierher.«

Francesca drehte den Kopf zur Seite, aber Gregor bemerkte sehr wohl, dass sie feuchte Augen hatte. Bis vor kurzem hätte er ihr diese Reaktion nie zugetraut. Francesca war ihm stets souverän und selbstbewusst, bisweilen sogar überheblich begegnet, und er hatte sie für eine kühle und – wenn er an ihre erste Begegnung dachte – jeder Situation gewachsene Frau gehalten. Schon seit geraumer Zeit fiel ihm jedoch auf, dass Francesca ihm gegenüber eine andere geworden war.

»Wenn ich meine rechte Hand jetzt wiederhaben könnte«, meinte er lächelnd.

Francesca, die sich noch immer an ihn klammerte, ließ los und sagte: »Nach allem, was wir gestern erlebt haben, musst du das verstehen. Ich hatte wirklich Angst, dir könnte etwas zugestoßen sein.«

Gerade jetzt, nach der aufwühlenden Begegnung mit dem Abgesandten des Vatikans, war er für Francescas Zärtlichkeit sehr empfänglich, er war völlig fertig. Aber Gropius war nicht der Typ, der das einer Frau gegenüber zugegeben hätte. Deshalb erwiderte er scheinbar gelassen, so als wäre ihm nicht vor wenigen Minuten noch der Angstschweiß im Nacken gestanden: »Ach was, ich hatte nur einen unerwarteten Frühstücksgast, und wir machten einen kleinen Morgenspaziergang.«

Francesca sah Gregor eindringlich an. Sie mutmaßte, dass der Besucher mit dem gestrigen Tag in Verbindung stehen könnte, und Gropius erriet ihren Gedanken. Er schüttelte den Kopf. »Du kommst nicht darauf«, sagte er. »Ein Abgesandter der römischen Kurie!« Gropius reichte Francesca Crucittis Visitenkarte.

»Monsignore Antonio Crucitti« stand da in gestochener Antiqua und darunter drei Telefonnummern.

»Und was wollte der Monsignore?«

»Die Akte Golgatha.«

»Du wirst mir sicher gleich erzählen, worum es sich bei dieser Akte handelt!«

Gropius zog die Mundwinkel nach unten. »Ehrlich gesagt, ich weiß es auch nicht so genau. Aber vermutlich enthält die Akte Beweise, die belegen, dass Jesus in Jerusalem begraben wurde und keineswegs, wie von der Kirche behauptet, in den Himmel aufgefahren ist. Bisher glaubte ich allerdings, Schlesinger habe diese Unterlagen bereits verkauft. Woher kämen sonst die zehn Millionen auf seinem geheimen Konto. Eines steht jedenfalls fest: Der Kurie hat Schlesinger sein Wissen nicht verkauft. Crucitti tat so, als befänden sich die Dokumente in meinem Besitz, und er bot mir mehr als die Gegenseite – wen immer er damit meinte.«

»Klingt, als hätte der Vatikan einen mächtigen Konkurrenten!«

»Das klingt nicht nur so. Der Vatikan, das hat der Monsignore freimütig zugegeben, wird von einer Organisation erpresst. Aber wer dahinter steckt, darüber wollte er sich nicht näher auslassen. Vermutlich die Leute um Rodriguez. Ich weiß es nicht, ich weiß überhaupt nicht mehr, was ich denken soll ...«

Francesca nahm Gregor an der Hand und drängte ihn in den hinteren Teil der Halle. Abseits des Trubels der Abreisenden und Ankommenden, der Reiseleiter und Gepäckträger, der das Foyer in einen Jahrmarkt verwandelte, sagte Francesca: »Du erinnerst dich an den Text der E-Mail in dem einsamen Gehöft.«

»Natürlich!« Gropius zog sein Notizbuch aus der Jackentasche. »Ich habe ihn mehr als einmal gelesen, und ich zweifle nicht, dass es sich dabei um den Mordauftrag für das Klinikum in Milano handelt.«

»Willst du nicht zur Polizei gehen?«

»Vorläufig nicht. Commissario Artoli würde nicht glauben, unter welchen Umständen wir das Gehöft entdeckt haben – und wenn ich ehrlich sein soll, ich kann es ihm nicht einmal verdenken. Vielleicht später.«

Francesca nickte. Sie starrte auf den Text der E-Mail in Gropius' Kalender. »Ich habe übrigens mit Padre Roberto gesprochen. Er ist ein kluger Mann und wusste sofort, dass es sich bei dem Bibelspruch um Matthäus 5,29 handelt. Und was den Segen des Allerhöchsten aus Barcino betrifft, so kommt dieser aus Barcelona. Barcino ist der lateinische Name für Barcelona.«

Gropius stand da wie gelähmt. »Natürlich! Warum bin ich nicht schon eher darauf gekommen!«, rief er aus. Er wähnte sich dem Ziel näher als je zuvor, jetzt aufzugeben kam nicht in Frage. Schließlich hatte er Rodriguez' Adresse.

»Ich sehe es dir an der Nasenspitze an«, meinte Francesca verschmitzt, »du wirst nach Barcelona reisen. Nimmst du mich mit?«

Gregor nahm Francesca in die Arme und sah sie lange an; dann sagte er leise: »Du weißt, wie gefährlich diese Leute sind, und ich möchte dich nicht unnötig in Gefahr bringen. Ich fliege noch heute nach München, packe frische Wäsche ein und nehme morgen die erste Maschine nach Barcelona. Solltest du in zwei Tagen nichts von mir gehört haben, benachrichtige die Polizei.«

»Und der Umschlag im Hoteltresor?«

»Den nehme ich mit. Vermutlich ist der Inhalt wertlos, und die Signora Selvini hat uns nur eine Fälschung angedreht, aber man weiß ja nie. Unter Umständen kommt ihm doch noch größere Bedeutung zu.«

Ungestüm, so als hätte sie Angst, ihn zu verlieren, klammerte sich Francesca an Gregor. Für Augenblicke fühlten beide die Wärme des anderen. Auch wenn er sich nicht den Anschein gab, wusste Gropius längst, dass er so bald wie möglich zu dieser Frau zurückkehren würde.

»Darf ich dich wenigstens zum Flughafen bringen?«, fragte Francesca.

Gropius nickte.

Kapitel 17

Barcelona. Manche sagen, eine der schönsten Städte der Welt. Gropius hätte sich gewünscht, die Stadt unter angenehmeren Umständen kennen zu lernen. Er war weitgereist, aber Barcelona hatte er nie gesehen. Schade eigentlich, dachte er während der halbstündigen Fahrt vom Flughafen El Prat zur Plaza Catalunya im Zentrum; aber dann überwältigte ihn wieder der Gedanke an diesen widerlichen Pfaffen Ramón Rodriguez. Er *musste* ihn finden, mehr noch, er musste herausbekommen, für wen der Mann arbeitete und wer seine Hintermänner waren. Denn dass Rodriguez kein Einzelgänger war, dass hinter ihm eine gefährliche Organisation stand, die buchstäblich über Leichen ging, dessen war sich Gropius inzwischen sicher.

Sein einziger Anhaltspunkt war ein Zettel mit der Adresse Carrer Caralt 17, nicht gerade viel, um einem europaweit wirkenden Komplott auf die Spur zu kommen. In den vergangenen vier Monaten hatte Gropius jedoch einen kriminalistischen Spürsinn entwickelt, der ihm bis dahin völlig fremd gewesen war. Längst war ihm klar geworden, dass er keineswegs, wie ursprünglich angenommen, die Hauptrolle in diesem niederträchtigen Drama spielte, nein, von beiden Seiten unbeabsichtigt, war er in eine Geschichte geraten, die nur am Rande mit ihm zu tun hatte, für ihn aber dennoch von großer Bedeutung war.

In einem Brief hatte ihn die Klinikleitung aufgefordert, seinen Dienst am ersten März wieder aufzunehmen – unter dem Vorbehalt der endgültigen Klärung des Falles, wie es hieß; aber Gropius hatte mit dem Hinweis abgelehnt, er könne erst dann wieder auf seinen Posten zurückkehren, wenn jeder Zweifel um seine Verantwortung ausgeräumt und er völlig rehabilitiert sei.

Gropius' Oberarzt Dr. Fichte war nach seiner Festnahme in Paris zusammen mit Veronique den deutschen Behörden überstellt worden und hatte ein umfassendes Geständnis abgelegt. Er bestritt jedoch entschieden, irgendetwas mit Schlesingers Tod und den übrigen Mordfällen zu tun zu haben. Für Gropius war es deshalb keine Frage, dass er seine eigenen Nachforschungen fortsetzen würde.

Wie ein Sog hatte ihn das Geschehen in seiner Gewalt. Und selbst wenn er beabsichtigt hätte, seine Recherchen einzustellen, es wäre ihm unmöglich gewesen. Wie unter einem inneren Zwang betrieb Gropius die Aufklärung des Verbrechens, das inzwischen deutliche Züge einer Verschwörung angenommen hatte.

Nur einen Steinwurf von der Plaza de Catalunya entfernt, mietete sich Gropius im Hotel »Ducs de Bergara« ein, einem malerischen Haus mit Halle und Treppenaufgang im Jugendstil. Die freundliche Dame am Empfang – sie sah so spanisch aus, dass sie nur Carmen heißen konnte, obwohl sie diese Nationalität vermutlich brüsk zurückgewiesen und sich als Katalanin bezeichnet hätte –, Carmen hatte ihm ein *habitación exterior*, ein Zimmer mit Aussicht, empfohlen, fürwahr keine schlechte Wahl. Nun saß Gropius in einem bequemen, grauen Polsterstuhl und überlegte, wie er hinter das Geheimnis des Ramón Rodriguez kommen konnte.

Natürlich hatte Gropius Angst. Er wusste nur allzu gut, wozu Rodriguez und seine Leute fähig waren, und er wusste auch, dass diese Leute immer dann und immer dort auftauchten, wo man es am wenigsten vermutete. Jetzt hegte er die Hoffnung, hier, gleichsam in der Höhle des Löwen, würde man ihn am wenigsten vermuten. Um ganz sicher zu gehen, hatte er auch keinen Direktflug nach Barcelona gewählt, sondern war erst nach Genf geflogen, wo er ein zweites Ticket nach Barcelona löste, so als hätte er sich erst dort zu der Reise nach Spanien entschlossen.

Ein – wenn auch lösbares – Problem bestand darin, dass Gropius kein Wort Spanisch, und, was in dieser Stadt noch wichtiger war, Katalanisch sprach. Auf Empfehlung der freundlichen Empfangsdame des Hotels wandte er sich an das an der Plaza de Catalunya gelegene Fremdenverkehrsamt, wo man ihm eine deutsch sprechende Hostess als Fremdenführerin vermittelte.

Es dauerte keine Stunde, Gropius war in seinem Zimmer gerade etwas eingenickt, da klingelte das Telefon, und eine jugendliche Stimme meldete sich in perfektem Deutsch: »Bon dia! Mein Name ist Maria-Elena Rivas, ich bin Ihr Guide für Barcelona und warte in der Halle. Sie erkennen mich an meiner roten Kleidung!«

Tatsächlich war Maria-Elena nicht zu übersehen. Zum einen, weil sie in ein auffälliges rotes Kostüm gekleidet, im Übrigen aber weil sie geradezu unverschämt hübsch war. Sie hatte dunkle Haare, die im Nacken zu einem Zopf gebunden waren, und maß vom Scheitel bis zur Sohle gerade mal einhundertsechzig Zentimeter, nicht mehr. Ihr Alter war schwer zu schätzen, vielleicht vierundzwanzig. Auf Gregors Frage, warum sie so gut Deutsch spreche, erfuhr er, dass sie Germanistik studiere, aber noch nie in Deutschland gewesen sei.

Gropius hatte lange überlegt, wie er der Fremdenführerin sein Vorhaben erläutern sollte, ohne sich völlig preiszugeben. Aber nachdem Maria-Elena keine Fragen stellte, ließ er es erst einmal damit bewenden.

»Das ist allerdings keine sehr feine Adresse«, meinte Maria-Elena, als er ihr Rodriguez' Adresse nannte, und entschuldigend fügte sie hinzu: »Wenn ich mir die Bemerkung erlauben darf.«

Gropius schmunzelte in sich hinein. »Es ist auch kein Freund, hinter dem ich her bin! Eher das Gegenteil, verstehen Sie?«

Das Mädchen spitzte den Mund und stieß ein kurzes »Oh!« hervor.

Die Carrer Caralt lag in einem westlichen Vorort der Stadt, und Maria schlug vor, Metro und S-Bahn zu benutzen, die wesentlich schneller seien als jedes Taxi. Gropius war einverstanden, und sie bestiegen an der Plaza Catalunya die Metro der Linie 1, fuhren bis zur Plaza de Sants und wechselten dort in die S-Bahn der Linie 5 Richtung Cornellà. Irgendwo im Westen, wo die Häuser alt und heruntergekommen aussahen, stiegen sie aus.

Nach zehnminütigem Fußmarsch durch Straßen, die von Bauschutt-Containern und Autowracks gesäumt wurden, erreichten sie die genannte Straße. Die Häuser waren mindestens hundert Jahre alt, jedenfalls machten sie den Eindruck, einige waren eingerüstet, andere schienen unbewohnt und auf den Abriss zu warten.

Ein paar dunkelhäutige Halbwüchsige in Trikots des FC Barcelona spielten auf der Straße Fußball, und der Lärm, den sie verursachten, hallte von den Häuserwänden der durchweg vierstöckigen Gebäude.

»Pot ajudarme, sisplau?«, rief Maria-Elena den Jungen zu. »Könnt ihr mir bitte helfen?«

Die Jungen bildeten einen Kreis um die Fremden und musterten sie verächtlich. Gropius war nicht wohl in seiner Haut. In Gedanken addierte er sein Bargeld, das er in der Tasche trug, und ihm fiel ein, dass er keine Telefonnummer bei sich hatte, um seine Kreditkarten zu sperren. Da geschah etwas Seltsames.

Kaum hatte die Fremdenführerin die Hausnummer 17 genannt, da kehrten ihr die Halbwüchsigen den Rücken, nur einer, der Jüngste, deutete auf ein schmalbrüstiges Gebäude mit leeren Fensterhöhlen und verkohlter Außenfassade.

Gropius und Maria-Elena sahen sich fragend an. Auf der Straße wurde es still. Die Balltreter schienen wie vom Erdboden verschluckt. Im Näherkommen erkannte Gropius über dem Eingang der Brandruine die Hausnummer 17. Zweifellos war das Gebäude schon vor Jahren abgebrannt und dämmerte seinem Abriss entgegen.

»Kann es sein, dass ihr – Feind – noch andere Feinde gehabt

hat?«, fragte Maria-Elena, die sich als Erste von der Überraschung erholte.

»Sie meinen – Brandstiftung?«

Das Mädchen verdrehte den Kopf. »Die Reaktion der Jungen war ziemlich merkwürdig. Finden Sie nicht?«

Auf Gropius wirkte die Straße irgendwie bedrohlich – er konnte nicht sagen, warum. Wenn er sich umsah, schien es, als verschwänden hinter trüben Scheiben und grauen Vorhängen neugierige Gesichter. Nur eine schwarz gekleidete alte Frau im Haus gegenüber ließ ihrer Neugierde freien Lauf und verfolgte durch das geöffnete Fenster jeden ihrer Schritte.

Wen sie denn suchten, rief sie mit kräftiger Stimme auf die menschenleere Straße.

Ob sie einen gewissen Ramòn Rodriguez kenne, fragte Maria-Elena zurück, er solle in der Carrer Caralt 17 gewohnt haben.

Die Alte beteuerte, sie haben den Namen nie gehört, dabei wohne sie schon dreißig Jahre hier, und das Haus sei abgebrannt, Brandstiftung hieß es, die Bewohner seien fortgezogen. Dann schloss sie das Fenster so heftig, dass Gregor glaubte, die Scheiben würden zerspringen.

»Tut mir Leid, dass wir nicht erfolgreich waren«, meinte das Mädchen, als sie wieder in der S-Bahn saßen. »Aber in Barcelona einen Ramòn Rodriguez zu finden ist etwa so schwierig, wie in München einen Peter Müller ausfindig zu machen. Nicht gerade ein seltener Name, Sie verstehen!«

Es war naiv gewesen zu glauben, Rodriguez habe im Hotel in München seine richtige Adresse angegeben. Abgespannt kehrte Gropius in sein Hotel zurück. Er ärgerte sich über sich selbst, dass er diesem Rodriguez auf den Leim gegangen war. Um seinem Ärger Luft zu machen, griff Gregor zum Telefon und wählte Francescas Nummer. Er hatte das dringende Bedürfnis, ihre Stimme zu hören.

Eigentlich wollte er ihr sagen, wie sehr sie ihm fehlte, wie sehr er sich an sie gewöhnt hatte; aber dann schilderte er ihr in allen Einzelheiten die Suche nach Rodriguez' Adresse und dass dieser ihn an der Nase herumgeführt hatte.

Francesca lauschte geduldig am Telefon. Als er geendet hatte, sagte sie: »Du solltest im Hafen nach Rodriguez suchen.«

»Keine schlechte Idee«, bemerkte Gropius eher belustigt.

»Nein, ernsthaft!«, erwiderte Francesca. »Ich muss dir etwas erklären.«

»Ich höre!«, entgegnete Gropius.

»Damals, in dem einsamen Gehöft bei Asti, als wir die rätselhafte E-Mail aus Barcelona studierten und überstürzt das Haus verließen, habe ich etwas mitgehen lassen: die Kassette aus dem Anrufbeantworter. Ich vergaß, es dir zu sagen.«

»Und hast du die Kassette abgehört?«

»Ja. Ich wusste zunächst nichts damit anzufangen. Man hört nur eine aufgeregte Stimme in spanischer Sprache. Aber je öfter ich die Kassette abspulte, desto mehr wuchs bei mir der Verdacht, es könnte sich um Rodriguez' Stimme handeln. Don Roberto, dem ich die Kassette vorspielte, meinte, es sei nicht Spanisch, sondern Katalanisch. Die Übersetzung lautet im Wortlaut: Gerardo, sie werden mich umbringen! Bitte holt mich hier raus. In nom… – die letzten Worte sind unverständlich. Dann hört man eine weitere Stimme, und das Gespräch bricht plötzlich ab. Es klingt wie ein Hilferuf, und im Hintergrund hört man ein Schiffshorn und Möwengeschrei.«

Gregor schwieg. Er schwieg lange, denn er hatte Mühe, das eben Gehörte sinnvoll einzuordnen. Für ihn war die Nachricht auf dem Anrufbeantworter eine Gleichung mit drei Unbekannten. Unbekannt war der Absender, ebenso der Empfänger, und worum es eigentlich ging, blieb ebenfalls im Verborgenen.

»Und du bist sicher, Rodriguez' Stimme erkannt zu haben?«, fragte Gregor endlich.

»Was heißt sicher! Wie ich schon sagte, ich habe ihn erst nach mehrmaligem Hören der Kassette erkannt.«

»Und wie kommst du zu der Annahme, der Anruf komme aus Barcelona?«

»Zugegeben, eine Vermutung, aber nicht ganz aus der Luft gegriffen: Rodriguez spricht Katalanisch – sagt Don Roberto. Und Katalanisch wird nur von sechs Millionen Menschen gesprochen, unter anderem in Andorra, in Alghero auf Sardinien, auf den Balearen und auf dem Küstenstreifen zwischen Perpignan und Alicante, vor allem aber in Barcelona. Und da die E-Mail mit dem Mordauftrag aus Barcelona kam, ist meine Annahme, der Anruf könnte ebenfalls aus Barcelona sein, nicht von der Hand zu weisen.«

»Kluges Mädchen, Kompliment!«

»Oh danke, Signore! Stets zu Ihren Diensten, wenn ich Ihnen wieder einmal behilflich sein kann.«

Spätestens jetzt wurde Gropius klar, dass Francesca ihm hier in Barcelona wirklich von großem Nutzen sein konnte. Aber nicht nur das, er hatte sie seit drei Tagen nicht gesehen und spürte erste Entzugserscheinungen. Warum wehrte er sich dagegen, sich einzugestehen, dass aus dem anfänglichen Geplänkel längst tiefe Zuneigung geworden war?

»Ich wünschte, ich hätte dich mit nach Barcelona genommen«, sagte er unvermittelt ins Telefon.

»Soll das heißen, ich fehle dir?«

»Und wenn ich mit Nein antwortete?«

»Dann würde ich dich bei nächster Gelegenheit erwürgen. Aber wenn du willst, setze ich mich morgen ins nächste Flugzeug und komme nach Barcelona.«

»Das würdest du tun? Hast du überhaupt Zeit?«

»Ach was. Man muss wissen, was einem wichtig ist. Ich liebe dich!« Dann legte sie auf.

Später, als Gropius in seinem Hotelzimmer vor sich hin grübelte und über das weitere Vorgehen nachdachte, kam ihm in den Sinn, wie schäbig er sich Francesca gegenüber verhalten hatte: Ich wünschte, ich hätte dich mitgenommen, hatte er gesagt, und Francesca hatte darauf geantwortet: Ich liebe dich! – Und er? Verdammt, warum konnte er nicht über seinen eigenen Schatten springen? Warum fiel es ihm so schwer, seinen Gefühlen freien Lauf zu lassen?

Am nächsten Morgen, Gropius hatte gerade ein Bad genommen und stand im Bademantel vor dem Fenster, um den sonnigen Anblick der Stadt zu genießen, da klingelte das Telefon. Es war Francesca.

»Guten Morgen, hier ist der fröhliche Auftragsdienst. Sie wollten doch geweckt werden?«

Gropius musste lachen. Er war noch zu verschlafen, um schlagfertig zu reagieren, und fragte: »Wo steckst du?«

»Auf dem Flughafen El Prat in Barcelona.«

»Wie?«

»Ich bin schon um fünf Uhr aufgestanden. Es gab nur diese direkte Verbindung. Jetzt bin ich da.«

»Und ich bin noch nicht einmal richtig wach.«

Francesca lachte: »Du weißt, was Napoleon gesagt hat: Vier Stunden schläft der Mann, fünf die Frau und sechs der Idiot.«

»Was ist eigentlich die Steigerung von Idiot?«

»Darüber möchte ich mich nicht näher auslassen. Vor allem nicht an einem so schönen Tag wie heute.«

»Ich hole dich ab!«, rief Gropius lebhaft.

»Nicht nötig. Mein Gepäck ist bereits im Taxi verstaut. Wie heißt dein Hotel?«

»›Ducs de Bergara‹ in der Straße Bergara, nahe der Placa de Catalunya.«

»In einer halben Stunde bin ich da! Ich küsse dich.«

Noch ehe Gregor etwas sagen konnte, hatte Francesca das Gespräch beendet.

Ihre Entschlusskraft und die Selbstverständlichkeit, mit der sie ihre Pläne umsetzte, überraschten Gropius immer wieder. Tatsächlich vergingen genau dreißig Minuten, bis das Taxi mit Francesca vor dem Hotel vorfuhr.

Beide fielen sich in die Arme, als hätten sie sich ein Jahr nicht gesehen.

»Wenn es dir recht ist«, sagte Gropius, während der Page sich um das Gepäck kümmerte, »ich habe mein Zimmer umgebucht auf: Señor und Señora Gropius.«

Francesca blickte erstaunt. »Das klingt ja wie ein Heiratsantrag!«

»Bedauere, *noch* vergeben!«

»Das kennt man«, lachte Francesca, »die besten Männer sind entweder verheiratet oder schwul.«

»Abwarten!«, bemerkte Gregor. »Abwarten.«

Im Hotelzimmer angelangt, widmete sich Francesca mit Hingabe dem Auspacken ihres Reisekoffers, und dabei unterschied sie sich nicht im Geringsten von anderen Frauen, die für einen Zwei-Tage-Trip ihr halbes Leben mit sich schleppen. Erst jetzt fand Gropius Zeit, Francesca näher zu betrachten. Sie trug einen zweireihigen beigefarbenen Hosenanzug, der ihre Figur außerordentlich gut zur Geltung brachte, und hochhackige Schuhe; aber nicht deshalb sah sie irgendwie verändert aus.

»Wo ist deine Brille?«, fragte Gregor erstaunt.

Francesca deutete auf ihre braune Handtasche. »Ich trage Kontaktlinsen. Es gibt Tätigkeiten, da ist eine Brille einfach hinderlich.«

»Zum Beispiel?«

Mit einem lauten Knall klappte Francesca den Koffer zu. Die Fäuste in die Hüften gestemmt, trat sie vor Gregor hin und sagte: »Beim Liebe-Machen, zum Beispiel.«

Gropius blickte aus seinem Sessel zu ihr auf. Francesca verstand ihn mit ein paar Worten, einer Geste, verrückt zu machen.

Dies war so ein Augenblick.

Ohne ein Wort streckte er ihr seine Hand entgegen. Geschickt dirigierte Francesca seine Hand zwischen ihre Beine und gab einen schnurrenden Laut von sich. Mit der Innenseite ihrer Schenkel presste sie seine Rechte so heftig, dass es schmerzte, aber Gregor genoss den leichten Schmerz und machte keine Anstalten, sich ihr zu entziehen. Lustvoll beobachtete er, wie Francesca die Knöpfe ihrer Jacke öffnete, bis ihm ihre Brüste wie zwei reife Pfirsiche entgegensprangen.

Er kam sich vor wie ein schüchterner Pennäler, als er da saß und die Verführungskünste dieser aufregenden Frau über sich ergehen ließ – er kannte sich selbst nicht. Wie paralysiert verfolgte er jede ihrer Bewegungen und wie sie, bis auf ihre Schuhe unbekleidet, sich am Gürtel seiner Hose zu schaffen machte. Als ihre Hand in seine Hose glitt und zupackte, stieß er einen unterdrückten Schrei aus.

»Ich will dich, ich will dich, ich will dich!«, flüsterte Gregor aufs Äußerste erregt.

Während Francesca seinen Penis liebkoste, schloss Gregor die Augen, um seinem Fühlen freien Lauf zu lassen. Welch eine Frau!, war sein einziger Gedanke. Als er spürte, wie Francesca sich auf ihn setzte, wie er tief in sie eindrang, entschwanden alle klaren Gedanken.

Sie hielten beide für einen schier endlosen Augenblick inne. Es war unerträglich schön. Gropius wagte nicht die leiseste Bewegung, um den Zustand höchster Wollust zu erhalten. Er wusste nicht, wie lange dieser Schwebezustand gedauert haben mochte, dann führte Francesca unerwartet plötzlich mit zwei, drei heftigen Bewegungen ein jähes Ende herbei. Ein Stromschlag fuhr durch seinen Körper, so heftig, dass ihm für kurze Zeit schwarz vor Augen wurde. Als er wieder zu sich kam, lagen sie sich zärtlich in den Armen.

Nachdem sie gemeinsam gefrühstückt hatten, beschlossen Gropius und Francesca, zum Hafen zu fahren. Gregor fand die Idee ziemlich unsinnig, aber an diesem Vormittag hätte er Francesca bis ans Ende der Welt begleitet. Die Chance, Ramón Rodriguez doch noch zu finden, lag nach seiner Auffassung bei eins zu einer Million.

An der Columbus-Säule verließen sie das Taxi und machten sich zu Fuß auf den Weg. Planlos schlenderten sie die Moll de la Fusta entlang und betrachteten die ankernden Segelschiffe und Yachten auf dem glitzernden Wasser. Francesca nahm ihren Kassettenrecorder aus der Handtasche und ließ zum wiederholten Mal das Band mit Rodriguez' Stimme ablaufen.

Gropius schüttelte den Kopf. »Das Telefongespräch kann überall und nirgends geführt worden sein, drüben im Handelshafen ebenso wie hier im Yachthafen.«

Als hoffte sie, irgendeinen verborgenen Hinweis zu entdecken, presste Francesca den Rekorder fest an ihr Ohr und spulte die Aufnahme ein ums andere Mal ab.

An der Mole, wo Kreuzfahrtschiffe und große Yachten anlegen, stach ein Schiff besonders ins Auge. Gropius hatte von christlicher Seefahrt keine Ahnung, aber dieses Schiff war von gewaltigem Ausmaß und älter als alle anderen Boote im Hafen. Zudem vermittelte es den Eindruck, als hielten sich weder Passagiere noch Mannschaft darauf auf. Nur zwei bewaffnete Aufpasser bewachten die Gangway.

Das schneeweiße Schiff war gewiss fünfzig Jahre alt und aus Holz gebaut, machte aber einen durchaus gepflegten Eindruck. Im Näherkommen sahen sie einen Kleinlastwagen mit der Aufschrift »Verduras – Hernán Jimenez«, aus dem Obst und Gemüsekisten ausgeladen und auf das Schiff gebracht wurden.

Sie wollten gerade kehrtmachen und den Rückweg einschlagen, als Gropius innehielt. Am Bug des Schiffes prangte ein seltsamer Name: »IN NOMINE DOMINI«.

»Lateinisch!«, murmelte Gregor und sah Francesca wie geistesabwesend an. »Das bedeutet: Im Namen des Herrn.«

»Ungewöhnlich«, bemerkte Francesca. »Sogar im ultra-katholischen Italien heißen Schiffe ›Leonardo da Vinci‹ oder ›Michelangelo‹ oder ›Andrea Doria‹ und wenn es sein muss auch ›Santa Lucia‹ oder ›Santa Maria‹. Wirklich sehr ungewöhnlich.«

Gropius wandte den Blick wieder dem Schiff zu und sagte: »Die Anfangsbuchstaben der drei Wörter!«

»IND«, murmelte Francesca tonlos.

»IND«, wiederholte Gregor ungläubig. Er war gerade dabei aufzugeben, die gottverdammte Suche nach dem Geheimnisvollen, Unbekannten, Unlösbaren einzustellen, da tauchte unvermutet der erste Hinweis auf die Hintermänner des Geschehens auf.

IND – im Namen des Herrn, das klang, wenn er das Geschehen der letzten Monate Revue passieren ließ, wie eine finstere Drohung. Aber was waren das für Leute, die sich »im Namen des Herrn« zu solchen Taten hinreißen ließen? Mehr noch, sie inszenierten?

»Komm!« Gregor nahm Francesca an der Hand und ging mit ihr geradewegs auf die heruntergelassene Gangway zu. Aber noch bevor sie dort angelangten, traten ihnen die beiden schwarz gekleideten Wachposten mit verschränkten Armen entgegen. Jeder trug einen Revolver im Halfter, einen Gummiknüppel und, deutlich sichtbar, einen Elektroschocker, der jeden Angreifer mit zehntausend Volt kampfunfähig machte.

»Schönes Schiff!«, versuchte Gropius mit den Wachposten ins Gespräch zu kommen, aber der eine machte nur eine abwehrende Handbewegung und rief auf Englisch: »Haut ab!«

»Schon gut!«, erwiderte Gropius und zog Francesca mit sich fort. »Mit denen sollten wir uns besser nicht anlegen.«

Inzwischen war der Gemüselastwagen entladen, und der Fahrer steuerte den Truck mit aufheulendem Motor über die Mole.

»Augenblick!«, sagte Gropius, er zog sein Notizbuch aus der

Tasche und notierte die Reklameschrift auf dem Lastwagen: »Verduras – Hernàn Jimenez«.

Francesca sah Gregor fragend an.

»Ich glaube«, meinte Gropius, »dieser Señor Jimenez kann uns mehr über dieses geheimnisvolle Schiff erzählen.«

»Was willst du tun?«

»Jimenez aufsuchen.«

»Aber du kennst nicht einmal seine Adresse!«

»Wozu gibt es Telefonbücher! Außerdem kann mir Maria-Elena behilflich sein.«

»Maria-Elena?«

»Eine Fremdenführerin, die mir schon gestern bei der Suche nach Rodriguez geholfen hat.«

Maria-Elena Rivas entdeckte den Gemüsehändler im Ribera-Viertel, einem Stadtteil mit unzähligen kleinen Geschäften, gesperrt für Autos und nicht weit vom Hafen entfernt. Um größeres Aufsehen zu vermeiden, hielt es Gropius für besser, Francesca im Hotel zurückzulassen und Jimenez nur mit Maria-Elena als Dolmetscherin aufzusuchen.

Hernán war ein kleiner, freundlicher Mann mit dunklem Kraushaar, aber als er hörte, dass der Alemàn sich nach dem Eigner der »In Nomine Domini« erkundigte, wurde sein Gesicht ernst, er blickte abweisend und fragte: »Sind Sie von der Polizei?«

»Nein, wie kommen Sie darauf?«, erwiderte Gropius. »Ich suche nur nach einem guten Bekannten namens Rodriguez. Ich vermute, dass er sich auf dem Schiff aufhält.«

»Warum gehen Sie nicht hin und fragen?«

»Die Leute sind nicht sehr auskunftsfreudig.«

Da lachte Jimenez und meinte: »Da haben Sie nicht ganz Unrecht, Señor. Die sind alle etwas merkwürdig, tragen weiße Kleidung und ernähren sich streng vegetarisch, wogegen ich nichts einzuwenden habe. Das werden Sie verstehen. Was mir weniger gefällt, ist die Tatsache, dass sie alle etwas andersherum sind – Sie verstehen schon. Man bekommt nur selten jemanden zu Gesicht. Aber einmal traf ich unter Deck auf eine furchterregende Gestalt, einen Mann so groß wie ein Kleiderschrank, mit einem entstellten Gesicht. Als er mich sah, drehte er sich um und verschwand in einer der zahllosen Kabinentüren.«

»Wie viele Menschen sind an Bord der ›In Nomine Domini?‹«

»Schwer zu sagen. Nach meinen Lieferungen zu schließen hundert bis hundertfünfzig.«

»Und warum fragten Sie, ob ich von der Polizei bin, Señor Jimenez?«

»Warum?« Der Gemüsehändler hob die Schultern. »Irgendetwas stimmt mit diesen Leuten nicht. Sie dulden keine Frauen, keine Fragen und haben keine Namen, nur Geld, Geld haben sie genug. Jede Lieferung wird bar bezahlt. Und nach zwei oder drei Tagen Liegezeit im Hafen verschwindet das Schiff wieder für zwei bis drei Wochen.«

»Aber Sie haben sich doch Gedanken gemacht, an wen Sie Ihr Gemüse verkaufen?«

»Ach was«, entgegnete Jimenez verärgert. »Ich frage meine Kunden hier im Laden auch nicht nach ihrem Beruf oder ihrer Konfession, wenn sie ein Kilo Tomaten kaufen. Aber ich glaube, es handelt sich um eine Sekte. Und jetzt entschuldigen Sie mich, ich muss am Abend noch eine zweite Lieferung an Bord bringen. Morgen Früh soll das Schiff auslaufen.« Eilends verschwand er in der rückwärtig gelegenen Lagerhalle.

Das Schiff und seine Passagiere übten auf Gropius eine magische Anziehungskraft aus. Eine innere Stimme drängte ihn, die »In Nomine Domini« unter die Lupe zu nehmen. Aber wie?

Sie gingen bereits die Straße Sombrerers entlang, um an der Via Laietana ein Taxi zu besteigen, als Gropius plötzlich einen Einfall hatte und der Dolmetscherin klar machte, sie müssten noch einmal zu Jimenez zurückkehren.

Der Gemüsehändler zeigte sich nicht einmal verwundert, als Gropius und Maria-Elena erneut erschienen, und hörte sich Gregors Ansinnen gelassen an. »So, so«, sagte er, »Sie wollen mir beim Abladen helfen, gar keine schlechte Idee. Ich fürchte nur, die Wachen werden misstrauisch, wenn Sie in Ihrer feinen Aufmachung daherkommen.«

»Selbstverständlich werde ich meine Kleidung der Aufgabe anpassen«, sagte Gropius. »Wann soll es losgehen?«

»Um 17 Uhr sollten Sie hier sein«, meinte Jimenez, dem die Sache sogar Freude zu bereiten schien, »aber es wäre besser, wenn Sie allein kämen.«

Es war nicht einfach, Francesca davon zu überzeugen, dass sie besser im Hotel blieb. Nach allem, was sie mit Rodriguez erlebt hatte, ängstigte sie sich und wollte Gregor nicht allein gehen lassen. Schließlich sah sie ein, dass sie zu zweit kaum eine Möglichkeit hatten, auf das Schiff zu gelangen, und dass das Risiko, entdeckt zu werden, weit höher war.

Hernán Jimenez hätte Gropius beinahe nicht wiedererkannt, als dieser kurz vor 17 Uhr in der Lagerhalle erschien. Gregor trug blaue Arbeitshosen und eine abgewetzte weite Jacke, die er auf dem Flohmarkt »Els Encants Nous« an der Placa de les Glòries erstanden hatte. Nur sein gutes Schuhwerk wollte nicht so recht zum heruntergekommenen Outfit passen.

Eine Stunde später näherte sich der Lastwagen mit der Aufschrift »Verduras« der Mole, und im Schritttempo fuhr er auf die in letzter Reihe ankernde »In Nomine Domini« zu. Anders als am Vormittag, als auf dem Schiff kaum eine Menschenseele auszumachen gewesen war, herrschte nun an Deck geschäftiges Treiben, und neben Jimenez brachten noch drei andere Lieferanten ihre Waren an Deck.

Gropius schätzte die Länge des Schiffes auf gut fünfzig Meter. Außer dem Oberdeck gab es zwei Unterdecks mit kleinen runden

Bullaugen, von denen etwa die Hälfte mit undurchsichtigem Glas versehen oder mit weißer Farbe überstrichen war. Gregor fielen vor allem die Antennenbündel und Satellitenschüsseln über der Kommandobrücke auf. Sie bildeten einen deutlichen Kontrast zum altehrwürdigen Erscheinungsbild des Schiffes.

Die Gangway wurde scharf bewacht, und als Gropius die erste Kiste mit Gurken an Bord tragen wollte, wurden er und die Ware einer eingehenden Prüfung unterzogen. Auch Jimenez, der den Wachposten bekannt war, durfte erst nach einer Leibesvisitation passieren.

Die Ladeluke im Bauch des Schiffes war eng, und dahinter tat sich eine düstere Plattform auf, von der links und rechts zwei enge Gänge in Richtung Bug und Heck führten. »Mysterious« – geheimnisvoll, meinte Jimenez, der eine Sackkarre mit drei übereinander gestapelten Gemüsekisten vor sich herschob. Gropius folgte ihm mit einer Kiste auf der linken Schulter, so wie er es bei anderen Hafenarbeitern gesehen hatte. Die stickige Luft, der Dieselgestank und der Lärm der Generatoren schufen eine beklemmende Atmosphäre.

Kühl- und Vorratsräume des Schiffes lagen bugwärts und boten genug Raum für Lebensmittel, von denen hundert Passagiere samt Besatzung ein paar Monate leben konnten. Gut ein Dutzend Mal gingen Gropius und Jimenez den Weg von der Ladeluke zu den Vorratsräumen. Gregor prägte sich jede Türe in seinem Gedächtnis ein, öffnete die eine oder andere und bekam so ein Bild von den Räumlichkeiten.

Auch unter Deck gab es einen bewaffneten, schwarz gekleideten Aufpasser, der seine Aufgabe jedoch weit weniger ernst nahm als die Wachen vor der Gangway. So legte sich Gropius, Kisten schleppend, einen Plan zurecht, den er, noch bevor die letzte Ladung ihr Ziel erreicht hatte, in die Tat umsetzte.

Ohne dass Jimenez es bemerkte, verschwand er in der am vorderen Ende des Korridors gelegenen Wäschekammer, in der sich weiße Tücher, Tisch- und Bettwäsche und Kleidung meterhoch stapelten. Ein grauer Sack mit gebrauchter Wäsche war nur zur Hälfte gefüllt, und Gregor nutzte die Gelegenheit, in dem Sack zu verschwinden.

Später wusste er nicht mehr zu sagen, wie lange er in dem Sack ausgeharrt hatte – einmal glaubte er Jimenez' Rufe zu vernehmen –, er wagte erst sein selbst gewähltes Gefängnis zu verlassen, als ein lautes Rumoren durch das Schiff ging und das Brummen der Generatoren übertönte.

Durch eines der drei Bullaugen, die von außen mit Ölfarbe bemalt waren, konnte er schemenhaft erkennen, dass sich die Lichter der Hafenmole bewegten. Das ist doch nicht möglich, schoss es Gregor durch den Kopf. Jimenez hatte beteuert, das Schiff würde erst am Morgen ablegen. Vergebens kratzte Gropius an den bemalten Scheiben. Die Bullaugen waren nicht zu öffnen. Er saß in der Falle!

Auf dem Gang wurden Stimmen laut. Was sollte er tun? Damit er, falls er jemandem über den Weg liefe, nicht sofort als blinder Passagier enttarnt würde, entledigte sich Gropius seiner Kleidung und zog eine weiße Hose und eine kittelartige weiße Jacke an, die in der Wäschekammer dutzendweise zur Auswahl standen. Dann öffnete er die Tür einen Spalt und spähte auf den Gang.

Gropius hatte sich keine Gedanken gemacht, wie er reagieren sollte, falls er jemandem begegnete. Er wusste nur: Er wollte von Bord dieses verdammten Schiffes!

Atemlos, vorsichtig nach allen Seiten spähend, gelangte er über eine schmale Holztreppe an Deck. Zum Glück lag das Vorderdeck im Halbdunkel. Im Schutz der Kajüte versuchte sich Gropius zu orientieren. Das Schiff hatte sich bereits rund fünfhundert Meter von der Mole entfernt und nahm Kurs in südlicher Richtung. Unter anderen Umständen hätte er den Anblick, der sich ihm bot, die beleuchteten Schiffe, die Lichter der Uferpromenade, genossen, aber jetzt hatte Gropius kein Auge für das abendliche Panorama der

Stadt. Er zögerte, ob er den Sprung ins Wasser wagen und an Land schwimmen sollte, doch als er sich über die Reling beugte und die gurgelnde Bugwelle betrachtete, verwarf er den Gedanken.

Wie benommen, unfähig einen Entschluss zu fassen, taumelte Gropius an der Reling entlang in Richtung Achterdeck. Mittschiffs, unmittelbar hinter der Kommandobrücke, strahlten die Fenster einer Kajüte in hellem Licht. In geduckter Haltung kroch Gregor unterhalb der Brüstung entlang und gelangte unbemerkt auf das Achterdeck, wo er sich auf einer Rolle armdicker Taue niederließ. Verzweifelt vergrub er sein Gesicht in den Händen.

Du hast schon andere aussichtslose Situationen gemeistert, versuchte sich Gropius einzureden; aber es blieb bei dem Versuch. In Wahrheit hatte er furchtbare Angst, so wie damals auf dem einsamen Gehöft bei Asti. Er konnte sich leicht ausmalen, wie die Leute mit ihm umgehen würden. Und die Entsorgung einer Leiche war nirgends einfacher als auf hoher See.

Gropius hatte nicht die geringste Ahnung, wohin die »In Nomine Domini« steuerte, und eigentlich konnte ihm das auch egal sein. Da hörte er aus dem Inneren der Kajüte einen Schrei. Im Schutz eines der Rettungsboote schlich Gregor sich in die Nähe der Kajütenfenster und spähte ins Innere.

Was er sah, hatte etwas Gespenstisches: Auf einer Art Thron mit hoher Lehne saß ein grauenhaft entstellter Mann in weißen Kleidern. Sein Gesicht war von Narben und verbrannter Haut bis zur Unkenntlichkeit entstellt. Sein Gewand glich einer Soutane und war vom Hals bis zu den Füßen durchgeknöpft. In geringer Entfernung kniete auf einem Holzschemel eine halbnackte, erbärmliche Gestalt, deren Oberkörper von Striemen und blutigen Wunden gezeichnet war. Der Mann trug Handschellen. Ein Kerl in schwarzer Kleidung schlug mit einer kurzstieligen Peitsche, an der eiserne Sterne befestigt waren, auf den Bedauernswerten ein. Das geschah ohne sichtbare Aggression, so, als wären alle an dem grausamen Schauspiel Beteiligten damit einverstanden.

Nach einigen Minuten endete die Folter mit einer seltsamen Geste: Der Weißgekleidete erhob sich und beschrieb mit der Rechten ein segnendes Kreuzzeichen; dann führte der schwarz gekleidete Folterknecht sein Opfer aus der Kajüte. Dabei wandte der kleine untersetzte Mann Gropius das Gesicht zu, und auch wenn ihm die langen, dunklen Haare in Strähnen ins Gesicht hingen, erkannte er ihn sofort: Ramón Rodriguez.

Gropius rang nach Luft. Er fühlte sich hundeelend. Rodriguez! Er hatte den Kerl bisher für gefährlich gehalten, jetzt tat er ihm Leid.

Die Lichter am Horizont waren längst verschwunden, und die »In Nomine Domini« fuhr nur noch mit halber Kraft. Gropius überlegte sich, wie er die Nacht verbringen sollte. Die vorderen Rettungsboote – es gab insgesamt zehn an Bord – erschienen ihm am sichersten, und Gregor begann am ersten Boot die Verschnürung der Persenning zu lösen. Die Chance, in einem der Rettungsboote entdeckt zu werden, war gering, jedenfalls weit geringer als wenn er die Nacht irgendwo unter Deck verbrachte. Morgen, dachte Gropius, morgen werde ich weitersehen.

Die harten Holzplanken des Rettungsbootes hinderten Gropius am Einschlafen. Hinzu kam die Unsicherheit, wie diese Leute mit einem blinden Passagier verfahren würden, wenn sie ihn fanden. Und wenn sie erst merkten, *wer* sich bei ihnen eingeschlichen hatte, dann – dachte Gropius –, war sein Leben keinen Pfifferling mehr wert.

Seine Kleidung! Während er unruhig vor sich hin döste, kamen ihm seine alten Klamotten in den Sinn, die er in der Wäschekammer zurückgelassen hatte. Wenn sie gefunden wurden, würde das zweifellos eine Suchaktion zur Folge haben. Er musste sie holen.

Die Kajüte, in der er das grausame Schauspiel beobachtet hatte, lag jetzt im Dunkel. Gropius schlich auf demselben Weg, den er gekommen war, zurück ins Unterdeck. In der Wäschekammer fand er seine Kleider noch an derselben Stelle, wo er sie abgelegt hatte. Eilig rollte er sie zu einem Bündel und machte sich auf den Rückweg, als er aus der Tür gegenüber klagende Laute vernahm. Entgegen jeder Vernunft öffnete er die schmale Tür einen Spalt und lugte ins Innere. Grelles Licht traf ihn.

Anders als der spärlich beleuchtete Korridor, war die Zelle, die sich vor ihm auftat, taghell erleuchtet. Auf dem Boden saß wimmernd, mit dem Rücken an die blutverschmierte Kabinenwand gelehnt, Ramón Rodriguez. Sein rechter Fuß war angekettet. Die schwere Eisenkette gewährte ihm kaum zwei Meter Bewegungsfreiheit. Gropius schloss die Tür hinter sich.

Rodriguez warf Gropius einen apathischen Blick zu, dann starrte er wieder vor sich hin. Ein Plastikeimer in der Ecke verbreitete entsetzlichen Gestank. In einer Schüssel auf dem Boden lag altes Brot.

»Sie hätte ich hier zuallerletzt erwartet«, stöhnte Rodriguez plötzlich und ohne aufzublicken. Seine Stimme klang geschwächt. »Wie kommen Sie auf das Schiff?«

Gropius überging die Frage und erwiderte: »Was wird hier eigentlich gespielt? Warum tut man Ihnen das an?«

»Sie werden mich töten«, stammelte der Mann, »morgen, übermorgen, wenn ich bis dahin nicht schon krepiert bin!«

Über Rodriguez' Oberkörper rann ein klebriges Gemisch aus Schweiß und Blut. Mit dem Unterarm wischte er sich über die Augen. Dann fuhr er leise fort: »Ich habe es nicht freiwillig getan, müssen Sie wissen. Aber als ich merkte, was hier gespielt wird, war es zu spät.«

»Was haben Sie nicht freiwillig getan?«, erkundigte sich Gropius vorsichtig.

»Ich habe Sie nicht freiwillig Tag und Nacht beschattet. Es war ein Auftrag von höchster Stelle, verstehen Sie. Und wenn du einmal diesem Orden angehörst, gibt es kein Zurück. Du bekommst einen Auftrag, und wenn du dich nicht an die Regeln hältst, hast du dein Leben verspielt.«

»Von welchem Orden sprechen Sie?«

»Vom Orden ›In Nomine Domini‹, IND, haben Sie das nicht gewusst?«

»Nein, habe ich nicht.«

»Wie sind Sie dann hierher gekommen, Sie sind doch Professor Gropius?« Rodriguez hob müde den Kopf.

»Ja, bin ich. Aber Ihre Frage zu beantworten würde zu viel Zeit in Anspruch nehmen. Erzählen Sie lieber, wie Sie in diese fürchterliche Situation geraten sind. Vielleicht kann ich Ihnen helfen.«

»Sie mir? Warum sollten Sie das tun? Nach allem, was passiert ist. Aber ich habe Sie gewarnt, damals in Berlin, Sie erinnern sich? Warum haben Sie nicht aufgegeben?«

»Dann wäre ich heute nicht hier!«

»Ich bin sicher, das wäre besser für Sie. Warum laufen Sie überhaupt hier noch frei herum?«

»Weil ich offiziell gar nicht hier bin, ich bin sozusagen ein blinder Passagier.«

»Wollen Sie damit sagen, dass Sie unbemerkt auf das Schiff gelangt sind?«

Gropius nickte.

»Sie geben wohl nie auf«, meinte Rodriguez anerkennend.

»Nicht wenn es um meine Ehre geht. Aber um ehrlich zu sein, auch ich bin keineswegs freiwillig hier. Ich habe mich auf die ›In Nomine Domini‹ geschlichen, um mehr über die Hintermänner dieses Ordens zu erfahren, und dabei merkte ich nicht, dass das Schiff ablegte. Und jetzt habe ich, ehrlich gesagt, eine Scheißangst. Wohin fahren wir eigentlich?«

»Wohin, wohin! Ist doch egal. Das Schiff legt ohnehin nirgends an und irrt durchs westliche Mittelmeer wie der Fliegende Holländer. Eine teuflisch gute Idee, um allen Nachforschungen, allen Gesetzen und allen Steuerbehörden zu entgehen. Finden Sie nicht?«

Rodriguez winkte Gropius mit dem Finger näher zu sich heran und raunte ihm zu: »Zwei Türen weiter steht ein Tresor, so alt wie dieses Schiff. Darin liegen fünfzig Millionen Euro. Der Orden verfügt nämlich über keine Bankverbindung. Offiziell gibt es ihn überhaupt nicht, Sie verstehen.«

In einer anderen Situation hätte Gropius Zweifel gehabt, ob Rodriguez nicht prahlte; aber wenn er diesen geschundenen Menschen betrachtete, der den Eindruck machte, als hätte er mit dem Leben abgeschlossen, dann durfte er jeden Argwohn beiseite schieben.

»Und woher kommt das viele Geld?«, fragte Gropius.

»Na, woher schon! Es gibt auf der Welt nur *eine* Institution, die solche Summen unbemerkt hin- und herschieben kann, und das ist der Vatikan.«

»Aber der Vatikan finanziert diesen Orden doch nicht aus christlicher Nächstenliebe!«

»Aus Nächstenliebe? Dass ich nicht lache! Nein, aus Selbsterhaltungstrieb! Kardinalstaatssekretär Calvi glaubte bis vor kurzem, der Orden ›In Nomine Domini‹ habe die Akte Golgatha und könne den Nachweis erbringen, dass es die Gebeine unseres Herrn Jesus sind, die bis vor nicht allzu langer Zeit in einem Steintrog vor den Mauern Jerusalems herumlagen.«

»Und wo befindet sich die Akte Golgatha wirklich?«

»Das fragen ausgerechnet Sie?« Rodriguez musterte ihn mit Misstrauen. »Mazara behauptet, *Sie* hätten die Akte nach Schlesingers Tod in Ihren Besitz gebracht, um ein zweites Mal abzukassieren.«

»Warum ausgerechnet ich?«

»Sie sind der Einzige, der mit allen Mitwissern in Verbindung stand.«

»Aber ich habe sie nicht. Vielleicht hat Schlesinger sie mit ins Jenseits genommen.«

»Das weiß Gott, aber auch der dürfte seine Zweifel haben.

Dieser Schlesinger war ein raffinierter Hund. Er verkaufte ›Seiner Heiligkeit‹ Giuseppe Mazara nur unvollständige Beweise seiner Entdeckung, wohl in der Absicht, sich selbst am Leben zu erhalten. Bei Preisgabe aller Beweisstücke, so vermutete er wahrscheinlich, hätte man ihn umgebracht.«

Gropius blickte verwirrt. »Wer in aller Welt ist Giuseppe Mazara?«

»Der Vorgänger von Kardinalstaatssekretär Paolo Calvi. Calvi und Mazara waren beide Mitglieder der Kurie und wurden dort zu erbitterten Feinden. Calvi neidete Mazara seinen Posten. Das war allgemein bekannt. Er hielt sich für den besseren Kardinalstaatssekretär und ließ mehrfach verlauten, dass Mazara ein Schwächling sei und der Kirche nur Schaden zufüge. Eines Tages, auf der Rückfahrt von Castel Gandolfo nach Rom, geriet Mazaras Dienstlimousine ins Schleudern, prallte gegen einen Baum und ging in Flammen auf. Mazara entging dem Tode nur knapp, erlitt aber schwerste Verbrennungen. Seinen Posten musste er aufgeben. Schließlich verschwand er aus dem Vatikan und tauchte erst ein Jahr später wieder auf – als Erpresser seines Nachfolgers Kardinalstaatssekretär Paolo Calvi. Seither hat Mazara Calvi praktisch in der Hand. Können Sie jetzt verstehen, warum Mazara alle Hebel in Bewegung setzt, um Schlesingers Akte in die Hand zu bekommen?«

»Allerdings. Aber dieser Mazara …«

»Ganz recht, er ist verrückt!« Rodriguez ließ Gropius nicht ausreden: »Er muss früher ein kluger Kopf gewesen sein; aber seit dem Unfall zeigt er deutliche Anzeichen von Wahnsinn. Er wünscht als Ordensgründer mit ›Eure Heiligkeit‹ angesprochen zu werden. Früher soll Mazara ein aufgeschlossener, liberaler Mann gewesen sein; inzwischen hat sich sein Charakter ins Gegenteil verkehrt. Seine Heiligkeit ist zu einem Erzkonservativen, zu einem Reaktionär, zu einem Sadisten geworden. Er gibt vor, sündige Priester bei sich aufzunehmen und auf den rechten

Weg zurückzuführen. In Wahrheit missbraucht er sie für seine niedrigen Instinkte und lässt ›im Namen des Herrn‹ quälen und morden.«

»Sündige Priester? Das müssen Sie mir erklären.«

Rodriguez hob die Schultern. »Leute wie ich. Ich war Landpfarrer in einem Dorf nahe Granolers, bis eine Lehrerin meinen Weg kreuzte, ein anmutiges, göttliches Geschöpf, voll Zuneigung und Liebe in der großen Brust, Sie verstehen. Ich wollte nicht von ihr lassen, und daraufhin setzte ein gnadenloser Automatismus ein, der mit Berufsverbot endete. Wovon soll ein seines Amtes enthobener Priester leben?«

»Ich verstehe. Und später fielen Sie bei ›Seiner Heiligkeit‹ in Ungnade.«

»So war es. Als ich Francesca Colella zum ersten Mal sah, fühlte ich mich an meine große Liebe erinnert. Sie hatte mich längst verlassen, und Signora Colella war ihr genaues Ebenbild. Unbeholfen versuchte ich ihr den Hof zu machen; aber es misslang. Ich betrank mich und musste von meinen Mitbrüdern zur Räson gebracht werden. Mazara duldet keine Auswüchse. Er betrachtet das Leben als Buße.«

»Buße wofür?«

»Für die Sündhaftigkeit des Menschen. Der Mensch, sagt Mazara, sei nicht zu seinem Vergnügen auf der Welt, sondern um Gottes Willen zu erfüllen. Es entspreche nicht dem Willen Gottes, das Leben zu genießen. Das Leben des Menschen künstlich zu verlängern sei ein Verbrechen. Einem jeden sei bestimmt, wann seine Stunde gekommen ist. Deshalb lehnt er Bluttransfusionen, Organtransplantationen und Leben verlängernde Maßnahmen ab. Das alles, sagt Mazara, sei eine Missachtung des Willens Gottes.«

»Dann haben Sie auch Francescas Mann Constantino auf dem Gewissen?«

»Nicht ich persönlich, aber der Orden ›In Nomine Domini‹.«

»Und Sheba Yadin?«

»Sie wollte den Orden mit dem Wissen, das Schlesinger ihr anvertraut hat, erpressen. Das war mit de Luca nicht anders.«

Gropius schwieg in sprachlosem Zorn. Nach einer Weile sagte er: »Und Arno Schlesinger? Wer hat ihn getötet?«

»Ja, dieser Schlesinger! Er entging dem Anschlag in Jerusalem nur knapp. Vielleicht sollte er dabei auch gar nicht sterben. Dem Vatikan ging es in erster Linie darum, die sterblichen Überreste unseres Herrn Jesus zu beseitigen.«

»Dem Vatikan? Wollen Sie damit sagen, nicht Ihre Organisation, sondern der Vatikan hat den Anschlag in Jerusalem verübt?«

»So ist es. Sie dürfen nicht alle Schlechtigkeiten dieser Welt dem Orden ›In Nomine Domini‹ in die Schuhe schieben. Es gibt genügend andere böse Menschen. Jedenfalls beauftragte Kardinalstaatssekretär Paolo Calvi beziehungsweise sein Sekretär Crucitti ein Palästinenser-Kommando, das ›Problem‹ mit Plastiksprengstoff aus der Welt zu schaffen. Ein ziemlich dummer Plan – wie sich herausstellen sollte.«

»Weil Schlesinger überlebte?«

»Nicht nur das. Woher wollte Calvi wissen, ob Schlesinger die Beweise, die er zusammengetragen hatte, nicht irgendwo hinterlegt hatte, sodass sie irgendwann öffentlich würden? Denn natürlich hatte Schlesinger längst ein paar Knochen zur Seite geschafft und sie an einem unbekannten Ort verwahrt.«

»Also haben Calvi und Crucitti letztendlich Schlesinger auf dem Gewissen?«

Rodriguez schüttelte heftig den Kopf: »Warum sollte ich lügen. Der Orden ›In Nomine Domini‹ hat inzwischen Anhänger in ganz Europa, von der römischen Kirche entlassene Priester, die ums Überleben kämpfen. Sie gehorchen Mazara blind, ohne ihn je gesehen zu haben, ohne zu wissen, wo er sich überhaupt aufhält. Um ihre Bußfertigkeit unter Beweis zu stellen, tun sie sogar Dinge, die ihnen niemand aufgetragen hat.«

Noch während er redete, sank Rodriguez kraftlos in sich zusammen. »Und jetzt lassen Sie mich in Ruhe. Ich habe Ihnen alles gesagt.« Wie leblos, die Augen stumpf geradeaus gerichtet, starrte Rodriguez vor sich hin.

Auf dem Korridor näherten sich Schritte und entfernten sich wieder. Gropius hatte das dringende Bedürfnis, frische Luft zu atmen, und öffnete vorsichtig die Kabinentür. Mit seinem Kleiderbündel unter dem Arm erreichte er nach ein paar Schritten die Treppe zum Oberdeck.

Mitternacht war längst vorüber, und er sog die kalte Meeresluft tief in seine Lungen. Rodriguez' Bericht hatte ihn aufgewühlt und die ausweglose Situation, in der er sich befand, in den Hintergrund gedrängt. In geduckter Haltung erreichte Gropius das Rettungsboot und schlüpfte unter die Persenning.

An Schlaf war trotz ruhiger See nicht zu denken. Zu viele Gedanken gingen ihm durch den Kopf. Am Ende gewann *ein* Gedanke die Oberhand: Wie würde dieser wahnsinnige Mazara reagieren, wenn er sich stellte? Bisher hatte ihn die Annahme, er, Gropius habe die Akte Golgatha in seinem Besitz, vor Schlimmerem bewahrt. Aber nun, da Mazara und seine Ordensleute enttarnt waren, da er sich selbst in die Höhle des Löwen gewagt hatte, musste er befürchten, dass dieser Verrückte unberechenbar reagierte. Auf der Suche nach einem Ausweg aus dem Dilemma zermarterte er sich das Gehirn, ohne einer Lösung näher zu kommen.

Ängstlich lauschte er der Monotonie fremdartiger Geräusche, als er plötzlich auf Deck schnelle Schritte vernahm. Vorsichtig schob Gregor die steife Persenning beiseite. In der Dunkelheit erkannte er drei Männer im Overall, die sich an verschiedenen Stellen des Schiffes zu schaffen machten. Ein vierter stand, groß und hager, im Bug des Schiffes postiert, eine Maschinenpistole im Anschlag.

Zunächst fand Gropius keine Erklärung für das Verhalten

der Männer, die mit traumwandlerischer Sicherheit, so als hätten sie ihr Vorhaben hundertmal geübt, ihrem Job nachkamen. Ein dumpfes, kaum hörbares Grollen veranlasste Gregor, sein Augenmerk auf die dunkle See zu richten, von der das unidentifizierbare Geräusch kam. Für Augenblicke glaubte Gregor die Umrisse eines schnittigen Powerboats zu erkennen, das im Abstand von etwa zweihundert Metern neben der »In Nomine Domini« herfuhr. Was hatte das zu bedeuten?

Je länger die Aktion dauerte, desto unruhiger wurde der Wachposten mit der Maschinenpistole. Schließlich begann er, seine Waffe nervös nach links und rechts schwenkend, vor dem Kajütenaufbau des Schiffes auf- und abzugehen. Wenige Schritte von Gropius' Versteck entfernt, hielt er inne. Im Flüsterton und mit gepresster Stimme gab er einem seiner Männer ein nicht verständliches Kommando. Dann drehte er sich mit einem heftigen Ruck um. Gropius sah, wie er den Lauf der Maschinenpistole direkt auf ihn richtete. Eigentlich konnte der Mann ihn nicht gesehen haben, aber Gropius kletterte in panischer Angst mit erhobenen Armen aus seinem Versteck. Er hörte das kalte Klicken, als der Unbekannte seine Waffe entsicherte. Mit geschlossenen Augen erwartete Gropius den Aufschlag der Geschosse auf seiner Brust. Er stand starr, bewegungslos, unfähig für jede Empfindung. Das, dachte er, ist das Ende.

Warum drückte er nicht ab? Gropius wartete, harrte eine kleine Ewigkeit, wünschte, dass es endlich vorbei wäre. Warum schoss der Mann nicht?

Zögernd öffnete Gropius schließlich die Augen und blickte in ein bekanntes Gesicht.

»Prasskov, du?«

Eine Zeit lang standen sich die ehemaligen Freunde gegenüber. Prasskov war nicht weniger geschockt als Gropius. Der fand als Erster die Sprache wieder.

»Was läuft hier eigentlich ab?«, fragte er mit flüsternder, dünner Stimme. Er hoffte, Prasskov würde nicht bemerken, dass er am ganzen Leib zitterte. »Ich dachte, du bist Schönheitschirurg und kein Gangster«, legte er nach.

Inzwischen hatte sich auch Prasskov von der unwirklich scheinenden Begegnung erholt. Tonlos erwiderte er: »Wie du siehst, schließt das eine das andere nicht aus. Aber was hast du mit diesen Brüdern zu schaffen?«

»Nichts, gar nichts«, antwortete Gropius, »ich wollte nur den Orden kennen lernen, der so viele Menschen auf dem Gewissen hat.«

Prasskov grinste hämisch: »Da können wir uns zusammentun! Wir sind hier, um den Leuten ein für alle Mal das Handwerk zu legen. Die Brüder sind schlecht fürs Geschäft.«

»Was soll das heißen?«

Mit der Maschinenpistole im Anschlag drehte sich Prasskov vorsichtig um die eigene Achse und musterte dabei jeden Winkel des Schiffes. Schließlich erwiderte er gelassen: »Die Zahl der Transplantationen ist dramatisch zurückgegangen. Die Leute haben Angst vor verseuchten Organen. Viele potenzielle Organempfänger meinen, sie stürben lieber eines natürlichen Todes als an einem vergifteten Fremdorgan. Und das bedeutet: weniger Nachfrage nach Organen. Und weniger Nachfrage hat in der freien Marktwirtschaft niedrige Preise zur Folge – eine ganz einfache Rechnung. Und deshalb wird das Schiff in ein paar Minuten von einem halben Dutzend Sprengladungen zerrissen im Meer versinken.«

»Sprengladungen? Deine Männer haben Sprengstoff angebracht?«

»Erraten, Kollege. Keinem dieser Kerle weint ein Mensch auch nur eine Träne nach. Und meine Jungs sind vom Fach, noch vom KGB geschult.«

Gropius sah Prasskov lange an. Trotz der Dunkelheit erkannte er das Teuflische in dessen Gesichtsausdruck, und ihm kam ein

Gedanke. »Prasskov, könnte es sein, dass das Sprengstoffpaket an Felicia Schlesinger, das beinahe *mich* getötet hätte, deinen Absender trug?«

Einen Augenblick wirkte Prasskov unsicher, dann entgegnete er spöttisch: »Wo denkst du hin, Gropius, so etwas würde ich nie tun. Obwohl – verdient hättest du es. Schließlich hast du mir das Geschäft vermasselt.«

Da hob Gropius beide Fäuste und schlug wie von Sinnen auf Prasskov ein. »Du elendes Schwein!«, rief er außer sich.

Prasskov drehte sich blasiert zur Seite und überließ es zwei seiner Männer, den tobenden Gropius zur Räson zu bringen, indem sie ihm die Arme auf den Rücken bogen.

»Hör zu, du Preisboxer!«, sagte Prasskov mit erhobenem Zeigefinger. »Bevor du auf harmlose Leute einschlägst, solltest du dich erinnern, dass wir einmal zusammen Golf gespielt haben.«

Mit einem leisen Pfiff holte er seine Männer zusammen, von denen einer mit einer Taschenlampe ein Signal gab. Das Powerboat drehte bei, und Prasskov und seine Männer ließen sich an einem Seil, das an der Reling befestigt war, hinab. Noch ehe Gropius reagieren konnte, nahm das schnelle Schiff Fahrt auf.

Gropius war einer Ohnmacht nahe. Er schloss die Augen. Das war's, dachte er. Jeden Augenblick konnte er kommen, der große Knall. Dann war alles aus. Er dachte nicht mehr, er fühlte nicht mehr, er befand sich in einer Art Schwebezustand.

So nahm Gropius auch das Motorengeräusch nicht wahr, das sich von Westen erneut näherte. Erst als jemand seinen Namen rief, erwachte er aus seinem Schockzustand und öffnete die Augen.

»Gropius!«

Er blickte über die Reling nach unten.

Prasskov stand im Heck des Powerboats und fuchtelte wild mit beiden Armen. »Mensch, spring! Das ist deine letzte Chance.«

Auf dem Achterdeck der »In Nomine Domini« gingen die Lichter an. Der Lärm hatte die Mannschaft geweckt.

Gropius überlegte nicht lange, er schwang sich über die Reling und sprang mit einem Satz auf den Bug des Schnellboots. Sein rechtes Bein schmerzte, aber als er die dröhnenden Motoren hörte, klang es wie eine Erlösung.

Das Boot stellte den Bug steil gegen die Wellen. Hart wie Felsbrocken knallten die Brecher gegen das von Prasskov gesteuerte Schnellboot. Gropius klammerte sich an die Sitzbank in der hinteren Reihe. Der Lärm, den die Maschinen verursachten, machte jede Unterhaltung unmöglich.

Plötzlich wandte sich der Mann neben Prasskov um. Er hielt ein Kästchen mit kurzer Antenne in beiden Händen und schien ganz ruhig. Prasskov rief ihm irgendetwas zu, und der Mann mit dem Sender vollführte eine heftige Bewegung.

Im selben Augenblick erhellte eine gewaltige Explosion das Meer bis zum Horizont. Verstört starrte Gropius auf den zuckenden Feuerball in der Ferne. Flammen loderten in den Himmel.

Prasskov stieß einen Schrei aus wie ein Sieger, dem ein großer Coup gelungen ist, und gab dem Rennboot höchsten Schub. Die Flammen hinter ihnen wechselten die Farbe, das grelle Gelb veränderte sich in tiefes Rot wie ein glühender Klumpen Eisen. Nach wenigen Minuten – das Schnellboot hatte sich bereits zwei bis drei Meilen entfernt – wurde der lodernde Lichtschein von der Dunkelheit verschluckt.

Während das Boot einem unbekannten Ziel entgegenraste, dämmerte im Osten der graue Morgen. Gregors Schädel brummte vom harten Schlag der Wellen. Prasskov steuerte das rasende Geschoss in geduckter Haltung. Auf dem Radarschirm neben ihm flimmerte ein grellgrünes Bild.

Nach einer Stunde tauchte vor ihnen die Küste auf, ein diffus leuchtender Streifen zuerst, dann eine Linie mit deutlichen Konturen: Barcelona.

Als sie sich der Mole des Yachthafens bis auf eine halbe Meile genähert hatten, verlangsamte Prasskov die Fahrt und überließ einem seiner Männer das Ruder. Dann kletterte er über die Sitzlehne zu Gropius auf die Rückbank. Gregor brachte kein Wort hervor. Er wusste nicht, was Prasskov vorhatte, und ließ es willenlos geschehen, als der ihn, er trug noch immer die weiße Kleidung des Ordens, am Kragen packte und ausrief: »Das ist für das elende Schwein!«

Gropius spürte einen Faustschlag gegen die Kinnspitze, er strauchelte und verlor für einen Augenblick das Bewusstsein, doch als er rückwärts auf das eiskalte Wasser aufschlug, kam er schnell wieder zu sich.

Die Motoren brüllten, und das Boot setzte seine Fahrt fort in Richtung Küste.

Gropius war kein schlechter Schwimmer, aber der Wellengang und das eiskalte Wasser machten ihm zu schaffen. Spontan wollte er sich seiner Kleidung entledigen, da kam ihm zu Bewusstsein, dass er nackt nicht die beste Figur abgeben würde, wenn er aus dem Wasser stieg. Also schwamm er mit seiner Kleidung auf die Küste zu.

Etwa auf halbem Weg näherte sich von Osten ein Fischerboot, das ihn aufnahm. Der Skipper, ein alter Katalane, der nur ein paar Brocken Englisch sprach, überließ ihm sein Mobiltelefon, und Gropius wählte Francescas Nummer.

»Wo bist du?«, fragte Francesca aufgelöst. »Ich habe die ganze Nacht kein Auge zugetan und wollte gerade zur Polizei gehen.«

»Nicht nötig«, antwortete er, »es genügt, wenn du mich im Yachthafen mit trockenen Kleidern abholst. Ein Fischer hat mich gerade aus dem Meer gezogen.«

Nach einer Schrecksekunde sagte Francesca: »Ich komme sofort. Gregor, ist alles in Ordnung?«

Gropius lachte laut, ja, er lachte so, dass der Fischer ihm einen besorgten Blick zuwarf. »Ja, alles in Ordnung«, erwiderte er.

Kapitel 18

Sie waren erst spätnachts mit der letzten Maschine aus Barcelona nach München zurückgekehrt und erschöpft ins Bett gefallen. Jetzt, es ging schon auf Mittag zu, saßen sie am Frühstückstisch, und Gropius sichtete die Post, die sich in seiner Abwesenheit angesammelt hatte.

»Kann mir auch nach drei Wochen Urlaub nicht passieren«, meinte Francesca, während sie ihm zusah, »nur wichtige Leute bekommen so viel Post. Ich denke …«

»Was denkst du?«

»Nun ja, es muss doch schön sein, so viele Briefe zu erhalten, Mitteilungen von wichtigen Leuten, Einladungen zu verschiedenen Anlässen.«

»Rechnungen und Reklame!«, unterbrach sie Gregor. »Das meiste taugt nur für den Papierkorb.« Sie lachten.

Die letzten Tage hatten sie zusammengeschweißt.

Sein Herz war ein verdammt träger Muskel, dachte Gropius, aber letztendlich wusste er längst, dass Francesca für ihn die richtige Frau war.

Nach den Schreckenserlebnissen in Barcelona wollten sie erst einmal für ein paar Tage in die Berge fahren, um in einem Hotel auszuspannen, bevor Gropius einen endgültigen Entschluss über sein weiteres Vorgehen fasste. Francesca hatte angekündigt, sie werde ihn in nächster Zeit nicht aus den Augen lassen, und Gregor sah darin alles andere als eine Drohung.

Während er seine Post sortierte, hielt Gropius plötzlich inne.

Francesca sah sein angespanntes Gesicht und erkundigte sich vorsichtig: »Ist es etwas Ernstes?«

Gregor zögerte, dann reichte er Francesca eine Karte, die er soeben aus einem Umschlag gezogen hatte.

Francesca las halblaut: »Dr. Anatol Rauthmann und Felicia Schlesinger bitten anlässlich ihrer Verlobung zu einem Empfang am zehnten März im Hotel ›Vier Jahreszeiten‹.«

»Kommt etwas unerwartet«, brummte Gregor.

Francesca reichte ihm die Karte zurück und sah ihn lange an. »Du hast sie geliebt, nicht wahr, und sie dich auch.«

»Geliebt?« Gropius wiegte den Kopf hin und her. »Manchmal kreuzt sich das Schicksal zweier Menschen unerwartet, und man glaubt aufgrund bestimmter Umstände, man sei füreinander bestimmt. Später stellt man dann erstaunt fest, dass man sich nur in die Situation verliebt hat, nicht in den Menschen.«

»Und das war so eine Situation?«

»Ja, ich glaube.«

»Und wie ist das bei uns?« Francesca sah Gregor fest in die Augen.

Gropius nahm ihre Hand und küsste sie. »Ich liebe dich«, sagte er leise.

Zum Empfang im Hotel »Vier Jahreszeiten« hatte Felicia etwa fünfzig Gäste geladen, vorwiegend Freunde und Bekannte aus dem Kunsthandel sowie einige namhafte Kunstsammler, die Gropius unbekannt waren. Francesca hatte für den Anlass bei »Lanvin« in der Maximilianstraße ein cremefarbenes plissiertes Cocktailkleid aus Crèpe de Chine erworben und stellte mit ihrer Erscheinung beinahe die Hauptperson in den Schatten.

Entsprechend reserviert verlief die Begegnung der beiden Frauen. Gregors Glückwünsche hingegen kamen von Herzen. Einen Augenblick standen sich Gregor und Felicia stumm gegenüber, dann meinte er: »Das Schicksal geht schon merkwürdige Wege.« Verstohlen drückte Gregor Felicia einen Kuß auf die Wange.

Anatol Rauthmann nickte zustimmend: »Wenn Sie mir bei unserer ersten Begegnung, damals am Tegernsee, prophezeit hätten, wir würden uns anlässlich unserer Verlobung wiedersehen, hätte ich Sie vermutlich für verrückt erklärt, Professor!« Dabei warf er Felicia einen verliebten Blick zu.

Gropius lächelte. In der Tat hatte er Rauthmann als einen kauzigen Typen in Erinnerung, der behauptete, er sei mit der Wissenschaft verheiratet. Nun stand ihm ein flotter Mann gegenüber, der sich von seinem Altherrenbart getrennt hatte und in einem eleganten weißen Dinnerjacket steckte. »Ich freue mich für Sie«, sagte Gropius. »Felicia ist eine wunderbare Frau.«

»Das finde ich auch«, entgegnete Rauthmann. »Jetzt wollen Sie natürlich wissen, wie wir uns nahe gekommen sind. Ich habe mich mehrere Tage bei Felicia aufgehalten, um den wissenschaftlichen Nachlass zu sichten. Die ersten drei Tage kam ich meiner Arbeit sehr konzentriert nach; aber auf einmal sah ich mich nicht mehr in der Lage, die Arbeit fortzusetzen. Als ich Felicia meine Gefühle gestand, meinte sie, ihr sei es genauso ergangen. Eine ziemlich verrückte Geschichte.«

Während Francesca von einem halben Dutzend Männern umschwärmt wurde, nahm Gregor Felicia beiseite und erzählte ihr, was in den letzten Wochen passiert war. Doch wie es schien, versetzte sein Bericht ihn selbst in größere Aufregung als Felicia. Gropius hatte sogar den Eindruck, als ob sie ihm nicht so recht glaubte.

»Hör zu«, meinte sie, als Gregor geendet hatte, »für mich ist der Fall Schlesinger schon lange abgeschlossen. Dieser Mann hat mich nach Strich und Faden betrogen, und seine Ermordung war nur die logische Folge all seiner Heimlichkeiten.«

»Du kannst wohl nie verzeihen?«

»Nein. Nicht einem Mann, der mich vier Jahre lang betrogen hat. – Und das Geld, die zehn Millionen?«, fragte sie unvermittelt.

»Die gehören dir. Die Leute, die sie zurückfordern könnten, ruhen auf dem Meeresgrund, irgendwo zwischen Barcelona und Mallorca, oder sie wurden von den Haien gefressen.«

Felicia hob ihr Champagnerglas und prostete Gregor zu: »Auf die Haifische!«

»Auf euch«, entgegnete Gropius. Dann fragte er: »Hat Rauthmann bei der Sichtung von Schlesingers Nachlass keine Hinweise auf dessen dunkle Geschäfte gefunden?«

»Nicht dass ich wüsste. Aber die Polizei machte dieser Tage eine Entdeckung, Schlesingers alten Citroën DS 21. Er war sein Ein und Alles. Arno hatte das Auto in einem Parkhaus in der Nähe des Klinikums abgestellt. Gott weiß, warum er das tat. Das Parkhaus forderte 1300 Euro Parkgebühr von mir. Mir blieb nichts anderes übrig als zu bezahlen.«

Gregor leerte sein Glas in einem Zug. »Und wo befindet sich der Wagen jetzt?«

Felicia lachte spöttisch: »In der Schrottpresse, auf ein mal ein Meter geschrumpft. Ich konnte die alte Karre nicht mehr sehen.«

Gropius kam plötzlich eine Idee. »Wann war das?«, fragte er leise, aber mit eindringlicher Stimme. »Ich meine, wann wurde der Citroën abgeholt?«

»Ich weiß es nicht, vorgestern oder vor drei Tagen, der Wagen wurde vom Parkhaus direkt zur Verschrottung gebracht. Hat insgesamt noch einmal fünfhundert Euro gekostet. Aber ich schwöre dir, Gregor, das war der letzte Euro, den ich für Schlesinger ausgegeben habe!«

»Und wohin wurde der Wagen zum Verschrotten gebracht?« Gropius' Stimme klang aufgeregt.

»Wohin, wohin?« Felicia reagierte ungehalten. »Irgendwohin in den Osten der Stadt. Adebar oder so ähnlich. Warum fragst du? Das Auto ist völlig wertlos, heruntergekommen wie Schlesinger.«

»War es Adebar-Altmetall?«

»Ja, so hieß es. Aber sei mir nicht böse, an einem Tag wie diesem gibt es vielleicht auch interessanteren Gesprächsstoff als die Verschrottung von Autos.«

Gregor entschuldigte sich und suchte unter den Gästen nach Francesca.

Am nächsten Morgen hatte sich Gropius schon bei Tagesanbruch aus dem Bett gestohlen. Aus Furcht, sich doch noch zu blamieren, hatte er Francesca nichts von seinem Plan erzählt. Natürlich war ihr die innere Unruhe aufgefallen, die ihn am Abend zuvor auf einmal ergriffen hatte; aber sie wollte ihn nicht bedrängen.

Nun fuhr Gropius auf der Wasserburger Landstraße in östlicher Richtung. Er hoffte, dass die Schrottarbeiter ihren Auftrag noch nicht erledigt hatten. Vielleicht fuhr er auch völlig umsonst. Es war nur ein Gedanke, absurd wie das meiste, das er in den letzten Monaten erlebt hatte.

Kurz nach Arbeitsbeginn um sieben Uhr, inzwischen hatte leichter Regen eingesetzt, passierte Gropius mit seinem Geländewagen das eiserne Firmentor mit dem Schild »Adebar-Altmetall«. Beiderseits der ungeteerten Straße stapelten sich Autowracks. Der Regen verstärkte den trostlosen Anblick. Am Ende des Weges kam eine riesige Schredderpresse ins Blickfeld, und davor lärmte ein Bagger auf vier spinnenartigen Beinen und mit einem Greifarm wie ein Krake, so groß, dass er mit einem einzigen Griff ein Auto zusammenpresste, in die Luft hob, seitlich schwenkte und wie angewidert in die Presse fallen ließ.

Gropius hielt an und stieg aus. Der Platz war gespenstisch leer. Kein Mensch weit und breit, nur hoch oben in der Kanzel des Riesenbaggers war, wenn der Scheibenwischer gerade den Blick freigab, das Gesicht des Baggerführers zu erkennen.

Die Hand über den Augen, suchte Gropius nach Schlesingers Citroën DS 21, der, so dachte er, unter hundert anderen alten Automobilen hervorstach. Während er die aufgereihten Wracks, die ihrem unrühmlichen Ende entgegenharrten, in Augenschein nahm, wandte er den Blick himmelwärts, wo gerade hoch über seinem Kopf ein Auto der Presse entgegenschwebte.

Der Citroën!

Gropius stieß einen Schrei aus in der Hoffnung, der Baggerführer würde ihn hören. Doch der setzte unbeeindruckt seine Arbeit fort. Da schwenkte Gropius die Arme und hüpfte wild gestikulierend in die Höhe und zeigte mit der Rechten auf den Wagen am Greifarm. Vergeblich. In Panik griff Gregor nach einem Metallteil, das auf dem Boden herumlag, und schleuderte es in Richtung der Führerkanzel des Riesenbaggers. Gregor erschrak selbst ob des Knalls, den sein Wurfgeschoss verursachte. Die Scheibe zersplitterte und regnete wie tausend Eistropfen zu Boden.

Erschrocken beugte sich der Baggerführer aus seiner Kanzel. Er begriff nicht, was passiert war. Am Greifarm baumelte der Citroën. Gropius machte sich durch Rufen bemerkbar.

Fluchend kletterte der Baggerführer auf einer schmalen Eisenleiter nach unten. Gropius hatte Schwierigkeiten, dem Mann zu erklären, dass er wichtige Papiere in dem Wagen vermute, der am Greifarm hänge. Erst als er beteuerte, für den angerichteten Schaden aufzukommen, erklärte sich der Baggerführer bereit, den Citroën wieder auf die Erde zu setzen.

Die Greifer hatten sich durch die Wagenfenster in das Innere gebohrt und die Sitzpolster aufgeschlitzt. Wo sollte er suchen? Das Handschuhfach war leer, auch unter Fahrer- und Beifahrersitz – nichts. Ebenso unter der Rückbank. Der Deckel des Kofferraums klemmte. Erst mithilfe eines Brecheisens gelang es ihm, ihn zu öffnen. Das Reserverad war entfernt. Anstelle der Kofferraumauskleidung lagen verdreckte Blätter einer alten Zeitung herum. Enttäuscht wollte Gropius gerade aufgeben, als er eine Zeitung beiseite schob.

»Das ist nicht wahr!«, stammelte er ungläubig vor sich hin. »Das kann nicht sein!« Vor ihm lag eine graue Akte, angeschmutzt und unscheinbar. Ein kurzer Blick genügte, und Gropius wusste: Er hatte gefunden, wonach er so lange suchte.

Der Regen wurde stärker, und Gropius reichte dem Baggerführer seine Visitenkarte. Dann begab er sich zu seinem Geländewagen.

Wie Geschosse prasselten dicke Regentropfen auf sein Autodach. Ihr Rhythmus verhinderte jeden klaren Gedanken. Gropius sah, wie seine Hände zitterten, als er den Aktendeckel aufschlug und zu blättern begann. Zwei DNA-Analysen mit identischem Strichcode und unterschiedlichem Datum, unterschrieben von Prof. Luciano de Luca, stachen sofort ins Auge. Darunter, eingeschweißt in eine Folie, ein vergilbtes Stück Leinen, handtellergroß und halbkreisförmig. In einer weiteren Folie ein Knochensplitter, kaum länger als ein Streichholz, mit einem Aufkleber: »Sitzbein – Jesus Nazarenus * 0,33«.

Sitzbein? Vor Gropius geistigem Auge tauchte eine Szene auf, die beinahe fünf Monate zurücklag: Mit Felicia hatte er damals ein heimliches Schließfach geöffnet, das Schlesinger in einer Wiener Bank angemietet hatte. Sein Inhalt, vermeintlich ein Hufeisen aus Elfenbein, hatte sie enttäuscht, weil sie nichts damit anfangen konnten. Natürlich, schoss es Gregor durch den Kopf, bei dem vermeintlichen Hufeisen handelt es sich um ein Bruchstück des Sitzbeins des Jesus von Nazareth. Schlesinger musste es, bevor die Grabungsstätte in Jerusalem in die Luft gejagt wurde, an sich genommen haben. Rodriguez hatte zuletzt so etwas angedeutet. Dieser Knochen und die Blutreste auf dem originalen Turiner Leichentuch genügten, mithilfe der DNA zweifelsfrei nachzuweisen, dass Jesus von Nazareth ein Mensch war wie du und ich.

Gropius klappte die Akte zu. Sein Herz schlug bis zum Hals. Er startete den Motor und schaltete den Scheibenwischer ein. Die Autowracks vor ihm begannen zu wanken, ihre Konturen zerflossen zu Schlangenlinien. War es der Regen auf der Windschutzscheibe, der das bewirkte, oder spielten seine Sinne verrückt? Gregor wusste es nicht. Er legte den Gang ein und gab Gas.

Im Schritttempo näherte sich Gropius dem Eingangstor, Wasserlachen und herumliegenden Schrott vorsichtig umfahrend. Was dann geschah, erlebte Gropius so, als spielte er eine Rolle in einem Film. Am Eingang kam ihm eine Limousine mit abgedunkelten Scheiben entgegen. Die Zufahrt war eng, so schmal, dass Gregor rechts ranfuhr und stehen blieb, um den schwarzen Mercedes vorbeizulassen. Als beide Fahrzeuge sich auf gleicher Höhe befanden, hielt die Limousine an. Das hintere Seitenfenster wurde heruntergelassen. Dunkle Wolken eines regenverhangenen Himmels verhinderten, dass Gropius die Insassen erkennen konnte. Nach allem, was er in der Vergangenheit erlebt hatte, erwartete Gregor, dass im Fenster der Mündungslauf einer Maschinenpistole erscheinen würde. Er war wie gelähmt.

Doch statt einer todbringenden Waffe kam im Seitenfenster des Autos ein schwarzer Aktenkoffer zum Vorschein. Eine einzelne Hand öffnete die Schließen und klappte den Deckel auf. Verwirrt starrte Gropius auf zwei Reihen Geldbündel mit lilafarbenen 500-Euro-Scheinen.

Er wusste nicht, wie lange er regungslos dagesessen hatte. Der Unsichtbare schloss den Koffer mit dem Geld und reichte ihn aus dem Fenster. Gropius kurbelte die Scheibe herunter und nahm den Geldkoffer entgegen. Wie unter Hypnose händigte er im Gegenzug die Akte aus.

Erst als er auf der Wasserburger Landstraße stadteinwärts fuhr, kam Gropius die ganze Tragweite seines Handelns zu Bewusstsein. Er bereute es nicht. Eine innere Stimme hatte ihn geleitet.

Nach Hause zurückgekehrt, stellte Gropius den Geldkoffer in der Garderobe ab. Es dauerte eine ganze Weile, bis er Francesca über das Geschehen auf dem Schrottplatz aufklärte.

»Und was hat man dir für die Akte gezahlt?«, fragte Francesca nach einer Zeit langen Nachdenkens.

»Ich weiß es nicht«, erwiderte Gregor wahrheitsgemäß. Und mit einem gekünstelten Lächeln meinte er: »Du kannst ja nachzählen!«

Francesca holte den Koffer und stellte ihn auf Gropius' Schreibtisch.

»So viel Geld habe ich noch nie im Leben gesehen«, bemerkte sie staunend und begann eines der Geldbündel zu zählen.

»Ich auch nicht«, entgegnete Gropius.

Francesca stockte: »Mein Gott, das sind zehn Millionen.«

Gregor nickte: »Genug, um ein neues Leben zu beginnen.«

Noch am selben Tag rief Gropius Felicia an.

»Du erinnerst dich an unsere Reise nach Wien?«, begann Gregor ohne Umschweife.

»Oh ja«, gab Felicia zurück, »eine sehr angenehme Erinnerung. Aber weshalb rufst du mich wirklich an?«

»Der Inhalt des Schließfachs in der Bank!«

»Was hat es damit auf sich?«

»Das war kein Hufeisen aus Elfenbein!«

»Sondern?«

»Ein Knochenfragment des Jesus von Nazareth.«

»Ach«, erwiderte Felicia, einfach nur »ach«. Dann entstand eine endlose Pause. Gropius hatte angesichts der Tragweite seiner Nachricht das nicht anders erwartet.

Endlich fragte er vorsichtig: »Du hast doch nicht etwa das Schließfach bereits aufgelöst?«

»Ich hatte es eigentlich vor«, erwiderte Felicia, »aber mir fehlte die Zeit. Was hältst du davon, wenn du das Schließfach samt seinem Inhalt übernimmst? Du weißt sicher mehr damit anzufangen.«

»Felicia, weißt du überhaupt, was du da sagst?«

»Natürlich.«

»Ich muss dir nämlich noch etwas mitteilen. Schlesingers Akte Golgatha ist aufgetaucht. Sie lag im Kofferraum seines Citroën.«

Zuerst lachte Felicia, aber schon im nächsten Augenblick wurde sie ernst, und sie antwortete: »Gregor, ich will mit der Angelegenheit nichts mehr zu tun haben, hörst du. Nimm die Akte und den Knochen und verbrenne alles oder, noch besser, mache alles zu Geld. Aber lass mich damit zufrieden. Und noch etwas: Anatol Rauthmann darf nichts davon erfahren. Wir verstehen uns?«

»Ja«, antwortete Gregor Gropius knapp.

Gregor und Francesca grübelten, wie sie mit den zehn Millionen Euro verfahren sollten. Im Haus konnte das Geld nicht bleiben. Das war viel zu riskant. Schließlich fassten sie den Entschluss, die Geldbündel in einen Karton zu packen und bei der Hypovereinsbank ein Schließfach anzumieten, zu dem sie beide Zugang hatten. Nachdem sie die Sache hinter sich gebracht hatten, aßen sie in einem schicken Restaurant in der Innenstadt zu Abend. Doch Gregor machte einen niedergeschlagenen Eindruck.

»Ich verstehe dich nicht«, meinte Francesca, »du kannst doch mit dem Ausgang der Dinge zufrieden sein!«

»Findest du?«

»Du weißt jetzt, wer die Drahtzieher der Verbrechen waren. Das war es doch, was du wolltest. Und die Organmafia wirst auch du nicht zerschlagen. Wenn Prasskov von der Bildfläche verschwände, würde ein anderer an seine Stelle treten.«

»Schon richtig«, erwiderte Gregor, »nur, wer Schlesinger ermordet hat, weiß ich bis heute nicht. Bekannt sind doch nur die Hintermänner!«

Francesca musterte Gregor von der Seite. »Gregor, du bist verrückt, du wirst dich noch zugrunde richten! Jetzt gib endlich Ruhe!«

Es war das erste Mal, dass Francesca gegen ihn aufbegehrte, und Gropius machte sich Gedanken, ob die Sache es wert war, ihre Liebe aufs Spiel zu setzen. Er hatte schon beinahe den Entschluss gefasst, es bei dem Erreichten bewenden zu lassen und der Polizei die völlige Aufklärung der Verbrechen zu überlassen, als er nach durchwachter Nacht frühmorgens vom Telefon geweckt wurde.

Wolf Ingram, der Leiter der Soko Schlesinger, teilte ihm mit, dass sein Fall, so drückte er sich aus, eine sensationelle Wende genommen habe. Um 9 Uhr 30 erwarte er ihn am Haupteingang des Klinikums.

Als Gropius zum vereinbarten Zeitpunkt vor der Klinik eintraf, wurde er von Ingram und zwei seiner Kollegen erwartet, die in ziviler Kleidung, aber bei näherem Hinsehen bewaffnet waren. In Kurzform, beinahe stichwortartig, setzte Ingram Gropius davon in Kenntnis, dass im westlichen Mittelmeer eine Yacht mit ein- bis zweihundert Menschen an Bord versenkt worden sei. Vermutlich hätten sich die Eigner des Schiffes, eine obskure Sekte, selbst in die Luft gesprengt. Der Name des Schiffes war: »In Nomine Domini – abgekürzt IND.«

Gropius gab sich Mühe, gelassen zu bleiben. »Und um mir das mitzuteilen, bestellen Sie mich hierher?«

»Natürlich nicht«, erwiderte Ingram ungehalten. »Sie kennen die Räumlichkeiten und das Personal der Klinik am besten. Sie müssen uns helfen, den Mann zu finden, der für Schlesingers Tod verantwortlich ist.«

»Sie glauben doch nicht etwa, dass sich der Mörder noch immer in der Klinik aufhält!«

»Doch, das glauben wir. Unser Profiler hat gute Arbeit geleistet. Er kam zu dem Ergebnis, dass es sich bei dem Mörder um einen Sektierer handeln muss, einen, der nicht aus Hass oder Habsucht mordet, sondern aus verquerer Überzeugung. Er mordete ›In Nomine Domini – im Namen des Herrn‹ – wie das Schiff hieß, das im Mittelmeer unterging, die Zentrale des Ordens.«

»Pater Markus!«, murmelte Gropius leise. »Der Krankenhauspfarrer.«

Ingram nickte. »Sie kennen ihn! Was ist das für ein Mann?«

»Was heißt kennen. Er macht seinen Job wie jeder andere. Ein Kapuzinermönch mit etwas undurchsichtiger Vergangenheit. Ich habe mich nie dafür interessiert. Was ihn für so eine Tat prädestinieren würde, ist allerdings die Tatsache, dass er aufgrund seiner Stellung zu allen Stationen Zugang hat.« Gropius erinnerte sich noch gut, wie er den Geistlichen nach dem Tod Schlesingers aus der Intensivstation verscheucht hatte.

»Wo finden wir diesen Pater Markus?«

»Er hat im Souterrain ein Zimmer.«

»Also, worauf warten wir?« Ingram gab Gropius und seinen Kollegen ein Zeichen, ihm zu folgen.

Die Tür am Ende des langen, düsteren Korridors trug das Schild »P. Markus«. Sie war verschlossen.

Gropius rief seinen Namen, aber auch nach heftigem Klopfen kam keine Reaktion. Mit der Wucht seiner hundert Kilo warf sich Ingram gegen die Tür. Holz splitterte, die Tür sprang auf. Im Inneren herrschte Dunkelheit.

Mit vorgehaltener Waffe vorsichtig einen Fuß vor den anderen setzend, trat Ingram ein und knipste das Licht an, eine kalte, grelle Neonleuchte an der Decke.

Inmitten des Raumes, der gerade drei mal vier Meter maß und mit einer Liege, einem alten Schrank und einem ausrangierten Schreibtisch möbliert war, stand ein zerschlissener Ohrensessel. Darin saß, scheinbar schlafend, Pater Markus. Der Ärmel seines linken Arms war zurückgeschoben. Arm und Gesicht zeigten große dunkle Flecken. Seine rechte Hand hielt eine Injektionsspritze umklammert.

Ingram warf Gropius einen Blick zu, als wollte er sagen: Das ist Ihr Job!

Zögernd trat Gropius an den mit einem schwarzen Anzug bekleideten Mann heran und fühlte dessen Puls. Dann legte er Zeige- und Mittelfinger an seine Halsschlagader und schüttelte den Kopf. »Exitus!, sagte er leise. »Könnte schon gestern passiert sein.«

Auf dem Schreibtisch stand ein Plastikfläschchen mit der Aufschrift: »Chlorphenvinphos«.

»Das Insektizid, das in Schlesingers Leber injiziert wurde.«

Ingram nickte und öffnete die Tür des alten Kleiderschranks. »Unglaublich«, murmelte er. Er hatte erwartet, alte Kleider, vielleicht ein paar erbauliche Bücher vorzufinden, doch in dem heruntergekommenen Möbelstück war eine Computeranlage modernster Bauart installiert.

»Bei der Polizei müssen wir mit altmodischeren Geräten zurechtkommen«, knurrte Ingram und drückte auf den Einschaltknopf. In Sekunden baute der Rechner ein Programm auf. Ein Fenster meldete eine E-Mail im Speicher.

Ingram drückte auf »Abrufen«.

Der Computer forderte »Kennwort«.

»IND«, sagte Gropius. »In Nomine Domini.«

Ingram blickte missmutig, tippte dann aber den vermeintlichen Code ein. Im nächsten Augenblick flimmerten die folgenden Zeilen über den Bildschirm:

> »Arno Schlesingers Organ wurde von mir mit einer Chlorphenvinphos-Injektion vergiftet. Ich bekenne mich schuldig, auf gleiche Weise das Leben Thomas Bertrams ausgelöscht zu haben, dem ich in Prag geistlichen Beistand leistete. Ich tat es nicht aus Mordlust, sondern aus ehrlicher Überzeugung, dass der Mensch nicht den Willen Gottes ignorieren und Leben künstlich verlängern darf. Ich tat es ›In Nomine Domini‹.«

»Woher kannten Sie eigentlich den Code, Professor?«, fragte Ingram, ohne den Blick vom Bildschirm zu wenden.

Gropius machte ein ernstes Gesicht: »Würden Sie mir glauben, wenn ich behaupte, es war göttliche Eingebung?«

Lebenszeichen

Wenige Tage später wurde die Soko Schlesinger aufgelöst. Der Staatsanwalt stellte die Ermittlungen gegen Gregor Gropius ein. Gegen Dr. Fichte wurde Anklage erhoben wegen Mitgliedschaft in einer kriminellen Vereinigung. Veronique Gropius willigte überraschend in die Scheidung ein, ohne weitere Forderungen zu stellen. Felicia Schlesinger und Dr. Rauthmann konnten sich bis heute nicht entschließen zu heiraten. Rauthmann lebt und arbeitet weiter in Berlin, Felicia hat ein Büro in New York eröffnet, wo sie mit großem Erfolg ihrem Beruf als Kunstmaklerin nachgeht.

Über ganz Europa verstreut wurden bisher siebzehn Priester verhaftet, die sich dazu bekannten, dem Orden »In Nomine Domini« anzugehören. Wie viele von ihnen wegen ihrer Überzeugung zu Mördern wurden, ist noch Gegenstand der Ermittlungen. Trotz großer Anstrengungen konnte Interpol Dr. Prasskov bis heute nicht festnehmen. Es gibt Hinweise, dass Prasskov in Russland untergetaucht ist und dort ermordet wurde.

Und Gregor Gropius und Francesca Colella?

Obwohl er von jedem Verdacht freigesprochen wurde, nahm Gropius seinen Beruf nicht wieder auf. Bis heute hat er die schrecklichsten Monate seines Lebens nicht ganz verarbeitet, und das ist auch der Grund, warum er mir seine Geschichte in Tivoli erzählte, erzählen *musste*. Ob die vierzehn gemeinsam verbrachten Stunden im »Hotel San Pietro« für ihn eine Hilfe waren, vermag ich nicht zu sagen. Ich hoffe es. Gropius schien jedenfalls erleichtert, nachdem er geendet hatte. Wie er mir eingestand, hatte er seine Aufzeichnungen aus München geholt, um seine Erlebnisse selbst zu Papier zu bringen, sich dann aber von einem Augenblick auf den anderen entschieden, diese mir zu überlassen.

Gropius hält sich nur noch selten in München auf. Die meiste Zeit des Jahres verbringt er mit Francesca auf seinem Landgut mit hundert Olivenbäumen in der Nähe von Velletri. Ich habe lange nichts von Gropius gehört. Das letzte Lebenszeichen von ihm war ein kleines Postpaket. Inhalt: ein hufeisenförmiger, verwitterter Knochen. Der Umschlag, den die geldgierige Signora Selvini für zwanzigtausend Euro verkaufte, enthielt eine Fälschung, was Gropius nicht sehr überraschte. Was in der Kassette war, die Francesca Colella im Auftrag von Professore de Luca nach Berlin brachte, bleibt ein Geheimnis, das der Professore mit ins Grab nahm.

Was den Verbleib der Akte Golgatha betrifft, so schweigt Gropius. Er weiß, warum. Vermutlich ruht sie zusammen mit dem echten Turiner Grabtuch in den geheimen Archiven des Vatikans. Wie manch anderes, das es angeblich nie gegeben hat.

Der mysteriöse Tod seiner Mutter, ein gescheitertes Attentat und andere unerklärliche Vorgänge veranlassen den Fotojournalisten Alexander Brodka, seine eigene Vergangenheit zu erforschen. Dabei gerät er immer mehr in den Sog einer geheimen Organisation. Bestürzt muss er feststellen, dass alle Spuren nach Rom führen, hinter die Mauern des Vatikans, wo dunkle Mächte die Fäden ziehen. Und diese Männer in Purpur kennen nur ein Ziel: ihn zum Schweigen zu bringen. Gemeinsam mit seiner Geliebten stellt sich der Journalist der Heiligen Mafia, die ein beispielloses Verbrechen plant ...

ISBN 3-404-14771-5

BASTEI
LÜBBE